OMNIBUS

Reynaldo Lugo

PALMERAS DE SANGRE

Traduzione di Paola Del Vecchio

MONDADORI

Il nostro indirizzo Internet è:
http://www.mondadori.com/libri

ISBN 88-04-49035-7

TITOLO DELL'OPERA ORIGINALE
PALMERAS DE SANGRE
I EDIZIONE MAGGIO 2001

PALMERAS DE SANGRE

Perché gli scribi dicono che prima
deve venire Elia?

MARCO 9,11

Ah!, Cuba, se ti dicessi,
io che ti conosco tanto,
ah!, Cuba, se ti dicessi
che è di sangue la tua palma,
che è di sangue la tua palma,
e che il tuo mare è di pianto!

NICOLÁS GUILLÉN

PARTE PRIMA

25 ottobre 1957

Quella notte l'eco della cannonata delle nove arrivò al Vedado con gli abituali dieci secondi di ritardo. Superò le alte mura della fortezza La Cabaña, attraversò il canale del porto, risalì lungo calle Obispo, proseguì per Neptuno, oltrepassò le vetrine di Roseland e Flogar, mise in subbuglio i colombi nei loro nidi sui capitelli dorici dell'università e andò a infilarsi in un balcone aperto del quattordicesimo piano dell'edificio Retiro Radial. A quell'ora, l'esplosione di una bomba sarebbe passata inosservata.

Nell'appartamento, l'ampio salone era spazzato dall'insistente brezza che soffiava da nordest, proveniente dall'oceano. In lontananza, al di sopra dei tetti che degradavano fino al Malecón, dove in quella notte senza luna doveva trovarsi la linea dell'orizzonte, brillavano le luci giallastre dei fanali che segnalavano i palamiti dei pescatori di squali di Cojímar. In cielo, nascondendo dietro un banco di nubi il suo pudore di prototipo, il puntino luminoso dello Sputnik russo guardava dall'alto L'Avana come un occhietto libidinoso e avido.

Da un appartamento vicino filtrava il motivetto in voga quell'anno, interpretato da Bill Halley e i suoi Comets: *See you later, alligator*, che, se non fosse stato per l'euforia provocata dal rock and roll, poteva benissimo essere il titolo di un articolo di giornale. Undici ore e quarantadue minuti prima Albert Anastasia era stato assassinato mentre era dal barbiere del Park Central Hotel, in 55th Street a Manhattan, New York.

I tre uomini che occupavano l'appartamento non facevano caso alla musica, non guardavano in tv il primo incontro di baseball della stagione tra l'Habana e Cienfuegos e non si godevano nemmeno la brezza o la fantastica visione di un astro vagante giunto ai Caraibi dall'altra parte della cortina di ferro. Erano troppo occupati a inserire proiettili calibro 45 nei caricatori di un paio di mitra Thompson, a verificare l'ottimo stato delle loro pistole e, soprattutto, ad accertarsi che i pezzi di nastro adesivo fissati ai barilotti panciuti delle bombe a mano funzionassero, per il bene di tutti, come sicure supplementari.

Con grande cautela sistemarono le armi in due robusti sacchetti di carta e uscirono nel corridoio dirigendosi verso gli ascensori. Prima di chiudere la porta, quello che sembrava il più vecchio schioccò le dita e fece cenno agli altri di fermarsi. Si avviò rapidamente in cucina, prese da uno scaffale una scatola di biscotti e ne estrasse un pugno di bandierine rosse e nere con al centro la scritta: M-26-7.

21.05

Il casinò dell'Hotel Nacional era pieno di gente. Era una sala da gioco, ma anche un luogo d'incontro del jet set, una ressa di smoking e abiti lunghi. Accanto alla roulette, con la sicurezza conferitagli dalla posizione di direttore, Jake faceva il primo giro d'ispezione. La sua figura massiccia incuteva rispetto. Di nascosto i dipendenti lo chiamavano l'Accigliato, e non per lo spessore delle sopracciglia ma per l'aria perennemente corrucciata. Jake era l'esatto opposto del suo piccolo e amabile fratello, sebbene le differenze tra i due non si limitassero all'aspetto fisico e ai modi. Meyer Lansky era un pezzo grosso, e Jake a stento la sua ombra.

Lasciava vagare lo sguardo per il casinò e avrebbe potuto immaginare di trovarsi a Las Vegas, se non fosse stato per un latifondista di Camagüey che sembrava vestito per una festa contadina: giacca impeccabile, panama e un sigaro H. Upmann appiccicato alle labbra inumidite dalla saliva, che si addensava agli angoli della bocca. Accompagnato da una bella di notte delle Casas de Marina, l'uomo vinceva una mano dietro l'altra a blackjack. La puttanella strillava e lui grugniva frasi volgari che il sigaro rendeva incomprensibili. A poco a poco si formò un capannello mentre il croupier sbatteva nervosamente le palpebre ogni volta che quel Roy Rogers creolo scopriva le carte.

Jake scorse da lontano il gesto discreto del croupier che gli faceva segno di avvicinarsi. Era il linguaggio simbolico del casinò: occhi sbarrati, sopracciglia aggrottate, mani passate sui capelli, tutti segnali per comunicare in ogni situazione domande e risposte, proprio come farebbe un coach di baseball nello Yankee Stadium. Accorse in suo aiuto.

21.10

Quella, per Adalberto Lara, fu una notte di duro lavoro agli studi cinematografici di Wajay, una zona periferica dell'Avana pullulante di ville da favola che scimmiottavano l'architettura delle dimore patriarcali del Sud degli Stati Uniti. In origine, sul portone della residenza di campagna c'era il nome Villa Margarita, sostituito con uno più suggestivo da quando i suoi locali erano stati occupati da Lara e dalla sua troupe di pornostar: Villa Scarlett O'Hara.

Si giravano le ultime scene del secondo film prodotto quel mese. Il ruolo di protagonista era interpretato da Susana Santamaría, o più semplicemente Susy, la preferita di Lara per la sua autentica indole istrionica. In tutto, le attrici professioniste che lavoravano e vivevano quasi in permanenza nella proprietà erano sei; il resto degli attori e delle comparse veniva selezionato di volta in volta da una rete di scout che, senza troppe difficoltà, trovava uomini e donne disposti a girare qualche scena di sfrenata lussuria in cambio di una paga modesta.

I film realizzati a Villa Scarlett erano di una straordinaria semplicità e nascevano, in genere, dalla fantasia collettiva durante le animate conversazioni del dopopranzo. *Sorpresa al buio* raccontava la storia di una festa in casa di una coppia, durante la quale Susy, nel ruolo di una sollecita domestica, si dava da fare per compiacere gli invitati. L'azione procedeva lentamente verso l'inevitabile climax orgiastico, quando tutti si ritrovavano nella camera da letto della ragazza dopo essersela passata l'un l'altro, e culminava in una scena di sesso di gruppo.

Il film poteva risultare più noioso che eccitante, ma lo salvava il realismo imposto da Lara sul set. Lui sosteneva che nel cinema erotico, almeno in quello che si faceva nei suoi studi, le donne potevano fingere, gli uomini no. In genere girava piani sequenza a cui aggiungeva, in fase di montaggio, solo dettagli dei primi piani. Fin dall'esordio il suo motto era stato: sesso reale e realismo totale.

Quando tutto fu pronto, gli attori presero posto. Mentre aspettava il momento di accendere le luci e avviare il motore della cinepresa, Lara diede le ultime istruzioni alla protagonista. Avevano appena finito di truccarla e il suo corpo scultoreo era avvolto in un asciugamano. Al ciak, Susy se ne liberò gettandolo su una sedia e si avviò verso il groviglio di corpi nudi inumidendosi le labbra. Lara era un professionista e tutta la sua attenzione era concentrata sulla scena che stava girando. Neanche si accorse che il cannone aveva già annunciato le nove.

21.11

Il ristorante La Veranda dell'Hotel Nacional era più discreto del grande salone del Comedor de Aguiar. Per quanto affollato, c'erano sempre due tavoli riservati: quelli per l'ospite della suite 212. Spesso passavano giorni senza che nessuno li occupasse, ma fare in modo che restassero liberi era una delle prime disposizioni che i dipendenti ricordassero di aver ricevuto.

Uno dei tavoli era poco distante dalla porta e chi vi sedeva poteva osservare chiunque entrasse, ancor prima che lo facesse. L'altro tavolo, accanto alla vetrata, offriva un'eccellente vista sul litorale che piegava come un enorme arco fino al Castillo de La Punta, anche se da lì l'unica fortezza che era possibile scorgere era quella dei Tres Reyes del Morro, ritta con la sua mole imponente e secolare sulla riva opposta dell'ingresso del porto. Il panorama marino compensava in parte il fatto di sedere a un tavolo di soli uomini.

Il maître e l'esercito di camerieri non erano mai stati colti in fallo. Quei signori, che occasionalmente preferivano essere serviti al ristorante, erano ospiti senza nome, senza una professione che incoraggiasse un complimento o una frase di ammirazione: erano, solo ed esclusivamente, "la gente del casinò".

Il rituale ebbe inizio come d'abitudine. Due uomini occuparono il tavolo vicino all'entrata. Uno, con sotto il braccio l'edizione del mattino del "New York Times", si sedette di fronte alla porta. L'altro, alla sua sinistra, aveva davanti a sé tutto lo spazio interno del ristorante. Ordinarono tranci di pagro e birra chiara. Mangiarono in fretta e s'immersero in un lungo e silenzioso dopopranzo.

Ogni volta che entrava qualcuno, quello che fingeva di leggere il giornale lo scrutava attentamente, cercando di cogliere nel suo comportamento anche il più impercettibile segno sospetto. Poi il nuovo venuto entrava nel raggio di osservazione del secondo uomo, che teneva d'occhio tutti i commensali. Sulle gambe di entrambi, l'aria condizionata raffreddava il metallo brunito delle Smith & Wesson a malapena coperte dai raffinati tovaglioli di lino.

21.18

Una Buick Roadmaster del '55 percorreva lentamente calle Veintiuno e i suoi tre passeggeri cercavano di richiamare l'attenzione delle prostitute che pattugliavano i dintorni dell'Hotel Capri. Sul pavimento dell'auto c'erano due sacchetti di carta. Nessuno avrebbe potuto mettere i tre in relazione con quanto sarebbe accaduto lontano da lì mezz'ora dopo. Si divertivano, erano rilassati e non avevano l'aria di chi avrebbe usato le armi. Erano professionisti del terrore, ma il cervello di quel commando non rispondeva a nessuno dei mitici nomi di latitanti ricercati, vivi o morti, dalla polizia di Fulgencio Batista; del resto, in una città immersa nella violenza era impossibile stabilire chi avesse sparato.

Lasciarono calle Veintiuno e imboccarono la Veintitrés in senso contrario a quello in cui stavano procedendo. La Buick si fece largo nel traffico per raggiungere il ponte sul fiume Almendares. Poco lontano c'era il luogo in cui era avvenuta la seconda fondazione dell'Avana, allorché la città fu trasferita dalla costa sud a quella nord durante i primi anni della colonizzazione spagnola. Le acque della Chorrera, nome originario del fiume, erano allora dolci e cristalline e non esalavano quel fetore da stiva di nave negriera che adesso saliva sino alle finestre della caserma del Departamento de Investigaciones, dove la notte sarebbe stata illuminata, pochi minuti dopo, dai lampi rossastri delle raffiche dei Thompson.

21.40

L'uomo apparentemente intento a leggere il "New York Times", vicino alla porta del ristorante La Veranda, batté un leggero colpo sul tavolo per allertare il compagno. Meyer Lansky entrò nel ristorante seguito da Dino Cellini e nessuno fece loro caso, a parte naturalmente i due guardaspalle. A quell'ora e in quel luogo non uno dei commensali aveva un motivo abbastanza valido per distogliere l'attenzione dal suo *filet mignon* e fissarla su altri due americani dall'aria affamata. Nessuno girò la testa o si piegò verso il proprio compagno di tavolo per sussurrargli: "Hai visto chi è appena entrato?". Erano pochi quelli che potevano identificare Meyer Lansky, giacché non era un personaggio pubblico e viveva nell'ombra. Dovevano passare ancora molti anni prima che si scoprisse l'esistenza del Banchiere della mafia.

Lansky indossava abito scuro, camicia bianca e una lussuosa cravatta fantasia. Non ostentava anelli né altri gioielli, ma al polso sinistro aveva un orologio d'oro extrapiatto. Sul capo non portava un cappello con la tesa abbassata che gli conferisse un'aria da duro alla Edward G. Robinson. Quella era la prima notte senza Albert Anastasia, e la sobrietà del suo abbigliamento probabilmente era un segno di rispetto per il "caduto", sebbene, nella conversazione con Dino, mostrasse un'allegria sospetta. Nulla sembrava inquietarlo. A Cuba, Meyer Lansky aveva pochissime cose di cui preoccuparsi.

Nell'ufficio del colonnello Mariano Faget, capo del Buró de Represión de Actividades Comunistas (Brac), il suo vice, il capitano Arturo Castañeda, era rimasto solo in mezzo a una montagna di documenti in disordine. Nel tardo pomeriggio avevano cominciato a redigere assieme un rapporto sollecitato con urgenza da Santiaguito Rey, ministro degli Interni, ma Faget, irrequieto al punto da non riuscire a stare più di tre ore nello stesso posto, aveva abbandonato l'ufficio appena si era fatto buio, lasciando tutto il lavoro a Castañeda.

Il colonnello Faget aveva quarant'anni e in vita sua non aveva fatto altro che dare la caccia ai comunisti, rossi rossi o rosa pallido che fossero. Era esperto in un'arte difficile, comprensibile soltanto a chi ha braccato senza tregua i nemici. Era stato addestrato a dirigere una rete di informatori, a confrontare dati e a servirsi di tecniche d'indagine pressoché sconosciute a Cuba, come le intercettazioni telefoniche e postali, o il controllo visivo a distanza.

Mentre gli altri corpi di polizia del presidente Batista, "El Hombre", erano impegnati ad arrestare e neutralizzare le forze del Movimiento Revolucionario 26 de Julio capeggiato da Fidel Castro, un avvocato che aveva imbracciato le armi nella regione orientale alla fine del 1956, il colonnello Faget s'insinuava nella vita privata dei cubani senza fare distinzioni tra ricchi e poveri, militari e civili. Nessuno sfuggiva al suo fiuto sopraffino, nemmeno i più stretti collaboratori di "El Hombre", perché la sua missione andava ben al di là della guerra civile per avventurarsi sui tortuosi sentieri della sicurezza di tutto l'emisfero. In fondo, il Brac stava largo di spalle a Batista.

Il capitano Castañeda, rinchiuso già da un paio d'ore in una stanza senza nessuno con cui scambiare una parola, cominciava a perdere interesse per quel maledetto rapporto sollecitato telefonicamente il giorno prima. Non capiva la necessità di mettere per iscritto cose che non si dovevano dire neppure sottovoce. Era convinto che Rey stesse organizzando il solito incontro farsa con Batista, da cui sarebbe uscito con un paio di pacche sulle spalle e la voce dell'Indio che gli risuonava nelle orecchie: "Così si fa, ragazzo". E sapeva che non si sarebbe andati oltre l'abituale messinscena dei ministri davanti ai presidenti, perché in realtà erano lui e Faget a fare il lavoro sporco.

Arturo Castañeda era un uomo con un senso del dovere quasi mistico, insano. I gradi di capitano li aveva ottenuti accumulando meriti di servizio, primo fra tutti la dedizione con cui svolgeva la propria attività. Il suo senso della disciplina era inflessibile, ma esigeva più da se stesso che dagli altri. Poteva eseguire qualsiasi cosa gli fosse richiesta con un fanatismo patologico. Quando falliva sembrava un'automobilina con la carica a molla che sbatte contro una parete e sgomma a più non posso senza riuscire ad avanzare di un millimetro. La differenza tra lui e il giocattolo era che quest'ultimo dopo un po' si ferma, mentre Castañeda lo faceva solo quando glielo ordinavano, all'improvviso.

Sotto questa corazza di soldatino di piombo fremeva un'altra identità, frustrata fin dalla nascita dalle convenzioni e dai pregiudizi di un'educazione militare. Suo padre aveva ottenuto il grado di colonnello durante il governo di Gerardo Machado, e suo nonno paterno quello di generale di brigata verso la fine della guerra d'Indipendenza, agli ordini del patriarca Calixto García. Le storie che gli raccontavano da bambino, per farlo addormentare, parlavano di cariche con il machete trasfigurate dal tempo o episodi straordinari incentrati sul coraggio personale e lo sprezzo della vita. Se la sua educazione non fu spartana in tutti i sensi, lo si dovette al fatto che per i soldati cubani non era concepibile alternare all'attività bellica la pratica della sodomia. Ma se Arturo Castañeda fosse stato un guerriero del mondo ellenico, tutto sarebbe stato diverso.

Questa sua inclinazione segreta e repressa non si manifestò mai concretamente, al massimo gli provocò qualche turbamento durante la doccia collettiva in caserma. Ma il suo problema più grave era di non essere nemmeno consapevole delle richieste di quell'altro io, che lui non poteva permettersi e che si rivelavano soltanto in quella sua meticolosità da ricamatrice e, soprattutto, nell'attitudine all'intrigo.

A letto onorava con scrupolosità i doveri coniugali, dedicando al sesso lo stretto necessario, quasi si trattasse di un'ulteriore manifestazione di disciplina. Ma gli mancavano la passione e la voglia spontanee, le parole ardenti sussurrate all'orecchio della compagna per farla sentire desiderata e non soltanto posseduta. E gli mancavano altre cose importanti, come l'istinto di protezione e il suo contrario, quel pizzico di brutalità del maschio impazzito per la sua femmina.

In un vero servizio segreto il capitano Castañeda sarebbe stato uno degli ufficiali migliori, soprattutto per la sua capacità di passare ore intere a considerare lo stesso fatto da ogni punto di vista, e la conseguente, impressionante abilità nello smontare un'informazione in frammenti di pensiero per poi sintetizzarla in un ragionamento a prova di bomba. Ma il Brac non giunse mai ai sommi vertici del fantasmagorico universo dello spionaggio in scala reale e dovette accontentarsi del grado di corpo di polizia tropicale, una versione meno brillante dei servizi segreti del Primo Mondo.

Nessuno seppe mai quanto soffrisse Castañeda per non aver trovato intorno a sé la raffinata atmosfera di una sezione dell'MI-6 britannico, dove un domestico gli avrebbe potuto chiedere con voce grave: "*Some more tea, sir?*", o quella carica di tensione di un ufficio nel quartier generale della Cia, dove per qualsiasi inconveniente sarebbe bastata una parola: *bullshit*, cazzate.

Il Brac non era il servizio segreto sognato da Castañeda, pur essendo nell'isola ciò che più gli somigliava, quantomeno all'inizio, perché in seguito fu contagiato dalla stessa malattia che affliggeva gli altri organi di sicurezza: l'inefficienza nel portare a termine complesse operazioni d'infiltrazione, che alla lunga paralizzò la capacità d'iniziativa e deviò i suoi metodi verso la classica, indiscriminata brutalità poliziesca.

Quando fu istituito, a metà degli anni Cinquanta, il Brac era destinato a compiti più elevati degli interrogatori condotti con il pungolo elettrico. Era stato pensato come un corpo d'élite ben strutturato per la lotta al comunismo, ideologia presente a Cuba dal 1925, anno della fondazione di un partito che negli anni Trenta si era radicato in importanti settori del mondo operaio e intellettuale. In realtà, sotto la bacchetta di Batista il movimento comunista si era alquanto sgonfiato e ormai se ne percepiva la presenza soltanto nell'opera di proselitismo del Partito socialista popolare, costretto alla clandestinità e seguace della linea di Mosca, che a Cuba era una linea puramente immaginaria.

Castañeda si armò di buona volontà e continuò a redigere il rapporto. Era abituato al ruolo di burocrate del gruppo perché, sebbene Mariano fosse bravo nella sua professione, non sopportava le scartoffie. Le fughe di Faget nel bel mezzo del lavoro erano frequenti come le sue sigarette Competidora Gaditana. E portò quest'abitudine all'estremo.

Nel 1959, dopo la vittoria di Castro, il colonnello finì a lavorare per la Cia in un centro di rifugiati cubani a Opalocka, mentre Castañeda, davanti a un plotone d'esecuzione nel Fosso degli Allori della fortezza La Cabaña, pagava per tutti il conto dei piatti rotti.

5 novembre 1957

L'Hotel Havana Riviera era praticamente ultimato. Era sorto come per incanto in meno di un anno. Le goccioline microscopiche trasportate dal vento, dopo l'impatto violento delle onde contro il muro del Malecón, arrivavano fino alle finestre del ventesimo piano. La stagione invernale anticipava i pronostici dell'osservatorio di Belén, dove i gesuiti, con la loro secolare saggezza, pretendevano di decifrare il caotico andamento del clima dell'isola.

La mattinata si annunciava piovosa, umida e fredda, niente a che vedere con il sole splendente che appena qualche ora prima si era affacciato nello stesso punto da cui ora giungevano rapide nuvole nere. Il Riviera doveva affrontare per la prima volta il maltempo.

I lavori più complessi erano finiti e adesso toccava ai decoratori, che sistemavano lampade e tendaggi, stendevano tappeti e appendevano quadri e specchi nei corridoi. Le addette alle pulizie lucidavano gli ottoni delle porte e le cameriere preparavano una stanza dopo l'altra nel corso di giornate interminabili. Con la sua hall immensa, grande quanto un campo di calcio, la struttura ad arco che rendeva possibile la vista del mare da ciascuna delle 440 camere e le migliaia di metri quadrati di vetrate, l'albergo era come una bolla di luce sorta dall'oceano.

Appoggiato al balcone della suite 2001, Meyer Lansky stava contemplando la furia del mare quando fu assalito da un dubbio fulminante: il Riviera non sarà troppo vicino alle onde? Dal suo osservatorio poteva scorgere una nave che lottava per entrare in porto, le auto che percorrevano il Malecón con i finestrini chiusi, sommerse a tratti da torrenti di schiuma, e, ai suoi piedi, la sfolgorante cupola del casinò rivestita da piccole piastrelle, come un tempio di Gerusalemme visto dal monte degli Ulivi. Era là che pulsava il cuore dell'hotel, e a proteggerlo dal mare era qualcosa di più di un ardito cimento edilizio.

Nel salone, alle spalle di Lansky, due uomini e una donna controllavano i nomi degli invitati all'inaugurazione. In cima alla lista c'era quello della persona senza la quale tale avventura sarebbe stata impossibile: il presidente Fulgencio Batista y Zaldívar, l'artefice della legge sul turismo che aveva consentito un investimento del genere senza che si dovesse versare un centesimo al fisco, oltre che il socio comprensivo il cui contributo consisteva in una decina di milioni di pesos prelevati dalle casse dello Stato per realizzare un sogno nato nel deserto del Nevada.

Dai giorni ormai lontani in cui Bugsy Siegel aveva avviato la costruzione dell'Hotel Flamingo, Meyer aveva desiderato qualcosa di simile, senza però dover affrontare le peripezie e i problemi finanziari che avevano condotto il suo partner fraterno, l'amico di gioventù, a morire ammazzato in casa dell'amante Virginia Hill, con il volto distrutto da una raffica di mitra.

Da allora erano trascorsi dieci anni, pressappoco lo stesso periodo di tempo in cui Charlie "Lucky" Luciano era stato espulso da Cuba e confinato in Italia su pressione del governo nordamericano. Dello straordinario trio passato alla storia all'epoca del proibizionismo, soltanto Meyer Lansky era rimasto in sella. Grazie a un seme piantato all'Avana negli anni Trenta, aveva navigato con maggior fortuna rispetto a tutti gli altri suoi pari grado nel sindacato. Non solo possedeva il Riviera, un gruppo di fiorenti casinò e molte altre imprese affini, ma aveva un paese a quaranta minuti dagli Stati Uniti che legiferava per lui, e il cui presidente era suo socio. Nessuno aveva mai ottenuto tanto.

All'impero costruito mattone su mattone si aggiungeva ora un palazzo, il suo palazzo, dove avrebbe fatto sedere alla sua destra le Famiglie alleate che avevano saputo venire a patti con onore e profitto. Lì sarebbe stato al sicuro dalle persecuzioni del Congresso, dei procuratori, del fisco e di quanti in America lo consideravano un "nemico pubblico". Dietro i merli della sua nuova fortezza poteva stare tranquillo. Gli avidi rivali avrebbero trovato le porte di Cuba ben sprangate e sorvegliate da "El Hombre" in persona. Nel paese non c'era posto per nessuno senza il consenso di Meyer Lansky, ed era stato questo l'errore commesso da Albert Anastasia, il quale aveva creduto di potergli far ombra con il suo Havana Hilton, senza fermarsi a riflettere sui costi dell'invasione di un territorio straniero.

Meyer sentì squillare il telefono e intuì la presenza del suo uomo di fiducia prima che questi aprisse la porta di vetro per annunciargli che Santos Trafficante stava salendo.

Meyer aveva atteso Trafficante sulla porta della suite che da quel momento sarebbe stata il suo rifugio all'Avana, anche se la nostalgia avrebbe continuato a spingerlo verso il vecchio appartamento all'Hotel Nacional. Trafficante arrivò da solo e mentre entrava, seguito dal suo anfitrione, non poté reprimere una sensazione d'impotenza, simile a quella che dovette provare Anastasia quando si vide davanti agli occhi le fiammate degli spari.

Santos non abbassava mai la guardia, attento a ogni dettaglio di quanto lo circondava. Forse era un'abitudine ereditata dal padre o motivata dalla circostanza di essere il figlio di un boss. Lo stesso Meyer, capace di calcolare mentalmente gli utili giornalieri dei suoi casinò, rimaneva indifferente dinanzi ai giri a vuoto dell'autista alla ricerca di un nuovo indirizzo, e gli bastava la presenza dei suoi guardaspalle per non aver paura di nulla e di nessuno. Trafficante, invece, si sentiva costantemente braccato. Anche l'episodio più insignificante, la minima variazione nell'atteggiamento dei suoi migliori amici erano per lui motivo di preoccupazione, convinto com'era che il successo, in affari come quelli di cui si occupava lui, dipendesse soprattutto dalla diffidenza.

Il tavolo di marmo di Carrara era ancora ricoperto dagli inviti per l'inaugurazione dell'Havana Riviera. Trafficante notò il disordine e capì che, fino a qualche minuto prima, nella suite di Lansky dovevano esserci state varie persone. Poteva indovinare l'impronta recente dei corpi sulle poltrone e sul divano in pelle e, se ci avesse appoggiato le mani sopra, avrebbe ancora potuto avvertire il calore che l'aria gelida proveniente dalla porta aperta del balcone non aveva fatto in tempo a disperdere. Perlustrò il salone con lo sguardo, si avvicinò senza troppa discrezione al balcone e rimase a osservare la porta d'ingresso. Conoscendo il punto debole di Trafficante, Lansky lo tranquillizzò.

«Non c'è nessuno dietro quella porta. Siamo soli, Santos, come d'accordo.»

«Naturalmente» rispose, e si diresse verso una poltrona sulla quale non trovò più la minima traccia di calore.

Luigi Santo Trafficante, o Luis Santos, che era il modo di cubanizzare un nome destinato altrimenti a destare sospetti, non era un luogotenente e neppure un uomo di fiducia, bensì il principale socio in affari di Lansky nell'isola. Poi veniva il boss di Chicago, Sam Giancana, e dopo di lui una lunga lista in cui non poteva mancare, nonostante la distanza, lo sventurato Lucky Luciano, un cervello indispensabile.

Trafficante Junior aveva ereditato la propria posizione dal padre, che a suo tempo aveva scommesso su un paradiso irraggiungibile dal braccio violento della giustizia nordamericana e aveva cominciato a tessere, assieme a Lansky, la complessa rete di relazioni, influenze e interessi nella quale adesso cadeva il frutto maturo.

Sebbene non si sia mai riusciti a stabilire chiaramente il volume di affari – leciti e illeciti – dei due e il loro intreccio, ciascuno aveva un proprio settore d'attività. Mentre Lansky si concentrava sul gioco d'azzardo, Trafficante apriva le porte degli Stati Uniti all'eroina, che Luciano faceva poi viaggiare per mezzo mondo, alla cocaina, la nuova droga di largo consumo che cominciava a imporsi all'Avana, e ai film porno, realizzati a prezzi risibili in un paese dove sovrabbondava il materiale umano necessario per girarli.

Meyer fece un po' di spazio sul tavolo fra gli inviti e vi poggiò due bicchieri e una bottiglia di Johnnie Walker etichetta nera che aveva preso dal mobile bar. Era un uomo di buone maniere e sapeva interpretare alla perfezione il ruolo del ragazzo povero dell'East Side di New York baciato dalla fortuna. Fece cenno a Trafficante di sedersi e si accomodò sul divano di fronte a lui. Era in momenti come questi, quando doveva prendere decisioni e assumersi i rischi del proprio lavoro, che gli tornava alla mente il nonno paterno, il ricordo più nitido che conservasse di un'infanzia sottozero nei pressi della frontiera russa. Un'immagine ricorrente nei suoi sogni era quella dei nonni Benjamin e Basha che dicevano addio alla famiglia, a Grodno, prima di andare a morire nella Terra Promessa. A volte Lansky si svegliava nel cuore della notte convinto di avere al fianco la cupa figura del vecchio Suchowljansky, che gli accarezzava i capelli e guardava con orgoglio quel nipote che era riuscito a trovare una via di fuga dalla povertà.

Santos si tolse gli occhiali e cominciò a pulirli con un fazzoletto, un tic da miope interpretato anche come il suo gesto d'impazienza più discreto. Poi li inforcò e attese che Lansky finisse di versare i due whisky. Bevve un sorso e sospirò profondamente.

«Allora?» domandò Trafficante come chi intende costringere l'interlocutore a scagliare la prima pietra.

In realtà c'era ben poco da chiedere. Albert Anastasia era caduto, e con lui la minaccia di un'imminente invasione nei business cubani da parte di "quelli di fuori". Trafficante si era occupato personalmente della questione e Joe Gallo dei dettagli più truci. Malgrado ciò, le cose si presentavano in maniera diversa dal previsto.

Anastasia era stato tallonato senza sosta. Il suo ultimo viaggio all'Avana, appena tre settimane prima, era stato una vera e propria provocazione. Si era fatto notare. Aveva ficcato il naso al Tropicana e al Sans Souci sedendo a tavoli chiassosi; si era aggirato nei casinò dell'Hotel Nacional e del Sevilla Biltmore; era stato all'ippodromo Oriental Park e perfino nei gremiti locali di slot-machine, come chi, prima del combattimento, ispeziona il campo di battaglia. All'Hotel Copacabana aveva avuto una violenta discussione con Joe Sileci, e l'aveva insultato con le ingiurie più umilianti prima di sbattergli sotto gli occhi l'inseparabile valigetta con mezzo milione di dollari in contanti.

Ma gli avrebbero perdonato tutto se non avesse avuto la sfortuna di conoscere il cubano Chiri Mendoza, che gli aveva fatto credere di poter contare sull'appoggio di Batista per gestire il casinò dell'Havana Hilton, di prossima apertura. Mendoza era in buoni rapporti con la cassa mutua del sindacato Vinai, tra i finanziatori dell'hotel, e aspirava a diventare uno dei gestori di un casinò i cui guadagni netti sarebbero ammontati, secondo le previsioni, a tre milioni di dollari l'anno.

Poiché Batista aveva dichiarato pubblicamente che le concessioni di tutti i grandi casinò dell'Avana erano in mano a nordamericani e che a lui sarebbe piaciuto riservare quella dell'Havana Hilton ai cubani, Chiri e i suoi avevano interpretato quelle parole come l'opportunità tanto attesa di rilanciare l'offerta per il controllo del casinò. La comparsa sulla scena di Anastasia capitava quindi a fagiolo. Nessuno di loro sapeva però che, proprio per eliminare il pomo della discordia, la sala da gioco dell'Hilton era già stata assegnata a un gruppo d'interessi in cui Lansky, Trafficante e Giancana, rappresentati da Joe Sileci, avevano il sessanta per cento, Batista e i suoi il resto. Insomma, tutti i posti erano già occupati.

Il 20 ottobre Chiri Mendoza era andato a New York per incontrarsi con chi gli aveva combinato un appuntamento con Anastasia e, già che c'era, con Joe DiMaggio, il mitico esterno centro degli Yankees. Sperava di convincere il campione di baseball a diventare l'anfitrione del casinò dell'Havana Hilton per attirare clienti, come avrebbe fatto l'attore americano George Raft in quello dell'Hotel Capri, d'imminente apertura. Una brillante idea, la sua, visto il fanatismo di americani e cubani per il baseball.

La sera del 24 condussero Chiri Mendoza alla stanza 1009 del Warwick Hotel dove incontrò Anastasia, ansioso di chiudere l'affare dell'Hilton. Il cubano aveva già avuto occasione di conoscere il boss al bar del ristorante Floridita e rievocò quell'incontro casuale, ma Anastasia riuscì a fare mente locale soltanto quando Chiri gli ricordò che quel giorno era in compagnia del dottor Arturo Bengochea, il presidente della Lega cubana di baseball, e di Cuca la Feroz, una delle quattro ballerine di rumba mulatte che si esibivano al cabaret Bambù. Chiacchierarono per più di tre ore e si accordarono per pranzare assieme il giorno seguente. Al Warwick Hotel alloggiava anche Santos Trafficante, che aveva trovato il modo di essere subito informato delle trame che si ordivano tre piani sopra di lui.

Il 25, di mattina presto, Trafficante lasciò l'hotel alla volta dell'aeroporto, per prendere il volo delle 8.45 della Pan Am con destinazione L'Avana. Un'ora dopo, Albert Anastasia entrava dal barbiere del Park Central Hotel e, venti minuti più tardi, era steso accanto alla poltrona, coperto da un lenzuolo insanguinato. Chiri Mendoza si presentò puntuale all'appuntamento, ma non riuscì ad avere notizie di Anastasia fino all'uscita dei quotidiani della sera. Solo allora capì di essere finito nella tana del lupo.

Adesso Trafficante doveva tornare a New York per una riunione di tutte le Famiglie convocata da Joseph Barbara nella sua tenuta di Apalachin. La morte di Anastasia era stata la goccia che aveva fatto traboccare il vaso della preoccupazione generale per gli affari a Cuba. Per la maggior parte delle Famiglie l'isola non era solo il luogo dove fioriva il più incredibile e fantasmagorico supermarket del gioco, ma anche il paradiso finanziario dove riciclare il denaro accumulato sotto il naso del fisco.

Nelle battaglie dell'anno in corso era morto fra gli altri Scalise, che in qualche modo rappresentava Lucky Luciano durante la sua assenza forzata, e una notte Frank Costello era stato colpito da una pallottola mentre tornava al suo appartamento al Majestic, a Central Park. La necessità di porre un freno alla guerra era il motivo dichiarato dell'incontro previsto per il 14 novembre, ma Lansky era consapevole della propria posizione di svantaggio in quella riunione: Vito Genovese, Joseph Profaci e Carlo Gambino, furiosi, avrebbero battuto i pugni sul tavolo, da bravi italiani avrebbero gesticolato e sbraitato, e tutti gli esclusi dagli affari di Cuba li avrebbero seguiti. Adesso il pericolo era ancora più grande di quanto non fosse con Anastasia vivo. Quando Trafficante domandò a Lansky "Allora?", cercava una risposta per uscire a testa alta da quello che sembrava un vicolo cieco.

Meyer Lansky non aveva il fisico prestante del suo socio Bugsy Siegel o l'ardente sguardo latino di Luciano. I poliziotti di New York ridevano ancora di lui per una foto scattata nel 1932 in cui, al centro di una fila di detenuti – tutti con impermeabile e cappello –, faceva la figura di un bambino mascherato da gangster in mezzo a gangster veri. Il grosso labbro inferiore, il naso ingombrante e le profonde rughe attorno alla bocca lo facevano assomigliare a un cammello. Questo aspetto fisico precario era tuttavia migliorato dall'abbigliamento impeccabile, dai modi affabili di uomo sicuro di sé e dall'evidente intelligenza che traspariva dal suo sguardo. Seduto di fronte a Trafficante sembrava un professore universitario che discetta con un collega su un passo della *Repubblica* di Platone. I loro discorsi, tuttavia, non lasciavano affatto supporre una disquisizione sull'idea del Bene.

«Anastasia non è più tra noi» esordì Trafficante senza tanti preamboli, solo per rompere il ghiaccio, «ma non so se stiamo meglio o peggio di prima.»

Lansky piegò la testa di lato e allargò le braccia. Le rughe sul viso andarono su e giù trattenendo un sorriso che il suo interlocutore avrebbe trovato fuori luogo.

«Caro amico,» disse con calma irritante «stiamo come dovremmo stare, e non potrebbe andarci meglio. Non sarà a causa di quel bastardo che le cose si metteranno male per noi. Per favore, dimmi cos'è che ti preoccupa tanto. Si tratta di un problema personale? Dopotutto, tornare a New York è un rischio.»

Trafficante si agitava inquieto sulla poltrona. Era nauseato dalla diplomazia di Lansky, dal suo modo di dire e non dire, dalla sottile ironia con cui riusciva a innervosire le persone; soprattutto, gli dava fastidio essere costretto a decifrare le sue parole.

«Non ti capisco, Meyer. Non sto parlando di me. Sai bene che non ho niente da temere, almeno da parte della giustizia. Loro sono liberi di pensare quello che vogliono, nessuno gliene chiederà conto. Sicuro che sono preoccupato, e dovresti esserlo anche tu. Ci arriveranno addosso come api sul miele!»

«Santos, sono io a non capire la tua sorpresa. Hai forse creduto che sarebbero rimasti con le mani in mano? Colpire Anastasia è una faccenda più seria di una parata del 4 luglio. E loro cos'hanno fatto?» chiese Lansky, lasciando in sospeso la domanda come per dare al socio il tempo di rispondersi da solo. «Hanno chiesto una riunione di tutti capi.»

«Di tutti i capi» rettificò Trafficante.

«È una bella lingua l'italiano, Santos, proprio una bella lingua...»

«Scusa l'interruzione.»

«Non ho nulla da scusare. Le preoccupazioni erano tue.»

«Ok, Meyer, vuoi che mi metta in ginocchio?» disse sorridendo. «Ma senza voltarti le spalle, vero?»

Lansky rise di gusto per la battuta. Era un'altra delle sue qualità: era capace di ridere, pur sapendo che il riso non andava sprecato. Per lui, ridere era come mettersi in mutande, qualcosa che riservava all'intimità. Una volta, diversi mesi prima, aveva incontrato al ristorante El Carmelo Amadeo Barletta, un miliardario italiano con il quale era in stretti rapporti d'affari. Barletta era appena uscito dal teatro Auditorium, proprio sul marciapiede opposto, assieme a un famoso attore comico che interpretava sempre la parte dell'ubriaco e aveva uno sterminato repertorio di barzellette spinte. Lansky li invitò al suo tavolo e ordinò il roast beef Special Gambler, una specialità che lo chef aveva creato apposta per lui. Mentre aspettavano, l'attore raccontò la sua prima barzelletta e Lansky lo premiò con un sorrisino. Dopo la seconda, lo fissò con uno sguardo gelido, gli mise cento dollari nel taschino della giacca e disse a Barletta: «Di' al tuo pagliaccio di sparire».

«Ascolta, Santos,» continuò Meyer Lansky «una riunione come quella potrebbe metterci alle strette o liberarci di tutti *loro* per parecchio tempo.»

Senza rendersene conto, Lansky e i suoi soci dell'Avana avevano creato a poco a poco un proprio gergo isolano. Le isole inducono chi vi abita a pensare che il mondo si divide in due: quelli di dentro e quelli di fuori. A questo stesso schema rispondeva l'appellativo *loro*, usato per designare le Famiglie estranee agli affari cubani.

«Molto bene, molto bene» ribatté Trafficante. «Vai avanti.»

«È semplice. Scommetto cento a uno che in casa di quel ciccione di Barbara non si deciderà niente che possa danneggiarci.»

«Sarà il 14, Meyer, e io sarò là con Sileci...»

«Sicuro, nessuno si aspetterebbe di vedere me a una riunione di italiani. Andrai con Joe. Né tu né lui avete conti in sospeso con la giustizia e ne uscirete senza problemi. Sarà magnifico, Santos.»

«Per favore, non girarci intorno. Spiegati.»

«Credevo ci fossi arrivato.»

«Forse me l'immagino, ma preferisco che sia tu a dirmelo.»

Lansky, che non aveva toccato il suo whisky, si alzò per versarsi un bicchiere d'acqua. Accese una Marlboro e tornò alla poltrona. Godeva dei dribbling con cui eludeva il socio durante la conversazione. Sapeva che era un uomo intelligente ma pieno di timori, incapace di apprezzare il lato piacevole di una chiacchierata. Da parte sua, Trafficante non riusciva a nascondere i segni dell'inquietudine, né faceva il minimo sforzo per mascherarla: beveva in fretta e sbuffava il fumo del suo Montecristo numero 4 come una locomotiva in salita.

«Vedrai» disse Lansky piegandosi un po' in avanti nel tentativo di dare alla conversazione un tono più confidenziale, benché la cosa fosse ormai impossibile. «Se ho imparato qualcosa nella vita, è di non fare neanche un passo senza essere sicuro di quale sarà il successivo. C'è molta gente sicura di sé. Credono che basti avere una buona idea e non si rendono conto che nessuna lo è abbastanza, se non considera anche il peggio. Personalmente, sono convinto che non sempre due più due fa quattro. Forse tu non la pensi allo stesso modo perché sei italiano. Voi siete di cultura mediterranea, gente passionale, piena di energia incontrollabile, e credete che si vinca soltanto vincendo.»

«Che potrebbe voler dire che non siamo capaci di vedere oltre il nostro naso» ribatté acido Trafficante.

«Assolutamente no. E quel che mi hai appena detto è la riprova che ho ragione. Ti rendi conto della tua reazione? Siete impulsivi, e gli impulsi si pagano cari, perché impediscono di ragionare.»

«Forse i miei avrebbero dovuto farmi nascere in Palestina, magari sarei stato più furbo.»

«Non credo. Lo sei già fin troppo. Diventerebbe un difetto per eccesso» disse Lansky. «Non sto parlando di furbizia, parlo di logica, di consapevolezza del futuro. Se c'è una differenza tra noi due, è che per me il presente è domani.»

«E per me le cose vanno dette senza troppi giri di parole.»

Lansky rise di nuovo e poi fece una cosa eccezionale, che quasi nessuno ricordava avesse mai fatto: si avvicinò a Trafficante e gli diede una pacca sulla spalla. Lo prese per il braccio e lo guidò verso il balcone della suite, dove il vento continuava a fischiare fra i vetri.

«Che spettacolo!» commentò Meyer Lansky. «Il mare mosso infonde forza. Adesso gli siamo così vicini che la sua forza arriva fino a noi.»

«Siamo davvero così forti?» domandò Trafficante con noncuranza.

«Non puoi immaginare quanto. Le cose sono ormai giunte a un punto tale che i tuoi italiani d'America non se lo sognano nemmeno. Siamo irraggiungibili, Santos» affermò Lansky con veemenza indicando verso nord, oltre lo stretto della Florida. «In mezzo c'è questo mare...»

«E Batista.»

«E Batista. E persino l'Fbi.»

Questa volta fu Santos Trafficante a ridere delle parole del socio. Colpì la ringhiera metallica per accompagnare la risata con un gesto appropriato.

«Stai delirando! I federali? I ragazzi di Hoover al nostro fianco?»

«Non sto delirando. Sì, i federali sono dalla nostra parte, o perlomeno ci stanno facendo un grosso favore. C'è un accordo» cominciò a spiegare «non direttamente con loro, ma attraverso la segreteria di Stato di Batista. Il governo non ha intenzione di importare problemi dall'America. Ha già i suoi, e con noi fila tutto liscio. Siamo rispettosi e giochiamo pulito. Credi a me, Santos, non dovremo muovere un dito, si occuperanno loro di tutto.»

«Ok, benissimo. Ma cosa c'entra questo con la riunione in casa di Joseph Barbara?»

«È la cosa più semplice del mondo. Immaginavo che sarebbe successo qualcosa e ho messo Batista sull'avviso. Ho avuto una cena privata con il suo segretario per spiegargli che la concorrenza avrebbe tentato di entrare con la forza nel business del turismo a Cuba, e per fargli capire che, se questo non era un bene per noi, ancor meno lo sarebbe stato per il presidente. Qualche giorno dopo, quando ho saputo della riunione convocata in casa di Barbara, l'ho rivisto e gli ho suggerito di far intervenire il governo americano passando l'informazione all'Fbi. E così hanno fatto! Ieri mi ha chiamato il ministro degli Interni, il signor Rey, e mi ha detto queste precise parole: "Il presidente le manda i suoi saluti e le comunica che il governo degli Stati Uniti si è dimostrato molto ricettivo". Gli ho chiesto se sapeva come sarebbe andata a finire e lui mi ha assicurato: "Mister Lansky, interverrà l'Fbi".»

«Intervenire? Cosa significa "intervenire" per il signor Rey?»

«Perdio, Santos, hai mai visto i cubani "intervenire"?»

Gli argomenti di conversazione sembravano esauriti. Ciascuno conosceva troppo bene il proprio lavoro per perdere tempo in inutili dettagli, un errore da principianti. Degli affari veramente delicati si parlava poco: quanto meno, tanto meglio. Trafficante sarebbe partito il 12 per New York accompagnato da Joe Sileci che, naturalmente, non aveva la più pallida idea del fatto che la riunione ad Apalachin era stata "venduta". Entrambi vi avrebbero partecipato, perché l'assenza di quelli dell'Avana sarebbe stata come rovesciarsi un secchio di merda in testa, e avrebbero affrontato le conseguenze come tutti gli altri.

Lansky prevedeva una retata, uno scandalo nazionale che avrebbe bloccato per un bel po' qualsiasi *loro* nuovo tentativo di ficcare il naso negli affari cubani. Intuiva che la riunione dei capi delle Famiglie sarebbe stata usata per suonare la grancassa sui giornali, a sostegno di quella che il governo degli Stati Uniti chiamava la sua crociata contro il crimine organizzato. Naturalmente era anche convinto che nessuno, o quasi nessuno, dei partecipanti, avrebbe avuto problemi che i suoi avvocati non fossero in grado di risolvere in ventiquattr'ore. Era un vantaggio del sistema giudiziario nordamericano: il bisogno di prove, e nessuno avrebbe mai potuto provare l'illiceità di quel summit.

Trafficante considerava quelle previsioni un male necessario e, per certi versi, non riusciva a reprimere l'insana curiosità di vedere come sarebbe andata a finire in casa di Barbara.

«Un altro goccio?» propose Lansky.
«Credi che ne abbia bisogno?»
«Oh, amata Italia! Terra di uomini dai nervi d'acciaio! Come mi sarebbe piaciuto vedervi nell'arena del Circo Massimo.»
«Meyer, ti stai allargando troppo. A me sarebbe piaciuto vederti dire la stessa cosa ad Al Capone.»
«Parlami di persone, non di animali. Capone era un imbecille che non sarebbe riuscito a fare nemmeno la metà di quello che abbiamo fatto noi. Se vuoi che riconosca il talento di voialtri italiani, puoi citarmi tuo padre, che mi ha insegnato molto, Bonanno o Giancana, che è un buon amico. Ma non tirare in ballo i Capone, i Fiscetti o i Genovese, perché per me erano e restano una banda di pasticcioni.»
«Siamo d'accordo.»
«Mi fa piacere saperlo. Aspetto il tuo ritorno» disse Lansky a mo' di commiato.
Dal balcone si erano mossi a piccoli passi verso la porta della suite. Lansky stava per tendergli la mano quando Trafficante si sedette di nuovo sulla poltrona.
«Mi dai quel goccio?»
«Certo. Non c'è ghiaccio. Se vuoi, ne mando a prendere qualche cubetto.»
«A volte mi sconcerti, Meyer. Se non sei capace di bere un sorso di whisky, perché ti riempi un bicchiere e poi mi vieni a dire che non c'è ghiaccio?»
«Per pura cortesia, Santos. Javier, il mio autista, ripete sempre un detto spagnolo: essere cortesi non impedisce di essere coraggiosi. È una verità grossa come la Florida.»
«E la Florida è bella grossa.»
«Anche se meno succosa dell'Avana.»
Trafficante prese il bicchiere dalle mani di Lansky e restò qualche istante in silenzio a contemplare il liquido ambrato. Bevve un sorso e tirò fuori un altro Montecristo dal portasigari che teneva nella tasca interna della giacca. Lo accese con cura e mise il Ronson d'oro massiccio sul tavolino.
«E allora?» domandò Lansky dopo aver atteso con calma la conclusione di quel rituale.
«Meyer, non è per ribattere al tuo discorso sulla buona idea che in realtà non è tanto buona, ma c'è qualcosa che devo dirti. Se lo faccio è perché tu sei capace di vedere più lontano di tutti noi e perché, anche se non sono uno stratega, non sono nemmeno l'ultimo arrivato.»

«Lo so bene.»

«Ok. Allora dimmi che cazzo sta succedendo a Cuba.»

Lansky lo guardò meravigliato. Per pura sorpresa o, forse, perché non avrebbe mai immaginato che il suo socio si interessasse di politica.

«Ti riferisci all'opposizione a Batista?»

«Più o meno. Andiamo al sodo, Meyer» continuò Trafficante. «Giorni fa hanno mitragliato la caserma del Departamento de Investigaciones e ieri le bombe hanno tuonato tutta la notte. Mi hanno detto che ne sono esplose ventisette, senza contare i tralicci dell'elettricità abbattuti in un quartiere periferico. Finora i problemi di Batista con gli uomini di Castro erano sulla Sierra Maestra, che per fortuna è ben lontana da qui. Ma ventisette bombe in una notte sono qualcosa di molto diverso.»

«Andiamo, Santos. È solo un po' di chiasso. Questa gente è fatta così, lo stesso che in Guatemala o in Venezuela. Sono abituati a fare politica in questo modo. Non è stato proprio Batista una volta a prendere a cannonate l'Hotel Nacional per stanare un gruppo di ufficiali ribelli? Non cercare il pelo nell'uovo. Qui non siamo negli Stati Uniti, dove bene o male i problemi del governo si discutono e il presidente non può ignorare il Senato e il Congresso. Queste sono terre di caudillos, machete, pistole e spacconate da quattro soldi... e di delitti passionali.»

Trafficante puntò l'indice verso il tavolino sul quale Johnnie Walker ascoltava la loro conversazione e poi indicò il suo bicchiere vuoto. Si alzò, si versò una dose generosa e tornò a sedersi senza fare commenti. Lansky rimase a osservarlo in attesa di una risposta.

«E così, tutto quello che fa Meyer Lansky oggi è perché sa quel che farà domani.»

Trafficante pronunciò le parole con l'intenzione di mantenere un'atmosfera rilassata, ma se produsse qualche effetto fu proprio quello opposto, dato che non era un maestro d'ironia. La frase gli uscì con un tono di rivalsa più aggressivo di quanto avrebbe voluto. Lansky si mise in stato di allerta.

«È così, Santos. È proprio così.»

«Eppure, io ho una preoccupazione che a te, a quanto pare, non è ancora passata per la testa. È vero, Cuba è un paese di caudillos, come mi hai appena detto, e secondo me è proprio questo il guaio. Per un caudillo non c'è nemico peggiore di un altro caudillo con più seguaci e, se non sbaglio, il momento di Batista sta passando... o meglio, stanno facendo in modo che passi. E noi, Meyer, ci siamo legati a lui a doppio filo e non siamo preparati per sopravvivere con qualcun altro. Ecco il nostro vero punto debole. Dobbiamo essere sicuri che il terreno conquistato e le prospettive eccellenti acciuffate per i capelli non ci scivolino via come acqua tra le dita.»

«Non sottovaluto le tue preoccupazioni. È già qualche mese che quell'avvocato senza clienti ha dichiarato guerra a Batista, e la situazione politica è difficile. Però il governo mantiene il controllo.»

«Certo. Ma siamo sicuri che continuerà a mantenerlo?»

Lansky si spazientì, non tanto perché l'argomento lo scoraggiasse quanto per il modo in cui il socio gli si stava rivolgendo. Cominciavano a infastidirlo l'interrogatorio di Trafficante e la prontezza, veramente inusuale, con cui conduceva la conversazione. Dopo quell'inattesa dimostrazione di talento aveva la sensazione che i ruoli si stessero invertendo.

«Sinceramente, credo di sì» disse, senza poter trattenere uno scatto di arroganza. «Batista non è il tipo che si lascia strappare il potere da quattro ribelli. Ha il pugno di ferro, è riuscito a mettere in riga il paese e a farlo progredire come mai prima di lui. Ha molti successi da esibire, molti di più che qualsiasi governo precedente.»

«Vorrei poterla pensare allo stesso modo, invece credo che sarà proprio il suo pugno di ferro che finirà per creargli un sacco di problemi. Fino a poco tempo fa il focolaio della rivolta era a mille chilometri dall'Avana, ma adesso le bombe scoppiano dappertutto. Dammi retta, se il senso d'insicurezza aumenta e continuano a comparire cadaveri per strada, i nostri interessi saranno seriamente minacciati. Se L'Avana diventa un campo di battaglia, ci verrà sempre meno gente.»

I ragionamenti di Trafficante erano così lucidi e la relazione con i loro affari così diretta che Lansky, per un momento, provò una sensazione di vuoto rendendosi conto di essere a corto d'argomenti per sostenere la sua tesi. Era sorpreso, anzi più che sorpreso era arrabbiato con se stesso: com'era possibile che lui, uno spirito analitico, un calcolatore, non si fosse soffermato a meditare su una cosa evidente a tremila chilometri di distanza per qualsiasi persona dotata di media intelligenza?

«Esageri, Santos!» esclamò senza riflettere, e impiegò un paio di secondi a riordinare i pensieri per dire qualcosa di sensato. «Ci sono delle grane, ma non si arriverà a quegli estremi. Nessuno lo consentirebbe. Noi abbiamo grandi progetti, ci abbiamo investito molto denaro e non ci faremo prendere a schiaffi. Neanche Eisenhower lascerà che gli mettano un palo nel culo. Questo paese non riuscirà mai a governarsi da solo.»

«Per favore, riflettiamo con calma. Castro sta diventando popolare e Batista impopolare. Se Castro si allea con il resto dell'opposizione, potrebbe esserci una via d'uscita democratica al conflitto che ha scatenato; ma se rimane sulle montagne e vince, avrà un potere incontrollabile. I cubani non fanno altro che parlare di Fidel, quell'uomo sta diventando una leggenda, un Robin Hood. Batista, da parte sua, è messo molto male, non riesce a fermare la guerriglia, e il fantasma del Movimiento 26 de Julio lo tiene perennemente sulla corda. L'opposizione armata lo obbliga a soffocare brutalmente la rivolta, ma la storia delle repressioni violente è breve. Nel migliore dei casi, se il fenomeno Castro si sgonfia, Batista non sarà più in grado di riportare il paese alla normalità, semplicemente perché è sempre più difficile trovare qualcuno che lo appoggi. Quando meno te l'aspetti, arriva un sergente che si mette alla testa dell'esercito, e uno qualunque dei suoi ministri va a occupare il palazzo presidenziale. Così funziona questo fottuto paese!»

«Aspetta, Santos. Nessuno ha detto che abbiamo bisogno di Batista per l'eternità. Un giorno, lui non sarà più il presidente, noi invece rimarremo qui.»

«Non adesso, però, e nemmeno l'anno prossimo. Ed è assurdo immaginare di trovare un accordo con Castro al potere, perché costui cancellerà il nome di Batista dalla faccia della terra e noi saremo spazzati via. Ci servono almeno quattro anni per mettere in piedi la nostra Montecarlo americana, per fare di Las Vegas una volgare bisca in confronto all'Avana. Poi non c'importerà più di nessuno, né di Batista né di *loro*.»

«Ok. La tua preoccupazione è legittima ma ingiustificata.»

«No, Meyer. Ingiustificato sarebbe non garantire quattro o cinque anni di potere a un presidente che ci offra la copertura che ci ha dato Batista. In questo caso, non m'interessa affatto come si chiama; oltretutto lascerebbe Castro senza nemico, senza una causa da difendere sulle montagne. L'avvocato, che dice di lottare contro l'incostituzionalità del governo, sarebbe costretto a farla finita con la guerriglia. Non è vero? Le cose non continuerebbero a complicarsi come succede adesso. Magari potremmo comprarci un senatore azzeccagarbugli o un partito che aspiri ogni quattro anni a un paio di seggi al Congresso, così non avremmo un guerrigliero barbuto con il suo esercito personale a capo di Cuba.»

Trafficante diede un tiro al suo avana, che però si era spento, e quindi lo schiacciò con forza nel portacenere. Lansky si alzò per togliersi giacca e cravatta. Sudava, nonostante l'aria fredda che soffiava da nord.

«Rispetto la tua opinione» disse ostentando una calma che era lontano dal provare «ma sono convinto che la tua visione del futuro sia apocalittica. Batista durerà il tempo necessario. Senza di lui saremmo veramente a terra, non avremmo nessuna garanzia e *loro* ci divorerebbero.»

«Anch'io rispetto il tuo modo di vedere, ma preferisco rimetterci la metà piuttosto che perdere tutto. È la regola di qualsiasi affare; non sempre gli utili sono del cento per cento. Non ti sto descrivendo uno scenario futuro, ti sto parlando di adesso. Siamo ancora in tempo per fare qualcosa di intelligente...»

«Intelligente come la faccenda del barbiere?»

«Magari anche di più...»

La felicità non è mai assoluta. Trafficante aveva seminato inquietudine e dubbio nel cuore di Meyer Lansky. Di lì a cinque giorni, il 10 novembre, sarebbe stato inaugurato l'Hotel Havana Riviera, e quello che sembrava un clima di bonaccia, ideale per posare la prima pietra della mecca mondiale del gioco, veniva ora turbato dai pensieri pessimisti che gli aveva insinuato il socio. Anche se la sua posizione era irremovibile, Lansky non era più così sicuro che fosse infallibilmente corretta.

Sostenuto da un'alta opinione di sé, poteva anche concedersi un attimo di ostinazione, ma era abbastanza giudizioso da evitare la trappola dell'autoinganno. Per la prima volta nella sua vita di uomo chiave negli affari del sindacato, era disorientato. Gli argomenti di Trafficante erano validi quanto i suoi, e ignorarli sarebbe stata una sciocchezza.

Quella notte lasciò la suite privata del Riviera dopo un breve incontro con un socio del casinò, Eddie Levinson, e se ne andò all'Hotel Nacional, la sua vecchia tana, dove si sentiva come a casa. Chiese al fratello Jake di cenare in camera con lui. Poi rimase solo. Le voci delle guardie del corpo che giocavano a carte nella stanza accanto interrompevano il filo dei suoi pensieri, così bussò alla porta per farli tacere.

Come poche volte prima di allora, provò un senso di solitudine. Gli sarebbe piaciuto avere al fianco sua moglie, per distogliere la mente da un'idea che sarebbe diventata ossessiva finché non avesse trovato l'unica, vera soluzione. Non era una notte da passare senza compagnia e la signora Lansky era lontana. Ordinò di avvisare Javier, che era già al volante della discreta Chevrolet color crema quando Lansky scese in fretta la scalinata dell'hotel seguito dalla scorta.

Si sedette sul sedile posteriore mentre uno dei suoi uomini prese posto accanto a Javier. L'auto uscì lentamente dal viale punteggiato di palme, per dare tempo agli altri due guardaspalle di salire sulla loro vettura e porsi a una distanza di sicurezza di quattro metri.

«Che direzione prendo, mister Lansky?» domandò in inglese l'autista, che conosceva le regole del gioco e non osava chiedere la destinazione esatta.

«Per il Paseo del Prado.»

Meyer Lansky non dovette dare ulteriori spiegazioni. Sia Javier sia i gorilla sapevano fin troppo bene che quella rotta poteva avere solo una meta: Carmen.

6 novembre 1957

Le riprese di *Passioni estive* erano cominciate due giorni prima e il lavoro era intenso. Se esisteva un genere di film che poteva risultare spossante per gli attori, era proprio quello di cui Susana Santamaría era una star. Forse non aveva il glamour delle attrici di Hollywood, ma era una diva almeno quanto loro. Per consolarsi di qualsiasi pensiero deprimente che attentasse al suo ego, Susy era solita pensare che se Elizabeth Taylor aveva interpretato Cleopatra senza che il pubblico potesse vederla carponi davanti a Marco Antonio, non era perché la scena fosse poco importante, ma perché lei non aveva avuto il coraggio di girarla.

Salì nella sua stanza di Villa Scarlett per farsi una doccia e riposare per il resto del pomeriggio. Aveva appena concluso le scene previste per quella mattina e tutti si erano complimentati con lei per la sua performance. Un poliziotto le aveva puntato contro la pistola, mentre un altro le strappava di dosso i vestiti. Quello armato l'aveva sollevata di peso e penetrata tenendola sospesa, poi si era lasciato cadere su una sedia. L'altro le si era avvicinato da dietro e aveva fatto lo stesso, ma per la via più stretta. La doppia penetrazione, chimera vagheggiata da milioni di donne, era la specialità di Susy nelle scene di accoppiamento eterosessuale. Non c'erano stati tagli, i nemici giurati dei registi di film erotici.

Nella sua stanza l'attrice aveva le comodità e la privacy necessarie per riposare. In genere restava a Villa Scarlett tutta la settimana e soltanto il sabato o la domenica si recava all'appartamento nel quartiere di Santos Suárez, ma potevano trascorrere anche lunghi periodi senza che vi andasse. La sua casa, moderna e ben arredata, era solitaria come la sua esistenza.

Si era appena infilata sotto la doccia quando qualcuno bussò alla porta ed entrò senza attendere risposta.

«Sei tu, Rebeca?» gridò dal bagno.

Rebeca, un'altra delle attrici, si recava spesso in camera di Susy per risolvere insignificanti problemi quotidiani da lei ritenuti pressoché insormontabili, come stirare una camicetta, togliersi lo smalto dalle unghie o cucire un orlo. Per Rebeca, quasi tutto ciò che richiedesse un minimo di attenzione o di cura costituiva una sfida, e dopo qualche inutile tentativo finiva per chiedere aiuto alla compagna. Quest'incapacità di far fronte alle banali incombenze della vita di tutti i giorni era tale che una volta, durante un pranzo, qualcuno aveva detto che nessuno avrebbe mai sposato Rebeca senza Susy.

Ma non era Rebeca alla porta, bensì Adalberto Lara, il regista. Andò direttamente in bagno e scostò la tenda della doccia. A Villa Scarlett il nudo era tanto naturale quanto una tuta da lavoro in una falegnameria, e il pudore era qualcosa che si riservava soltanto alle situazioni veramente speciali, come l'amore fuori del set. A Susy non importava affatto prendere in bocca il pene di un uomo mentre seguiva con la coda dell'occhio le indicazioni del regista, ma non avrebbe mai permesso a un vicino di casa di spiarla dalla finestra mentre baciava un amante occasionale.

Lara era un cineasta nel pieno della maturità artistica. Se i suoi film non avevano le qualità per essere definiti arte, non dipendeva dalla sua volontà: lui obbediva agli ordini del mercato, e quegli ordini erano impartiti da McCoy per conto di Trafficante. Il metodo realistico con cui girava e dirigeva gli attori, visto con occhi indulgenti, era il solito sentiero battuto dalla scuola di Stanislavskij, ma estremamente più impervio, perché non è la stessa cosa esprimere il piacere sessuale con il volto o doverlo fare con le natiche. Il viso consente al seme attecchito nell'intimità del personaggio di germogliare, mentre le natiche richiedono in genere un materiale meno psicologico.

Nonostante le limitazioni imposte alla creatività, il cinema di Lara era singolare, perché il regista cercava sempre di far sì che nella libidine riversata in ogni fotogramma lo spettatore cogliesse un messaggio, un sottofondo di dramma tra le lenzuola capace di accendere la scintilla di una riflessione che andasse oltre il grottesco. Ma, a fronte di una concorrenza agguerritissima, le sue idee sull'evoluzione della cinematografia a luci rosse si dibattevano in contraddizioni inestricabili. Gli sarebbero piaciuti soggetti reali, con un crescendo di conflitti, più erotismo suggerito, più allusioni, e meno primi piani ginecologici.

Un giorno, dopo che aveva sciorinato innocentemente a McCoy

le proprie idee, a Lara fu ricordato che l'Easy Entertainment non era la Columbia Pictures, che nessuna delle sue puttane era Rita Hayworth e che lui non era Akira Kurosawa. Dovette trattenere un impulso omicida nei confronti del socio, che lo trattava come un uomo mansueto quando lui, in realtà, avrebbe potuto cancellarlo dalla faccia della terra con una bomba quella notte stessa. Lara, infatti, oltre che regista sensibile, era la rotella cruciale di un ingranaggio occulto e sanguinario.

Sorpresa dall'irruzione, Susy ebbe un'istintiva reazione di spavento. Spalancò gli occhi e sussultò retrocedendo di un passo, ma non urlò. Fece un sospiro di sollievo quando si ritrovò davanti Lara, appoggiato al tubo di nichel della tenda della doccia.

«Per quella buona donna di tua madre, Lara, non farmi mai più una cosa del genere!» esclamò stringendosi al seno la spugna insaponata. «Cosa vuoi?»

Continuò a lavarsi senza aspettare la risposta. L'acqua le scorreva lungo il corpo mettendone in risalto, con i suoi riflessi d'argento, la splendida silhouette. Il taglio di capelli alla maschietta le dava un'aria androgina. Nel viso, dove risaltavano gli occhi neri e le labbra carnose, c'era anche qualcosa della compiacenza del garzone medievale nei confronti del proprio padrone. Quest'ambivalenza svaniva però all'altezza delle spalle, perché il suo corpo di femmina sembrava scolpito da un maestro ebanista.

Lara non prestò attenzione alla figura che conosceva a memoria e in tutte le posizioni immaginabili, anche se gli sembrò più bella e fresca di qualche minuto prima, quando era stravolta dallo sforzo di accogliere l'armamentario di due poliziotti ben forniti.

«Devo chiederti una cosa» le disse, sedendosi sulla tavoletta del water. «È importante.»

«Immagino di sì, visto che non hai potuto nemmeno aspettare che uscissi dal bagno. Un altro invito?»

«No, non è un invito, è più complicato, ma sono sicuro di poter contare su di te.»

Nel gergo dello studio, la parola "invito" aveva un significato ben preciso. In poco più di due anni di attività, le ragazze di Villa Scarlett avevano ricavato sostanziose entrate extra dalle relazioni sociali favorite dalla professione di attrici. Lara, che esercitava un controllo tirannico all'interno dei suoi domini, aveva disciplinato la partecipazione delle ragazze a feste e incontri privati, dove ci si aspettava da loro quel che c'era da aspettarsi.

Ben presto le notizie sul chiostro peccaminoso del regista si diffusero all'Avana, città incline ai miti ispirati alle belle donne, e molti di quelli che cercavano nelle Casas de Marina piaceri proibiti per le loro festicciole private cominciarono a rivolgersi allo studio cinematografico di Wajay, che invece della professionalità a tariffa delle puttane di lusso offriva un gruppo di ragazze allegre e creative. Insomma, erano più avvincenti le relazioni con attrici che non lo facevano per contratto, il che presentava anche il valore aggiunto dell'apparente spontaneità.

Quel libero assedio tuttavia durò poco, perché si ripercuoteva sul rendimento professionale delle ragazze. Rientravano all'alba o a metà mattina, a pezzi: occhiaie, segni sul corpo, postumi di sbronza. Lara fu costretto a dettare le sue regole. A Villa Scarlett nessuna attrice poteva accettare un invito direttamente. Chiunque volesse contare su qualcuna di loro avrebbe dovuto chiedere il permesso a lui, che avrebbe stabilito se la cosa era possibile o no.

Gli inviti continuarono ad arrivare per telefono o sotto forma di messaggi personali, ed erano così frequenti che Lara si vide obbligato a promulgare la sua seconda norma: «Quelli che utilizzano le mie attrici come fossero puttane, stanno risparmiando denaro. D'ora in avanti, per invitarle, sarà necessario pagare allo studio i danni».

I compensi, solitamente molto generosi, andavano a incrementare un fondo comune che l'ultimo giorno del mese veniva diviso tra le ragazze. Queste ultime, che con un salario quindicinale di duecentocinquanta pesos erano allo stesso livello retributivo dell'aristocrazia operaia dell'isola, grazie ai proventi degli inviti arrivavano a guadagnare molto più dei dirigenti delle compagnie americane.

Anche Lara ne traeva beneficio, perché gli inviti gli procuravano conoscenze, rapporti di complicità. Non sempre le performance delle ragazze si limitavano all'esibizione di un bel faccino al centro della tavola durante un banchetto, anzi di solito entravano in scena dopo, al momento delle emozioni forti. Al ritorno, Lara era informato dei dettagli, che si prendeva la briga di trascrivere e custodire sotto chiave nel suo archivio personale. Quelle informazioni avevano un valore incalcolabile e c'era qualcuno disposto a pagarle profumatamente.

Susy chiuse il rubinetto della doccia e cominciò ad asciugarsi con un piede appoggiato sul bordo della vasca. Lara si alzò dal water, prese il telo dalle mani della ragazza e la fece voltare per asciugarle la schiena. Lei, con le palme contro le piastrelle della parete, si lasciò strofinare come una bambina dalla mamma.

«Finisci di dirmi cosa vuoi. Qualcosa del genere?» chiese Susy con malizia mentre si chinava mettendo le natiche in posizione di combattimento.

Lara le passò l'asciugamano fra le cosce e le rifilò uno sculaccione che la fece raddrizzare di scatto.

«Io con quello ci mangio, dolcezza. Parliamone in camera.»

Lara andò alla porta della stanza e la chiuse a chiave. Si sedette sul letto e prese un cuscino per appoggiare la testa. Susy, che indossava una vestaglia trasparente, si accomodò su un divanetto di vimini accavallando le gambe.

«Quanto mistero!» esclamò la ragazza, prendendosi gioco delle precauzioni di Lara.

«Nessun mistero. Tu sai su che terreno ci muoviamo. Non sei Rebeca, che se nasceva un minuto dopo sarebbe stata subnormale. Non devo spiegarti che il nostro commercio, che Dio sempre lo protegga, dipende da...»

«So da chi dipende, non me lo devi spiegare. Basta guardare quel ciccione di McCoy e la gente con cui va in giro.»

«Perfetto. Allora capisci che con quella gente non si scherza. Quando ti chiedono qualcosa, è meglio trovargliela.»

«Ti hanno chiesto qualcosa che ha a che vedere con me?»

«Sì e no.»

«Sì e no?»

«Mi hanno chiesto un favore e penso che solo tu possa aiutarmi.»

«Perché proprio io? Di che favore si tratta?»

Lara dava l'impressione di non sapere come affrontare una faccenda spinosa, di vergognarsi a spiegare a Susy che si sarebbe dovuta impegnare per ottenere certe informazioni direttamente dal vicecomandante del Buró de Represión de Actividades Comunistas. Ma Lara era una volpe e, in quanto fan di Stanislavskij, era un esperto nell'arte di produrre false impressioni.

«Per favore, tesoro, mantieni la calma. Per me è molto difficile e, se non mi aiuti, sono rovinato.»

«Cazzo, Lara, vuota il sacco!» esclamò Susy passando dal divano al letto.

«Va bene, ma non interrompermi. D'accordo?»

«Perdio! Lo stai facendo apposta?»

L'uomo prese dolcemente Susy per le spalle e la guardò con occhi da agnello sacrificale. In quello sguardo melodrammatico, come di un condannato a morte che invoca clemenza, a lei parve di scorgere una punta d'istrionismo. Ma Lara si riprese subito e nelle sue parole non ci furono altri indizi da cui si potesse dedurre che era tutta una messinscena.

«C'è un uomo del governo che i nostri amici vogliono tenere d'occhio» disse modulando la voce in tono confidenziale. «Quest'uomo è sposato con una donna della tua età che non ha niente da fare tutto il giorno. Mi hanno chiesto di impiegare una di voi perché diventi sua amica. Si tratta di stabilire una relazione di fiducia con lei per venire a conoscenza di alcune cose che riguardano il marito.»

«Tutto qui?» disse Susy con disappunto, non riuscendo a vedere l'aspetto terribile della faccenda.

«Tutto qui. Però l'uomo di cui parliamo è uno dei capi del Brac.»

Quando la ragazza sentì pronunciare quella sigla, fu come se dalla bocca di Lara fosse uscito Lucifero in persona. Saltò giù dal letto e si parò di fronte al regista con le mani sui fianchi, in assetto di guerra.

«Neanche morta, Lara, neanche morta!»

«Cazzo, Susana, non ti sto chiedendo la luna! Non devi fare niente di strano, voglio solo che diventi amica della moglie di quel tipo.»

«E ti sembra poco? Che ci s'infili un'altra in questa trappola, io non ne voglio sapere. Questa storia non mi piace e non m'interessa, e poi io non ho assolutamente niente a che vedere con la politica.»

«Davvero? Non mi dire» ironizzò Lara, cominciando a mostrare i denti. «Perché, cosa credi di fare quando vieni a raccontarmi che alla festicciola del senatore si sniffava cocaina mentre in cucina la senatrice lo succhiava a un negro? Questa è politica, mia cara. E tu ci sei dentro fino al collo. Va bene parlarne, ma non facciamo gli ingenui.»

«È diverso, Lara. Il Brac è la polizia, e tu sai come vanno queste cose. Se quell'uomo arriva a sospettare di me, la mia vita non vale più un centesimo.»

«Non c'è motivo perché debba andare così. Sei la mia migliore attrice e, se vuoi, puoi riuscire a conoscere quella donna e farle visita di tanto in tanto. Non c'è nessuna differenza tra un'amicizia vera e una simulata. Al contrario, quando fingi non commetti gli errori che la vita ci porta a fare con i veri amici.»

«Balle. Quel che è certo, invece, è che vuoi coinvolgermi in qualcosa che mi sfugge. Per caso, tu o i tuoi soci siete castristi? Se c'è qualcuno che ha interesse a controllare quel poliziotto, sono loro.»

«Non dire stronzate, Susy. Questo tizio ha contatti con l'Fbi e i nostri amici...»

«I tuoi amici» precisò la ragazza.

«Come vuoi. I miei amici sanno che l'Fbi ha un accordo con il Brac per essere sempre al corrente di quello che loro fanno all'Avana» disse Lara, improvvisando sulla prima idea che gli era venuta in mente. «Come puoi notare, niente a che vedere con la gente di Fidel. Per loro è molto importante, mi hanno messo con le spalle al muro. Per un momento ho pensato che non ti sarebbe costato troppo aiutarmi, ma evidentemente mi sono sbagliato.»

La trappola di Lara era pronta. Un altro passo e Susy ci sarebbe finita dentro, senza neanche sospettare che il suo regista le stava mentendo sull'origine di quell'incarico singolare e pericoloso. Lui sapeva che ciò che non si riesce ad avere con le buone, lo si ottiene con la pietà o con la paura.

«Adesso chissà cosa succederà» mormorò fingendosi angosciato e amareggiato. «Se pensano che non ho fatto tutto ciò che potevo, mi costerà caro.»

«Non dire così. Devono capire che noi siamo qui per altri motivi e che, in ogni caso, quel che facciamo favorisce i loro affari» disse Susy, veramente preoccupata per la sorte di Lara, senza rendersi conto di aver fatto scattare la trappola.

«Non posso fare a meno di preoccuparmi. Per me e per te, perché verranno a sapere che ti sei rifiutata di collaborare, e adesso sei a conoscenza di qualcosa di cui dovevi restare all'oscuro.»

«Io non volevo conoscere un bel niente!» ribatté lei sul punto di scoppiare a piangere.

«Ma ormai è tardi. Ti propongo un modo per uscire insieme a me dall'impasse. Tu avvicini la donna come per caso e cominci a parlarle. Lascia che vada così. Poi vedremo.»

«Non mi piace per niente, ma ci proverò. Se mi accorgo che qualcosa non va per il verso giusto, al minimo segnale di pericolo me ne torno là da dove sono venuta.»

«D'accordo» disse Lara sorridente, prendendole le mani per attirarla a sé e darle un bacio sulla guancia.

In quel momento Susy non poteva sapere che il nome della donna era Emma, e che Lara la stava spingendo all'appuntamento con l'amore.

7 novembre 1957

La Chevrolet di Meyer Lansky svoltò nella stradina laterale immettendosi nell'ampio parcheggio che occupava quasi tutto il primo piano della casa di Elías Mozack. Erano appena le sette e mezzo del mattino, una tenue luce dai toni arancione conferiva alla zona di Miramar l'aspetto di un regalo avvolto nel cellophane, e al mare l'apparenza di un enorme lago di montagna. Del maltempo dei giorni precedenti non restava nemmeno l'ombra di una nuvola o un'increspatura sull'acqua, e nella città appena lavata solo la temperatura gradevole ricordava l'inizio dell'inverno.

Se all'Avana c'era una casa che aveva una relazione intima con il mare era proprio quella. Nella stretta lingua di terra tra avenida Primera e le scogliere, a ovest della città, a partire dagli anni Quaranta era andata crescendo una lunga teoria di ville alle quali si erano poi aggiunti alcuni edifici moderni, fra cui il teatro e il palazzo del costruttore Alfredo Hornedo. Questi aveva imposto al primo il nome di Blanquita, sua moglie, e al secondo Rosita, in onore dell'amante, con assoluta imparzialità.

Una sola di quelle case era stata edificata con l'intento dichiarato di sfidare le forze della natura. Metà della costruzione s'innalzava sulle rocce calcaree, infiltrate di formazioni coralline percorse di gran carriera da minuscoli granchi; l'altra metà si protendeva sul mare. L'unica protezione di quella nave in muratura, ancorata tra calle Doce e la Catorce, era una barriera frangiflutti rivelatasi alla lunga più costosa della stessa costruzione a due piani.

La terrazza rivolta a nord della residenza di Elías Mozack era come la coperta di un traghetto, con vari tavoli e sedie in ferro battuto dipinto di smalto bianco. Il salone, protetto dal vento da spessi vetri, dava la stessa sensazione di rifugio accogliente che si prova sul ponte di comando di qualsiasi imbarcazione, per piccola che sia. La villa somigliava talmente a una nave che uno dei clienti di Mozack, invitato a un cocktail per celebrare una vittoria in tribunale, alzò il gomito e attribuì la colpa della sua sbronza al rollio della casa dell'avvocato.

Malgrado ciò, Mozack non era un uomo di mare. Aveva preso confidenza con quell'elemento al suo arrivo a Cuba una dozzina d'anni prima, e fino ad allora le sue nozioni sull'oceano erano puramente letterarie, sebbene di una letteratura molto amata: Conrad, Melville, Defoe, Stevenson, Salgari, Verne, Hemingway. Quando arrivò con un volo intercontinentale delle linee messicane per stabilirsi all'Avana e vide dall'alto la città immersa in tutte le tonalità dell'azzurro, ebbe il presentimento che sarebbe rimasto legato al mare per sempre. E si fece costruire una casa lambita dalla corrente del Golfo senza sapere che quel balenio anticipatore del suo destino non aveva alcuna relazione con il luogo in cui sarebbe vissuto, ma con la sua tomba.

Mozack aveva denaro a sufficienza per concedersi qualsiasi stravaganza, ma quella della residenza marinara era l'unica. Il conformismo gli derivava dall'aver avuto una culla d'oro, nel senso letterale del termine, e la sua rettitudine, che si confondeva a volte con una certa aria aristocratica, era l'eredità di una razza forte dispersa dalla diaspora.

Era nato in Russia nel 1905 e non aveva fratelli. Suo padre commerciava in pietre preziose e arrivò a essere uno dei gioiellieri di fiducia dello zar Nicola II. Da bambino non gli permettevano di entrare in laboratorio perché la madre temeva che ingoiasse un diamante, ma questa precauzione non impedì che in due occasioni si rivelasse necessario controllarne le feci per recuperare diverse migliaia di rubli che avevano percorso lentamente l'apparato digerente del piccolo. Questa sua mania di divorare fortune si esaurì con l'adolescenza, la cui fine coincise con quella dell'epoca zarista. La famiglia Mozack fuggì in Francia per sottrarsi alla confisca dei beni degli ebrei attuata dall'Armata Rossa, che reclamava diamanti per la dittatura del proletariato.

Una volta a Parigi, per Elías la vita riprese il suo corso. Il ricordo di San Pietroburgo coperta dalla neve calpestata da battaglioni di operai armati cedette via via il passo al presente nei caffè di Montparnasse, alle discussioni filosofiche nei bar del Quartiere Latino dopo le lezioni di diritto alla Sorbona. Una sera, però, il passato si ripresentò di nuovo con la sua forza devastante nelle sembianze di una giovane malvestita che portava al collo una croce d'oro incastonata di rubini. Elías riconobbe immediatamente quel gioiello, uno di quattro identici realizzati da suo padre per i figli dello zar, che con ogni probabilità erano stati assassinati in una cantina della Siberia.

Elías si avvicinò alla ragazza e le domandò da chi aveva avuto quel crocifisso. Lei lo guardò con un'espressione stranita e gli rispose come scendendo dalle nuvole: «È un regalo di mio padre. Io sono la zarina Anastasia Romanova». Elías, perplesso, le chiese se poteva accompagnarla a casa, ma lei rifiutò adducendo qualcosa a proposito del protocollo e delle buone maniere che la gente dimentica con facilità. Non la rivide mai più e non seppe mai se quella ragazza era davvero la principessa Anastasia, che portava sul pallido seno uno dei gioielli fabbricati da suo padre per lo zar.

Dopo la laurea in giurisprudenza, e fino alla morte del padre, Elías si fece carico della rappresentanza legale della gioielleria e di altri interessi economici della comunità ebraica a Parigi. Tentò di proseguire l'attività, ma la sua formazione umanistica, in qualche modo liberale, lo spingeva più verso l'intellettualità pura che verso lo sport di accumulare ricchezze. Inoltre, la fortuna ereditata era tale da consentirgli di vivere meditando sulla quadratura del cerchio o sulla teoria evoluzionistica di Darwin, senza dover muovere un dito. Vendette tutto e lasciò Parigi portando con sé solo il numero di un conto corrente presso una banca svizzera.

La Seconda guerra mondiale lo costrinse a emigrare e trovò riparo all'antisemitismo tedesco a Città del Messico, dove aprì lo studio legale Mozack & Associati, in avenida Insurgentes Sur, che lavorava per la fiorente industria cinematografica messicana e le sue star. Ebbe successo e, spinto da un senso di fedeltà ai suoi genitori, Elías contribuì finanziariamente alla creazione di un marchio di gioiellieri ebrei, che in seguito avrebbe ottenuto guadagni da favola con il contrabbando di pietre preziose attraverso la frontiera degli Stati Uniti.

Dall'altro lato dello stretto dello Yucatán, Cuba lo attirava come una calamita. Durante le riprese di un film incontrò l'attrice e cantante cubana Rosario Fornaris, una bionda superlativa, responsabile delle masturbazioni di almeno due generazioni di adolescenti cubani, anche se Mozack scoprì in lei qualità umane superiori alla sensualità che emanava dalla sua persona come il profumo dalla *guayaba* matura. Diventarono buoni amici e Rosario lo invitò a Cuba per presentarlo alla madre.

Alla festa di benvenuto conobbe Gladys Fuentes. Era una notte di giugno del 1945 e Barbarito Diez, un nero dalla voce dorata che cantava restando immobile, inchiodato al pavimento, intonava un *danzón* dopo l'altro. Forse fu la brezza che si ostinava a spingere sulle labbra di Gladys ciocche dei suoi lunghi capelli, che lei scostava con grazia mentre chinava il capo di lato, o le canzoni di Barbarito che parlavano in sua vece alla ragazza o, ancora, il rum Matusalén del suo Tropical Punch, o qualsiasi altro motivo altrettanto forte dei capricci dell'anima, sta di fatto che quella stessa notte Elías decise di fermarsi a Cuba per mettervi radici.

A quarant'anni continuava a vivere la vita del dandy spensierato come ai tempi della Sorbona, accudito da domestici e amato per denaro o per vizio, mai per amore. Gladys era il giro di boa della sua vita verso il focolare domestico, e lui volse la prua verso la propria famiglia a bordo di una nave in cemento armato.

Il guardaspalle scese dall'auto, si avvicinò al cancello e schiacciò il tasto del citofono. La seconda auto con gli altri uomini incaricati della protezione di Lansky parcheggiò accanto al marciapiede di avenida Primera. Dai fori della placca nichelata uscì un «Chi è?» detto da una donna di malumore.

«La signora Mozack?» domandò l'uomo.

«No, la cameriera. La signora Gladys sta ancora dormendo. Che cosa vuole?»

«Per favore, dica al signor Mozack che mister Lansky desidera vederlo.»

La cameriera di Elías conosceva bene Meyer Lansky, perché la villa dell'avvocato in un certo senso era la sua residenza cubana durante i lunghi periodi trascorsi lontano dalla famiglia, che viveva negli Stati Uniti. Il soggiorno all'Hotel Nacional, e adesso al Riviera, era privo della piacevole atmosfera casalinga. Non che facessero difetto le comodità, e il servizio era ineccepibile, ma gli mancavano la rilassatezza delle pantofole, le chiacchierate su argomenti insignificanti con sua moglie Teddy e l'odore dell'arrosto che si spandeva per tutta la casa.

L'avvocato ebreo non era per lui solo un socio in affari, ma l'unico amico, al quale Meyer si sentiva unito dai vincoli di un'origine comune e da qualcosa di ancor più importante: i ragionamenti logici. In lui Lansky trovava una persona con cui era possibile parlare di tutto, eccetto del gioco, che non rientrava fra gli argomenti delle loro conversazioni. Gladys, Elías e il loro figlioletto di appena sette anni erano un prolungamento a Cuba della sua famiglia.

Mozack aveva incontrato Lansky per la prima volta nel 1946, quando gli si era presentato, dietro raccomandazione di un amico, per offrirgli una consulenza legale nell'organizzazione di una convention di uomini d'affari nordamericani che si sarebbe tenuta all'Hotel Nacional della capitale cubana. L'intero albergo sarebbe stato affittato alcuni giorni per ospitare le centinaia di persone coinvolte nell'evento e potevano sorgere inconvenienti di qualsiasi tipo, cosa che rendeva necessario un avvocato ben introdotto. Mozack non ci mise molto a rendersi conto che si trattava di una riunione dei vertici di Cosa Nostra, ma solo molto più tardi seppe che all'appuntamento di tutti i capi delle Famiglie all'Avana era presente Lucky Luciano.

Tra Mozack e Lansky nacque ben presto l'amicizia, forse non tanto per le comuni origini, quanto piuttosto perché Meyer, uno scopritore di talenti, capì che Elías aveva quel che faceva difetto alla maggioranza delle persone che lo circondavano: il coraggio di essere sincero; mentre era assolutamente privo di quel che in altri eccedeva: un interesse personale nei suoi affari.

Dopo la riunione di tutti i capimafia nella capitale cubana, Lansky aveva intensificato i viaggi tra l'isola caraibica e il Nordamerica, poiché già allora stava diventando indispensabile pisciare in ogni angolo di Cuba per marcare, come i cani, il proprio territorio.

Dopo il golpe di Batista nel 1952, le sue visite in città cominciarono a farsi sempre più frequenti, e dal 1956 divenne un ospite quasi permanente.

In Mozack e nella sua famiglia trovò un rifugio per il proprio spirito, un modo di trascorrere il tempo libero senza dover prendere decisioni, senza la fastidiosa sensazione che i suoi pensieri si limitassero al calcolo dei profitti o a progettare per gli altri un luminoso cammino verso il futuro. Non si sentiva obbligato al noioso rituale delle cene al ristorante, con camerieri sorridenti che aspettavano la mancia come avvoltoi e guardaspalle con le pistole in grembo al tavolo accanto; poteva mangiare il pollo con le mani, togliersi giacca e cravatta, indossare un grembiule da cucina, insegnare a Elías e Gladys una ricetta tipica dei suoi antenati ceceni, godersi il fresco della sera sulla terrazza che dava sul mare e coccolare il figlioletto di Elías con lo stesso amore che riservava ai suoi.

L'amicizia tra i due era una cosa nota, e ciò bastava per spalancare a Mozack tutte le porte nell'isola. Lansky, che muoveva i fili di una favolosa corporation, si teneva il più lontano possibile dagli obblighi sociali e in un certo qual modo aveva fatto di Elías il proprio ambasciatore personale. I più potenti magnati cubani e stranieri ed eminenti uomini politici spedivano inviti a Lansky e ricevevano Mozack, senza sottilizzare sulla differenza. Perfino quelli "del giro" si sentivano in debito con lui, e avrebbero soddisfatto qualsiasi richiesta dell'avvocato come se si trattasse di Meyer Lansky in persona.

In realtà, Lansky aveva un altro rifugio emotivo, benché non avesse a che fare con l'affetto fraterno quanto piuttosto con il piacere sessuale. Ma era un segreto ben custodito. I suoi rapporti con Carmen erano un fatto sporadico che non ammetteva commenti da parte dei suoi soci. Meyer non era un dongiovanni e non aveva mai sprecato tempo correndo dietro alle donne, né aveva permesso che loro corressero dietro a lui.

Anche se frequentava un mondo dove avrebbe potuto ottenere i piaceri più raffinati, o i più volgari, solo in rare occasioni aveva ceduto all'impulso di un'avventura erotica. Nei momenti in cui la solitudine lo attanagliava, preferiva il letto tiepido di Carmen. Giunto all'età di cinquantasei anni, il sesso per lui era come a ventidue: qualcosa d'importante ma di cui poteva comunque fare a meno. Se il letto di Carmen lo consolava dalle pene del suo periodico celibato, in casa dell'amico trovava l'affetto necessario per sopportare la sua vita di eremita.

Elías Mozack in persona scese in vestaglia fino al parcheggio con il mazzo di chiavi tintinnanti in mano. Il giro di boa dei cinquant'anni non aveva provocato in lui disastri, come in Lansky. Il suo aspetto fisico ingannava, sia per la robusta corporatura sia per la pelle liscia e i capelli neri, fra i quali non erano ancora spuntate le spie degli anni o delle preoccupazioni. Scese con agilità la scalinata di granito levigato e si avviò verso il cancello, sorridendo e salutando da lontano l'ombra che cominciava ad allontanarsi dallo sportello dell'auto. Si strinsero la mano con calore ed Elías cedette il passo a Lansky perché salisse a bordo della casa-nave.

Erano passati più di dieci anni dal loro primo incontro e la stima reciproca non si era affievolita, sebbene il tempo non fosse la prova decisiva per un'amicizia cresciuta nella fiducia. In più di un'occasione Lansky aveva rievocato il momento felice in cui aveva incontrato una persona diversa dopo tanti anni di lotta per la sopravvivenza nella selva oscura del sindacato. Anche nei momenti speciali, quando emergevano le sue qualità migliori, provava invidia nei confronti dell'amico per la sua esistenza cristallina, senza l'allarme sempre inserito, per il suo modo di vivere con semplicità, assaporando anche le cose più banali. Ma si era sempre trattato soltanto di momenti, attimi che non avevano scalfito la sua corazza forgiata nella scommessa cento a uno con la vita: ricchezza o niente.

Lansky si lasciò cadere sul divano del salone, ma si rialzò subito a un cenno di Elías, che lo invitava a seguirlo in cucina. Si sedettero in soggiorno e Luisa, la giovane domestica nera, servì loro due tazze di caffè fumante. L'istinto di anticipare i desideri dei padroni di casa l'accomunava alle sue antenate, le schiave domestiche che avevano plasmato i gusti culinari dei cubani a forza di cucinargli piatti tipici africani. Luisa, di poche parole, era la tempestività in persona, come Lansky aveva potuto constatare in numerose occasioni.

«È un'indovina?» domandò vedendola allontanarsi a passettini che provocavano terremoti sotto la gonna aderente dell'uniforme.

«Peggio ancora, è una strega» rispose Elías con un sorriso luminoso come il mattino.

«Nel Medioevo l'avrebbero bruciata dopo averla messa a sedere sul cavalletto delle torture, un cavalletto speciale, naturalmente. Un culo di negra non è uno scherzo. Dice qualcosa il Talmud sulle streghe?»

«Sulle streghe, sulle streghe negre o sui culi stregati?»

Il gioco di parole di Mozack, che in altre circostanze sarebbe suonato come una semplice battuta, per Lansky era anche una dimostrazione dell'abilità di Elías nel condurre una conversazione rispondendo alle domande con altre domande, in modo da avere sempre una lunghezza di vantaggio.

«Io non mi fiderei troppo della tua strega» commentò Lansky. «Uno di questi giorni potrebbe darti una pozione e trasformarti in un agnello.»

«In ogni caso, mai in un agnello: è un simbolo di Dio, e lei non avrebbe il potere per farlo. Comunque, riesce a trovare i miei occhiali senza muoversi dalla cucina e convince il bambino ad andare a dormire soltanto con uno sguardo. Fa miracoli, Meyer, e io non permetterò che la brucino.»

«Non chiamarla strega allora, se è una fata turchina. Mandala alla Walt Disney, te la pagheranno a peso d'oro, oppure presentala al tuo amico George McCoy, lui può tirarci fuori un bel guadagno da tutte le eccedenze della tua negra.»

«Certo, Walt Disney nella sua fottuta esistenza non avrebbe fatto un affare migliore, e nemmeno McCoy, ferma restando la differenza tra *Biancaneve* e *Tre bionde bollenti in azione*» rispose Elías, inventando lì per lì il titolo di un film inesistente per rendere più evidente il paragone.

Il nome di George McCoy non veniva mai pronunciato davanti alla famiglia di Mozack. Nemmeno il fratello di Gladys, socio di Elías nello studio Mozack & Fuentes, era a conoscenza del fatto che il cognato fosse azionista dell'Easy Entertainment, l'importante casa di produzione di film a luci rosse. Persino Elías preferiva dimenticare la natura dei propri rapporti d'affari con McCoy, e riceveva la sua quota di profitti attraverso una complicata catena di depositi e trasferimenti bancari, che aveva inizio nelle isole Grand Cayman e passava un paio di volte per il Banco Atlántico di Amadeo Barletta all'Avana, prima di essere riciclata in titoli di società come l'Harvester International di Chicago o la Mack Trucks Inc. di New York.

Era McCoy a occuparsi di tutto. Era lui che preparava i bilanci, controllava i costi delle produzioni e distribuiva i dividendi. Come socio di maggioranza possedeva il trentaquattro per cento delle azioni, il resto era diviso a metà fra il regista Adalberto Lara e Mozack, che si limitava ad aprire il portafoglio a distanza, senza immischiarsi. Tutto quello che conosceva della Easy Entertainment erano i bilanci semestrali che McCoy gli faceva arrivare in una busta senza l'indicazione del mittente.

Il modo in cui Mozack era entrato in quell'affare era stato quasi indipendente dalla sua volontà. Due anni prima era a cena con

Lansky al ristorante Monseigneur. Bola de Nieve, un cicciottello nero che ha lasciato un'impronta profonda nella musica cubana nonostante la voce da venditore di manghi, interpretava al piano la sua ineguagliabile versione di *La vie en rose*. Accanto a lui un americano obeso stava divorando un enorme filetto con contorno di patate fritte cosparse di ketchup. Senza sollevare lo sguardo dal piatto, lavorando con la tenacia di un operaio alla catena di montaggio, non aveva altro interesse al di fuori della montagna di carne che gli stava davanti. A pochi metri di distanza, Lansky avvertiva al di sopra del fraseggio sfrontato di Bola il rumore delle ganasce di quel frantoio umano.

«Quell'elefantino è un uomo di Trafficante» confidò a Mozack. «Ha un'attività nella quale si può investire denaro in tutta sicurezza.»

«C'è forse qualche affare in perdita tra quelli di Trafficante? Se un giorno cominciasse a vendere ghiaccio al Polo, avrebbe i suoi buoni motivi per farlo» sottolineò Mozack.

«Perciò va elogiato. Meglio essere soci di uno così che di un perdente che si accontenta delle briciole. Trafficante non è capace di lasciarsi sfuggire un'opportunità, e questo mi piace, per quanto io non sia fatto della stessa pasta. Ci sono cose che io non farei, anche se rendono bene.»

«Nemmeno Trafficante.»

«Per esempio?» domandò Lansky incredulo, sfidando l'amico a rispondere.

«Non farebbe mai l'affare di mettersi contro di te.»

Lansky sorrise per la battuta e rimase qualche secondo soprappensiero, con il bicchiere di vino a metà strada fra le labbra e il tavolo. Rimuginò su un'idea che gli era appena balenata in mente, ma solo per un istante. La sua proposta fu concreta.

«Quel porco si chiama George McCoy ed è un produttore di film per soli adulti che si vendono molto bene negli Stati Uniti. Lui li produce soltanto, della distribuzione si occupa Trafficante. È un affare che offre grossi guadagni e potrebbe far ricco chiunque. Se ti va, posso combinarti un incontro con McCoy, così potresti investire un po' del denaro che tieni bloccato sui tuoi conti in banca.»

«Ma è illegale, Meyer. E poi, non sono la persona adatta. Non riesco davvero a immaginarmi a smerciare sesso e, credimi, non vedo neanche te coinvolto in una faccenda del genere.»

«Non è proprio così. Andiamo per ordine. Innanzi tutto, non è vero che sia illegale; qui a Cuba chi fa questi film è rispettato come, o anche più, di quelli della Metro, perché paga le tasse. La distribuzione negli Stati Uniti, quella sì che è illegale, ma non per molto ancora. In ogni caso è un problema che non ci riguarda. McCoy produce soltanto, è Trafficante che vende. Resta la questione morale, ma è elastica come un chewing-gum. È chiaro che tu non avresti niente da fare accanto a una cinepresa che riprende una ragazzina a letto con tre tizi, ma non vedo alcuna obiezione all'idea che tu investa denaro ricavandone utili. John Foster Dulles è segretario di Stato e insieme uno degli azionisti della Moa Bay, e mi gioco la testa che non è mai passato accanto a una miniera di nichel in vita sua.»

«Mi hai appena detto che non faresti mai certe cose, nemmeno se rendessero soldi, e adesso mi proponi di entrare in una faccenda ripugnante. Qual è il limite?»

«Non ci sono limiti, soltanto punti di vista. La cosa migliore per alcuni può essere la peggiore per altri. È un problema individuale dire questo sì e questo no.»

«E per te dov'è questo confine? Cosa non faresti?»

«Droga.»

Dopo quella conversazione al Monseigneur, Mozack aveva fatto le proprie considerazioni, finendo per accettare un primo – e ultimo – incontro con McCoy.

Luisa servì la colazione in terrazza. La moglie di Elías le aveva raccomandato di preparare un vero breakfast americano con succo d'arance fresche, pancarré tostato, bacon, burro di arachidi, yogurt, cioccolato e corn-flakes, poiché in casa di Mozack, influenzata dalle usanze cubane, quella varietà di solito era rimpiazzata dal caffellatte accompagnato da pane e burro. Finita la colazione, Gladys e suo figlio salutarono e scesero a prendere l'auto per andare a trascorrere il resto della giornata a casa dei genitori di lei, a Santa María del Mar. Elías li avrebbe raggiunti più tardi.

La donna stava già imboccando l'uscita quando Lansky suggerì all'amico di mandare con loro anche la domestica. Luisa si avviò a sua volta alla spiaggia, entusiasta all'idea d'infilarsi un costume da bagno e di esibire le sue grazie mentre raccoglieva conchiglie e chiocciole sulla sabbia con il piccolo Elías.

Lansky e il suo anfitrione rimasero seduti uno di fronte all'altro godendosi una lunghissima e spensierata conversazione. Mozack intuiva che quella visita a un'ora insolita aveva anche un altro scopo, ma seppe aspettare. Parlarono delle prossime corse automobilistiche sul circuito del Malecón e deplorarono la morte del marchese di Portago, che alcuni mesi prima aveva partecipato al Gran Premio dell'Avana mancando per un soffio, a causa di un guasto meccanico, la vittoria su Juan Manuel Fangio. Affrontarono anche l'argomento obbligato della salute, ed Elías consigliò a Lansky di fumare meno e di mangiare più verdure per combattere la gastrite cronica, ma questi si ribellò esponendo la teoria secondo cui i suoi problemi digestivi non nascevano dalla bocca bensì dal cervello. Ci furono pause di silenzio, uno dei modi migliori per comunicare in un ambiente gradevole. Infine, Lansky giunse alla questione che quella mattina di novembre l'aveva spinto a casa dell'amico, e se ci mise tanto a parlarne fu solo per delicatezza, per non dare l'impressione di andare in cerca di qualcosa.

«Non sai quanto ti sono grato per questi momenti piacevoli» disse Lansky dopo aver bevuto l'ennesima tazza di caffè e aver acceso un'altra Marlboro. «Ho avuto delle giornate terribili e avevo bisogno di un po' d'ossigeno.»

«Problemi con l'hotel?»

«No, assolutamente. La società costruttrice è puntuale come un orologio svizzero.»

«È quanto ci si aspetta da un tipo come Irving Feldman...»

«E dai decoratori della Parvin-Dohrman» lo interruppe Lansky entusiasta. «Sono loro che hanno in pugno la situazione adesso, e lavorano che è una meraviglia. Alla firma del contratto dissi che, al confronto, quanto avevano fatto a Las Vegas doveva sembrare preistoria. Per la Parvin-Dohrman ci sarà un prima e un dopo l'Havana Riviera.»

«C'è qualcosa che posso fare per te?»

Lansky schiacciò la sigaretta nel portacenere stracolmo e sbuffò il fumo verso l'alto. Guardò l'amico negli occhi e vi lesse una domanda.

«Puoi, credo che tu possa farlo.»

«Avanti!»

«Trafficante ritiene che Batista cominci a dare fastidio e spera di tirarmi dalla sua parte per metterlo fuori gioco» disse Lansky a bruciapelo.

Mozack dissimulò abilmente la profonda impressione che quella notizia aveva suscitato in lui. Mai prima di allora, in più di dieci anni d'amicizia, gli erano state fatte rivelazioni di tale gravità. Lui non era uno "del giro" e non era tenuto a condividere segreti né a rischiare di persona nell'avventura quotidiana degli affari del sindacato. Solo in quel momento si rese conto fino a che punto le loro relazioni avessero travalicato qualsiasi barriera e di come egli stesso ormai fosse un po' Meyer Lansky, impegnato a prendere decisioni di vita e di morte.

«Non capisco. Che cosa vuole Trafficante?»

«Per favore, Elías, so che hai capito perfettamente.»

«No, Meyer, è impossibile capire l'incomprensibile. Quell'uomo è impazzito? Ignora forse che se il vello d'oro è appeso a un albero dell'Avana è perché Batista lo ha messo lì per farvelo trovare?»

«Lo sa, Elías, lo sa, ma teme i cambiamenti politici. Pensa che Batista potrebbe perdere anche la camicia in questa guerra civile, e che noi saremmo costretti a uscire dalla stessa porta. Ascolta, se sono venuto a disturbarti così presto a casa tua è perché Trafficante mi ha messo il diavolo in corpo. Non condivido le sue opinioni, ma in parte ha ragione, e mi seccherebbe peccare d'ingenuità. Voglio dividere la mela a metà.»

Mozack rimase alcuni istanti a osservare le piccole increspature che si formavano sulla superficie del mare, e il volto disteso dava l'impressione che la sua unica preoccupazione fosse l'andamento meteorologico. Invece la sua mente lavorava febbrilmente alla ricerca di argomenti validi da fornire all'amico per confutare la tesi di Trafficante. Era sicuro che Lansky avrebbe comunque fatto a modo suo, ma sapeva anche che avrebbe utilizzato quella conversazione per trovare conferma alle proprie idee e giungere a conclusioni personali.

«Meyer, io vedo questa faccenda in modo diverso» cominciò a dire in totale scioltezza. «Io vivrei lo stesso sia con Batista che senza. La politica non tocca i miei interessi e a me non importa chi governa a Cuba, purché non siano i comunisti o i nazisti, perché quelle sono storie vecchie per me. Però posso dirti un fatto, un fottuto fatto solido come un blocco di marmo: voi dipendete da Batista. Non ti sto criticando, al contrario. Hai saputo muoverti e hai avuto successo, fin troppo secondo molti. Succede sempre così, nessuno fa caso a un terreno incolto, ma quando cominciano a maturare le pesche, tutti vogliono assaggiarle. Il tuo guardiano è stato Batista, senza di lui non avresti molti frutti nel tuo giardino.»

«Sono d'accordo, però sei fuori strada. La faccenda veramente delicata non è come fermare i mangiatori di pesche altrui, per quello ci sarebbe sempre una soluzione e, mal che vada, con un governo senza Batista bisognerebbe tessere nuove alleanze. Quel che mi preoccupa sta sulla Sierra Maestra. Quei ribelli fanno demagogia, sfruttano i sentimenti del popolo presentando se stessi come i redentori dell'ingiustizia e Castro come il Messia. So già dove va a parare questo tipo di populismo, e con un finale del genere noi avremmo tutto da perdere. Castro non vuole nemmeno essere identificato con l'opposizione legale, e se ha dato segnali di voler giungere a patti con loro, è stato solo per guadagnare tempo, e c'è riuscito. Non vuole altro governo che il suo e sta lottando contro Batista soltanto allo scopo di conquistare tutto il potere. È questo che toglie il sonno a Trafficante, e a me naturalmente.»

«Scusa, Meyer, ma c'è un abisso tra ciò che potrebbe essere e ciò che è. È vero, da quasi un anno combattono la loro guerra, ma questo non significa che possano vincerla. In realtà sono riusciti a mettere in difficoltà Batista, ma non raggiungeranno mai i loro obiettivi.»

«Sei troppo categorico. Se esiste una sola possibilità, anche remota, dobbiamo reagire, anticipare la loro mossa. Altrimenti commetteremmo un gravissimo errore. Ed è proprio questo il punto. Trafficante mi consiglia di scommettere sulla successione presidenziale togliendo di mezzo Batista in qualsiasi modo. Così costringeremmo Castro a uscire allo scoperto adesso, e non quando vuole lui. Un governo senza Batista demolirebbe gli argomenti di Castro e gli sottrarrebbe tutta la forza morale, dato che non avrebbe più un dittatore da rovesciare. Dovrebbe sottomettersi alle leggi. E le leggi, a Cuba, non portano dove vuole andare lui. Hai un argomento valido in contrario?»

Mozack sorrise, ma non poté nascondere lo sconcerto. Si alzò e fece il giro del tavolo per sedersi accanto a Lansky. Il tono della sua voce si addolcì ancora, avvicinandosi a quello che userebbe un uomo per convincere una donna sposata a infilargli la mano nei pantaloni.

«Ho un ottimo argomento contrario, anzi due. Il primo è che, per tua fortuna, la guerra di Castro non danneggia soltanto i tuoi affari. Non penso che sia invasato al punto da non vedere lo zio Sam dietro la poltrona di Batista. Non può non tenerne conto, a meno che sia completamente pazzo.»

«Forse lo è.»

«Sì, forse, ma si preoccuperebbe se soffrisse di questo tipo di follia... A mio parere, c'è una cosa che non possiamo perdere di vista: in un modo o nell'altro, uno di questi giorni Batista cadrà senza che voi dobbiate dargli una spinta. La politica ha le sue regole e i suoi tempi. La soluzione che vuoi tu è la stessa che vogliono tutti quelli interessati a continuare a partecipare senza impedimenti allo sviluppo economico di Cuba. Prima o poi si troverà. Loro però hanno un vantaggio su di te: se vogliono, possono cancellare Batista oggi stesso, mentre tu non puoi permetterti questo lusso senza temere che le orde di Gengis Khan abbattano la tua muraglia cinese. Il tuo accordo è con Batista, e se io fossi nei tuoi panni, invece di pensare a toglierlo di mezzo, approfitterei fino in fondo del tempo in cui potrà restare sul trono. Ogni nuovo punto che metti a segno adesso sarà una possibilità in meno per quelli che verranno, se verranno, quando Batista non ci sarà più.»

«Sei così convinto che Castro non abbia alcuna possibilità?»

«Sì, ne ha, ma non quella di dare l'assalto al potere. Quando la corda si stringerà, cambierà linguaggio. Gli unici che potrebbero dargli una mano sono i comunisti, ma quelli si trovano dall'altra parte del pianeta. Cuba non è l'Ungheria, e nemmeno la Corea. Capisci?»

«E se, contro ogni logica, riuscisse a vincere?»

«Be', Meyer, in quel caso chiedi a Dio di aprire la terra perché t'inghiotta.»

8 novembre 1957

Il suo nome si pronunciava senza respirare: Emma, due sillabe che erano il ritratto fedele del suo aspetto. Piccola di statura ma dalle curve armoniose, busto su cui svettavano seni che sembravano scolpiti nel marmo da un artista del Rinascimento, fianchi ondeggianti e natiche da nera. Una tentazione vivente per la galanteria creola: aveva l'aspetto di una bottiglietta di Coca-Cola.

Era oppressa dalla noia. Una o due uscite settimanali, per andare dal parrucchiere, erano una buona scusa per interrompere la routine domestica ed entrare in quella del tempo libero. Il solito paesaggio, i soliti alberi che le graffiavano la vista mentre guardava attraverso il finestrino percorrendo calle Línea per raggiungere calle L, dove c'era Lancaster, quel luogo magico che odorava di pulito, di lavanda Heno de Pravia; un miscuglio dolciastro di cannella e sandalo che penetrava nelle narici senza chiedere permesso e si fermava solo quando era arrivato in fondo al cervello. Conservava nella sua memoria olfattiva quell'aroma che le ricordava gli incontri con Jari, famoso parrucchiere diplomato in prestigiose accademie di bellezza nordamericane.

In quella riserva esclusivamente femminile s'incontravano tutte le signore che si vantavano della loro importanza. Prima ancora di entrare, Emma sapeva già con chi avrebbe trascorso qualche ora di chiacchiere frivole, a base di pettegolezzi e maldicenze. Mentre parcheggiava la sua Chevrolet Corvette grigio metallizzato riconobbe le auto delle altre, nel solito caos, che minacciava di diventare un problema serio per la circolazione lungo il viale.

Da una poltrona Susy la vide arrivare. Bruna, poco più di un metro e mezzo d'altezza, bella, molto più di quanto avesse immaginato, incantevole da ogni punto di vista. Sembrava giovanissima, quasi una tenera adolescente, e per Susy era difficile pensare che una donna così fosse sposata con il vicecomandante del Buró de Represión de Actividades Comunistas, e non tanto per la macabra fama del Brac, quanto per la differenza d'età con il marito. Emma attraversava sicura la sala salutando le sue conoscenti, e Susy la seguì con lo sguardo per essere completamente certa che fosse lei. Non c'erano dubbi, era la stessa donna di cui Lara le aveva mostrato un paio di foto scattate durante qualche riunione mondana e pubblicate sul "Diario de la Marina".

Stava pensando come fare per avvicinarla quando all'improvviso Emma si sedette al suo fianco, nell'unico posto libero. Susy benedisse l'affollamento del locale e la fortuna di averla trovata al primo tentativo. Averla tanto vicina la turbò un poco, forse la disorientò, ma attribuì questa prima impressione al suo debutto in un'attività un po' più sgradevole e rischiosa di una notte con mister Trenta Centimetri. Colpa di Lara.

Prima di sedersi, Emma era passata un paio di volte davanti a Susy con quella sua aria finto aristocratica rubata alle modelle di "Romances", una rivista infarcita di suggerimenti per la casa, consigli bacchettoni sulla vita sessuale ed echi dell'*high life*. Su quella rivista sua madre si era imbattuta in Emma, sofferta protagonista di uno dei romanzi a puntate della scrittrice Corín Tellado, e così aveva chiamato la sua unica figlia, nata per fortuna in un ambiente dove non le mancava nulla, eccetto il padre. Guillermo Delgado era proprietario di diverse palazzine e di un distributore Esso. Non trovava quasi il tempo per occuparsi della sua famiglia, ancor meno della seconda casa che manteneva, quella di cui Emma faceva parte.

Emma crebbe senza ristrettezze o preoccupazioni di sorta. Celebrò i quindici anni con una festa discreta, ma raffinata ed elegante, in un salone dove furono invitati i suoi amici e pochi altri conoscenti intimi del padre. Studiò in una scuola privata ciò che deve sapere una donna e si sedette ad aspettare un buon partito che la conducesse vergine all'altare. Ebbe tanti pretendenti quanti Penelope, ma la mano implacabile della madre s'incaricava di allontanare la folla di giovani senza nome che correvano dietro il suo culetto altezzoso. Ci furono un dottore, che poteva essere suo padre, un dirigente della Standard Oil Company e il figlio di un importatore di auto europee, ma fallirono tutti. Finché un giorno comparve il principe azzurro, in uniforme e al volante di una jeep con le insegne dell'esercito. Il matrimonio di Emma con un capitano di "El Hombre", scapolo di buona famiglia, culturista che gioiva della propria immagine davanti allo specchio e uomo prudente che aveva saputo combinare la carriera militare con gli affari, non sorprese nessuno. Arturo Castañeda era il partito migliore.

Emma profumava di Chanel numero 5 e Susy si muoveva inquieta sulla poltrona vicina, finché si girò per mettere sotto gli occhi della ragazza la copertina della rivista che aveva in mano: Elvis Presley si pettinava la chioma virile sconvolgendo un'intera epoca. Nessuna donna era insensibile al fascino del camionista del Tennessee. Ciononostante, Emma non prestò troppa attenzione alla fotografia e indugiò sul volto di Susy, che sorrise fingendo una timidezza ben lontana dalla sua vera natura e approfittò dell'occasione per parlare di Jari e delle corsette e mossettine con cui schivava caschi asciugacapelli, sedie e clienti. Cominciarono a chiacchierare.

Tutto procedeva in maniera falsamente spontanea, persino naturale. Emma aveva la chiacchiera facile e, come qualsiasi donna dal parrucchiere, era ansiosa di comunicare, di sciogliere la lingua superando i limiti di velocità. Prima fu l'inverno imminente, poi i recital di Pedro Vargas, il "tenore delle Americhe", nel suo programma a CMQ Televisión, gli inevitabili pettegolezzi su artisti cubani e americani, e infine qualche scampolo della propria vita. Il pomeriggio scorreva naturalmente, mentre saltavano da un argomento all'altro, e Susy se la cavava sempre meglio vedendo che la sua interlocutrice si lasciava guidare.

Emma si convinse che quella sconosciuta era una donna realmente informata, audace e moderna. Era contenta di aver trascorso un pomeriggio diverso e in compagnia. Distolse un momento lo sguardo da Susy per osservare il taglio di capelli, e Jari le avvicinò uno specchio in modo che potesse vedersi di spalle. Pagò lasciando una mancia contenuta, né troppo né poco, proprio come fa una donna di classe. Si accomiatò dalla simpatica sconosciuta e pregò che il marito si accorgesse del suo nuovo aspetto.

Susy la salutò all'ingresso e rimase lì finché Emma non accese il motore della sua Corvette e partì in direzione di calle Línea. Nelle due ore trascorse da Lancaster aveva saputo di lei più di quanto potesse immaginare. La sua cautela era stata inutile, non perché Emma fosse ingenua fino alla stupidità ma perché era abituata a essere ignorata da tutti.

Far esplodere una bomba sulla terrazza del bar ristorante Chez Potin poteva essere un giochetto da nulla. I luoghi pubblici non offrono vere emozioni ai professionisti. Un posto senza controlli di alcun genere e affollato di gente distratta, dove è facile passare inosservati, non è stimolante. Un commando che ha all'attivo venti attentati del genere non varrà mai quanto un altro che è riuscito a far saltare in aria un commissariato di polizia. Per i tre uomini che si apprestavano a imbottire di dinamite il ristorante le cose funzionavano allo stesso modo, con l'attenuante che erano semplici esecutori.

Fra i loro compiti non c'era quello di pensare. Il terrorismo politico era un vecchio mestiere di cui avevano vissuto fin dai tempi dei governi di Ramón Grau San Martín e di Carlos Prío Socarrás; non c'era motivo perché, con quello di Batista, le cose dovessero andare diversamente. Avevano accumulato esperienza con gli esplosivi e le armi da fuoco servendo le opposte fazioni sui predellini delle auto dei ras di quartiere. Combinavano il lavoro di guardaspalle e gli attentati contro qualsiasi nemico occasionale con un sistema di vita estremamente precario. Nessuno di loro era sposato e vivevano in misere stanze d'affitto nell'Avana Vecchia, a Regla o, nel migliore dei casi, sotto il tetto di qualche amante occasionale. Nessuno era originario della capitale, ed erano tutti emigrati da Santiago de Cuba con lo stesso treno.

In questo caso si trattava di tre giovani di Los Hoyos, un posto famoso per le maschere di carnevale. Pensavano di farsi strada nella capitale a colpi di note e non di dinamite, perché a formare quel trio inseparabile non erano state le bombe bensì la musica. Ma L'Avana degli anni Quaranta era zeppa di musicisti che tentavano il successo, e non c'era spazio per tutti.

Una volta giunti nella capitale, trovarono alloggio in una stanza stretta e umida in un condominio popolare di calle Maloja, che in quel momento a loro sembrò un appartamento dell'Empire State Building, e uscirono in fila indiana a scoprire il mondo. Scesero per calle Reina arrivando alla mole sconvolgente del Capitolio Nacional e le girarono intorno parecchie volte, com'erano abituati a fare ogni notte a Santiago attorno al parco Céspedes. Da uno dei fotografi ambulanti, chiamati "di cassa" per le loro macchine fotografiche quadrate fatte a mano, si fecero scattare un'istantanea che per i loro conterranei sarebbe stata la prova irrefutabile dell'arrivo nella metropoli.

La foto non era ancora del tutto asciutta quando furono avvicinati da un mulatto che indossava un impeccabile abito di lino, il quale domandò loro se erano interessati a guadagnarsi qualche pesos. Un'ora più tardi i tre aspiranti musicisti distribuivano manganellate a un gruppo di scioperanti della manifattura tabacchi Partagás, giusto in fondo al Capitolio.

Il lavoro aveva i suoi alti e bassi, ma c'era. Ci furono qualche lieve ferita e giorni di carcere, ma i tre moschettieri tornavano sempre alla carica con un unico motto: chi paga, comanda. E adesso era Adalberto Lara a pagare e comandare.

I cubani sono soliti scherzare persino sulle disgrazie. Quest'abitudine di trovare sempre un lato spiritoso anche al dramma più terribile non era venuta meno neppure di fronte alle epidemie di colera che decimarono la popolazione dell'Avana, o a qualsiasi altra ecatombe naturale o politica verificatasi lungo il corso della storia. Per questo motivo, fin dalla loro prima sparatoria i tre di Santiago si fecero chiamare Trio Matamoros, nome di uno dei più famosi gruppi di musica tradizionale cubana. Il soprannome racchiudeva, come i marchi di fabbrica, le caratteristiche fondamentali: la vocazione artistica frustrata e il messaggio subliminale che suggeriva, dall'etimologia del vocabolo, la professione di squadristi.

I Matamoros sapevano bene cosa rischiavano agendo come braccio armato degli interessi misteriosi che si nascondevano dietro Lara, e decisero di adottare una precauzione che rendesse difficile identificarli in caso di soffiate, dato che di Trio Matamoros ce n'erano soltanto due, e uno era del tutto estraneo al terrorismo. Dopo la proposta iniziale avanzata alcuni mesi prima da Lara nel Café Colón della stazione ferroviaria della Calzada de Diez de Octubre, il solista del trio, Adalio Sierra, stabilì una regola del gioco.

«Pensiamo di poterla aiutare, amico» disse Adalio. «Beninteso, lei non ha mai parlato con i Matamoros.»

«E con chi, allora?» ribatté Lara.

«Be', ogni volta che ci chiama, o se deve presentare il conto a qualcuno, non nomini mai i Matamoros, perché potrebbe pregiudicarci.»

«Va bene, capisco. Anch'io preferisco così. Come volete che vi chiami?»

L'uomo meditò qualche secondo valutando e scartando pseudonimi, senza darsi la briga di consultare i suoi amici, già rassegnati al fatto che Sierra assumesse il ruolo di rappresentante.

«Ci sono!» esclamò infine, come se avesse scoperto la legge di gravità.

«Ok, mi dica.»

«Hugo, Paco e Luis» disse indicando i suoi due compari e per ultimo se stesso. «I nipotini di Paperino. E lei è lo zio Paperino.»

La trovata provocò le risate e una serie di brindisi con birra. I Nipotini si lasciarono andare a un entusiasmo infantile per i loro nuovi nomi e cominciarono a citare, nell'euforia provocata dall'alcol, alcune delle più simpatiche avventure dei tre paperi americani ribattezzati in spagnolo. Lara, dal canto suo, non era granché divertito da quei nomignoli, dato che "papero", a Cuba, è uno dei cento epiteti riservati agli omosessuali.

I Nipotini avrebbero occupato un appartamento dell'edificio Retiro Radial, in calle Línea, e avrebbero ricevuto le istruzioni da Lara in persona. Tra un incarico e l'altro i tre si sarebbero tenuti alla larga dal sottobosco malavitoso, evitando problemi che avrebbero potuto richiamare l'attenzione su di loro. Avrebbero avuto un'auto per spostarsi. Armi ed esplosivi erano a loro carico. La paga sarebbe stata di cinquecento pesos a testa ogni quindici giorni, più un bonus di altri cinquecento alla conclusione di ogni incarico, soldi che bastavano ad assicurare fedeltà e dedizione. In caso di emergenza potevano chiamare Lara, che avrebbe procurato un nascondiglio sicuro per renderli invisibili.

Durante quella prima conversazione fu chiarita ogni cosa. I tre vollero innanzi tutto sapere chi fosse Lara. Non avrebbero accettato di lavorare per uno sconosciuto, alla cieca, senza la garanzia di qualcuno che, come loro, fosse coinvolto nella faccenda fino al collo. Questa legge fondamentale del mercenario era inviolabile e relegava in secondo piano la natura degli interessi che richiedevano il servizio. Anche se, una volta concluso il patto, Adalio Sierra, d'ora in avanti Luis, volle saperne di più.

«Mi piace il modo con cui lei ha condotto questo affare, ma vorrei sapere chi rappresenta» disse lanciando un sasso e ignorando dove sarebbe caduto.

«Questo, amico mio, preferisco tenerlo per me. Ci sono io, e voi potete contattarmi, è una garanzia sufficiente.»

«Vede, non è per le garanzie. Lei sa che le cose si stanno mettendo male, e mi preoccupa che possano scambiarci per castristi.»

«Al contrario, la confusione sarebbe perfetta. Quel che faremo deve sembrare opera loro. È questo il bello della faccenda.»

«Dei castristi? Non mi venga a dire adesso che lavora per il Movimiento 26 de Julio.»

«Assolutamente no. Dico solo che nessuno può identificare uno sparo se non per il rumore.»

«E per il buco» aggiunse un altro dei Nipotini.

«E per il buco» ripeté Lara svogliato. «Per nient'altro. Il nostro accordo non ha niente a che vedere con Fidel.»

«È complicato» obiettò Luis «perché, se ci prendono, non avremo un cartellino sul petto. Perché non risponde alla mia domanda?»

«Non posso dirvi granché. Rappresento persone molto potenti e che pagano bene. Se ci sono problemi, sapranno come risolverli.»

«Così va bene. Non mi meraviglio di niente, perché sto in questi affari da molti anni e so come funziona la fottuta politica. Per me fa lo stesso se sono poteri legittimi o no, l'unica cosa che m'interessa è che riescano a tirarci fuori dai guai.»

«Senta, Sierra...»

«Luis, prego» lo interruppe Adalio.

«Senta, Luis, non continuiamo a girare intorno alla questione. Quando vi dico che rappresento interessi potenti, non sto parlando di quelli legittimi né di altre cagate del genere, sto parlando del frutteto, il frutteto dei verdoni. Mi sono spiegato?»

«I biondi?»

«Come preferite chiamarli.»

«Vede? Ogni giorno s'impara qualcosa di nuovo. Se è così, non abbiamo più niente da aggiungere. Siamo d'accordo. Può salutare suo zio da parte nostra.»

«Di che zio parla?»

«Di quello con i quattrini, Paperon de' Paperoni.»

Alle 20.30, Chez Potin era quasi deserto e i pochi clienti sparsi erano impegnati a guardare il traffico intenso di calle Línea e il viavai dei pedoni nelle vicinanze del cinema Trianón e del teatro Roxy. Quel giorno il compito più difficile per i tre attentatori doveva essere lo stesso di sempre: fabbricare una bomba artigianale con la dinamite e un detonatore a tempo. Il minimo errore, e li si sarebbe potuti raccogliere con una pala. Per ridurre le conseguenze di uno sbaglio disastroso, tra loro c'era un accordo: eseguivano l'operazione a turno, il che diminuiva di due terzi le probabilità individuali di trasformarsi in purè.

Hugo parcheggiò l'auto in calle B, vicino al Roxy ma lontano quanto bastava per non attirare l'attenzione dei posteggiatori che, per professione, hanno una memoria prodigiosa per i modelli e le targhe delle auto. Scesero dalla vettura e Paco, questa volta toccava a lui, aprì il bagagliaio dove trasportavano la bomba in un frigo colmo di segatura.

L'ordigno era una cassetta rettangolare d'alluminio lunga circa venticinque centimetri, sigillata sul fondo e chiusa da un coperchio che vi era stato avvitato sopra. Alle pareti aderivano perfettamente otto cartucce di dinamite su cui era posato un detonatore elettrico, controllato da una piccola sveglia che avevano acquistato quella sera stessa da Sears. Paco, rapido come una lucertola che ingoia una mosca, nascose la bomba sotto la giacca, in una custodia di pelle sostenuta da strisce di cuoio che andavano dalla spalla all'ascella sinistra, del tutto simile alla fondina di un revolver. Si assicurò inoltre di portare alla cintura un cacciavite a stella accanto alla Colt 45.

Il carico era scomodo, non tanto per il volume quanto per gli spigoli taglienti, che gli facevano alzare istintivamente il braccio come se fosse affetto da un'infiammazione alle ghiandole sudoripare. Paco non voleva pensarci. La sua consolazione era sapere che, se la bomba fosse scoppiata in quel momento, lui non avrebbe avuto nemmeno il tempo di accorgersene.

Hugo, Paco e Luis passarono di fronte al Roxy, svoltarono l'angolo fra calle A e calle Línea e si avvicinarono a Chez Potin, all'incrocio fra Línea e avenida Paseo. Fu allora che notarono uno strano movimento di polizia. A quaranta metri dall'angolo c'era un'autopattuglia munita di radio con le quattro portiere aperte, e i suoi occupanti sorvegliavano la zona armati di mitragliette. Sul marciapiede di Chez Potin dal lato di avenida Paseo, una Harley-Davidson della polizia motorizzata sbarrava il passo, e se i tre Nipotini avessero guardato in direzione del Malecón avrebbero notato altre moto di pattuglia e due o tre auto ferme in modo sospetto in una via in cui era vietato parcheggiare.

Si sedettero a un tavolo appartato, quanto più possibile lontani dal poliziotto dell'Harley-Davidson. Il cameriere si avvicinò con il menu freddo che si serviva sulla terrazza, e senza pensarci troppo scelsero un Club Sandwich e una birra scura Cabeza de Perro, con un tasso alcolico superiore a quello di un vino rosso spagnolo.

«Senta, amico, cosa sta succedendo? Perché tutta quella polizia in strada?» domandò Paco al cameriere appena questi finì di annotare le ordinazioni.

«A quanto pare, Batista va all'inaugurazione dell'Hotel Havana Riviera sul Malecón» rispose il ragazzo, soffermandosi per la prima volta sulle facce dei tre avventori.

«Non avresti dovuto chiederglielo» lo redarguì Luis non appena il cameriere si fu allontanato. «Quel tipo si ricorderà di noi.»

I tre convennero sul fatto che era stato un errore, e che era consigliabile andarsene da dove erano venuti. Mangiarono i sandwich e bevvero con calma la birra. Fecero in tempo a veder passare il corteo presidenziale diretto verso il Malecón, e decisero che in futuro avrebbero dovuto chiedere a Lara informazioni più esaurienti sui loro bersagli.

Lara non aveva fatto parola della vicinanza del presidente temendo un loro rifiuto; ma lui stesso non sapeva che quell'esplosione era stata architettata soprattutto perché l'udissero Batista e Meyer Lansky: un modo per urlare, da quattro isolati di distanza, che per loro tutto era destinato a cambiare.

Solo Adalio Sierra si rese conto da subito che la bomba da Chez Potin era un messaggio per Batista in persona, ma preferì tacere e appoggiò la proposta di mandare all'aria l'operazione. Né Sierra né i suoi due compari avevano però messo in conto che all'ultimo momento, in concomitanza con l'opportuna ritirata, un'autopattuglia avrebbe sostato davanti all'entrata del ristorante.

Uscire in quelle circostanze diventava ancor più pericoloso che far scoppiare la bomba. Se per qualsiasi motivo attiravano l'attenzione e venivano fermati dai poliziotti, sarebbe stato veramente difficile spiegare loro che le ghiandole sudoripare infiammate di Paco non avevano nulla a che vedere con Castro. La decisione, come sempre, toccò a Adalio "Luis" Sierra: innanzi tutto, non potevano uscire di lì con la bomba; in secondo luogo, non faceva alcuna differenza abbandonare un ordigno innescato o disinnescato; in terzo luogo, se la bomba non fosse esplosa, non avrebbero ricevuto il compenso.

«Andate in bagno e regolate il timer fra quindici minuti» ordinò quando gli altri stavano già per alzarsi dal tavolo. «Il pacco resta qui.»

«Sei pazzo, Sierra!» esclamò Hugo con gli occhi fuori dalle orbite. «Ci fregheranno!»

«Nient'affatto. Sei così sicuro che riusciremmo a passare senza che la polizia ci veda? Per loro tre uomini insieme su quest'incrocio sono come un esercito intero che marcia lungo calle Línea. Scommetto il culetto di Mercedes che ci fermano.»

«E le pistole?» domandò Paco sussurrando esageratamente nel tentativo di attenuare il tono della voce baritonale.

«Per quelle non c'è problema, abbiamo il porto d'armi. E poi» aggiunse Luis con una punta d'orgoglio «non scordarti che noi siamo i Matamoros dell'Avana. Da qualsiasi stazione di polizia può sbucare fuori qualcuno che ci conosce per garantire che siamo persone per bene. Ci sono un sacco di pesci grossi che ci devono favori...»

«Va bene, andiamo a collocare il pacco» disse Hugo, d'accordo con le argomentazioni dell'amico. «Però, credo che dovremmo lasciare le pistole da qualche parte.»

«Cazzo, ma che razza di stronzo che sei, compare!» intervenne Luis fulminando Hugo con un'occhiata furiosa. «Se trovassero le pistole, sarebbe come dargli il nostro certificato di nascita. Sono registrate, coglione!»

Hugo e Paco raggiunsero il bagno in fondo al salone del ristorante. Hugo rimase dietro la porta mentre l'altro attivava la bomba e riavvitava il coperchio. Paco infilò l'ordigno in un sacchetto e, prima di uscire, gettò la fondina di cuoio nel cestino della carta. Poi tornarono al tavolo. Nell'oscurità della cassetta metallica l'orologio segnava già il primo minuto. Senza alzarsi dalla sedia Paco fece scivolare il sacchetto nella fioriera di piante ornamentali che delimitava la terrazza. Le begonie se lo ingoiarono. I tre uscirono e nessuno fece loro caso. Sierra perdeva il culetto di Mercedes esattamente dodici minuti prima che un'esplosione tremenda scuotesse il Vedado.

11 novembre 1957

La spiaggia dell'Havana Yacht Club era una minuscola striscia di sabbia protetta dagli scogli. La città dell'Avana era stata fondata per la navigazione, non per la balneazione, e le vere spiagge si trovavano una ventina di chilometri verso est. Emma arrivò presto, fece un tuffo e poi si stese a dorarsi al sole su una sabbia di qualità discutibile. Nel limpido cielo azzurro, che sembrava appena lavato con un detersivo, si muovevano lente alcune nuvolette che lei seguì con lo sguardo cercando d'indovinare le forme bizzarre che avrebbero assunto spostandosi, e tutto quel che riuscì a scorgervi furono scene di sesso.

Emma viveva confinata nella sua casa di Miramar in compagnia di due cani, fra soprammobili ed eleganti decorazioni. Si era abituata a parlare da sola e a tacere il segreto inconfessabile della sua insoddisfazione sessuale. Suo marito, il capitano Arturo Castañeda, era più anziano di lei di quindici anni e svolgeva il ruolo di consorte responsabile. Soddisfaceva tutti i suoi capricci, anche senza una ragione speciale. Si rivolgeva sempre a lei con un tono sereno, quasi dolce, e dissimulava molto bene il proprio disinteresse amoroso con costosi regali, debitamente infiocchettati.

Alcune domeniche o in giorni particolari, come quello di San Valentino, Castañeda restava a letto fino a mezzogiorno e facevano l'amore senza tanti preliminari e in silenzio. Tutto ben pianificato e organizzato, come si addice a gente abituata alla disciplina. Pragmatico e tempista in ogni cosa, lui la portava a pranzare in un locale elegante e dopo il dolce accendeva una sigaretta preparando una ritirata strategica. Emma ritornava alla sua gabbietta d'oro soddisfatta, o almeno credendo di esserlo.

Il capitano scompariva e lei lo rivedeva solo a notte fonda o addirittura il giorno dopo. Nei primi tempi del loro matrimonio quelle notti fuori casa erano rare, ma presto si moltiplicarono con la scusa che era sempre più difficile assicurare la tranquillità cittadina. In quei giorni e in quelle notti interminabili, Emma s'inoltrò lungo un sentiero liberatorio: le fantasie sessuali e la masturbazione.

Dalla sua stanza al secondo piano si annoiava a contemplare il giardino, dove Rum e Whisky, i due feroci mastini di Castañeda, dissuadevano chiunque dall'avvicinarsi alla villa su avenida Séptima. I suoi genitori brillavano per l'assenza. Il padre era morto poco dopo che si era sposata. Un mattino arrivò improvvisa la notizia che era orfana e dovette scoprire il peso della sua condizione, aggravato dai cattivi rapporti con la madre, che ben presto trovò qualcun altro con cui dividere il letto.

Emma ci mise un po' a imparare a fare le cose a modo suo. Il matrimonio le risultava comodo, come del resto era sempre stato il suo rapporto con la vita. Non le mancava nulla, doveva soltanto chiedere: auto, vestiti, denaro. Tra lei e il capitano Castañeda, a poco a poco si stabilì il tacito accordo di non disturbarsi a vicenda. Una o due volte la settimana andava a giocare a carte o a nuotare all'Havana Yacht Club, dove arrivava di mattina e trascorreva tutta la giornata con persone di cui il marito non sapeva quasi nulla.

Il gruppo più intimo era ristretto ed eterogeneo. Ne facevano parte Lucy, moglie di Domingo Forte, un popolare presentatore televisivo; Beatriz Corona, figlia di un procacciatore di articoli esclusivi per le boutique dell'Avana; le gemelle Vivian ed Ernestina, che andavano fiere dei loro corpi e apparivano di tanto in tanto come modelle sulla rivista "Social". Si incontravano di solito il lunedì e il venerdì, ed era un modo per ovviare alla noia dell'esistenza. Emma arrivava all'Havana Yacht Club sulla sua Corvette e se ne andava subito al mare, dove i giovani rampolli delle famiglie più altolocate del paese la spiavano da lontano come un frutto esotico, invitante ma assolutamente proibito.

La sua pelle aveva un'abbronzatura uniforme, interrotta soltanto dai segni che le lasciava sulle spalle il costume da bagno.

Stava sistemando l'asciugamano sulla sabbia quando credette di riconoscere la figura che si avvicinava sotto un cappello di paglia a larghe tese e dietro un paio d'occhiali da sole. Si dirigeva verso di lei. Le sue gambe spuntavano da un accappatoio a fiori e aveva in mano un telo da spiaggia rosa. Fece un cenno amichevole e si avvicinò camminando con difficoltà sulla sabbia.

«Come va, Emma?» le disse affettuosamente come se la conoscesse da sempre.

«Tu sei... Susy, la ragazza del parrucchiere?» rispose Emma, sorpresa che la giovane la chiamasse per nome sebbene anche lei, dopo una breve titubanza, avesse ricordato quello dell'altra. «È un miracolo. Non ti avevo mai vista prima da queste parti.»

«Nessun miracolo. Mi hai detto che venivi sempre qui e ho deciso di passare per vedere se t'incontravo. Non mi piace fare il bagno in mare da sola.»

«Sono molto contenta, perché le mie amiche del club preferiscono passare la giornata giocando a canasta. Loro odiano il sole.»

«Io invece lo adoro» disse Susy togliendosi l'accappatoio con un gesto che aveva qualcosa di premeditato e di teatrale «anche in novembre. Riscalda lo stesso.»

Emma non poté smettere di fissare quel corpo sensazionale, appena coperto dal bikini. Ne osservò i contorni decisi, l'addome piatto, le lunghe estremità affusolate. E quando Susy, stendendo il telo accanto a quello di Emma, si lasciò cadere al suo fianco togliendosi il cappello, la moglie di Castañeda si soffermò sui capelli neri e corti che avevano qualcosa di maschile e di attraente. Ripresero il filo della conversazione interrotta alcuni giorni prima da Lancaster, ma questa volta parlarono meno degli altri e un po' più di se stesse. Quasi senza rendersene conto, si stavano scambiando gusti e preferenze.

Susy chiamò il cameriere che serviva le terrazze vicine e ordinò due limonate, senza chiedere a Emma se la gradiva.

«Hai le labbra un po' screpolate, la limonata ti farà bene» disse Susy. «Prima, però, devi metterti un po' di questo burro cacao.»

«Oh, sì! Mi bruciano. Grazie, sei una donna previdente. Questa crema è la cosa migliore per proteggerle.»

«Mettila con delicatezza» le raccomandò Susy, reprimendo all'ultimo momento l'impulso che l'aveva fatta avvicinare a Emma per passarle lei stessa il burro cacao sulle labbra.

Bevvero le limonate ed entrarono assieme nell'acqua. Nuotarono con lente bracciate allontanandosi dalla riva, ma senza lasciare che la conversazione languisse. Ciascuna diede all'altra una versione stringata della propria vita, per quanto, ovviamente, adattata in modo opportuno. Emma aveva poco da nascondere e si limitò a tralasciare alcuni dettagli: i genitori che non erano sposati, la noiosa relazione con il marito, sebbene di ciò non avesse piena consapevolezza, convinta com'era che la noia fosse in qualche modo una componente normale del matrimonio.

Susy, dal canto suo, mentì spudoratamente. Poiché la sua vita reale non poteva entrare in quel gioco, s'ingegnò di combinare verità e menzogna per offrire alla donna un'immagine di sé comunque interessante. Imbastì una storia personale partendo da fatti realmente accaduti della sua infanzia e adolescenza, per poi improvvisare, descrivendo una vita tranquilla all'ombra di una famiglia benestante e conservatrice. A Emma parve una ragazza dallo spirito libero, indipendente, ma in armonia con la sua estrazione sociale. Omise molto più di quello che disse.

Se Susy si guadagnava il pane con il sudore del corpo a Villa Scarlett, lo doveva a una concomitanza di circostanze fortuite, anche se poi lei ci aveva messo abbastanza di suo. Susana Santamaría era nata ricca. Due generazioni di Santamaría avevano accumulato una fortuna nel commercio dei tessuti. Da bambina fu mandata al collegio Baldor, quindi alla scuola commerciale, e fu allora che entrò in scena l'amore, un amore impossibile con un uomo sposato, molto più grande di lei, che lavorava da suo padre, e che, oltre a metterla incinta, ebbe il coraggio di andare a chiederne la mano. Lo scandalo fu messo a tacere, ma il padre di Susana, uno spagnolo duro come la roccia, emise la sentenza: sua figlia non avrebbe mai più messo piede in casa sua.

Lei tentò di riorganizzarsi l'esistenza e, dopo l'aborto, cominciò a lavorare come commessa in un negozio d'abbigliamento. Prese in affitto un appartamento, che divideva con una collega, e iniziò a uscire con chiunque le piacesse. Passò quasi un anno vivendo come qualsiasi ragazza della sua età, forse soltanto un po' più disinvolta nel fare sesso. Una sera, al matrimonio di un'amica, conobbe Rodolfo, che si atteggiava a Valentino e che aveva un lavoro fisso a Radio Progreso come attore di prosa. Con lui, la sua anima cambiò.

Rodolfo non aveva limiti nel concedersi piaceri e Susana non fece alcuna resistenza quando lui la trascinò per i capelli nell'oscura caverna dei vizi. All'inizio fu abbagliata dal contatto con un ambiente diverso e affascinante: attori, musicisti, impresari teatrali, ballerine; in seguito venne la scoperta della cocaina, della marijuana e del sesso di gruppo. Visse un periodo fuori dalla realtà, dormendo di giorno e passando le notti alle feste e a fare da spalla al suo Valentino nel letto di qualche amica o amico. Finché conobbe Adalberto Lara.

Rodolfo e Susana stavano cenando alla Bodeguita del Medio quando entrò Lara accompagnato da Rebeca, una delle attrici dei suoi nuovi teatri di posa di Wajay. I due uomini si conoscevano già da molte bottiglie di rum, e i nuovi arrivati furono invitati al tavolo. Fu una serata tranquilla, quasi familiare. Si parlò di cose che per Susana erano una novità: il cinema, le tecniche di ripresa, la fotografia e le possibilità commerciali che si aprivano con l'esportazione di film porno negli Stati Uniti. Quell'incontro avrebbe potuto avere un finale scontato, ma Rebeca, forse perché più della metà di quello di cui si discuteva le era incomprensibile, approfittò di ogni pausa nella conversazione per sedurre Susana. Rebeca era una bionda naturale capace di togliere il sonno a chiunque, e Susana non era di pietra.

Passarono la serata a scambiarsi sguardi intensi, elogi reciproci della loro bellezza e ammiccamenti spudorati con la lingua e le labbra. Chiesero il permesso di andare in bagno. Entrarono assieme e uscirono così eccitate che piantarono in asso i rispettivi amici. Presero un taxi fino all'appartamento di Susana e ci arrivarono strappandosi di dosso i vestiti.

La passione tra loro durò solo qualche giorno, ma per Susana le cose non furono più come prima. L'amica le raccontò che il lavoro con Lara era ben retribuito e offriva molti vantaggi, e l'invitò a entrare nel gruppo. Lara le fece un provino e si rese conto che la ragazza traboccava di un talento istrionico naturale. Quel giorno Susana Santamaría seppellì il passato e rinacque a Villa Scarlett con il nome di Susy, altrimenti detta "la Profonda", un appellativo che solo Rebeca e Lara si azzardavano a pronunciare in sua presenza.

Emma e Susy tornarono a riva e si crogiolarono per un po' al fuoco lento di un sole clemente, privo dell'implacabilità estiva. Dalla vicina terrazza giungeva profumo di aragoste in salsa chili e di polli arrostiti sulla brace. Susy prese di nuovo l'iniziativa.

«Mangiamo qualcosa?» propose con gentilezza, inclinando la testa e sbattendo le ciglia annerite da un mascara che nemmeno l'acqua salata era riuscita a sconfiggere.

Emma fu un po' sorpresa dall'invito, ma tanta simpatia la disorientò e finì per lasciarla disarmata.

«Sì, certo, non ho programmi. Vengo qui per far passare il tempo e a volte dimentico di mangiare. L'azzurro mi rilassa e mi libera la testa dai pensieri buoni e cattivi, mi svuota.»

Mentre ascoltava, Susy, dietro gli occhiali scuri, percorreva il corpo di Emma con uno sguardo sensuale che partiva dalle gambe, arrivava alle spalle arrotondate e saliva e scendeva lungo la pelle vellutata, ben curata, senza una macchia. Le piaceva la compagnia di Emma e cominciava a vedere le cose in modo diverso, un'ottica più gradevole di quella d'intrattenere la moglie annoiata di un militare.

La colazione fu perfetta. Emma aveva cura di sé e del suo corpo, come rivelavano le sue mani sulla tavola: unghie lunghe ma ben limate, dita sottili su cui brillavano un paio di anelli che le aveva regalato il marito. Tagliò con delicatezza la carne e le sue labbra si arrossarono di sugo; Susy le guardò con attenzione e le sembrarono più piene e sensuali. Risero, bevvero vino bianco, assaggiarono gelati alla frutta e sorseggiarono un caffè, anzi due. Susy fumò le sue Chesterfield ed Emma incominciò a parlare, ma senza dire nulla che potesse interessare Lara.

Susy si divertiva ed era rilassata, spensierata come non le accadeva da anni, e interruppe poche volte la nuova amica, che comunque sembrava apprezzare questi commenti spontanei. Quando Emma disse di far parte di un fan club di Pedrito Rico, il cantante spagnolo, l'altra commentò del tutto disinvolta: «Ma sei pazza, con quella faccia da bambina perversa che si ritrova!». E cominciarono a ridere.

Senza fretta, chiesero il conto. Susy insisté per pagare mentre continuava a spiare, con discrezione, i particolari di Emma che la colpivano.

«Mi hai invitata e ho accettato, adesso lasciami pagare così siamo pari. Va bene?» si oppose Emma trattenendo le mani di Susy per impedirle di prendere il denaro dal portafogli.

Il cameriere aspettò flemmatico che si mettessero d'accordo. Alla fine prese le banconote che Emma gli porgeva, ringraziò con un gesto e seguì con lo sguardo le donne nel loro tragitto fino all'uscita. Era un uomo maturo, con molti anni di servizio all'Havana Yacht Club, e conosceva la clientela. La moglie del capitano Castañeda gli sembrò un'altra persona.

Quando arrivarono al parcheggio, le due donne non riuscivano a congedarsi. Se Emma avesse fatto un cenno di commiato, forse Susy si sarebbe accontentata delle ore trascorse in riva al mare. Ma non lo fece. Ciascuna mostrò all'altra la propria auto: Emma la bella Corvette del '57, piccola e tutta curve come lei; Susy la Buick

Special decappottabile del '56, di un rosso rubino brillante. Due auto di donne decise.

«Cosa farai adesso?» si azzardò a indagare Susy, sperando di prolungare il piacere della compagnia di Emma.

«Niente d'importante. Hai qualcosa da propormi?»

Per un istante la domanda turbò Susy, perché credette d'indovinarvi una seconda intenzione che andava ben oltre il lecito, quasi Emma si aspettasse una proposta indecente. La fissò negli occhi per capire su che terreno si muoveva, ma non incontrò uno sguardo lascivo simile a quello di Rebeca alla Bodeguita.

«Una proposta l'avrei. Andiamo da Época. Ieri sera ho visto in vetrina un vestito incantevole.»

«L'idea mi piace.»

«Ti posso suggerire qualche capo fondamentale, che ogni donna dovrebbe avere nel proprio guardaroba» disse Susy, come per offrire all'altra una ragione per accettare.

«Si presume sia io l'esperta in materia. Una single come te non conosce ancora i trucchi di una moglie.»

«Non credere, Emma, non sono una monaca» disse Susy, subito prima di chinarsi per baciare la ragazza sulla guancia, mettere in moto l'auto e farle strada fino a calle Zanja, nel quartiere cinese.

Trovarono da parcheggiare a oltre cinque isolati da Época e si avviarono a piedi nel brulichio continuo di quella zona della città zeppa di negozi. Gironzolarono più di un'ora nella boutique, guardando e comprando senza chiedere i prezzi. Susy si provò un vestito attillato come una seconda pelle, ed Emma acquistò una confezione di saponette da bagno, un flacone di Chanel numero 5, il suo profumo abituale, e un paio di matite per le labbra di differenti tonalità di rosa.

«Ti piacciono?» domandò.

«Sì, soprattutto questa» rispose Susy e le tolse una matita dalle mani, usandola per farle un piccolo scarabocchio sul viso. «Guardati!»

Emma si rivolse allegra allo specchio sul bancone e sorrise al volto riflesso della ragazza che faceva capolino dietro di lei.

«E quest'altro ti starà benissimo, è fatto per la tua pelle» disse Emma. «È un regalo.»

«Se è così, anche tu avrai il tuo; e non puoi rifiutare, d'accordo?»

«D'accordo.»

Proseguirono fino al reparto dell'intimo e Susy mise nelle mani dell'amica una sottoveste nera di seta con inserti di pizzo. Emma lo prese con un'espressione incerta, senza aprir bocca, perché non era il tipo d'indumento cui fosse abituata. Ma Susy la convinse con uno sguardo malandrino, che poteva voler dire qualsiasi cosa.

Quando alla fine si separarono, erano quasi le cinque del pomeriggio. Questa volta il bacio sulla guancia fu reciproco, ma Susy riuscì anche a trattenere per un momento le mani di Emma fra le sue.

«È stata una giornata meravigliosa» confessò. «Spero che si ripeta. Non s'incontra tutti i giorni qualcuno con cui andare d'accordo. E poi, siamo già amiche, vero?»

«Certo. Anch'io sono stata molto bene e ti ringrazio per il tempo che mi hai dedicato.»

«Sono io quella che dovrebbe ringraziarti» disse Susy realmente emozionata, e tornò alla carica. «Uno di questi giorni voglio andare alla sauna e farmi un massaggio. Ti va di accompagnarmi?»

14 novembre 1957

Vista dall'alto, la casa di Joseph Barbara sembrava la L smarrita di un gigantesco abbecedario. Si stendeva sulla cresta di una collina nei dintorni di Apalachin, un paesino di circa trecento abitazioni al confine fra lo Stato di New York e la Pennsylvania. La villa, di un'eleganza selvaggia nel suo isolamento, sembrava un oggetto eccentrico dimenticato da qualcuno. Non vi accadeva mai nulla e solo la presenza del giardiniere e i latrati di una mezza dozzina di boxer ricordavano ai vicini che era abitata. La casa della famiglia Barbara era la più tranquilla del paese.

Quel giovedì di metà novembre, però, fu tutto diverso. Cominciarono ad arrivare auto lussuose in piccole carovane di due o tre, e nel giro di un paio d'ore ce n'erano così tante parcheggiate a casaccio davanti alla casa che, per la prima e ultima volta, quella strada di Apalachin assomigliò a una di Manhattan. Si vedevano gruppi di persone che passeggiavano sul prato ben curato e lungo il perimetro della proprietà. Gli impermeabili scuri consentivano di distinguere da lontano i capannelli di uomini, che continuavano ad arrivare a quella che sembrava una festa senza donne. Molti dei visitatori vi erano giunti dopo un lungo e faticoso viaggio in automobile, altri provenivano dai luoghi più distanti degli States, e due, solo due, da un'isola a sud della Florida: Santos Trafficante e Joe Sileci.

Il grasso Barbara non si concedeva un attimo di riposo. Ogni momento un nuovo gruppo d'invitati compariva lungo la salita che conduceva a casa sua. Convertitosi in arbitro per volontà unanime, il cerimonioso Joseph riceveva sulla porta vecchi conoscenti e giovani gonfi di boria con lo stesso abbraccio conciliante di un ambasciatore di pace. Gli incontri tra gli ospiti avvenivano in una profusione di manifestazioni di gioia, di gesti magniloquenti, di baci schioccati sulle guance, di vigorose strette di mano e parole pronunciate nell'unica lingua possibile, l'italiano. Chi non sapeva che sulla cima di quella collina erano riuniti i cervelli del crimine organizzato avrebbe potuto credere che si trattasse di un raduno di froci.

Giunsero rappresentanti da tutto il paese, ma l'attenzione era concentrata sugli ospiti più potenti e temuti. In una riunione come quella era impensabile non conoscere il parere del distaccato e misurato Bonanno, signore assoluto del lontano Ovest, che poteva essere scambiato per un elegante e rispettabile dandy dell'alta società nordamericana, simbolo per eccellenza del "don" sicuro di sé e del proprio potere. Meno solenne, a volte ruvido e con tutti i limiti di una cattiva educazione, Vito Genovese s'imponeva più per ragioni gerarchiche che per personalità; d'altra parte, don Vitone era riuscito a coalizzare e rafforzare le Famiglie del Nordest, dopo una lunga carriera in cui aveva schivato sgambetti e tolto di mezzo quanti avevano tentato di sbarrargli il passo. Il peso dei suoi giudizi, all'appuntamento di Apalachin, poteva far pendere definitivamente la bilancia a favore di coloro che lottavano per spartirsi Cuba come una torta di compleanno.

Anthony Accardo arrivò deciso a lasciar fuori dalla casa di Barbara lo pseudonimo di Joe Batters. Entrò abbracciando tutti quelli che incontrava e ridendo come lui solo sapeva fare. Era un tipo simpatico ma inflessibile, umorale, capace di passare dal buonumore alla ferocia in un battito di ciglia. Aveva pochi nemici nel sindacato perché piaceva ad alcuni e intimoriva gli altri. Accardo era stato iniziato alla carriera criminale nella banda di Alfonso Capone, del quale fu prima autista e poi uomo di fiducia. Quella relazione gli cambiò la vita, ma non cadde mai nelle tentazioni che portarono il suo capo a marcire e morire in galera. Aveva giurato che non avrebbe mai dormito in una cella e, fino a quel momento, aveva mantenuto la parola.

Adesso, Accardo regnava sull'intera zona centrorientale del Nordamerica e il suo potere era noto quanto le feste che dava nella sua casa di Chicago ogni 4 luglio. Durante l'ultima celebrazione del giorno dell'Indipendenza erano stati esplosi così tanti fuochi d'artificio che la gente aveva pensato si trattasse di una cerimonia ufficiale del governo; invece avevano potuto parteciparvi soltanto italiani muniti d'invito. Sam Giancana e Joey Alex erano stati incaricati di dare il benvenuto ai boss accorsi, richiamati dal clamore. Albert Anastasia era arrivato con un mazzo di rose che diede alla signora Accardo prima di abbracciare Tony con rumorose pacche sulle spalle e di sciorinargli la battuta: «*Good boy... Good boy*». I presenti risero: sapevano che Tony "Faccia di Pietra" Accardo se ne infischiava della patria, e non parlava inglese nemmeno con i figli, nati in terra americana.

Fra le tante stelle presenti alla riunione in casa Barbara, Santos Trafficante riluceva di un bagliore speciale, quasi fosse il centro dell'universo. Aveva raccolto la sfida dei potenti e, tra questi, nessuno aveva il potere del defunto Albert Anastasia. Era chiaro a tutti che, pur essendo un Colosso di Rodi, Anastasia era stato abbattuto dalla mano di velluto di quel giovane senza paura. Trafficante arrivò ad Apalachin esibendo il titolo di proprietà di un territorio conteso, deciso a non farselo soffiare da nessuno, e preceduto dalla terribile capacità persuasiva dell'immagine del numero uno della mafia stecchito, rasato a metà, in una pozza di sangue. E non era un mistero per nessuno che Trafficante fosse l'inviato dell'impero del Sudest, il più stabile e organizzato, che includeva di diritto Cuba, e che si trovasse lì in rappresentanza di qualcuno con cui i don trattavano a distanza e, anche così, con enorme cautela e deferenza: Meyer Lansky.

Altri capi di minor prestigio prendevano posto, chiedevano qualcosa da bere o da mangiare ai camerieri, tutti italiani, assunti da Barbara per l'occasione, e si apprestavano a partecipare alla conferenza decisi a impugnare l'ascia di guerra sullo spinoso tema cubano, argomento principale all'ordine del giorno. I padrini si preparavano a far fronte ai tempi bui. La maggior parte di loro desiderava poter contare su una retroguardia sicura come quella che si era garantito Meyer Lansky; per così dire, volevano subito senza troppi sforzi ciò che l'ebreo si era conquistato in oltre vent'anni di duro lavoro.

La sindrome di Kefauver aveva colpito il potere giudiziario nordamericano dai tempi delle inchieste dirette dall'omonimo comitato all'inizio degli anni Cinquanta, e già si parlava della creazione di un gruppo analogo, denominato Comitato ristretto d'indagine sulle pratiche improprie nei campi del lavoro e dell'amministrazione, i cui promotori erano il senatore McClellan e il procuratore generale William Rogers. A quel nome interminabile e altisonante se ne sarebbe sostituito ben presto un altro più agile e sintetico: Comitato McClellan. A presiederlo sarebbe stato il procuratore Milton Wessel e suo compito sarebbe stato quello di combattere tutte le forme di crimine organizzato.

Quando si udì la voce dell'anfitrione che invitava ad aprire i lavori fu come se fosse risuonato lo sparo dello starter. I rappresentanti delle diverse Famiglie si affrettarono a prendere posto nel salone dell'ala orientale. Joseph Barbara introdusse il dibattito con un discorso conciliante nel quale esortò alla calma e a riportare sulla rotta il sindacato, scombussolato dall'attentato a Frank Costello e dalle morti di Scalise e Anastasia, ai quali si riferì come se venissero sepolti in quel preciso momento.

Joseph Bonanno prese la parola ricordando che lo faceva in virtù della propria posizione gerarchica nella Commissione, e approvò le frasi elogiative di Barbara per lo "sfortunato amico Albert Anastasia, un compaesano che non meritava di essere ucciso come ricompensa agli sforzi profusi per il benessere delle Famiglie".

«C'è qualcuno, tra noi, che non piange per questa disgrazia?» domandò a conclusione del suo melodrammatico panegirico, e Trafficante si accorse che lo guardava, aspettando forse una risposta.

I discorsi si susseguirono: ebbero la precedenza i capi delle Famiglie più influenti, che enfatizzarono la necessità di evitare i rischi di una guerra. E anche se nessuno aveva ancora scagliato la prima pietra contro il territorio di Meyer Lansky, si andava facendo strada nei vari interventi l'idea che convenisse trasformare i Caraibi in una terra di nessuno, dove chiunque avrebbe potuto ritagliarsi uno spazio.

Joe Sileci era teso. Per lui era chiaro che le allusioni ai Caraibi erano un espediente per parlare di Cuba, e che i continui appelli alla pace potevano essere interpretati come la volontà di dar vita a una coalizione contro Lansky, nel caso l'ebreo si fosse ostinato a rifiutare "quelli di fuori". In ciò che si stava dicendo presagiva l'annuncio di uno scontro inevitabile. Spostò lo sguardo di lato pensando di trovare Trafficante intento a lucidarsi le lenti degli occhiali, e si spaventò nel vederlo immobile come un monaco buddista in meditazione. Un po' più in là di dov'era seduto il suo socio, riuscì a scorgere con la coda dell'occhio il sorriso sarcastico di Bonaventura Buffalino e ne indovinò i pensieri: si apprestava a mettere ogni cosa al suo posto, a urlare che i Caraibi erano "mare nostrum", e che chi non era d'accordo aveva due possibilità, rassegnarsi o andarsene da un'altra parte. Fu in quel momento che i cani cominciarono a latrare.

Joseph Barbara non aveva nemici nel paesino di Apalachin; aveva, invece, sufficienti motivi di temere per la sua sicurezza. Si fidava dei cani più delle persone, e la sua muta di boxer era formata da belve addestrate, capaci di avvertire la presenza di un intruso a grande distanza. Accettavano il cibo solo dai guardiani e chiunque osasse oltrepassare i limiti della proprietà correva il rischio di essere dilaniato. Quel giorno, però, la gabbia era chiusa e gli agenti del sergente Edgar Crosswel non ebbero difficoltà a circondare la casa e fare irruzione.

Gli uomini che accompagnavano il sergente non erano i poliziotti di sempre, abituati alla vita pacifica del luogo, ma dei tipi alti che tenevano il distintivo in una mano e la pistola nell'altra mentre intimavano: «Fermi tutti, Fbi!». Invasero i giardini, sbucando da ogni parte senza tanti complimenti e con l'intenzione di mandare a dormire per sempre chiunque avesse fatto il minimo tentativo di estrarre un'arma. Nessuno avrebbe esitato a premere il grilletto perché quell'operazione era stata voluta da Hoover in persona, la maggiore autorità all'interno di quella grande potenza che era l'Fbi.

Il baccano all'esterno della villa interruppe i discorsi e mise in allarme gli oratori. Joseph Barbara scattò in piedi come una molla e corse fuori per vedere che cosa stava succedendo. Chiamò gli uomini della sicurezza ma riuscì a vederne solo uno, con la faccia schiacciata contro il pavimento gelido di un corridoio e le mani intrecciate dietro la nuca. Ritornò sui suoi passi e si affrettò a rientrare nel salone con un'agilità insolita per i suoi cento chili abbondanti.

«Una retata... hanno circondato la casa!» gridò Barbara con una voce da gallo spennato, spezzata per la corsa.

Il fantasma della notte di San Valentino scese sull'ala est della villa. Da quella voce allarmata ciascuno dedusse ciò che gli dettava l'istinto. Si aprirono porte e finestre e ne uscì un fiume di padrini, consiglieri e *caporegimi.* Alcuni riuscirono a riparare in un boschetto vicino.

«Meyer, Meyer!...» mormorò Trafficante guardando quell'emorragia di potenti sgusciare fuori dalla sala, e non poté fare a meno di abbozzare un sorriso scaltro, come se stesse assistendo alla marachella dell'alunno più discolo della classe.

Joseph Barbara preferì restare al suo posto di capitano, deciso a correre il rischio del naufragio. Sull'ingresso di casa si scontrò con il sergente Crosswel e lo guardò fisso, impressionato dai lineamenti duri e dall'aria risoluta di quella faccia nota, sebbene non fosse in condizioni di ricordare dove l'avesse conosciuto.

«Un momento!» lo fermò Barbara. «Questa è casa mia e ho il diritto di sapere cosa sta succedendo.»

Crosswel gli mostrò le credenziali.

«Polizia!» disse brusco. «Si faccia da parte e stia buono.»

«Protesterò per questo sopruso!» esclamò Barbara. «Chiamerò i miei avvocati e la farò arrestare per attentato alla privacy. Fuori da questa casa!»

Crosswel fece un segnale ai suoi uomini perché si precipitassero dentro l'edificio. Poi infilò la mano nella tasca della giacca e mise sotto gli occhi di Barbara il mandato di perquisizione.

«Stia zitto!» ribatté il sergente. «Tutto quello che dirà a partire da questo momento potrà essere utilizzato contro di lei.»

Due agenti condussero Joseph per il braccio fino a un cellulare già stipato di padrini.

Il sergente Crosswel e il reparto dell'Fbi fecero scrupolosamente il loro lavoro, ma in quella riunione non scoprirono nulla di illegale. Senza un valido motivo, il fermo non sarebbe potuto durare a lungo. Tutte le dichiarazioni concordarono sul fatto che si trattava di una visita a Barbara da parte di amici preoccupati per il suo stato di salute. Non si trovò nemmeno un'arma o un grammo di droga, nemmeno un'auto con l'assicurazione scaduta. Il colpaccio, unico nella storia, si stava trasformando in un buco nell'acqua. Quando Hoover lo seppe, ebbe un gesto di stizza, pronunciò la parola "fatalità", estranea al suo gergo tecnico, e ordinò di slegare i cani della stampa. Tutto sommato, non aveva mai creduto in un'alternativa allo scandalo.

Nella locale caserma di polizia i dattilografi non avevano neanche il tempo di bere il caffè. A turni, trascrivevano le dichiarazioni della settantina di capifamiglia acciuffati all'appuntamento di Apalachin. Solo Vito Genovese era riuscito a eludere l'assedio, grazie a una smagliatura nella rete dei posti di blocco stradali. Il resto degli invitati era stato facile preda. Furono tirati fuori, a uno a uno, dagli angoli più impensati della casa: Olivetto Ornamento da un armadio a muro, Anthony Guarneri dallo stanzino delle scope e Joe Sileci da sotto l'ampio letto di Barbara, come un amante colto in flagrante. Dei quattordici scappati nel vicino boschetto, due rimasero nascosti per un paio d'ore sotto un tappeto di foglie, finché le formiche non li snidarono, spingendoli, tra grida e contorsioni, verso un'autopattuglia della polizia.

Joseph Bonanno, invece, fu uno dei pochi a essere bloccato dove si trovava. Rimase seduto fino a quando non andarono a prenderlo. Un nero che sembrava un calciatore fece per afferrarlo per il braccio, ma "Joe Banana" si alzò con agilità e, abbottonandosi la giacca, scansò la presa.

«Non mi tocchi!» disse, prima di andare a occupare un posto tra i colleghi ammanettati.

Nemmeno Santos Trafficante si mosse. Da un angolo del salone guardava Bonanno che manteneva un'aria di sfida in mezzo al caos e decise di imitarlo, per inviare con quell'atteggiamento di serenità ostentata un messaggio in codice al sindacato: "*Fuck you!*".

16 novembre 1957

Nessuno avrebbe potuto scegliere un luogo più appropriato per quel colloquio, perché un conto era che il presidente della Repubblica assistesse all'inaugurazione dell'Havana Riviera, con decine di fotografi e giornalisti attenti perfino alla marca dello champagne, un altro che il capo dello Stato desse in pasto a occhi indiscreti il suo incontro privato con Meyer Lansky, l'ebreo che la stampa nordamericana additava come uno dei quattro grandi del sindacato del crimine. Neanche nella cerchia degli intimi del presidente c'era eco di quelle riunioni indispensabili, che si tenevano solo quando gli interessi comuni richiedevano la presenza delle due teste fondamentali per tracciare strategie o prendere decisioni troppo compromettenti per essere affidate a degli intermediari.

Batista manteneva i contatti a distanza con Lansky attraverso il cognato Roberto Fernández Miranda, uno degli uomini responsabili dei profitti del gioco d'azzardo, e Andrés Domingo y Morales del Castillo, l'amico dei favori senza prezzo che rimase sempre al suo fianco nella segreteria della presidenza. A volte poteva rendersi necessario coinvolgere in faccende di minor importanza persone di assoluta fiducia che appartenevano al governo. Era facile allora che ricorresse al suo vice, Rafael Guás Inclán, o al ministro degli Interni, Santiaguito Rey, i quali gestivano quelle singole questioni come affari personali per evitare, salvo eccezioni, che venisse fatto il nome del presidente.

Batista, inoltre, aveva nel suo ufficio un collaboratore troppo abile e intimo perché fosse possibile tenerlo completamente all'oscuro dell'andamento degli affari. Era il generale di brigata "Silito", Francisco Tabernilla Palmero, uno dei figli del comandante in capo delle forze armate, Francisco Tabernilla Dolz. Silito era incaricato d'informare il presidente dei successi e degli "infortuni" militari, oltre che di vita, morte e miracoli degli alti gradi. Per esperienza Batista sapeva che era meglio tenere legate a doppio filo le istituzioni militari. A Silito, appunto, affidò la responsabilità del trasferimento aereo di Meyer Lansky fino a Cayo Media Luna.

Lansky, preoccupato per i dubbi seminati in lui da Santos Trafficante, aveva sollecitato direttamente l'incontro con il presidente, dopo aver sondato i pareri per nulla disprezzabili del suo buon amico Elías Mozack. Aveva approfittato della memorabile notte dell'inaugurazione dell'Hotel Havana Riviera per fissare con Batista l'udienza privata. Dopo l'esplosione della bomba al ristorante Chez Potin, che aveva fatto scattare in piedi tutti gli invitati al ricevimento, quell'incontro era diventato una questione di vita o di morte.

«Ritengo opportuna tale riunione, mister Lansky» disse Batista rispondendo alla sua richiesta. «Nei prossimi giorni il mio segretario la avviserà.»

Il presidente, che in ogni atto protocollare era seguito come un'ombra da Andrés Domingo, si era rivolto al segretario con la coppa di champagne in mano mentre Lansky, con la sua ancora intatta, si allontanava per intrattenere gli invitati.

«Andrés, consulta stasera stessa l'agenda e trovami un buco libero appena possibile» gli sussurrò Batista all'orecchio.

«Il mese si annuncia carico d'impegni, presidente» gli rispose l'efficiente segretario. «Ci sono affari di governo improrogabili.»

«Trova una soluzione. Se necessario, potrebbe essere anche un fine settimana.»

Così fu fatto. Il presidente sacrificò le ore che una volta alla settimana dedicava alla famiglia nella tenuta privata di Kuquine all'Avana, o in quella di Kawama a Varadero. Da quest'ultima residenza, durante la notte di un venerdì salì sul suo yacht, diretto a Cayo Media Luna. Il *Martha II* era un'imbarcazione che non poteva certo competere con il celebre *Cristina* di Aristotelis Onassis, ma non era nemmeno una barchetta da parvenu.

Martha era il nome della moglie, che Batista adorava. Con lei era affettuoso, premuroso e gentile. Non concesse mai ai suoi avversari politici l'opportunità di attaccarlo sul piano privato, in genere il lato debole degli uomini pubblici, ai quali è possibile distruggere la carriera con rivelazioni sui loro amori proibiti. Lui non ne aveva. Si era sentito unito a lei dal pomeriggio in cui, con la sua auto di capo dell'esercito, per poco non travolgeva quell'affascinante ragazza che passava in bici per una strada dell'Avana. L'autista aveva frenato bruscamente senza però riuscire a evitare l'impatto. Donna e bicicletta finirono per terra. Batista in persona condusse la ragazza al pronto soccorso, dove le riservarono in anticipo un trattamento da first lady.

«Il mio nome è Fulgencio» le disse. «Sono il generale Fulgencio Batista.»

«Lo so, generale» gli rispose la ragazza, che sembrava più entusiasta che dolorante per le ferite. «Il mio è Martha Fernández.»

Poche settimane dopo il generale Batista giungeva a un accordo con Elisa Godínez, la contadinotta che aveva sposato quando era soldato semplice della Guardia Rural: il divorzio in cambio di quattro milioni di dollari.

Con il passare dei mesi Martha Fernández divenne la moglie di "El Hombre" e poi la first lady della Repubblica, ma non poté mai impedire che nei circoli aristocratici le lingue più taglienti insinuassero che era stata lei a provocare, con incredibile tempestività, quel vantaggioso incidente.

Il venerdì pomeriggio Batista, che la rendeva partecipe dei più compromettenti segreti di Stato, la mandò alla casa di Kawama assieme ai figli, con la speranza che lo accompagnasse a Cayo Media Luna; ma, quando giunse nella notte a Varadero, ebbe la delusione di doversi imbarcare da solo. La figlia più piccola, di appena pochi mesi, aveva la febbre alta. Martha lo seguì fino all'uscio di casa, gli diede un bacio e lo salutò con le parole di sempre: «Che Dio t'accompagni».

Cayo Media Luna, in prossimità della costa nord di Cayo Guillermo, nell'arcipelago Sabana-Camagüey vicino al Canal Viejo delle Bahama, era disabitata. Possedere un'isoletta solitaria di dimensioni ridotte come quella era un sogno irrealizzabile per chiunque ma non per Batista, che ne aveva preso possesso con la spada e la croce e si era fatto costruire una casa per le vacanze che sembrava uscita da un sogno di una notte d'estate. Era l'unico edificio in quel paradiso riservato alla fauna selvatica; un rifugio degno di un emiro, dove il presidente poteva passeggiare lungo la spiaggia in costume, al riparo da occhi indiscreti, a parte quelli di sua moglie, dei figli e del personale addetto alla sicurezza. Di quell'isolotto privato avrebbe sentito la mancanza anni dopo, durante l'esilio nella sua tenuta portoghese delle isole Madeira, dove aveva tutto, tranne ciò che non poteva procurarsi con il denaro: la spiaggia e il cielo di Cayo Media Luna.

Il presidente si era appena seduto nell'ampio portico della villa per immergersi nella lettura di *Maledetti toscani* di Curzio Malaparte, quando udì il motore dell'idrovolante sopra la sua testa e alzò gli occhi. Erano le 13.03. Lui era arrivato all'isolotto da circa tre ore e dal molo si era diretto subito verso il bagno principale della residenza, fermandosi solo alcuni secondi per osservare l'incredibile progresso delle piante che la moglie aveva fatto seminare nelle aiuole, incurante di quel che dicevano a proposito della salinità del terreno. Aveva fatto una doccia calda e si era rasato.

Pensava di pranzare con Meyer Lansky, ma il suo appetito era scomparso. Gli capitava a ogni traversata, e ancora conservava il ricordo spiacevole della prima volta, subito dopo la sua uscita dall'anonimato, quando aveva spiccato un prodigioso salto da canguro dal grado di sergente stenografo a quello di colonnello capo dell'esercito e nume tutelare della Repubblica. Da allora erano passati molti anni e si era abituato alle gioie e ai dolori del potere assoluto. Si riteneva ormai anche un buon marinaio. Era in grado di piazzarsi sul ponte di comando dello yacht per navigare in acque agitate, o di orientarsi nel labirinto di isolotti a nord di Cayo Media Luna, ma non vinse mai l'inappetenza provocatagli dalle movimentate passeggiate nei domini di Nettuno.

Il generale abbandonò il libro, si alzò e uscì per dare il benvenuto all'ospite. Meyer Lansky scese dal Reliant Stinson a cinque posti. Era accompagnato dal pilota, da un ufficiale dell'aeronautica militare in veste di comandante e da due dei suoi guardaspalle, che con discrezione si mantennero a distanza.

Batista si fermò sulla passerella di accesso all'imbarcadero per ricevere il nuovo arrivato, ignorando il protocollo. Indossava calzoni di lino bianco, una polo di cotone grigia a strisce orizzontali nere e mocassini di pelle. Al polso sinistro aveva un appariscente orologio d'oro e all'anulare della mano destra l'immancabile anello di raffinata fattura con una grossa pietra viola, che la moglie gli aveva regalato un 17 gennaio, in occasione del suo compleanno.

La giornata era fresca e soleggiata. Meyer Lansky non poté fare a meno di ammirare il magnifico paesaggio. Inspirò l'aria pura e in un lampo improvviso d'immaginazione gli parve di vedere le meravigliose e incontaminate spiagge degli isolotti circostanti orlate di grandi infrastrutture alberghiere. Per ordine di Batista, il *Martha II* e una lancia armata si mantenevano a prudente distanza dal molo; in lontananza, la sagoma scura di una fregata sembrava un bersaglio mobile nel suo continuo andirivieni in prossimità dell'orizzonte.

Lansky si avviò verso la casa e scoprì nell'uomo di aspetto giovanile, che lo aspettava immobile, il presidente in persona. Non sapeva se sentirsi offeso o adulato. Mentre lui indossava un abbigliamento formale, conforme al rango dell'anfitrione, questi si permetteva di riceverlo vestito come un giocatore di pelota basca. Tuttavia, nelle sue parole di saluto e nell'energica stretta di mano non notò il minimo indizio di disistima o disprezzo; semmai il contrario, una dimostrazione di cordiale fiducia accompagnata da un grande rispetto.

Batista era un uomo di vasta cultura e di buone maniere. Parlava fluentemente inglese e dominava la lingua materna. Nessuno seppe mai quali livelli di scolarità avesse raggiunto. Ma quelli che i suoi insidiosi nemici insistevano nel ritenere ostacoli all'esercizio del potere erano piuttosto le prove inoppugnabili di un'intelligenza naturale combinata a un'astuzia istintiva. Il suo merito consisteva nello spirito di rivalsa con cui aveva superato lo scoglio della povertà familiare, e che aveva fatto di lui un autodidatta di grandi ambizioni, capace di tenere le redini dello Stato con maggiore determinazione di qualsiasi altro uomo politico dell'epoca.

Fece di tutto. Realizzò opere monumentali; aprì, come nessuno prima di allora, le porte al capitale straniero; fece prosperare con successo, anche ricorrendo a espedienti, la capitale della Repubblica e le città più importanti; e gettò in carcere le bande di delinquenti creoli che fomentavano sanguinose rivolte locali. Fu un colpo da maestro che non lasciava adito a dubbi: a Cuba non comandava nessun altro all'infuori di lui, punto e basta.

Batista invitò Lansky a pranzare sulla terrazza ventosa e isolata della dépendance della villa. Consapevole del fatto che la presenza di un interprete a un incontro così compromettente sarebbe stata un'ingenuità, parlava in inglese con l'ospite. Si mostrava cortese nei modi e sensibile ai commenti di Lansky sulla bellezza della zona e le eccezionali opportunità che offriva al turismo.

«Il mio governo è aperto a ogni prospettiva di sviluppo, mister Lansky» disse. «Non nego che molto di quel che si è fatto e che ci proponiamo di fare sia nato dall'iniziativa e dagli interessi degli investitori, come l'idea di fare una "Montecarlo dell'Avana" e gli altri progetti che si avvalgono della legge sul turismo.»

Il presidente teneva le redini del dialogo, senza lasciare all'interlocutore la possibilità di giocare d'anticipo. Era lucido nell'esporre e variava i temi della conversazione. Meyer Lansky, che lo aveva sempre trattato con il massimo rispetto, era soddisfatto per l'intesa che si era stabilita tra loro e per il gesto di cortesia rappresentato da quell'invito a pranzo.

Batista, dal canto suo, curava molto le apparenze. Aveva acconsentito a quell'appuntamento perché non gli restava altra via d'uscita e non avrebbe mai invitato Lansky alla sua tavola, se non fosse stato per l'ora e il luogo isolato. Se, date le circostanze, si trovava nella necessità di sedere con lui alla stessa tavola, questo non significava che fosse altrettanto disponibile a consentirgli di dormire sotto lo stesso tetto.

Si conoscevano dagli anni Trenta, epoca in cui Batista aveva cominciato la sua fulminante carriera politica, e avevano sempre avuto solo conversazioni formali. Il presidente era troppo astuto per dimenticare di indossare una pelle d'agnello.

«Non dubito» disse Batista «che lei e gli altri investitori nostri amici dareste al governo il massimo appoggio a favore di un progetto complesso e costoso per lo sviluppo turistico dell'arcipelago del Nord. Di fatto, esso costituirebbe una grande forza di attrazione per le società interessate ad avviare o ampliare gli affari a Cuba. Solo che, prima di continuare a coltivare sogni di grandezza per la nazione, il governo deve fare in modo che gli investitori dispongano della necessaria stabilità.»

«Signor presidente, i fatti degli ultimi tempi danneggiano settori importanti dell'economia nazionale» disse Lansky, spinto a toccare il tasto che non aveva ancora sfiorato in attesa del momento adatto. «Alcuni amici mi hanno manifestato personalmente le loro preoccupazioni. Pochi giorni fa il signor Ennis, amministratore dell'Hotel Nacional, mi spiegava allarmato che, in meno di una settimana, erano state cancellate un centinaio di prenotazioni di turisti. Entriamo nell'alta stagione e molti temono la bancarotta.»

«Ho dato istruzioni alla Camera di mettere a punto una legge che limiti le trasmissioni radiofoniche i cui commentatori cercano di destabilizzare il governo. Sfortunatamente, ci sono persone che si lasciano influenzare dalle voci allarmistiche messe in giro dagli avversari del mio programma politico. Le assicuro che il momento di crisi sta passando. I nostri amici, quelli che hanno davvero il polso della situazione, hanno fiducia nel governo. Sa che il giorno successivo al fallito attentato di cui sono stato oggetto al Palazzo ho sottoscritto un contratto con la Cuban Telephone Company per ampliare in maniera straordinaria il loro servizio? È stato un momento veramente difficile, eppure non abbiamo perso la calma. Non si può negare, inoltre, che gli investitori cubani e stranieri stiano incrementando progressivamente le loro operazioni nel paese, e che mai prima d'ora l'industria cubana aveva vissuto un simile boom.»

«Non nego che ciò sia vero nel settore dell'imprenditoria industriale, signor presidente,» disse Lansky «ma per il turismo le cose vanno in un altro modo.»

«Vede, amico,» insistette Batista «l'ex presidente Prío e altri individui sovvertono l'ordine con la propaganda che si pagano all'estero. Là hanno tutti i mezzi a disposizione e arrivano alle orecchie di quanti pensano di visitare Cuba per vedere fantasiosi scenari di terrore. Tutto questo, però, cambierà nella misura in cui riusciremo a placare gli animi, esaltati dai gruppi di estremisti che operano sul territorio nazionale. L'esercito è forte e la polizia attiva.»

Meyer Lansky era pronto a comunicare al presidente un'idea che gli era passata per la mente. Batista non era che un socio in più nell'affare del gioco d'azzardo, il suo socio, e si permise di parlargli nei termini in cui avrebbe potuto farlo con Sam Giancana o con Santos Trafficante. Non c'era nulla da nascondere.

«Non vedo come potremmo aiutarla sul suo terreno. Prío è un problema, e aspettare la pace a Cuba può richiedere mesi. Sul nostro, invece, possiamo darle una mano. Posso parlare con i miei amici per togliere di mezzo, con il suo consenso, ovviamente, quelli che le fanno la guerra all'estero. Il suo nome resterebbe fuori.»

Il generale rimase in silenzio qualche secondo meditando una risposta all'imbarazzante proposta. Era la prima volta che Lansky gli si rivolgeva in maniera così diretta, e lui non poteva permettersi l'azzardo di associarsi nel gioco delle pistole con quelli cui concedeva ogni tipo di facilitazioni per sfruttare i casinò. Preferì minimizzare le parole dell'ospite e infondere un po' di senso della misura nei suoi irrequieti soci dal grilletto facile. Solo adesso si rendeva conto che la visita di Lansky aveva uno scopo che andava ben oltre quello di tenerlo al corrente degli sviluppi del progetto di fare una Montecarlo dell'Avana.

«Amico mio, Prío è un cadavere indebolito dal peso del suo scheletro» disse, dando un tono filosofico alla sua voce gutturale. «Un cadavere al quale fareste un gran favore vestendolo da martire. I suoi lamenti ricordano quelli dell'ultimo califfo musulmano di Spagna. Conobbi la madre di Prío, donna Regla Socarrás, di robusta stirpe patriottica. Oggi direbbe al figlio le stesse parole della madre del califfo: "Non piangere come una donna ciò che non hai saputo difendere da uomo". In questo paese soltanto i miserabili sarebbero capaci di assecondarlo.»

«Mi riferivo a qualcosa alla nostra portata, da fare subito» intervenne Lansky. «Vorrei sapere se potremmo ampliare la collaborazione con il suo governo.»

«La ringrazio di cuore per l'offerta, ma temo che non sia necessario, né prudente, l'intervento in questioni che attengono unicamente il potere esecutivo del governo. Abbiamo buone relazioni con gli Stati Uniti e finché manterranno le forniture di armi garantite dal Trattato interamericano di aiuto reciproco, le nostre forze armate saranno pienamente operative. La situazione nella zona di Oriente è un po' tesa, ma si stanno facendo i passi necessari per soffocare l'esplosione di avventurismo verificatasi nel sud della provincia. Può stare certo che molto presto imporremo la legge e l'ordine, e prevarrà la calma. Tempo e pazienza, mister Lansky.»

11 dicembre 1957

Da giorni Emma si sentiva immersa nelle tenebre, non voleva pensare a nulla perché la razionalità a volte distrugge le emozioni. Arrivò con qualche minuto d'anticipo all'appuntamento al caffè dell'Hotel Inglaterra, stranamente impaziente di veder arrivare l'amica. Dopo un mese d'incontri fugaci, non riusciva a capire il perché di tanta agitazione. Un nervosismo inspiegabile la spingeva a battere con il cucchiaino sulla zuccheriera. Qualcuno si guardò attorno per vedere da dove provenisse quel rumore molesto, e lei si mise a ridere del proprio gesto inconsapevole e inopportuno. Tutto la faceva sorridere.

Aveva tempo e, involontariamente, pensò alla sensazione di benessere che provava in compagnia di Susy. Con Castañeda non aveva mai sperimentato quel senso di vertigine, la disperazione dell'attesa, e si rifiutava di cercarne il motivo. L'impulso di accarezzare la pelle di Susy, lucida d'olio, avvertito durante un pomeriggio trascorso in un *fitness club* giorni prima, rimaneva una sensazione equivoca che preferiva relegare ai margini della coscienza. Concentrò l'attenzione sulle persone che entravano e uscivano dal caffè, ma continuò a inciampare su quel pensiero: Susy la eccitava.

Quando l'amica arrivò, lei era tensione allo stato puro. Emma la guardò e i suoi occhi la tradirono. Susy raccolse con equilibrio quella tacita confessione, ma non era più disposta a continuare nel ruolo di ragazza innocente e si lasciò sfuggire un pizzico della malizia tipica della donna che vive del proprio sesso.

«Non restiamo in questo caffè torbido» disse Susy scherzando un po' per alleggerire la tensione. «T'invito a casa mia, voglio che tu veda il tramonto dalla mia finestra. È un gran privilegio.»

L'invito aprì il cuore di Emma, che si sentì arrossire fino alla radice dei capelli. Interpretò la proposta come la terribile conferma che anche l'amica provava le sue stesse emozioni. Vedeva avvicinarsi l'inevitabile. Esitò e respinse senza convinzione l'idea della visita. Susy non volle insistere, proponendole di andare al cinema Duplex, a due isolati di distanza dall'Hotel Inglaterra. Nessuna delle due sapeva che film proiettavano a quell'ora, e nemmeno gliene importava.

La sala era ampia, con poltrone imbottite e ben climatizzata. Nel cinema spazioso e quasi deserto le amiche erano solo due figure che si stagliavano nel buio che le circondava. Nonostante l'aiuto della maschera, procedevano tentoni in cerca di un posto comodo. Susy seguiva l'amica tenendola per mano.

Sullo schermo accadeva qualcosa, ma non era importante. Le due donne respiravano all'unisono e si agitavano inquiete sui loro sedili. Susy rimase in attesa del momento opportuno per fare un altro passo, finché arrivò: il braccio di Emma, appoggiato accanto al suo tra le due poltrone, irradiava calore. Sentì la pelle morbida della ragazza contro la propria e si lanciò a capofitto verso l'ignoto, strofinandole contro il suo. Non era uno sfioramento involontario ma una carezza, una vera carezza che Emma sulle prime finse di non riconoscere, mantenendosi apparentemente concentrata, con lo sguardo fisso su Gary Cooper o Henry Fonda o chiunque fosse il protagonista di quel western.

Susy aveva bisogno di un cenno di reazione da parte della moglie del capitano Castañeda e continuò a ricorrere alle proprie astuzie. Giocherellò con la stoffa della gonna di Emma e, quando questa si girò verso di lei, era a due centimetri dal suo viso. Emma avrebbe potuto voltare la testa verso lo schermo ma non lo fece, e sentì le mani di fuoco di Susy scivolarle lungo il braccio fino a prendere le sue e stringerle con forza. Seguì mentalmente il percorso delle dita lungo le linee del suo palmo, come fanno le gitane, prima di scivolarle sulle cosce. Emma la lasciava fare, agitata. Sentì che la poltrona scottava per il calore che le saliva dentro, le mani le tremavano e le si annebbiò la vista. Susy si avvicinò ancora di più al suo viso, ma quel gesto appena accennato in cerca delle sue labbra fu troppo per Emma.

«Non qui, andiamo a casa tua!» le sussurrò all'orecchio. E si arrese.

Erano quasi le tre del pomeriggio quando una Corvette e una Buick Special si fermarono davanti all'edificio di quattro piani in Santos Suárez. Susy si avviò ad aprire la porta a vetri e là aspettò Emma. Salirono fino al terzo piano in silenzio, una dietro l'altra, come due sconosciute che si trovano sulle stesse scale. Davanti alla porta dell'appartamento Emma fu sul punto di pentirsi e stava quasi per dire "È meglio se me ne vado", quando l'amica le fece strada all'interno e chiuse la porta alle sue spalle. Rimasero immobili per qualche secondo. Emma teneva i suoi occhi brillanti fissi sull'amica, aveva paura ma si fidava del proprio desiderio. Susy la prese per le mani e l'attirò a sé, stringendola con forza. Istintivamente cercarono l'una le labbra dell'altra e si baciarono con disperazione mentre, un passo dopo l'altro, raggiungevano la camera da letto.

31 dicembre 1957

Mancavano cinquanta minuti alla mezzanotte, gli ultimi del 1957. Il cabaret del Tropicana era affollatissimo. Sembrava una notte estiva, fresca e gradevole, il che non impedì la sfilata di signore avvolte nelle pellicce acquistate a New York, al braccio di uomini in smoking. Davanti all'ingresso continuavano ad arrivare le Cadillac, e gli autisti si riunivano in piccoli gruppi per ammazzare il tempo raccontandosi barzellette spinte.

Il Tropicana era il piccolo feudo di Martin Fox, noto agli intimi come "El Guajiro", il contadino. Vi era giunto alla fine degli anni Quaranta con in tasca soltanto l'esperienza maturata nella *bolita*, una sorta di lotto clandestino, e in un paio d'anni era riuscito a trasformare quel cabaret in un paradiso sotto le stelle. Lui ci aveva messo i soldi, e Roderico Neyra, detto Mago Rodney, il talento necessario per le megaproduzioni degli spettacoli.

Il Lido e il Moulin Rouge di Parigi, i cabaret per antonomasia, davano spettacoli altrettanto fastosi di quelli del Tropicana e abbondavano in acconciature cariche di piume e paillettes, ma non avevano il cielo stellato e la vegetazione lussureggiante che facevano da cornice al palcoscenico principale del cabaret cubano, i ritmi caldi e le splendide mulatte, protagoniste delle sfrenate coreografie intrise di erotismo con cui Mago Rodney mozzava il fiato agli spettatori.

In realtà i palcoscenici dove avevano luogo gli spettacoli erano due. Su una pendenza ad anfiteatro si allineavano, disposti a gradinata, i tavoli del Salón bajo las Estrellas, il salone sotto le stelle, illuminati da piccole lampade. In quel semicerchio disposto su vari livelli che cingeva il palcoscenico, sul quale spiccava l'insegna a forma di farfalla simbolo del Tropicana, potevano trovare posto mille persone. A destra si ergeva un'enorme sala dall'architettura futurista: quattro giganteschi archi sovrapposti, i cui spazi liberi erano stati chiusi da vetrate. Non poteva che chiamarsi Arcos de Cristal.

Con la sua atmosfera sensuale ed elegante, il Tropicana era l'estasi dei sensi, il luogo dove la ragazzina conquistata dal corteggiatore in camicia e papillon perdeva il pudore dopo tre bicchieri di rum, ed era pronta a regalare la verginità allo stesso ritmo frenetico scandito dai fianchi delle ballerine mulatte; lì la signora timorata aveva l'occasione, unica nella vita, di sostenere lo sguardo del quarantenne al tavolo di fronte, e suo marito quella di non togliere gli occhi dalle donne seminude e di sentirsi terribilmente eccitato.

Per Martin Fox, invece, il Tropicana era qualcosa di molto diverso. Per lui era il burro da spalmare sul pane, il pane quotidiano, la cui fragranza inebriante si diffondeva nel casinò di Lefty Clark, che era come dire una delle sale da gioco di Meyer Lansky.

A quella stessa ora, una Buick Roadmaster con a bordo tre uomini usciva dal parcheggio del Tropicana. Gli autisti la videro percorrere il sinuoso vialetto d'accesso al cabaret ma non vi prestarono troppa attenzione; non potevano certo immaginare che i tre avessero appena collocato una bomba con detonatore a tempo accanto all'ingresso dell'Arcos de Cristal.

Ai Nipotini bastarono dieci minuti per imboccare avenida Cuarenta y uno e giungere nei pressi dei giardini della birreria Tropical. Passarono di lì alle 23.20, in tempo per sentire la voce squillante di Celia Cruz, accompagnata dalla Sonora Matancera, che cantava una scatenata *guaracha* alla festa di Capodanno. Il Tropicana distava più di un chilometro e il fragore dell'esplosione non arrivò fino a loro.

Il pubblico del Salón bajo las Estrellas pensò che si trattasse di un colpo a effetto dello spettacolo e reagì solo quando dall'interno dell'Arcos de Cristal cominciò a uscire una marea umana terrorizzata, a spintoni. La musica tacque e tutta la sensualità del Tropicana si trasformò in isteria.

Nel vestibolo dell'Arcos de Cristal, mezz'ora dopo, i barellieri e la polizia raccolsero il braccio di una donna, fasciato in un guanto rosso di sangue, che non era stato trovato quando l'avevano trasportata in gran fretta all'Hospital Nacional; e il corpo senza vita, in una posa da contorsionista, di uno dei camerieri assunti come rinforzo per quella notte. Il bilancio dell'esplosione fu di oltre venti feriti.

Hugo, Paco e Luis si tennero alla larga. La radio della loro auto, a tutto volume, diffondeva per le strade dell'Avana le allegre melodie del programma di Radio Cadena Azul. Né la musica né il clima di baldoria che incontrarono lungo il percorso facevano pensare che Cuba fosse in guerra. La capitale era un'unica grande festa. A parte la bomba al Tropicana, troppo distante per suscitare allarme, la notte scorreva tranquilla. Non c'erano nell'aria segnali di violenza. A mezzanotte in punto, nell'atmosfera vischiosa di un postribolo del quartiere Colón, i tre di Santiago si trovarono finalmente faccia a faccia con il nemico che dovevano sconfiggere: il rum Paticruzado.

23 gennaio 1958

L'appartamento di Susy aveva qualcosa di diverso che Lara non riuscì a individuare subito. Ma a poco a poco riconobbe le differenze. Innanzi tutto, avvertì un certo disordine, tipico di un luogo realmente vissuto: una copia della rivista "Romances" sul pavimento accanto alla *chaise longue*, un paio di bicchieri, una bottiglia semivuota di cognac Felipe II e un piattino con un'oliva avanzata.

In cucina tracce di vita recente erano ancora più evidenti nel lavello con le stoviglie da lavare e nel frigo pieno di cibo e bevande. Ma la prova decisiva di un radicale cambiamento era in camera da letto, dove al posto delle due gigantografie sulla parete campeggiavano ora le riproduzioni del *Giardino delle delizie* di Bosch e del *Ratto delle mulatte* del cubano Carlos Enríquez.

Lara ricordava le due foto mancanti, ingrandimenti di fotogrammi dei primi film girati da Susy. Una era uno splendido e innocente nudo sotto un ombrellone, la seconda un'immagine cruda della ragazza avviluppata da altri due corpi, uno maschile e uno femminile.

Non ci voleva Sherlock Holmes per capire che l'appartamento non era abitato soltanto dalla ragazza. Dopo l'ispezione fatta con ostentata noncuranza mentre Susy gli preparava un caffè di benvenuto, Lara giunse alla conclusione che la sua attrice preferita aveva spalancato il nido di Santos Suárez a un amante, e che poteva trattarsi di una donna.

Una settimana dopo che Susy aveva accettato la missione di diventare amica della moglie del capitano Castañeda furono ultimate le riprese di *Passioni estive*. Lara le disse, allora, che l'avrebbe esonerata dalle due successive produzioni per darle il tempo necessario a adempiere l'incarico. Si erano tenuti in contatto saltuariamente per telefono, ma le notizie che Susy gli forniva erano sempre state ambigue, troppo vaghe perché Lara potesse farsi un'idea approssimativa di cosa stesse accadendo. In ogni caso, il regista ringraziava il cielo che la sua attrice non fosse tornata pentita allo studio.

Lara fece passare un lasso di tempo più che ragionevole, poi decise di incontrarla di persona quella domenica. Salì in macchina e, da Wajay, prese la via più rapida in direzione di Santos Suárez, immettendosi in avenida Rancho Boyeros all'altezza del Fontanar.

Arrivò senza preavviso e si trovò davanti una Susana Santamaría sconosciuta. Lei guardò attraverso lo spioncino e aprì la porta dopo aver indossato una vestaglia. Vedendola così spensierata,

Lara fu assalito dai dubbi ed ebbe la sensazione che Susy lo avesse beffato prendendosi un paio di mesi di riposo retribuito.

Si servì da solo una tazza di caffè in cucina e chiese il permesso di accendersi una Lucky Strike.

«Ti trovo molto bene. Ti ci voleva una pausa» esordì Lara senza fare alcuno sforzo per nascondere una nota di disagio che mise sull'avviso la donna.

«Un po' di vacanze non vengono mai male. Come vanno le cose alla villa?»

«Tutto procede per il meglio, almeno per il momento.»

«E come se la sta cavando Rebeca senza di me?»

Lara non rispose alla domanda, si limitò a sorridere e a fissarsi le unghie, come se vi leggesse quello che doveva dire.

«Susana, io ho quasi cinquant'anni e sono sempre stato riconoscente verso quelli che mi hanno aiutato. E voglio continuare così fino alla fine. Non sono ambizioso e ho dato una mano a te e a tutte le altre a farvi strada in un paese dove le donne non contano. Devo dimenticare i miei doveri, o pensi di potermi trattare come un imbecille?»

«Non so di che parli. Cosa succede?»

«Che io sappia, niente. Oppure succede qualcosa che io non so?» disse Lara con un gioco di parole. «Pensavo di non dover essere costretto a chiedertelo, ma mi sbagliavo. Noi abbiamo stretto un patto, un accordo che spero tu voglia onorare, tanto per il tuo come per il mio bene.»

«Aspetta, Lara, lascia che ti spieghi. Ti ho già detto che ho conosciuto Emma, ma arrivare dove vuoi tu non è affatto semplice.»

«Certo, non è semplice. Adesso, per favore, raccontami tutto quello che hai fatto, così saprò come hai investito il tuo tempo.»

Nel giro di due minuti Susy non aveva più niente da raccontare. Spiegò senza troppi dettagli il modo in cui si erano svolti gli incontri con Emma senza rivelare l'intensità dei loro rapporti e senza lasciare trasparire il minimo indizio del fatto che avevano già superato qualsiasi limite immaginato da Lara.

«Vorrei crederti» disse Lara. «Diciamo che ti credo.»

«Perché non dovresti? Che interesse avrei a mentirti?»

«Non parlo di bugie, piuttosto di omissioni.»

«Sono stata esplicita.»

«Davvero? E chi è allora, per esempio, la persona che non può vedere le tue foto della villa? È la stessa che ha bevuto con te quella bottiglia di Felipe II?»

«Questo non ha niente a che vedere con la nostra faccenda. Sono una donna libera e vado a letto con chi voglio. O devo chiedere l'autorizzazione come per gli inviti?»

«È lei, vero?»

Susy non rispose. Dai suoi occhi saettarono due pugnalate che Lara vide arrivare ma non schivò. Le labbra della ragazza si strinsero con forza per trattenere una volgarità e arrossì a tal punto che il regista non poté fare a meno di scoppiare a ridere. Lei si sentì come una scolaretta sorpresa dalla suora nell'ora di catechismo con un preservativo nella cartella.

«È lei, chiaro che è lei!» esclamò Lara. «Potevi dirmelo. Sono cose che succedono.»

Il silenzio di Susy fu la risposta più eloquente. Ora Lara sapeva che piega avesse preso la faccenda e gli sembrava la migliore possibile, non solo perché adesso la ragazza aveva una motivazione in più per stare vicina alla moglie del capitano Castañeda, ma anche perché era di nuovo lui a tenere saldamente in pugno il timone. Susy stava ballando sul filo di un rasoio. Da un lato c'era lui, dall'altro un capitano del Brac tradito dalla moglie con un'altra donna. O gli procurava informazioni di qualche valore, oppure chissà di cosa sarebbe stato capace quel marito ingannato.

Lara però non indovinò l'unica vera preoccupazione di Susy, e cioè che Emma potesse scoprire due cose: la premeditazione del loro incontro e la sua condizione di star della fiorente industria pornografica cubana.

28 gennaio 1958

Norman Rothman uscì dall'appartamento 24-G dell'edificio Focsa veloce come un fulmine. Si maledisse per non aver seguito il consiglio di Lewis J. McWillie, il quale lo aveva avvertito che un'artista andava bene a letto ma non per mettere su famiglia.

Olivia Chávez lo aveva abbagliato con il suo fisico esuberante e lo sguardo da mangiatrice di uomini. La notte in cui la conobbe al Night & Day, una freccia scoccata nella penombra in cui era immerso il club gli spaccò il cuore. Lui era in compagnia dell'inseparabile Lewis, responsabile dell'amministrazione del casinò del Sans Souci, e di Luisito Cardona, un famoso declamatore di poesie popolari cubane.

Mentre cantava una canzone orribilmente arrangiata con una sonorità simile a quella dei "battiti" della santería, Olivia si avvicinò al tavolo e lanciò a Luisito un bacio a fior di labbra che, su quella bocca lucida e carnosa, aveva qualcosa di osceno. Poi voltò le spalle e agitò freneticamente il sedere, appena contenuto dal sottilissimo slip, in un invito che non lasciava nulla all'immaginazione.

Luisito, che aveva libero accesso ai camerini dei club notturni dove lavorava ed era abituato a stare in mezzo a gruppi di donne nude, riusciva a scorgere in quei fianchi in delirio solo una dimostrazione di talento. Si girò verso Rothman per fare uno dei suoi commenti lapidari sulle impressionanti fattezze della vedette e si ritrovò davanti il volto alterato dell'americano con lo sguardo perduto in un punto invisibile sotto lo slip. Ciò che aveva profondamente colpito Rothman non era stata la sorpresa di quel corpo scultoreo né la sua sfrenata lussuria, dato che anche lui apparteneva al giro ed era vaccinato contro la frenesia del cabaret, ma la certezza che entro tre ore al massimo si sarebbe scopato quel monumento.

Dopo il suo numero, la Chávez li raggiunse al tavolo. Aveva ancora le ciglia finte e pesanti strati di fard sulle guance. Luisito fece le presentazioni e le versò un Bacardi extrasecco, doppio o triplo, che lei bevve tutto d'un fiato ignorando gli elogi sperticati dell'amico.

Nemmeno Rothman prestò attenzione alle parole di Luisito, né al brindisi che proponeva alzando il bicchiere, perché era troppo concentrato ad ammirare le labbra carnose e il seno che debordava dalla scollatura del vestito di lamé di Olivia. Avvertendo la carezza di quello sguardo, la donna lo corrispose inumidendosi le labbra e guardandosi il petto. Quel gesto provocante, seguito da un'occhiata fiera, fu un invito esplicito di cui Rothman seppe approfittare, sebbene non quanto lei. Cenarono alla Taberna de San Román, di fronte al Muelle de Luz nel porto, e di lì andarono direttamente all'Hotel St. John's.

Qualche mese dopo, alla signora Rothman si aprivano le porte del rutilante mondo dello spettacolo dell'Avana. Divenne *cover girl* della rivista "Show" e cominciò ad assaporare il successo, favorita dalla sua nuova condizione di moglie legittima dell'uomo che aveva il controllo parziale del gioco d'azzardo all'Avana e totale nel resto del paese, in contatto diretto con Meyer Lansky. Olivia divenne una signora, ma l'unica cosa che non riuscì a controllare fu l'impulso, più forte di lei, di andare a letto con qualsiasi uomo le piacesse.

Rothman non era un marito geloso. Al contrario, godeva dell'evidente turbamento degli amici in visita quando Olivia tornava dalla piscina avvolta nell'accappatoio, che lasciava puntualmente cadere in mezzo al salone, continuando ad andare avanti e indietro nel suo minuscolo bikini. Le lunghe gambe, forse un po' sottili per i gusti dei cubani, contrastavano con l'abbondanza del resto del corpo. Perfino in privato i suoi movimenti mentre camminava erano sinuosi e provocanti, come quelli delle modelle in passerella, ma davanti a estranei di qualsiasi sesso si accentuavano tanto da farla sembrare una barca cullata dalle onde. I suoi occhi da mulatta con un cinese tra gli avi, ingranditi dal maquillage, sostenevano sfacciatamente gli sguardi.

Per Rothman la differenza tra l'avere in casa una moglie desiderabile o una puttana non fu mai del tutto chiara. Prima ci furono i pettegolezzi al night club dell'Hotel Sevilla Biltmore a proposito di alcuni incontri di Olivia nel suo camerino con un aiutante del tecnico delle luci, un ragazzino che lavorava di notte e andava a scuola di giorno. Poi vennero i sospetti suscitati dal disordine in camera da letto, dai segni di morsi sulle natiche, che lei attribuiva alla fragilità dei suoi capillari, e più tardi dalla scoperta di foto di Olivia, nuda e in pose tutt'altro che ortodosse, che lei giurava essersi fatta scattare da un amico omosessuale all'unico scopo di eccitare il marito. Durante ognuna di quelle tempeste, la donna riceveva una generosa dose di cazzotti e di botte assestate con le grucce metalliche dell'armadio, il che rendeva più drammatiche le immancabili riconciliazioni a letto.

I consigli del fedele amico McWillie non furono mai ascoltati da Norman, il quale riteneva erroneamente che il suo ménage familiare fosse del tutto indipendente dagli affari. Un giorno però, al bar del Sans Souci, Meyer Lansky lo prese in disparte e gli fece servire un Mojito Criollo, un cocktail di moda alla Bodeguita del Medio, il quartier generale dei bohémien dell'Avana.

«Ho qualcosa da dirti, Norm» gli sussurrò all'orecchio senza preamboli. «Io penso che ognuno della propria vita fa ciò che gli pare, purché il modo in cui sceglie di vivere non danneggi gli altri. Da molti anni mi considero tuo amico e ho sempre riconosciuto grossi meriti al tuo lavoro, ma c'è gente che ride di te, e questo mi mortifica come se offendessero me.»

«Che cosa c'è?» rispose in tono duro sbattendo il bicchiere di Mojito sul bancone, tanto da far girare il barman.

Lansky lo guardò fisso e si accarezzò il mento per alcuni istanti. Rothman sostenne lo sguardo.

«Non farlo mai più!» lo minacciò senza contrarre nemmeno un muscolo della faccia. «Il tuo amico Meyer non merita un gesto da maleducato. Dimenticherò l'affronto perché so che hai capito cosa volevo dirti e ti senti ferito nell'orgoglio. Tua moglie ci sta fottendo e tu ci stai fottendo con quella fottuta di tua moglie! Sei adulto e vaccinato, e immagino tu sappia cosa devi fare. Se non lo sai, peggio per te.»

Lansky si alzò dallo sgabello e si avviò verso il tavolo dove lo aspettava Lefty Clark, un vecchietto di grande esperienza negli affari del gioco che aveva appena assunto la direzione del casinò del Tropicana. Rothman non ebbe neanche il tempo di imbastire una giustificazione e rimase con l'indice alzato come per chiedere la parola. Ma non c'era più nessuno ad ascoltarlo.

Alcuni giorni dopo, mentre ispezionava un casinò nella città di Cienfuegos, ricevette una chiamata di McWillie che gli chiedeva di tornare all'Avana quella notte stessa per partecipare, la mattina dopo, a una riunione nella scuola per croupier nell'edificio dell'Ambar Motors, la società miliardaria di Amadeo Barletta. Arrivò nel suo appartamento al Focsa dopo le quattro del mattino e, nell'aprire la porta, pensò che quella convocazione imprevista poteva essere una scusa elegante per convincerlo del fatto che Olivia si era spinta troppo oltre.

Nel salotto, illuminato soltanto da alcune lampade coperte con veli di tulle rosso, c'erano varie persone addormentate. Quasi tutte nude. Se qualcuno vi avesse versato addosso una bottiglia di vino rosso, si sarebbe potuto pensare alla scena di un massacro. C'era puzza di sudore e di sperma. Il caos era totale: bottiglie, bicchieri, piatti con avanzi di cibo, vestiti sparpagliati sul pavimento. Sul vetro del grande tavolo in sala da pranzo c'erano tracce di cocaina. Rothman, sconcertato, non riusciva a riconoscere nessuno. Proseguì lungo il corridoio verso la camera da letto, dove si trovò davanti lo stesso scenario disgustoso, con Olivia stesa sul letto fra due negri, come il cadavere di una regina egiziana in procinto di essere sepolta insieme a quelli dei suoi schiavi.

Norman dovette reprimere un furioso accesso di collera che gli aveva fatto impugnare istintivamente la Colt 38 nella fondina sotto la giacca. Ma non arrivò a estrarla, perché un'inattesa sensazione di sollievo allentò la pressione della mano sull'arma. D'improvviso quello spettacolo grottesco gli sembrò non riguardarlo, distante quanto uno dei film con cui Trafficante inondava il mercato avido di sesso degli Stati Uniti. In realtà, adesso si sentiva molto meglio perché poteva fare la scelta che tutti si aspettavano da lui. Olivia Chávez era acqua passata.

Lasciò l'abitazione dopo aver raccolto con grande circospezione, come un topo d'appartamento, il minimo indispensabile: il passaporto, alcuni documenti e tutto il denaro in contanti. Diede un'ultima occhiata a Olivia tra i suoi due negri, e mentalmente la rispedì alle case popolari dell'Avana Vecchia da dove l'aveva tirata fuori. Uscì veloce come un fulmine.

Norman Rothman trovò ospitalità in casa dell'amico Amleto Battisti, proprietario dell'Hotel Sevilla Biltmore. Battisti, che accampava pretese di sociologo, in un libro intitolato *La próxima era* aveva formulato una teoria riassumibile nel motto "Essere buoni è un buon affare", sostenuta da una logica implacabile: siccome l'incentivo più efficace per l'uomo è il lucro, aiutare il prossimo, oltre che un obbligo morale, è un affare.

Norman era affascinato dai discorsi di Battisti, un còrso sul quale fino a poco tempo addietro ricadeva il peso di gran parte dell'attività del gioco d'azzardo all'Avana, passato direttamente nelle mani dei nordamericani dopo il boom dei primi anni Cinquanta. Battisti, che aveva controllato l'ippodromo Oriental Park e il Casinò de la Playa, non rimpiangeva i tempi andati. La sua posizione attuale era più solida che mai, ed era pronto a partecipare al finanziamento della rete alberghiera che avrebbe coperto la capitale cubana.

Rothman si svegliò a mezzogiorno, quando la riunione nella scuola per croupier doveva ormai essere terminata. Chiese un caffè al servizio in camera e tentò di parlare subito con Milton Saide, il responsabile della scuola, ma al telefono gli dissero che era con Tony Ramsony, direttore di un altro centro d'addestramento, e che lì non c'erano state riunioni. Chiamò allora McWillie al suo appartamento, all'angolo tra calle Diecinueve e calle G, ma non trovò nemmeno lui. Con un moto di stizza scagliò lontano da sé la cornetta. Un minuto dopo bussarono alla porta e, invece del cameriere, Norman si ritrovò davanti Battisti con una caffettiera fumante su un vassoio d'argento.

«Buongiorno, cowboy» lo salutò sorridente.

«Ciao, Amleto! A quanto pare hai perso tutto» rispose Norman con un buon umore che l'amico non si aspettava.

«Ha perso di più la Spagna quando ha perso Cuba.»

«Fai una bella figura come cameriere.»

«E tu hai un pessimo aspetto. Che c'è, stanotte ti hanno lavato e non ti hanno ancora stirato?»

Battisti servì il caffè e appoggiò il suo pacchetto di Eden con filtro sul comodino, per averle a portata di mano non appena avesse finito di bere il liquido denso e forte contenuto nella sua tazza. Rothman disse qualcosa a proposito di quanto gli era costato abituarsi al caffè nero che si propinava a Cuba e bevve il suo, gettando indietro la testa come se si trattasse di un bicchiere di tequila. Entrambi si accesero una sigaretta.

«Mi hanno detto che sei arrivato che era quasi mattino, e ho dato istruzioni che mi avvisassero non appena fossi tornato in vita» disse Battisti.

«Problemi personali. Una questione privata.»

«Non ho fatto domande né penso di farle. E sai perché? Perché sono stato io a chiamare McWillie e a dirgli di rintracciarti, quando ho saputo che Olivia si stava portando a casa mezzo cabaret. Sai che il tuo matrimonio non mi è mai sembrato una buona idea, ma non ho voluto intromettermi. Mi hai chiesto di farla lavorare qui, e così è stato. Ma gente che ti stima molto mi ha pregato di vegliare su di te, perché gli uomini innamorati non hanno cura di se stessi. C'è un detto per giustificare le pazzie che un uomo può fare per una donna: una passera tira più di un trattore.»

«Non so se ringraziarti o prenderti a pugni» disse Rothman dopo un fugace sorriso. «Tutto questo mi sembra roba per vecchie pettegole, tresche di donne. I miei rapporti con Olivia sarebbero finiti comunque, peggioravano di giorno in giorno. Avrei preferito che i miei amici non si immischiassero in questa faccenda.»

«Non capisci proprio niente. Eppure, hai un alto quoziente intellettivo, sei un uomo di mondo, con troppe ore di volo sulle spalle per comportarti come un ragazzino... Se i tuoi amici sono intervenuti, non l'hanno fatto per te, e nemmeno perché tua moglie si è impegnata a metterti le corna anche con il lattaio. L'abbiamo fatto per gli affari.»

«Non vedo in che modo sarebbero danneggiati dai miei problemi con Olivia.»

«Non solo dai tuoi problemi con Olivia» rispose Battisti, e fece un gesto con la mano per indicare che c'erano cose ben più importanti. «I tuoi problemi con lei ti sottraevano autorità, ti facevano apparire agli occhi degli altri come un tipo debole e manipolabile. E questo sarebbe già sufficiente, ma non è tutto. C'è qualcos'altro che qualcuno mi ha detto...»

«Sicuramente un ebreo.»

«Ti sbagli, non è stato un ebreo, ma un italiano al quale non piace dover ripetere le cose due volte.»

Rothman fece una smorfia di fastidio intuendo che l'italiano in questione era Santos Trafficante. Per un motivo che non era mai riuscito a decifrare, Trafficante gli sembrava la persona più antipatica del mondo. Giudicava superfluo quel suo aspetto rozzo da padrone della masseria d'altri tempi. Era uno che non si era evoluto e che si sarebbe trovato più a suo agio con un mitra Thompson la notte di San Valentino che con una cartella in un ufficio di Wall Street.

«Trafficante?» domandò con riluttanza.

«Non importa chi sia stato. Importante è quel che ha detto.»

«E che cosa ha detto?»

«Di avere le prove che Olivia se la faceva con uno dei Prío, il quale, tramite lei, poteva venire a conoscenza di notizie riservate sui business di Cuba.»

Rothman, che ascoltava in silenzio, scattò improvvisamente in piedi come se una scarica elettrica avesse colpito la sedia su cui era seduto. Se era vero quel che diceva Battisti, lui si trovava sull'orlo di un precipizio. Non era un segreto che Antonio Prío, fratello di Carlos, l'ex presidente di Cuba rovesciato da Batista, era in rapporti d'amicizia con Lucky Luciano fin dalla fine degli anni Quaranta, e che era un tassello importante dell'opposizione capeggiata dal fratello in esilio. Sapeva inoltre dei contatti dei Prío con Genovese, al quale avevano promesso di aprire le porte di Cuba dall'interno. Il fuoco gli stava bruciando i calzoni.

«È impossibile!» esclamò. «Qualcuno avrebbe dovuto dirmelo, avvertirmi di quello che stava accadendo, anche se fosse stato solo un sospetto.»

«Naturalmente, Norman, ma è molto difficile spiegare qualcosa di così delicato a una persona che non vuole ascoltare e che ti risponde sbattendo il bicchiere sul tavolo.»

L'uomo si rese subito conto di essersi comportato come uno scimmione e ringraziò Dio di trovarsi nel 1958 all'Avana, dove il gioco si gestiva come qualsiasi altra attività, o quasi, senza la costante pressione di nemici palesi o occulti. D'altra parte, in cuor suo, si rendeva conto di essere in una situazione piuttosto difficile, e per più d'una ragione. Benché involontariamente, era coinvolto in una faccenda che preoccupava Lansky e che era diventata di dominio pubblico; in qualche modo aveva infranto le regole quando aveva provocato con la sua villania la persona che poteva decidere il possibile e l'impossibile. E, quel che era peggio, aveva stabilito uno spiacevole precedente: si parlava di lui. I particolari della sua vita intima venivano seguiti come gli spostamenti di un uragano. Era probabile che in quel momento gli italiani a New York stessero facendo il gesto delle corna alludendo a lui come al cornuto con la bocca piena di spaghetti, e quelli dell'Avana forse invocavano sangue. Capì, inoltre, che il suo deplorevole ruolo di marito tollerante avrebbe avuto per lui conseguenze che in quel preciso istante non era in grado di quantificare, ma che temeva sarebbero state semplicemente disastrose.

Rothman sprofondò nei suoi pensieri e dimenticò la presenza di Battisti, che tuttavia non ebbe difficoltà a leggerli sul volto tirato dell'amico.

«Adesso è tutto passato» disse Battisti, pronunciando le parole senza troppa convinzione.

«Lo credi davvero? Non sono una ragazzina stuprata perché tu debba trattarmi come farebbe un prete.»

«Immagino cosa stai rimuginando, ma sono sicuro che Lansky non dimenticherà, a causa di quello sgradevole incidente, tutto ciò che ti deve. Sei stato una delle persone in cui lui ha creduto negli ultimi anni.»

«Come fai a esserne così sicuro? Non mi dirai che è venuto al Sevilla a bere il solito bicchiere di latte e a confessarti i suoi sentimenti per gli altri. Non è il tipo, e sono certo che né tu né nessun altro sappia che cosa gli passa per la testa.»

«Naturalmente non me ne ha mai parlato, ma se ne può rendere conto chiunque. Neanche a suo fratello Jake ha dato il potere che ha concesso a te, e tu hai giocato pulito. Almeno così credo, perché è molto difficile sapere con esattezza quanto incassa un casinò in una notte; per questo bisogna fidarsi della persona che lo dirige.»

«Senti, Amleto, non voglio consigli o incoraggiamenti, e niente che assomigli alla pietà per il caduto. So perfettamente qual è adesso la mia posizione. Lascia stare. Siamo amici e puoi capirmi. Se qualcosa mi può danneggiare, non ha niente a che vedere con la fiducia che si ripone in me come amministratore. Il mio problema non è con gli altri, ma con me stesso. Sono una persona, non una macchina per stampare dollari, e avrò pure il diritto di stare male se una donna mi fa soffrire. O pensi che la gente si senta così solo nelle canzoni messicane?»

Battisti capì che la pausa di Norman era dettata dal bisogno di prendere fiato per decidersi a dire qualcosa di ancora più personale, e rimase in silenzio.

«Vedi, Amleto, mi sarebbe piaciuto che le cose con Olivia fossero andate in un altro modo. Non nego che quella donna mi tenesse al guinzaglio come un cagnolino, ma ho dovuto sopportarla fin troppo per stare qui adesso a piangere sulla tua spalla. In questo momento provo un grande dolore. Ma non è per quella troia fuori di testa, ma per aver ferito Meyer. Lui ha cercato di parlarmi da amico e io l'ho offeso in pubblico.»

«E adesso temi le conseguenze...»

«Perdio, Amleto! Quell'ebreo è un mio amico, lo stimo. Non vivo nella sua ombra e non ho paura che possa puntare l'indice contro di me, perché so che, se dovesse farlo, sarebbe per dire: "Quell'uomo è una persona perbene". Nella vita non si tratta solo di presentare il conto. Nella mia professione ho conosciuto gente di tutti i tipi e ti assicuro che la maggior parte di loro è pronta a piantarti un pugnale nella schiena se pensa di poterne ricavare qualche vantaggio. Non tutti, però. C'è anche chi trova una gallina dalle uova d'oro e non la nasconde in bagno.»

«Mi sembra che adesso sei tu a parlare come un prete... o come un comunista. Condivido queste idee romantiche, ma sono appunto soltanto idee romantiche. Cose che in pratica non esistono.»

«Ti sbagli. Ho un amico a New York che si chiama Frank. Lo conobbi quando era in miseria, gli diedi una mano, una spinta, e lui riuscì a tornare a galla. Da allora sono passati più di cinque anni e l'avevo quasi dimenticato quando, un paio di settimane fa, è venuto a trovarmi al Sans Souci per dirmi che porterà armi a Fidel Castro, nella Sierra Maestra. Per me è stata una sorpresa sapere che uno come lui aiutava la guerriglia, ma prima che potessi dirglielo mi ha spiegato che nell'affare c'erano in ballo un sacco di soldi, e che aveva pensato a me per saldare il suo debito di riconoscenza. Proprio così, è venuto per invitarmi a partecipare. Naturalmente gli ho detto che non ero interessato, anzi gli ho consigliato di stare attento perché si muoveva su un terreno minato. Frank mi ha risposto di non preoccuparmi, perché sapeva quel che faceva, e mi ha lasciato il suo indirizzo di Miami nel caso dovessi ripensare alla sua proposta. Così si comportano gli amici.»

«Non ne dubito. Io l'ho sempre detto che essere buoni è il migliore degli affari.»

21 febbraio 1958

Il Cessna 182 transitò lentamente lungo la *taxi way* e andò a sistemarsi in una posa da libellula all'estremità della pista 9L dell'aeroporto di Opalocka. Il vento soffiava da sudest con una velocità di dodici nodi e la volta del cielo era così alta da sembrare irraggiungibile per un monomotore come quel fiammante Skyline, un giocattolo dal carrello a triciclo con cui la società aerea americana inaugurava la sua campagna di vendite.

Il pilota ascoltò la voce dell'operatore dalla torre di controllo, che sembrava una messa sussurrata in un barattolo di latte condensato. Dopo le verifiche e lo scambio di battute di routine, il piccolo velivolo fu autorizzato a decollare alle 8.30. Il piano di volo era semplice, se si escludeva la manovra di avvicinamento alla pista di arrivo.

L'aereo cominciò a rullare e una volta raggiunti i cento chilometri orari si alzò solitario, come un aquilone fatto volare da un bambino sulla città di Miami. Subito divenne visibile, sulla destra, la grande striscia di sabbia di Miami Beach e, più in là, la vastità dell'Atlantico.

Il pilota mantenne la velocità di ascensione fino a raggiungere i millecinquecento metri d'altezza e fissò la rotta sui 136 gradi. Se voleva giungere a destinazione, doveva stare attento a non perdere la linea immaginaria di volo. Altrimenti sarebbe finito, nella migliore delle ipotesi, a nord di Haiti. Seguiva una rotta completamente marittima, tra Cuba e l'arcipelago delle Bahama, dove avrebbe avuto come unico punto di riferimento visivo l'estremo sud dell'isola di Andros. La terraferma che avrebbe successivamente avvistato era quella della prossima meta, Duncan Town, 345 chilometri a sudest dal punto di partenza. Se non aveva sbagliato i calcoli, l'avrebbe sorvolata approssimativamente alle 10.15, perciò avrebbe dovuto cominciare la discesa ancor prima di scorgere la scogliera che portava un nome di città.

All'ora prevista l'aereo passò sopra l'isolotto deserto all'estremo sud delle Bahama, che sembrava far parte della piattaforma cubana, se non fosse stato per l'azzurro intenso delle profonde acque del Canal Viejo che dividono i due arcipelaghi. Fu allora che il pilota scorse nitidamente la stretta striscia di terra sabbiosa, lunga non più di quattrocento metri, che terminava in una baia dove beccheggiava uno yacht bianco e blu, dal quale gli unici esseri umani in un raggio di chilometri salutavano agitando asciugamani.

Là, su quel dorso di capodoglio arenato sui fondali delle Bahama, aspettava Frank Fiorini con il carico di armi che i ribelli di Fidel Castro avrebbero raccolto, di lì a qualche ora, in una remota pista d'atterraggio ai piedi della Sierra Maestra. Non era il primo viaggio di Fiorini nella zona di guerra e non sarebbe stato l'ultimo. Alcuni giorni prima aveva percorso la stessa rotta fino alla pista di Cienaguilla trasportando armi che si procurava sul mercato nero nordamericano. Dopo quest'ultimo carico di venti fucili Garand e duemila proiettili, ce ne sarebbe stato un altro destinato questa volta alla zona di Mayarí, dove Raúl, il più giovane dei fratelli Castro, stava per aprire il secondo fronte orientale.

Fiorini aveva molti contatti. Riusciva a ottenere armi e munizioni dalla base navale di Key West, dove il maggiore Lawrence Knight sembrava avere le chiavi che aprivano tutte le porte, incluse quelle dei camion militari che trasportavano il carico fino allo yacht *Lady Sea II*, prudentemente al riparo da occhi indiscreti in un molo privato sul fiume Miami.

In realtà, il commercio in sé non era così redditizio come Fiorini aveva fatto credere a Norman Rothman all'inizio dell'anno. Si trattava di piccoli quantitativi di armi, da trasportare per giunta su un aereo inadatto ai carichi. E anche quando, qualche tempo dopo, i cubani esiliati in Florida misero a disposizione un bimotore Beachcraft D-18, le armi continuarono ad arrivare sporadicamente e con il contagocce. Si trattava perlopiù di fucili abbandonati in vecchi depositi dai tempi della Seconda guerra mondiale, per i quali non si poteva chiedere molto. A duecento dollari l'uno erano strapagati. Chiunque sapesse far di conto poteva constatare che, se qualcosa di buono era possibile ricavare da quel pericoloso commercio, non dipendeva certo dal valore della merce trasportata.

Forse fu per questo che i ribelli di Castro accettarono la collaborazione di Fiorini come un contributo alla causa e gli aprirono le porte delle zone in cui operavano. Per loro, il valore dei carichi era di gran lunga superiore al prezzo reale, poiché le altre fonti di approvvigionamento di materiale bellico dagli Stati Uniti erano assolutamente precarie. Un uomo armato con un Garand nella Sierra di Oriente era qualcuno con la massima capacità di combattimento, e riuscire ad avere un fucile come quello, invece di una doppietta da cacciatore, poteva richiedere troppo tempo. Procurarsi le armi da impiegare negli scontri era l'obiettivo primario dei guerriglieri, che in genere le pagavano a un prezzo più elevato di quello praticato da Fiorini, i cui rapporti con la guerriglia cubana erano iniziati negli ultimi giorni del 1957.

Arrivato all'Avana il giorno di Natale, non ci aveva messo molto a incontrare il suo amico Lewis McWillie, che gli propose di lavorare nella sicurezza del casinò del Sans Souci. Ma Fiorini rifiutò, perché il suo viaggio a Cuba aveva già uno scopo ben preciso: unirsi alle forze di Fidel Castro. Prese una stanza all'Hotel Presidente e passeggiò per la città senza sforzarsi di avere il polso della situazione politica né di prendere contatti con i simpatizzanti del Movimiento 26 de Julio. In effetti non ne aveva bisogno, dato che tutte le informazioni che gli servivano gli erano state fornite al quinto piano dell'ambasciata nordamericana, dove aveva sede la base locale della Cia.

Frank Fiorini, ex capitano di fanteria della Marina nordamericana, aveva già giocato pesante durante la Seconda guerra mondiale e portava sul corpo massiccio i segni della raffica di un mitra tedesco. Le profonde cicatrici all'addome e sulle spalle erano per lui un attestato di virilità, che esibiva quando voleva dimostrare di non temere niente e nessuno. Il gesto di alzarsi la camicia e mostrare una pancia devastata dalle tracce dei punti di sutura praticati da qualche sbrigativo e maldestro chirurgo di campagna, fu la credenziale che presentò a Howard Hunt, l'ufficiale della Cia che lo guidò verso la Sierra Maestra e, molti anni dopo, fino al quartier generale del Partito democratico nel palazzo Watergate. Fiorini non lo risparmiò nemmeno a Fidel Castro e Celia Sánchez nell'essiccatoio di caffè di Epifanio Díaz, sulla strada verso l'accampamento guerrigliero di Jibacoa. In quel momento esponeva le sue ragioni per ottenere un salvacondotto che gli consentisse di entrare quando voleva, carico d'armi, nella zona di guerra. Ripeté quel movimento brusco, che poteva essere scambiato facilmente per il gesto caratteristico di chi estrae una pistola dalla cintura, anche davanti ai comandanti di un'unità clandestina di Santiago de Cuba che, allarmati, furono sul punto di staccargli un biglietto di prima classe per la vita eterna.

Fiorini era un informatore della Cia infiltrato tra le forze ribelli, all'inizio con lo scopo di ottenere informazioni di prima mano e, poi, per l'esecuzione di varie missioni speciali.

Nell'autunno del 1957 l'Agenzia era già intervenuta nella questione cubana. A scoperchiare la pentola era stato l'ambasciatore nordamericano Earl T. Smith, il quale valutò la situazione politica di Batista in un rapporto dai toni apocalittici indirizzato al suo superiore John F. Dulles. Il memorandum finì nelle mani del presidente Eisenhower, che incaricò il suo vice Richard Nixon di prendere gli opportuni provvedimenti tramite il Consiglio di sicurezza nazionale.

Le forze armate fecero la loro parte, garantendo l'appoggio logistico all'esercito cubano e rafforzando, per ogni evenienza, la base navale di Guantánamo. La Cia, che aveva dimostrato la propria efficienza in Iran e in Guatemala, fece scattare l'allarme rosso e si cacciò nella guerra più lunga della sua storia. L'ambasciata si riempì di agenti segreti e specialisti in operazioni top secret che presero d'assalto, e con pieni poteri, i servizi segreti di Batista.

Charles R. Wilson e John J. Wachter, due dei cinque nordamericani che disponevano di tesserini del Servicio de Inteligencia Militar (Sim) cubano, spianarono la strada a Fiorini fino alla Sierra

Maestra. Entrambi si erano specializzati nell'analisi delle informazioni che giungevano dalle montagne, e ormai non si muoveva un passo senza di loro. A partire dai rapporti di Richard Tully, il pioniere, scrissero una vera e propria enciclopedia.

Tully aveva compiuto un'impresa straordinaria. Fra il 31 maggio e il 17 luglio 1957 riuscì a muoversi in totale libertà nella zona della guerriglia e a farsi arruolare come combattente. Con la divisa verde oliva, la barba di un mese e mezzo e una Colt alla cintura che poteva essere quella di Kit Carson, scese dalla cordigliera diretto alla città di Bayamo senza riflettere sul fatto che con quell'aspetto sarebbe stato un uomo morto non appena si fosse imbattuto nella prima pattuglia. Giunse invece senza difficoltà all'ufficio del console Eduardo Hernández, forse protetto dall'oscurità di una notte senza luna in una città dove in teoria era in vigore il coprifuoco. Il suo rapporto fu agghiacciante, come lo fu quello di Smith un paio di mesi dopo. A ogni modo, delle sue valutazioni si parlò solo nel mese di ottobre, dopo che l'ambasciatore all'Avana ebbe dichiarato l'emergenza cubana.

Le conclusioni di Tully erano molto obiettive, ma la sua imparzialità fu presa per stravaganza. L'ufficiale responsabile, che aveva pescato il suo nome da una lista di vecchi collaboratori in Guatemala, non se la sentiva di rispondere dell'affidabilità del proprio agente, perché era disorientato dal suo comportamento arrogante e dal modo smaccato con cui scimmiottava Humphrey Bogart. In effetti, le frasi pronunciate da Tully in tono nasale, con la sigaretta che gli pendeva dalle labbra, e le sue decisioni sbrigative gli sembravano più degne del Rick di *Casablanca* che di una vera guerra.

Il rapporto, in pratica, finì sepolto in un cassetto, ma una volta rispolverato si poté constatare che Tully aveva anticipato tutti e che i suoi dati erano di una precisione millimetrica. Le sue raccomandazioni, tuttavia, non ebbero uguale sorte. Nessuno fu all'altezza di prenderle sul serio, il che alla lunga avrebbe dato la stura a recriminazioni senza fine. Nell'isola non era stata fatta una valutazione di controspionaggio militare tanto minuziosa dai tempi che avevano preceduto la presa dell'Avana da parte degli inglesi, nel 1762. Tully arrivò addirittura a formulare la profezia che Cuba avrebbe rimpiazzato il Guatemala come punta di lancia del comunismo internazionale in Occidente.

In un mese e mezzo fece un'analisi scrupolosa delle forze di Castro. Senza limitarsi alle cifre relative agli uomini e all'ubicazione degli accampamenti e delle difese, s'inoltrò sui terreni più insidiosi delle tattiche belliche e della strategia del comando ribelle, osservò il morale delle truppe, la disciplina militare, i servizi medici, gli approvvigionamenti, l'ideologia e le azioni di propaganda. Descrisse, naturalmente, i capi a uno a uno: definì Ernesto Guevara "brillante" e Fidel Castro "un militare estremamente astuto". Poté verificare inoltre che gli attacchi aerei non sortivano alcun effetto sui guerriglieri, ed escogitò un modo per segnalare sul terreno gli obiettivi dell'aviazione.

Le sue raccomandazioni furono assai semplici: bisognava fare terra bruciata. Propose di impiegare il napalm, di distruggere i boschi con sostanze chimiche lanciate dagli aerei, di avvelenare le fonti d'acqua e tutto il bestiame della zona, di assoldare mercenari inglesi e dotarli di elicotteri. Stimava che con centocinquanta milioni di dollari tutto sarebbe finito nel giro di sei settimane. Propose di assegnare l'incarico di comandante in capo delle forze impiegate in tale missione al cubano Sosa Blanco con un'argomentazione irrefutabile: «È un killer nato, proprio quel che ci vuole per questo genere di lavoro».

Per rimpiazzare Tully, Howard Hunt aveva proposto Fiorini per diversi motivi: parlava spagnolo e aveva un aspetto latino, un'esperienza di guerra da raccontare e un disperato bisogno di denaro, per soddisfare il quale avrebbe fatto qualsiasi cosa. Al principio l'idea era che Fiorini salisse sulla Sierra Maestra per conquistare non solo la fiducia di Castro come consigliere militare, ma anche un posto tra i comandanti della guerriglia. In questo modo, con una comunicazione stabile, l'Agenzia avrebbe ricevuto informazioni dettagliate dei piani e perfino delle intenzioni più segrete di Castro e dei suoi uomini.

La realtà fu un'altra. Fiorini si trovò davanti gente assai diffidente nei confronti dei nordamericani che volevano arruolarsi come volontari. Specialmente Che Guevara stava molto attento a prenderli sotto il proprio comando, perché aveva visto cos'era successo in Guatemala ed era convinto che anche questa volta gli Stati Uniti non sarebbero rimasti a guardare. Preferiva accettare da loro solo lo stretto necessario, senza permettere che venissero a sapere troppe cose, o utilizzarli per altri scopi, come la propaganda fuori Cuba o la disinformazione.

La diffidenza finì per convertirsi in una delle leggi non scritte della guerriglia e sbarrò le porte del comando ribelle insediato a Oriente. Le cose non andarono allo stesso modo quando fu creato il Segundo Frente Nacional del Escambray sulle montagne nel centro dell'isola, dove i nordamericani riuscirono ad avere il controllo di buona parte delle forze insorte. John Spiritus e William Morgan portarono a termine le loro missioni con notevole successo, al punto che il capo del Frente, Eloy Gutiérrez Menoyo, sapeva che l'appoggio che riceveva dall'estero dall'Organización Auténtica, diretta dall'ex presidente Carlos Prío, rientrava in un piano di consolidamento della sua immagine per avere, all'occorrenza, qualcuno nella guerriglia in grado di competere con Fidel Castro o, chissà, di prenderne il posto. William Morgan, con i gradi di comandante, era il numero due nella gerarchia del Frente.

Dopo l'incontro con il capitano Ramiro Valdés, Fiorini comprese ben presto che insistere per essere accettato nel gruppo combattente sarebbe stata una sciocchezza. Eseguendo gli ordini del Che, Ramiro lo invitò amabilmente ad allontanarsi dal settore della Sierra Maestra in cui operavano le forze ribelli. Senza nascondere il proprio disappunto, Fiorini cercò di fargli capire che stavano sprecando la possibilità di avere dalla loro un ex capitano dei marines, veterano di guerra. Ma Ramiro, che era un soldato diligente, diede per esaurito l'argomento con una frase lapidaria: «Da queste parti, un marine e una merda sono la stessa cosa».

S'incontravano a El Hombrito, a più di mille metri sul livello del mare. Vista da lì, la catena montuosa somigliava a un branco di elefanti. In quel luogo il Che disponeva di vari laboratori e officine allestiti in capanne di foglie di palma dove si fabbricavano ordigni incredibili, come bombe a frammentazione in lattine di succo di frutta o il leggendario M-26, un fucile calibro 12 che sparava una specie di arpione con una granata legata alla punta. Il suo inventore assicurava che poteva essere altrettanto efficace di un mortaio, o anche di più.

Quando Fiorini cominciava già a sentire in bocca l'amaro del fallimento più completo, giunse in suo aiuto la fortuna: Castro sarebbe venuto a El Hombrito per assistere alla prova degli M-26. Nemmeno un regista di Hollywood avrebbe saputo fare di meglio. Fiorini non aveva alcuna possibilità di convincere il capo guerrigliero ad arruolarlo, perché Fidel non avrebbe contraddetto un ordine impartito dal Che, ma si arrampicò sugli specchi cercando un pretesto per stabilire un contatto permanente. Quella truppa male assortita di ribelli non era in condizioni di rifiutare un aiuto, anche se l'offerta proveniva da un marine.

Rimase seduto sulla panca accanto alla porta della calzoleria, lontano dal poligono di prova dell'M-26, preoccupato più dagli arpioni esplosivi che uscivano senza controllo dalle canne dei fucili che dagli uomini che non perdevano d'occhio Castro nemmeno un momento. Aspettò pazientemente un'opportunità e questa si fece avanti da sola lungo il viottolo, sfoggiando una barba nera lunga di un anno con un sigaro conficcato al centro.

«Sei tu il capitano dei marines?» gli domandò Castro a bruciapelo, fermo davanti a lui con a tracolla un fucile dotato di mirino telescopico. «Che te ne pare della nuova arma?»

Fiorini rimase a guardarlo senza rispondere. La domanda gli aveva appena dato l'idea necessaria per tentare, con qualche possibilità di successo, un avvicinamento effettivo ai ribelli.

«Ti sembra buona? Pensi che possa essere usata nelle imboscate? Ti è piaciuta o no?» lo incalzò Castro.

«Quell'arma è una merda, comandante» rispose con un'unica risposta alle tre domande.

«E tu ne hai una migliore? Così ci scordiamo di questa» continuò a interrogarlo Castro, evidentemente contrariato dalla franchezza dell'americano.

«Penso che qualsiasi fucile sarebbe più efficiente di quello. Negli Stati Uniti posso procurarmi Garand e Springfield dell'ultima guerra e farli arrivare fin qui in aereo. Se uno se lo mettesse in testa, potrebbe comprarsi anche il culo del presidente.»

«Universo!» gridò Castro a uno dei suoi aiutanti che stava parlando con Ramiro Valdés, una ventina di metri più in là. «Non te l'avevo detto io che anche i Re Magi sarebbero insorti?»

Dopo il colloquio, Frank Fiorini aveva abbandonato la Sierra Maestra diretto alla zona di El Caney de las Mercedes quasi saltellando, come un Cappuccetto Rosso felice per l'incontro con un lupo premuroso. Nel doppiofondo della cintura di cuoio aveva un salvacondotto firmato da Celia Sánchez che gli garantiva la protezione degli insorti, ovunque fossero, "per la consegna ai comandi ribelli di armi e dotazioni militari trasportate dall'estero". Sebbene quella povera missiva scritta con una Remington antidiluviana non fosse l'apriti-sesamo sognato da Hunt e dallo stesso Fiorini, era pur sempre un visto valido per entrare nel regno proibito di Fidel Castro.

L'ex capitano dei marines si trovò allora a dover affrontare un problema tanto serio quanto l'ostacolo che aveva appena superato. La decisione di consegnare armi ai seguaci di Castro era del tutto personale. La sua missione sarebbe proseguita o, al contrario, sarebbe stata dichiarata conclusa, a seconda che l'Agenzia giudicasse valido o meno il ricorso a metodi tanto compromettenti.

Qualche giorno dopo, quando arrivò a Miami e riuscì ad avere un colloquio con Howard Hunt, l'ufficiale da cui dipendeva, il primo commento di questi fu un sonoro «*Oh, my God!*», la stessa espressione d'incredulità che udì, molto tempo dopo, il giornalista Carl Bernstein del "Washington Post", quando lo chiamò al telefono per dirgli che il suo nome compariva in una rubrica telefonica sequestrata ai corpi d'assalto del Watergate. Hunt, però, era un professionista che sapeva distinguere la merda dalle porcherie, e non ci mise molto a convincersi che il suo agente aveva brillanti prospettive. Non si sbagliava.

Lo stile audace appoggiato da Hunt per sviluppare il piano d'infiltrazione si basava su due considerazioni. La prima era che Fiorini si era incaricato da solo di stabilire i contatti con la sezione clandestina del Movimiento 26 de Julio che operava in esilio nelle missioni di tipo logistico. La seconda si basava su un ragionamento inoppugnabile: chi avesse portato armi a Castro, gli sarebbe diventato indispensabile. La sola idea che il suo agente potesse accendere il sigaro a Fidel Castro dava a Hunt una sensazione di forza, un sentimento di superiorità intellettuale con cui nutriva il suo ego, che si ispirava all'epica dell'Office of Strategic Services e alle grandi operazioni dei servizi segreti alleati contro l'asse Roma-Berlino-Tokyo.

Per Fiorini, invece, si trattava solo di un modo decente di fare affari, anche se non sperava di misurare il successo in denaro sonante bensì in polizze assicurative contro leggi fastidiose emesse dal governo nordamericano. Quell'immunità sarebbe valsa oro. Per Hunt era qualcosa di molto diverso, perché un agente segreto gode dei propri successi quanto del sesso.

Nel suo rapporto Fiorini raccontò di aver rischiato la vita a Santiago de Cuba, al ritorno dalla Sierra Maestra, quando, nel tentativo di entrare in contatto con una cellula del 26 de Julio, era stato catturato e interrogato. Il capo del gruppo aveva già dato l'ordine di "passare il conto" all'americano sospetto, quando Fiorini tirò fuori il suo salvacondotto a prova di bomba, lasciando di stucco i carcerieri. Subito i ruoli s'invertirono e un'ora più tardi l'ex marine era a colloquio con uno dei maggiori leader del movimento clandestino urbano a Santiago, con il quale montò, pezzo per pezzo, un complicato sistema per il trasferimento di armi da Miami.

Da Santiago Fiorini volò all'Avana, dove passò un paio di notti folli in compagnia di McWillie e del suo vecchio mecenate, Norman Rothman. Fu allora che pensò di conquistarsi quest'ultimo offrendogli una percentuale dei profitti nella pericolosa avventura, ma il perentorio rifiuto di Rothman, che gli sembrò indegno di un uomo d'affari, gli tolse ogni speranza. Gli sarebbe piaciuto presentarsi a Hunt con in mano non solo i contatti con il Movimiento 26 de Julio e il salvacondotto di Celia Sánchez, ma anche con la disponibilità di Rothman e dei suoi a intraprendere la crociata contro Castro. La sua delusione fu tale che lasciò da parte tutti i metodi di persuasione che avrebbe potuto impiegare in quel momento e non disse a Norman qualcosa che forse, se lo avesse fatto, avrebbe cambiato la storia: quella faccenda riguardava il governo degli Stati Uniti. Non era nulla di personale.

23 e 24 febbraio 1958

La disputa del II Gran Premio di Cuba era stata annunciata per la seconda quindicina di febbraio sul circuito del Malecón. L'Avana si sarebbe nuovamente trasformata nella capitale internazionale della velocità grazie alla presenza dei più celebri assi del volante. L'attrazione principale di quello spettacolo elettrizzante era l'argentino Juan Manuel Fangio, cinque volte campione mondiale di Formula 1, che aveva impressionato positivamente i cubani l'anno prima, vincendo la coppa del I Gran Premio, consegnatagli dal presidente Batista in persona.

Fangio, indiscutibile stella dei circuiti, mostrava una strana timidezza davanti alle telecamere e all'assedio dei giornalisti, abituati alla tracotanza dei pugili che annunciavano urlando l'intenzione di fare a pezzi i loro avversari sul ring. La tifoseria si trovava davanti un uomo che, lungi dal pavoneggiarsi, cercava umilmente rifugio nella modestia.

In mancanza di un corridore locale che potesse rappresentarli degnamente, i cubani, forse spinti da un atavico senso di frustrazione, ne cercarono uno latinoamericano capace di battere nordamericani ed europei. Ovviamente, non potevano trovare un candidato migliore del garbato Juan Manuel Fangio. C'erano motivi per essere ottimisti. La capitale viveva da quattro notti l'illusione di una fragile tranquillità. I più ottimisti erano pronti a scommettere che quell'insperata calma fosse il principale indizio dei passi segreti che si stavano compiendo alla ricerca di un'intesa nazionale, senza rendersi conto che nascondeva, invece, il contrario: era il preludio di un golpe tanto audace e clamoroso da scuotere le fondamenta stesse del regime.

Il 23 febbraio, vigilia della corsa, il generale Hernando Hernández, nella sua veste di capo della polizia, compì varie ispezioni nei dintorni del circuito insieme ai suoi aiutanti, controllando le misure adottate per garantire l'ordine e la tranquillità. Hernández non andava d'accordo con la maggior parte dei responsabili del corpo. Per i colonnelli Conrado Carratalá ed Esteban Ventura rappresentava un ostacolo sulla strada verso la nomina a generali. Perciò non si stancavano di accusarlo di essere un burocrate inetto, che i castristi potevano mettere fuori gioco quando e come volevano.

Quegli intrighi bussarono più d'una volta alla porta del palazzo presidenziale e furono custoditi gelosamente nell'ufficio di Fulgencio Batista. Che aveva sì scelto Hernández per sostituire il pachidermico generale di brigata Rafael Salas Cañizares, spedito all'altro mondo da un proiettile sparato da un condannato a morte, ma non era disposto a tollerare in eterno l'ottusa inerzia del suo comando.

«Hernando, voglio un Gran Premio più tranquillo di quello di Monza» gli aveva chiesto il presidente in persona. «Se ci saranno disordini, ne risponderai tu.»

Fu organizzato un servizio di sorveglianza non solo stretta, ma anche provocatoria. Passeggiare lungo la fascia costiera del Vedado era come entrare in una caserma di polizia. Queste misure, però, non ebbero l'effetto sperato. L'Hotel Lincoln, in calle Galiano, ospitava i campioni della velocità, e proprio lì la sorveglianza del generale Hernández languiva come la potenza sessuale di un ottantenne. Un'autopattuglia percorreva lentamente e con regolarità un perimetro di vari isolati, e alcuni agenti in borghese pretendevano di passare inosservati, richiamando ancor più l'attenzione che se fossero stati in uniforme. Così si avviarono verso le vetrine dei negozi di arredamento, un po' per ammazzare il tempo e un po' per trovare il modo di nascondere quel che non si poteva nascondere.

Faceva freddo. Si annunciava un 24 febbraio splendido, fresco e asciutto. Sulla pista sgombra dalle insidie della pioggia i potenti motori dei bolidi avrebbero potuto spingere al massimo, sfruttando la temperatura propizia. Vicino al circuito, all'incrocio tra calle L e la Veintitrés, forse l'angolo più frequentato di tutta Cuba, Radiocentro si distingueva come uno dei migliori cinema del mondo. Di fronte si ergeva l'Havana Hilton, illuminato da cima a fondo, in attesa dell'inaugurazione annunciata per quello stesso giorno. Ci si aspettava la presenza di Fangio insieme a mister Conrad H. Hilton, alla ballerina Ann Miller, a Gary Cooper e al resto dei trecento invitati che il presidente della catena alberghiera aveva portato con sé dagli Stati Uniti. Ci sarebbe stato anche Batista.

Esattamente alle 19.20, nella camera 810 del Lincoln, Fangio finì di fare una doccia calda. Sembrava tranquillo, spensierato e ottimista, una dote caratteriale coltivata nel corso degli anni per sconcertare gli avversari. Il suo manager, Marcelo Giambertone, osservava quell'aria distesa, tipica di chi si prepara per una cena in famiglia e non di chi è a un passo dallo scendere in pista per ritrovarsi a faccia a faccia con la morte.

«Il circuito presenta delle difficoltà» disse Giambertone. «È mediamente accettabile, d'altra parte non si può chiedere di più tenendo conto che ci troviamo ai Caraibi e non in Europa o negli Stati Uniti.»

«La pista è piccola, in certi punti stretta e con curve brusche fino a centottanta gradi, ma offre ottime condizioni di percorribilità» gli rispose il campione annodandosi la cravatta. «La conosco bene e si può fare una buona gara.»

«Anche Moss la conosce bene come te» replicò Giambertone. «Darebbe qualsiasi cosa per batterti. Non ti fidare.»

«Moss è un buon pilota, come lo sono Von Trip e Jean Behra, e anche Shelby. Ma nessuno regge il confronto con il marchese di Portago; il suo unico difetto è l'impulsività. Bisogna imparare a dominarla. Servirsi di lei non è lo stesso che lasciare che lei si serva di te. L'impulsività ha ucciso il marchese, e molta altra gente.»

«Perdio, Juan Manuel, fai in modo che non uccida anche te.»

«Calma» disse Fangio mentre si apprestava a uscire dalla stanza. «Sono altre le cose che un giorno di questi potrebbero ammazzarmi.»

«Una mulatta focosa?»

«Neanche per idea. Sai che mi piace la vita ordinata: allenamenti quotidiani, ginnastica, dieci ore di sonno al giorno e fedeltà a mia moglie. Impara da me, Marcelo!»

«Io non gareggio domani.»

«Tu non gareggi mai.»

Presero l'ascensore e scesero al ristorante. Il direttore di sala andò loro incontro sollecito. Li condusse a un tavolo riservato, un po' discosto dagli altri. Al centro c'era un cesto di fiori con un bigliettino. Sulla busta compariva l'intestazione di un club di giovani ammiratrici di Fangio e sul biglietto si leggeva: «Per il suo secondo trionfo a Cuba. Ancora successi, campione!».

«In quest'isola sei più popolare di Gardel» gli disse Giambertone. «Se tua moglie l'avesse saputo, sono sicuro che a quest'ora sarebbe seduta qui con noi.»

«Mi spiace che non sia così. Resterebbe estasiata da questi fiori.»

«Allora portaglieli a Buenos Aires. Ma adesso basta ciarlare. Ho una fame da lupo!»

Fangio e il suo manager lasciarono il ristorante alle 20.35, seguiti dalle occhiate curiose dei commensali che sollevavano lo sguardo dai piatti per soffermarsi su quell'uomo di quarantasette anni, vestito di beige, che sembrava non aver nulla di straordinario, poiché era privo del carisma delle grandi stelle dello spettacolo. Aveva una calvizie incipiente, il naso adunco e denti affilati da squalo.

Non era come il marchese di Portago, molto più giovane e di bell'aspetto, che gli aveva conteso per anni la fama in tutte le competizioni mondiali in cui si erano incontrati. Il marchese era di nobili origini, nato nella bambagia, i suoi passi erano stati guidati da istitutrici e maggiordomi specializzati nell'insegnamento dell'arte delle buone maniere, dei sorrisi di circostanza e delle abitudini principesche. Il marchese si era ribellato al formalismo di quel mondo ed era sceso in pista per giocarsi la vita, trascinandosi dietro le consuetudini aristocratiche fino a quel fatale giorno del 1957 in cui una disattenzione al volante troncò per sempre la sua fulminante carriera.

Fangio invece era un autodidatta, si era formato senza qualcuno che lo guidasse nei complicati labirinti delle convenzioni sociali, e la gloria conquistata a partire dal sottoscala dell'anonimato e della povertà gli era costata anni di stoica fermezza, con cui aveva superato l'amarezza delle sconfitte.

Juan Manuel Fangio si diresse verso la hall dell'hotel dove si separò dall'amico, ma subito si rese conto di aver commesso un errore. Il locale era gremito di curiosi e lui temeva l'assalto dei tifosi almeno quanto la pioggia durante una corsa, così si affrettò alla reception, alla ricerca di un'amichevole protezione fra quelli che sarebbero stati i suoi nemici giurati nel circuito dell'Avana. Fu ricevuto con calorose dimostrazioni d'affetto da Stirling Moss, Roberto Mieres, Alejandro D'Tomasso, Mansten Gregory e Carrol Shelby che, casualmente, si erano ritrovati dopo cena e raccontavano i particolari di vecchi episodi di gara. L'arrivo di Fangio ravvivò la conversazione. Accadeva sempre qualcosa di simile nelle ore che precedevano la sfida, come se ogni pilota volesse imprimere nella memoria l'ultimo ricordo piacevole del compagno che forse non sarebbe mai giunto al traguardo. Nessuno, però, faceva parola di questa eventualità, sarebbe stato di malaugurio. L'orologio sulla parete segnava le 20.45. Fu a quell'ora che si avvicinò al gruppo un giovane alto, avvolto in un soprabito di pelle nera, che pochi istanti prima era entrato accompagnato da altri due individui, anch'essi molto giovani. Nessuno fece loro caso, perché quelli che affollavano il locale avevano occhi solo per i mitici assi della velocità. Il giovane con il soprabito interruppe la chiacchierata scusandosi.

«Chi di loro è Fangio?» domandò senza il minimo cenno d'impazienza nella voce.

Il campione argentino fece per estrarre la penna dalla giacca, credendo si trattasse di un ammiratore in cerca di un autografo.

«È lei Fangio?» domandò nuovamente il giovane, indovinandone le intenzioni. Lo guardò in faccia e riconobbe i lineamenti studiati in molte fotografie: gli stessi tratti bonari che non avrebbero mai lasciato supporre il coraggio e lo sprezzo del pericolo. Con una sorprendente velocità da film western estrasse una pistola da sotto il soprabito e la puntò al fianco del re delle piste.

«Mi segua» disse quasi con dolcezza. «Sono del Movimiento 26 de Julio e non le succederà niente.»

L'ordine, preciso e tranquillo, cadde come una doccia fredda su ciascuno dei presenti. Fangio reagì quasi subito, aiutato dai suoi riflessi, come se si trattasse di levare di mezzo una curva pericolosa. Ma, nell'udire l'ultima frase, non poté non pensare per un momento che quell'individuo fosse il predicatore di una setta protestante che gli stava declamando il salmo 26.

«Mi spiace» gli disse. «Non intendo seguirla da nessuna parte. Cosa desidera?»

«Che cammini senza fare storie, nient'altro. Non sono suo nemico, ma sappia che sono pronto a sparare. Andiamo!»

La canna della calibro 45 si spostò dal fianco alla testa di Fangio. Né il tono risoluto delle parole del giovane né la fermezza del suo polso lasciavano spazio a dubbi: la faccenda era seria. Il pilota Alejandro D'Tomasso aveva adocchiato un portacenere di marmo e si mosse con grande circospezione. Fece appena il gesto di impugnarlo quando, dietro di lui, una voce che non si era ancora udita fino a quel momento lo gelò.

«Fermo!» gli gridò l'uomo puntandogli l'arma al petto. «Ancora un passo e sparo!»

La frase esplose con la violenza di una bomba nella hall, dove la maggior parte dei clienti non si era ancora resa conto di quanto stava accadendo attorno alla persona che era l'anima del II Gran Premio di Cuba. Fu allora che comparve il terzo uomo del commando, piazzato a metà strada tra la reception e la porta d'uscita, impugnando una mitraglietta e con dipinta sul viso una brutta smorfia che ne trasfigurava i lineamenti di adolescente intento a giocare a guardie e ladri.

Quel delirio, però, non era un gioco. Era un'azione di propaganda armata studiata fin nei minimi dettagli, inclusa l'eventualità di togliere di mezzo chiunque si fosse opposto al sequestro di

Fangio. Questo valeva anche per il suddito della corona britannica Stirling Moss, che fece il gesto coraggioso di muoversi per coprire con il proprio corpo quello di chi l'aveva condannato al ruolo di eterno secondo.

«Lasci l'eroismo per domani!» esclamò l'uomo del soprabito nero. L'arma urtò le costole di Moss e lo spinse di lato, mentre dalle labbra dell'aggressore usciva l'ultimo avvertimento insolente: «Un'altra mossa e le faccio un buco!».

Non restava che obbedire. Fangio abbandonò l'hotel con i suoi sequestratori ai quali, all'entrata, si unì una quarta persona che era rimasta di guardia. Salirono su un'auto parcheggiata in strada, che l'autista aveva già messo in moto. La vettura procedette lentamente per i primi isolati, ma quando si furono allontanati dall'hotel l'autista premette sull'acceleratore. I nervi si distendevano dopo la tensione. Ai due lati dei finestrini sfrecciavano le luci vivaci dei locali dell'Avana notturna. Seduto sul sedile posteriore in mezzo ai suoi rapitori, Juan Manuel Fangio aprì bocca per la prima volta per dare un consiglio, con un tono più paternalistico che di rimprovero: «Guidi piano, giovanotto. La velocità gioca brutti scherzi».

Negli istanti successivi all'uscita del commando, all'Hotel Lincoln il tempo sembrava essersi fermato. Agitazione, stupore, crisi isteriche, tutto si mescolava in un'atmosfera caotica che rendeva catatonici i testimoni oculari del sequestro, i quali si guardavano increduli l'un l'altro chiedendosi: «Cos'è successo?», senza aspettarsi una risposta.

La notizia, veloce come una Ferrari, raggiunse per via telefonica la tenuta di Kuquine, dove Fulgencio Batista si godeva il fine settimana in compagnia della moglie. Il presidente stava mostrando a una coppia d'amici la sua collezione di sculture di grandi personaggi storici, disseminate nel cortile interno della sontuosa residenza che aveva chiamato Retablo de los Mártires. Tra quelle statue non poteva mancare la sua. Batista interruppe il discorso da anfitrione erudito perché uno dei capi della scorta era entrato nel cortile. Mentre ascoltava le parole che il militare gli sussurrava all'orecchio, gli ospiti colsero nella sua espressione accigliata e nel movimento delle labbra un segno di catastrofe. Sapendo che per il presidente i momenti di relax erano sacri, Martha Fernández capì subito che doveva essere successo qualcosa di grave.

«Non preoccuparti se i tuoi doveri ti chiamano, caro» disse, dissimulando l'ansia che le provocava la curiosità di sapere cosa fosse accaduto. «I nostri amici ti perdoneranno.»

«Mi assenterò solo qualche minuto» rispose il generale. «Devo parlare subito con qualcuno al palazzo.»

Ma quella notte non tornò. Si chiuse nello studio privato della tenuta e convocò d'urgenza il generale Hernando Hernández e i colonnelli Orlando Piedra, Mariano Faget e Irenaldo García, capi rispettivamente della polizia, del Departamento de Investigaciones, del Brac e del Sim, la crema degli organismi investigativi cubani.

Cosicché quel lunedì 24 febbraio L'Avana si svegliò sul piede di guerra. Molti non si azzardarono a uscire in strada e in gran parte degli stabilimenti i cancelli rimasero chiusi, in attesa del peggio. Al sorgere del sole erano già state perquisite decine di abitazioni, tenute e proprietà di oppositori del regime. Ciò che la popolazione temeva maggiormente era una reazione violenta dei militari per lavare l'onta del discredito che il rapimento del campione argentino gettava sul governo.

Il sequestro occupò le prime pagine dei giornali di tutto il mondo. A Buenos Aires fece passare in secondo piano il trionfo alle elezioni presidenziali del dottor Arturo Frondizi, candidato della Unión Cívica Nacional Intransigente, sul suo avversario Ricardo Balbín. Nelle sedi delle radio cubane il cicaleccio dei notiziari flash dell'ultima ora si faceva insistente.

I patrocinatori dell'evento sportivo, in ogni caso, non erano disposti a decretarne la soppressione. Nemmeno Batista volle enfatizzare le gravi ripercussioni dell'accaduto, ritenendo che sospendere il Gran Premio sarebbe apparso il segnale più tangibile di una crisi insolubile. Diede quindi il via libera alla commissione organizzatrice perché la manifestazione sportiva avesse luogo.

Voci incontrollate facevano presagire ore infauste per la cittadinanza in seguito alla violenta esplosione della battaglia politica. Si annunciavano bombe ovunque e azioni terroristiche che avrebbero seminato la morte nei luoghi di riunione dei tifosi; si diceva che il Movimiento 26 de Julio si sarebbe scagliato con furia omicida contro i partecipanti alla competizione che non avessero obbedito all'avvertimento di ritirarsi. La polizia rispose inasprendo le misure di sicurezza intorno al circuito e piazzando sentinelle davanti alle abitazioni dei corridori, assegnando a ciascuno di loro due guardie del corpo.

Le reazioni dei piloti furono diverse. L'inglese Stirling Moss era esausto e depresso. «Non ho mai corso in condizioni del genere» dichiarò alla stampa. Il nordamericano Schell, dal canto suo, prese la cosa con un senso dell'umorismo molto pratico: «No, non temo le curve, ma ho terrore dei miei angeli custodi. Se s'innervosiscono, la prima pallottola è per me». Il povero Marcelo Giambertone, frastornato a causa della scarsa familiarità con il fanatismo politico dei cubani, cercava in tutti i modi di trovare una pista che conducesse ai sequestratori, pronto a negoziare per stabilire il prezzo del riscatto. Ma una telefonata anonima all'ambasciata argentina cancellò tutte le sue fantasie: «Non c'è alcun prezzo. Fangio tornerà sano e salvo non appena saranno finite le corse. Rassicurate la polizia. Non intendiamo fare del male al campione».

La maggior parte di coloro che aspettavano con impazienza il fatidico giorno perse d'un tratto ogni entusiasmo. Senza Fangio il Gran Premio sarebbe stato come Natale senza Gesù Bambino. C'era però un pilota che aveva un suo pubblico selezionato, sebbene minoritario. Gli allibratori sbandieravano quel nome come esca per le signorine perbene. In realtà, Porfirio Rubirosa non era nemmeno da prendere in considerazione in un evento che vedeva fra i partecipanti i grandi del volante, ma le drammatiche circostanze in cui si svolse giocarono a suo favore. Rubirosa emerse così da una serie di sconfitte sulle piste per proclamarsi, in assenza di Fangio, campione di celebrità.

Poco importava la straordinaria abilità degli altri piloti, o che allo sventolare della bandiera a scacchi questi avessero inflitto un giro di distacco alla Ferrari di Rubirosa; lui era lì, a rispondere con la mano sollevata e il sorriso da collezionista di cuori alle urla isteriche delle donne che lo incitavano: «Rubi, Rubi, Rubi». E quelle dimostrazioni eloquenti di una fama d'irresistibile seduttore, di amante focoso, favorivano il suo scopo di ficcare il naso nell'intimità di coppie famose e le sue imprese di cacciatore di doti.

Finalmente, alle 15.30, il generale di brigata Roberto Fernández Miranda, direttore sportivo e cognato del presidente della Repubblica, diede il via alla gara e i bolidi schizzarono con i loro ruggiti di belve ferite, lasciando sul selciato l'impronta nera delle sgommate.

Non c'era Fangio, ma c'erano tutti gli altri campioni della velocità, capaci di offrire uno spettacolo che cancellasse il brutto ricordo delle ore della vigilia. In qualche località sconosciuta il campione del mondo seguiva la gara con l'orecchio appiccicato alla radio. Era così sulle spine che sembrava sul punto di infilarsi nel piccolo apparecchio per afferrare il volante; ma dopo un po' cedette alla nostalgia: spense la radio e chiese di poter ascoltare un po' di musica. Fu subito accontentato.

Sul circuito dell'Avana la lotta era all'ultimo sangue. Per fugare qualsiasi dubbio sulla legittimità del titolo di vicecampione del mondo, Stirling Moss esibiva la sua classe mantenendosi in testa, al volante della Ferrari contrassegnata dal numero 4. A un palmo, quasi a sfiorarla, la vettura di Mansten Gregory non cedeva di un millimetro. Pochi metri dietro di loro, la Maserati di Carrol Shelby e la Ferrari di Von Trip si contendevano la terza posizione, seguiti a breve distanza da Jean Behra, Alejandro D'Tomasso e Schell, ancora pericolosamente in gara.

La situazione rimase invariata per un po'. All'altezza dell'incrocio tra calle Calzada e il Malecón, Moss e Gregory stavano per doppiare la Ferrari del cubano García Cifuentes, pilota di scarsa esperienza internazionale, quando l'auto di quest'ultimo sbandò e investì il pubblico assiepato nell'area verde confinante con l'ambasciata degli Stati Uniti. Sul traguardo fu subito abbassata la bandiera a scacchi per interrompere la gara e consentire il passaggio dei mezzi di soccorso.

Il bilancio reale dell'evento fu tracciato, più che dall'ordine d'arrivo, da quello che sembrava un bollettino di guerra: otto persone morte sul colpo e più di quaranta gravemente ferite. Il pilota García Cifuentes era tra quelli in fin di vita. La commissione organizzatrice del Gran Premio assegnò la coppa all'inglese Stirling Moss, che nel giro di poche ore si diresse all'aeroporto di Rancho Boyeros e si allontanò da Cuba come un profugo. Fu il premio più angoscioso e meno brillante della sua carriera.

Juan Manuel Fangio aspettò con calma e al calar della sera si azzardò a ricordare ai suoi sequestratori la promessa di liberarlo al termine della corsa.

«Non dovrete esporvi» disse loro. «Mi lasciate in un angolo qualsiasi, io prendo un taxi e vado all'ambasciata.»

«Sarebbe come condannarla a morte» gli spiegò l'uomo che l'aveva prelevato all'hotel puntandogli la pistola. «Il governo farebbe qualsiasi cosa per bollarci come assassini. Ventura sarebbe capace di vendersi la madre pur di mettere le mani su di lei, portarla in un quartiere periferico e lasciarla cadere dall'auto con un messaggio di rivendicazione firmato Movimiento 26 de Julio e una pallottola in testa.»

«Chi è questo Ventura?» domandò il campione.

«Un colonnello della polizia bravo a rigirare la frittata.»

«Si presume che la polizia mi protegga.»

«Si presume» disse l'uomo.

Nelle ore in cui rimase prigioniero Fangio non se la passò tanto male. A parte la seccatura di non partecipare alla corsa, per il resto stava altrettanto bene che all'Hotel Lincoln. Era un ostaggio di lusso. I sequestratori erano persone istruite e l'argentino non ci mise molto a capire che aveva a che fare con studenti universitari e professionisti benestanti. Lo trattarono con gentilezza e rispetto, ed erano entusiasti per le sue vittorie. Citavano a memoria i suoi record e gli parlavano di successi che il campione aveva già dimenticato. Tanto fecero perché si sentisse come un papa che Fangio desistette dal progetto di darsi alla fuga, attenendosi a tutte le loro indicazioni, sebbene evadere non sarebbe stato impossibile.

Lo avevano condotto in una comoda residenza del Nuevo Vedado dove, al momento di servirgli i pasti, gli chiedevano le sue preferenze, fu alloggiato in una stanza con aria condizionata dotata di radio, bagno e un confortevole letto con lenzuola pulite e di qualità. Gli proibirono l'uso del telefono, ma gli consentivano di guardare la televisione in salotto, e lo tennero informato delle iniziative dell'ambasciatore argentino e della sua famiglia a Buenos Aires. Il capo del commando gli spiegò i motivi del sequestro con una logica che Fangio sentì di condividere.

«In ogni caso» disse il campione tentando di sdrammatizzare «vi siete salvati perché sono venuto a Cuba senza mia moglie. Se mi avesse accompagnato, mi avrebbe cercato per cielo e per terra, di sicuro mi avrebbe trovato e a quest'ora vi starebbe prendendo a ombrellate.»

«Sappiamo che è preoccupato per sua moglie e per suo figlio Oscar» affermò il giovane. «Questa sera potrà parlare con loro al telefono. È una promessa.»

Tutta Cuba aveva gli occhi puntati su quanto stava accadendo nella capitale. La sera di lunedì 24 buttò male per i proprietari dei ristoranti e dei locali notturni. Il traffico diminuì e, per la prima volta da molto tempo, gli autisti poterono guidare tranquillamente in una città dove avere un'auto, o almeno una motocicletta, era altrettanto importante che far l'amore o ballare.

L'edizione notturna del notiziario della CMQ Televisión sbaragliò tutti i record di audience stabiliti fino a quel momento. I giornalisti continuavano a interrogarsi, al pari delle autorità, su che fine avesse fatto Fangio. Nemmeno i risultati dell'evento sportivo, diffusi nel pomeriggio, e il suo tragico epilogo vinsero la curiosità suscitata dal sequestro. Il II Gran Premio di Cuba passava agli annali dello sport della velocità, ma si trasformava, contro ogni pronostico, in un chiodo rovente per Batista.

Del colosso Hilton nessuno si ricordava, sedotto e abbandonato la sua prima notte. La festa d'inaugurazione si spense al ritmo precipitoso degli avvenimenti, che ridussero la presenza degli alti funzionari governativi e del corpo diplomatico accreditato, pronti ad accampare le scuse più diverse per squagliarsela; tutti pretesti, quando il vero motivo era chiaro come il sole. Nelle foto pubblicate dai quotidiani Martha Fernández, la first lady che rappresentava il grande assente, compariva accanto a mister Conrad Hilton, sebbene non nella prima fila dei sorridenti, ma nella seconda, quella dei preoccupati.

Intanto l'ambasciata argentina sembrava un formicaio. Era là che si attendevano notizie, e decine di giornalisti giunti da ogni parte si azzuffavano per accaparrarsi lo scoop e, di conseguenza, si passavano l'un l'altro false informazioni diffondendo così in tutto il pianeta voci senza fondamento e, insieme, il nome di Fidel Castro.

Il generale Hernando Hernández si era recato varie volte all'ambasciata, disperato, seduto su una catapulta che minacciava di spararlo nei cieli dell'oblio. La notte prima, nella tenuta di Kuquine, Fulgencio Batista in persona lo aveva avvertito delle gravi conseguenze provocate dal fatto che i castristi manipolassero a loro piacimento l'opinione pubblica con la vicenda del sequestro. Il presidente, rosso per la collera che suscitava in lui l'inettitudine del generale, alla presenza degli altri alti esponenti convocati gli aveva puntato contro l'indice dicendogli: «Hernando, se nel giro di ventiquattr'ore non trovi il pilota, ti destituisco. Ti destituisco!». E quella sarebbe stata una verità grande quanto una chiesa gotica.

Nel frattempo, il colonnello Ventura rimuginava il proprio piano. Il giovane sequestratore, un tipo che aveva sulle spalle parte della responsabilità della guerriglia urbana nella capitale, e che in altre circostanze avrebbe formato un duo formidabile con il capitano del Brac Arturo Castañeda, non solo era riuscito a sintonizzarsi sulla stessa lunghezza d'onda del capo della quinta stazione di polizia, ma addirittura ad anticiparlo, giungendo alla conclusione che l'unica cosa che Batista avrebbe potuto fare, per dissimulare il successo del sequestro, era uccidere Fangio.

In realtà Batista, il generale Hernández e gli altri responsabili dei corpi di sicurezza erano così disorientati e nervosi da non avere la stessa lucidità di Ventura. E lui, che aveva ordini precisi di trovare Fangio, non avrebbe corso alcun pericolo. Una volta che il campione di Formula 1 fosse ricomparso morto, soltanto il 26 de Julio avrebbe dovuto rispondere dell'assassinio.

Juan Manuel Fangio fu rilasciato nei pressi dell'ambasciata argentina all'1.30 del giorno 25, e i primi a vedere l'ostaggio appena liberato furono i giornalisti ammassati nella casa di calle Ochenta y dos a Miramar. Fangio rilasciò alla stampa dichiarazioni positive sui sequestratori. Sottolineò il buon trattamento ricevuto e disse: «Se il sequestro è avvenuto per una buona causa, lo approvo». Non fornì indicazioni che potessero condurre la polizia alla cattura dei rapitori e lasciò Cuba dichiarando di non covare rancori e di essere disposto a tornare all'Avana, dove aveva solo amici. Questo sembrò troppo.

Ventura si sentì come se gli stessero strizzando le palle e maledisse il bastardo che aveva saputo imbastire tutta quella trama; Batista non riusciva a lasciare Kuquine e riceveva gli attestati di solidarietà dei suoi fedelissimi come fossero le condoglianze per un familiare defunto; il generale Hernando Hernández se la faceva addosso e Luis Santos Trafficante Jr, che dal suo accampamento nell'Hotel Deauville seguiva con attenzione la traiettoria della valanga che si abbatteva sul governo, giunse alla conclusione più spettacolare della sua vita, passata e futura: a Cuba era Batista a essere di troppo, anche se Meyer Lansky era convinto del contrario.

2 marzo 1958

L'idea di risolvere l'incognita del futuro riducendo Batista ai minimi termini si era impadronita di Santos Trafficante al punto che qualsiasi alternativa gli sembrava inadeguata. Non c'era altro modo di tirar fuori il presidente dal suo guscio che appiccandovi il fuoco, ed era precisamente ciò che aveva intenzione di fare. Le sue analisi della politica cubana finivano sempre con la stessa considerazione: la successione presidenziale. Era convinto che una guerra civile avrebbe avuto come unico esito qualcosa di simile alla caduta di Toro Seduto e l'ascesa di Geronimo a capo della tribù, un semplice cambio di indiani.

I problemi per Trafficante cominciavano quando vedeva il potere transitare attraverso una crepa, per il momento ancora stretta, verso il comunismo, e Fidel Castro poteva operare quel passaggio. Rimuovere "El Hombre" voleva dire sbarrare la strada al capo dell'insurrezione. Il suo mal di testa quindi era Castro, e Batista l'aspirina che doveva ingoiare per far sparire dal panorama politico il pericolo della guerriglia.

Santos Trafficante non poteva affidare a nessuno, sull'isola, la ricerca di quel che serviva per attentare alla vita del presidente. Qualsiasi piano avrebbe dovuto avere due requisiti essenziali: sembrare frutto di un'iniziativa individuale e rimanere per sempre un mistero impenetrabile. Non sarebbe stato affatto piacevole essere pizzicato da Meyer Lansky, anzi sarebbe potuto costargli altrettanto caro della vittoria di Castro che si profilava all'orizzonte. E ci pensò su parecchio prima di decidersi a raggiungere Dallas per far visita al suo amico e debitore Jack Ruby.

Le relazioni tra i due si intrecciavano nel mondo degli affari nelle forme più diverse. La legge, per loro, aveva un significato più ampio di quello scritto nei codici, poiché erano convinti che la democrazia dispensasse dalle sue restrizioni i desideri individuali. Ed erano quei desideri ad alimentare il mercato della droga, del sesso o del gioco d'azzardo.

Ruby volava all'Avana con una certa frequenza e trovava sempre Trafficante disposto a offrirgli una notte di piacere nei labirinti dei cabaret, a braccetto di donne pronte a soddisfare qualsiasi istinto primordiale. Pensando a Ruby, Trafficante non riteneva di riscuotere il dovuto, ma di concedere all'amico l'onore della sua fiducia.

Jack Ruby fu molto sorpreso nel ricevere la chiamata di Trafficante che gli chiedeva d'incontrarlo quella notte stessa in un motel per camionisti alla periferia di Dallas, ma si sforzò di non lasciarlo trapelare. Era un veterano e sapeva come comportarsi quando il don bussava con discrezione alla porta per chiedere qualcosa, qualunque cosa fosse. In quel caso esisteva una sola condotta accettabile.

Senza nemmeno immaginare che cosa volesse Trafficante, Ruby arrivò puntuale al motel che, come tutti i motel delle storie tenebrose, era segnalato da un volgare neon intermittente. Fermò l'auto davanti alla porta contrassegnata dal 13, un numero di cattivo augurio che Ruby cercava di evitare come i gatti neri.

Un uomo seduto nell'auto accanto alla quale aveva parcheggiato gli andò incontro e lo guidò nella stanza piccola e spoglia, nulla a che vedere con le camere degli hotel in cui Trafficante alloggiava di solito all'Avana. Trafficante lo salutò senza la consueta espansività, e Ruby ravvisò in lui una certa fretta di affrontare un tema spinoso.

«Ti ringrazio di essere venuto, Jack. Sei una brava persona e apprezzo le tue attenzioni nei miei confronti.»

«Sono a tua disposizione. Nessuno potrà dire che Jack Ruby è un ingrato.»

«Conosco le persone» disse Trafficante mentre apriva un paio di birre, le appoggiava sul cristallo scheggiato del tavolo e invitava Ruby a sedersi su una delle due sedie disponibili. «È molto difficile che mi sbagli quando ricorro a un amico. Un vero amico non lo è solo a parole.»

«Neanche un nemico» aggiunse Ruby con prontezza.

«Giusto. Ma è anche vero che agli amici bisogna dare l'opportunità di rifiutare, altrimenti si approfitterebbe di loro.»

«Non capisco cosa vuoi dire.»

«Voglio dire che sto per chiederti qualcosa, e che è tuo diritto rifiutarti. Se lo farai, le cose fra di noi saranno assolutamente come prima» disse Trafficante e bevve un lungo sorso dalla bottiglia di birra, senza perdere d'occhio Ruby da dietro le lenti. «Nemmeno a me piacerebbe se dicessero che sono un ingrato, Jack.»

«No, non è necessario. Sono qui per ascoltarti.»

«In questo caso, ci sei già dentro. Sei sicuro di volerci stare?»

«Sicuro» affermò Ruby sostenendo lo sguardo da avvoltoio di Trafficante.

«Jack, quello che ti chiedo non è semplice» proseguì Trafficante «anche se può sembrarlo. Voglio che mandi all'Avana un uomo che la faccia finita con Batista. Preferibilmente un cubano o un messicano, qualcuno che possa confondersi con i guerriglieri di Castro se dovessero scoprirlo.»

«Non c'è nessuno a Cuba in grado di farlo? È incredibile, con tutti i nemici che ha quell'uomo!»

«È vero che ha molti nemici, ma sembra che si siano messi d'accordo tutti quanti per festeggiare i suoi compleanni» disse Trafficante con una punta di amarezza. «Dev'essere la paura.»

Jack Ruby aprì la bocca per chiedere a Trafficante se non era stato Batista a promuovere il business del gioco, e per spiegargli quanto gli sembrasse contraddittoria quella decisione; ma all'ultimo momento rinunciò, rendendosi conto che sarebbe stata una considerazione inammissibile per Trafficante, il quale era interessato a trovare chi gli facesse il lavoro e non un consigliere. A ogni modo, visto che stava per parlare, non gli restò che dire qualcosa, e gli uscì una stupidaggine.

«Non avrei mai pensato che a Lansky convenisse liberarsi di Batista.»

«Perché tiri in ballo Meyer? Ho detto qualcosa che abbia a che fare con lui? Stiamo parlando di un favore che ti ho chiesto io, e il mio nome è Santos Trafficante» ribatté alterato, come se una vespa gli avesse conficcato il pungiglione in un testicolo. «Merda! Ci sei già dentro, Jack, e ciò ti dà solo il diritto di sapere che questa è una faccenda personale tra te e me. E due sono già una folla.»

«Scusami se ho detto qualcosa che non dovevo. Ho capito perfettamente.»

«Mi fa molto piacere. Neanche nel sonno potrai parlare di quello che sono venuto a chiederti, e avrai la tua ricompensa.»

«Dimenticala! Abbiamo un accordo» affermò Ruby sollevando la sua bottiglia di birra a mo' di brindisi. «Conosco un cubano...»

«Vacci piano!» lo interruppe Trafficante «Non voglio sapere chi farà il lavoro né come. Mi basta avere la certezza che te ne occuperai.»

«Lo farò. Ma costerà una montagna di soldi.»

«Naturalmente. Nessuno ti ha chiesto di farlo risparmiando qualche centesimo, non si tratta di una fottuta campagna di relazioni pubbliche. Puoi contare su sessantamila dollari da dividere a seconda degli accordi che prenderai con chicchessia. Mi sembra un prezzo giusto per la testa del presidente di un'isoletta di merda. Non stiamo parlando di Ike.»

«D'accordo. Avrai il tuo uomo, Santos. Un tipo generoso come te merita qualsiasi cosa.»

«Jack,» disse Trafficante «ricorda che non è il "mio" uomo. Io, di questa faccenda, non ho mai sentito parlare.»

17 e 18 marzo 1958

Il Packard si trovava all'inizio di Paseo del Prado, molto vicino al Castillo de la Punta, nella stessa imboccatura del porto. Come hotel non brillava per comfort ed eleganza e, se restava in lizza, era per i prezzi da saldo. In compenso aveva il tunnel della baia di fronte, il che equivaleva a una via di fuga verso est.

Héctor Durán aveva pensato a una sistemazione in città economica e in grado di offrirgli un minimo di sicurezza, ammesso che ne esistesse una che assommasse i due requisiti. Nel 1956 era fuggito negli Stati Uniti per sottrarsi alla giustizia. Aveva ucciso un poliziotto in un bordello e, benché il movente fosse l'estorsione, il processo assunse una connotazione politica quando lo accusarono di attentato contro la forza pubblica. Ma Durán, che aveva intrapreso la sua carriera criminale come guardaspalle del presidente Prío ed era stato culo e camicia con piccoli gangster creoli come il Muerto e il Colorao, la sapeva lunga. Se la cavò facendo intercedere in suo favore due notabili dell'Avana: un vescovo cattolico e il direttore di un'importante rivista. Entrambi, a suo tempo, tra le braccia muscolose del giovane avevano trovato conforto ai loro ambigui istinti.

Durán non era più il morto di fame arrivato una decina di anni prima nella capitale chiedendo acqua a gesti, proveniente dallo sconosciuto paesino di Sabanilla del Comendador a Matanzas. Si era fatto strada, ed era logico che aspirasse a qualcosa di più. Ma non era tornato di nascosto per mostrarsi nei luoghi che gli sarebbe piaciuto visitare di nuovo. Era a Cuba per uccidere Fulgencio Batista, e questo pensiero escludeva qualsiasi intenzione frivola. Ormai non poteva più contare sull'aiuto del vescovo, sotterrato nel cimitero di Colón; e forse nemmeno su quello dell'influente direttore della rivista, spinto dalle sue pene di anima solitaria nelle braccia di Darío Luaces, un pappone con cui anche Durán si era battuto a pistolettate per rivalità professionali nel quartiere a luci rosse di La Victoria.

Le precauzioni alle quali nei primi giorni Durán si attenne scrupolosamente includevano gli orari dei pasti, che aveva l'accortezza di consumare ogni volta in un posto diverso, evitando i ristoranti più prestigiosi dell'Avana, molti dei quali non lontani dal Packard, come il Puerto de Sagua e i famosi Floridita, La Zaragozana e El Castillo de Farnés. I quattro si facevano concorrenza tra loro, e ognuno aveva una clientela selezionata. Mentre El Castillo de Farnés era rinomato nel mondo degli uomini d'affari, il Floridita era il punto d'incontro abituale dell'intellighenzia. Il Puerto de Sagua, invece, era l'angolino giusto per festeggiare l'anniversario di matrimonio con una cena a lume di candela, o per invitare la fidanzata a un brindisi intimo nell'ampio bar climatizzato.

Tre notti dopo aver preso alloggio al Packard con il nome più che anonimo di Pedro Pérez, Durán cominciò a trascurare le cautele, spinto dall'eccesso di sicurezza o, peggio ancora, dallo sprezzo del pericolo. Era stufo delle osterie di terz'ordine e volle concedersi il piacere di una cena come dio comanda al Puerto de Sagua. Si giustificò con se stesso dicendosi che l'ambiente riservato lo avrebbe protetto dai saluti inopportuni o dalla soffiata di qualche vecchio conoscente.

Non appena fu seduto a un tavolo isolato, nella penombra, benedisse il momento in cui aveva deciso di attenuare con un soffio di libertà la sensazione di reclusione che lo opprimeva nella camera del Packard, dove rimuginava il suo piano d'azione. Lì, nella piacevole intimità del Puerto de Sagua, poteva godere dell'ambiente effervescente dell'Avana e della prelibatezza della cucina creola. La prospettiva di un piatto di granchi neri in salsa chili lo eccitava. Erano queste le piccole cose che ricorrevano costantemente nei suoi ricordi dell'Avana, quando lo assaliva la nostalgia nelle notti passate a Tampa, Philadelphia o Miami.

Dall'angolo in cui si trovava ascoltò con piacere l'interpretazione di un trio di musicisti che, brandendo maracas e chitarre, cantavano a una coppia le parole malinconiche della canzone venezuelana *Trigueña*, che i cubani chiamavano erroneamente *Fúlgida luna*. La ragazza era una bella brunetta dai capelli lisci che le cadevano a cascata sulle spalle. Lui, un uomo che sembrava vicino alla quarantina, di modi bruschi, aveva come unica credenziale una vita del tutto ordinaria, nonostante la cura nel vestire e l'impegno che metteva nel dare al suo approccio con la ragazza un'impronta cavalleresca.

Héctor Durán fissò per prima la donna approfittando del fatto che l'uomo gli dava le spalle, sedendo di fronte alla porta d'ingresso, la postazione preferita di chi convive con la paura. Meccanicamente associò la coppia alla bella e la bestia, non perché l'individuo fosse un mostro, ma perché quei due non sembravano avere nulla in comune.

Il tempo trascorso dal suo arrivo all'Avana lo aveva passato in una solitudine rassegnata, che adesso cominciava a trasformarsi in una rischiosa temerarietà. Jack Ruby si era sbagliato prendendo in considerazione solo il suo curriculum criminale. Durán era un uomo cresciuto nei bassifondi e nulla più. Probabilmente sarebbe stato ineguagliabile nel ricattare qualcuno o nel coprire le spalle a un malavitoso, ma uccidere il presidente richiedeva, oltre al coraggio personale e al talento, altri sacrifici imposti da un regime di autodisciplina a cui lui non era preparato.

Un sicario sa guardarsi dai vizi che possono limitare le sue capacità di manovra. Il killer di professione è come un lupo che decide di appartarsi dal branco. Si dedica al suo scopo con ferrea determinazione e non s'interessa a nient'altro. Si fa pagare, e si fa pagare caro, ma gode del suo lavoro quanto o più che del denaro. Durán, invece, era soltanto un delinquente da quattro soldi impigliato nella rete delle circostanze, privo della personalità psicopatica di un professionista del crimine.

Ripassò da cima a fondo con un'occhiata sfacciata il corpo slanciato della ragazza, facendo affidamento sulla superiorità del suo fascino rispetto a quello del rozzo accompagnatore, e accarezzò l'idea di una conquista. Ma quel pensiero folle svanì in pochi secondi, quando l'individuo si voltò verso uno dei musicisti per infilargli tra le corde della chitarra un biglietto da cinque pesos arrotolato come un sigaro. I tratti duri del meticcio rimisero ordine nei neuroni di Durán, restituendo alla sua memoria un volto conosciuto una decina di anni prima.

Ne scrutò con attenzione il volto per accertarsi che non ci fosse possibilità di errore, fino a convincersi della propria buona stella. Il cielo veniva in suo aiuto, perché nell'uomo che si sforzava di ostentare modi da signore aveva appena riconosciuto Adalio Sierra, originario di Santiago de Cuba, la voce più autorevole del temibile Trio Matamoros.

Héctor Durán abbandonò il Puerto de Sagua felice per il trattamento di favore riservatogli dalla sorte. Incapace di portare a termine da solo la difficile missione di uccidere Batista, si vedeva obbligato a trovare un complice, ma si scontrava continuamente con l'ostacolo di chi dovesse essere. Nel ripassare i nomi delle vecchie conoscenze non trovava nessuno adatto a condividere con lui il rischio e la gloria. I più erano stati risucchiati dal carcere o dall'esilio e, tra i sopravvissuti, chi non si dedicava al lenocinio o al traffico di marijuana lavorava come confidente per i colonnelli Esteban Ventura e Conrado Carratalá. Altri, come Evaristo, riservato, solitario e coraggioso, erano stati reclutati dal senatore Rolando Masferrer per formare il temuto corpo paramilitare Los Tigres. Masferrer, ex comunista, ex commissario politico della brigata del generale Valentín González "Campesino" nella Spagna repubblicana, adesso era alleato incondizionato di Batista, per onorare il detto: non c'è peggior nemico di quello della propria razza.

Né poteva contare su quei puritani del 26 de Julio, che non si sarebbero mai mischiati con uno come lui. Per di più, quella gente era organizzata in cellule che ricevevano ordini dall'alto e la sua "idea" di uccidere Batista sarebbe salita lungo i canali del comando per rimbalzargli poi come una sassata in testa. Durán non capiva perché Castro, pur potendo fare affidamento su un movimento clandestino ogni giorno più potente, non avesse mai tentato di liquidare Batista. D'altra parte, per quanto rigoroso fosse il reclutamento dei membri all'Avana, il movimento non sempre riusciva a rimanere immune al virus mortale degli agenti infiltrati della polizia, del Departamento de Investigaciones, del Brac o del Sim.

Visto il terreno su cui si muoveva, Durán non poteva assolutamente peccare d'ingenuità. Aveva bisogno di un complice, o di un paio di complici; ben legati, però, dal vincolo dell'interesse. Niente ideologie sovversive e sentimentaloidi. Lo avevano assoldato per mandare all'inferno il presidente, e il suo collaboratore, o collaboratori, nell'impresa dovevano essere spinti dalla stessa molla: la bella vita. Poco importava se nel tentativo di togliere di mezzo il capo dello Stato ci scappava un morto in più. O venti.

Il suo piano, mediamente semplice nell'esecuzione, avrebbe avuto conseguenze apocalittiche. Ci aveva ragionato su un bel po', scartando diverse soluzioni fino a tratteggiare una linea d'azione definitiva, con scarsissime probabilità di errore. Bisognava innanzi tutto stabilire in quale settore del cimitero Cristóbal Colón si trovava la cappella della famiglia di Justo Luis del Pozo, il che, come passo preliminare, era piuttosto facile.

Justo Luis era il sindaco dell'Avana, ma per il presidente era molto di più: era suo amico personale, uno dei pochi che potevano vantarsi di far visita al capo dello Stato nella lussuosa tenuta di Kuquine, o di invitarlo a casa sua per una partita a carte, uno dei passatempi preferiti di Batista.

In un primo momento Durán pensò di assassinare Justo Luis facendone ricadere la responsabilità sul Movimiento 26 de Julio, in modo che Batista si recasse al cimitero. Ma scartò tale ipotesi, perché il presidente avrebbe anche potuto decidere di non assistere al funerale. Quel che era certo, invece, era che Batista non sarebbe stato capace di fare un torto a un amico colpito negli affetti. Perciò era meglio che la vittima non fosse il sindaco, ma piuttosto la moglie o uno dei figli, obiettivi più facili da colpire in strada e senza grandi rischi per l'esecutore. Il presidente, in quel caso, sarebbe accorso alla sepoltura e allora, il Big Bang... la cappella di Justo Luis e quelle vicine sarebbero saltate in aria, con l'ascesa al cielo di cadaveri vecchi e nuovi.

Il camposanto dell'Avana era di facile accesso e sufficientemente tranquillo per lavorarvi di notte. La superstizione dei cubani impediva loro di turbare la pace dei sepolcri, tanto più di sollevare bare corrose dal tempo e dall'umidità per nascondere in fondo alle fosse potenti cariche esplosive da azionare a distanza. Ma L'Avana era una città assediata dal fantasma della violenza, dove non era impossibile trovare le persone adatte. Tra queste, il Trio Matamoros, che adesso nella ristretta cerchia degli amici di Adalberto Lara si facevano chiamare "i Nipotini". (In diverse bische e nei bar c'era anche chi rideva alle loro spalle chiamandoli *Mata-los-moros*, alterazione spiritosa e inoffensiva non lontana dalla verità, poiché i tre di Santiago erano disposti a uccidere tanto i mori che le loro madri.)

Héctor Durán conosceva fin troppo bene le attitudini dei mercenari dei tropici, dato che più di una volta in passato si era trovato coinvolto in casini di tipo politico o in guerre fra bande, al fianco dei Matamoros o contro di loro, a seconda di chi li assoldava. Ma non provò mai avversione per il trio, né questo per lui, poiché tutti quanti erano consapevoli del fatto che la vita nella capitale era dura, e che in qualche modo bisognava pur sopravvivere.

Il Matamoro che aveva appena trovato al Puerto de Sagua, incantato dalla magia dell'amore, non era quel che si dice un amico, ma era senza dubbio un uomo di grande esperienza nell'arte rischiosa di maneggiare esplosivi. Il soggetto ideale per uscire a testa alta dall'incarico assegnatogli da Jack Ruby.

Durán aveva intuito un cambiamento nello stile di vita del rozzo provinciale, e pensò che doveva essere coinvolto in qualche affare losco per poter indossare abiti firmati, probabilmente usciti dall'atelier della Casa Óscar o di J. Vallés, e concedersi il lusso di passare una serata con la fidanzata o l'amante senza badare a spese, fra le aragoste e i granchi del Puerto de Sagua. Temendo che Adalio potesse svignarsela, e non decidendosi ad avvicinarlo in pubblico, Durán si avviò verso il parcheggio, entrò nell'auto noleggiata due giorni prima e, con un pacchetto di sigarette nel taschino della camicia, si sedette ad aspettare.

I Matamoros avevano trascurato di seguire alla lettera le istruzioni impartite loro da Adalberto Lara, quelle cioè di evitare spese eccessive per non attirare sguardi indiscreti. Ognuno, per conto suo, si concedeva una vita da ricco sperperando in dieci giorni la paga di due settimane. Era la rivincita sulle privazioni che avevano sempre patito, il rifiuto istintivo delle oscure e umilissime origini. Non erano mai stati meglio ed erano intenzionati a conservare quella posizione, e tuttavia non furono mai sfiorati dall'idea di rinunciare agli svaghi.

Adalio Sierra lasciò il ristorante verso mezzanotte. Imboccò calle Monserrate in direzione di Manzana de Gómez cingendo la vita della sua brunetta, ma prima di arrivarci udì pronunciare il suo nome da qualcuno che si nascondeva nell'ombra dei portici del Centro Asturiano. Si portò la mano alla cintura e per un attimo esitò, incerto se voltarsi o proseguire.

«Sierra,» ripeté la voce alle sue spalle «se le glorie seppelliscono i ricordi, vorrei porgere le condoglianze a un vecchio amico.»

«Lei si sbaglia» ribatté Adalio girandosi bruscamente in posizione di allerta e facendo cenno alla donna di incamminarsi. «Non sono Sierra, e nemmeno un suo amico. Adesso mi scusi.»

«Allora è un Matamoro che a furia di darci dentro con il tirapugni si è scordato il suo nome; ma non il vincolo che lo lega alla sua terra, vero compare?» disse Durán in tono di burla.

Sierra scrutò qualche secondo il volto dell'intruso, provando a ricomporre con frammenti di memoria i lineamenti di qualcuno che conosceva.

«Lei chi è?» domandò, sentendosi messo a nudo e disposto a incassare qualsiasi risposta. «La sua faccia mi dice qualcosa, ma non mi spremerò le meningi tirando a indovinare. Parli, compaesano, il mio tempo sta per scadere.»

Durán guardò la donna ferma all'angolo, a una trentina di passi da loro, e abbassando la voce si rivolse all'altro in tono complice.

«Sono Héctor Durán, ma non ripetere il mio nome. Voglio parlarti da solo. C'è da far soldi in un affare e ho pensato a te.»

Adalio Sierra scrutò con curiosità le sembianze dell'uomo e proruppe in una risata, accompagnata da una serie di considerazioni sull'eccezionale abilità che avevano gli americani nel cambiare la gente.

«Ti hanno perfino fatto crescere un po'» disse, senza riuscire a riprendersi dalla sorpresa.

Baracoa era una località pressoché sconosciuta agli abitanti dell'Avana, per i quali il paesino era solo un luogo pittoresco lungo la strada che portava verso la parte più remota dell'isola: Pinar del Río, una provincia che nemmeno la celebrità dei sigari avana era riuscita a liberare dall'appellativo di Cenerentola di Cuba. La via principale, che costeggiava una piccola cala dove si cullavano le barche da pesca, era formata da belle case di legno nello stile dei paesini di pescatori. Un appuntamento a Baracoa azzerava il rischio di incontri indesiderati. Era come vedersi su un'isola deserta.

Guadagnare soldi era sempre stato il miglior incentivo per Adalio, motivo per cui si presentò, solo e puntuale, al colloquio con Héctor Durán nel bar dell'Hotel Hollywood, una costruzione di legno a due piani che avrebbe fatto miglior figura a Tampa che in un paesino della costa cubana. I due rievocarono il passato e, tra un sorso di cognac e l'altro, Durán si divertì alle storie del Matamoro. Alla fine affrontarono l'argomento che li aveva condotti fin lì.

«Voglio sapere» domandò Durán «se ti guadagni sempre da vivere allo stesso modo. A giudicare dalla macchina che guidi e dalle tue visite al Puerto de Sagua le cose non ti vanno malissimo. Forse, però, io posso offrirti qualcosa di meglio.»

«Abbiamo un incarico passabile» disse Sierra senza fornire dettagli e parlando al plurale «ma se ci sono in gioco dei soldi, possiamo considerare la tua offerta. Di che si tratta?»

«È un po' complicato. Bisogna prepararsi e poi mandare una vecchia all'altro mondo. Possiamo farlo tu e io da soli, senza bisogno della tua gente. Se tutto va bene, per te ci sono cinquemila pesos.»

«Cinquemila pesos per uccidere una vecchia?» domandò Sierra sgranando gli occhi. «Affare fatto! Chi è, e dove sta?»

«Calma» lo bloccò Durán. «Bisogna riflettere sulla faccenda perché non è così semplice. Ti ho detto solo una minima parte, il bello viene adesso.»

«E si può sapere qual è il bello?»

«Faremo fuori Batista» rispose alla fine Durán, dopo alcuni giri di parole scelti dal suo campionario di allusioni e reticenze. Il vecchio socio gli infondeva fiducia.

Adalio si sentì come se gli fosse caduta sulla testa una tegola da trenta metri d'altezza e la prima cosa che pensò, quando riuscì a riprendersi, fu che razza di coglione era il tipo che gli stava di fronte. Ma soprattutto gli rodeva che Durán lo stesse trattando come un bulletto di quartiere e non come il Matamoro che era. Gli venne voglia di strangolarlo seduta stante, ma si trattenne per poter ascoltare tutte le cazzate che gli toccava sentire quel pomeriggio.

Durán non solo gli sciorinò la faccenda di Batista e l'idea dell'esplosione nella cappella della famiglia di Justo Luis del Pozo, ma pensò perfino che i cinquemila pesos offerti per il lavoro fossero un prezzo equo. Due errori madornali. Per comprare il suo aiutante poteva certamente contare su un budget maggiore, e aveva cercato di lesinare dimenticando che il risparmio non è mai guadagno. Se gli avesse proposto venti o trentamila pesos, probabilmente lo avrebbe avuto al suo fianco.

D'un tratto Adalio s'irrigidì e nel poco tempo che trascorse ancora con Durán non prestò troppa attenzione a quel che diceva, avendo già deciso che non l'avrebbe mai più rivisto. L'unica domanda che gli fece, veramente interessato, riguardava chi ci metteva i soldi. Durán fece un gesto per ricordargli di non oltrepassare i limiti, ma acconsentì a fornirgli uno spiraglio convincente.

«Ti ricordi di Al Capone?» gli chiese.

«Quello è già morto da un pezzo. A meno che Batista non gli debba qualcosa e i suoi uomini intendano riscuotere.»

«Lo so che è morto» rispose Durán con una certa impazienza. «Al Capone non ha niente a che vedere con questo. È per dire… Te la sei presa? Non sia mai, compare. Non sei affatto stupido.»

Adalio pensò che l'informazione appena ottenuta probabilmente valeva molto di più dei cinquemila pesos che gli erano stati offerti e fu tentato di guadagnarsi quel mucchio di soldi. Solo il suo rigido concetto dell'onore gli impedì di convertire quell'idea fugace in una montagna di denaro nelle sue tasche. Neanche per tutto l'oro del mondo avrebbe fatto lo sgambetto a Durán, agire in quel modo era da puttane.

Ciononostante, raccontò tutto quello che aveva saputo al resto del gruppo, incluso Lara. Lo fece non a scopo di delazione, ma solo per la mancanza di riservatezza che gli veniva dalla cieca fiducia nei suoi. I tre di Santiago, pur prendendosi gioco del pasticcio che stava combinando, dovettero comunque riconoscere che Durán aveva un paio di coglioni che toccavano il pavimento. Era una valutazione da uomini. Quella di Lara invece fu diversa...

22 marzo 1958

Non c'è nulla di più sospetto di uno scritto anonimo. Quando qualcuno decide di nascondersi dietro una manciata di parole è perché ha paura, e sulla paura non si può fare affidamento. I dubbi che semina sono molto più forti di ciò che comunica, a meno che non si tratti dell'omicidio di un personaggio eccellente, perché in quel caso qualsiasi informazione viene presa sul serio.

Elías Mozack prese la busta dal cassetto dello scrittoio e rilesse il biglietto per l'ultima volta.

Ho saputo che un cubano residente negli Stati Uniti si trova nel paese con il proposito di attentare alla vita del generale Batista. Questa persona si chiama Héctor Durán e progetta di ammazzare la moglie del sindaco Justo Luis del Pozo per fare in modo che il presidente si rechi al funerale nel cimitero di Colón, dove farebbe saltare potenti cariche di esplosivo. Spero che lei abbia la possibilità di mettere in allarme le autorità competenti, cosa che non faccio di persona perché rappresenterebbe un rischio per la mia incolumità.

Un amico

Lo scritto anonimo, melodrammatico e poco credibile, sembrava un logoro espediente da commedia radiofonica. Ma se la missiva era destinata a ottenere lo stesso successo di una lacrimevole commedia radiofonica, non era certo per il carattere persuasivo degli argomenti, quanto piuttosto per il pubblico facilmente impressionabile a cui era indirizzata. Lasciava in ombra troppi punti, sui quali a ogni modo nessuno avrebbe fatto domande, dato che la posta in gioco era la testa di "El Hombre". Elías mise la lettera nella tasca interna della giacca e uscì per un appuntamento di vitale importanza.

Sulla strada, mentre percorreva il tragitto avenida Quinta-Malecón fino ad avenida de las Misiones, con l'enorme torta nuziale del palazzo presidenziale, Elías Mozack sentì una breve fitta, qualcosa come la vibrazione di un neurone disubbidiente che si ribellava ai suoi ragionamenti blindati. Salvando la vita a Batista, non stava forse facendo il contrario di quello che avrebbe dovuto fare? La risposta a quell'interrogativo dell'ultimo momento fu come un cucchiaino di zucchero sciolto in una tanica di idee fiacche. Non riuscì nemmeno a sentirne il sapore, perché la sua linea di condotta rifletteva un'analisi della situazione politica che non ammetteva alternative: Batista era *ancora* un male necessario.

Tutti i dubbi che gli fluttuavano nel cervello colarono a picco senza rimedio alla vista del palazzo presidenziale. Forse l'edificio era l'esempio più eloquente del fatto che non poteva essersi sbagliato. Al solo vederlo gli tornarono alla mente le scene da incubo del 13 marzo dell'anno precedente: il furgone della lavanderia con la scritta "Fast Delivery" più bucato di un colabrodo, e i giovani corpi insanguinati ammonticchiati in pose scomposte. L'attacco del Directorio Revolucionario Estudiantil al palazzo aveva fallito l'obiettivo di uccidere Batista, sia pure solo per un pelo. Se quel tentativo azzardato avesse avuto successo, adesso lui non si sarebbe dovuto presentare alla sede del governo con un provvidenziale biglietto anonimo che consentiva a Fidel Castro di continuare ad avere una ragione valida per insorgere.

Il dialogo con il segretario della presidenza fu breve. Un aiutante di campo che indossava una divisa bianca immacolata accompagnò Mozack in un salotto per i visitatori all'ingresso dello studio presidenziale, e aspettò in piedi accanto alla porta finché entrò il dottor Andrés Domingo y Morales del Castillo, con la mano tesa e un sorriso da un orecchio all'altro, come un politico in campagna elettorale.

L'incontro era stato sollecitato da Elías il pomeriggio precedente e l'urgenza della questione "sicurezza personale del signor presidente" gli aveva spalancato le porte del palazzo, per quanto Mozack, che non era un signor Nessuno, probabilmente sarebbe stato ricevuto con la stessa sollecitudine anche senza un argomento così scottante nella cartella.

Il dottor Morales del Castillo non aveva mai scambiato una parola con l'avvocato ebreo, ma aveva referenze sul suo ruolo di "ambasciatore" di Meyer Lansky. Per questo motivo, quando ebbe ascoltato le ragioni della visita e finito di leggere la lettera anonima, capì di trovarsi davanti a un messaggio esplicito e preciso della mafia.

Dopo il colloquio, Elías chiese al suo anfitrione il permesso di fare una telefonata e compose il numero privato di Lansky all'Hotel Havana Riviera.

«Meyer? Sono Elías, ti telefono dal palazzo presidenziale alla presenza del dottor Morales del Castillo. Potremmo incontrarci al più presto?»

«Sei al palazzo? C'è qualche problema?»

Elías avrebbe potuto dirgli che aveva appena consegnato un messaggio importante, ma preferì rispondere nella maniera più ambigua per suscitare impressioni differenti nelle due persone che lo stavano ascoltando.

«Sì...»

«Vieni qui. Ti aspetto.»

«Ci vediamo.»

Dopo la telefonata, l'interpretazione personale di Morales del Castillo sulla matrice mafiosa dell'attentato progettato si rafforzò ancora di più.

Far fuori due uccelli con un solo colpo di carabina è molto più rassicurante che essere fatto fuori con due colpi da un uccello scaltro. Elías Mozack lasciò il palazzo presidenziale sempre scortato dall'attendente in divisa di gala, che lo condusse all'auto e rimase inchiodato sul posto, rigido come un palo, finché il veicolo si mise in marcia. Vedendo nello specchietto retrovisore l'immagine del militare che si allontanava, l'avvocato pensò di aver avuto fortuna: il primo uccello era morto stecchito. Ora si trattava di scoprire se aveva preso la mira giusta per abbattere anche il secondo con la stessa cartuccia, oppure se sarebbe diventato un cacciatore braccato nella riserva del sindacato.

Mozack era sicuro di aver mangiato un alfiere a Batista e ai suoi. Ciò che adesso gli dovevano non aveva prezzo, e si rallegrava che le sue quotazioni in Borsa fossero salite di due punti. Imboccò il Malecón in direzione del Riviera, percorrendo al contrario la strada che aveva fatto un'ora prima. Stava transitando lungo il muro di contenimento sulle scogliere, quando la sua attenzione fu attratta dai piloni di calcestruzzo che terminavano a punta. Aveva visto il muro, lungo più di sette chilometri, tantissime volte ma in precedenza non si era mai soffermato su quel dettaglio; se lo fece in quell'occasione, fu perché l'aveva notato in uno spettacolare plastico di quella che sarebbe stata la Montecarlo dell'Avana.

Alcuni giorni prima Lansky l'aveva invitato a casa sua per dirgli che, se desiderava conoscere una nuova Avana, non doveva far altro che recarsi al Riviera. In una suite del ventesimo piano Elías vide la riproduzione in scala del litorale cittadino, del tutto identica all'originale fatta eccezione per un'isola artificiale lunga tre chilometri sulla quale si sviluppava un'altra Avana, gremita di alberghi e casinò. Qualcosa di unico al mondo.

Numerose auto ostruivano l'entrata dell'Hotel Riviera e i posteggiatori lavoravano con impegno per portarle al parcheggio.

Elías Mozack si incolonnò nella fila e poi si fermò nel posto più vicino all'ingresso, in mezzo alla strada. Attraversò il ponticello sulla fontana che abbelliva l'esterno dell'albergo e ammirò la scultura bianca come l'interno di una noce di cocco e protesa su uno stagno turchese, trapuntato dallo sgargiante scintillio dei pesci tropicali. Spostò la testa di lato per poter individuare una forma reale in quella figura stilizzata, finché si rese conto che si trattava di un pesce spada che saltava sulla superficie dell'acqua verso le braccia di una donna. Gli piacque.

L'impiego di opere d'arte era una tradizione consolidata nella decorazione dei complessi alberghieri dell'Avana e dei loro casinò, e in genere alle riproduzioni dozzinali e ai neon si preferivano pezzi di autori importanti. A mosaici di dimensioni straordinarie, vetrate, bassorilievi e dipinti dell'apprezzata avanguardia cubana si alternavano opere di artisti più famosi, molto più costosi. Il pesce spada del Riviera era opera di Florencio Gelabert. Nel Tropicana si poteva ammirare dal 1949 una ballerina sulle punte, la scultura d'ambiente più celebre di Rita Longa, che con il passare del tempo divenne il simbolo del cabaret e un'immagine classica della pubblicità e delle cartoline. A pochi passi di distanza dall'etereo pallore della danzatrice, fra la vegetazione che copriva le vie d'accesso al Tropicana, si incontravano, circondate da sottili fasci di luci multicolori, le allegre ragazze nude del complesso scultoreo *La Fuente de las Musas*, lo stesso che negli anni Trenta decorava la facciata del Casinò Nazionale.

Mozack si avviò direttamente agli ascensori. Passando davanti alla reception intravide con la coda dell'occhio un uomo piegato sul banco di marmo che sollevava la cornetta del telefono e mormorava qualche parola. Mentre l'ascensore sopraggiungeva rapidamente, Elías poté notare che quel giorno, oltre alla scorta fissa di Lansky, nella hall bivaccava anche parte di quella di Trafficante.

Un americano dall'aspetto cupo lo aspettava al ventesimo piano e con un lieve movimento della testa gli fece cenno di seguirlo alla suite 2002. Era il capo della scorta di Lansky, una figura familiare per Elías, che non ricordava di averne mai udito la voce, sebbene quel tizio comparisse sempre, a un certo punto, durante ogni suo incontro con l'amico. Una volta Lansky gli aveva detto che era il suo Alka Seltzer, e da allora per Elías l'uomo ebbe quel nome.

La suite era deserta, ma Lansky non tardò a sbucare dalla porta che comunicava con la 2001. Lì aveva lasciato per qualche istante Santos Trafficante, Dino Cellini, Joe Stasi, Joe Sileci e Norman Rothman per ricevere Mozack in privato. Il suo aspetto era un tantino trasandato. Senza giacca e cravatta perdeva buona parte dell'immagine di imprenditore di Wall Street e si avvicinava un po' di più, anche se non troppo, a come doveva apparire agli inizi della sua carriera, quando si caricava sulle spalle le casse di whisky provenienti dal Canada, stipate in camion con marchi di salmone e frappé.

«Cosa succede?» domandò mentre stringeva la mano all'amico.

«Scusa se ti ho disturbato nel bel mezzo dei tuoi impegni, ma avevo fretta di raccontarti di un incidente in cui mi sono trovato coinvolto. Se sei occupato, posso aspettare, non preoccuparti.»

«Oh no, Elías! La mia routine quotidiana è meno importante della tua visita a palazzo. I miei aspetteranno. Di che si tratta?»

Si accomodarono nel salone della suite e Mozack riferì, con la fredda obiettività di un corrispondente di guerra, del biglietto anonimo e del suo incontro con il segretario della presidenza. Lansky ascoltò senza batter ciglio, assimilando ciascuna frase e tentando di interpretare qualcosa che, dopotutto, puzzava di marcio, anche se non riusciva a capire da dove provenisse esattamente il tanfo.

«Credo che tu abbia fatto bene a passare l'informazione al governo, ma la faccenda mi sconcerta un po'.»

«Stai pensando a un falso allarme, a uno scherzo di cattivo gusto?»

«In un caso come questo, la cosa peggiore di un messaggio anonimo è che può essere tanto vero come falso. Se lo prendi sul serio, corri il rischio di renderti ridicolo, ma se lo sottovaluti, puoi ritrovarti con una lama di dieci centimetri conficcata nel petto. Se proprio devo scegliere, preferisco evitare il coltello.»

«La penso allo stesso modo» disse Elías, con la disinvoltura che gli veniva dal vedere che Meyer Lansky stava abboccando all'amo. Avrebbe potuto tirare la lenza in qualsiasi momento.

«È preferibile essere prudenti» disse Lansky. «Il capoccione di Batista ha un prezzo, e sono molti quelli che vorrebbero fotterlo. Tuttavia, in questa faccenda c'è qualcosa che potrebbe riguardarmi. Non ti sembra strano che abbiano scelto proprio te per spifferare a Batista che qualcuno va in giro per L'Avana con l'idea di lanciarlo come un satellite nello spazio? Lo spione avrebbe potuto inviare la sua lettera ad almeno un centinaio di persone del governo. Non mi preoccupa che il messaggio sia vero o falso, ma il modo in cui ne siamo venuti a conoscenza. Sai qual è la mia impressione? Che vogliano farmi sapere che esiste un complotto per uccidere Batista.»

Elías si aspettava una reazione del genere, simile a quella del pesce spada all'ingresso dell'hotel che saltava sull'acqua per dimostrare la sua forza; in caso contrario, Meyer l'avrebbe deluso. Era pronto a tirare la lenza, ma l'avrebbe fatto solo al momento giusto.

«Proprio così, molti lo vorrebbero morto e altri non ne sono tanto sicuri...» Elías s'interruppe perché non voleva dare la sensazione di brigare contro Trafficante.

Non erano mai tornati sull'argomento dopo la conversazione di qualche mese prima, nella quale Lansky aveva chiesto a Mozack la sua opinione su Batista, se costituisse o no l'"opzione" migliore alla luce delle nuove circostanze, e gli aveva rivelato le perplessità di Trafficante al riguardo. Lasciar cadere adesso un'insinuazione avrebbe voluto dire sollevare un dubbio, cosa che alle orecchie di Meyer poteva suonare come un tradimento.

«Fra gli insicuri ci metti Trafficante, o sbaglio?» reagì subito Lansky.

«Oh, mio Dio! Quello non è un problema mio, Meyer. Non tratto i miei affari con Trafficante e non posso sapere cos'ha in mente. Tu sì che lo sai e puoi risponderti da solo. Quel che voglio dire è che sono completamente d'accordo con te. Chi ha mandato il messaggio anonimo voleva che tu ne venissi a conoscenza. È molto logico.»

L'inclusione di Trafficante nella conversazione mise in agitazione Elías, imbarazzato dopo la risposta evasiva che aveva appena pronunciato. Il colloquio gli stava sfuggendo di mano. Il suo scopo non era discutere con Lansky per individuare il mittente del messaggio anonimo, di cui era l'autore, né risvegliare in lui il vecchio timore che Trafficante agisse per conto proprio. Il suo unico interesse era spingere Lansky ad appoggiare con maggior decisione Batista, che non poteva cadere in quel momento senza trascinare con sé anche l'embrione della rivoluzione di Castro. L'altra ragione della chiacchierata consisteva nel ricavarne una traccia per sapere se Meyer si trovasse o meno nella fila dei tiratori.

«Ci sono varie cose che mi domando» osservò Lansky avvolto dal fumo della Marlboro che aveva appena acceso. «Se l'iniziativa parte da qualcuno delle Famiglie, non riesco a capire a cosa miri. Non immagino un italiano di Bonanno o dei Fiscetti che fa un favore al vecchio Meyer del tutto gratis.»

«Veramente, neanch'io.»

«A meno che... a meno che non ritenga prematuro scoprirsi, e voglia comparire solo in un secondo momento per farsi pagare il disturbo.»

«O che non sia una persona isolata» buttò lì Elías ricollegandosi all'ultimo ragionamento di Lansky.

«Spiegati meglio.»

«Non sarà il modo escogitato da qualche Famiglia per spezzare il cerchio delle tue nuove alleanze? Non sarà qualcuno che sta cercando di rendersi simpatico ai tuoi occhi?»

Lansky ricevette il colpo in piena mascella, e il conto alla rovescia era già a sette quando si riprese e rialzò la guardia.

«È un peccato che tu non abbia mai voluto diventare mio consigliere. Avremmo più successo di Fred Astaire.»

Elías a quel punto capì che era giunto il momento di tirare la lenza e lo fece con decisione.

«È un complimento immeritato, Meyer. Tu sai che sono a tua disposizione per aiutarti in tutto quel che posso, ma il tuo giro non è il mio. Preferisco essere tuo amico piuttosto che tuo dipendente.»

«Non saresti mai un dipendente. Stai sprecando la tua vita, Elías. E non parlo di soldi, ma del piacere di sentire il potere nelle tue mani» gli confidò in un impeto di sincerità, senza sospettare che Mozack conosceva altrettanto bene quella sensazione inebriante.

«Mi farai arrossire. Lascia perdere, non sono quello che credi» disse Elías scoprendo per un attimo le sue carte, per rispondere con la verità alla manifestazione di fiducia dell'amico. «Manca ancora una piccola tessera del puzzle.»

«Sì, può essere. Trafficante?»

«E dagli con Trafficante! Non è mica l'ombelico del mondo. O sì? Non parlo di Trafficante, ma di te...»

«Di me? Adesso sono sospettato di volermi amputare una mano da solo?»

«Di te, perché sono sicuro che Trafficante non conta. Lui agisce d'accordo con te, non può essere altrimenti perché siete alleati, siete sulla stessa barca e state remando verso lo stesso luogo. Trafficante non farebbe una cosa così folle come liquidare Batista. Batista non è un negretto di Harlem sfuggito al controllo.»

«Dove vuoi arrivare?»

«Ascolta una storia: Meyer Lansky decide assieme a Santos Trafficante di togliere di mezzo Batista e si prepara l'alibi per continuare senza di lui, ma con le stesse opportunità e tenendo in riga la concorrenza di "fuori". In quel caso, Lansky fa in modo che venga svelato un falso progetto di omicidio e si prende il merito di aver messo sull'avviso il presidente; e, già che c'è, fa ricadere la colpa dell'omicidio eccellente su tutti. Batista in ogni modo cade, e Lansky ne esce pulito e allo stesso posto...»

«È incredibile, Elías! Favoloso!» lo interruppe divertito Meyer Lansky. «È troppo. Credi di essere Sherlock Holmes? Stai forgiando una catena di deduzioni spropositate, sembri lo studente di una scuola per detective. Se volessi farla finita con Batista, lo farei senza tante complicazioni e il risultato sarebbe lo stesso. Non essere ingenuo.»

Elías incassò l'allegro rimprovero dell'amico con l'espressione innocente di un bambino che riceve dal padre una lezione su come farsi strada nella vita. Lansky non immaginava neanche lontanamente che Elías gli aveva appena conficcato l'amo in gola perché, se c'era qualcosa che emergeva in modo chiaro da quella conversazione faticosa, era che Lansky non era l'ideatore dell'attentato contro Batista e questo, precisamente, era proprio ciò che Elías aveva bisogno di sapere.

«Se è così, c'è soltanto una possibilità: sono stati *loro*» disse Elías usando un'espressione a lui estranea.

«Se sono stati *loro*, lo sapremo subito.»

Elías Mozack non aggiunse nulla, ma pensò che Lansky era l'unico veramente ingenuo in quella sala se credeva che Trafficante non fosse capace di violare di propria iniziativa l'accordo con Batista. Comunque, questo non lo preoccupava, perché se dietro il progetto dell'attentato c'era davvero l'uomo dalle lenti spesse, se ne sarebbe pentito mille volte.

Al Riviera la temperatura era stabile, a meno che non si aprissero le finestre e non entrasse da fuori un calore simile a quello di un forno per le pizze. L'impianto centrale di climatizzazione, silenzioso ed efficiente, raggiungeva anche gli angoli più reconditi dell'hotel in cui Meyer Lansky era, secondo l'organigramma, responsabile dei cibi e delle bevande. Un foglio di carta accetta quel che ci scrivono, non importa se si tratta di un biglietto anonimo che denuncia un attentato contro il presidente o di una dichiarazione dei redditi.

La verità è solo un punto di vista e Meyer prendeva molto sul serio il ruolo di direttore delle cucine. Inventava ricette che venivano elaborate dai cuochi e poi le faceva assaggiare agli amici. Con l'ultima, gamberoni al curry con dadini di prosciutto e ananas, aveva dimostrato di possedere il talento di uno chef consacrato. Dopo che fu approvata senza modifiche dai cuochi, venne inserita nel menu dell'Aiglon come piatto consigliato dalla casa. Lansky si piazzava nel ristorante con il proprio seguito di facce truci per controllare di persona quanti commensali scegliessero la sua creazione. In un'occasione, mentre si parlava dell'oltraggio compiuto dalla commissione di John McClellan nei confronti dei capi del sindacato, Lansky pronunciò una frase che divenne celebre: «Se il senatore provasse i miei gamberoni al curry, avremmo una possibilità di dialogo».

Lansky si era allontanato da un quarto d'ora e nella suite 2001 il clima era disteso e si parlava solo di baseball. Trafficante e i due Joe sostenevano che Babe Ruth sarebbe rimasto per sempre imbattuto, mentre Cellini e Rothman assicuravano che Hank Aaron, l'esterno centro del Milwaukee, sarebbe diventato il numero uno della Major League. La conversazione, scandita da gesti e parole forti, proseguì anche quando Lansky, con una faccia da funerale, ritornò nella stanza accompagnato da Elías Mozack.

Lansky avrebbe voluto riprendere subito la riunione in cui, al momento dell'interruzione, si discuteva della sicurezza dei contanti nelle sale da gioco e dell'opportunità di costituire una società di portavalori con personale nordamericano esperto e dotato delle tecniche più avanzate. Il problema non era che i servizi cubani fossero inefficienti, ma l'evolversi della situazione del paese, che ne minava l'affidabilità. I cubani erano esposti ai rischi delle "radiazioni" provenienti dalla Sierra Maestra e di giorno in giorno cresceva il numero di quelli decisi a saltare sul treno in corsa. Lansky e il suo team sapevano che anche le rivoluzioni hanno bisogno di denaro per andare avanti. Il Movimiento 26 de Julio aveva le proprie fonti di finanziamento, che andavano dai tributi estorti ai proprietari degli zuccherifici, ai quali si garantiva sicurezza in cambio di soldi, fino alla vendita clandestina di buoni di sottoscrizione alla popolazione, più una forma di lotta politica che una vera e propria raccolta di fondi per la guerriglia.

I venditori di buoni del 26 de Julio erano in genere fiancheggiatori e simpatizzanti senza esperienza nella lotta urbana. Il pericolo di essere sorpresi con uno di quei bigliettini rossi e neri in tasca era enorme, soprattutto perché tanto i venditori quanto gli acquirenti trascuravano le ferree regole della clandestinità e agivano affidandosi all'intuito, un alleato poco sicuro in tempo di guerra. Ma i rischi corsi da quella gente in buona fede erano altrettanto necessari di quelli del combattimento.

Ciò che Lansky e i suoi temevano era che Castro si rivolgesse a loro in cerca di denaro e che mettesse gli occhi sugli introiti dei casinò: un paradosso grande quanto vendere a Batista un buono del Movimiento 26 de Julio.

La sicurezza del denaro era importante, ma sembrava che Meyer Lansky volesse utilizzare Mozack come testimone di un fatto altrettanto importante. Come se non bastasse, nella suite 2001 stava per essere servito il pranzo che consisteva in gamberoni al curry con dadini di prosciutto e ananas. Non rimaneva che aspettare.

L'arrivo di Mozack per la colazione non fu gradito da nessuno dei presenti, ai quali l'inclusione dell'avvocato nel programma parve uno strappo alle regole da parte di Lansky. A Trafficante, in particolare, l'interruzione della riunione e l'invito all'amico di Lansky puzzavano. Non tentò nemmeno, a differenza degli altri, di dissimulare il disappunto, anche se si guardò dal manifestarlo rudemente. Si morse la lingua per non dire che, se quello era un picnic, lui avrebbe preferito tornare più tardi.

L'impressione negativa prodotta dall'ingresso di Mozack in un conciliabolo che non ammetteva terzi fu come quella suscitata dall'arrivo di una ballerina in una riunione di massoni. Ma durò poco, in quanto la ballerina, con uno striptease a sorpresa, risultò essere il Grande Architetto in persona.

La preoccupazione traspariva dalla maschera di ferro di Meyer Lansky solo nelle rarissime occasioni in cui dubitava di tenere il toro per le corna. E i dubbi gli vennero quasi tutti dopo. Dino Cellini, il membro dell'élite riunita nella suite 2001 dell'Havana Riviera che passava più tempo accanto a lui, poteva intuire meglio degli altri i nuvoloni neri carichi di pioggia che in quel momento appannavano lo splendore da 24 carati dell'ebreo. Dopo i saluti, Meyer, pur rimanendo in piedi, invitò Elías a sedersi.

«Vi domanderete che ci fa Elías tra noi, e io ho il dovere di rispondervi» disse poi, sostenendo gli sguardi interrogativi dei suoi uomini. «È venuto espressamente per avvertirmi che ha appena informato il governo di un complotto per assassinare Batista.»

Se le parole potessero esplodere, quelle avrebbero scosso il Riviera dalle fondamenta. Per dieci minuti esatti Elías soddisfece la curiosità dei presenti senza la minima variazione rispetto a quanto stava scritto nel suo copione.

Quando arrivò il pranzo, le chiacchiere si spensero per far posto ai gamberoni, anche se fino a quel momento ci si era limitati a uno scambio di opinioni, perché tutti sapevano che in presenza di Mozack non era possibile affrontare l'aspetto decisivo della questione: i provvedimenti da adottare.

Trafficante aveva la stessa sensazione che si prova a trovarsi sotto un ponte crollato per un terremoto. Il suo cuore resistette a quella prova di sangue freddo, aiutato da un'unica certezza nutrita fin dall'inizio: non sembrava che Lansky sospettasse di lui. Non si era mai trovato in una situazione così compromettente, ma seppe come comportarsi. Il suo cervello viaggiava alla velocità di una Ferrari sul circuito del Malecón. Dopo lo spavento iniziale, quando riuscì a capire che si parlava di un piano per far fuori Batista e non del suo piano per far fuori Batista, riprese il controllo e riuscì a mostrarsi interessato quanto gli altri a individuare l'origine dell'azione.

Ma il curry dei gamberoni, il pepe o forse i dodici gradi alcolici della birra Hatuey fecero sì che la Ferrari di Trafficante frenasse bruscamente lasciando le impronte dei pneumatici sulla tavola colma di prelibatezze. Si tolse gli occhiali e li pulì con il tovagliolo di lino. Quando li inforcò di nuovo, mise a fuoco la faccia di Elías Mozack che lo sorprese a guardarlo e gli rivolse un sorriso spensierato.

Trafficante si rese conto che Elías conosceva la storia dell'attentato a Batista meglio di lui. Infatti, pur avendo dato l'incarico a Jack Ruby, non sapeva chi fosse coinvolto nell'azione sul campo. Elías invece era al corrente di dettagli dei quali poteva essere a conoscenza soltanto chi era direttamente legato all'esecuzione del piano. All'Avana, secondo quanto aveva riferito Mozack, si trovava un certo Héctor Durán che in qualsiasi momento poteva cadere nelle grinfie dei servizi di sicurezza di Batista, facendo da trampolino per arrivare a chi aveva impartito l'ordine.

Doveva organizzare i pensieri, che affluivano in disordine. Occorreva fare subito qualcosa per cancellare le sue impronte che, incomprensibilmente, erano seguite molto da vicino dal miglior amico di Lansky. L'inquietava non saper rispondere alla domanda che lo assillava: com'era possibile che Mozack gli stesse alle calcagna? Non avrebbe avuto difficoltà a capirlo se si fosse trattato di qualcuno da cui ci si poteva aspettare una cosa del genere: il colonnello Faget, Giovanni Russo, il segugio dell'Fbi che passava la vita a seguire le sue orme, o chiunque altro venisse pagato per scoprire cospirazioni; ma Mozack, un fottuto avvocato che marciva nei soldi, non ne aveva alcun motivo. A meno che non fosse tutta una messinscena di Lansky, nel qual caso per lui diventava quasi impossibile uscirne illeso.

In quel momento era angosciato perché non aveva nemmeno un punto fermo. Per incanalare i pensieri nella direzione giusta gli servivano fatti e non semplici congetture. Non poteva perder tempo a cercare il pelo nell'uovo e, date le circostanze, si vedeva costretto a tornare sui suoi passi nell'unica maniera concreta: asportazione chirurgica, da Ruby in giù, fin dove ci fosse un tumore da estirpare, anche se questo tumore era ebreo e sedeva alla destra di Dio.

Aerovías Q era una vecchia conoscenza di Santos Trafficante, anzi faceva parte della sua stessa famiglia: un essere amato. Il DC-3 argentato aspettava sulla pista d'atterraggio del campo militare di Columbia il passeggero con gli occhiali, al quale era bastata una telefonata per disporre del modo più rapido per raggiungere Key West. Questa era una delle cose che l'ufficio della Procura generale degli Stati Uniti non era mai riuscito a capire e per la quale la maggior parte dei membri del sindacato sarebbe stata disposta a dare un braccio.

Aerovías Q non era una linea aerea come le altre. Operava all'ombra dell'aeronautica militare di Batista e aveva almeno dieci compiti più importanti dei trasporti di routine. Era qualcosa fuori del comune, un ibrido tra l'aviazione civile e una flotta pirata con licenza di volo. Era stata creata nel 1945, in violazione della legge e senza l'autorizzazione della Comisión Nacional de Transporte, finché un decreto presidenziale ne aveva riconosciuto l'esistenza, su suggerimento del ministro della Difesa, concependola come un servizio al governo e ponendola, con un groviglio di decreti, sotto il controllo dei militari.

Per far entrare a Cuba un carico "particolare", Aerovías Q non aveva bisogno dell'aiuto di nessuno. Il servizio doganale nel campo base aereo di Columbia funzionava fino alle sei del pomeriggio. Qualunque cosa arrivasse – o partisse – fuori, e anche entro, quell'orario, poteva essere trasferita direttamente su camion militari guidati da soldati, senza altre formalità.

Ma non erano certo gli elettrodomestici o le sigarette a giustificare un tale spreco di pratiche illegali. Aerovías Q raggiungeva la pista aerea del Presidio Modelo nell'isola di Pinos, una zona franca dov'era possibile collegarsi con i voli provenienti dal Sudamerica. I suoi aerei volavano anche fuori dalle rotte commerciali, alla volta della città di Camagüey, e da lì a Barranquilla, in Colombia; rotte pioniere di un crescente traffico di cocaina da sud a nord del continente americano. Tuttavia, la cocaina allora non si era ancora imposta sul mercato nordamericano e se ne consumava di più a Cuba, dove costituiva già un affare dalle fiorenti prospettive.

Fra i molti servigi resi da Aerovías Q a Trafficante e ai signori del gioco d'azzardo dell'Avana, nessuno aveva altrettanta importanza del trasporto di una valigetta che giungeva con straordinaria frequenza all'aeroporto Teniente Brihuegas di Columbia, e da lì veniva trasferita con eccezionali misure di sicurezza al Banco

Atlántico di Amadeo Barletta. In quella valigia di cuoio, nei suoi cinquanta centimetri cubi di capacità, viaggiava ogni volta un milione di dollari sottratto al controllo del fisco e avviato alla lavanderia cubana. Quella somma in contanti era il risultato della "scrematura" degli incassi dei casinò degli Stati Uniti controllati da Lansky e Trafficante.

Aerovías Q valeva molto più di un braccio di chiunque, anche se nell'isola c'erano altre risorse per le quali si poteva rinunciare a una mano, come Aeropostal, che operava nello stesso campo base di Columbia. Era la fotocopia di Aerovías voluta da un ministro del governo di Carlos Prío. C'era un campo d'atterraggio anche sulla spiaggia di Santa Fe, a ovest della città, dove si addestravano gli allievi della scuola di aviazione Halcón. Il transito di piccoli aerei privati in quell'aerodromo diventò molto intenso, tanto che fu necessario allestire una torre di controllo, pur senza arrivare mai a dotarlo di un servizio doganale o per l'immigrazione. Quasi di fronte alla pista, le darsene di Barlovento davano rifugio a centinaia di piccole imbarcazioni. Atterrare all'Halcón con venti chili di cocaina e attraversare la strada fino al marciapiede opposto, per prendere uno yacht che in poche ore si sarebbe inoltrato nel fiume Miami, era una cosa semplice come il pasto di un frate domenicano.

Trafficante doveva parlare con Jack Ruby senza perdere un secondo. Decise di raggiungere Key West con un charter delle Aerovías Q e di tornare subito con lo stesso aereo. L'intero viaggio, incluso il breve incontro con Ruby, durò solo quattro ore e nessuno ebbe il tempo di notare la sua assenza. Ruby partì prima dell'alba dalla località di Hollywood, sulla costa orientale della Florida, e guidò con gli occhi arrossati lungo la strada che passava su isolotti bassi e sabbiosi. Era arrivato in aereo il giorno prima da Dallas, dove possedeva il cabaret Carousel, l'unica proprietà che fosse riuscito a ottenere nella decina d'anni passati come uomo di fiducia di Sam Giancana e Johnny Rosselli. Il suo vero nome era Jacob Rubinstein e dal ghetto di Varsavia era arrivato dritto a Chicago con il suo sogno americano in tasca, per riscattarsi dall'incubo della povertà e della segregazione razziale.

La strada, con il mare ai lati, gli dava una sensazione d'insicurezza che si rifletteva nella velocità di 60 chilometri orari alla quale procedeva, una velocità ridicola per una Studebaker nuova fiammante, che lo implorava di esercitare una maggiore pressione sul pedale dell'acceleratore. Arrivò a Key Largo quando il sole era già spuntato. Cercò un caffè dove rimettersi in sesto con una colazione doppia e un po' d'acqua fresca sul viso, poi proseguì il viaggio.

La comunicazione di un incontro urgente con Santos Trafficante allo Sloppy Joe's Bar di Key West lo aveva turbato, non perché dubitasse dei metodi che aveva impiegato per svolgere l'"incarico", ma perché gli bruciava il culo quel contatto avvolto nel mistero. Arrivò al bar alle nove del mattino, quando le sedie erano ancora gambe all'aria sui tavoli. Un uomo lo condusse nel retrobottega in fondo al locale, mentre un altro rimaneva seduto a un'estremità del bancone, a due passi dalla porta. Finsero entrambi d'ignorarlo, sebbene non fosse la prima volta che lo vedevano. Il proprietario e gli impiegati del bar in quel momento si erano presi una pausa forzata.

L'atmosfera che trovò allo Sloppy Joe's accentuò i suoi timori. Nessuno sapeva del viaggio a Key West, nemmeno gli amici più intimi sospettavano che avesse lasciato la cintura urbana di Dallas di nascosto, e per di più nottetempo, con le stesse precauzioni che avrebbe preso per rapinare una banca. Avrebbe preferito un altro scenario per quell'incontro improvviso e non le centinaia di chilometri di strada sulle acque, dove un corpo umano poteva fare un viaggio senza fermate fino al Triangolo delle Bermuda, e lì perdersi per sempre fra le navi e gli aerei ingoiati dal mistero.

Ormai lo sbaglio era fatto e non c'era rimedio. Accettare di condividere un segreto con gente come Trafficante significava optare per la schiavitù a vita; se poi al segreto si aggiungeva la complicità in una trappola tesa ai propri alleati, il patto diventava indissolubile e, il che era peggio, si correva il rischio di essere di troppo quando uno meno se l'aspettava. Quel livello di controllo esercitato sulle sue azioni lo spinse, anni dopo, a un'impresa da kamikaze: sparare a Lee Harvey Oswald davanti al mondo intero per porre fine al caso dell'assassinio del presidente John F. Kennedy.

Quando Ruby entrò nel retrobottega del bar e vide gli occhietti di Trafficante dietro le lenti, capì subito che il suo allarmismo era ingiustificato. In quegli occhi si leggeva soltanto la fretta. Santos salutò Ruby con una stretta di mano che tradiva un'insolita affabilità e lo invitò a sedersi. Andò subito al dunque, non sprecando neppure un istante in qualcosa che assomigliasse alle relazioni umane o a uno qualsiasi dei modi abituali con cui la gente s'intrattiene senza rendersi conto del denaro che perde cercando di mostrarsi simpatica.

«All'Avana c'è un personaggio più famoso di Elvis Presley. Lo conosci?» esordì Trafficante mentre si aggiustava la cravattina sotto il colletto della camicia.

«Non so a chi ti riferisci, Santos.»

«A un gentiluomo chiamato Durán, un tipo che qualcuno ha mandato a Cuba da questo paese per liquidare Batista.»

Ruby rimase sorpreso e fissò Trafficante come uno sciocco a cui domandano il nome e non riesce a ricordarlo. Fece un gesto chiedendo una tregua per riorganizzare le idee, ma Trafficante non aveva tempo da perdere.

«È il tuo uomo?»

«Sì, è lui» balbettò Ruby e si chinò in avanti per dare le spiegazioni dovute in una situazione del genere, ma Trafficante bloccò sul nascere la sua intenzione.

«Non ho niente contro di te, Jack. Sono certo che hai fatto le cose alla tua maniera. Se ti ho chiesto un favore, è perché mi fido di te. Probabilmente è stato il tuo uomo a non agire come avrebbe dovuto, e ora lo stanno cercando tutti, da Batista all'ultimo fottuto poliziotto.»

«È incredibile!» esclamò Ruby, al quale il sangue ricominciava a scorrere nelle vene. «Durán era una buona scelta, uno coraggioso, abile, capace di fare il lavoro...»

«Ok, Jack. Non dubito del tuo uomo, ma è successo qualcosa e non sappiamo cosa. Il problema adesso è che lo cercano come un cane rabbioso e lo troveranno, se non ci muoviamo subito. L'affare non ha più senso, dimentica che abbiamo mai parlato di Batista morto. Da parte mia, l'ho già dimenticato. Ho solo bisogno di sapere dov'è Durán. E anche tu. Lo capisci?»

Ruby conosceva le regole del gioco e non dovette rispondere alla domanda di Trafficante. Durán portava a lui, e lui a Santos Trafficante. E le catene, anche quelle d'acciaio, si rompono sempre all'anello più debole. Se Durán veniva arrestato, la vita di Jack Ruby non valeva mezzo centesimo.

«Dobbiamo trovarlo» insisté Trafficante. «O trovarli, perché non credo che stia agendo da solo. Tu mi dirai...»

«Eravamo d'accordo che avrebbe alloggiato all'Hotel Packard sotto falso nome, ed è lì. Ho parlato con lui un paio di volte.»

«C'è qualcun altro?»

«Non ne sono sicuro» disse Ruby, guardando il soffitto dello Sloppy Joe's come se qualcuno avesse dovuto lasciar cadere da lì una bottiglia di tequila. «Pensava di contare su un aiutante, ma non so se l'ha già trovato. La scelta dell'appoggio spettava a lui. Durán è un tipo intelligente e conosce il terreno su cui si muove.»

«Però l'hanno scoperto, e adesso non ci resta altro da fare che quel che c'è da fare. Mettiti in contatto con lui e digli di andare a un piccolo ristorante dove servono frutti di mare chiamato El

Cayuelo, una quarantina di chilometri a est dell'Avana seguendo la Vía Blanca. Digli che manderai là un tuo uomo per avvertirlo di alcuni problemi di cui deve tener conto. Digli che l'uomo che incontrerà, un americano, si chiama Thompson. Mister Thompson gli parlerà stanotte stessa.»

«Mister Thompson?»

«Certo, Jack. Se gli dici mister Colt, potrebbe insospettirsi.»

Con la sua taglia e il suo peso fuori del comune Fat Butcher sarebbe potuto essere un lottatore di sumo, ma i muscoli modellati in palestra lo facevano somigliare di più a Charles Atlas, il mito del culturismo americano che, grazie all'infallibile sistema "Tensione dinamica", aveva restituito le speranze a tutti i grissini di quarantaquattro chili del mondo. Fat Butcher, però, non aveva metodi miracolosi da vendere e la sua vita trascorreva nell'atmosfera carica di profumi del casinò dell'Hotel Capri, dove ispezionava in continuazione i tavoli da gioco. In genere, bastava la sola presenza del gigante per risolvere qualsiasi problema. In rarissimi casi "Piccoletto", come lo chiamavano i croupier nella familiarità delle interminabili notti al casinò, era stato costretto a mettere le sue manacce sul bavero di qualche giacca e, quando l'aveva fatto, era stato estremamente eloquente. La forza bruta, comunque, non era il suo stile e, in quanto a diplomazia e buone maniere, poteva competere persino con George Raft.

James Plumeri, il tipo con il quale Joe Granello avrebbe approfittato del caos degli ultimi giorni del gioco d'azzardo a Cuba per ritagliarsi quella fetta di trecentomila dollari che gli costò la vita, era solito dire che Fat Butcher persuadeva confondendo, perché nel vederlo la gente chiudeva gli occhi aspettandosi un gancio destro, ma li riapriva nell'udire la sua vocina impostata, da castrato, che chiedeva "per favore". Plumeri era convinto che fosse una checca, ma Santos Trafficante lo teneva nel suo entourage e non avrebbe mai affidato a Plumeri gli incarichi che affidava a Fat Butcher. Di ritorno da Key West, Trafficante chiamò il Piccoletto. Non dovette spiegargli due volte quel che doveva fare.

Quando Durán giunse al ristorante El Cayuelo, costruito su una sporgenza della scogliera, Fat Butcher si era già calato nel ruolo di mister Thompson, seduto a un tavolo all'estremità nord del salone circolare: si poteva dire che l'americano stesse sorseggiando in estasi il suo cuba libre. Il ristorante era ben illuminato e non fu difficile per Durán individuare tra i presenti mister Thompson. Si avviò risoluto verso l'unico tavolo con un uomo solo.

L'odore dei frutti di mare era penetrante e, sebbene a quell'ora il ristorante non fosse molto frequentato, i camerieri continuavano a trasportare enormi tegami di terracotta con la paella, specialità della casa e motivo per cui gli automobilisti si fermavano in quella località tra la capitale e la città di Matanzas. Durán respirò profondamente e le sue ghiandole salivari cominciarono a lavorare in fretta. Aveva appetito e sperava che l'appuntamento con mister Thompson sarebbe stato presieduto da uno di quei tegami fumanti.

«Mister Thompson?» domandò all'uomo che sembrava levitare sorseggiando il suo cuba libre.

«Il signor Durán?» ribatté lui alzandosi per stringere la mano al nuovo arrivato. Quel semplice gesto di buona educazione sembrò interminabile a Durán, impressionato dalla mole dell'uomo che a poco a poco si elevava davanti a lui. Quando l'ascensione verticale terminò, la mano del cubano fu intrappolata da una sorta di guantone da ricevitore.

«Piacere di conoscerla» disse mister Thompson sorridente, guardandolo in faccia.

«Il piacere è mio» rispose Durán, un po' turbato per la corpulenza del tipo, la mano delicata da signorina, la voce vellutata e lo sguardo troppo fisso. Aveva vissuto parte della sua vita da playboy sotto la protezione di omosessuali che occupavano posizioni in vista e concluse subito che quel bambolone doveva saperne qualcosa.

«Dica pure, mister Thompson. Ho ricevuto qualche ora fa la chiamata di un amico che mi annunciava questo incontro con lei, ma non ne conosco il motivo.»

«È molto semplice...» stava dicendo Fat Butcher, quando fu interrotto dal cubano.

«Mi scusi, mi scusi, mister Thompson. Lei conosce la persona di cui le sto parlando?» domandò bruscamente Durán, per il quale la dubbia sessualità dell'americano riequilibrava le forze in campo. Il macho che era dentro di lui lo faceva sentire in vantaggio. E poco importava che mister Thompson fosse un monolite dell'isola di Pasqua; se aveva del rossetto sulle labbra, la situazione era sotto controllo.

«Vedo che lei è un vero professionista, signor Durán. Mi spiace di non essere stato più esplicito, tenuto conto del tema tanto delicato che ci riguarda» si scusò il sedicente mister Thompson ricorrendo al repertorio della sua retorica protocollare. «Jack Ruby, il nostro comune amico Jack Ruby, mi ha chiesto di combinare questo incontro e sono stato incaricato da lui del lavoro.»

«E qual è il suo ruolo in questa storia?»

«Molto semplice. Jack ha bisogno di conoscere certi dettagli con la massima urgenza. A quanto pare, c'è stata una fuga di notizie che mette lei, lui e gli interessi che rappresenta in una posizione alquanto difficile.»

«È sicuro di quel che dice?»

«Come potrei non esserlo? Vengo apposta dalla Florida per cercare di tirar fuori qualcosa da questo incontro.»

«Guardi, amico, non so bene di cosa vuole discutere, ma se c'è un inconveniente del genere, il mio incarico termina in questo stesso momento. Qualunque considerazione facciamo deve tenersi a non meno di centottanta chilometri da Cuba. Chiaro?»

«Non si allarmi, signor Durán. Mantenga la calma. Un passo alla volta...»

«D'ora in avanti i miei passi prenderanno una sola direzione» sbottò Durán alterato, e indicò il nord affinché non restassero dubbi. «Può dirlo a Jack.»

«Come vuole, ma sono obbligato a ricordarle che lei non è l'unico a trovarsi in difficoltà per quanto sta succedendo.»

«E cosa succede esattamente? È ora che io lo sappia.»

«Certo» disse Fat Butcher con un tono maledettamente serio che poteva valergli una nomination all'Oscar. Si prendeva gioco del suo uomo e lo faceva a colpo sicuro. «Attraverso una fonte molto affidabile si è saputo che il servizio segreto di Batista è a conoscenza di molti dettagli del suo piano e le sta tendendo una trappola. Per fortuna, sembra che non siano ancora riusciti a trovarla, altrimenti non saremmo qui a parlarne in questo magnifico posto. Come può vedere, la situazione è quasi disastrosa e spero, o meglio, Jack spera, che lei abbia qualcosa da dire.»

«Quel che avevo da dire gliel'ho già detto, mister Thompson. Non ricorda? Glielo devo ripetere?»

«Se allude alla sua decisione di lasciare le cose come stanno e abbandonare Cuba, mi spiace comunicarle che non sarà possibile; perlomeno, non prima di aver chiarito qualche punto oscuro e, naturalmente, non senza aver mangiato una paella. Ha un profumo squisito, non le pare?»

Durán recepì il messaggio e il macho che era in lui gli suggerì di rispondere con il silenzio.

«Lei è un professionista e sa che da queste faccende non si esce quando si vuole» continuò Fat Butcher. «Ci sono dietro interessi molto seri, anche se non si vedono e non si sentono. Io sono stato incaricato della "pulizia" e mi hanno detto di farla con la sua collaborazione. È ovvio che non può sottrarsi. Dobbiamo guadagnare tempo; comunque, mezz'ora per una paella e una birra gelata non fanno differenza.»

«Da dove cominciamo?» domandò Durán docilmente.

«Lei è una persona molto complicata. Non deve farmi domande, ma dirmi chi altri a Cuba sa del suo incarico.»

Uscirono insieme dal ristorante un'ora e mezzo dopo, convinti che in tutta l'isola non esistesse una paella come quella di El Cayuelo. Erano quasi le undici e lungo la Vía Blanca il traffico era pressoché inesistente. Durán si diresse alla sua auto seguito da Fat Butcher, che gli fece credere di aver fatto il tragitto dall'Avana in taxi. Quando stava per avviare il motore, l'americano allungò il braccio sinistro e gli cinse il collo con una rapidità che contrastava con la sua mole. Per un attimo Durán ebbe la sensazione che un boa lo avvolgesse in un macabro abbraccio, ma le sue vertebre cervicali stavano già scricchiolando come cracker in bocca a un cane.

Era l'una di notte quando uno dei guardaspalle salì nell'ufficio di Santos Trafficante per dirgli che Fat Butcher lo cercava. Un attimo dopo l'ombra del Piccoletto appariva sulla soglia. Trafficante era in ansia, anche se non lasciava trapelare l'inquietudine. Nemmeno a New York, mentre preparava personalmente l'agguato ad Anastasia, o quando la polizia lo arrestò in casa di Joseph Barbara assieme al resto dei capi dell'onorata Famiglia, aveva provato un'angoscia simile. Probabilmente lui stesso non era consapevole del proprio stato emotivo, che si manifestava in una pressoché totale mancanza di attenzione per tutto ciò che non fosse cancellare le sue impronte dal progetto di attentato contro Batista. Un pellerossa non avrebbe saputo far meglio.

Fat Butcher era impeccabile con la sua cravatta color malva e la giacca grigia abbottonata. Aveva un'aria riposata, come se fosse appena uscito dalla doccia, ed emanava un aroma di colonia Old Spice. Trafficante lo interrogò con lo sguardo.

«Quel Durán era un dilettante. A Chicago o a Miami sarebbe morto di fame. Credo di avergli fatto un favore.»

«È fuori gioco?» domandò Trafficante.

«Direi di sì. A meno che non voglia continuare a giocare all'inferno. È stato semplice» disse quasi con euforia il gigante, adoperando il suo termine favorito. «Ci siamo seduti in auto, era buio...»

«Molto bene, Fat, risparmiami i dettagli. Che ne è dell'altro?»

«Temo ci siano dei problemi. Il tipo mi ha assicurato, mi ha persino giurato su sua madre, che solo una persona era al corrente del piano. Si chiama Adalio Sierra e, secondo lui, è persona di assoluta fiducia, un fanatico degli esplosivi...»

«Scusa, Fat, ma il suo curriculum non m'interessa» lo interruppe Trafficante.

«Lo so, ma è l'unica informazione che posso darti su di lui.»

«Come l'unica? Non sei riuscito a scoprire dove si trova?»

«Nemmeno Durán lo sapeva. Per questo ho detto che era un principiante.»

«Non capisco!» esclamò Trafficante e si tolse gli occhiali per pulirli con il fazzoletto.

«Durán non l'ha cercato, l'ha incontrato per caso in un ristorante. Si conoscevano da prima, ma Durán non gli ha detto dove alloggiava. Questa è una prova che Dio esiste, perché dev'essere stato lui a illuminare quell'imbecille in modo che si tenesse nascosto.»

«E Durán? Quel disgraziato non aveva il minimo controllo su di lui?»

«Nessuno» rispose Fat Butcher, lisciandosi una ciocca ribelle dei capelli castani con un gesto un po' affettato per un maschio, sollevando il mignolo. «Durán mi ha detto che avevano fissato un incontro per il 20 marzo scorso, ma l'uomo non si è presentato all'appuntamento. Lui riteneva che si fosse spaventato. Mi ha anche raccontato, e credimi Santos, sono parole sue, di sospettare che il suo amico Adalio avesse una doppia vita e stesse lavorando a qualcosa che gli faceva prendere molte precauzioni.»

«Qualcosa di che genere?» domandò Trafficante mentre inforcava gli occhiali con furia.

«Lui diceva di non saperlo, però io ho insistito. Durán non è riuscito a scoprire in che storia si era messo il socio, ma ha potuto constatare che aveva di tutto: armi, bombe, dinamite, detonatori... un fottuto Patton che fa la guerra.»

«Potrebbe essere un problema, Fat; dipende da cosa sa quel tipo. A ogni modo sei stato insuperabile. Sei sempre il migliore.»

«Grazie, Santos, ti ringrazio per la fiducia. Ci terrei a darti un parere da amico.»

«Avanti.»

«Anche se Durán era un pasticcione, il suo socio non è riuscito a decifrare la giocata. Mi ha anche assicurato che il complice non ha la minima idea dell'origine del complotto e che non hanno mai parlato di Ruby. Se le cose stanno così, non è tanto importante che quel ranger circoli liberamente. Credo, ed è la mia opinione, che non valga la pena dargli la caccia per tutta L'Avana.»

«Sono d'accordo con te, Fat. Mi piace il modo che hai di ragionare. Ti confesso che non ti avevo mai preso troppo sul serio e credo di essermi perduto qualcosa» disse Trafficante compiaciuto, guardando con i suoi occhietti minuscoli il faccione paonazzo del Piccoletto. «Se andassimo a cercare quel Sierra potremmo cadere in una trappola. Non c'è bisogno di essere Richard Nixon per sapere che la Casa Bianca si trova a Washington. Potrebbe esserci qualcuno seduto dietro una porta che aspetta per vedere chi va a prendere quell'uomo. Un altro passo sarebbe imperdonabile. Abbiamo già fatto quel che dovevamo.»

16 aprile 1958

Meyer Lansky raggiunse in gran fretta L'Avana dopo aver ricevuto una telefonata da suo fratello Jake. Si trovava a Montego Bay, sulla costa nordoccidentale della Giamaica, per la prima tappa di una visita discreta che poi avrebbe esteso a Santo Domingo e Nassau. Puerto Rico era un'altra isola dei Caraibi che gli interessava esplorare, ma entrare lì era diverso, equivaleva ad avere i federali che gli annusavano le chiappe per vedere dove si era seduto.

L'influenza della politica nordamericana sulla presidenza di Fulgencio Batista per lui era chiara come una mattina d'estate, ed era fermamente convinto che non potesse essere altrimenti; ma vi era una notevole differenza tra la personalità del presidente cubano e quella di Muñoz Marín. Mentre Batista era capace d'imporre le regole del gioco, anche se poi le sue giocate gravavano su altri, il governatore portoricano non aveva il potere, né tantomeno il coraggio, di sedersi a giocare. E la sua sottomissione, la sua mancanza di carattere, erano per Lansky validi motivi di disprezzo. Dovendo scegliere, lui, che non era abituato a render conto a nessuno, era disposto a giustificarsi persino dieci volte con Hoover piuttosto che una sola con Muñoz Marín. Così per il momento la visita a Puerto Rico non era consigliabile, dato che era impossibile raggiungere l'isola senza farsi notare dai segugi dell'Fbi. Ma non era solo da loro che doveva guardarsi. Quel pazzo di Anthony Anastasia chiedeva sangue per vendicare la morte del fratello Albert e stava diventando pericoloso.

Tony Anastasia, che non veniva ritenuto all'altezza di intrattenere relazioni con gli alti dirigenti del sindacato, non si era mai bevuto la storia del "colpo di fortuna" che aveva consentito al sergente Edgar Crosswel di sfidare, il 14 novembre, i capi delle Famiglie in casa di Joe Barbara. Mentre alcuni avevano guardato con un certo sospetto il potente don Vito Genovese, in quanto era stato l'unico a eludere con successo, a bordo della sua auto, l'assedio poliziesco di Apalachin, Tony Anastasia aveva puntato l'indice su una carta geografica delle Antille, e precisamente su un'isola lunga e stretta a forma di caimano addormentato, e l'aveva fermato nel punto in cui si trova L'Avana. Allora, con una sicurezza da oracolo, aveva dichiarato: «Il colpo è venuto da lì».

C'erano fin troppi motivi di temere per la sicurezza di Meyer Lansky. Né Santos Trafficante né Joe Sileci né tantomeno Norman Rothman vedevano di buon occhio che si muovesse dalla capitale cubana, almeno per un certo periodo, anche se la sua presenza in altre località dei Caraibi era necessaria per i progetti di espansione. Una prova della fondatezza di quei timori era stato il suo arresto durante l'ultimo viaggio negli Stati Uniti. In mancanza d'imputazioni, Lansky era stato accusato di vagabondaggio, e sulle pagine dei quotidiani era comparsa una foto in cui lo si vedeva condotto per il braccio da un gigante dell'Fbi mezzo metro più alto di lui. Si trattò soltanto di un fastidioso contrattempo, dato che i suoi avvocati ne ottennero subito il rilascio, ma rimaneva lo sgradevole precedente di essere stato trattato come il "nemico pubblico numero uno".

Lansky, dal canto suo, aveva troppa fiducia in se stesso per assecondare le paure altrui. Godeva un po' dell'inquietudine che la sua disinvoltura nei confronti dei pericoli suscitava negli altri, sapendo che dietro le raccomandazioni alla prudenza c'era l'interesse a preservare intatto il capo che governava e la mano sovrana che frenava l'ingerenza di quelli di "fuori", e non certo l'affetto. Se c'era qualcuno all'Avana, a parte Carmen, che si preoccupasse davvero per lui, questi era il suo amico Elías. Oltre, naturalmente, a Jake.

Arrivato all'Avana, Meyer andò dritto all'Hotel Nacional per incontrare il fratello. Immaginava che doveva essere successo qualcosa di molto grave se Jake gli aveva chiesto di interrompere il viaggio e di tornare al più presto, ma non riusciva a indovinare il motivo. La regola era di non trattare mai le questioni importanti per telefono e Jake vi si era attenuto strettamente, consapevole di quanto fossero indiscrete le orecchie delle operatrici addette alle chiamate interurbane.

Lansky entrò nella suite 212, alla quale lo legavano i ricordi dei momenti esaltanti o deprimenti di quando aveva iniziato a gettare le fondamenta del suo impero. Si tolse la giacca e sprofondò in una poltrona di pelle che l'abitudine aveva adattato alla forma del suo corpo. Quella poltrona era lì da anni, un po' stonata rispetto al resto dell'arredamento, ma lui non permetteva che la spostassero perché in qualche modo c'era affezionato e la trovava più comoda di qualsiasi altra.

Il maggiordomo, un ragazzo nordamericano che da due anni lo accudiva con efficienza e discrezione, arrivò con una gruccia per appendervi la giacca e riporla nel guardaroba. Lansky lo aveva condotto all'Avana per fare un favore a un amico della famiglia di sua moglie, e il ragazzino era risultato perfetto: si faceva strada a colpi di fiducia. Meyer era persuaso che presto sarebbe stato pronto a spiccare il volo.

«Sembra stanco, mister Lansky» gli disse il ragazzo. «C'è qualcosa che posso fare per lei?»

«Mi faresti un favore preparandomi uno scotch.»

La richiesta stupì il maggiordomo. Potevano passare intere settimane, persino mesi, senza che Meyer Lansky toccasse un goccio d'alcol. Beveva a piccolissimi sorsi, nelle rare occasioni in cui era demoralizzato e durante le lunghe attese di grandi avvenimenti. Il ragazzo gli porse un bicchiere di Cutty Sark con ghiaccio e soda avvolto in un tovagliolo, il liquore preferito dall'ebreo quando non sceglieva la vodka Romanov.

«Grazie, William. Sai dove si trova Jake?»

«Pochi minuti fa era con Dino al casinò. Vuole che lo faccia venire qui?»

«Fammi quest'altro favore, William.»

«Subito, mister Lansky. Se ha bisogno di altro, mi troverà nella stanza accanto.»

Il modo con cui Lansky trattava i suoi uomini era un altro dei segreti del magnetismo che emanava. Impartiva ordini come chi fa una richiesta. Misurato nelle espressioni, gli bastava guardare negli occhi quanti lo conoscevano perché indovinassero il suo pensiero. Poteva anche censurare senza aprire bocca e raggelare l'animo a chiunque senza pronunciare una sola parola minacciosa. Di quel modo di comunicare le cose senza che ci fosse bisogno di spiegarle era al corrente William, il quale, attenendosi alle regole, aveva fatto capire a Lansky che si ritirava per lasciare campo libero al suo incontro con Jake. Il silenzio del capo fu la conferma che doveva tenersi alla larga finché non l'avesse chiamato.

Jake Lansky entrò nella suite alquanto agitato. Si avvicinò al fratello e lo salutò alla maniera ebraica, come avrebbero fatto suo padre o suo nonno. Jake era l'unico della famiglia ad aver mantenuto scrupolosamente le tradizioni ebraiche, segnato dal marchio ancestrale della nostalgia per il ritorno nella sofferta e operosa nazione del patriarca Giacobbe.

«Come stai, Jake?» gli domandò Meyer. «Hai la faccia di uno che non dorme da una settimana. È così?»

«Per niente» rispose l'Accigliato. «Ho dormito bene e non potrei sentirmi meglio.»

«Eppure, a giudicare dall'urgenza della tua telefonata qualcosa dev'essere andato storto e, se hai dormito bene lo stesso, comincerò a invidiare la tua capacità di astrazione.»

«Non sono questioni d'affari che mi hanno spinto a chiederti di tornare. È stato il segretario della presidenza, che in tre giorni ti ha chiamato almeno cinque volte.»

«E cosa vuole?»

«Lui niente, è Batista che ti cerca. Mi chiedo se la faccenda abbia qualcosa a che vedere con l'incidente...»

«Adesso sì che sei preoccupato!» esclamò Meyer sorridente, ma con un lieve tono di rimprovero. «Stai tranquillo, Jake, il problema è sicuramente un altro.»

Meyer Lansky non si sarebbe mai comportato come aveva fatto il fratello con Rafael Guás Inclán nel casinò dell'Hotel Nacional. Il vicepresidente della Repubblica era schiavo del vizio di tentare la fortuna nelle sale da gioco. Varie notti prima aveva perso tutte le fiches e fino all'ultimo centesimo in contanti. Confidando nella sua alta carica e nella stima di cui credeva di godere in un posto dov'era arcinoto, si era rivolto a Jake per ottenere un credito di cinquemila pesos, una prassi del tutto abituale. Per un motivo che nessuno indovinò, Jake gli rifiutò il prestito. Rafael Guás Inclán abbandonò la sala come un cane bastonato, promettendo provvedimenti per lavare l'offesa. Avviandosi con i suoi accompagnatori verso l'auto, aveva detto: «Quel che più mi secca non è il rifiuto; mi rompe le palle che quell'ebreo figlio di puttana mi abbia umiliato davanti a tutti, mentre dovrebbe leccare dove metto i piedi».

Jake capì subito di aver commesso un errore, ma non se ne pentì; e adesso si aspettava una rappresaglia da parte di Batista, in base alla logica secondo cui un oltraggio pubblico al suo secondo equivaleva a insultare il governo. Non ignorava nemmeno che la libertà che si era preso sarebbe costata carissima a chiunque non fosse fratello di Meyer Lansky. Le insistenti telefonate del dottor Morales del Castillo non potevano avere per lui altro senso. Eppure era intimamente convinto che Guás Inclán non sarebbe stato motivo di discordia tra Meyer e Batista. Questo allentava la sua tensione.

Per la mente che progettava il più sicuro e potente cartello su cui il crimine organizzato potesse contare dai tempi violenti di Lupo Saietta, le chiamate del segretario della presidenza non avevano nulla a che vedere con lo scivolone di Jake, ma con le preoccupazioni di Batista per la propria sicurezza personale. Meyer era ossessionato da ciò che gli aveva fatto sapere il boss di Chicago, Sam Giancana, tramite uno dei suoi luogotenenti che aveva incontrato in Giamaica.

L'analisi di Sam era stata obiettiva. Riteneva improbabile che il complotto per uccidere Batista fosse partito dagli Stati Uniti. Aveva i suoi motivi per sostenerlo, e il più probante era che nessuna delle Famiglie si sarebbe azzardata a tanto, sorvegliate e accerchiate com'erano da interminabili indagini. Quel ragionamento aveva fatto considerare a Lansky, per la prima volta, la possibilità che l'iniziativa fosse nata nell'isola. E un'iniziativa interna unilaterale equivaleva a dire Trafficante.

Se tali timori fossero stati confermati, il futuro si presentava difficile. Lo shock avrebbe fatto tremare le solide basi del suo dominio. Era meglio per lui che la verità sbucasse da qualunque altro posto, e non da dove suggeriva il messaggio di Giancana. Decise di tenere lontano Trafficante finché non avesse incontrato Batista. Si trovava di fronte a un bivio e doveva prendere la strada più favorevole. Se Batista avesse fatto difficoltà, si sarebbe sforzato di chiarire tutto. Ma lui preferiva escludere tale eventualità. Meyer Lansky aveva già avuto occasione di verificare che a rimestare nella merda se ne spargeva dappertutto.

«Dimmi, Jake. Qualcun altro sa delle telefonate di Morales del Castillo?» domandò Lansky al fratello. «Dino lo sa? Ne hai parlato con Trafficante?»

«Mi sembri irritato, Meyer. Certo che nessuno lo sa!»

«Meno male che questa volta hai dimostrato buon senso. Fammi il favore di chiamare lo studio del presidente e dirgli che sono pronto.»

Meyer non attese l'esito della telefonata. Bussò alla porta della stanza accanto e un secondo dopo compariva il maggiordomo con un'espressione interrogativa nello sguardo.

«Per piacere, William, preparamene un altro» ordinò indicando il bicchiere vuoto.

Stava bevendo, e quando Meyer Lansky beveva, il mondo intorno a lui tremava.

19 aprile 1958

Un amore splendido, un film interpretato da Cary Grant e Deborah Kerr, affollava i cinema dell'Avana dove veniva proiettato. Per causa sua l'incontro tra Fulgencio Batista e Meyer Lansky stava quasi per sfumare. Il colloquio era previsto per le nove di sera nella sfarzosa residenza del generale di brigata Roberto Fernández Miranda, una villa in stile moresco nei dintorni dell'Avana, circondata da alberi e buganvillee rampicanti, che aveva l'inconveniente di essere situata di fronte al drive in Novia del Mediodía.

Non che la casa mancasse di privacy; al contrario, il luogo era ineguagliabile per l'intimità di una famiglia come quella che ci viveva. Rimaneva isolata dall'urbanizzazione cittadina e gli occupanti, con i loro invitati, potevano godere dell'enorme piscina e del giardino senza il timore di essere spiati a distanza da vicini indiscreti. L'inconveniente nacque quando Batista giunse mezz'ora prima dell'appuntamento, pretendendo di conciliare gli affari di capo dello Stato con la sollecitudine verso la parentela.

La coda di auto davanti al drive in, pur senza impedire la circolazione, pregiudicò i movimenti in incognito del Generale. Nonostante il pubblico del Novia del Mediodía non fosse quello dell'Águila de Oro nel quartiere cinese, il presidente era preoccupato. La sua inquietudine aveva una base concreta: era frequentato da molti politici, e lui non avrebbe affatto gradito essere sorpreso mentre entrava là dove poco dopo sarebbe entrato Meyer Lansky.

Suo cognato tentò di tranquillizzarlo dicendogli che un'eventualità del genere era del tutto improbabile e avrebbe richiesto dei ficcanaso di professione. Batista confutò l'argomentazione con un ragionamento di chi la sapeva lunga sulle astuzie del potere.

«L'invidia è come una sbornia, entrambe ti fanno vedere doppio» disse Batista. «In questa città c'è molta gente invidiosa, Roberto. E la maggior parte sarebbe disposta a farsi cavare un occhio se con ciò potesse accecare noi.»

«Se vuoi, spostiamo l'incontro in un altro posto o cambiamo la data.»

«Credo che sia tardi. Mister Lansky è un americano e sarà già in viaggio. Quella gente è puntuale.»

«Hai ragione. Dovevo prevederlo» disse il generale Fernández seguendo la vecchia abitudine di non contraddire mai il cognato, nonostante i suoi timori gli sembrassero esagerati.

«Dove avrà luogo il colloquio? La tua famiglia resta in casa oppure va a fare una passeggiata?»

«Non mi sembra necessario. L'incontro può avvenire nella sala da gioco della dépendance, sempre che tu non preferisca l'edificio principale.»

«Quel luogo è più riservato e in sintonia con l'ambiente nel quale è solito muoversi il nostro ospite» disse Batista, più rilassato.

L'auto di Meyer Lansky si fermò davanti all'ingresso alle 20.53, e come nelle sue precedenti visite alla proprietà non dovette rispondere ai soldati che sorvegliavano l'accesso. Un ufficiale controllò la targa della vettura, ordinò di aprire il cancello e con un gesto della mano autorizzò l'autista a imboccare il viale lastricato che conduceva direttamente alla residenza familiare.

Il generale Fernández andò al parcheggio a ricevere il visitatore, al quale era legato dagli affari che gestiva per conto del presidente. Quegli affari avevano a che vedere con il gioco d'azzardo, e i guadagni erano favolosi. Fernández stesso avrebbe potuto mantenere il suo impressionante tenore di vita ricorrendo solo alle provvigioni di intermediario, che naturalmente risultavano di gran lunga inferiori a quelle del cognato.

Il fratello di Martha coltivava comunque altri filoni d'interessi, che gli procuravano utili favolosi e sostanziose ricchezze. Era direttore generale delle attività sportive, un incarico di cui approfittava per consolidare proficue relazioni, soprattutto nel mondo del baseball, della boxe e delle corse dei cavalli. Era anche comandante del reggimento di artiglieria della fortezza di La Cabaña e capo della Casa Militar del presidente. Queste alchimie della struttura del potere a Cuba non sfuggivano a Lansky, il quale sapeva che le basi del suo impero si fondavano sulle garanzie d'impunità imprenditoriale assicurate da gente come Roberto Fernández.

Il generale condusse Lansky alla sala da gioco della dépendance colmandolo di attenzioni. Batista intanto, all'interno dell'edificio principale, conversava con sua cognata e il segretario della presidenza su un tema di fondamentale importanza: la ricetta del riso al pollo di Martha. Se c'era qualcosa che il presidente gustava davvero erano i pranzetti intimi che la moglie gli preparava la domenica, prima di chiudersi nella sala di proiezione di Kuquine per godersi l'ultimo thriller.

Questa volta Batista non sarebbe uscito ad accogliere Meyer Lansky a braccia aperte. Se l'aveva fatto a Cayo Media Luna, era per le particolari circostanze dovute a un territorio di meno di ventimila metri quadrati; invece, nella residenza di fronte al drive in, l'ospite doveva attendere che il presidente fosse disposto a riceverlo.

All'infuori della servitù, che aveva ogni riguardo e sembrava osservare una disciplina da caserma, Lansky non percepiva segni di vita. In quell'ambiente isolato, dove si udivano solo la sua voce e quella dell'anfitrione, mancava l'atmosfera familiare che aveva potuto apprezzare nell'occasione precedente. Meyer si rese conto che Roberto Fernández lo stava intrattenendo e che Batista aspettava in casa il momento di recarsi all'incontro, deduzioni nient'affatto brillanti data l'inconsistenza delle chiacchiere del generale e la visibile presenza della scorta di Batista. Malgrado ciò, non fece domande perché sapeva che tutto procedeva come da copione. Se lui si trovava lì, era perché da oltre una settimana il presidente voleva vederlo.

Lansky accettò acqua di cocco fredda e senza zucchero e poi una tazza di caffè fumante, che bevve in due lunghi sorsi senza pause, accendendo subito dopo una sigaretta con l'avidità del fumatore incallito. Fumò mentre il direttore delle attività sportive gli parlava del mistero che circondava la morte improvvisa di alcuni cavalli all'ippodromo Oriental Park di Marianao. Erano morti tutti senza sintomi evidenti né malattie precedentemente diagnosticate. I veterinari attribuivano i decessi al parassita *Strongylus*, comune nei foraggi cubani, pur ammettendo la mancanza di prove.

Il caso più recente aveva colmato la misura. Taíno, un magnifico esemplare, era stato montato da Posada durante gli allenamenti mattutini. Non appena il fantino era salito in sella, l'animale si era mostrato irrequieto e ingovernabile; aveva disarcionato Posada e si era lanciato galoppando per la pista di duemilaquattrocento metri, compiendo due giri senza fermarsi. All'improvviso era sussultato, si era appoggiato sulle zampe posteriori, aveva lanciato un ultimo nitrito ed era crollato a terra scosso dalle convulsioni. Quando l'avevano soccorso, era già morto.

Meyer Lansky non era all'oscuro di quegli avvenimenti. Pur non esprimendo il proprio punto di vista, era convinto che la morte misteriosa dei cavalli e i fatti violenti recentemente verificatisi nel giro d'affari del gioco fossero in stretta relazione e avessero come denominatore comune un unico piano destabilizzante.

Fulgencio Batista entrò nella sala poco più di mezz'ora dopo l'arrivo di Lansky. Era accompagnato da Andrés Domingo e sembrava essersi ripreso dagli strascichi che il fallimento del II Gran Premio e il sequestro di Juan Manuel Fangio avevano lasciato nel suo animo. Adesso appariva ottimista, fiducioso nel fatto che la bilancia della situazione politica cominciasse a pendere in suo favore.

A partire dalla prima settimana di aprile si era avuto un inizio di tranquillità, un attimo di respiro. Il movimento castrista aveva lanciato la parola d'ordine di uno sciopero generale per il giorno 9, ma la convocazione si era trasformata in un clamoroso insuccesso per i seguaci del caudillo della Sierra Maestra. Lo sciopero era fallito, mettendo a nudo le crepe dell'organizzazione rivoluzionaria, il che consentiva al governo di prendere l'iniziativa.

Il generale Pilar García, nuovo capo della polizia, facendo affidamento all'Avana sulla malvagità dei colonnelli Esteban Ventura, Conrado Carratalá e Martín Pérez, e a Santiago de Cuba sui servigi del tenente colonnello José M. Salas, aveva inferto duri colpi alle milizie clandestine lasciandole talvolta prive di guida. I cosiddetti "neutrali", che intervenivano nella battaglia politica senza decidersi a saltare lo steccato che divideva i cortili confinanti di Castro e Batista, corsero ad applaudire il regime, che recuperava parte della credibilità perduta. Nelle file dell'insurrezione cresceva il coro di chi era propenso alla ritirata e lo scetticismo. Batista viveva il suo momento migliore dall'inizio della guerra civile e riceveva da ogni parte attestati di stima.

Quella notte, mentre gli stringeva la mano, Lansky poté osservare il volto compiaciuto del presidente; ma gli parve d'indovinare, in fondo alle sue pupille, anche il lampo diffidente di un'intenzione recondita e ostile.

«Spero che le abbiano spiegato il motivo del mio ritardo, mister Lansky» esordì Batista mentendo spudoratamente. «Mi spiace averla fatta attendere. Ma lei comprenderà a quali pressioni è sottoposto chi regge sulle spalle il peso della nazione.»

Poi invitò Lansky a prendere posto e impartì istruzioni al segretario perché si attivasse su alcune pratiche di governo. Il generale Fernández capì che anche la sua presenza al colloquio si era fatta di troppo e uscì in compagnia di Andrés Domingo. L'intuito di uomo esperto negli intrighi di palazzo gli suggeriva che in quell'incontro sarebbero state affrontate questioni più complesse delle prospettive del turismo e decise di allontanarsi con un pretesto, prima che il cognato lo licenziasse con un cenno del capo.

Batista esordì esattamente come se si fosse trovato davanti al Senato: illustrando nei termini severi del linguaggio ufficiale un panorama ottimista della situazione interna del paese, e cercando in tal modo d'infondere nell'interlocutore la stessa euforia di rivalsa che provava lui, la stessa atmosfera trionfalistica che respirava in quei giorni la gerarchia del potere esecutivo. Le sue parole sicure e dirette erano sottolineate dai gesti dell'oratore, capace di infiorare le premesse per rendere più digeribile l'aridità dell'argomento.

«Voglio dirle» puntualizzò Batista «che gli obiettivi del mio programma democratico si realizzeranno ora con maggiore certezza, nonostante i piani avventuristici di coloro che preferirebbero vedermi morto. Lei avrà certo saputo che progettavano di assassinarmi...»

Meyer Lansky fece appena un cenno di assenso. Immaginava che, al di là delle parole, avrebbe udito la conferma dei suoi sospetti: Batista poteva pensare che il fallito attentato fosse partito da una zona del territorio da lui controllato. Un sospetto del presidente lo avrebbe amareggiato, ma non quanto la vergogna di vedersi obbligato a chinare la testa. Fissò Batista in faccia e giurò a se stesso che avrebbe conservato intatta la propria dignità.

«Mi creda» continuò Batista «convivo con la morte da quando, nel 1936, ho intrapreso la mia carriera rivoluzionaria nelle forze armate. A volte penso che non riuscirei a addormentarmi se non la sentissi vicina: è diventata l'inseparabile compagna della mia vita.»

Nella voce del capo di governo si percepiva una certa ostentazione di coraggio. Più di una volta aveva fatto ricorso in pubblico a quella battuta a effetto con esiti positivi. Nessuno sapeva con certezza se fosse davvero un temerario o non piuttosto un vanaglorioso, ma quel che non lasciava spazio a dubbi era che un codardo sarebbe stato incapace di aprirsi la strada a colpi di magistrali atrocità come aveva fatto lui.

Meyer Lansky non sapeva dove Batista volesse condurre la conversazione. Era sconcertato, confuso. Decise che, se doveva intervenire sul tema dell'attentato, quello era il momento per farlo. Batista però si era accorto degli effetti delle sue parole e si affrettò a mettere le cose a posto, bloccando l'impulso del suo ascoltatore e consentendogli di tirare il fiato.

«Dai rapporti relativi all'individuo che aveva architettato il piano per togliermi la vita» disse Batista «pare che fosse un seguace del risentito Prío, che ultimamente va a braccetto con gli estremisti amici di Castro. Ho meditato anche sui sabotaggi contro il turismo e sono giunto alla conclusione che abbiamo un nemico comune. Ho dato istruzioni al colonnello Piedra e al capo del Sim perché indaghino a fondo su tutto ciò che è in relazione a questi fatti. A quanto pare, l'attività è diretta dall'estero.»

«Condivido la sua opinione» intervenne Lansky, che avvertì una sensazione di pace scorrergli nell'anima, come quella che dovette sentire Tom Sawyer quando trovò il modo di uscire dalla grotta dove si era perso in compagnia della figlia del giudice Thatcher. «È qualcosa che si muove fuori Cuba.»

«Lasciamo perdere questo argomento noioso» propose Batista. «Non è il motivo del nostro incontro. Se l'ho chiamata con urgenza, è per chiederle un servizio indispensabile alla nazione.»

L'ebreo non credeva alle proprie orecchie e le sue inquietudini finirono per dissiparsi come nubi al vento. Il presidente spiegò a un Meyer Lansky ormai totalmente diverso dalla persona che aveva bevuto un bicchiere d'acqua di cocco in compagnia del generale Fernández la passività con cui il governo degli Stati Uniti assisteva al corso degli avvenimenti a Cuba, e accennò dispiaciuto alla recente decisione americana di sospendere l'invio di materiale logistico destinato alle forze armate. Spiegò che l'esercito aveva bisogno di un moderno arsenale di fanteria per la guerra irregolare sulle montagne.

«Il rifiuto degli Stati Uniti in questo momento decisivo ci impedisce di rifornire i battaglioni con l'armamento regolare dell'esercito» enfatizzò Batista. «Le nostre forze di combattimento si arrangiano con armi antiquate come i fucili Springfield con la sicura e i mitragliatori Thompson, di scarsa gittata. Certe compagnie, più fortunate, sono dotate di Garand o di carabine M-1, ben poche però. I nuovi fucili si riducono a qualche centinaio di San Cristóbal di fabbricazione dominicana, di pessima qualità. Si direbbe che Trujillo faccia il gioco del nemico. Il nostro rappresentante presso il Trattato interamericano di aiuto reciproco è stanco di chiedere invano collaborazione agli Stati della regione.»

Batista continuò la propria invettiva esaurendo la capacità d'attenzione di Lansky, lievemente nauseato dalle lamentele del presidente. Capì comunque che quell'interminabile discorso era una manifestazione di fiducia con un valore nominale di molti zeri uno in fila all'altro. Ascoltò con pazienza, con la stessa pazienza che il presidente gli aveva consigliato a Cayo Media Luna, che i belgi possedevano una magnifica industria bellica, e poi le valutazioni del governo sulla possibilità che si unissero all'embargo sulle armi nel caso si fosse tentato un acquisto diretto. Infine, Batista arrivò dove voleva.

«Con un sostegno diplomatico il mio governo, per rifornire le truppe, potrebbe acquistare moderni Fal di grande gittata e con un temibile potenziale di fuoco» disse, misurando le parole e riducendo la velocità del monologo. «Ho pensato che, essendo lei un ebreo influente, forse potrebbe intervenire presso lo Stato d'Israele per aiutarci a ottenere, grazie ai suoi buoni uffici, quegli armamenti dell'industria belga che sono vitali per il futuro della Repubblica.»

«Signor presidente» sentenziò Lansky «i suoi problemi sono i miei problemi.»

«Ho sempre saputo che lei non avrebbe risposto diversamente alla mia richiesta d'aiuto. A ogni buon conto, perché comprenda meglio qual è la situazione che attraversiamo, le rivelerò un segreto» annunciò Batista abbassando il tono della voce e chinandosi verso Lansky con un gesto confidenziale. «Gli Stati maggiori delle forze armate stanno elaborando i piani di una grande offensiva volta a liquidare una volta per tutte il focolaio principale della ribellione sulla Sierra Maestra e poi a ripulire la zona nordorientale dai fuorilegge guidati da un fratello di Castro. Come vede, ci aspettano giorni di battaglia e oggi, come in altre occasioni meno rischiose, ripongo la mia fiducia in lei e nei suoi amici.»

Meyer Lansky s'informò circa le modalità di pagamento degli armamenti e le probabilità di successo attribuite alle operazioni anticastriste. Batista diede una risposta rapida, convinto dell'attendibilità delle proprie parole.

«Il governo pagherà a tempo debito e nella forma preferita dallo Stato d'Israele, inclusi i suoi utili, gli interessi e gli altri costi della transazione. Questi sono aspetti tecnici che verranno trattati al momento opportuno, ma può stare sicuro della nostra liquidità per far fronte all'acquisto. Quanto al nemico, è moralmente a pezzi. Ricevo rapporti dai reggimenti all'interno del paese che riferiscono di rese in massa, e solo i più ostinati persistono nei loro tentativi avventuristici. Che l'esercito riesca a bonificare le zone più conflittuali in maggiore o minor tempo dipende in buona misura dal suo intervento, mister Lansky.»

«Stia pur certo che mi occuperò della questione, presidente» affermò Lansky. «Non ho relazioni personali dirette con lo Stato d'Israele. I miei legami sono di carattere sentimentale e ho scarsi contatti con uomini d'affari. Ma non si preoccupi, ho amici che non esiteranno di fronte a una sua richiesta.»

Meyer Lansky stava pensando al generale David Shaltiel, ambasciatore d'Israele a Cuba, che aveva conosciuto alcuni mesi prima a una cena in casa di Elías Mozack. Sapeva che la residenza dell'ambasciatore era in Messico e che le questioni riguardanti L'Avana venivano trattate nella cancelleria dal consigliere Joel Barromi, un uomo sospettoso e diffidente, il quale, senza arrivare a immischiarsi nell'affare del gioco d'azzardo, aveva accettato l'amicizia di Jake. Suo fratello però non era la persona adatta a un compito così importante, né l'incaricato di affari era abbastanza influente da riuscire a indirizzare quella richiesta d'aiuto. La mente di Meyer Lansky si rivolgeva, ancora una volta, all'uomo che riteneva capace di portare a termine un'impresa del genere: Elías Mozack.

4 maggio 1958

Santos Trafficante protestò violentemente quando Meyer Lansky lo fece sedere davanti a lui per spiegargli la sua decisione di fornire informazioni all'ufficio di Harry Aslinger sui canali percorsi dalla droga all'Avana. Dall'ultimo colloquio con Batista, Lansky non aveva più visto Trafficante e aveva elaborato da solo quello che riteneva dovesse essere il nuovo ordine negli affari.

I suoi ragionamenti erano complessi, poiché si vedeva obbligato a immaginare una via di fuga per ognuno dei possibili scenari futuri. Altri, al suo posto, avrebbero agito in maniera diversa, cogliendo i frutti dai rami bassi; ma la sua abilità di prevedere gli eventi era più forte di qualsiasi impulso passeggero, e adesso aveva capito: la succulenta Avana poteva non essere eterna. Se fosse arrivato quel momento, le sue alternative dovevano essere chiare, precise e solide come un dollaro d'argento.

Nonostante l'ostentazione di ottimismo, il presidente gli era sembrato un tipo nei guai che tenta di mettersi in salvo, e la richiesta impellente di trovargli armi per combattere la guerriglia una cosa ridicola. Non capiva perché le forze armate fossero infognate in una guerra interminabile contro poche centinaia di ribelli e concluse che a Batista e alla sua gente mancava la determinazione per affrontarli e la capacità di governare un paese nella tempesta. Perciò, lui doveva pensare a tutto: a come aiutare il governo a uscirne e a come uscirne lui stesso, qualora fosse stato necessario.

Qualsiasi decisione avrebbe dovuto tener conto di Trafficante, il suo alleato a Cuba. In caso contrario si sarebbe esposto a enormi complicazioni. Ormai non gli importava granché che il socio fosse la mente del progettato attentato contro Batista e preferiva insabbiare la questione. Non sarebbe stata una ragione sufficiente per guastare i rapporti con chi fino a quel momento gli era stato indispensabile e per farsi un nuovo nemico. Oltretutto, la guerra a distanza condotta dai suoi avversari negli Stati Uniti proseguiva secondo una logica implacabile ed era un argomento schiacciante a favore di qualsiasi progetto di sopravvivenza.

Per trovare l'uscita di emergenza di cui aveva bisogno e salvare la propria onorabilità, Lansky doveva tenersi aperte le porte degli Stati Uniti nell'eventualità di una ritirata. Non che là gli mancassero mezzi, dato che era il signore indiscusso del Sudest. Il problema consisteva nella persecuzione dell'Fbi; se non stava attento, si sarebbe ritrovato in un carcere di massima sicurezza. E lui non era disposto a seguire le orme di Luciano.

Le attività all'Avana erano pulite, legali e protette da "El Hombre". La sua influenza si esercitava negli uffici ministeriali e fra i seggi del Senato, perciò sarebbe stato uno stupido a ritenere il proprio mondo estraneo alla politica. C'era dentro, la progettava e la faceva ogni giorno. Era molto più di un uomo d'affari, perché nei suoi incontri con Batista cucinava i destini della nazione come non faceva nemmeno il vicepresidente Guás Inclán. Del resto, quest'ultimo non controllava nemmeno il conto bancario del presidente in Svizzera. E questa forza era la sua arma migliore: la politica avrebbe potuto aprirgli uno spazio sgombro da preoccupazioni in Nordamerica, dal momento che Batista, Castro e lui stesso erano tre facce degli stessi affari esteri.

Lansky portò i suoi ragionamenti al limite del paradosso, ma tennero. Il suo ruolo di alleato dell'alleato degli Stati Uniti doveva rafforzarsi. Sapeva, dall'esperienza di Luciano, che un successo politico poteva essere un salvacondotto, e lui aveva almeno due modi per ottenerlo: lavorando per Batista e per Aslinger.

Harry Aslinger, il capo del Narcotic Bureau degli Stati Uniti, ricopriva quell'incarico da trent'anni. Per descrivere in modo incisivo la propria professione, aveva detto a un amico che il suo lavoro assomigliava a quello di un idraulico alle prese con un edificio pieno di tubature marce. Il narcotraffico sembrava non avere mai fine; dopo ogni operazione andata a segno, sul mercato c'era più droga di prima. Insomma, un'idra dalle sette teste. Il maggior successo ottenuto da Aslinger fu forse l'interruzione dei canali di cui si serviva Lucky Luciano, messa a segno dal suo scagnozzo Charles Siragussa.

Siragussa, un ragazzo del Bronx di origini siciliane, era stato un tormento quotidiano per Luciano. Per alcuni anni lavorò in Europa alla guida di un team di specialisti, e in quel periodo il contrabbando di droga dal vecchio continente agli Stati Uniti fu ridotto del quaranta per cento e un gran numero di trafficanti finì in carcere. A metà del 1957, però, Siragussa fu promosso e ritornò al suo paese. Così il vecchio, robusto e noioso Harry tornava a essere, senza intermediari, il nemico personale di Luciano.

A Lucky Luciano bastò qualche settimana per riorganizzare le cose, questa volta con maggiore accuratezza, tatto e astuzia. Sulle sue spalle ricadeva di nuovo la responsabilità degli imbarchi dall'Europa, che s'innestavano alla perfezione sulle vie aperte dal Sudamerica. Negli Stati Uniti le Famiglie più influenti s'incaricavano di ricevere e distribuire il prodotto; affare, questo, più remunerativo di qualsiasi altro. Don Vitone, nel Nordest, acquisiva poteri che avrebbero potuto portarlo sul trono rimasto vuoto dopo la scarcerazione di Luciano nel 1946. Infatti, anche se per molti anni il re si era trovato dietro le sbarre, ciò non significò in alcun modo che il suo potere si fosse indebolito. Ma con Luciano confinato a vita in Italia e il terreno sgombro dalla presenza molesta di Albert Anastasia, l'invito a occupare il posto vacante, riservato a un italiano, riguardava soprattutto Vito Genovese.

A soli centottanta chilometri dagli Stati Uniti, Cuba era il ponte ideale per introdurre la droga su un mercato vorace quale quello nordamericano. Il ruolo dell'isola in quel traffico raggiunse una tale importanza che Aslinger la indicò come il centro mondiale del narcotraffico. Cuba non era mai riuscita a primeggiare nel mondo, né nelle attività sportive né nell'industria né nelle scienze, ma solo nello zucchero di canna.

I controlli di Lansky non riuscivano a impedire il transito della droga e lui era stato costretto a consentire che il suo territorio venisse utilizzato come trampolino. Non poteva nemmeno evitare che Trafficante si rafforzasse in questo campo, né che suo fratello Jake, nonostante gli avvertimenti, si immischiasse in quel traffico miliardario.

I nomi di Luis Santos Trafficante, Jacob Lansky, Dino Cellini, Giuseppe Cattalanoni, Giuseppe Giorgio e di alcuni altri uomini di Lansky finirono sulla lista nera di Aslinger. Una comunicazione ufficiale al Departamento de Investigaciones dell'Avana sollecitava l'estradizione di tutti quanti perché fossero giudicati negli Stati Uniti.

Meyer non era turbato da questa eventualità. Sapeva che Batista non avrebbe ceduto alla richiesta del Narcotic Bureau, ma si preoccupava per il futuro incerto di Cuba e per la necessità, estranea ai suoi progetti, di un ritorno forzato in Nordamerica. Era preoccupato anche per la sorte del fratello e degli altri e, soprattutto, per la possibile inclusione del suo nome nella lista.

Dopo aver ascoltato la comunicazione di Lansky, Santos Trafficante fece un paio di giri per il salone della suite 2001 dell'Havana Riviera ruotando le braccia come pale di mulino, spense l'avana nel portacenere e si fermò a guardare l'ebreo come un coccodrillo con gli occhiali.

«Non ci posso credere. Sei impazzito, Meyer? Sai quel che dici?»

«Prendila con calma, Santos. Ancora non ho detto niente.»

«Sicuro?»

«Sei nervoso. Ti verso un goccio...» disse Lansky, cercando di far capire al socio che si stava comportando come un ragazzino. «Rum con soda?»

«E ghiaccio, per favore.»

Meyer avvicinò il mobiletto dei liquori e servì Trafficante.

«Non ho ghiaccio» disse Lansky facendo il gesto di prendere il telefono.

«Lascia perdere quel maledetto ghiaccio. Ogni volta che vengo qui è la stessa storia. Scordatelo. Credi di potermi spiegare che genere di rapporti intendi passare ad Aslinger? Lo sai, vero, che può costarci le palle?»

«Non è poi così difficile, Santos, e non ci costerà niente. Al contrario, credo sia la maniera giusta per far sì che tutto questo non si perda» disse Lansky mostrando con un ampio gesto l'ambiente lussuoso del Riviera. «Anzi, credo che di quella soluzione tu saresti il principale beneficiario.»

«Sicuro? Non ci bruceranno vivi prima? Preferisco che tutto resti com'è. Loro si fanno i cazzi loro, noi i nostri, e continuiamo a vivere in pace.»

Meyer, che aspirava il fumo della sua sigaretta, fece un sorrisino e mosse il capo per esprimere un disappunto amichevole, quasi paterno.

La storia della droga era vecchia. La rete tessuta da Lucky Luciano dall'Italia e da Vito Genovese funzionava dal dopoguerra, ancor prima dello spettacolare lavoro di Siragussa e della sua banda di intoccabili. Fra gli accordi presi alla riunione di tutti i capi con Luciano all'Hotel Nacional di Cuba, alla fine del 1946, c'era proprio la trasformazione dell'isola in una sorta di porto franco per i narcotici. Nessuna Famiglia avrebbe potuto reclamare altro diritto o prerogativa che non fosse l'opzione a partecipare.

Questa regola venne proposta soprattutto per limitare i poteri dell'alleanza tra Luciano, Lansky e Trafficante Sr; il successore di quest'ultimo, anni dopo, avrebbe ereditato la missione di evitare che droga di altri in transito verso il Nordamerica entrasse a Cuba. L'importanza dell'applicazione di tale regola non stava nel salvare Cuba dal flagello della tossicodipendenza, ma nell'impedire che un commercio tanto redditizio, controllato da terzi, finisse per indebolire la base del dominio di Lansky sull'isola: il potere assoluto in cambio dell'impegno a mantenere puliti i canali della droga. I carichi sarebbero rimasti solo qualche ora nel paese e poi avrebbero proseguito il loro rischioso viaggio verso il luogo di destinazione. Il patto era questo.

Santos Trafficante osservò tale principio alla lettera e seppe anche arrangiarsi per sviluppare i propri investimenti nel giro. Aveva a portata di mano tutto l'occorrente per giocare la sua partita dal Sudamerica, e cominciò a inondare L'Avana di cocaina. In realtà, solo una piccola parte di quella che faceva arrivare sull'isola proseguiva il viaggio verso l'avido mercato statunitense. Tuttavia, era implacabile nell'esigere che a Cuba non vi fossero altri distributori all'infuori di lui.

Meyer Lansky, specialista in marketing, offriva a Trafficante un piatto allettante: ostruire i canali aperti, far lievitare i prezzi con la carestia e partecipare al business con nuove forze. E comunque non era quello il frutto delle sue lunghe elucubrazioni, ma solo la concessione che si vedeva obbligato a fare al socio per raggiungere i suoi veri obiettivi.

Lansky spiegò a Trafficante di aver scoperto che le Famiglie violavano i limiti imposti al transito di droga a Cuba. Era preoccupato perché, mentre lui era impegnato a far fronte alle difficoltà della guerra civile, percepiva un progressivo aumento dell'iniziativa di quelli "di fuori" nell'affare della droga. Non usavano più l'isola soltanto come ponte, ma si erano presi la libertà di allestire un laboratorio per la lavorazione della cocaina all'Avana, e questo complicava le cose.

«Non possiamo dargli l'impressione di essere deboli» aggiunse Lansky. «Abbiamo già fin troppi problemi con la rivolta di Castro e le stronzate di Batista. Dobbiamo essere preparati, Santos.»

«A cosa ti riferisci?»

«Al fatto che non sappiamo come andrà a finire tutto questo. Mi sembra che tu, mio fratello Jake e quelli che come voi cercano di arricchirsi con la polvere bianca andranno incontro a serie difficoltà se il governo di Cuba non sarà più nelle mani di Batista.»

«Parli della richiesta di estradizione?»

«Indovinato!» esclamò Lansky con ironia mal dissimulata. «Ho un piano, Santos: ci renderemo utili agli Stati Uniti, e di questo favore ci saranno eternamente grati.»

«Credo di cominciare a capire. Quando mi dicevi che avremmo passato informazioni ad Aslinger, parlavi di fare "pulizia"...»

«Infatti. Una bella pulizia senza doverci esporre. Di questo si incaricheranno i nostri amici cubani. Confermeranno pure che noi non abbiamo niente a che vedere con la droga e che siamo gente pacifica, dedita ad attività legali. La miglior prova è che non si troverà un solo grammo di cocaina in nessuno dei nostri casinò. Abbiamo coltivato con fatica quell'immagine ed è ora di raccoglierne i frutti.»

Fu in quel momento che Trafficante vide accendersi il potente riflettore che illuminava il suo futuro. Ma non era il caso di parlare delle porte che Lansky gli stava spalancando. Era ovvio che un Trafficante rigenerato e con una concorrenza ridotta sarebbe piombato sugli Stati Uniti carico di cocaina come Babbo Natale.

«Anche se stenti a crederci, con questa idea abbiamo tra le mani qualcosa di più dirompente della bomba di Hiroshima» disse Lansky, mostrando al socio i vantaggi su cui voleva attirare l'attenzione. «Fin dove mi è dato di vedere, le relazioni fra Batista e il dipartimento di Stato americano, che negli ultimi tempi non sono state molto buone a causa dell'embargo sulle armi, miglioreranno; e anche quelle di Aslinger con il Departamento de Investigaciones. Noi saremo la fonte occulta del Narcotic Bureau, loro lo sapranno e ci tratteranno meglio del figliol prodigo. I nostri uomini non figureranno su nessuna lista nera, e se domani saremo costretti a spiccare il volo da questo paese, ne avremo un altro pronto a riceverci.»

«Ci renderemo utili!» esclamò Trafficante sul punto di mettersi a ridere. «Erano anni che non sentivo niente di meglio. Roba da non credere!»

«Ti ringrazio. Questo potrebbe aiutarci, ma non è tutto. È ora di collaborare in un altro modo con Batista. Gli abbiamo riempito le tasche di soldi, ma adesso ha bisogno di noi per qualcosa di più.»

«Questo l'ho sempre saputo» intervenne Trafficante. «Quell'uomo non è capace di uscire da solo dal buco in cui si è cacciato. Abbiamo molti modi per aiutarlo. Visto che continua a stare dove non dovrebbe, non c'è alternativa... Facciamolo!»

«Vedo che siamo sulla stessa lunghezza d'onda. Meglio così» disse Lansky, e Trafficante credette di capire a cosa alludeva, ma non fece commenti. «Te ne occuperai tu, ti spetta.»

«Ok. Però non ci siamo accordati sulle informazioni che faremo scivolare sotto la porta di Aslinger.»

«Non devi arrovellarti troppo: tutto quello che sappiamo.»

«Tutto o quasi tutto?» precisò Trafficante, accantonando la parte che gli spettava di quel tutto immenso.

«Quasi tutto, Santos. Naturalmente.»

Emma ascoltava il canto dei galli, un mistero per lei indecifrabile giacché non riusciva a capire dove potessero nascondersi in una città come L'Avana. Il concerto dell'alba arrivava fino alla sua stanza: un grillo aggrappato a qualche foglia del giardino che emetteva ripetutamente la stessa nota acuta, latrati lontani e il suono metallico della sveglia che poteva confondersi con il ritmo tumultuoso del suo cuore. Al suo fianco riposava il capitano Castañeda, indifeso nel suo sonno di guerriero esausto. Era arrivato un paio d'ore prima senza accorgersi dell'insonnia della moglie né della freddezza con cui aveva risposto alle domande d'obbligo, sempre le stesse. Castañeda non era in condizioni di accorgersi di niente, il letto era la sua unica meta. Forse per questo motivo, o perché Morfeo iniziava già la sua seduta d'ipnosi, non riuscì neanche a rendersi conto dell'agitazione che assalì Emma durante la loro breve conversazione, quando le aveva annunciato che la sera dopo avrebbero avuto un ospite a cena.

Emma non domandò il nome dell'invitato perché le era indifferente. Comunque Castañeda gliel'avrebbe detto, e se non lo fece fu solo perché si addormentò. A renderla tesa come una corda del violino del grillo in cortile era l'idea improvvisa di proporre al marito d'invitare un'amica che l'aiutasse nei preparativi. Lei stessa si era meravigliata ascoltando le proprie parole, ma era troppo tardi. Ormai era fatta.

«Un'amica? Di che amica si tratta?» domandò Castañeda ricacciando uno sbadiglio che lottava per uscire.

«Un'amica del club. Non la conosci.»

«E perché vuoi invitarla?»

«Non si tratta d'invitarla, Arturo. Può aiutarmi a fare la spesa, a scegliere i piatti che Teresita dovrà cucinare e in tutte le altre cose di cui si occupa una donna quando il marito invita qualcuno a cena. Oltretutto, è una persona molto educata e credo che sarebbe più piacevole per il tuo amico se fossimo in quattro a tavola.»

«Non è un amico, amore, è una faccenda di lavoro.»

«Fa lo stesso. C'è qualcosa di male in quel che ti chiedo?»

«Niente. Faremo come vuoi» disse Castañeda quasi al tappeto per un gancio destro del dio dei sogni. «È un americano...»

Il capitano non riuscì a dirle che era un americano dell'ambasciata, Jim Noel, funzionario della sezione politica e capo dell'agenzia locale della Cia, con cui si incontrava regolarmente quale funzionario di collegamento del Brac con i servizi segreti nordamericani. Ma se anche l'avesse detto, Emma non l'avrebbe nemmeno ascoltato, perché in quel momento il suo unico desiderio era che albeggiasse e che, insieme al sole, dalla porta entrasse la sua amante.

La decisione di introdurre Susy in casa comportava più rischi di quanti fosse in grado di calcolare in quel momento di gioia insperata. Pensava a lei così tanto, la desiderava a tal punto che avrebbe corso tutti i pericoli del mondo per tenerla sempre accanto a sé. Vedeva il futuro straordinariamente semplice: Susy era un'amica e sarebbe potuta venire a casa sua ogni volta che l'avesse desiderato. Non c'era niente da nascondere, o pochissimo, lo stretto indispensabile.

Rum e Whisky corsero latrando dal fondo del giardino fino alla porta d'ingresso della casa del capitano Castañeda in avenida Séptima, a Miramar. Il campanello suonò qualche istante dopo, quando dietro il vetro immacolato si stagliò la sagoma di un uomo. Castañeda chiuse il giornale "Ataja", un fogliaccio di cronaca nera che stillava sangue da ogni pagina, e andò a ricevere l'ospite.

Jim Noel arrivò puntuale all'appuntamento, né un minuto prima né uno dopo. Durante la sua permanenza a Cuba non era ancora riuscito a modificare un'abitudine che sull'isola era insolita e poteva persino risultare noiosa. Erano le 20 e dalla casa vicina giungevano le note della sigla del notiziario della CMQ, sponsorizzato da una birra.

La tavola in sala da pranzo sembrava apparecchiata per ricevere qualcuno di rango superiore al capo di un'agenzia locale della Cia; sarebbe stata degna dell'ambasciatore Earl T. Smith, o addirittura dei fratelli Dulles. Emma ce l'aveva messa tutta, lavorando come una schiava per dimostrare con quella cena che i cubani potevano mancare di puntualità, ma non certo di ospitalità. Se di Jim Noel colpiva la precisione teutonica, di Castañeda impressionava la munificenza con cui aveva fatto imbandire la tavola in onore dell'invitato.

Il capitano non ricordava di aver mai visto sua moglie così euforica come quel giorno e non trovava un motivo abbastanza convincente che giustificasse tanta allegria. Pensò che fosse per la cena, che apportava un po' di mondanità alla sua noiosa esistenza di bambolina, e non gli passò nemmeno per la testa che la vera causa fosse la persona che in quel momento stava versando l'olio d'oliva sulla lattuga.

Susy era arrivata quella mattina, poco dopo che Castañeda era uscito per andare in ufficio. Lei ed Emma avevano passato assieme tutta la giornata, coltivando l'illusione che quei preparativi non fossero un fatto eccezionale ma parte della loro vita quotidiana.

Emma preferì assegnare il giorno libero alla domestica perché non vi fosse tra loro un'ombra inopportuna. Fecero la spesa al supermercato della spiaggia e si godettero la passeggiata lungo avenida Quinta, fermandosi a bere un bibita alla caffetteria Biltmore, una copia fedele della classica caffetteria americana, con mezzanini, fòrmica e camerieri con il chepì. Pranzarono con hot dog e Pepsi ghiacciata nel giardino di casa. Furono occupate a smaltarsi reciprocamente le unghie, a depilarsi le sopracciglia e ad applicarsi maschere facciali al cetriolo, seguendo i consigli della rivista "Romances". Rimase loro giusto il tempo di apparecchiare la tavola, e lo fecero con stoviglie di marca: i piatti di porcellana di Meissen e le posate d'argento fuso in Messico del XIX secolo, i candelabri nichelati di Lámparas Quesada, i tovaglioli di lino acquistati da Fin de Siglo e le statuette di principi neri del Jardín Goyanes. La cena non venne preparata in casa, perché sarebbe stato un disastro. Incaricarono del menu il ristorante 1830 e, siccome non conoscevano i gusti dell'ospite, decisero di chiedere tre pietanze differenti... tutte a base di carne di maiale. Emma aspettava Castañeda per le 18 e fece l'ordinazione per quell'ora. L'insalata sarebbe stata preparata all'ultimo momento e il resto degli alimenti sarebbe rimasto in caldo nel forno o al vapore.

Alle 16 decisero di cambiarsi. Era ancora presto per il trucco e gli abiti da sera, ma Castañeda sarebbe tornato nel giro di un paio d'ore e, dopo tanta attività domestica, le due donne desideravano ritagliarsi un piccolo spazio d'intimità. E lo fecero nella vasca da bagno colma d'acqua tiepida.

Castañeda trovò l'amica di Emma seduta sulla terrazza in giardino con un bicchiere di rum in una mano e una sigaretta accesa nell'altra. Nonostante il liquore e la sigaretta, gli sembrò una ragazzina perbene che, lontano dallo sguardo dei familiari, si atteggiava da emancipata. Avvertì anche un certo nervosismo al momento delle presentazioni e notò due begli occhi troppo inquieti, che il vecchio segugio interpretò come tratti di una personalità introversa e non come ciò che rivelavano in realtà: un'incontrollabile reazione di paura.

Jim Noel strinse la mano tesa del capitano e avanzò verso il centro del soggiorno restando in piedi finché gli furono presentate Emma e Susana. Loro aspettarono qualche minuto accanto agli uomini, adempiendo alle formalità di rito, poi tornarono in cucina per servire a tavola. Dalla sala da pranzo entrambe vedevano Castañeda e Noel conversare come vecchi amici, con i loro bicchieri di rum avvolti nei tovaglioli di carta.

Ogni volta che Susy entrava nel campo visivo dell'americano, lui girava con discrezione gli occhi e ne seguiva i movimenti. Quella curiosità, insieme discreta e sfacciata, suscitò la prima tempesta di gelosia di Emma, che credeva di scoprire nei gesti più naturali di Susy una risposta provocante agli sguardi insistenti dell'ospite.

Solo dopo la cena Susy mise a fuoco il motivo che aveva deviato il suo cammino nella vita fino a quella tavola satura di grasso di maiale. Castañeda e Noel bevvero il Cointreau e il caffè, poi andarono a sedersi in soggiorno, dove ciascuno prese un Partagás scegliendolo dal cofanetto dei sigari con la stessa cura con cui un gioielliere sceglie una pietra preziosa. In quel momento la mente della donna fu attraversata dal ricordo delle richieste di Lara. Si era sentita così a suo agio fino ad allora, dimenticando ciò che ci si aspettava da lei, che la prospettiva di essere scoperta mentre spiava la conversazione tra Castañeda e il nordamericano le provocò uno spasmo allo stomaco.

Susy non aveva la più pallida idea del ruolo di Jim all'ambasciata, ma intuiva che nella conversazione tra un ufficiale del Brac e un funzionario americano si sarebbe detto qualcosa che le avrebbe consentito di alleggerire un po' la pressione su di lei. Aguzzò l'udito. Lei ed Emma si sedettero sul divano e gli uomini sprofondarono nelle poltrone. I due parlavano senza interruzione, sempre appartati, e Susy riusciva a captare di tanto in tanto un concetto isolato al di sopra dei discorsi della sua amica su argomenti strettamente femminili.

Di ritorno a casa provò a mettere ordine in ciò che aveva ascoltato e si rese conto di aver afferrato solo un breve frammento del dialogo tra i due. Ricordava perfettamente l'espressione guardinga di Castañeda quando aveva detto a Jim Noel che da un pezzo il Brac era sulle tracce di un gruppo terrorista che operava contro certi interessi nordamericani all'Avana.

«A quali interessi si riferisce?» aveva domandato l'americano chinandosi verso Castañeda per sottolineare l'importanza della questione.

«Al gioco d'azzardo e ad altre attività tipiche dell'industria turistica.»

«E che cosa le fa pensare che i castristi siano interessati a colpire questo settore?»

«No, mister Noel, il problema è un altro. Abbiamo studiato tutti i precedenti e pensiamo che il 26 de Julio potrebbe non essere coinvolto nei fatti. Le modalità d'azione fanno pensare piuttosto a una forza indipendente che persegue qualche particolare obiettivo. Probabilmente si tratta di una vendetta. Può aiutarci a chiarire tale eventualità?»

Susy fissò nella propria memoria la conversazione in modo meccanico, ripetendo a se stessa il contenuto essenziale e dimenticando altri dettagli incomprensibili della chiacchierata. La missione, per lei, era compiuta, e si mise l'anima in pace. Se fosse stata un agente addestrato, la ragazza avrebbe fatto morire Lara di paura con i suoi resoconti di prima mano. Tra ciò che le entrò in un orecchio per uscire intatto dall'altro ci furono cose tanto rilevanti come l'annuncio ufficiale di una prossima visita dell'ispettore generale della Cia, Lyman Kirkpatrick, che avrebbe incontrato il colonnello Mariano Faget, e le opinioni di Noel riguardo al Segundo Frente Nacional del Escambray come alternativa all'avanzata di Castro, che sfociarono in una richiesta al Brac perché venisse coordinata con le forze armate una politica di *laissez faire* nei confronti dei gruppi guerriglieri di Eloy Gutiérrez Menoyo e William Morgan.

Ma quel che Susy udì e cancellò non avrebbe avuto per Lara l'importanza delle altre cose che non riuscì a sentire per l'idea inopportuna di Emma di preparare un altro caffè. Le due donne andarono in cucina e, mentre aspettavano che la caffettiera italiana facesse il suo dovere, ne approfittarono per scambiarsi in privato lunghi baci appassionati.

Quando tornarono in soggiorno, Emma aveva ancora le labbra arrossate e Susy una ciocca di capelli fuori posto. Trovarono Castañeda che fumava il sigaro con voluttà sospetta e Jim Noel meditabondo, che ripensava a quanto gli aveva appena detto il capitano: il Brac era al corrente di un prossimo attentato terroristico al cabaret Sans Souci e avrebbe organizzato un blitz per catturare il commando. Ma Susy, sfortunatamente, non poteva leggere nel pensiero.

13 maggio 1958

Il colonnello Orlando Piedra, capo del Departamento de Investigaciones, guidava l'assalto al laboratorio di cocaina. Tre auto della polizia con gli equipaggi al completo, armati di mitra, arrivarono simultaneamente all'edificio contrassegnato dal numero 405 in calle F, al Vedado. La piccola carovana era seguita da un'auto sulla quale viaggiavano un cameraman della CMQ e un fotografo della rivista "Bohemia". Piedra non solo aveva programmato il colpo, ma anche le sue ripercussioni.

Poche settimane prima il Narcotic Bureau degli Stati Uniti aveva comunicato al colonnello, attraverso i canali ufficiali, la decisione unilaterale di interrompere la collaborazione con il Departamento de Investigaciones, visto lo scarso impegno del governo cubano nella lotta antidroga. Aslinger era furioso e rilasciava dichiarazioni pubbliche in cui denunciava la probabile complicità della polizia di Batista con i narcotrafficanti.

Le sorprendenti quanto inattese informazioni pervenute al Departamento de Investigaciones salvarono il culo al colonnello Piedra. Alcune notti prima, mentre usciva dall'ufficio era stato fermato nel corridoio dal tenente Delgado, capo della squadra antidroga, il quale gli aveva raccontato una storia incredibile: uno degli uomini del casinò dell'Hotel Deauville, un certo Nicola Carrara, noto come "Spaghetti", gli aveva chiesto un incontro. All'appuntamento in un bar del porto, Spaghetti aveva vomitato una tale quantità di dati sul traffico di stupefacenti che l'ufficiale pensò si trattasse di uno scherzo.

Mai prima di allora la squadra antidroga era riuscita a disporre di tanti preziosi dettagli. Il colonnello Piedra si fece ripetere varie volte la storia da Delgado, punto per punto, per scoprire la trappola che sicuramente nascondeva. Ma non trovò meccanismi sospetti, se non gli echi di una vendetta, un messaggio perché si prendessero iniziative contro nemici turbolenti firmato da Santos Trafficante. La soffiata cadeva nelle sue mani come la manna dal cielo per risolvere la crisi con l'ufficio di Aslinger.

«Spaghetti ha detto che mi confidava tutto quanto contando sulla discrezione del Departamento nei confronti della fonte delle informazioni» aggiunse il tenente Delgado. «Sembrava preoccupato per il modo con cui avremmo proceduto e mi ha fatto una proposta che mi sono impegnato a trasmetterle.»

«Di che proposta si tratta?» indagò il colonnello.

«Prima distruggere il laboratorio di cocaina e poi fare i passi che riteniamo necessari.»

A Piedra l'idea di utilizzare il sequestro di un laboratorio di cocaina come detonatore delle retate antidroga all'Avana parve eccellente, poiché gli offriva un motivo per giustificare l'inizio delle operazioni. Una prova così evidente dell'esistenza del narcotraffico non poteva assolutamente passare inosservata, anche se quella città era L'Avana, e la polizia quella cubana.

Il laboratorio di calle F era diretto da Lucho Aguilera, un esperto fabbricante di cocaina di nazionalità boliviana la cui foto era stata inviata da Aslinger a tutte le sezioni dell'Interpol e che in America Latina era ricercato più attivamente di Martin Bormann, il braccio destro di Hitler. Con sua grande sorpresa, però, il capo del Departamento de Investigaciones non seppe, fino a qualche ora dopo l'assalto, che la delazione coinvolgeva il famoso Aguilera.

L'operazione fu breve e silenziosa. Non fu sparato nemmeno un colpo. Il tenente Delgado bussò all'ingresso della casa e un istante dopo Lucho Aguilera apriva la porta, sbigottito tanto per le armi spianate quanto per le telecamere che immortalavano l'audace azione del colonnello Orlando Piedra. Questi si sarebbe affrettato a inviare quella notte stessa un rapporto dettagliato al Narcotic Bureau e nei giorni seguenti ne avrebbe inviati altri, a mano a mano che venivano catturate persone, sequestrati aerei, barche e pacchetti di polvere bianca.

Aslinger ci mise un po' a trovare una spiegazione plausibile per la repentina efficienza della polizia cubana. Non credeva a quel che stava succedendo; era come se Piedra e i suoi uomini fossero riusciti a turare la falla principale di quell'impianto idraulico che Aslinger non riusciva a tenere sotto controllo. La soluzione dell'enigma arrivò insieme alla motivazione con cui il governo cubano respinse la richiesta di estradizione per Santos Trafficante, Jake Lansky e gli altri: la polizia e il Departamento de Investigaciones dichiaravano che i soggetti in questione erano persone rispettabili perfettamente integrate nella società cubana, dedite ad affari assolutamente leciti connessi al turismo, e che su di loro non esistevano prove né sospetti che fossero implicati nel traffico di droga. Harry H. Aslinger era spietato e ostinato, ma sapeva apprezzare i favori.

14 maggio 1958

Quel pomeriggio sarebbe potuto essere come tanti altri, ma a Susy stava accadendo qualcosa d'incomprensibile per Emma. L'amica a tratti si assentava e sembrava perdere qualsiasi interesse per quanto avveniva fra le lenzuola. Poco prima, mentre si aspettava il consueto slancio di Susy verso il traguardo finale del piacere, sentì che non era pronta e fu costretta a prendere l'iniziativa. Risollevò Susy e la stupì abbandonando l'abituale passività. Susy gradì quell'assalto inaspettato e, per la prima volta, pensò di essere posseduta e non di possedere, sebbene l'inesperienza di Emma la spinse a riprendere il ruolo di guida.

Mentre la pornostar accarezzava il corpo della moglie del vicecomandante del Brac, il suo sguardo era inchiodato al soffitto, e il suo pensiero a Villa Scarlett, dove la mattina aveva scoperto il mucchio di merda nel quale Adalberto Lara la teneva immersa fino al collo. Quel giorno non aveva dovuto lavorare, pur figurando nel cast del nuovo film di cui stavano iniziando le riprese.

La cameriera servì la colazione nella spaziosa sala da pranzo della parte di residenza assegnata a Lara e alle altre attrici. Susy era arrivata alla villa molto presto, dopo vari giorni di assenza. Dopo la cena in casa del capitano Arturo Castañeda non si era precipitata a riferire a Lara quello che aveva saputo; si era presa il tempo necessario perché il regista non pensasse che lei si divertiva svolgendo l'incarico che le aveva affidato, o che temeva le sue minacce. Sarebbe potuta ritornare in studio il giorno prima, ma preferì tenerselo libero. Dopotutto, se Lara aveva bisogno di lei, era lui a doverla cercare.

Le sei ragazze e il regista si riunirono intorno alla tavola come una vera famiglia. Lara si avvicinò a Susy e la baciò sulla guancia, approfittandone per sussurrarle un «Io e te dobbiamo parlare» cui la ragazza non si prese la briga di rispondere. Rebeca spiava furtivamente il volto di Susy e vi colse un sorriso enigmatico. Lei sapeva, per esperienza, che quel ghigno beffardo era direttamente collegato alla felicità sessuale e provò una piccola fitta di gelosia, anche se tra loro non c'era più quel che c'era stato all'inizio, e la relazione rimaneva nei confini dell'amicizia. Anche se, di tanto in tanto, Rebeca scivolava nella camera della collega con qualche scusa cercando, e ottenendo, un po' di sesso fuori del set.

«Ti trovo molto bene, Susana» disse Rebeca con un tono leggermente sarcastico che, nonostante la levità, fu notato da tutti. «Si vede che lavorare poco ti ha fatto bene. Magari Lara avesse altrettante attenzioni per me.»

«Smettila di dire idiozie!» intervenne Lara. «Susy lavora per me e sono io che decido cosa dovete o non dovete fare. Per favore, fatti gli affari tuoi.»

«Lascia stare, Adalberto. Non sta mettendo in discussione la tua autorità» disse Susy mentre spalmava il burro sul pane. «Io so dove vuole arrivare. Vero, Rebeca?»

«Non credere che m'importi quel che fai fuori di qui, ma non mi sembra giusto che mentre tu ti diverti noi dobbiamo lavorare di più» sbottò Rebeca, un po' sopra le righe. «È un maschietto o una femminuccia?»

«Sono fatti miei!»

«Basta!» gridò Lara, picchiando un pugno sul tavolo. «Lasciala in pace, Rebeca! Qui l'unica ingiustizia è che tu ci debba rovinare la colazione con le tue stronzate. Finite voi, io devo parlare con Susy.»

Lara fece segno alla ragazza di accompagnarlo, ma lei non si mosse e continuò a far colazione mentre lanciava sguardi feroci a Rebeca.

«Scusami Adalberto, ho fame. Appena ho finito, ti raggiungerò nel tuo studio. Va bene?» disse la ragazza, che aveva bisogno di un intermezzo per passare da quel quadretto domestico al suo ruolo di spia dilettante. Per la prima volta aveva qualcosa da raccontare a Lara e sperava che fosse sufficiente per mettersi il cuore in pace, almeno per qualche tempo.

Le mani di Susy ora percorrevano con indifferenza il corpo bollente dell'amica; senza volerlo, la sua mente ricostruiva l'ultimo incontro con Lara, e ciò assorbiva tutta la sua attenzione. Emma, interdetta, cercò di riaccendere l'interesse evidentemente smarrito dell'amica con gemiti da gatta in calore, premendo il pube sulla coscia di Susy, che percepì l'avance e fece uno sforzo per concentrarsi, anche se i suoi movimenti continuavano a essere meccanici e privi di entusiasmo.

«Che ti succede?» domandò Emma sollevandosi sui gomiti. «Ti senti male?»

«No, certo che no.»

«Hai qualche problema con la tua famiglia? A me puoi dire tutto. Io ti amo, Susana» disse la ragazza, mescolando l'ingenuità delle sue elucubrazioni con la confessione esplicita del proprio amore.

Le parole di Emma colpirono Susy come una bastonata. Vi riconobbe una sincerità che le provocò un'ondata di commozione e, insieme, di panico. La emozionava sentire di essere amata e temeva che quell'amore le sfuggisse, sommerso dalle acque putride della menzogna. Si avvicinò a Emma per baciarla con tenerezza e decise che entro ventiquattr'ore avrebbe rimosso per sempre Lara dal posto che occupava tra loro due.

Emma seppe interpretare quel bacio riconoscente e si sentì felice. Il desiderio sessuale si spense di colpo, lasciando emergere il semplice bisogno di stare con Susy.

«Vuoi una Coca-Cola o una birra?» domandò raggiante prima di rialzarsi. La nudità di entrambe smise di avere un significato erotico e divenne la maniera più naturale e comoda di muoversi per casa.

«Preferisco una Coca-Cola con ghiaccio, ma prima vado a farmi una doccia.»

«Va bene. Preparo uno spuntino e ti raggiungo.»

Susy aprì il rubinetto e si lasciò scorrere addosso l'acqua fredda. Sentì Emma accendere la radio. La casa fu inondata dalla languida melodia di una canzone dei Platters: *Only you.* Se le avesse prestato attenzione, avrebbe notato che quella canzone stava dettando a Emma le sue parole d'amore. Sotto la doccia, però, Susy pensava solo alla sua ultima conversazione con Adalberto Lara e a ciò che avrebbe dovuto fare per restare vicina all'amante. Il regista, infatti, le aveva fatto capire che, per riuscirci, avrebbe dovuto lottare.

Dopo l'incidente con Rebeca a colazione, Susy era salita nello studio di Lara. Lui sapeva della cena in casa del capitano Castañeda ed era ansioso di avere notizie, e Susy le aveva. Lei gli spiegò meglio che poté l'atmosfera della cena con un funzionario dell'ambasciata americana e i buoni rapporti che Castañeda aveva con lui; gli raccontò che il tipo non le staccava gli occhi di dosso e descrisse la cena, una portata dopo l'altra. Lara cominciava a spazientirsi, quando Susy gli riferì di aver udito Castañeda dire all'americano che il Brac aveva informazioni su un gruppo di sabotatori che agiva contro gli interessi del gioco d'azzardo e il turismo all'Avana, terroristi che, a quanto pare, erano una forza indipendente, estranea al 26 de Julio.

Adalberto Lara dovette mordersi la lingua per reprimere un'esclamazione. Il suo contegno e la posa da regista insindacabile crollarono sciogliendosi come mozzarella sulla pizza. Non occorreva essere lettori di Dick Tracy per capire che il Brac, e adesso anche gli americani, erano sulle tracce dei Nipotini. Arrossì violentemente. Sembrava che stesse per avere un infarto. Susy notò il cambiamento e tentò, d'istinto, di sapere cosa gli stava succedendo.

«È grave? È come se ti avessero dato del figlio di puttana.»

«Cos'altro hai saputo? Hanno parlato di qualcuno? Finisci di raccontarmi tutto, cazzo!» riuscì a dire Lara al colmo dell'agitazione.

«Ehi, non sbagliarti! Vai a prendertela con Castañeda!»

«Finisci di raccontarmi quello che hai sentito» ripeté Lara con minore aggressività, forse meravigliato dall'atteggiamento orgoglioso della ragazza.

«Non ho altro da dirti.»

«Non può essere. Avranno parlato della faccenda per un bel po'. Non ascoltavi?»

«Ho sentito quel che ho sentito. Se si sono detti di più, non l'hanno fatto davanti a me.»

«Pensaci un po'.»

«Cazzo, sembra che sei tu quello che sta mettendo le bombe!»

Lara non ribatté subito perché la frase colpiva nel segno e pensò di fare attenzione, ma quando aprì la bocca non aveva ancora trovato una risposta intelligente e si tradì davanti a Susy come un bambino con la bocca impiastricciata che nega di aver mangiato il cioccolato.

«Susana Santamaría, stammi bene a sentire: se io fossi coinvolto in questa faccenda, sta' sicura che lo saresti anche tu. Non condividiamo forse dei segreti?»

«Che cazzo stai dicendo, figlio di puttana!»

«Quello che hai appena sentito» disse Lara, cercando nell'ironia un sostegno per le sue gambe molli. «Tu farai ciò che dico io.»

«Sei pazzo!»

«Sì, ed è probabile che nella mia follia faccia sapere al capitano Castañeda che gli stai mettendo le corna. E ti dirò qualcosa di ancora più folle: te ne vai di nuovo a casa della tua amichetta e non torni finché non avrai saputo il finale della storia.»

La tenda del bagno si aprì all'improvviso e il rumore degli anelli metallici colse Susy di sorpresa. Forse turbata dal ricordo di una situazione analoga, si portò le mani al petto cercando riparo e lasciò cadere la spugna insaponata; ma questa volta non era Lara che arrivava all'improvviso. Emma non riuscì a trattenere una risata e la cinse con le braccia da dietro, stringendosi contro le sue natiche bagnate.

«Su che pianeta eri?»

«Disgraziatamente, su questo. Non sai quel che darei per essere molto lontana.»

Forse a causa del modo in cui Emma la guardò, interdetta, Susy fu sul punto di vuotare il sacco e confessarle tutto, ma poi pensò che era meglio continuare a fingere e non creare all'amica l'imbarazzo di doversi confrontare con la cruda realtà. Mentre facevano la doccia, scrisse nella sua mente il romanzo con cui avrebbe tentato di fuggire con Emma per sempre.

«Devo dirti qualcosa di molto spiacevole» esordì Susy qualche minuto dopo, seduta a tavola davanti a una Coca-Cola e a un piattino di würstel e olive.

«Spiacevole?»

«Parecchio.»

«Si tratta di noi?» domandò Emma, dominando un groppo che le si formava in gola, come qualunque donna il cui intuito le dice che l'uomo con il quale ha una relazione sta per confessarle che è sposato e ha tre figli.

«È una faccenda delicata.» Susy tergiversava, non sapendo da dove iniziare. «Non immagini quanto sono preoccupata. Da due giorni non riesco a dormire. Continuo a pensarci…»

«Si tratta di noi?» ripeté Emma, che seguiva le parole dell'amica con il cuore in gola.

«Sì. Qualche giorno fa, per strada mi ha avvicinato un uomo per dirmi che sapeva che sto con te…»

«Ma chi è?» la interruppe Emma, con la voce incrinata. «Come fa a saperlo?»

«Ti prego di ascoltarmi.» Susy allungò la mano attraverso la tavola per stringere quella dell'amica con fare materno. «Quel tizio mi ha obbligato a sedermi con lui in un caffè e mi ha detto chiaro e tondo che era del 26 de Julio e che ti stavano seguendo da tempo. Si sono accorti della nostra relazione e adesso vogliono che io cooperi con loro passandogli informazioni su tuo marito.»

«Non può essere!» esclamò Emma, e le lacrime scivolarono dai suoi occhi neri alla tovaglia, prima che una smorfia le alterasse il viso e cominciasse a singhiozzare. «Cosa vuole quell'uomo? Io non posso essere importante per quella gente.»

«Ma tuo marito sì. Vogliono ricattarci con Castañeda. Mi ha minacciato di spifferargli tutto, se non ubbidivo» sostenne con la sincerità di una santa nel confessionale, credendo lei stessa nella verità camuffata delle proprie parole.

Susy si alzò e raggiunse Emma, che piangeva in silenzio ingoiando i gemiti assieme alle imprecazioni che avrebbe voluto urlare. La paura le faceva tremare la mano appoggiata al viso come una foglia nella tempesta. Susy le prese il mento e le asciugò le lacrime con il tovagliolo.

«Non piangere, amore. A tutto c'è rimedio.»

«E adesso cosa facciamo?»

«Ci ho pensato su a lungo e sono arrivata alla conclusione che abbiamo un'unica alternativa» disse Susy, che stava arrivando al clou del suo romanzo e non perse l'occasione di sfruttarne l'effetto per cogliere la vittoria.

«Quale?»

«Ti propongo di andarcene da questo paese di merda.»

La conversazione si prolungò per un paio d'ore, ma alla fine Emma era determinata quanto Susy a prendere un volo per Miami e di lì raggiungere il Messico, dov'era più facile far perdere le tracce. Misero a punto il loro piano senza sottovalutare dettagli come il fatto di dover giustificare a Castañeda un viaggio in fretta e furia: Emma gli avrebbe chiesto il permesso di andare a far spese un fine settimana al "nord" e, all'obiezione del marito di non poterla accompagnare, avrebbe risposto che sarebbe andata con l'amica Susana. Castañeda non poteva negare al suo uccellino in gabbia la gioia di spendere un po' di soldi in cose superflue. Insieme valutarono con attenzione un'eventuale risposta negativa; con una sola telefonata il capitano del Brac poteva sbarrare loro le frontiere, ma era un'ipotesi del tutto improbabile. Calcolarono il denaro che sarebbero riuscite a mettere assieme nel giro di qualche giorno, parlarono di come si sarebbero guadagnate da vivere e arrivarono a sognare una nuova vita, che sarebbe trascorsa ascoltando canzoni messicane e bevendo cocktail Margarita ad Acapulco.

Malgrado le decisioni prese, Emma non riusciva a digerire l'idea di fuggire con un'amante. Ma era così spaventata che si sarebbe lasciata trascinare in quell'avventura. Forse, se avesse avuto qualche anno di più, avrebbe reagito diversamente e non si sarebbe infilata senza fiatare nell'unica via di scampo indicatale da Susy. Eppure si sentiva persa. E non tanto per la minaccia della tremenda rivelazione della sua infedeltà saffica, quanto piuttosto perché follemente innamorata.

18 maggio 1958

Lavata di recente, la Buick dei tre Nipotini scivolava lungo avenida Cincuenta y uno diretta al cabaret Sans Souci. Sarebbe stata la loro ultima missione. In vari mesi di attentati terroristici il gruppo di Lara aveva fatto i suoi danni. Forse i risultati non erano molto rilevanti sul piano militare, e del resto non era quello lo scopo, ma interpretavano alla lettera l'idea che lo zio ricco Paperon de' Paperoni aveva della sua guerra.

Gli obiettivi scelti erano perlopiù civili e ogni attacco era concepito come un calcio nelle palle a Batista. Qualunque analista, nell'osservare con attenzione quelle azioni, in maggioranza cruente, avrebbe riscontrato una linea di pensiero coerente, tracciata secondo i concetti della guerra psicologica.

Apparentemente, quel terrore selettivo non era affatto diverso da quello praticato dai commando urbani della guerriglia, i quali proclamavano con le bombe e gli attentati l'esistenza di un'opposizione armata ansiosa di rovesciare il governo con la forza. La milizia urbana era il complemento militare della guerra sulle montagne, ma soprattutto un'arma di propaganda contro Batista. Uno sparo in città poteva avere un effetto mille volte più dirompente di uno scontro sulla Sierra Maestra.

Questa tattica a effetto moltiplicatore faceva sì che l'Ejército Rebelde apparisse più forte di quanto fosse realmente; infatti, anche se nel corso dei mesi le sue posizioni sulle montagne orientali si erano andate consolidando, si trattava pur sempre di un piccolo gruppo male armato rispetto alle forze di cui disponeva il governo per annientarlo.

L'astuzia di Castro consisté nel creare la sensazione che quel piccolo e folle esercito fosse ovunque. A fungere da catalizzatore fu la stessa repressione delle azioni urbane e delle reti di appoggio del Movimiento 26 de Julio che, con il tempo, si trasformò in una rappresaglia gigantesca e indifferenziata. Nelle strade nessuno era al sicuro.

A Cuba si riproponeva ancora una volta l'anacronistico circolo vizioso dell'azione e della reazione politica. Castro, che si avvaleva del legittimo diritto di belligeranza contro un governo non istituzionale, provocò con le proprie azioni una recrudescenza della repressione da parte del regime. Ogni bomba esigeva una risposta ancor più devastante, ogni vittima di un attentato dieci morti fra gli attentatori, o presunti tali. L'escalation si riassumeva nell'assioma: la violenza genera violenza, e il 26 de Julio faceva affidamento proprio su questo per destabilizzare il governo.

Fidel Castro e i suoi uomini conoscevano perfettamente questa regola aurea. Il loro problema consisteva nel come utilizzarla. Se volevano contare sull'appoggio della popolazione, i loro atti terroristici, nei limiti del possibile, non potevano prenderla come bersaglio. Per tale motivo le milizie del 26 de Julio erano attente a scegliere obiettivi che non causassero vittime fra i civili, e facevano in modo di provocare più fumo che arrosto, colpendo infrastrutture pubbliche ed economiche, e collocando le bombe in luoghi dove fosse possibile vederle e sentirle bene, come alla CMQ Televisión. Non sempre ci riuscivano.

Un'altra preoccupazione, oltre a quella di non essere additati con il nomignolo di "ammazzacompagni", come venivano chiamati i revolver baschi che si aprivano in due e sparavano dove volevano, fu di evitare in tutti i modi che la guerra danneggiasse gli interessi nordamericani nell'isola. Castro non poteva permettersi di servire su un piatto d'argento agli Stati Uniti il pretesto per un intervento militare diretto, che avrebbe segnato la fine di tutto.

Dal canto suo, il ricco zio Paperon de' Paperoni la pensava in fondo quasi allo stesso modo, anche se applicava una tattica diversa. Castro faceva affidamento su forze stabili organizzate per la lotta urbana, lui soltanto su un trio di delinquenti. Ma non era nei suoi piani rovesciare nessuno, anzi, e la sua missione poteva riassumersi nel punzecchiare il toro nel box perché uscisse nell'arena assetato di sangue. Dal suo punto di vista, era un modo di contribuire alla "maturazione della situazione rivoluzionaria". Dopotutto, a doversela vedere con il toro era il torero.

Lo zio ricco non voleva soppiantare la guerra civile con machiavellismi, ma piuttosto riempire gli spazi bianchi: quelli occupati dagli americani. Era pericoloso quanto stringere fra i denti un cavo dell'alta tensione, perché poteva scatenare una risposta che avrebbe trasformato l'avventura di Fidel Castro in un bolero nostalgico. Solo uno stupido avrebbe potuto concepire un vero e proprio piano contro di loro. Quello dello zio era molto specifico e riguardava un settore in cui Batista era coinvolto personalmente e dal quale otteneva i maggiori benefici: il gioco, controllato da Meyer Lansky, il nemico pubblico. Le peculiarità del "giro" lo rendevano troppo etereo e sfuggente perché potesse essere considerato un'aggressione al Nordamerica, ma era certo un'aggressione diretta al portafoglio di Batista.

Lo zio ricco poteva supporre, senza paura di sbagliare, che "El Hombre" sarebbe stato capace di fare per Lansky quello che non avrebbe fatto per Eisenhower.

Mariano Faget si occupò personalmente della questione. Un attacco terroristico annunciato era come nel baseball una battuta presa al volo, che comporta automaticamente l'eliminazione del battitore. L'imboscata fu preparata con l'impiego congiunto di forze dell'esercito e della polizia. Il sobborgo dove si trovava il cabaret Sans Souci, ricco di aree non edificate e di strade deserte, si prestava più a un'operazione di guerra che a un'azione di polizia.

Faget non conosceva gli attaccanti, e questo dettaglio costituiva la loro unica possibilità di fuga. L'imboscata avrebbe avuto successo solo se si riusciva a scoprire i sospetti con un miracolo di logica deduttiva, o se fossero stati colti in flagrante. Poiché il colonnello non era Hercule Poirot né possedeva il dono della divinazione, si preparava ad acciuffarli con le mani nel sacco. Sapeva bene che una bomba a orologeria poteva esplodere molto tempo dopo che gli attentatori si fossero allontanati, e che qualsiasi misura preventiva avrebbe avuto l'effetto di spaventarli a morte. Tutto dipendeva da quel che avrebbero fatto e da come l'avrebbero fatto.

L'informazione circa un attentato terroristico contro il Sans Souci era stata classificata dal Brac come X-3, cioè proveniente da un agente di fiducia senza accesso diretto alla fonte. La classificazione era sbagliata, in quanto l'agente, un barista della Zaragozana, aveva raccolto solo una voce. Pertanto avrebbe dovuto essere classificata come X-1, e finire nel mucchio.

La soffiata era partita da Adalio Sierra, il quale si era fidato troppo della sua amante, una donna sposata che abitava vicino all'appartamento affittato da Lara per il gruppo. Probabilmente aveva sciolto la lingua per impressionarla, vantandosi di essere un duro. La donna ne aveva parlato con il marito, nascondendogli per ovvi motivi l'origine dell'informazione e dicendo di averla sentita in ascensore. Il cornuto, tornando dal lavoro, era entrato nel bar La Zaragozana per passare il pomeriggio con gli amici e aveva continuato a diffondere la voce davanti al barista. A ogni modo, X-3 o X-1, il Sans Souci sarebbe bruciato.

Un'auto nel parcheggio con a bordo un poliziotto in borghese, parecchi uomini con gli occhi ben aperti sparsi per il casinò e il cabaret, una Ford della polizia nascosta in un vicolo laterale e una jeep in avenida Cincuenta y uno destinata a bloccare qualsiasi tentativo di fuga costituivano la forza di combattimento di Faget. Il segnale d'allarme sarebbero stati due spari... o l'esplosione della bomba.

Essendo cieca, la fortuna quella notte rimase al fianco del Brac e abbandonò per sempre il trio di Santiago, il quale arrivò a bordo dell'auto fiammante e passò immediatamente all'azione, che sul piano della tecnica sovversiva fu un pastrocchio inqualificabile.

Si fermarono in fondo al parcheggio, lontani dagli autisti che si raggruppavano all'estremo opposto per ammazzare il tempo. Senza prendere precauzioni, fidandosi dell'apparente isolamento del luogo, tirarono fuori dal portabagagli due galloni di benzina e la versarono su alcune vetture. Sierra accese un fiammifero e lo lanciò. Insieme al rumore della violenta combustione risuonarono numerosi colpi di pistola, che centrarono la carrozzeria della Buick. Partirono a razzo facendo stridere le gomme sul selciato. L'autopattuglia su cui si trovava il colonnello Faget uscì dal nascondiglio nel momento in cui l'auto in fuga sfrecciava come un bolide. Cominciò l'inseguimento.

L'auto svoltò a destra in direzione dell'Avana e si ritrovò quasi subito alle calcagna la jeep dell'esercito mentre il gruppo di soldati appostati sparava con armi a lunga gittata. Un proiettile colpì Sierra di striscio alla testa e gli strappò un orecchio, che schizzò come una rana supersonica sul sedile posteriore. Un secondo gli perforò un polmone. Paco, al volante, schiacciò a fondo l'acceleratore e passò a due centimetri dalla jeep. I vetri esplodevano in mille pezzi su di loro e la pioggia di pallottole apriva enormi fori nella carrozzeria della vettura. L'autopattuglia si avvicinava guadagnando terreno a ogni secondo, mentre la jeep rimaneva dietro.

La Ford Fairline, nuova di zecca, era più potente della Buick. Così, quando era ormai evidente che sarebbero stati intercettati, Hugo segnò l'unico goal della sua squadra: estrasse la Colt 45 e sparò a ripetizione fuori dal finestrino contro l'auto della polizia. Una pallottola andò a conficcarsi nel braccio destro del conducente. Si staccarono dagli inseguitori, guadagnarono terreno e svoltarono in calle Doscientos doce, dove abbandonarono l'auto con Sierra dentro. Hugo e Paco iniziarono una corsa disperata attraverso i campi, nei terreni incolti di un quartiere residenziale in via di costruzione. E scomparvero, ingoiati dalla notte.

A Villa Scarlett Adalberto Lara era impegnato nelle riprese quando nell'ufficio al piano superiore il telefono si mise a squillare. La sua segretaria sentì all'altro capo del filo la voce disperata di un uomo che le chiedeva di poter parlare subito con il regista. Lei gli spiegò che in quel momento non era possibile, allora la voce cambiò tono e scaricò sulla malcapitata una raffica d'insulti e minacce che risultò più convincente della supplica di una madre.

Lara era concentrato sulla scena che si stava girando. Sul set era stato allestito uno studio medico e una dottoressa dai capelli platinati visitava un giovane paziente che, di nascosto, palpava sotto il tavolo le cosce di un'infermiera, dall'aria impaurita, ritta al suo fianco. Come sempre, si filmava il lungo piano sequenza della scena, che stava raggiungendo il climax.

La segretaria non sapeva cosa fare e decise di prendere nota. Nel momento in cui la dottoressa estraeva l'arma di grosso calibro del suo paziente, l'impugnava con entrambe le mani in perfetto stile Fbi e la puntava verso la bocca dell'infermiera, già pronta ad accoglierla, la segretaria si avvicinò a Lara sventolando il bigliettino. Lui lo prese meccanicamente e lo infilò nel taschino.

Qualche minuto dopo, mentre la scena era ben avviata e la dottoressa raggiungeva l'orgasmo avvinghiata al paziente disteso accanto all'infermiera, che invece si rifiutava di abbandonare la lotta, Lara lesse la scarna annotazione: "Al telefono c'è un certo Hugo. Dice che è molto urgente".

Si alzò in silenzio e fece segno all'assistente di prendere il suo posto. Allontanandosi per raggiungere l'ufficio, si lasciava alle spalle i gemiti degli attori e, insieme, la sua carriera di cineasta. Prese il ricevitore sollevato e sentì il ronzio della comunicazione interrotta. Abbassò la cornetta e attese, inquieto per un brutto presentimento. Lo squillo del telefono lo fece sussultare sulla sedia come se qualcosa vi fosse scoppiato sotto.

«Pronto!»

«Lara?»

«Sì, mi dica. Hugo?»

«Sì, sono io. Cazzo, compare, è da mezz'ora che tentiamo di parlare con lei! Abbiamo un problema molto serio. Ci stavano aspettando al Sans Souci. Hanno ferito gravemente Adalio e noi siamo dovuti scappare» disse senza aspettare le scuse per il ritardo e ignorando l'obbligo di usare gli pseudonimi al telefono.

«Ferito? E dove si trova?»

«L'abbiamo lasciato nell'auto. Immagino che l'avranno trovato perché ci seguivano da vicino. Noi siamo scappati per miracolo. Adesso lei ci dirà cosa dobbiamo fare.»

Lara tremava e non riusciva a reggere la cornetta saldamente. La paura si avventava su di lui con l'abito scuro del panico. Se uno dei Nipotini era nelle mani della polizia, era un uomo morto, e lui pure. Non trovò parole per proseguire e un gemito involontario gli sfuggì dalla bocca socchiusa. La sua mente era tabula rasa.

«Lara, mi ascolta? Che cosa facciamo?»

«Dove siete?» domandò alla fine, anche se non era proprio quel che intendeva chiedere.

«Come sarebbe, dove siamo? Che cazzo importa dove stiamo! È lei che ci deve dire dove dobbiamo andare. È nei patti. Non ci ha detto che aveva un posto dove nasconderci in caso di necessità?»

«Sì, certo, certo...»

«Senta, Lara, qui non c'è un cazzo di certo! Mi dica subito che cosa dobbiamo fare, altrimenti veniamo a prenderla!»

«Si calmi, Hugo. Mi lasci pensare un momento.»

«Porca puttana!»

«Aspetti, non riattacchi...»

«Chiaro che non riattacco!»

Lara aprì il cassetto centrale della sua scrivania e, in preda all'ansia, ne rovesciò il contenuto in cerca di un piccolo bloc-notes. Sfogliò rapidamente le pagine fino a trovare un segno a matita rossa. Sotto c'era l'indirizzo di una casa nel quartiere Mantilla, a sud dell'Avana, e in fondo alla pagina un altro di un luogo d'incontro. Lara, che conosceva perfettamente entrambi i posti, non riuscì a localizzarli nella sua mente sotto shock.

«Hugo, mi sente?»

«La sento.»

«C'incontreremo all'area di servizio della Esso all'incrocio tra Perla e Diez de Octubre. Passerò a prendervi fra un'ora.»

Lara raccolse il minimo indispensabile dalla sua stanza e orinò abbondantemente. L'emozione iniziale cominciava a svanire e lui recuperava a poco a poco il dominio di sé. Uscì dalla porta della cucina e tirò fuori l'auto dal garage. Quando fu all'altezza della spiaggia di Marianao, si rese conto di aver dimenticato il libretto d'assegni della banca Núñez e fu sul punto di tornare indietro, ma in quel momento era già in grado di ragionare e tirò dritto.

19 maggio 1958

Mantilla è un quartiere al termine della città, quasi il suo cortile sul retro. Il piccolo chalet affittato da Lara mostrava i segni dell'abbandono. Se aveva qualcosa di buono, era la posizione isolata sulla strada per il Lucero, che offriva un percorso diretto e senza traffico fino all'Alí Bar, animato di notte dall'orchestra di Benny Moré. A due passi da lì c'era la Carretera Central.

La casa era circondata da un'ampia spianata e qualsiasi movimento sospetto nelle vicinanze non poteva passare inosservato. Però, chi fosse uscito per scappare aveva ottanta possibilità su cento di trovare una via di fuga in qualche bosco vicino.

Lara condusse l'auto sul retro, dove sarebbe rimasta nascosta agli sguardi dei passanti, e fece il giro della villetta assieme ai due Nipotini. Appena furono entrati nel soggiorno polveroso, volle una spiegazione dettagliata dell'accaduto. Non gli fu difficile capire che Hugo e Paco avevano ragione a pensare di essere finiti in una trappola.

La quiete dell'alba e la sicurezza di una casa sperduta in un quartiere sperduto restituirono a poco a poco a Lara la fiducia in se stesso. Al termine della chiacchierata aveva ripreso il controllo della situazione, mentre le preoccupazioni dei Nipotini, via via che passavano le ore, si tramutavano in una fifa sconveniente per degli uomini-uomini, di quelli che a colazione mangiano filo spinato: Hugo andava su e giù lisciandosi nervosamente i capelli e Paco montava la guardia dietro le persiane come una puttana senza fortuna.

Lara impugnò le redini. Ordinò a entrambi di andare a riposare in una delle camere, anche se nessuno dei due riuscì a prender sonno e, se ci fossero riusciti, sarebbe stato solo per rivivere l'incubo dei Thompson che sparavano dall'autopattuglia e della corsa disperata fino in prossimità del ponte di La Lisa, nella favela, sulle rive di un fiume che non esisteva più.

Là si trovarono faccia a faccia con quattro ragazzi neri che giocavano a domino sotto la luce di una lampada a cherosene e muovevano le tessere con un'allegria eccessiva, giustificata solo dalla sigaretta dall'aroma penetrante che passava di mano in mano. Nel vederli sopraggiungere, trafelati e con le pistole spianate, i ragazzi pensarono che venissero a saldare qualche vecchio conto. Tentarono di scappare, ma i Nipotini furono più veloci del suono e li misero alle strette, come se si trovassero in un villaggio africano ad ammassare passeggeri per una crociera nelle piantagioni di canna da zucchero dei Caraibi.

Presto si capirono nel linguaggio degli emarginati, breve e conciso come il codice Morse. Nel giro di dieci minuti partirono da La Lisa su una Dodge del '48 sbucata dal nulla. Scesero per calle Galiano e s'infilarono nel bar Los Tres Monitos, le tre scimmiette, senza rendersi conto che tra le migliaia di bar dell'Avana avevano scelto per nascondersi l'unico il cui nome suonava come una burla. Hugo chiamò Villa Scarlett dal telefono pubblico.

Adesso era Lara che telefonava al principale. Aveva fatto la sua parte e aveva esaurito il repertorio di sovversivo dotato d'intuito. D'ora in avanti sarebbe stato un altro a dover spegnere il fuoco nella polveriera. Compose il numero e aspettò che qualcuno rispondesse al telefono, che doveva suonare come l'allarme di una banca durante una rapina.

«Sì» disse una voce rauca che Lara ebbe l'impressione di non aver mai sentito.

«Sono Lara. Mi scusi se ho chiamato a quest'ora ma abbiamo un problema serio con la scenografia, e va risolto subito.»

Il segnale di pericolo fu accolto dall'uomo semiaddormentato con la stessa sorpresa di chi riceve una sassata in un occhio.

«Che cosa sta dicendo?»

«Quello che sente... la scenografia risulta in pessime condizioni e la faccenda è più grave di quanto lei possa immaginare.»

«Ma lei ha già fatto tutto quello che abbiamo concordato, non è vero?»

«Sì, fin dove sono potuto arrivare. La cosa più grave è che manca uno dei miei Nipotini...» disse Lara, inventando sul momento un modo per farsi intendere. Il gergo imposto dalle misure di sicurezza gli impediva di enunciare l'elementare concetto che li avevano scoperti.

«Vada avanti...» incalzò la voce alla cornetta.

«È semplice» disse Lara reprimendo un accento ironico nel quale era implicita una responsabilità altrui. «È finita.»

Quella mattina Elías Mozack non andò allo studio. Il cognato lo aspettava per un appuntamento con Rolando Laserie, il cantante che aveva imposto la moda del cappello schiacciato a tesa corta e i cui testi da macho avevano conquistato i bar dai juke-box. Laserie stava intentando causa contro la casa discografica Panart, la stessa che lo aveva lanciato. Mozack attraversò in auto il nuovo tunnel sotto la baia dell'Avana e due ore dopo la parcheggiò nella darsena di Varadero.

Camminò lungo i moli gremiti di yacht osservandoli con attenzione. In genere battevano bandiera americana. Doveva scartare subito le barche dei cubani, perché nessuno dei loro proprietari sarebbe stato disposto a invischiarsi mani e piedi, per quanto denaro gli si offrisse. Con gli americani succedeva esattamente la stessa cosa, con l'aggravante dell'ossessiva cultura della legalità instillata in loro con il latte materno, a meno di non imbattersi in un pazzo avventuriero o in un narcotrafficante. Elías, però, sapeva che i primi erano una finzione creata dal cinema, mentre i secondi si occupavano di cose più importanti e redditizie che far uscire clandestinamente qualcuno dal paese.

Quasi alla fine di un frangiflutti s'imbatté in *Aladino*, uno yacht di nove metri con non meno di trent'anni di vita, sporco e mal verniciato. Batteva bandiera panamense, il che equivaleva più o meno al teschio e due tibie incrociate in campo nero.

Elías chiese del capitano a un marinaio, il quale sorrise nell'udire quella parola, che non doveva avere lo stesso significato su quella carretta. Il marinaio gli disse che il "capitano" stava facendo colazione al Red Coach, la caffetteria nel seminterrato dell'edificio principale del quartiere, e gli diede indicazioni per identificarlo.

«È un tipo alto e indossa una camicia verde e short rossi. Lo riconoscerà subito. Se vede un pappagallo che beve birra, quello è lui.»

«Siete panamensi?» chiese Mozack, anche se supponeva di no.

«Dio ce ne scampi! Siamo *ticos* della costa atlantica. Puerto Limón.»

«*Ticos*?»

«Costaricani» puntualizzò il marinaio, arrotando la erre in un modo che a Elías parve strano. «E lei chi è?... se si può sapere.»

«Certo. Io sono il genio della lampada.»

Hugo e Paco ripresero i loro nomi nel rifugio trovatogli da Lara, dove i ridicoli pseudonimi servivano soltanto a ricordare ogni momento la delicata situazione in cui si trovavano: Jorge Latamblet e José María Lambert, cognomi che evocavano origini haitiane. Lo squillo del telefono bloccò la preparazione dei tramezzini al prosciutto e formaggio e fu sul punto di provocare il rovesciamento della brocca nella quale uno dei due mescolava con energia Coca-Cola e latte condensato.

Lara corse all'apparecchio per rispondere alla chiamata dell'unica persona che all'Avana conosceva quel numero di telefono: Elías Mozack. Ascoltò con attenzione, limitandosi a ripetere ogni tanto il monosillabo "Sì". Quelli della Coca-Cola con il latte condensato rimasero congelati, tentando di decifrare quel dialogo incomprensibile, in attesa di un segnale che portasse una speranza di vita.

Quando Lara riattaccò, entrambi si avvicinarono interrogandolo con lo sguardo ed ebbero l'impressione, a giudicare dalla sua faccia, che le notizie fossero cattive, anzi pessime. In parte era così, dato che a Lara era toccato ballare con la più brutta.

Si sedettero al tavolo della sala da pranzo e, mentre il dolce brodo di Coca e latte diventava una purga calda, Lara comunicò gli ordini. Bisognava attendere la notte. Con l'oscurità sarebbero andati con l'auto all'Alí Bar; lì avrebbero preso un taxi che avrebbe condotto i due di Santiago fino al parco della Libertad nella città di Matanzas, cento chilometri a est seguendo il corso sinuoso della Carretera Central. A Matanzas avrebbero preso un altro taxi fino al ristorante Canímar, all'inizio del ponte sul canyon del fiume omonimo, avrebbero attraversato la strada e sarebbero scesi a piedi, lungo un terrapieno, fino a El Morrillo, l'antica fortezza spagnola dove negli anni Trenta l'esercito, controllato da Batista, aveva ucciso il leader dell'opposizione Antonio Guiteras.

Associare il piano di fuga a un luogo rinomato per un fatto macabro suscitò la protesta dei Nipotini, che si allarmavano al solo pensiero di arrivare di notte sullo scenario di un crimine. La cosa peggiore dei superstiziosi è il modo in cui a volte possono rendersi ridicoli.

«Ah no, io al Morrillo non ci vado!» esclamò José María "Paco" Lambert, mulatto, peso massimo, bullo di professione, ma terrorizzato dalle anime in pena come una qualsiasi comare.

Lara, stanco della volubilità dei due e preoccupato per la sua stessa sorte, rispose loro come meritavano.

«Allora, se non siete d'accordo, andatevene al diavolo. Io non ho più niente da dire.»

I bulli si rilassarono per la replica che li lasciò basiti e tornarono, mansueti, a mangiare dalle mani del padrone. Non fecero altre osservazioni finché Lara non ebbe finito d'illustrare il piano: sarebbero giunti al Morrillo, abbandonato da anni, e avrebbero atteso fino a mezzanotte alla foce del fiume Canímar. Uno yacht di nome *Aladino* si sarebbe avvicinato per mandare una lancia a prenderli. Sarebbero stati condotti al porto di Veracruz, dove avrebbero chiesto asilo politico. Non ci furono dubbi, solo una domanda in merito all'amico ferito.

«E Sierra? Non farà niente per Sierra?» volle sapere Jorge "Hugo" Latamblet.

Lara lo pugnalò con un'occhiata e riaffermò il proprio ruolo in quella tragedia con una frase tremenda: «Sì, la stessa cosa che avete fatto voi. Lasciare che si fotta».

L'aggressività latente del regista non era dovuta tanto alle circostanze in cui si trovava, sotto lo stesso tetto insieme a due esseri repellenti, ma alle istruzioni che non trasmise agli altri. Mozack gli aveva detto che sarebbe andato a trovarlo dopo la partenza dei Nipotini per spiegargli un piano di fuga riservato a lui. L'ordine di restare in casa gli arrivò addosso come un secchio d'acqua gelata, ma non avrebbe mai immaginato che ne sarebbe uscito con i piedi in avanti.

Alle 23.30 l'*Aladino*, completamente al buio, si avvicinò alla foce del fiume Canímar. Le luci della città di Matanzas illuminavano a semicerchio il fondo della baia e servivano da orientamento allo yacht, come per gli aerei le linee luminescenti delle piste d'atterraggio. Da lì, uscire clandestinamente dal paese era facile come bere un bicchier d'acqua.

L'avvocato ebreo si era raccomandato alla sua buona stella a sei punte perché tutto filasse liscio. I Nipotini dovevano svanire. In realtà, non era al corrente delle indiscrezioni che Lara aveva raccolto conversando con loro e, pur essendo convinto che per quella via nessuno potesse risalire a lui, preferiva mettere il mare di mezzo tra i paperi sopravvissuti e i suoi persecutori: il Brac o il Departamento de Investigaciones, o chiunque avesse in mano la corda che adesso avrebbe tirato fino a segare le palle di chi si trovava all'estremità opposta.

La fuga dei due uomini gli stava a cuore, non tanto però da complicare l'operazione. Avrebbe dovuto verificare la praticabilità del piano, ma non voleva perdere neanche un minuto più del necessario in questioni secondarie: il suo problema era Lara.

Mozack non aveva la stoffa dell'assassino. In tutta la sua esistenza non aveva ucciso né attentato alla vita di nessuno, e le vittime provocate dalle azioni del gruppo di Lara non gravavano sulla sua coscienza con il peso di cadaveri reali. Erano solo notizie che giungevano dal fronte, perché i morti in guerra sono legittimi come la guerra stessa, e indispensabili. Ragionando in questa maniera, tentava perlomeno di mettere in salvo la propria integrità morale da un naufragio imminente.

L'Elías Mozack che indicava a Lara gli obiettivi da far saltare in aria non era la stessa persona che tornava di sera alla sua nave di cemento, per contemplare il crepuscolo stringendo la mano della moglie tra le sue, così come Himmler non era lo stesso a Buchenwald o al teatro dell'Opera di Berlino durante una rappresentazione dell'*Anello del Nibelungo.* Quasi nessuno è sempre la stessa persona. Funzionava in lui il meccanismo lobotomizzante dell'ufficiale dei servizi segreti, che divide il suo mondo privato in due emisferi a tenuta stagna: uno sicuro e materiale, dove si vive e si ama; e l'altro fatto di elucubrazioni e miraggi, dove gli uomini diventano pedine da spostare su una scacchiera sulla quale si gioca alla politica. Ma mai e poi mai aveva pensato che avrebbe dovuto uccidere, e adesso si vedeva costretto a farlo. Non per i rischi di una missione che in quel momento gli pesava come una pietra legata al collo, ma perché temeva per la sua vita e per la sicurezza della propria famiglia.

All'incirca alla stessa ora in cui l'*Aladino* inviava una lancia verso le scogliere ai piedi di una dimenticata fortezza spagnola per raccogliere due ignoti fuggiaschi, Elías Mozack stringeva la mano di Lara sulla porta di una casa nel quartiere Mantilla. Il rumore dello sparo, tra le quattro pareti, fu appena un colpo attutito, tanto insignificante da non allarmare i vicini. Non abbaiarono nemmeno i cani.

22 maggio 1958

Arturo Castañeda uscì su avenida Séptima e salì sulla jeep. Fece un'inversione a U in cerca di calle Setenta e non si accorse della Buick Special color vino che si fermava davanti a casa sua. Quella fu la sua ultima opportunità di salutare la migliore amica della moglie e, naturalmente, non poteva sapere che non avrebbe mai più rivisto nemmeno la consorte.

Susy suonò il campanello con insistenza. Aveva visto uscire il capitano, il che la esentò dall'assumere i modi da bambina educata che ostentava sempre nello sforzo sovrumano di riuscirgli simpatica. La personalità che esibiva davanti a lui era studiata, per non risvegliare in lui la curiosità di sapere da dove sbucasse quell'amica solitaria e apparentemente senza famiglia. La ragazza non aveva la solita espressione e ringraziò Dio di non essersi imbattuta nel numero due del Brac, perché il cacciatore che era in lui avrebbe capito che era in preda al terrore. In quel momento, lei e Castañeda avevano molto di più in comune: prima era solo Emma, adesso erano Emma e Adalberto Lara.

La domestica aprì la porta. Rum e Whisky le saltarono addosso per darle il benvenuto nel loro modo selvaggio. Susy li allontanò disgustata. I cani le piacevano meno dei gatti, che peraltro odiava.

«Dov'è Emma?» domandò alla cameriera entrando nel salone senza tanti complimenti.

«La signora è in camera sua. Non si è ancora svegliata.»

Susy le fece cenno di dileguarsi e andò direttamente nella stanza. Trovò l'amica sotto le lenzuola con il camicione da notte che indossava con Castañeda, che sarebbe potuto essere di sua nonna. Si sedette sul bordo del letto e la scosse per le spalle.

«Alzati, Emma!» disse senza smettere di darle piccole spinte, al principio leggere e poi più violente. «Svegliati, cazzo!»

La donna sobbalzò nel letto e si sollevò come se avessero gridato «Al fuoco!». Guardò Susy senza capire niente. Ci mise ancora qualche secondo per reagire e tornare nel mondo reale.

«Che succede? Cosa ci fai qui a quest'ora? Arturo se n'è già andato?»

Susy ignorò tutte le domande di Emma durante il suo lento ritorno alla realtà e la strattonò con forza fino a stringersela al petto.

«Su, svegliati. Fatti una doccia. Io ti porterò una tazza di caffè. Ma fai presto, perché dobbiamo parlare!»

«Andiamo già a Miami?» tornò a chiedere Emma.

«Vai a lavarti, dopo parliamo» le ordinò Susy con dolcezza. Le servivano tutti e cinque i sensi dell'amica per raccontarle il secondo capitolo del suo romanzo, molto più tragico e incalzante del primo.

Susy veniva da Villa Scarlett, dove regnava il caos. Prima c'era stata l'improvvisa scomparsa di Lara nel bel mezzo delle riprese, e un paio di giorni dopo la notizia del suicidio pubblicata sui giornali della sera. L'informazione provocò una depressione collettiva nella famiglia del cinema porno. Nessuno, eccetto Susana Santamaría, aveva la più pallida idea di quel che stava succedendo intorno a loro. Susy dominò il panico e riuscì a controllare i nervi per tutta la notte. Lei sapeva dell'esistenza di un collegamento tra Lara e il terrorismo, ed era anche consapevole del fatto che in qualsiasi lista in cui figurava il nome di Adalberto Lara ci sarebbero stati anche il suo e quello di Emma.

Quella notte dovette ospitare Rebeca nel suo letto. Provò pena per il dolore della giovane che, inconsolabile, cercava rifugio in lei, dato che le mancavano una sorella o una madre su cui riversare la tristezza. Susy prese una candela e la sistemò davanti all'immagine della Virgen de la Caridad del Cobre su una piccola mensola sempre adorna di girasoli, e pregò tentando di ignorare i singhiozzi di Rebeca contro il cuscino.

Tutta la sua attenzione era concentrata sulla statuetta di gesso della patrona di Cuba, occupatissima ad ascoltare le preghiere di una nazione in guerra e intrappolata nel dilemma se intercedere a favore dei *barbudos* o dei *casquitos*, come il popolo chiamava le due fazioni in lotta. Susy soffermò lo sguardo sul battello ai piedi della santa, nel quale remavano come disperati i tre creoli che una volta l'avevano salvata dalle acque turbolente della baia di Nipe, e pensò di trovare in loro una risposta alle sue suppliche: la Virgen del Cobre le stava dicendo di attraversare il mare in tutta fretta. E a Cuba, circondata dall'acqua da tutte le parti, non c'era altro mare da attraversare all'infuori dello stretto della Florida.

Mancava ancora una settimana per il viaggio a Miami organizzato da lei e benedetto da Castañeda, favorevole a concedere un po' di libertà alla moglie. Ma una settimana erano sette giorni, troppi per restare seduta su una cassa di dinamite senza perdere il senno.

Emma uscì dal bagno nuda. Nemmeno la gravità del problema che l'aveva spinta a fare irruzione in casa della sua amante impedì a Susy di stringerla alla vita, tirandosela sulle ginocchia.

«Raccogli le tue cose che ce ne andiamo oggi stesso» le sussurrò all'orecchio Susy prima di cominciare a spiegarle i motivi, veri e falsi, di una fuga precipitosa che sarebbe figurata negli annali dell'Havana Yacht Club come il fatto più indecente di cui si fosse mai reso protagonista uno dei suoi membri.

PARTE SECONDA

28 settembre 1958

La lettura dei giornali cubani non era il forte di Meyer Lansky. Capiva lo spagnolo, ma non faceva lo sforzo di leggerlo e ancor meno quello di conversare, in un'isola dove si parlava l'inglese e si dominava perfettamente il gergo dell'*american way of life*. Lasciar cadere una parolina spagnola in una frase era il massimo dell'impegno per Lansky. Farlo era quasi sinonimo d'identità nazionale per i cubani quando conversavano in inglese, cambiando per esempio la pronuncia dei nomi dei giocatori di baseball del campionato americano con l'accento diafano della lingua di Cervantes, per dire: «I'm very glad to meet you, *señor Fernández*» o «Your daughter is a very nice *señorita*».

Per Lansky non esistevano il "Diario de la Marina" né "Prensa Libre", tantomeno "El País" o la rivista "Bohemia"; lui leggeva i giornali statunitensi che arrivavano puntualmente ai chioschi o, al limite, l'"Havana Post", il quotidiano dei nordamericani sull'isola. La lettura del "New York Times" o della rivista "Life" era un legame necessario, imprescindibile, con il suo paese adottivo. Ma il vero piacere lo trovava nella letteratura, il che per la maggioranza di quelli del suo ambiente costituiva una stravaganza.

La notizia della morte di Adalberto Lara, il suo apparente suicidio in una casa in periferia, occupò per un paio di giorni i titoli di apertura delle pagine di cronaca nera e, anche se Lansky li avesse letti, non si sarebbe reso conto che si trattava di un socio di Mozack e McCoy. Non aveva mai sentito parlare di lui. Fu suo fratello Jake, una notte al casinò dell'Hotel Nacional, a richiamare la sua attenzione sulla faccenda. Lansky non vi attribuì troppa importanza: era fuori dal suo raggio d'azione. Anche se fu colpito dal fatto che il suo amico Elías non gli avesse parlato di una cosa tanto insolita quanto la morte violenta di un socio in affari. Quasi se ne dimenticò e non avrebbe più rimestato nella merda se non avesse ricevuto la visita di Joe Sileci, una mattina piovosa in cui pensava di concedersi una piccola vacanza nella sua suite al Riviera, per immergersi nella lettura di *Delitto e castigo*.

Dostoevskij lo affascinava, sia per i tratti nitidi della psicologia dei suoi personaggi alienati, sia per la piccola scintilla di nostalgia che si accendeva in lui ogni volta che lo leggeva. Sebbene i russi incarnassero l'opposto di quanto lui riteneva essenziale nella vita, in qualche luogo della sua anima conservava la memoria sbiadita dell'infanzia, e non erano ricordi di un patio di Siviglia ma di un cortile innevato dove credeva di aver visto il Raskolnikov di Dostoevskij spaccare legna con l'ascia assassina. Gli anni bui trascorsi a Grodno avevano piantato in lui il seme di un abete che fioriva con le prime nevicate di New York.

Lansky non volle che il suo raccoglimento spirituale fosse spezzato dalla presenza di Sileci e gli propose di incontrarlo fuori dallo spazio dove pensava di trascorrere la giornata, almeno la mattinata, senza neanche infilarsi i pantaloni. L'incontro avvenne nel cabaret dell'hotel, a quell'ora deserto.

Il Copa Room era splendido, incomparabilmente più elegante del Tropicana. I tavoli, disposti su differenti livelli intorno al palcoscenico, erano illuminati in modo da mantenere sempre quell'atmosfera di intimità che emanava da ogni angolo del locale: il pavimento ricoperto di tappeti, le pareti imbottite, le luci soffuse, i bronzi, le preziose stoviglie e i migliori cocktail che stillavano frescura nelle coppe di cristallo Baccarat. Ciononostante, gli spettacoli del Copa Room non avevano la fastosità di quelli del Tropicana o del Sans Souci, perché quelle erano megaproduzioni alle quali partecipavano fino a duecento persone, mentre lì lo spazio era ridotto.

Meyer si fece servire una colazione tropicale a un tavolo della pista da ballo e si recò all'incontro con Joe non troppo convinto che fosse prudente in quel momento trattare gli affari del gioco d'azzardo nel casinò dell'Havana Riviera. Joe, con un'aria da funerale, assaggiò appena un pezzetto di ananas dalla macedonia e fece compagnia a Lansky, che invece provò la varietà di sapori e colori sparsi sul tavolo. La conversazione era noiosa e non usciva dagli stretti confini delle operazioni del casinò. Sileci non disse niente che Lansky non sapesse già.

Mentre sorseggiavano il caffè e accendevano le rispettive sigarette, Meyer spostò di lato la sedia e accavallò le gambe, lanciando una boccata di fumo verso il soffitto. Aveva atteso fino alla fine della colazione che Sileci si decidesse a parlare, perché era evidente che voleva dirgli qualcosa. Era stato amabile e non capiva quale fosse il problema che spingeva il socio a comportarsi in modo così maldestro. Di qualsiasi cosa si trattasse, stava ritardando la sua veglia solitaria accanto al folle assassino dostoevskiano.

«Che succede, Joe? Con gli amici gli uomini sono reticenti solo in fatto di donne. Lo so per esperienza personale» disse ricordando l'incidente con Norman Rothman di qualche tempo prima, di buon umore e ben disposto verso chi gli stava facendo perdere tempo. «Forse Teddy mi tradisce?»

«Smettila di scherzare!»

«Non è uno scherzo, sto parlando seriamente. Sono forse cornuto?»

Joe non rise della battuta e guardò Lansky con l'espressione di chi ha mal di stomaco.

«Forse» rispose, e alzò la guardia per parare la risposta.

«Di che cosa parli?» domandò Lansky dissipando d'un tratto l'atmosfera distesa che aveva tentato di mantenere. «Sputa l'osso!»

«È una storia un po' confusa che ho saputo quasi per caso e penso che tu debba esserne informato.»

«Spiacevole, naturalmente.»

«Strana, piuttosto.»

«Vai avanti.»

«Ricordi il caso del socio di McCoy trovato morto?»

«Me ne ha parlato Jake. È stato un suicidio, vero?»

«Sembra di no.»

«E allora?» incalzò Lansky.

«Quel tizio stava scappando insieme con alcuni uomini impegnati a mettere bombe. Quelli dell'incendio nel parcheggio del Sans Souci.»

Lansky si versò un'altra tazza di caffè e si accese un'altra sigaretta, anche se la precedente esalava ancora fumo dal portacenere. Joe rimase in attesa di una reazione che non arrivava. Lansky stava prendendo tempo.

«Prima di tutto, Joe, dimmi come l'hai saputo.»

«Uno dei nostri croupier è venuto ieri sera nel mio studio accompagnato da un cugino, sergente di polizia. È stato lui a dirmelo, ma ha aggiunto di non conoscere altri dettagli perché il caso è nelle mani del Departamento de Investigaciones. Il croupier è un tipo ambizioso, che desidera guadagnare dei punti, e si è preso questa libertà. Mi ha spiegato che, quando il parente gli ha raccontato la storia, ha pensato subito che dovevo esserne informato.»

«Ok, convinto» disse Lansky tendendo la mano a Joe con il proposito di congedarsi anzitempo. «È tutto?»

«È tutto. Non so se valuti come me questa notizia, ma mi piacerebbe sapere in che modo è collegata a noi. Sono troppe cose assieme, Meyer. Non può essere una coincidenza.»

«Sono d'accordo. Ti prego di non farne parola con nessuno. Lascia che me ne occupi io.»

Lansky uscì dal Copa Room seguendo un percorso tortuoso lungo i corridoi interni che conducevano alla cucina, dove vide le pentole rilucenti, e da lì salì al suo rifugio ai piani alti. La rivelazione di Joe Sileci gli pareva di estrema importanza: doveva esserci un complotto. Stava già elaborando rapidamente nella sua testa una strategia per ottenere tutte le informazioni necessarie, quando gli venne in mente Elías. Perché non aveva reagito? Perché si era precipitato da lui a raccontargli la storia del messaggio anonimo e, invece, non lo aveva fatto quando uno dei suoi soci era morto mentre metteva bombe nei casinò? Analizzò il problema in tutti i suoi aspetti e si domandò se per caso Elías non fosse al corrente di quello che Joe gli aveva appena raccontato. Fu sul punto di prendere il telefono ma, per la prima volta in dodici anni di amicizia, preferì agire diversamente. Un nanerottolo vestito di rosso, con un tridente in mano, cominciava a sussurrargli nell'orecchio...

30 settembre 1958

Esteban Ventura era un assiduo del casinò dell'Havana Riviera. Ogni volta che entrava nella cripta di Lansky ammirava il paesaggio del soffitto, che nel punto in cui si congiungeva alle pareti esibiva una sequenza irregolare di conchiglie, e dal quale pendevano, a decine, lampadari stilizzati. Una caverna di Ali Babà a cinque stelle.

Ventura non si compiaceva nell'ammirare l'architettura, e se qualcosa destava in lui stupore, non era il vago riferimento allo stile moresco delle decorazioni del soffitto ma l'incredibile lusso della sala. Metterci piede era per lui infinitamente più piacevole che entrare ogni giorno nella quinta unità di polizia di calle Belascoaín, dove aveva innalzato il suo trono di sangue. Quel playboy dagli abiti costosi era una persona molto diversa dall'implacabile colonnello che aveva perso a poco a poco il rispetto della vita umana fino a diventare uno psicopatico.

Il blackjack era il suo gioco preferito ed era riuscito a sviluppare una tecnica raffinata per decidere se prendere un'altra carta o no. Era un buon giocatore, concentrato ed elegante nei modi quando perdeva. Per i croupier cubani, persino nelle proprietà di Lansky, non era semplice dargli le carte, batterlo e raccogliere le fiches. Ventura aveva l'abitudine di guardare fisso negli occhi, e nessuno all'Avana riusciva a sostenere quello sguardo senza che gli tremasse qualcosa.

Ma non era solo il gioco del ventuno a condurre il poliziotto all'Havana Riviera. Era lì che incontrava regolarmente la sua amante, una mulatta slanciata che partecipava allo show del Copa Room cantando brani del folclore afrocubano e ballando con movimenti frenetici. La mulatta, una regina nel suo genere, condivideva con il colonnello i momenti spensierati del Riviera ed era ottimista riguardo alla propria carriera, sia per le doti naturali sia per il sostegno che poteva sempre darle una raccomandazione o una spintarella dell'amante.

Meyer Lansky, sapendo che l'hotel incastonato nell'oro era uno dei posti preferiti di Ventura, non si prese la briga di scomodare le alte sfere per chiarire i suoi dubbi sulla morte del socio di Mozack e McCoy. Ventura aveva autorità da vendere ed era un cliente, il che nei termini del gioco d'azzardo significa di solito qualcuno più vicino di una zia zitella. Meyer, personalmente, non aveva contatti con i giocatori, tantomeno con uno che riteneva un autentico depravato, sebbene i suoi metodi fossero giustificati da un fine al quale non poteva dirsi del tutto estraneo. Lansky si appartò con Alka Seltzer e gli spiegò cosa doveva fare. La faccia da satanasso del suo guardaspalle e la sua aria da Jack lo Squartatore potevano spianare la strada a una richiesta che nemmeno Ventura si sarebbe azzardato a prendere sottogamba.

Alka Seltzer, soprannominato così soltanto nelle conversazioni private tra Lansky e Mozack, era nato nel New Jersey e non discendeva da emigranti, almeno a sua memoria. Il suo vero nome era Francis G. Randall. Da oltre quindici anni era l'ombra di Meyer Lansky, e dal lavoro di guardiano del suo sonno era passato, con il tempo e la fiducia, a quello di scudiero dell'ebreo errante, trasformandosi in una sorta di Sancho Panza del cavaliere dalla triste figura: metà uomo d'armi e metà sguattero.

Nel bar Elegante, Alka Seltzer trovò Ventura che stava bevendo un Bacardi extrasecco con la cantante e alcuni uomini che lo accompagnavano abitualmente. Uno di questi teneva sulle gambe una valigetta di pelle. Il guardaspalle andò dritto verso il gruppo e tutti si fecero subito tesi.

«Con il suo permesso, signor Ventura. Sono Francis Randall, della sicurezza del casinò, e ho bisogno di parlare con lei. Permette?» disse fermandosi a non più di mezzo metro dal colonnello, il che, se non era un record, era comunque un ottimo risultato.

«Cosa possiamo offrirle, signor…?»

«Randall, Francis Randall.»

«Americano?»

«Sì, signore. Potremmo spostarci a quel tavolo?» domandò Alka Seltzer indicandone uno libero poco lontano.

Ci fu un rapidissimo scambio di occhiate e uno degli uomini si stava già infilando la mano nella giacca, quando Ventura si alzò.

«Ok, ragazzi. Non scolatevi il mio Bacardi» scherzò pronunciando all'americana la marca del rum, con l'accento sulla penultima sillaba. Gli tese la mano. «Esteban Ventura Novo, per servirla.»

Si accomodarono al tavolo accanto e Randall fece un cenno al cameriere.

«Un Bacardi extrasecco on the rocks per il signore» disse pronunciando con accento indigeno il nome del creatore catalano del rum di Cuba. «E per me un Mary Pickford.»

«Lei è una persona interessante, mister Randall.»

«Non quanto lei. Non si preoccupi, non le ruberò molto tempo.»

«*Chico*, non c'è niente che mi preoccupi.»

«Tanto meglio… Mister Meyer Lansky, al quale rispondo direttamente, desidera chiederle due favori personali.»

Sentendo il nome di Meyer Lansky, Ventura si fece piccolo piccolo. Sapeva fin troppo bene di chi si trattava, e adesso il suo comportamento aggressivo e burlone gli pesava più di un matrimonio infelice.

«Ah, mister Lansky! È un uomo che ammiro moltissimo. Se è nelle mie possibilità aiutarlo in qualcosa, qualunque sia, non ha che da dirlo» esagerò Ventura nel mostrare il suo rispetto, il che lo fece apparire come un leccaculo con licenza di uccidere.

«Se è così, la prima questione può risolverla subito. Non dovrà nemmeno alzarsi dalla sedia.»

«È così vicino il problema… o quel che è?»

«Sì, al tavolo dove ha appena affidato il Bacardi ai suoi amici.»

«La cinese?» domandò Ventura credendo che la conversazione avesse qualcosa a che vedere con la sua supermulatta folclorica. Per i cubani, a causa di inspiegabili meccanismi mentali creati da un plurisecolare cocktail razziale, un'amante mulatta poteva essere "la mia cinese", e una bianca "la mia negra".

«No, non si tratta di nessuna cinese, ma della valigetta piena di bombe a mano che i suoi uomini si portano sempre appresso e delle armi che spuntano da tutte le parti. Mister Lansky le chiede, per favore, di lasciare fuori del locale le bombe e di fare in modo che i suoi accompagnatori non esibiscano le pistole. Lei comprenderà che non è bene per il turismo.»

«Cazzo, *chico*, ma siamo in guerra!» esclamò il colonnello, sinceramente sorpreso che l'americano fosse a conoscenza del contenuto della valigetta.

«È la sua guerra, signor Ventura. L'Havana Riviera non è un campo di battaglia. Lei capisce, vero?»

«Capisco. Quel che non capisco è come l'ha saputo.»

«Lei non è l'unico ad aver riempito di bombe una valigetta.»

«Siete informati di molte cose, ma verrò io a dirvene quattro, se non prenderete misure...»

«Conosciamo il nostro lavoro» lo interruppe Alka Seltzer con una fermezza che non ammetteva repliche.

«Ok, niente più bombe... Sono una persona comprensiva e le chiedo di non fraintendere quel che ho detto. Qual è l'altro favore?»

«A Mister Lansky serve un'informazione e le chiede se può ottenerla per lui.»

«Cazzo, questo mondo va alla rovescia! E io che pensavo che a Cuba non ci fossero segreti per mister Lansky. Chieda, chieda pure con quella bocca, *my friend*, che Esteban Ventura è qui per questo. Come direbbe il mio compare Perucho Camposanto, io so tutto, e quel che non so, lo immagino.»

1 e 2 ottobre 1958

Lo squillo martellante del telefono strappò Trafficante da un sonno profondo. Si tolse di dosso un braccio che non era il suo e si girò su un fianco per raggiungere l'apparecchio che faceva tremare la stanza. Ascoltò la voce distante, come se provenisse dall'Alaska.

«Devo vederti subito» sentì dall'altro capo del filo senza poter identificare chi fosse.

«Chi diavolo vuole vedermi a quest'ora?»

«Che c'è di male nell'ora? C'è ancora gente che gioca l'*overtime* nei casinò e tu stai già dormendo o facendo porcate.»

«Meyer?»

«Sono nella hall. Ho chiamato a casa tua e mi hanno detto di cercarti qui.»

«Al Deauville?»

«Perdio, Santos, svegliati! Vuoi che salga io?»

«È meglio se scendo io. Non sono solo.»

Trafficante si mise gli occhiali e la nebbia si dissipò. Al suo fianco, con la bocca aperta e un paio di meloni dorati che si sollevavano e si abbassavano sul petto, era distesa una corista spogliarellista del cabaret dell'hotel. La mulatta russava e lui le sfiorò il mento con la fibbia della cintura prima di vestirsi per incontrare Lansky.

«Possiamo raggiungere la piscina. Che te ne pare?» suggerì Trafficante all'ebreo, che cercava con lo sguardo un luogo dove poter parlare a quattr'occhi con il socio. «In questo momento è il posto più riservato del Deauville.»

«D'accordo.»

«Prendi qualcosa?»

«Mi andrebbe un succo di frutta e del caffè cubano» disse Lansky.

Presero l'ascensore fino al sesto piano. Erano quasi le 4 e lo snack bar della piscina era chiuso, perciò Trafficante chiamò con un cenno del capo uno dei suoi uomini e gli sussurrò all'orecchio quel che doveva servirgli il cameriere.

«Strana visita la tua, Meyer. Avresti potuto avvisarmi. Immagino che sarà una cosa urgente» disse Trafficante mentre si stavano ancora accomodando su due sedie a sdraio al bordo della piscina.

«Lo è, Santos.»

«Problemi?»

«Pare di sì. Ho appena saputo una cosa e sono venuto a parlarne con te.»

Un cameriere si avvicinò con una caraffa di succo di mango e una caffettiera fumante. Posò il servizio da caffè su un tavolino accanto ai due e stava per allontanarsi quando Meyer s'infilò una mano in tasca e gli fece segno di prendere i due biglietti da venti dollari che gli allungava.

«C'è un Meyer Lansky che darebbe volentieri i suoi corn-flakes per questo succo di mango» disse l'ebreo per nulla a caso.

«Tuo nipote?»

«Oh, Santos! Se non ti svegli, non potremo parlare. Che cosa t'hanno fatto stanotte? Conosci un altro Meyer Lansky?»

«Sono sveglio, Meyer. Un po' a pezzi, ma sveglio. Non essere perfezionista, la gente parla per parlare. Lasciamo stare. Che diavolo succede?»

«È già successo» rispose Lansky versandosi il succo. «Sapevi che un socio di Mozack e McCoy è stato trovato cadavere qualche tempo fa in una casa in periferia?»

«Sì. McCoy me ne ha parlato.»

«Ti ha detto qualcosa d'interessante?»

«Sosteneva che l'avevano trovato con un proiettile nella tempia e che sembrava un suicidio, ma lui ne dubitava perché non aveva motivi per farlo e non era di quelli che si piantano una pallottola in testa per uscire da un problema. McCoy era preoccupato per la situazione che si veniva a creare all'Easy Entertainment con la morte dell'uomo che portava avanti il lavoro.»

«Non me ne hai mai parlato» insinuò con malizia Lansky, cambiando bruscamente la strategia adottata fino a quel momento.

«Supponevo che l'avesse fatto il tuo amico Elías. Questa faccenda può essere importante per lui, non per me. Te ne sei accorto adesso?»

«Lo sapevo già, ma non da Elías» rispose Lansky dissimulando di fronte a quel commento che si prestava a più di un'interpretazione. «McCoy ti ha parlato di qualche probabile movente dell'omicidio?»

«Sì, lo ha fatto. Mi ha detto che l'uomo da tempo si cresceva delle serpi in seno, ed era venuto il momento che lo mordessero. Forniva servizi a domicilio con le puttanelle dei suoi film, servizi più professionali di quelli offerti dalle Casas de Marina. McCoy pensa che avesse raccolto particolari della vita intima di molta gente in vista, e che volesse fare soldi con quanto era venuto a sapere.»

Meyer toccò la caffettiera di nichel senza decidersi a prendere una tazza del caffè ormai freddo a causa della fresca brezza che soffiava sulla piscina, a pochi metri dal mare. Si versò un altro po' di succo. Trafficante lo osservava e dedusse dai suoi movimenti metodici, quasi studiati, dalla parsimonia di ogni singolo gesto, che l'ebreo gliene nascondeva una grossa.

«Vedo che non conosci nemmeno la metà della storia» disse Lansky con la sicurezza di un medico di fronte a una diagnosi d'intossicazione. «Tieniti alla sedia, perché potresti cadere quando la saprai tutta.»

«Non credo sia necessario. A questo punto della mia vita sono immune alle sorprese.»

«Come vuoi. Il tipo di cui abbiamo parlato finora si chiama Adalberto Lara ed era, incredibile ma vero, a capo di un gruppo terrorista che si accaniva contro di noi.»

«Ne sei sicuro?» domandò Trafficante quasi con noncuranza, dando prova dell'equilibrio di cui si era vantato.

«Ti sto offrendo la primizia di un rapporto che ho ricevuto dal colonnello Ventura. Ma non è tutto, porta pazienza, il bello viene adesso.»

«Meyer, sembri un fottuto commentatore di baseball. Fa il tuo fuoricampo una buona volta!»

«Prendila con calma» disse Meyer, sottolineando le parole con il gesto delle mani. «Il gruppo terrorista era formato da quattro uomini, Lara compreso. Due di loro sono scomparsi, Lara è all'inferno a cuocere in un pentolone d'olio, e un terzo è alloggiato in una suite del Departamento de Investigaciones con vista sul fiume Almendares.»

«Gente del 26 de Julio?»

«Negativo, Santos. Il gruppo d'azione rispondeva a Lara, e lui a un terzo del quale si sa pochissimo. Il tipo che hanno arrestato fu ferito il giorno dell'incendio delle auto al Sans Souci e ha parlato più del pappagallo di una maestra, ma le sue confessioni si sono limitate a quel che sapeva.»

«Qual è questo limite?»

«Ha detto che Lara rappresentava interessi americani e che a impartire gli ordini era un capo misterioso. Lo conoscevano solo per qualche allusione e lo chiamavano zio Paperon de' Paperoni. Te l'immagini? Zio Paperone! L'arrestato ha sempre pensato che si trattasse di uno straniero, ma non sapeva se si trovasse negli Stati Uniti o a Cuba.»

«Diavolo, Meyer, vogliono metterci il sale sulla coda!» esclamò Trafficante rinunciando al contegno da lord inglese tenuto fino a quel momento. «Figli di puttana! Approfittano del caos provocato dalla guerra civile per colpirci.»

Meyer Lansky ascoltò le ultime parole senza affrettarsi a rispondere. Non riuscì a dissimulare un sorriso appena abbozzato nel vedere il socio sopraffatto dal suo focoso temperamento italiano. Sollevò la caffettiera e, senza far caso al contenuto ormai freddo, se ne versò una tazza che bevve senza gusto, mettendo subito mano all'inseparabile pacchetto di sigarette. Trafficante lo vide aspirare il fumo con voluttà e pensò che gli sarebbe piaciuto avere in tasca un sigaro Montecristo o un Hoyos de Monterrey.

«La faccenda è più complessa» disse Lansky con grande tranquillità. «Non tentano di colpirci, ma di identificarci pubblicamente con Batista. Qualcuno vuol farci apparire come i cattivi del film, vogliono che la gente che odia Batista finisca per odiare anche noi, in modo da toglierci spazio quando succederà quel che dovrà succedere in questo fottuto paese: se Batista dovrà andare un'altra volta a fare il bagno a Daytona Beach, dovremo andarci pure noi. Non ci stanno colpendo, Santos, ci stanno mettendo nella merda.»

Trafficante si alzò bruscamente e la sedia di alluminio si rovesciò con gran fracasso nella quiete dell'alba. Non si rammaricò, come in altre occasioni, del vantaggio che Meyer si aggiudicava ogni volta che si confrontavano su questioni importanti; gli stava dicendo qualcosa di troppo preoccupante perché vi fosse posto per le sottigliezze dello scontro dialettico. Ciononostante, si mise sulla difensiva.

«Maledizione! Forse adesso mi capirai meglio. Non possiamo puntare tutto su un unico cavallo. Se vogliamo rimanere a Cuba, dovremo fare qualcosa di più che stare a guardare mentre Batista cade a pezzi. Quel che succederà, qualunque cosa sia, deve restare sotto il nostro controllo; altrimenti, corriamo il rischio dell'invasione dei barbari.»

«Hai ragione» disse Lansky, assorto nelle volute di fumo del suo tabacco biondo della Virginia. «Ma non so perché mi ripeti cose di cui abbiamo già parlato: ti ho assicurato che non permetteremo a nessuno di fotterci.»

«Non è che il tipo arrestato ne saprà di più?»

«Neanche per sogno. Quello non è un idealista che si farebbe ammazzare, è un avventuriero che mira solo ai soldi. Ventura lo ha incontrato personalmente e hanno parlato da buoni amici. Si conoscevano già da molti anni. Un cane della stessa cucciolata.»

«Sai come si chiama? Forse potremmo indagare.»

«Il suo nome?» rispose Lansky e frugò nella tasca della giacca. «Ecco il nome: uno sconosciuto.»

Trafficante prese il pezzetto di foglio di quaderno che Lansky gli tendeva e se lo avvicinò agli occhi per metterlo a fuoco. Non gli cadde di mano solo perché Trafficante aveva il cuore blindato. Scritto in caratteri incerti si leggeva il nome che avrebbe offerto a Santos Trafficante la chiave della scottante verità: Adalio Sierra.

Stava per far giorno quando Meyer Lansky lasciò il Deauville. Trafficante lo accompagnò all'entrata e poi chiamò la propria auto, ordinando all'autista di portarlo a casa nel quartiere Kohly, che era vicinissima a quella di Joe Stasi, sulla riva occidentale del fiume Almendares. Da lì si poteva vedere, sulla riva opposta, l'edificio del Departamento de Investigaciones. Si era completamente dimenticato della corista nuda chiusa nella stanza dell'hotel e dimenticò anche gli impegni di quella mattina, compreso l'appuntamento con il dottor García Bango, il suo avvocato all'Avana.

Arrivò alla porta di casa, dove tutti ancora dormivano, ed entrò in punta di piedi come un topo d'appartamento. Si avviò verso la cucina, si versò una birra e andò a sedersi nello studio dietro l'enorme scrivania di mogano. Un paio d'ore dopo sua figlia lo trovò addormentato, stravaccato sulla poltrona e con gli occhiali inforcati. Non si era tolto né la giacca né il cravattino, che preferiva alla cravatta. Era intatto, sebbene in quel momento le sue più recenti preoccupazioni si fossero già convertite in occupazioni, vale a dire erano in via di risoluzione. E dopo la soluzione di problemi difficili, il sonno arriva con facilità.

Non aveva fatto altro che pensare. Nonostante lo sfinimento fisico provocato dalla giornata intensa, prodiga di sorprese e di sesso clandestino, si sentiva lucido. La sua concentrazione era assoluta, soprattutto dopo che ebbe preso dalla tabacchiera l'avana che il suo corpo reclamava a gran voce. Aver scoperto che il contatto dell'uomo di Ruby per l'attentato a Batista faceva parte di una banda terrorista, capeggiata da un certo Adalberto Lara, era stata una casualità straordinaria, come il fungo della penicillina o la mela sulla testa di Newton. Come in tutte le scoperte di vitale importanza, però, le contraddizioni emergevano rapidamente, e la più evidente di tutte quelle che si affacciarono alla mente di Trafficante era la soffiata riguardante il piano dell'attentato fatta da Elías Mozack. Non quadrava nel suo schema. In quella faccenda esisteva una sola probabilità concreta: Adalio Sierra doveva essere la fonte dell'informazione trasmessa dall'avvocato ebreo al palazzo presidenziale. Non trovava altra spiegazione. Non c'era.

Adalio doveva aver giocato con il nome di Ruby per mettere nelle mani di Mozack quel che sapeva del piano dell'attentato. Ma non si mette nelle mani di qualcuno una notizia del genere se non c'è dietro un motivo bello grosso. Trafficante quasi scivolava su questa buccia di banana, ma subito impresse una svolta ai suoi ragionamenti orientandoli in una direzione più sensata e obiettiva. Tutto era collegato a Lara: le bombe, Adalio e gli scomparsi; Adalio e il tipo liquidato da Fat Butcher. E, naturalmente, Mozack.

Cominciò a sgrossare idee, ad accostare con somma cautela i tasselli sfuggenti di quel puzzle unto di vaselina, per evitare di cadere nella trappola di un presentimento, ma non poté evitare di lasciarsi guidare dall'istinto affinato dai molti anni trascorsi nelle sabbie mobili del crimine organizzato. Un pensiero inquietante fluì lungo un corso obbligato, scavato nella roccia viva del sospetto, fino a sfociare nella stessa conclusione che gli era già stata dettata in anticipo dall'istinto: Mozack era il boss e Lara il suo intermediario. Era quella l'unica combinazione che consentiva a Elías di agire, per un motivo che non riusciva ancora a comprendere, contro gli interessi suoi e di Lansky.

Al contrario dei fatti, le ragioni di una doppia vita di Mozack non erano alla portata di Trafficante, che si affrettò a suggellare la sua analisi con una conclusione sbagliata: Mozack era stato comprato da qualche Famiglia. Trafficante aveva sempre calcolato mentalmente il prezzo degli uomini, convinto che ognuno avesse scritto in fronte una cifra e che solo a partire da quella fosse possibile ottenerne la fedeltà. Quella di Mozack, pensò, doveva essere enorme.

Per uno come Trafficante, la conoscenza del mondo circostante non ha scopi puramente contemplativi o di gratificazione narcisistica. Lui doveva fare qualcosa, pur trovandosi di fronte a un'alternativa pericolosa. Nelle sue mani c'erano le trame di un complotto che non poteva rivelare senza scoprire anche il proprio, e non poteva sapere con assoluta certezza quale dei due rappresentasse la pugnalata più profonda nel corpiciattolo di Meyer Lansky. Ciononostante, era convinto di aver agito per proprio conto nella maniera più conveniente, ma al preciso scopo di appianare le difficoltà di un futuro che diventava sempre più incombente a ogni nuova notizia dei ribelli della provincia di Oriente. In pratica, il suo comportamento poteva essere considerato alla stregua dell'eutanasia di un malato terminale che li avrebbe portati alla rovina; un atto compiuto in buona fede e privo dello stigma del tradimento. Quel che aveva fatto Elías Mozack, invece, era imperdonabile.

Agire era il suo pane quotidiano e non esitò a farlo, o almeno a pensare come farlo, prima di cadere addormentato. Quella mattina stessa avrebbe chiamato James Plumeri, che era in buoni rapporti con alcuni ufficiali della squadra antidroga, e gli avrebbe chiesto di soffiare all'orecchio di uno di loro i dettagli di una storia incredibile, in modo che non si perdesse nemmeno una parola: la storia di un avvocato ebreo che faceva a Castro il favore di disseminare bombe in tutta L'Avana.

5 ottobre 1958

Il bar ristorante Floridita era off limits per Trafficante. Non che vi fosse qualche ordinanza, ma era notoriamente un posto occupato dai nordamericani, troppo centrale e frequentato per passare inosservati.

Un posto così poteva riservare sgradite sorprese a chiunque. Di fatto, era risaputa una storia che era solito raccontare Jake Lansky. Una sera era seduto del tutto rilassato a bere un daiquiri, quando gli si era avvicinato un giornalista del "Chicago Herald Tribune" che lo aveva riconosciuto, o che aveva ricevuto una soffiata da qualcuno. Il tipo gli arrivò accanto senza un'ombra di dubbio sulla sua identità, sebbene Jake portasse un cappello che gli copriva in parte le folte sopracciglia alla Groucho Marx.

Il giornalista aveva insistito per intavolare una conversazione sul gioco d'azzardo all'Avana e voleva sapere se suo fratello Meyer era sempre in affari con Lucky Luciano. Quelle parole pronunciate ad alta voce, l'unico modo per farsi sentire in quella bolgia, risuonarono come una sassata su una tettoia di zinco. Jake era convinto che dopo le domande del giornalista si fosse creato un silenzio di tomba, e che persino il frullatore con cui il barman Antonio Meilán preparava i daiquiri si fosse fermato per rendere più penoso il momento.

È in circostanze come quelle che un fatto inusuale giunge in soccorso delle vittime: dal suo sgabello all'altra estremità del bancone lo scrittore Ernest Hemingway, con la testa fra le nevi perenni del Kilimangiaro o sugli isolotti delle Bahama, alzò d'istinto la natica sinistra e tuonò come una nave che chiede di essere guidata in porto. Fu un'esplosione degna di un peso massimo e sconvolse il giornalista, non tanto per il fatto in sé, sebbene venisse da un premio Nobel e fosse materiale per le rotative, quanto per il caos totale provocato da quella cannonata, che fece sussultare i presenti e fu seguita dalle scuse dell'autore di *Il vecchio e il mare*.

Il barman, tentando di togliere dal fuoco le castagne di Hemingway, disse rivolto ai presenti e con un tono da lutto nazionale: «Non è successo niente, signori. Un venticello può scappare a tutti». Peggiorò le cose, e il Floridita si trasformò in una casa di pazzi che si piegavano in due dalle risate vedendo l'espressione imbambolata che neanche l'alcol era mai riuscito a scolpire sul volto dello scrittore.

Jake riuscì a dileguarsi senza nemmeno dover aprire bocca per ricordare al giornalista quale specie del regno animale lo avesse partorito. Fece la sua faccia da cannibale, quella che usava per risolvere i problemi più complicati nelle notti trascorse al casinò dell'Hotel Nacional, e lo guardò fisso in viso. Il contrasto fra quegli occhi, che sembravano piuttosto le canne di un fucile Remington, e la malizia e l'ilarità generale, spinse il giornalista, frastornato, a fare un passo indietro. Jake trovò la strada libera fino all'uscita.

Il Floridita non era un posto per colazioni d'affari né per andarci con gli amici. Dinanzi all'ingresso andavano e venivano i fotografi a caccia delle star statunitensi, pronti a invadere il locale a sciami non appena vedevano o credevano di vedere Gary Cooper o Rocky Marciano, il celebre peso massimo, o Marlon Brando a braccetto di una mulatta. Quel giorno, però, Santos Trafficante non prese in considerazione i tanti inconvenienti e si lasciò trascinare da Joe Granello, già allora affetto dalla tendenza all'esibizionismo, che lo avrebbe spinto in seguito a infilare la mano nel portafoglio del sindacato. Gli perdonò la scelta del posto, perché Granello non era granché ferrato nella topografia dell'Avana e per muoversi in città aveva ancora bisogno, come i contadini, di punti di riferimento. In ogni caso, pensò che al Floridita avrebbe potuto incontrare Joe e sbrigarsela in pochi secondi.

Granello, al contrario, avrebbe preferito fare una lunga chiacchierata, imbottirsi di daiquiri e magari assaggiare i Montecristo che non mancavano mai nel taschino interno della giacca di Trafficante. Gli era stato affidato un incarico molto delicato, e non era disposto a ridurre l'intero risultato della sua inchiesta all'enunciazione di un nome e di un cognome. Trafficante doveva almeno sedersi con lui, da solo, e ascoltare la storia dei sette giorni passati alla ricerca di un duro che aveva abbastanza palle per colpire Fidel Castro nella sua stessa tana.

Quel tipo d'incarico era altrettanto tradizionale del dolce di mele il giorno di Halloween e aveva risolto i problemi più gravi delle Famiglie in modo elementare: cancellandoli per sempre. La vita umana non è mai stata un ostacolo insormontabile in un mondo dove il fine giustifica i mezzi e gli affari non si coniugano ai sentimentalismi. Quando qualcuno era di troppo, bastava semplicemente impartire un ordine. Allora un ingranaggio, perfezionato da una lunga pratica in condizioni avverse, s'incaricava di triturare la vittima come la cipolla e la carne per i cannelloni.

Alcuni giorni prima Trafficante lo aveva mandato a cercare al casinò e Granello era salito agli uffici del mezzanino dell'Hotel Deauville. Avevano parlato brevemente e senza testimoni.

«Ho bisogno di un favore da parte di qualcuno che sappia fare le cose come si deve e ho pensato che tu potresti aiutarmi» gli disse Trafficante a mo' di saluto. «È possibile?»

«Mi rallegra molto sapere che hai questa opinione di me.»

Era la solita vecchia retorica del favore che non sarebbe mai stato dimenticato, una formula d'impegno incomparabilmente più efficace di qualunque richiamo al dovere, perché faceva appello sia alla fedeltà e a un codice d'onore impresso nei geni di varie generazioni, sia all'opportunità di salire un gradino nella scala dei valori condivisi. Né i comunisti né i fondamentalisti islamici né i nazisti ebbero mai una tecnica simile per incentivare i propri uomini, dal momento che non riuscirono mai a combinare la devozione con la paga e dovettero accontentarsi del fanatismo delle loro élite.

Trafficante si era sistemato gli occhiali per mettere a fuoco la faccia del prescelto. Lui riusciva a leggere negli occhi quel che le parole erano capaci di occultare, e quelli di Granello, che rappresentavano l'apice della sua bellezza mascolina, ardevano del desiderio di servire. Con l'aria da contadino che emanava dai suoi modi, i capelli neri e ricci e il gran baffo che lasciava scoperto appena il labbro inferiore, Granello era l'immagine vivente dell'emigrante italiano d'inizio secolo. Era simpatico a Trafficante, che in lui vedeva la reincarnazione di certi suoi zii, le cui foto ingiallite venivano ancora conservate nella stessa scatola metallica di caramelle che lui ricordava di aver visto, per tutta la vita, tra le lenzuola di sua madre.

«Castro ci sta fottendo e dobbiamo toglierc elo dai piedi. Non entrerò nei dettagli, ma quel che intendo chiederti è molto importante per noi. Trova qualcuno di cui possiamo fidarci e che sia in grado di fare il lavoro.»

«Ho l'impressione che sarà difficile. Castro non sta nel Bronx...»

«Se fosse facile, non ti avrei chiamato, non sarebbe stato necessario chiamare nessuno. Castro non sta nel Bronx, ma dobbiamo trovare qualcuno che arrivi a casa sua, anche se fosse all'inferno. Sarai tu a incaricartene, non è un'impresa impossibile. Sulla Sierra Maestra sale gente di ogni tipo e qualcuno vorrà pure i suoi trenta denari. Il tuo compito è cercare. Magari un soldato che vuol cambiare banda, un informatore del Sim infiltrato nel 26 de Julio, uno che è invidioso di lui perché è più alto o più fortunato con le donne, per me fa lo stesso. Ma dovrai portarmi qualcuno con del cervello, perché farla finita con il "barbuto" non è come bucare le gomme dell'auto di un vicino di casa. Quando ce l'hai, mi chiami e facciamo l'affare. Portami una buona proposta e io mi occupo del resto.»

«Quanto tempo ho?»

«Tempo? Di che tempo parli? Ogni minuto gioca a suo favore. Stammi bene a sentire: se un giorno, un giorno qualunque, arrivi al casinò e non trovi la roulette o i tavoli di blackjack, smetti di cercare perché vorrà dire che è stato Castro a trovare noi. Capisci?»

Joe Granello ci aveva messo una settimana a trovare il suo uomo e, pur tardando più di quanto Trafficante potesse attendersi, lo aveva fatto nel migliore dei modi. Altri avevano ricevuto parallelamente lo stesso incarico, ma nessuno aveva trovato un candidato come quello del baffuto. Granello era venuto a conoscenza di un solo nome, ma era quello di uno di "dentro", e ciò gli assicurava un vantaggio incolmabile su tutti gli altri.

Dopo aver passato al setaccio mezza Avana disponeva solo di un marinaio, arrestato per omicidio, che diceva di avere un fratello arruolato con il grado di tenente nelle truppe di Camilo Cienfuegos e di essere disposto per cento bigliettoni a salire sulla Sierra per fare ciò di cui c'era bisogno. Granello non poteva presentarsi a Trafficante con una proposta così inconsistente, nel migliore dei casi solo una remota possibilità.

Una notte, quando credeva di aver esaurito tutte le risorse, arrivò al Garden Roof dell'Hotel Plaza con Rosita, un'artista dello striptease del Deauville alla quale aveva promesso una notte indimenticabile di balli con l'orchestra di Benny Moré, che alternava quel locale all'Alí Bar. Era cosciente del fatto che il suo orecchio musicale non era adatto a trasmettere ai piedi il ritmo, e gli avrebbe giocato lo stesso brutto tiro di altri tentativi precedenti, quando era riuscito a saltellare combinando la tarantella con il fox-trot; Joe, però, non aveva complessi, né aspirava a un posto di ballerino al Tropicana, ma solo a una notte bollente in compagnia di un superbo esemplare di femmina color cannella e senza peli sulle tette.

Mentre leccava con gli occhi il collo di Rosita, intanto che la voce di Benny diffondeva nel locale le note di un bolero, Joe vide Amleto Battisti che si allontanava verso il bancone in fondo. Immediatamente gli si accese la lampadina che restava accesa ventiquattr'ore su ventiquattro, salvo spegnersi di tanto in tanto al profumo di una donna. Si scusò con la sua accompagnatrice e prese la stessa strada di Battisti.

Li aveva presentati Trafficante un anno prima e da allora, sebbene non fossero in stretti rapporti, ogni volta che s'incontravano in uno qualsiasi dei locali dell'Avana si scambiavano saluti e frasi amichevoli. Battisti era un uomo di grandi mezzi e Joe l'impiegato di fiducia di un capomafia. La distanza che in altre occasioni li avrebbe divisi era ridotta dal semplice fatto che Battisti dipendeva più di quanto avrebbe desiderato dalle Famiglie dell'Avana e non si sarebbe permesso di offenderle trattando con disprezzo i loro soldati.

«Buonasera, señor Battisti» disse Granello alle sue spalle.

«Ciao, Joe, che sorpresa. Non ti avevo visto. Tutto bene?»

«Sì, ottimamente, mister Battisti. Questo è un posto molto gradevole. Mi sono avvicinato per salutarla, ma se non ha niente in contrario, vorrei anche farle una domanda. Posso?»

«Naturalmente, Joe. Di che si tratta?»

Granello lo prese affabilmente sotto braccio e lo condusse fino alla terrazza che dava sulla strada. Il traffico, quattro piani sotto, doveva essere caotico come quello di Manhattan alla medesima ora. La stessa marea di auto e lo stesso frastuono. L'unica differenza apprezzabile, oltre al faro del Morro che proiettava i suoi due fasci di luce a intervalli regolari, era la voce intensa di Benny che si sovrapponeva ai rumori della città.

«Lei, mister Battisti, ha moltissime relazioni. Forse potrebbe aiutarmi in una cosa piuttosto importante per noi» gli disse Granello, calcando sul "noi" perché il suo interlocutore sapesse da dove venivano i colpi.

«Se fosse qualcosa di personale, per me farebbe lo stesso. In che cosa posso servirti?»

Granello lasciò il gomito di Battisti e si guardò intorno per accertarsi che nessuno potesse ascoltare la conversazione. Quindi si avvicinò al volto dell'altro e balbettò un «Mister Battisti» che suonò alle sue stesse orecchie come la battuta di un film di Hitchcock.

«Avanti, dimmi. Non ci ascolta nessuno» lo sollecitò Battisti, che non conosceva il lato melodrammatico di Joe.

«Mister Battisti,» ripeté con un tono meno enfatico «dobbiamo contattare un uomo che abbia rapporti con la guerriglia di Castro, ma che sia disposto a fare affari con noi.»

«Un casinò sul Pico Turquino?»

«Forse, oppure un hotel come il Sevilla. Non sono io a decidere cosa fare o come farlo. Cerco l'uomo di cui le ho detto e basta. Lei conosce qualcuno del genere?»

«Io personalmente no, ma tra voi c'è gente che forse lo conosce. Chiedi a Norman Rothman. Non so se la persona che cerchi sia proprio quella, ma Rothman stesso mi ha detto di aver scartato l'opportunità di entrare nella vendita di armi a Castro attraverso un amico.»

Quell'affermazione così puntuale ebbe l'effetto di una martellata sulla testa di Granello. Passò a prendere Rosita, convinto che la notte sarebbe stata assolutamente perfetta. Scese per il Paseo del Prado bruciando le gomme della sua Buick decappottabile per imboccare avenida Quinta, la via più breve per raggiungere il Sans Souci, all'estremo opposto della città. Là incontrò McWillie, il quale gli assicurò che avrebbe trovato Rothman a cena con alcuni amici al ristorante La Zaragozana, a duecentocinquanta metri dall'Hotel Plaza.

Ritornò facendo lo stesso itinerario, ma a una velocità superiore e senza fermarsi ai semafori rossi. Rosita, spaventata e senza capire il motivo di quella fretta, lo pregò di farla scendere, ma Joe non le fece caso. Si fermò all'ingresso della Zaragozana e lasciò Rosita tremante nell'auto.

Rothman stava mangiando tranquillamente un delizioso riso al pollo in compagnia di Amadeo Barletta Jr, noto come "Barlettica", vicepresidente del Banco Atlántico presieduto da suo padre. Vide piombare Granello come un missile fuggito da Cape Canaveral e lo vide urtare un cameriere carico di bottiglie di birra, che non finirono sul pavimento solo grazie al senso dell'equilibrio acquisito dall'uomo in molti anni di professione. Nel giro di due minuti Granello era di ritorno all'auto.

Avrebbe voluto raccontare a Trafficante tutte quelle peripezie seduto a un tavolo del Floridita, dov'era arrivato con mezz'ora d'anticipo sull'orario convenuto. Si sedette al bar davanti a un cuba libre e, quando andava ormai per il terzo, uno dei guardaspalle di Trafficante gli si avvicinò per sussurrargli all'orecchio che il capo lo aspettava in macchina. Lo raggiunse subito e fu invitato a sedersi sul sedile posteriore. Trafficante chiese all'autista di uscire e incalzò Joe.

«Allora, chi è il nostro uomo?»

«Non è stato per niente facile. Se mi consente, le racconterò come sono riuscito a trovare un tipo interessante...»

«No, Joe, non te lo consentirò. Non pretenderai di raccontarmi una lunga storia in questa macchina. Allora saresti dovuto venire al Deauville. Dimmi soltanto il risultato, trascurando i dettagli. Ok?»

Granello esitò un istante, ma trovò subito la nota giusta per il tema suggerito perché, pur essendo molto portato per le chiacchierate, i colpi di scena e i lunghi racconti con finale a sorpresa, non si dimenticava mai del posto che occupava.

«Si chiama Frank Fiorini, è un conoscente di Rothman ed è rintracciabile a questo indirizzo di Miami» disse allungando un foglietto scritto con inchiostro rosso. Rosso come il sangue.

«E perché ti sembra interessante?»

«Quell'uomo è già stato sulla Sierra Maestra e pare che porti armi a Castro. Rothman garantisce per lui e dice che si mangia un piatto di merda se ne troviamo uno migliore.»

Trafficante non aveva più domande da fargli e se ne andò piacevolmente sorpreso dalla capacità di sintesi del baffuto.

Città del Messico era un terreno noto per Elías Mozack. Vi aveva vissuto per più di cinque anni e l'aveva fatto intensamente. Dal suo studio legale Mozack & Associati aveva partecipato all'epoca d'oro del cinema messicano, anche se vide quei film soltanto nelle sale dell'Avana, dove dava colpetti con il gomito alla moglie per segnalarle gli attori con cui aveva avuto rapporti, personali o professionali.

Quando Elías decise di trasferirsi a Cuba nel 1945, Emilio "el Indio" Fernández aveva già girato *María Candelaria*, con la fotografia di Gabriel Figueroa, il film che ottenne il primo premio al festival di Cannes nel 1946. Mozack, che aveva assunto personalmente la rappresentanza legale dell'opera dell'Indio, non ebbe mai il coraggio di dirgli che se *María Candelaria* era eccezionale si doveva esclusivamente alla fotografia di Figueroa.

Percorrere di nuovo le strade della città gli faceva rivivere gli anni in cui era stato preso nel turbine degli studios cinematografici e della vita frenetica che gli girava intorno. Ricordava in particolare Dolores Del Río, al primo posto nella sua lista messicana degli amori impossibili, molto più breve di quella dei possibili, iniziata nell'anno 1939, al suo arrivo su una nave che aveva seguito la rotta Le Havre-New Orleans-Veracruz. In coperta, distesa su una sdraio come una Mata Hari disoccupata, aveva incontrato una giovane che viaggiava con la sua stessa destinazione. Di conversazione sciolta e di letto facile, la ragazza rallegrò i giorni dell'ebreo durante la traversata transatlantica, ma scomparve dalla sua vita quasi nello stesso istante in cui giunsero in porto. Fu ingoiata dalla terra e lui poté immaginare perché.

Mozack era arrivato nella capitale messicana qualche giorno prima e quel mattino si svegliò molto presto per camminare quasi senza meta, godendosi l'aria della città, sempre fresca a quell'ora. Fece colazione in un piccolo caffè a due isolati dalla cattedrale e si avviò in taxi verso avenida Juanacatlán. Durante il tragitto poté notare che Città del Messico conservava l'atmosfera degli anni Quaranta meglio dell'Avana, che sembrava cancellare se stessa per riemergere nuova di zecca ogni trecentosessantacinque giorni. Circolavano per L'Avana gli ultimi modelli delle auto nordamericane; i grattacieli e i nuovi quartieri residenziali si estendevano come una piaga; le ragazze andavano in giro con i pantaloni al ginocchio, camicette corte annodate in vita e occhiali da sole. L'Avana era sfavillante e satura di musica giorno e notte. Nei bar agli angoli della strada i juke-box diffondevano nell'aria le note melliflue dei boleri alla moda e quelle stridenti del rock and roll. Nonostante i progressi e la straordinaria crescita, Città del Messico continuava ad avere per Mozack lo stesso aspetto di dieci anni prima. Per di più gli indios con i loro miseri stracci accentuavano l'atmosfera plumbea dei 2240 metri di altitudine. Se in quel momento gli avessero chiesto di fare un confronto fra le due capitali, avrebbe potuto rispondere che Città del Messico era un buon esempio di sviluppo dell'America Latina, e L'Avana dell'espansione degli Stati Uniti.

Scese dal taxi a un incrocio e percorse lentamente a piedi altri otto isolati per sincerarsi, con la sua esperienza arrugginita dall'inattività, che nessun curioso seguisse i suoi passi. Aveva fatto lo stesso il giorno prima mentre si dirigeva all'ambasciata israeliana, dove aveva avuto il terzo colloquio nel giro degli ultimi quattro mesi con l'ambasciatore Shaltiel, per negoziare le armi che Batista sperava Lansky riuscisse a ottenere, che Lansky era sicuro Mozack potesse procurare e che Mozack era certo non avrebbe mai consegnato all'esercito del generale Tabernilla. Durante il tragitto verso l'ambasciata aveva notato l'insistente presenza, a una ragionevole distanza, di due uomini che indossavano abiti gessati identici, ma non vi aveva dato importanza sapendo perfettamente da dove venivano e cosa cercavano.

Quando giunse di fronte al ristorante La Vaca Negra, era atteso da un'auto con lo sportello aperto e il motore acceso. Dopo una dozzina di giri a vuoto per la città, la vettura prese la via di Toluca e in un punto deserto del tragitto l'avvocato cambiò auto, o gliela fecero cambiare, per tornare di nuovo al distretto federale e uscire da un'altra strada in direzione di Cuernavaca. In un ristorantino alla periferia della città lo aspettava Nikolaj Lagunov, il filo che univa Elías Mozack al suo autentico e unico io. Lagunov era tenente colonnello del Kgb sovietico, e Mozack il suo uomo all'Avana.

Al quartier generale del Kgb di Mosca Elías Mozack non era una persona, bensì quattro grossi fascicoli di carta ingiallita riposti in una scatola di cartone. Sopra un cartellino dal colore indefinibile incollato su uno dei lati si leggeva lo pseudonimo dell'agente che abitava la scatola come un genio di Aladino.

Nella corrispondenza tra gli ufficiali all'estero e quelli del quartier generale, i riferimenti al "Testimone" alludevano a Mozack, ribattezzato in quel modo da Volodja Gerasimov, il suo primo ufficiale di missione dopo i due anni e nove mesi di addestramento in una scuola dei servizi segreti in un sobborgo di Mosca.

Gerasimov lavorava nella sezione America Latina del Dipartimento infiltrati, che si occupava dell'introduzione di agenti in paesi che presentavano un interesse per i servizi sovietici. Gli agenti sotto copertura – in pratica, veri e propri ufficiali del Kgb per l'elevato livello di collegamento operativo – erano generalmente cittadini dell'Urss che adottavano una falsa identità e mettevano radici in qualsiasi posto. Il caso di Testimone era un'eccezione, se si teneva conto della sua condizione di russo emigrato, delle sue origini ebraiche e della cittadinanza francese.

Il giorno in cui ricevette l'incarico di guidare dall'Unione Sovietica i passi dell'agente fuori del paese, Volodja propose di cambiare il nome in codice che l'aveva identificato fino a quel momento con uno più adatto alle comunicazioni. Suggerì quello di Profeta, pensando all'Elia biblico, ma il suo superiore lo scartò subito perché poteva essere facilmente associato al vero nome dell'agente; allora Volodja disse che Elia, profeta di profeti, era stato riconosciuto dai vangeli come testimone della trasfigurazione di Cristo e sottolineò, con l'intonazione tipica dei russi, la parola "testimone".

Il capitano Gerasimov ebbe il compito di preparare la documentazione di Mozack e di organizzare la sua partenza per il Messico, una tappa intermedia verso la sconosciuta isoletta di Cuba. Correva l'anno 1939 e l'ufficiale russo ebbe la sensazione di fare un lavoro di seconda o terza categoria rispetto a quello di alcuni suoi compagni, che seguivano casi veramente difficili nella Germania di Hitler, nell'Italia di Mussolini e nel resto delle nazioni europee che, di lì a poco, sarebbero state conquistate dal fascismo. Quell'impressione era fondata.

Testimone non era stato creato per le grandi operazioni d'intervento sotto copertura, dato che era soltanto un ebreo intelligente, senza grandi propensioni per i giochi in cui erano in ballo la vita o la morte di milioni di persone. Nel giudizio finale, la valutazione che ne dava il Kgb era sottolineata a matita rossa: *Eccellente nei compiti di analisi delle informazioni, ma modesto nel condurre azioni prolungate ad alto rischio. Esegue gli ordini del comando, ma li discute. Non ha attitudini per la vita militare attiva né per il comando sul campo di battaglia. È ancora sensibile alle credenze religiose dei suoi antenati e ha una formazione ideologica insufficiente. Non è un marxista-leninista convinto e le sue simpatie per la causa del comunismo sono strettamente limitate alle varianti della socialdemocrazia.*

Con un giudizio migliore del suo, altri agenti erano finiti nella pattumiera. A lui, invece, fu assegnata una missione marginale rispetto alle preoccupazioni di Stalin, ma che sarebbe diventata centrale rispetto a quelle di Nikita Chruščëv.

La sezione America Latina del Departamento de Inteligencia Política stava sollecitando dal 1932 un agente clandestino da infiltrare a Cuba, dove sette anni prima era stato fondato il Partito comunista ed era attiva una corrente marxista in settori dell'intellighenzia e del movimento operaio, organizzato in corporazioni e sindacati. Ma soltanto nel dopoguerra, con lo scoppio della guerra fredda, la proiezione dei comunisti verso l'America Latina cominciò ad assumere tutt'altra importanza, dettata dalla concorrenza sorta fra Urss e Stati Uniti per l'ampliamento delle rispettive aree di influenza. Entrare in America Latina e nei Caraibi significava invadere il cortile dei nordamericani e, pur senza presentare grandi vantaggi per la politica del Partito comunista dell'Unione Sovietica, la prospettiva aveva un suo interesse, al pari della corsa agli armamenti nucleari o della conquista dello spazio.

Quando Volodja mise il suo Testimone a bordo di una nave nel porto di Le Havre, al Dipartimento infiltrati del Kgb sentirono di essersi liberati di un problema. Se non rinunciarono all'operazione, bloccando sul nascere la carriera di spia del figlio dell'orafo ebreo dello zar, fu perché questi era imbottito di soldi e aveva già dato importanti contributi economici alle casse del Kgb.

Il piano che riguardava Mozack arrivava solo fino alla sua sistemazione a Cuba. Fatto questo, avrebbe ricevuto indicazioni sugli obiettivi a cui doveva lavorare. Si supponeva che quella tappa sarebbe stata bruciata al massimo in un anno, e doveva consistere nell'utilizzare il Messico per insediarvisi temporaneamente come avvocato, a mo' di transizione tra la scuola del Kgb e la missione alquanto vaga nella terra del tabacco e dello zucchero. Nel 1944 era ancora in Messico e non aveva più avuto notizie di Gerasimov – morto nel 1941 – né del Kgb né di nessun altro della madre Russia interessato a proseguire ciò che aveva già superato il punto di non ritorno.

Con sua grande sorpresa, però, nei primi mesi del 1945 le comunicazioni furono ristabilite nel modo più rozzo: un funzionario dell'ambasciata sovietica a Città del Messico bussò alla sua porta. Quella chiamata tardiva avrebbe potuto essere fatta nel 1940, con Volodja in vita, quando la lunga mano di Stalin affondò un piccone nel cranio di Trotzkij; ma allora la proposta venne respinta dal comando, poiché nessuno era in grado di dire con certezza se Mozack ne sarebbe uscito come assassino o come collaboratore dell'ex comandante dell'Armata Rossa.

Mozack non dovette assumere una falsa identità poiché la sua non lo comprometteva affatto. Aveva abbandonato la Russia nel 1917, quasi in concomitanza con la cannonata dell'incrociatore *Aurora*. Aveva dodici anni ed era figlio unico. A Parigi non conobbe la vita austera e triste degli emigrati russi; suo padre era riuscito a portare con sé una considerevole fortuna in pietre preziose, e in poco tempo era già proprietario di un altro laboratorio con lo stesso successo di quello di San Pietroburgo. Lo splendore delle gemme toglieva opacità a un dramma estraneo al vecchio Mozack. Per lui, e per estensione anche per la sua famiglia, il trasloco a Parigi non era rattristato da nostalgie né da lamentosi violini impregnati di vodka. Per la ristretta famiglia Mozack si trattò solo di un cambio di mercato: qualcosa, in definitiva, cui gli ebrei erano abituati.

A Parigi, eccetto il fugace incontro con la zarina Anastasia, o perlomeno con la demente che si spacciava per lei e portava al collo un gioiello che era effettivamente appartenuto alla figlia dello zar, il giovane Elías recise il corso dei pensieri che conducono al passato. La sua impressione iniziale, dopo la prima passeggiata per Parigi, fu di meraviglia per l'assenza di *činovniki*, i funzionari e gli impiegati in uniforme che conferivano al paesaggio delle città russe l'atmosfera di una caserma. Dopo aver camminato al fianco del padre lungo il boulevard Saint-Michel fino al ponte e averlo attraversato alla Cité per imboccare quai des Orfèvres, in quello che poteva essere un omaggio del vecchio Mozack a coloro che erano rimasti indietro, Elías cominciò a cancellare tutto.

Qualche anno dopo, quando era ancora uno studente di diritto alla Sorbona, fece lo stesso percorso seguendo il funerale di sua madre, accompagnato da un gruppo di amici, e fu allora che si domandò se la fuga dei Mozack dalla Russia fosse stata provocata dal bolscevismo, che non avevano quasi conosciuto, o dalla necessità di lasciarsi alle spalle una società da tempo ridotta in schiavitù. Dovevano passare ancora molti anni prima che si soffermasse per la seconda volta a riflettere sulla sua condizione di intoccabile al quadrato.

Nel 1931 aveva già ereditato la fortuna familiare e liquidato il commercio dell'oreficeria. Aveva ventisei anni ed era solo, con un astronomico conto in banca e senza nord sulla bussola. Non aveva mai lavorato, dato che non si poteva chiamare lavoro la professione di avvocato del padre. Non aveva mai amato, dal momento che non si potevano far rientrare nell'amore le vittime di una vita disordinata e senza limitazioni economiche. Mai, fino a quel momento, si era soffermato a meditare su se stesso e forse non l'avrebbe mai fatto, se all'improvviso non si fosse imbattuto nella certezza di essere un uomo mediocre, incapace di ribellarsi contro il suo destino di numero nel gregge.

La consapevolezza di essere ormai addomesticato gli piombò addosso mentre si trovava in un caffè di rue de Vaugirard, a Montparnasse, dov'era solito conversare con gli amici, cultori dell'opera e degli spettacoli spinti del Moulin Rouge. In rue de Vaugirard, Mozack e i suoi amici facevano e disfacevano il mondo ogni sera, con la disinvoltura nel costruire e distruggere tipica dei giovani intellettuali. Elías non poté mai dimenticare quando, durante una di quelle serate, Andrés Bayona, spagnolo, apprendista scrittore, gli mise in mano *El hombre mediocre*, dell'argentino José Ingenieros, e gli tradusse con estrema cura un passo che recitava: *Il mediocre aspira a confondersi con quelli che lo circondano; l'originale tende a differenziarsi da loro. Mentre il primo s'impegna a pensare con la testa della società, l'altro aspira a pensare con la propria. In ciò si radica la diffidenza che di solito circonda i caratteri originali: niente appare tanto pericoloso quanto un uomo che aspiri a pensare con la propria testa.*

La rivelazione di José Ingenieros rafforzò l'amicizia di Mozack con Bayona, che finì per conquistarlo poiché conosceva dall'interno quanto stava accadendo in Spagna dalla proclamazione della Seconda Repubblica, il 14 aprile di quell'anno. Attraversarono i Pirenei e, nel giro di pochi mesi, la vita di Elías svoltò a sinistra di 180 gradi. Probabilmente gli sarebbe successa la stessa cosa se fosse rimasto a San Pietroburgo, giacché le rivoluzioni – e persino le loro imitazioni – hanno sempre pronta per le anime elette l'esca della giustizia sociale. Niente può contribuire maggiormente alla realizzazione di un uomo dell'idea di star vivendo per gli altri, sebbene, paradossalmente, quella strada possa anche condurre al gregge.

Mozack era ebreo e non poteva confrontare le idee recentemente acquisite con le prediche di Gesù Cristo, ma certo lo fece con l'ostinata decisione di Mosè nel voler condurre il suo popolo verso la Terra Promessa. Dopo più di quattro anni passati a bere vino nei locali dove si ballava il flamenco e in conversazioni euforiche agli incontri letterari, dove il suo amico Bayona gli riservava sempre un posto esclusivo, nacque in Elías il bisogno di un impegno sociale più risoluto del semplice mestiere di avvocato milionario senza studio. Prese la sua decisione definitiva allo scoppio della guerra civile spagnola nel 1936; il fascismo si era scatenato e lui aveva solo due possibilità di scelta, fuggire o fronteggiarlo. Stava per unirsi alle forze repubblicane quando Bayona gli riservò una nuova sorpresa: gli presentò un russo dei rossi.

Gennadij Kravčenko era un uomo dai modi ricercati, per niente diverso dai russi che passeggiavano per Parigi nell'attesa di una vittoria di Kolčak o di Denikin, e che morirono di vecchiaia senza poter vedere come, alla fine, sarebbero stati gli stessi comunisti ad abbattere la cortina di ferro ponendo fine a una farsa durata oltre settant'anni. Kravčenko era animato dalla passione per le sue idee e dava l'impressione di reggere sempre una falce in una mano e un martello nell'altra, anche se era uno strano miscuglio fra un artista e un commissario politico. Recitava versi incandescenti di Vladimir Majakovskij, con una predilezione per quelli dedicati al passaporto sovietico, in una lingua che a Mozack cominciava già a suonare estranea. Riuscì a emozionare Elías quando, nei panni di Majakovskij e con gli occhi stralunati alla Ejzenštejn, allungò il suo libriccino porpora incitando a leggerlo, a invidiarlo, perché lui era un cittadino dell'Unione Sovietica.

Kravčenko, però, aveva fatto sua anche la cultura prerivoluzionaria e arrivò al punto di far piangere Mozack declamando a memoria l'episodio della lettera di Tatjana dell'*Evgenij Onegin* di Puškin e i versi di Lermontov in cui il poeta dice addio alla Russia con un lungo elenco di insulti. Era un tipo simpatico, sapeva bere e nelle discussioni filosofiche con Elías interveniva sempre con un *pardon* pronunciato a modo e con il gesto di scoprirsi il capo, che gli conferiva un'aria da conte piuttosto che da ufficiale del Kgb.

Kravčenko conquistò Mozack alla causa senza dare troppa importanza al fatto che fosse un figlio di Sion, un vile esiliato e un capitalista eccentrico a caccia di emozioni per dare un significato alla propria vita. Ma, forse a causa delle sue disgrazie personali, né con l'artiglieria sentimentale di Kravčenko, né con il lavaggio del cervello alla scuola dei servizi segreti e nemmeno con una sottomissione al Kgb durata più di ventidue anni, Mozack poté mai più sentirsi un russo. Tantomeno un russo indottrinato, con i paraocchi. Ritenne sempre che, se quella storia era iniziata con l'invito di un maestro a pensare con la propria testa, non sarebbe potuta finire con pensieri fissati per decreto.

Per fortuna, il lavoro svolto come spia fino al 1957 fu così poco apprezzato dai superiori che non turbò affatto la sua coscienza di uomo libero. Le sue comunicazioni si erano limitate a un contatto personale in Messico, dove si recava una volta l'anno per consegnare i rapporti e per trascorrere un periodo di vacanze assieme a Gladys e al piccolo Elías. I tre percorrevano il paese da turisti e lui approfittava della fantastica opportunità per far visita ai suoi vecchi amici dell'ambiente cinematografico e riscuotere gli utili che continuava a fruttargli un investimento negli affari, per niente ortodossi, di un gruppo di gioiellieri ebrei. Ma tutto cambiò nel gennaio del 1957, dopo il primo contatto di quell'anno.

Quel giorno l'agente Testimone ricapitolò e analizzò i fatti più importanti avvenuti a Cuba nel corso del 1956 e, salvo qualche dato realmente rilevante, come l'insurrezione armata del 30 novembre a Santiago de Cuba e lo sbarco dell'avvocato Fidel Castro tre giorni dopo sulla costa sud della provincia di Oriente, il suo rapporto non era diverso dalle cronache piuttosto noiose degli ultimi dieci anni. In cambio, Mozack si presentò all'incontro con un documento sotto il braccio, contravvenendo alle istruzioni apprese in un sobborgo di Mosca e sapendo in anticipo che avrebbe causato scompiglio nel quartier generale del Kgb. Volle dare così per la prima volta ai suoi lontani amici della falce e martello la soddisfazione di affilarsi sul serio i denti.

Quel documento non era stato ottenuto da Mozack con i metodi e gli strumenti dello spionaggio, ma era il regalo che un amico, miliardario e semianalfabeta, gli aveva fatto perché ci si pulisse il culo in mancanza di carta igienica nel caso un giorno o l'altro si fosse ritrovato in miseria. L'uomo si chiamava Alfredo Hornedo e, partendo da zero, era riuscito ad accumulare una delle più grosse fortune di Cuba. A Mozack era simpatico per le sue pose eccessive e le trovate eccentriche.

Mozack aveva notato il libriccino mal rilegato in casa di Hornedo, abbandonato su un mobile, e l'aveva preso, spinto dalla curiosità di sapere cosa leggesse il suo anfitrione, ammesso che leggesse. Quello che scoprì lo lasciò di sasso. Si trattava di una copia illegale della dichiarazione di Fidel Castro, contenuta nella memoria difensiva scritta di suo pugno, resa durante il dibattimento del processo per l'assalto del 26 luglio 1953 alla caserma Moncada di Santiago de Cuba. S'intitolava *La storia mi assolverà,* frase con la quale Castro aveva concluso la sua difesa ed era, in sostanza, il programma politico del movimento da lui capeggiato. Elías non chiese a Hornedo dove l'avesse trovato, ma poté dedurlo, visto che tra le numerose proprietà del miliardario figurava il quotidiano "El País", uno dei più importanti dell'Avana.

L'opuscolo prese la strada degli alti comandi del Kgb e dall'ufficio del compagno Serov rimbalzò allo studio del ministro degli Esteri dell'Urss. La politica nei confronti di Cuba doveva cambiare, soprattutto quella all'ombra delle missioni segrete. La conclusione fu unanime: il seme dell'Ottobre rosso stava lottando per germogliare nella terra dello zucchero.

Dopo lunghi anni di tentativi sotto l'ombrello delle direttive dell'Internazionale comunista, di sotterfugi del Dipartimento affari esteri del Pcus e di sforzi dello stesso Kgb, i comunisti cubani non erano mai riusciti fino a quel momento a lanciare una piattaforma politica con effetti così profondi sulla popolazione. Nel 1957 il Partito socialista popolare, messo fuori legge dopo il golpe militare del 1952, era precipitato nel sottoscala delle preferenze. Nessuno credeva nei suoi leader, che negli anni Quaranta si erano alleati con Batista secondo i principi di una strategia astrusa quanto malaccorta.

Per gli analisti sovietici era chiaro che il programma di Castro non aveva la minima possibilità di essere applicato se prima non si fosse impossessato del potere e, pur giudicando la lotta armata un infantilismo di sinistra e un suicidio, pensarono che forse nell'isoletta dei Caraibi stavano sorgendo le condizioni soggettive che avrebbero potuto aprire un sentiero verso la rivoluzione sociale. Ma rimase il dubbio che si trattasse del colpaccio di un cacicco, una patacca con cui abbagliare la vista di chi era in buona fede. In definitiva, negli anni Trenta Cuba era stata molto più vicina di allora a una rivoluzione, e poi non se ne era fatto niente.

Il dubbio, comunque, durò poco. Il 24 febbraio "The New York Times" pubblicò un reportage del veterano Herbert Matthews su Fidel Castro e la sua guerriglia. Matthews era una vecchia conoscenza del Kgb, fin dai tempi della Spagna repubblicana; uno che sapeva quel che scriveva, un esperto di temi politici.

Il 17 febbraio il giornalista nordamericano era salito sulla Sierra Maestra, dove aveva incontrato Castro e i suoi ufficiali. L'acuta intuizione di Matthews non sarebbe bastata a fargli affermare quello che affermò: che il movimento di Castro era nazionalista, antiyankee e di tendenze socialiste. Non era un sasso lanciato in aria. Fu allora che dal Politburo convocarono il compagno Ivan Serov, presidente del Comitato statale per la sicurezza e gli accesero il semaforo verde...

Le pressioni su Mozack cominciarono a partire da quel momento, con l'entrata in scena di Aleksandr Antonov, un ufficiale del Kgb che vagava per l'America Latina presentandosi come corrispondente della Tass, l'agenzia di stampa sovietica. Antonov comparve senza preavviso all'Avana il 16 marzo 1957, quando ancora rimbalzavano in ogni angolo della città gli echi degli spari del Directorio Revolucionario Estudiantil contro il palazzo presidenziale. Scese all'Hotel Plaza con il nome che figurava sul suo passaporto svedese, Eric Nordenskjöld, e uscì per verificare di persona il clima rivoluzionario di cui Mozack aveva parlato con tanto entusiasmo nell'ultimo contatto con Nikolaj Lagunov.

Il nome scelto per quel viaggio clandestino dal sedicente corrispondente della Tass all'Avana non era stato deciso a caso, ma tenendo conto delle superstizioni inconfessabili dei servizi segreti: Nordenskjöld era un celebre esploratore artico che aveva scoperto un passaggio attraverso i ghiacci perenni. Aleksandr, fatte salve le differenze, aveva avvolto il suo incarico nella carta da regalo dell'identità di uno svedese apripista perché era sicuro che, dopo la sua visita, si sarebbe finalmente aperta la breccia che il Kgb intravedeva nel ghiaccio dell'America Latina.

Qualche giorno dopo il suo arrivo, dopo essersi fatto una sua idea e conoscendo il terreno su cui si muoveva, Antonov-Nordenskjöld prese un taxi che lo lasciò all'incrocio tra calle Diecisiete e K, salì allo studio di Mozack & Fuentes al secondo piano dell'edificio sull'angolo e chiese di vedere Elías, che rimase come fulminato quando seppe chi era quel viaggiatore e, soprattutto, cosa lo aveva condotto fin lì. Antonov veniva con una missione che Mozack non avrebbe mai potuto portare a termine da solo.

Nel ristorantino di Cuernavaca, Nikolaj Lagunov ed Elías Mozack andarono a occupare un tavolo in fondo al locale, sorvegliati a breve distanza dagli uomini che fungevano da supporto. Ordinarono una bistecca, avocado e tortillas, su richiesta di Lagunov, fanatico della cucina messicana e della tequila. Mozack preferì bere solo birra chiara. La conversazione fu poco amabile e durò il tempo del pranzo.

Elías espose con chiarezza i risultati del suo lavoro negli ultimi mesi e Lagunov ascoltò, in silenzio, come aveva disattivato il gruppo di Lara e i provvedimenti drastici che era stato obbligato a prendere nei confronti del regista; quindi gli riferì le sue impressioni sul movente del tentato omicidio di Batista, il sospetto che fosse stato Trafficante a impartire l'ordine, e il modo in cui lui era intervenuto per impedirlo. Infine, fece una brillante sintesi della situazione politica interna di Cuba e dei progressi del movimento guerrigliero. Secondo lui, Castro era sulla dirittura d'arrivo della sua ascesa al potere.

Lagunov si mantenne freddo e distante per tutto il tempo in cui Elías gli espose il rapporto. Sembrava che quanto gli diceva Mozack gli entrasse in un orecchio per uscirgli dall'altro, e che assaporare il gusto della bistecca, esaltato da un mare di chili, fosse più importante di qualsiasi idea che l'avvocato ebreo gli comunicava in modo ordinato e sintetico. Ma non era così. Dietro l'apparente disattenzione, il cervello ben allenato di Lagunov lavorava freneticamente classificando in compartimenti stagni le informazioni e gli interrogativi, e applicando in maniera inesorabile la sua tattica per il colloquio, decisa e studiata in anticipo come se si trattasse di una messinscena teatrale. Quando Lagunov prese la parola, Elías capì subito di essere arrivato alla fine di un'avventura che forse non avrebbe mai dovuto iniziare.

«La perdita della rete è deplorevole; in ogni caso, in questo momento i suoi interventi non avrebbero più alcun senso» disse l'ufficiale dei servizi segreti passando direttamente dall'ingordigia alla superbia.

«Per me non ha mai avuto senso mettere in pericolo la vita di gente innocente. Per di più, credo che lei esageri chiamando rete un gruppo di gorilla stipendiati.»

«Gorilla che agivano ai suoi ordini. Non lo dimentichi.»

«In un certo senso, ma non per mia iniziativa. Mi sono visto costretto a eseguire le istruzioni di Eric, "lo Svedese". Non mi ha lasciato scelta.»

«Credo che sia un po' tardi per le crisi di coscienza. La guerra è guerra. Noi ci abbiamo rimesso venti milioni di morti per liberare il mondo dal fascismo. A volte morire è l'unica alternativa per continuare a vivere» rilanciò Lagunov, per il quale l'attacco era sempre stato la miglior difesa.

«Non siamo d'accordo su alcuni punti. È vero che ho un peso sulla coscienza, ed è quello di aver seguito le istruzioni dello Svedese, o meglio, di non essermi ribellato a un ricattatore.»

«Ma lei è un soldato dell'Urss ed esegue ordini. Non so come può pensare di avere scelta riguardo agli ordini che riceve dal suo comando. Lei non ci sta facendo un favore, anche se il tempo e la distanza hanno distorto la sua percezione del dovere. Il nostro servizio non è un club come quelli che lei frequenta all'Avana, dove uno si fa socio o se ne va, come gli pare.»

«Le faccio presente che appartengo solo al Biltmore Yacht Club e che so benissimo qual è l'impegno che ho assunto con voi, ma non sopporto gli eccessi. Penso che, se c'è una cosa per cui è valsa la pena lottare negli anni in cui sono stato fedele alla causa del popolo sovietico, è stata appoggiare la ribellione di Fidel Castro. Ma mi rifiuto di approvare una strategia che esula dall'ambito della politica e che considero un'intollerabile manipolazione. Finora ho fatto quanto mi è stato ordinato, ma non sono più disposto a sporcarmi le mani di sangue; basta e avanza quello che c'è già.»

«Lei parla come se fosse un comune criminale e non un combattente per il socialismo» disse Lagunov, soppesando le scarse chance di un agente che stava commettendo un'infrazione molto simile all'insubordinazione. «Il suo pacifismo mi sconvolge. Non so come possa essere così benevolo nei confronti di una dittatura sanguinaria che ha portato lutti al popolo cubano.»

«Questo è un modo di sfuggire alle nostre responsabilità. Non avrei niente da rimproverarmi se avessi dovuto procurare armi per la guerriglia. Mi sembra molto squallida la tattica d'incoraggiare la repressione di Batista, anche se posso capire che, se non ci fosse lui al potere, la guerriglia non sarebbe cresciuta.»

«Meno male che siamo d'accordo su qualcosa.»

«Non ho mai detto di essere del tutto contrario. E ho fatto scrupolosamente il mio lavoro. Ma trovo inammissibile che nei suoi rapporti con me lo Svedese abbia esercitato pressioni. Non avrebbe mai dovuto minacciarmi di sequestrare mio figlio» disse Mozack con un tono di furore represso. «Quel giorno sono andate in fumo molte delle cose in cui credevo.»

«E ha pensato davvero che l'avrebbe fatto? Non le pare che forse era un modo per avvertirla delle conseguenze che comporta credere che un servizio segreto sia una congregazione religiosa? Mi perdoni, Elías, ma a lei manca la dimestichezza con il fuoco che abbiamo conosciuto in guerra. Le sue considerazioni andrebbero benissimo in un'aula di diritto, ma fra noi fanno ridere.»

«Giudichi il mio comportamento come crede. Le opinioni che può farsi di me non mi preoccupano. Le chiedo solo di non trasmettermi più ordini che implichino l'esercizio della violenza, perché non li eseguirò. Chiaro?»

Nikolaj Lagunov era quasi a metà della sua bistecca e nel sentire le parole di Mozack mise da parte le posate, chiaramente irritato.

«Adesso è lei a minacciare, Elías. Personalmente, non ammetto questo linguaggio nei rapporti cordiali che devono esistere tra compagni. Posso capire che la sua prolungata permanenza all'estero abbia influito sul suo atteggiamento verso di noi, ma intendiamoci: qui gli ordini li do io.»

Nei rimanenti venti minuti dell'incontro Mozack si limitò a rispondere alle domande di Lagunov, mentre questi gli comunicava le istruzioni che fissavano la sua linea di condotta e i suoi compiti di spionaggio futuri. Prima di tutto, doveva risolvere per conto suo il pasticcio in cui aveva messo il Kgb negoziando armi per Batista. Lagunov definì irresponsabile il suo modo di agire e non volle ascoltare le argomentazioni di Mozack sul fatto che la sua importanza come agente era determinata in larga misura dagli stretti rapporti che aveva con Meyer Lansky.

«I suoi rapporti con la mafia nordamericana possono ritorcersi contro di lei in qualsiasi momento» affermò Lagunov con grande sicurezza. «Finora si sono dimostrati una buona copertura e le hanno dato accesso a informazioni importanti, ma se asseconda Lansky in tutto quello che le chiede, può esserne travolto. Lei ha pensato che i negoziati con l'ambasciatore israeliano potessero avere esito positivo?»

«Spero proprio di sì, altrimenti sarei un pessimo negoziatore» rispose Mozack in tutta franchezza. «Deve capire che non potevo rifiutarmi.»

«Lei è incapace di rifiutare qualcosa al suo amico Lansky.»

«Si sbaglia» lo interruppe Mozack. «Gli sto rifiutando troppe cose. Fra l'altro, gli ho negato un'amicizia da parte sua sincera e lo inganno già da dodici anni. Lei crede che ci sia qualcosa di peggio che tradire un amico?»

«Anche se è un gangster? Crede davvero che quel delinquente ebreo le sia amico?»

«Lo è, mi creda, lo è.»

«Lei non ha speranze, Elías! Per favore, risponda alla mia domanda. Che cosa succederà con questa faccenda delle armi?»

«Non si preoccupi, non succederà niente. Ho assolto il mio ruolo di negoziatore e questo mi avvicina un po' di più all'evolversi dei rapporti tra Lansky e Batista, ma farò in modo che quelle armi, se ottenute, percorrano un lungo tragitto. Ho fatto qualcosa che non dovevo?»

«Ha fatto tutto quello che non doveva» affermò Lagunov, puntando il coltello contro Elías come fosse una spada con cui avrebbe potuto decapitarlo. «È responsabilità sua che quelle armi non sparino contro gli uomini di Castro. Il suo errore è stato di pensare in modo operativo quando occorreva una valutazione politica...»

«Per favore, Lagunov, so valutare un rischio politico e qui non ce n'è, perché si tratta di un'azione segreta. Castro non sospetterà mai che il Kgb ha negoziato quelle armi, e nemmeno verrà a sapere che stuzzichiamo Batista perché intensifichi la repressione, né che probabilmente abbiamo salvato la vita al dittatore. Siamo stati buoni sostenitori di Batista, ma Castro è intelligente e, se un giorno venisse a conoscenza di questa torbida storia, capirebbe che le vie che conducono al Signore a volte sono infinitamente tortuose.»

«Sì, in questo le do ragione. Lui non ne saprà mai niente, penso che il Kgb sia in grado di garantirlo.»

Mozack non si soffermò ad analizzare l'ultima frase, perché Lagunov iniziò a scaricargli addosso una raffica di istruzioni circa le future priorità informative; tuttavia, se lo avesse fatto, vi avrebbe colto una velata minaccia.

Alla fine, quando della bistecca non restava altro che una pozza verde di chili, l'ufficiale dei servizi segreti affermò che ormai il destino di Batista aveva poca importanza; che la sua morte o la sua fuga dal paese potevano solo accelerare il trionfo dei ribelli, e che in quel momento l'unica cosa in grado di fermare la valanga che rotolava verso L'Avana sarebbe stato l'intervento militare degli Stati Uniti. Allora Lagunov domandò a Mozack, come per sondare le sue doti per gli intrighi politici, cosa avrebbe fatto lui nei panni dei nemici di Castro.

«Vuol sapere cosa farei per farla finita con lui?» precisò Mozack.

«Le sto chiedendo proprio questo» annuì Lagunov. «Mi dica cosa faranno i suoi amici della mafia, Eisenhower o lo stesso Batista.»

«Mi scusi, compagno Lagunov, ma se crede che faranno qualcosa, si sbaglia» disse Elías, sottolineando la frase con una sfumatura ironica.

«Non capisco. Devono studiare e realizzare nuovi piani prima che Castro se li metta sotto i piedi. Lei non crede?»

Mozack non fece alcuno sforzo per dissimulare un sorriso davanti all'espressione sconcertata di Lagunov e ancor meno per nascondere l'intenzione di una beffa.

«È in errore se crede che faranno qualcosa per impedirlo; non confonda il futuro con il presente. Tutti si stanno già preparando per lo stesso obiettivo: uccidere Castro.»

23 e 24 ottobre 1958

Norman Rothman conosceva la spiaggia di Varadero come il palmo della mano. Uno dei suoi compiti era la supervisione del gioco d'azzardo fuori L'Avana, che si diffondeva alla grande; non solo le slot-machine, che pullulavano ovunque, ma il gioco vero in autentici casinò. Quello dell'Hotel Internacional di Varadero era controllato da Charles Wife, un uomo di Lefty Clark, il direttore della sala da gioco del cabaret Tropicana all'Avana.

Rothman aveva ottimi rapporti con Wife, il che non andava tanto a genio a Lansky, secondo il quale l'amicizia tra controllori e gestori non era buona per il portafoglio. Clark, sempre con l'avana fra le labbra, era una sorta di Winston Churchill e le sue osservazioni facevano parte delle regole non scritte del gioco d'azzardo a

Cuba. Era una vecchia serpe con sorrisi da adolescente e una diffidenza pericolosa.

Gli affari a Varadero si sviluppavano rapidamente e promettevano un futuro luminoso quasi come quello dell'Avana. Di fatto, facevano parte di un complesso che era già possibile intravedere sotto l'insegna sfavillante della Montecarlo dell'Avana. I turisti nordamericani avrebbero avuto a loro disposizione una spiaggia formidabile cosparsa di casinò dove svuotarsi le tasche. Era tutto a un tiro di schioppo, eccetto il dipartimento del Tesoro e gli agenti del fisco.

Quel giorno Rothman fece ancora una volta il tragitto per Varadero. L'autostrada dall'Avana alla città di Matanzas era praticamente terminata e mancava solo il tratto centrale del ponte sul fiume Bacunayagua, il più alto del paese. Una breve deviazione in mezzo alle colline a nordest della valle di Yumurí risolveva il problema. Sul sedile posteriore della sua Cadillac Fleetwood viaggiava anche Santos Trafficante, al quale il panorama visibile dalla strada che costeggiava il mare non importava un piffero.

L'incontro fra Trafficante e Frank Fiorini a Varadero era stato organizzato dallo stesso Rothman. Dal giorno prima Fiorini alloggiava gratis in una bella casa in pietra calcarea nel complesso residenziale Kawama, molto vicino a uno dei rifugi estivi del presidente. Fiorini non conosceva l'ordine del giorno della riunione, ma era abbastanza furbo da rendersi conto che doveva avere a che fare con il suo trasporto di armi alle forze ribelli nella provincia di Oriente; del resto, di qualsiasi cosa avesse bisogno Trafficante, poteva soltanto trattarsi di un buon affare, e i buoni affari non erano mai di troppo.

Rothman fece le presentazioni e i tre si sedettero nel salone. Fiorini riuscì a fiutare l'odore dell'Italia stemperato nei modi americani di Trafficante, un mistero delle culture latine. Trafficante misurò con un'occhiata miope l'aspetto trasandato di Fiorini e pensò che, se l'intelligenza dell'uomo era uguale alla sua immagine, aveva fatto un viaggio a vuoto. Quell'impressione iniziale gli impedì di andare subito al sodo. Si fidava dei giudizi di Rothman, ma prima di parlargli voleva sentire quel che aveva da dire.

Fiorini aveva ricevuto i visitatori in una tenuta sportiva che contrastava con la formalità del loro abbigliamento. Fu tentato d'invitarli a togliersi le giacche, ma si trattenne perché poteva essere interpretato come un eccesso di confidenza. Comunque, fu Trafficante a prendere l'iniziativa di togliersi la giacca e a chiedere a Fiorini di offrirgli qualcosa di freddo.

«Desidera una birra?» domandò sollecito Fiorini.

«Si vede che lei ancora non conosce Cuba. Qui sono le donne a offrire una birra, gli uomini offrono marche di birra» disse Trafficante con un tono cameratesco, per lui del tutto inusuale, che sorprese Rothman.

«In questo caso, mister Trafficante, ho della Polar.»

«Preferisco l'Hatuey, è migliore...»

«Non si finisce mai d'imparare. Sulla Sierra Maestra ho conosciuto uomini assetati che avrebbero dato la sorella per una Polar. Immagino che per un'Hatuey darebbero anche la madre.»

La conversazione scorreva con facilità. Trafficante si rese conto che Fiorini non era affatto un imbecille dalla rapidità con cui, approfittando del commento sulla birra, gettò sul tavolo l'argomento del colloquio, che fino a quel momento nessuno gli aveva rivelato. Trafficante guardò Rothman, questi capì che la sua presenza non era più necessaria e mormorò qualcosa a proposito di una visita a Wife prima di andar via.

«Ho sentito parlare del viaggio che ha fatto sulle montagne, ma mi piacerebbe avere la sua versione. A volte la gente esagera.»

«Io non lo faccio» disse Fiorini di ritorno dalla cucina, dov'era andato a prendere le birre mentre Rothman usciva. «Quando dico che ho fatto qualcosa, è perché l'ho fatto davvero. Sono stato là, ho visto Castro in persona e possiedo un salvacondotto per atterrare su qualsiasi pista con un carico d'armi. Mi sembra che questo sia l'importante, il resto sono dettagli trascurabili. È la versione di cui aveva bisogno?»

«Precisamente» assentì Trafficante, convinto di vedersela con un tipo che valeva oro.

«Mi piace essere chiaro con gli amici. Spero che non le dispiaccia se la considero tale.»

«Assolutamente.»

«Sono stato qualche giorno nella zona di guerra tra la fine dello scorso anno e l'inizio di questo. Sono salito sulla Sierra per conto mio e ho fatto in modo d'incontrare Castro e i suoi uomini. Io ho preso parte alla guerra contro i nazisti e sono stato ferito» disse Fiorini, approfittando dell'occasione per mostrare a Trafficante le cicatrici che aveva sulla pancia. «Ho contatti con dei veterani di quegli anni e ho pensato che potevano darmi una mano a vendere armi a Castro. Gli affari sono affari. Io non ho niente a che fare con la politica e non ho preferenze per Batista o per Castro. Sto sulla sponda del fiume dove si trovano i soldi.»

L'eloquenza della versione di Fiorini impressionò favorevolmente Trafficante. Del resto, non poteva sospettare che quella storia fosse piena d'inesattezze, con il suo interlocutore che pretendeva di cancellare l'impronta compromettente e compromessa della Cia. Se nella conversazione di qualche mese prima con Norman Rothman era stato pronto, pur di mettere le mani sul denaro del sindacato, a dichiarare che agiva per conto del governo degli Stati Uniti, adesso che quel denaro stava arrivando non aveva bisogno d'introdurre un elemento che avrebbe avuto l'effetto di un gesso spezzato su una lavagna. Trafficante lesse la determinazione nella mente di Fiorini e arrivò al dunque.

«Mi dica, mister Fiorini, le hanno mai offerto duecentocinquanta bigliettoni per un lavoro?»

«Mai. Forse me li vuole offrire lei?» rispose Fiorini impassibile, senza permettere che l'interlocutore si accorgesse del prurito che in quel momento percorreva il circuito delle sue cicatrici di guerra come una pulce ad alta velocità, poiché una somma di quel calibro poteva servire unicamente a pagare una decapitazione. Fiorini soffocò la sorpresa e non lasciò trapelare il turbamento che gli provocava una faccenda a cui non era preparato.

«Forse, tutto dipende da lei. Cioè, tutto dipende da che cosa lei ritiene di essere capace di fare per duecentocinquantamila dollari.»

«Per una somma come quella si possono fare molte cose, quasi tutto.»

«Per una somma come quella lei sarebbe in grado di trovare un uomo assolutamente fidato, coraggioso, ambizioso e addestrato militarmente? Quest'uomo dovrebbe andare sulla Sierra Maestra, forse portando armi, e dovrebbe farci il favore di toglierci per sempre Castro dai piedi» disse Trafficante alludendo a un terzo, ma lasciando intendere all'interlocutore che si riferiva a lui.

«Oddio! È un modo molto duro per guadagnare qualunque cifra. Se lei crede che sia io quell'uomo, si sbaglia» ribatté Fiorini, che era disposto a fare affari ma non a rischiare la vita.

«Adesso capisco perché mi ha detto "quasi tutto"» affermò Trafficante, assumendo un atteggiamento più aggressivo. «Crede che il denaro si regali?»

«Mi ha frainteso. Lasci che le spieghi. Non potrei farlo di persona, e non per mancanza di coraggio. Ho la mia routine con le armi e finora va bene, ma se cercassi di strafare, comincerebbero a insospettirsi. In effetti, sono estremamente diffidenti verso noi americani. Che io sappia, ce n'è solo uno con loro ed è un inguaribile romantico» disse Fiorini in tutta obiettività, ma, rendendosi conto che la porta si stava chiudendo, ci infilò la punta del piede. «Forse potrei farcela, ma dovrebbe essere un lavoro a lungo termine, forse troppo lungo. In questo momento, né io né un altro come me potrebbe riuscirci nel modo che lei propone.»

«Naturalmente, Castro è irraggiungibile» sbottò ironico Trafficante.

«Non ho detto niente del genere. Le ho solo esposto il mio punto di vista, e mi pare che stiamo discutendo per questo» chiarì Fiorini e rimase qualche istante pensieroso. «Sarò sincero con lei...»

«Mi ha già detto che è un uomo abituato a parlar chiaro.»

«Infatti. Mi piacerebbe molto accettare la sua offerta, ma non posso ingannarla. Sarebbe stupido invischiarsi in qualcosa di cui non si è sicuri e contrarre un debito più grosso del compenso. Se mi concede del tempo per pensarci, potrei presentarle un piano fattibile. È tutto quello in cui mi posso impegnare.»

«Un tempo breve.»

«Diciamo una settimana.»

«No, in una settimana posso trovare dieci samurai.»

«Ma nessuno di loro saprebbe nemmeno dove si trova la Sierra Maestra.»

«Questo è il suo vantaggio, altrimenti non saremmo qui a parlare. Le posso concedere al massimo fino a domani.»

Fiorini cominciò a elaborare tutte le informazioni disponibili in quello stesso istante. Se in ventiquattr'ore non avesse trovato un'alternativa per allontanare da sé il calice amaro che Trafficante voleva far bere al leader dei ribelli, sarebbe stato lui a pagare il prezzo più alto, perché ci sono segreti che è meglio non conoscere se non si arriva con loro sino in fondo.

Quando aprì la porta della casa di Kawama, Frank Fiorini si ritrovò Santos Trafficante a due metri di distanza. Lo aspettava presto, ma non così presto. Erano appena le nove di mattina e la possibilità di farsi un bagno in mare, calmo come una piscina, sfumò di colpo.

Trafficante arrivò con il morale a terra, o almeno così Fiorini interpretò i modi bruschi, talmente formali da rasentare la mancanza di educazione. Era il suo atteggiamento abituale verso la gente con cui faceva affari, distante e autoritario, ma questa volta l'espressione scontrosa era motivata anche dalla crescente preoccupazione per la piega che avevano preso gli avvenimenti: i ribelli di Castro continuavano ad avanzare verso la zona occidentale dell'isola.

Entrarono in casa e, senza troppi convenevoli, o meglio senza nessuno, si appartarono in un angolo del salone. Trafficante rifiutò l'invito a bere una Hatuey e parve non ricordare il commento della volta precedente, mentre Fiorini voleva introdurre una nota simpatica chiamando la birra con la sua marca. L'unica cosa che gli interessava dell'ex capitano dei marines era ascoltare la sua proposta.

«Ci ha già pensato?» volle sapere Trafficante senza preamboli.

«Molto a fondo.»

«L'ascolto.»

La laconicità del socio di Meyer Lansky sconcertò alquanto Fiorini, che credeva di aver trovato una soluzione alla richiesta di porre fine ai giorni di Castro prima che fosse troppo tardi. Si aspettava un atteggiamento cordiale, un po' più di entusiasmo. All'inizio esitò, ma poi andò recuperando la fiducia. La sua idea era buona e doveva essere tale per chiunque.

«In questo momento non ho il nome della persona adatta, ma credo che ci metterò al massimo un paio di giorni per trovarla...»

«L'inizio mi sembra piuttosto debole. Io ci ho messo molto di più a trovare il suo e sono sicuro di avere mezzi superiori. La cosa difficile, in questo caso, è che deve trattarsi di qualcuno che si trova nel territorio di Castro o che possa avervi accesso.»

«È ragionevole, però ascolti quello che ho da dirle. L'uomo, secondo me, deve venire da fuori. Quelli che si trovano all'interno non sono alla nostra portata, e sarebbe un compito lungo e faticoso trovarne uno che sia disposto a farlo. Inoltre, si correrebbe sempre il rischio che ci inganni. Lei non immagina il tempo che i guerriglieri dedicano a proteggere il loro capo. Lo trattano come un dio sceso in terra e sono più efficienti del servizio segreto.»

«Questo è un male.»

«Certo, altrimenti sarebbe un incarico qualsiasi.»

«No, non lo dico in quel senso. Mi riferisco al fatto che, se quell'uomo si abitua a essere trattato come dio, potrebbe anche abituarsi a comportarsi come tale.»

«Non lo so. Ma comunque si comporti, se arriva al potere sarà peggio di una diarrea a mezzanotte» tagliò corto Fiorini, interrompendo il filo dei discorsi che si allontanavano dall'argomento che aveva appena cominciato a spiegare. «Le dicevo che posso trovare quell'uomo in fretta, ma non sarò io a condurlo sulla Sierra. Dovrà essere la gente di Batista a fornirgli l'appoggio.»

«Davvero, capisco sempre meno. Che ci farà lei con un quarto di milione di dollari? Chiamerà un tipo e gli dirà: "Vai all'Avana, che degli amici ti porteranno sulle montagne così farai fuori Castro"?»

«Le dirò che cosa farò con il quarto di milione» rispose calmo Fiorini, che cominciava a essere esasperato dall'atteggiamento di

Trafficante ma sapeva di non poter perdere le staffe. «Proverò a farle una sintesi della mia proposta.»

«Avanti.»

«Cercherò un uomo che abbia esperienza di operazioni speciali, un professionista in grado di fare queste cose. In America alzi una pietra e sotto c'è uno che ti punta addosso la pistola. Senza che conosca la mia identità, gli darei istruzioni su tutto quello che deve fare. In questo modo non potrà mai sapere da dove è partito l'incarico. Inoltre mi occuperei di fornirgli le indicazioni necessarie per arrivare a Castro, tutto quanto: dove si trova in quel momento, le vie di accesso, la geografia della zona, i sistemi di sicurezza, i nomi e i profili dei suoi collaboratori diretti, il modo in cui opera l'esercito, quel che può fare e quel che potrebbe costargli la testa. A quest'uomo procurerei le credenziali di una rivista nordamericana, perché solo se credono che sia un reporter capace di spiegare al mondo la loro verità gli consentiranno di avvicinare Castro. Sarò come sua madre, veglierò su di lui mentre si trova nella zona di guerra e mi occuperò anche di portarlo fuori di là su un aereo. Studieremo assieme tutte le varianti, l'arma che deve usare e persino il tipo di scarpe più adatte alle camminate in collina. Naturalmente, i duecentocinquantamila li divideremmo come buoni fratelli.»

«Prenda fiato, amico» disse Trafficante in tono sarcastico, segno che iniziava a rilassarsi. «Penso che cominciamo a intenderci. Si vede che ha studiato il terreno su cui si muove.»

«Ci ho dedicato tutto il mio tempo» disse Fiorini senza pensarci troppo, rischiando di rivelare a Trafficante la missione che svolgeva per conto dell'Agenzia.

«Vediamo adesso la questione dell'appoggio. A cosa alludeva quando ha parlato del supporto della gente di Batista?»

«È indispensabile. Nella zona di guerra il giornalista godrebbe di una relativa sicurezza, ma arrivare fin là potrebbe essere più rischioso che starci dentro» spiegò Fiorini con una certa arroganza dopo la sua dimostrazione di forza. «Il nostro uomo potrebbe semplicemente non arrivare da nessuna parte. Deve ricordare che l'esercito si sforza d'impedire che salgano sulla Sierra Maestra persino gli scarafaggi.»

«Capisco» affermò Trafficante. «La sua proposta, se non sbaglio, include il beneplacito dell'esercito. Dei suoi comandi, voglio dire.»

«Assolutamente.»

«Se fossi quell'uomo, non accetterei l'incarico nemmeno per tutto il tesoro della corona britannica.»

«Che motivi avrebbe per farlo?» domandò Fiorini sorpreso dal commento inatteso. «Non capisco la battuta.»

«La volta scorsa le ho detto che si notava la sua mancanza di conoscenza dei cubani...»

«Sì, la birra Hatuey...»

«Giusto. Se lei sapesse quanto per loro i segreti sono poco segreti, la penserebbe come me» disse Trafficante.

«Stiamo parlando di un'operazione sotto copertura affidata ad alti ufficiali. Immagino che siano responsabili.»

«Immagina male. Chiunque di loro potrebbe lasciarselo sfuggire durante una partita a carte o nel letto dell'amante. E più il segreto è importante, più sembra irresistibile l'impulso a spifferarlo.»

«Nel territorio di Castro, invece, questo non succede» ribatté Fiorini. «Il tipo più comune con la faccia da imbecille può sapere più di quel che immagini, ma interpreta così bene il ruolo del cretino che l'unico vero cretino è chi ci casca. Cercano di passare inosservati...»

«È molto diverso. Sulle montagne ognuno si gioca la pelle a tutte le ore di tutti i santi giorni, e non c'è posto per la vanità. Ha mai pensato quant'è pericolosa la vanità?»

«Immagino sia così» disse Fiorini e tornò senza scalo al punto di partenza. «Comunque sia, solo l'esercito può garantire che il nostro uomo arrivi a bussare alla porta di Castro. Possiamo contarci?»

«Certo. Me ne occupo io.»

«Magnifico!» esclamò Fiorini. «Se è così, sarà tutto più semplice, ma devo sapere in cosa consisterà questo appoggio per poterlo comunicare al nostro uomo.»

«Non c'è problema» disse Trafficante, che faceva affidamento sul canale diretto aperto da Meyer Lansky, e al quale sembrava persino giusto che l'esercito si bagnasse il culo se voleva pescare. «Prima che lasci Cuba, lei saprà cosa dirgli.»

«Se c'è fretta, non deve perdere tempo...»

«Non lo perderà» lo interruppe Trafficante con lo stesso tono aspro del principio, come se si fosse accorto all'improvviso che stava mostrandosi troppo tenero con l'ex capitano dei marines. «Adesso voglio mettere in chiaro alcuni dettagli perché non restino dubbi.»

«Non ne ho.»

«Tutti li abbiamo. Se non li ha adesso, li avrà più tardi e potrebbero pesarle.»

«È probabile.»

«Molto probabile. L'uomo è suo e lei si incaricherà dei particolari, per cui diventerà il mio *broker*» precisò Trafficante, usando un termine gergale per chiarire a Fiorini che poteva anche "bruciarsi". «Ma c'è qualcosa che non deve scordare: la comunicazione che il lavoro è stato fatto deve arrivare rapidamente. A meno che l'uomo cada nel corso dell'azione, ci farà sapere il finale della storia con la velocità di un telegrafista delle poste. Il piano di fuga verrà dopo. Capisce?»

«Capisco le parole, ma non il loro significato» rispose Fiorini, al quale sembrava poco etico pretendere dall'uomo che posticipasse la fuga.

«Il tempo lavora contro di noi. Se a questo punto Castro muore, i suoi uomini non lo riveleranno. Lei non farebbe lo stesso? Pensi che la notizia è importante almeno quanto la sua morte, senza quel dettaglio tutto ciò non avrebbe molto senso. Così funziona la faccenda.»

«Concesso. Penseremo a qualcosa. Forse sarà necessaria una terza persona.»

«Una terza o una quarta, è affar suo. Lo stesso che per la fuga, per me non fa una gran differenza se riesce a scappare o no. Tutto chiaro?»

Non restava molto altro da dire, solo del movimento di denaro: cinquantamila per cominciare e il grosso alla fine. Trafficante era soddisfatto e distese un tantino i muscoli facciali. Chiese a Fiorini di offrirgli una Hatuey. Sapeva che l'eliminazione di Castro dalla scena politica non era che l'inizio della corsa, e che in seguito il cavallo avrebbe dovuto faticare molto per arrivare primo al traguardo. Un brindisi, comunque, era un modo elegante d'intraprendere qualsiasi cosa.

In realtà, quella radiografia non era un suo merito esclusivo, dal momento che era stato Meyer Lansky a mettere i puntini sulle i affermando che solo l'intervento militare degli Stati Uniti nel conflitto avrebbe potuto impedire la vittoria di Castro. Una carta difficile da giocare, più affilata della lama di Excalibur. Da un lato, sarebbe stato inevitabile il disordine creato dalle mani che si sarebbero allungate per spartirsi le spoglie dell'impero diviso, ma dall'altro si sarebbe avverata la profezia di Trafficante: meglio poco che niente.

Lansky contava sul fatto che il suo socio riuscisse a organizzare lo sbarco sull'isola di Eufemio Fernández, vecchio amico del Sans Souci, il quale comandava in Costa Rica una legione al servizio delle democrazie. L'origine di questo corpo di spedizione armato non era ben chiara, ma si trattava di un miscuglio di romantici, avventurieri e malviventi a caccia di bottino. In compenso, i rapporti con Eufemio erano limpidi come un sorso di vodka, e lui era in grado di guidare l'esercito in miniatura fino alla zona nord della provincia di Oriente, per intraprendere azioni violente contro gli interessi legati al nichel. La sicurezza di un buon numero di nordamericani sarebbe stata minacciata, e i Dulles sarebbero stati i primi a saltare. Ed Eisenhower con loro. Eufemio, con una fascia rossa e nera al braccio, avrebbe fatto ciò che Raúl, il fratello di Fidel Castro, aveva evitato a ogni costo nel territorio del secondo fronte: dare il segnale di via libera ai marines nordamericani.

Trafficante bevve qualche sorso della birra che Fiorini gli aveva allungato e accese un avana. Si accingeva ad andarsene quando l'anfitrione, forse per non sprecare l'occasione di far colpo su Santos Trafficante Jr in persona, gli disse qualcosa che lottava per uscirgli di bocca e che fino a quel momento aveva represso a causa delle affermazioni di Trafficante sulla vanità.

«C'è qualcosa che vorrei dirle: sono stato proposto per diventare ufficiale dell'Ejército Rebelde.»

«Davvero? Non sapevo che i suoi legami con loro fossero così solidi. Tenente?»

«Capitano.»

«Gesù Cristo, sto parlando con il nemico in persona!» esclamò Trafficante e uscì, spandendo il fumo della sua superbia.

5 novembre 1958

Due giorni dopo le elezioni presidenziali di lunedì 3 novembre non si ammettevano scuse. Meyer Lansky attendeva ancora una risposta alla sua pressante richiesta di un nuovo incontro con Fulgencio Batista. La segreteria della presidenza rispose infine nel pomeriggio di mercoledì: il presidente lo aspettava il giorno dopo alle 22 nel suo rifugio privato di Kuquine.

Batista prendeva una decisione coraggiosa. Aveva già perso tanto con la guerra in corso che non gli importava di screditarsi ulteriormente. Lui stesso s'incaricò di proporre il luogo, e l'unica precauzione presa per l'incontro fu che avvenisse prima del fine settimana, dato che ne aveva già dedicato uno a Lansky e non avrebbe sottratto altro tempo alla famiglia per causa sua.

I comizi del lunedì erano stati una pagliacciata. Pochissimi a Cuba li avevano presi sul serio, nonostante l'imposizione a partecipare e gli sforzi dell'esercito. Nelle zone controllate dalla guerriglia, delle elezioni non si parlò nemmeno. Il grande protagonista era stato l'astensionismo. In pratica, la manovra di Batista per cavarsela con un trasferimento di poteri era stata presa per quel che era: una barzelletta.

Presidente eletto risultò il primo ministro Andrés Rivero Agüero, un uomo che aveva pascolato all'ombra di Batista e che tutto poteva essere tranne un politico. Era talmente inetto da non rendersi nemmeno conto del suo ruolo di marionetta, e credette fermamente di aver trionfato con i voti della maggioranza della popolazione. L'insediamento era fissato per il 24 febbraio 1959 e "El Hombre" avrebbe dovuto fare i salti mortali per restare sulla poltrona presidenziale fino ad allora.

Il candidato dell'opposizione, Carlos Márquez Sterling, non seppe denunciare la truffa elettorale. Sapeva bene che insediarsi a capo dell'esecutivo in una situazione di guerra civile equivaleva a sedersi sul cratere di un vulcano qualche minuto prima dell'eruzione. Del resto, una protesta di Márquez Sterling sarebbe apparsa più bizzarra di un elefante a spasso nel parco Central. Negli ultimi quattro mesi Andrés Domingo y Morales del Castillo gli aveva fatto pervenire, attraverso i ministri Gonzalo Güell e Jorge García, rispettivamente degli Esteri e dell'Istruzione, la somma di 375.000 pesos in tre rimesse da 75.000, 100.000 e 200.000. In questo modo Batista gli tappava la bocca per sentirsi in diritto di fare quel che voleva.

Tutto quanto concerneva le elezioni, però, non aveva il minimo interesse agli occhi di Meyer Lansky, per il quale l'unico inconveniente era dover trattare in futuro con un presidente incapace di prendere decisioni da solo.

Mesi prima Rivero Agüero, in veste di candidato alla presidenza, aveva dichiarato durante una conferenza stampa: «I complessi alberghieri creati all'ombra della legge sul turismo e l'importanza che il gioco d'azzardo ha per gli investitori dei paesi amici non significheranno mai la tolleranza nei confronti della malavita. Non consentiremo che il desiderio d'incrementare i flussi turistici e gli investimenti abbia origini così pericolose. Sarebbe un oltraggio trasformare la capitale della Repubblica in un covo di cosche, con risultati controproducenti dato che metterebbero in fuga il vero turismo e trasformerebbero il paese in un'area di transito di elementi indesiderabili. Inflessibili verso i trasgressori della legge nati sul suolo cubano, saremo doppiamente energici con i cittadini di altri paesi che tentino d'instaurare sul territorio nazionale l'impero del vizio e del crimine».

L'intervista fu pubblicata sulla rivista "Bohemia" e finì subito nelle mani di Trafficante, il quale, agitando il giornale come una bandiera, piombò nella suite 2001 dell'Hotel Riviera.

«Hai visto?» domandò a Meyer Lansky mettendogli sotto gli occhi la pagina con il titolo dell'intervista. «Ecco l'uomo che ha grosse probabilità di diventare il prossimo presidente di Cuba!»

Lansky non batté ciglio. Osservò le fotografie disseminate lungo il testo, dalle quali Rivero Agüero minacciava con il suo ditino curato dalla manicure dell'Hilton. Non riuscì a reprimere un sorriso malevolo da ragazzaccio.

«Leggi, Santos, per favore. Sai che non mi sono mai preso la briga d'imparare il maledetto spagnolo.»

Trafficante lo guardava in preda all'ira che lottava per venire a galla, ma si trattenne.

«"Ritiene che il gioco d'azzardo autorizzato nei casinò e nei cabaret sia un incentivo turistico sufficiente per giustificare il rischio che L'Avana diventi la sede del gangsterismo internazionale?"» tradusse ad alta voce la domanda che lo aveva tanto allarmato e, di seguito, la risposta di Rivero Agüero.

«Sai chi è quest'uomo?» domandò Lansky appena ebbe ascoltato le dichiarazioni con una disinvoltura inaudita per l'agitato Trafficante.

«Lo conosco. Chiaro che lo conosco. Gode dell'appoggio di Batista e si può dire che abbia già vinto le elezioni.»

«È per questo che ti spaventi? Dovresti applaudirlo. Tu stesso hai appena detto che gode dell'appoggio di Batista. Non credi che sarebbe piuttosto strano se Batista andasse contro i propri interessi?»

«Batista no, ma questo...» disse Trafficante, colpendo con un pugno una foto di Rivero Agüero, «non sappiamo dove vuole arrivare. Pensi forse che Batista rimarrà a Cuba dopo avergli trasmesso i poteri? La cosa più probabile è che se ne vada a casa sua in Florida, fino a quando i cubani l'avranno dimenticato.»

«Mi consola che tu non sia segretario di Stato! Gli Stati Uniti non uscirebbero da una guerra per entrare in un'altra» ribatté Lansky dolcemente, per ammorbidire il socio. «Non conosci i politici cubani? Quest'uomo che tanto ti preoccupa può fare propaganda e sbattere le porte dell'Avana in faccia a molta gente, ma non a noi. Non lo sapevi? Credi davvero che sia all'oscuro dei nostri accordi con Batista? Da quando il señor Rivero è nel gabinetto della presidenza? Perdio, Santos! Mi risponderai tu stesso di aver perso il conto del tempo che è passato.»

Andrés Rivero Agüero, molto vicino a Batista, era passato dai banchi del Senato al ruolo di primo ministro stringendo la mano amica del presidente, e non solo vigilava affinché non venisse approvata una legge suscettibile di danneggiare il suo capo e ispiratore, ma attingeva ai guadagni di quest'ultimo, pur sapendo che provenivano in gran parte dai casinò e dagli altri affari gestiti dal sindacato. In tutte le grosse transazioni commerciali dell'Avana figuravano immancabilmente le tangenti del trenta o quaranta per cento di Batista. Il suo braccio esecutivo, Manuel Pérez Benitoa, s'incaricava d'incassarle e di depositarle in banche straniere. Lo stesso presidente, beneficiando dell'insediamento all'Avana del quartier generale di Meyer Lansky, aveva reso intoccabile l'ebreo, e Rivero Agüero progettava per il suo prossimo e chimerico governo di proseguire sulla strada del clientelismo. Se c'era riuscito Batista, ci sarebbe riuscito anche lui. Nell'intervista pubblicata da "Bohemia" Lansky vedeva un unico pericolo: era certo che Rivero Agüero si sarebbe rivelato più ambizioso di Batista, e quindi più esoso.

Non aveva nulla da temere. Se Lansky aveva sollecitato un'udienza con il capo di Stato, non era per negoziare quali sarebbero stati i loro rapporti una volta che Batista avesse lasciato il potere, quello era un meccanismo che non richiedeva modifiche. Tuttavia, per la prima volta in molti anni il segretario della presidenza volle conoscere gli argomenti all'ordine del giorno.

«Questioni varie» era stata la risposta evasiva di Lansky «ma la loro importanza m'impone di discuterne solo con lui.»

Sulle prime il presidente aveva accolto di malavoglia la richiesta, sollevando l'obiezione delle elezioni imminenti. Il mercoledì, però, Batista si svegliò sconvolto da un sogno che gli parve premonitore. Nelle sue vene scorreva la religiosità dei suoi antenati, giunti a Cuba incatenati nelle stive delle navi negriere. Quelle origini non erano state cancellate nemmeno dalla consistenza astronomica del suo patrimonio personale e gli avevano chiuso per qualche tempo le porte dei club aristocratici.

Il marchio della pigmentazione dovette essere spazzato via dai rami di una genealogia su commissione, che non aveva le sue radici in un villaggio africano, ma in una città dell'Europa rinascimentale; anche se, in realtà, era stata la paura a far sì che i dirigenti dei club revocassero la decisione di tenerlo fuori dalla porta. Malgrado ciò, non pensò mai di passare nelle file del cattolicesimo. La sua presenza alle funzioni religiose era un atto di deferenza sociale dovuto in un paese cattolico; ma la sua anima non si arrendeva, continuava a essere nelle mani delle divinità del pantheon yorubá, e gli spiriti dei suoi nonni schiavi rimasero per sempre protettori della sua folle sorte.

Ispirato dalla convinzione che certi sogni sono presagi del destino, ordinò ad Andrés Domingo di fissare il giorno e l'ora dell'udienza sollecitata da Lansky.

«Che sia prima di sabato. Lo riceverò a Kuquine. Voglio che convochi anche Pancho Tabernilla» disse Batista, con l'espressa intenzione di non accettare mai e poi mai la richiesta dell'ebreo di un colloquio senza testimoni.

Batista si aggrappava ai giorni che scorrevano con l'intenzione di prendere tempo. Le speranze di sottomettere i ribelli con la forza avevano a poco a poco ceduto spazio all'impulso di ottenere una tregua per negoziare. Diede fondo al suo arsenale di espedienti politici. Nel mese di febbraio, prima del sequestro di Fangio, era salito sulla Sierra Maestra un avvocato di Manzanillo, rappresentante della Camera, per trattare in gran segreto con Fidel Castro un accordo di pace. La risposta del guerrigliero fu fraintesa, o forse fu formulata con la cattiva intenzione di chi vuol essere frainteso.

«Può informare il governo» disse Castro mentre faceva girare il sigaro davanti agli occhi del mediatore con una sorta di abilità ipnotica «che sono pronto a trovare una soluzione, purché sia degna e decorosa.»

La notizia ebbe effetti immediati. L'episcopato cubano esortò a instaurare un governo di unità nazionale come passo preliminare all'intesa fra le parti in lotta.

Per la prima volta nella breve storia della Repubblica, il clero si azzardava a intervenire pubblicamente negli affari di Cesare, il che diede fiato alle frange più conservatrici, danneggiate da oltre un anno di guerra. Subito dopo fu creata all'Avana la Comisión di Concordia, formata da due ex vicepresidenti, un banchiere e un sacerdote. Il quartetto dei mediatori iniziò le trattative consultando i due ex presidenti Ramón Grau e Carlos Prío; quest'ultimo diede il suo nullaosta dall'esilio. Le consultazioni furono poi estese ai leader dell'opposizione e ai capi di partito. Tutti risposero di essere pronti a sedersi al tavolo dei negoziati.

Batista, artefice della manovra, pensò che stava per raggiungere lo scopo che si era prefisso e ricevette per ultimo la visita del quartetto. Dopo l'incontro a palazzo, quello che fungeva da portavoce del gruppo dichiarò alla stampa: «Siamo soddisfatti di aver trovato il presidente della Repubblica disposto a far sì che le strade della concordia s'incontrino». Quel giorno all'Avana si spararono i fuochi d'artificio.

La Commissione dimenticò che al tavolo a cui pretendeva di far sedere Batista doveva esserci anche Castro, che aspettava dietro l'angolo con un secchio d'acqua gelata. Dalla Sierra Maestra il leader dei ribelli confermò la sua disponibilità al dialogo e, estraendo un asso dalla manica, presentò otto condizioni per la pace: tutte inaccettabili per il governo. Se quel tentativo di pacificazione aveva messo in chiaro qualcosa, era che Castro non aveva alcuna fretta di scendere dalle montagne, e che la piattaforma politica della guerriglia si annunciava in prospettiva molto più pericolosa di quanto si sarebbe potuto immaginare all'inizio della guerra civile. Le conclusioni personali di Batista furono drastiche: «Adesso sì che il comunismo ci minaccia davvero».

La risposta non si fece attendere. Verso la fine di maggio furono concentrati e inviati sulla Sierra Maestra grandi contingenti di truppe. Era scattato il Piano FF, che poteva significare Fuori Fidel o Fine di Fidel, ma finì per diventare la Freccia Folgorante della rivolta.

I gruppi guerriglieri, numericamente inferiori ma con un potenziale di fuoco superiore a quello dell'esercito in combattimenti irregolari, inflissero colpi a destra e a manca alle truppe di fanteria, le uniche in grado di raggiungere le ridotte inespugnabili sulle colline coperte di boschi, e le misero in fuga in meno di tre mesi. In agosto, per la prima volta, il corso della guerra cambiò radicalmente: i soldati davanti e i guerriglieri dietro. Il Movimiento Revolucionario 26 de Julio vinse in popolarità, come un pugile che, dopo essere stato contato, mette l'avversario alle corde con una scarica di pugni. Quella popolarità era fondamentale; oltretutto, andare sulla Sierra diventò lo sport nazionale. Essere barbuti, impavidi e prendere a calci Batista sembrava essere il sogno dorato della gioventù. "El Hombre" capì subito di essersi piantato un pugnale nel petto… e che sarebbe morto.

La guerra scese dalle montagne e Castro inviò in pianura i suoi migliori comandanti. Tra loro Camilo Cienfuegos ed Ernesto Che Guevara, protagonisti dell'azione più audace fra quelle compiute dai guerriglieri: attraversare metà isola e addentrarsi sui monti centrali. Avevano diviso in due il paese e adesso minacciavano d'invadere le città, a poco più di 300 chilometri dall'Avana.

Batista sentiva le fiamme della guerra bruciargli il sedere. Ciononostante, essendo fra l'altro un cattivo perdente, si aggrappava con caparbietà al ferro rovente dell'onore. Due mesi e mezzo lo separavano dalla fine del mandato, e lui voleva consegnare la presidenza al suo successore, anche se avesse dovuto mettergli nelle mani una patata bollente.

Qualche settimana prima, nonostante l'apparente disinvoltura che ostentava nelle apparizioni pubbliche, Batista aveva cominciato a soffrire d'insonnia e di allucinazioni. Di giorno sbrigava affari di Stato di scarsa importanza, delegando ai ministri le questioni più complesse. Dopo pranzo si faceva proiettare un film di qualsiasi genere, ma preferibilmente un thriller. A parte Martha, quel che più gli piaceva della casa era il cinema. Dopo la proiezione notturna se ne andava in camera sua a leggere romanzi polizieschi in inglese. Di solito passava ore immerso nella lettura, senza il più remoto indizio di sonno. Alla fine, distrutto dalla stanchezza, beveva un bicchiere di latte freddo e andava a letto a pascolare pecorelle finché crollava, schiacciato dal peso del suo fardello morale. Spesso, in preda agli incubi, chiamava Martha domandandole terrorizzato chi fosse entrato nella stanza. Turbata, la first lady decretò che il marito rinviasse i propri impegni, e se lo portò per una settimana alla residenza sulla spiaggia di Varadero, per obbligarlo a rispettare il programma prescritto dal medico.

Stanco di ricevere ordini, Batista ricominciò a impartirli. I suoi sogni, sotto gli effetti dei sedativi, tornarono a essere meno inquietanti e credette di aver messo in fuga i fantasmi. Mercoledì 5 novembre si alzò sorridente come un bambino il giorno della Befana.

«Ho fatto un bel sogno» disse a Martha. «Ho il presentimento che le cose stiano per cambiare.»

«Non farti troppe illusioni» rispose lei. «I sogni sono una consolazione del cielo.»

«Questo no. Ho sognato che arrivavano le armi dal Belgio.»

Elías Mozack, tuttavia, aveva tirato in lungo la trattativa affidatagli da Meyer Lansky in aprile, sebbene avesse visitato in più occasioni l'ambasciatore israeliano a Città del Messico, il generale David Shaltiel. Fin dal primo incontro Mozack, conoscendo la situazione mediorientale, sapeva fin dove sarebbe arrivato l'incarico. Gamal Abdel Nasser, il leader egiziano, dopo aver assunto il potere nel 1954 aveva fatto tutto il possibile per unire il mondo islamico in una coalizione contro il sionismo. Intanto si era avvicinato all'Unione Sovietica, che lo rifornì di armi. La sua opera non fu coronata da un successo completo a causa delle contraddizioni millenarie di quei popoli, che non si potevano risolvere dalla sera alla mattina. Nasser riuscì comunque in ciò che fino ad allora nessuno aveva osato: alleandosi con la Siria fondò la Repubblica Araba Unita, l'embrione del suo sogno panislamico. Nasser era il pericolo più grande che Israele si trovava a fronteggiare dalla sua fondazione come Stato indipendente, nel 1948.

Nei suoi colloqui con l'ambasciatore Shaltiel, Elías Mozack non ricevette mai una risposta che lasciasse ben sperare, né tantomeno una promessa per la vendita di armi a Batista in violazione dell'embargo nordamericano. Il diplomatico fu sincero con Elías e gli spiegò che, a causa dello stato di allarme permanente dell'esercito d'Israele, il suo paese non era in condizione di aiutare nessuno. Comunque, non gli diede una risposta negativa, ed era proprio ciò che Mozack sperava: un lungo negoziato.

Mozack fornì a Lansky una versione più ottimistica, assicurandolo che la questione era nelle mani del governo israeliano. In ottobre si vide obbligato a tornare a Città del Messico. Il generale Silito Tabernilla e il ministro degli Esteri Gonzalo Güell sollecitavano Batista a ottenere armi tramite canali "non ufficiali", e il presidente voleva sapere il da farsi.

Quella volta, però, il generale Shaltiel aveva una sorpresa per Elías: un alto funzionario belga era in visita in città e l'ambasciatore gli aveva steso davanti un tappeto che arrivava fino ai piedi dell'avvocato ebreo. Vi furono allora colloqui segreti con il funzionario ed entrarono in gioco Silito e Güell. Mozack fu incaricato di occuparsi degli aspetti legali e alla lunga divenne l'uomo chiave nelle spedizioni. Ma si era ormai in novembre, e nemmeno tutto l'arsenale dell'industria bellica belga avrebbe potuto sconfiggere Fidel Castro.

Eppure, entusiasmato da un sogno premonitore, il presidente si faceva delle illusioni. Non poteva immaginare che quelle armi si sarebbero sì messe in cammino verso l'isola, ma per arrivarci solo dopo la sua caduta, e sarebbero servite a equipaggiare con mezzi moderni l'esercito dei barbuti appena sceso dalle montagne.

6 novembre 1958

Il massiccio portone di legno si aprì alle 21 per far entrare l'auto di Meyer Lansky. Un ufficiale indicò all'autista dove parcheggiare.

I due chilometri che separavano la tenuta di Kuquine dall'autostrada di Mediodía erano sorvegliati da mezzi dell'esercito sempre in movimento, da pattuglie della polizia e da auto dei servizi segreti. Se non fosse stato per loro, si sarebbe potuto dire che era una via poco battuta. Accanto alla strada, dove cominciava il muro di pietra alto più di due metri che isolava il cuore della proprietà dal resto del mondo, la sagoma di un carro armato e, sulla torretta, quelle di due soldati dietro la mitragliatrice calibro 50 erano un segno inequivocabile del fatto che "El Hombre" si trovava nella proprietà.

La Chevrolet di Lansky si fermò nel parcheggio accanto ad altre auto occupate dai conducenti e dagli uomini della scorta. Quelli incaricati della sicurezza personale del presidente erano sparpagliati tra il parcheggio e la residenza. Un ufficiale raggiunse l'auto e condusse Lansky fino al corridoio ampio e illuminato della grande casa, dove l'immancabile segretario alla presidenza, con un sorriso pietrificato, attendeva il suo arrivo.

A quell'ora la villa rifletteva l'atmosfera serena dell'ambiente campestre. L'edificio era circondato da palme e da piante delle specie più diverse e specchi d'acqua con pesci variopinti e tartarughe; tutto intorno, ampi giardini fioriti. A breve distanza si scorgeva la cappella dove di tanto in tanto si officiava la messa, un'ostentazione di fede da parte di chi conservava nella penombra della sua stanza i feticci della santería. Batista era figlio di Shangó, il dio africano della guerra.

La costruzione principale non era più grande delle palazzine di avenida Quinta o del Country Club. Aveva due piani e i tetti rivestiti di tegole spagnole, spaziose terrazze e porticati sorretti da colonne di mogano squisitamente intarsiate. In un angolo sul retro erano allineate varie cabine che ospitavano gli spogliatoi della piscina. Attraverso un ponticello in stile giapponese si arrivava al pergolato e al bar, sempre ben rifornito.

Da un capo all'altro della vasta area recintata da mura, protetta all'esterno da una compagnia di fanteria motorizzata, si potevano trovare innumerevoli angoletti ideali per riposare e rilassarsi. Dietro le mura, i 228 ettari di terreno fertile e boschi privati erano gli accessori del ritiro campestre del presidente. Se Kuquine non era la residenza per le vacanze più bella del paese, era senz'altro la più protetta.

Andrés Domingo entrò in casa insieme a Lansky e lo condusse direttamente alla sala delle conferenze al secondo piano, fra gli scaffali di legno pregiato zeppi di libri, busti e statuette di personaggi celebri, reperti museali d'inestimabile valore. Quattro grosse poltrone in pelle, disposte a coppie accanto a dei tavolini, occupavano il centro del salone. A un'estremità, su un tavolo di mogano rossiccio circondato da dieci sedie con braccioli campeggiava una placca semicircolare di bronzo massiccio in cui erano infilate le bandierine di tutti i paesi del continente americano.

Meyer Lansky e il suo accompagnatore entrarono nello spazio riservato, immerso in un'atmosfera austera e protocollare. Da una poltrona si alzò il generale Francisco Tabernilla Dolz, capo dello Stato maggiore riunito. Non era una faccia nuova per Lansky, sebbene non avesse mai avuto contatti diretti con lui, e la sua presenza non poté fare a meno di sorprenderlo.

Andrés Domingo fece le presentazioni, che erano superflue, ma nella sua veste di intermediario le considerò un elementare proforma, trattandosi di persone provenienti da settori tanto diversi.

«Si metta a suo agio in compagnia del generale, mister Lansky. Il presidente non tarderà. Intanto può ordinare ciò che desidera» disse il segretario alla presidenza e, scusandosi, lasciò la sala.

Alcuni secondi dopo un cameriere servì con gran deferenza ai visitatori due tazze di caffè e li invitò a scegliere un sigaro da un cofanetto di cedro del Libano, aromatizzato dalla fragranza degli splendidi avana. Entrambi declinarono l'invito e Lansky portò istintivamente la mano al taschino della giacca per prendere le sue inseparabili compagne della Virginia, ma per un momento si trattenne, inibito dall'atmosfera di un luogo che sembrava fatto a misura dell'antipatia di Batista per il fumo. Percorse con lo sguardo il salone in cerca di un portacenere, ma senza successo. Stava per rinunciare definitivamente, poi pensò che, se in quella sala fredda c'era un posto per la cenere del tabacco cubano, doveva essercene uno anche per quello americano. Azionò l'accendino e avvolse in una nuvola di fumo il generale. Subito dopo il cameriere tornò con un portacenere da terra.

Lansky non aveva detto a Tabernilla una sola parola. Il silenzio stava diventando un po' imbarazzante, quando il capo dello Stato maggiore riunito si accorse che l'americano osservava con attenzione un busto di Winston Churchill.

«Talento, mister Lansky. Un uomo di talento» disse Tabernilla, approfittando dell'occasione per praticare il suo inglese da studente svogliato.

«Può ripetere, prego?» lo sollecitò Lansky, un po' sconcertato.

«Mister Churchill» si affrettò a rettificare il generale. «Uomo di talento, mister Churchill.»

«Ah!» replicò Lansky per tutta risposta.

Tabernilla decise di non aprire più bocca, e meno che mai in inglese, imbarazzato per il gesto di sufficienza dell'ebreo e per il suo successivo mutismo. D'un tratto si aprì la porta ed entrò il presidente della Repubblica, che arrivò da solo, senza l'inseparabile segretario, pensando che in questo modo l'ospite si sarebbe sentito più tranquillo. Si trattava di una sottigliezza superflua, poiché era evidente a tutti che nessun segreto di governo poteva sfuggire ai maneggi dell'uomo incaricato di gestirli.

Dopo i saluti, Batista prese posto su una poltrona di fronte a

Lansky. Il presidente vestiva con l'abituale impeccabilità, distante anni luce dal modo di vestire di quando era solo un soldato della Guardia Rural. Portava bene gli anni, e la sua figura rivelava il bravo ragazzo che era stato.

Batista cercava di esibire la stessa calma mostrata durante gli incontri precedenti, ma lo stress lo tradiva. Muoveva troppo le mani e sbatteva le palpebre più del dovuto. Non aveva idea del perché Lansky gli avesse chiesto un incontro privato, ma era sicuro che si trattava di un motivo più che valido. Era ansioso di sapere quando sarebbero arrivate le armi dal Belgio, e ciò gli provocava una fastidiosa sensazione di inferiorità. Pertanto avrebbe evitato di far domande sull'argomento. Per quel ruolo aveva istruito il generale Tabernilla.

Insediatosi a palazzo da molti anni, il capo del governo aveva un proprio metodo per tener testa alle persone ed era un maestro nell'arte di far nascere una conversazione partendo da temi banali. In quell'occasione, però, preferì non imboccare il sentiero tortuoso della diplomazia, bensì la via diretta della propria autorità.

«Dica pure, mister Lansky» esordì Batista con un contegno da comandante in capo.

Meyer Lansky fece finta di niente. Era abbastanza intelligente per capire che tra le poche cose che restavano a Batista c'erano l'arroganza e il denaro. Affrontò subito l'argomento dell'incontro: la situazione politica. I suoi rapporti di vecchia data con Batista si erano sempre basati sulla comprensione reciproca, e le questioni più delicate venivano trattate con tatto per non offendere il prestigio del capo di governo. Adesso, invece, le circostanze richiedevano un linguaggio schietto, pur senza gesticolare o alzare la voce, giacché non aveva mai considerato tali atteggiamenti armi per far valere le proprie parole.

Il colloquio si presentava difficile. Affrontò il presidente spiegandogli che i suoi amici stavano perdendo fiducia nel governo e gli chiedevano di porre fine alla situazione caotica in cui il paese era precipitato. Una situazione che teneva lontani i turisti e minacciava di rovinare il settore.

«Nelle condizioni attuali» disse Lansky «data la mancanza di garanzie è impossibile proseguire con i piani d'investimento, signor presidente. Sono in molti a essere danneggiati e lei stesso, per ciò che la riguarda, sarà al corrente di questo stato d'incertezza, dato che ha investito fondi nel progetto della Montecarlo dell'Avana. A parere mio e dei miei amici, in questo momento c'è solo un modo per risolvere la crisi: eliminare il suo rivale.»

«Si riferisce...?» domandò Batista, come se non riuscisse a capire di chi si stava parlando.

«Mi riferisco a Castro, presidente. Soltanto togliendolo di mezzo si metterà fine alla guerriglia.»

«Mister Lansky,» replicò Batista contrariato dall'insolenza «il fatto che il mio governo abbia concesso a lei e ai suoi soci alcune licenze per operare all'interno del paese, al riparo della legislazione sul turismo, non le dà la facoltà d'intromettersi negli affari interni della nazione. Abbiamo accordi in vari settori commerciali, inclusa l'esportazione di zucchero, che è la base dell'economia cubana, e mi sono persino permesso di sollecitare la sua collaborazione nella ricerca di mezzi per l'esercito. Ma tutto ciò non vuol dire che il mio governo le permetta di immischiarsi in operazioni che sono di competenza delle forze armate.»

Mentre lo ascoltava, Lansky analizzava il discorso di Batista. Conosceva troppo bene il presidente per aspettarsi che chinasse il capo e bevesse l'amaro calice del suo orgoglio ferito, ma sapeva anche che era un uomo disperato, pronto ad accettare la proposta da qualsiasi parte venisse, pur di salvarsi.

«Mi ascolti» riprese Lansky, senza porgere scuse né fare commenti sul rimprovero ricevuto. «Mi considero suo socio in affari e ciò che danneggia lei danneggia anche me. Mi sento in obbligo di continuare ad aiutarla. È vero che sono una persona pacifica, un uomo d'affari, ma questo non m'impedisce di considerare la necessità di una tale mossa per cominciare a recuperare il terreno perduto. I leader come Castro diventano assolutamente indispensabili per la loro causa e, se vengono a mancare, anche quest'ultima perde ogni fascino; sono talmente popolari che non possono nemmeno concedersi il lusso di morire senza distruggere tutto quello che hanno fatto. Veda la faccenda attraverso lo specchio della storia: persino il figlio di Dio, secondo i cristiani, dovette risuscitare; altrimenti, nessuno si ricorderebbe più di lui. È uno dei motivi per cui io e i miei amici siamo convinti che sia ormai ora di liberarsi di Castro, e ci serve un appoggio ufficiale. La prego di non considerare quanto detto un'indebita intromissione, bensì la soluzione definitiva.»

«Queste mi sembrano chiacchiere da salotto, mister Lansky. Lei non è Alessandro Magno né Napoleone, né tantomeno Gesù Cristo. Per me Fidel Castro è un trasgressore della legge, un ciarlatano che non ha futuro con metodi parlamentari e che non ha alcun diritto di scatenare una guerra civile senza prima misurarsi sul terreno del confronto democratico. Dal 1953 continua a spargere sangue… Per far fronte a gente come lui abbiamo le forze armate e una tradizione militare che risale ai padri dell'indipendenza.»

«Non ne dubito, signor presidente» intervenne Lansky con un tono scettico che rasentava l'ironia. «Ma mi azzardo lo stesso ad affermare che l'esercito ha problemi che non sarà l'ufficialità a risolvere, e in ogni caso tutto gli riuscirebbe più facile senza Castro.»

Il presidente si alzò, estrasse un fazzoletto e si asciugò le mani sudate. Guardò con la coda dell'occhio il volto paonazzo di Tabernilla, che sembrava sul punto di avere un infarto, come per suggerirgli d'intervenire in difesa dell'onore dei militari. Il vecchio generale, interpretando il cenno, prese la parola per la prima volta.

«Non sono d'accordo con lei, mister Lansky. Castro riceve armi dal Venezuela e da altri paesi che non è il caso di menzionare, mentre noi aspettiamo da mesi un carico dal Belgio che non è ancora arrivato.»

Il tema era stato introdotto, anche se in modo rude e poco elegante. Batista dovette accorrere in aiuto del linguaggio grossolano di Tabernilla. Ciononostante, era convinto che quello sarebbe stato un argomento secondario della conversazione.

«L'avverto che, se vuole che c'intendiamo, deve esprimere le sue opinioni con altre parole, mister Lansky. Lei sta parlando con il presidente della Repubblica e con il comandante in capo delle forze armate. Se qualcuno ha vegliato sul progresso e la tranquillità della nazione, per il bene della cittadinanza e dei gruppi di investitori, è stato l'esecutivo… e l'esercito. Il generale Tabernilla alludeva al fatto che da mesi ormai le forze armate combattono senza alcun tipo di appoggio logistico dall'estero. Finora, nessuna delle porte a cui abbiamo bussato a suo tempo si è aperta…»

«Non do mai la mia parola se non sono sicuro che la manterrò, signor presidente» disse Lansky guardando Tabernilla. «Se le armi non sono arrivate a Cuba, lo si deve a direttive tecniche di cui sono responsabili il signor Güell e un figlio del generale qui presente. Non so perché rivolga la domanda a me. Ma non è questo il punto. Io le sto offrendo qualcosa di più importante.»

«Le armi sono importanti per la pacificazione del paese» intervenne Tabernilla con il morale sotto i tacchi.

«Di quale pacificazione sta parlando, generale? Le forze armate pensano davvero di avere ancora delle chance?» sbottò Lansky, mettendo nelle parole rivolte a Tabernilla il tono spietato che aveva evitato di adoperare con Batista. «Non so che cosa si gioca lei in tutto questo, a parte i gradi, ma io e il presidente ci stiamo giocando dei milioni.»

Batista rimase in silenzio e pensieroso valutando la risposta da dare. Il generale Tabernilla, colpito al mento, ascoltava la voce del suo conto in banca e aspettava che il presidente intervenisse, come minimo per cacciare da Kuquine l'arrogante ebreo.

«Capirei se lei, presidente, non volesse compromettersi con noi in affari che potrebbero avere ripercussioni pubbliche» proseguì Lansky, rompendo il silenzio che si era fatto pesante. «Ma qui la faccenda è diversa, e poi, a mio parere, per lei non c'è alternativa né si tratta di niente di nuovo...»

Il delitto politico, in effetti, era un'antichissima ricetta cubana. L'ultimo di quei tentativi in ordine di tempo era stato concepito contro lo stesso Castro a metà anno dal senatore Rolando Masferrer, che comandava un piccolo e implacabile gruppo paramilitare noto come Los Tigres. Della missione fu incaricato un vecchio killer di nome Evaristo. Era salito sulla Sierra, aveva chiesto di entrare a far parte delle truppe guerrigliere ed era riuscito a contattare Castro. Ma il destino si era schierato con quest'ultimo: uno dei suoi uomini riconobbe nel volto del nuovo arrivato quello di un conoscente, lo chiamò per nome ed Evaristo rispose girandosi d'istinto. Una volta scoperto, rivelò il vero scopo del suo viaggio sulla Sierra Maestra e accettò con coraggio la condanna a morte.

In seguito a quell'avvenimento Batista aveva cominciato a perdere fiducia nella possibilità di eliminare Fidel. Nella sua mentalità superstiziosa si faceva largo la convinzione che Castro godesse di una "protezione" finché restava sulle montagne, recinto sacro dove conviveva con le divinità della santería. Allora il presidente cominciò a ricorrere ai servigi di un maestro del culto per far giungere a Castro il suo maleficio attraverso la via rapida dell'esoterismo.

«Non so cosa potreste fare, né come lo fareste» disse infine Batista, e Tabernilla rimase a guardarlo a bocca aperta. «Diffido del successo di questo genere di piani.»

«La mia proposta è di lavorare di comune accordo» affermò Lansky, dando per scontato che a Batista stessero cedendo le gambe. «Penseremo a tutto noi. Dovrete solo garantirci alcune agevolazioni.»

«Le forze armate sono qui rappresentate da Pancho» disse Batista, lanciando la palla allo sconcertato generale e alludendo a lui come a un cantante messicano che si trovasse lì per caso. «Discuta con lui i dettagli, anche se continuo a credere che il suo piano sia destinato al fallimento.»

«Lei ha diritto a dormire sonni tranquilli, mio generale» disse

Tabernilla, con improvviso e sorprendente entusiasmo. «Mi occuperò della cosa personalmente.»

«Speriamo di riuscirci» sospirò Batista.

«Ho solo un'osservazione da fare: tratterò esclusivamente con lei, mister Lansky. *Only you*, mister Lansky» intervenne Tabernilla, sfoggiando il suo inglese da "*Tom is a boy and Mary is a girl*".

Meyer Lansky fu sul punto di dire che, se il piano fosse fallito, avrebbero dovuto cominciare a fare le valigie.

11 dicembre 1958

Nessuna delle due aveva mai visto la neve. Emma la immaginava come la polverina luccicante sui biglietti d'auguri natalizi, qualcosa che faceva risaltare i colori, profumava di felicità e suonava jingle tintinnanti. Per Susy era piuttosto un sogno romantico che aveva un'inspiegabile relazione con Anna Karenina e il fischio di una locomotiva a vapore che avanza in un paesaggio immacolato. La meraviglia dei soavi fiocchi che si accumulavano sul selciato e sulle auto in circolazione quella sera a Manhattan fece sì che entrambe si precipitassero fuori dal cinema, facendosi largo a spintoni fra il pubblico che si accalcava all'uscita dopo aver assistito alla prima di *Un dollaro d'onore*, l'ultimo film di Howard Hawks, si lanciassero palle di neve, come avevano visto fare nei cartoni animati della Piccola Lulù.

Era l'11 dicembre: anche un anno prima, esattamente quello stesso giorno, erano uscite in tutta fretta da un cinema dell'Avana per precipitarsi, spinte dal desiderio, nel letto di Susy. Mentre guardavano, mano nella mano, John Wayne e Dean Martin, riuscendo a decifrare solo a metà un inglese spietatamente maltrattato dall'accento e dal tabacco che quei bulli masticavano, ognuna ricordava di tanto in tanto ciò che più l'aveva emozionata durante quell'indimenticabile momento di abbandono: per Emma era stata la scarica elettrica avvertita nel momento in cui la bocca dell'amica le aveva sfiorato il seno, l'inizio di un lungo viaggio su tutto il suo corpo; per Susy, esperta delle debolezze umane nell'atto dell'amore e nelle sue simulazioni, il sospiro profondo e tremante di Emma dopo l'orgasmo, sincera espressione di piacere. Adesso, mentre uscivano da un cinema sulla 58th Street per scoprire la neve, continuavano a essere pervase da un sentimento proibito dalle convenzioni sociali ma cementato dalle difficoltà.

La vita negli Stati Uniti non era come l'avevano immaginata lasciando Cuba, e la partenza dall'isola non era avvenuta in sordina come speravano. Poche volte nella vita le cose vanno come ci si aspetta. Circa sette mesi prima, nella casa di avenida Séptima, nel quartiere residenziale Miramar dell'Avana, Emma era uscita nuda dal bagno accettando volentieri l'invito ad accoccolarsi in braccio all'amica.

«Raccogli le tue cose che ce ne andiamo oggi stesso» aveva sussurrato Susy all'orecchio dell'amante, e nelle sue parole si sentiva la nota stonata dell'angoscia.

«Oggi?» aveva domandato sorpresa la moglie di Castañeda, mentre il cuore le batteva all'impazzata per far posto all'inquietudine, o meglio al terrore invincibile che la dominava ogni volta che pensava alla fuga con Susy. Nonostante le pratiche già avviate per ottenere il visto per gli Stati Uniti, immaginava che da un momento all'altro tutto sarebbe tornato alla normalità, risparmiandole quel passo definitivo che avrebbe cambiato la sua vita. Emma tremava e sviava la conversazione quando Castañeda, per un motivo qualsiasi, toccava l'argomento del viaggio. E Castañeda, con l'istinto di chi è nato per scoprire i tradimenti, cominciava a essere disorientato dalle risposte evasive della moglie; un interrogativo sfuggito al suo subconscio lo aveva lasciato in un paio d'occasioni pietrificato: Emma si allontanava per sottrarsi all'impegno che avrebbe potuto comportare essere la moglie del vicecomandante del Brac? Se quel giorno infausto, nell'uscire di casa, si fosse imbattuto in Susana Santamaría, forse l'anima di Castañeda non avrebbe mai conosciuto il vero significato della parola "offesa".

«Proprio così, dobbiamo andarcene oggi stesso. Ho già prenotato due posti su un volo in partenza alle 12.30» rispose Susy facendo uno sforzo per apparire sicura; e una delle sue mani scivolò sul fianco dell'amica fino a esercitare una lieve pressione sulla coscia, allo scopo d'infonderle fiducia con il contatto fisico.

«Ma non è possibile. Devo parlare con Arturo. Io credo...» esitò, senza sapere di preciso cosa dire, «io credo... che non sia necessaria tanta fretta.»

«Tu non sai...» disse Susy prendendo Emma per le mani perché si mettesse in piedi e, nell'alzarsi a sua volta, cinse la ragazza alla vita e la strinse a sé, per tornare a sussurrarle all'orecchio. Così, in quella posizione, le raccontò una storia allucinante, che non aveva nulla a che fare con la morte di Adalberto Lara, né con la sua paura di essere scoperta come complice di qualcosa che lei stessa non riusciva a decifrare. Ma era sicura che la sua unica via d'uscita fosse la fuga, e lei l'avrebbe presa portandosi via la moglie del capitano. Mentre Emma sgranava gli occhi per lo spavento e dalle sue labbra, premute contro il collo dell'amante, sfuggivano gemiti soffocati, Susy le raccontò che la sera precedente era stata nuovamente avvicinata dal presunto castrista, il quale pretendeva che lei collaborasse con il 26 de Julio. Lei si era rifiutata minacciando di mettersi a gridare, ma il tipo, prima di allontanarsi, le aveva detto che, se non accettava con le buone, era costretto a eliminare entrambe.

Questa storia inverosimile riuscì a impressionare la giovane, terrorizzandola al punto da provocarle un attacco di nervi, che Susy riuscì a evitare con una tenerezza e una serenità studiate, false come la sua storia di orrore e mistero. La pornostar faceva affidamento sulla fragilità della moglie di Castañeda per strapparla di casa e trascinarla con sé. Era consapevole di giocare sporco, e forse stava spingendo Emma in un abisso nel quale non sarebbe potuta scendere senza seppellire il passato, ma riteneva di essere in diritto di farlo, perché aveva bisogno di averla vicina per continuare ad amarla. Susy, però, non aveva fatto i conti con l'improvvisa irruzione della domestica, proprio nel momento in cui si stavano baciando con quell'ardore tipico delle situazioni in cui si corre il rischio di essere scoperti. Teresita, convinta che Emma fosse sulla terrazza dove era solita fare colazione, aprì la porta della camera e i suoi occhi si riempirono dell'immagine della signora, nuda, che baciava appassionatamente un'altra donna.

Teresita sapeva che essere testimone involontaria di un abbraccio come quello avrebbe avuto per lei conseguenze funeste. Era sicura che la signora l'avrebbe licenziata, e si sedette in attesa di essere chiamata. Ma Emma non lo fece. Passarono i minuti e dopo mezz'ora la vide, dalla finestra della cucina che dava sul patio interno, attraverso le porte a vetri del salone, carica di bagagli in compagnia dell'amica. Poi non sentì più nulla. Era sola in casa e sospirò di sollievo. I suoi problemi cominciarono con l'arrivo di Castañeda, quando non fu in grado di dargli spiegazioni su che fine avesse fatto sua moglie. E a mezzanotte, dopo che il capitano ebbe esaurito tutte le risorse per avere notizie, dovette affrontarlo e rispondere al suo interrogatorio: allora confessò tutto. Castañeda, preso alla sprovvista, non riuscì a evitare di portarsi una mano alla bocca per reprimere un gemito che nessuno dei virili pescatori del paese natale della domestica si sarebbe mai lasciato sfuggire.

Teresita, di sua spontanea volontà, se ne andò a gambe levate, terrorizzata da quel marito potente profondamente offeso. Tuttavia non ci mise molto a sciogliere la lingua nei capannelli di comari del paese, dove viveva anche la famiglia di una domestica di Beatriz Corona, amica di Emma nei momenti d'ozio all'Havana Yacht

Club. Beatriz fu molto impressionata, poiché la moglie di Arturo Castañeda le era sempre sembrata seria e educata, visto che non era mai riuscita a strapparle nemmeno un commento sui giovani che passeggiavano in costume attorno al club mostrando i muscoli. Ora, però, la notizia shock, che si diffuse per l'Havana Yacht Club con la velocità che solo i pettegolezzi sconci sanno raggiungere, le fece pensare di aver trovato una spiegazione al disinteresse della ragazza per la passerella di sculture maschili.

Castañeda non attese che le voci giungessero al Brac. Glielo impediva il suo onore di militare di carriera. Entrò nell'ufficio di Mariano Faget e gli raccontò tutto, senza aggiungere né omettere una parola ai fatti che era riuscito a ricostruire sulla base di quanto gli aveva detto Teresita. Immaginava che Emma fosse già a Miami e comunicò al suo capo l'idea di fare un salto là per darle un calcio nel sedere.

«Non essere stupido, Castañeda» gli rispose Faget quel giorno. «In questo modo non risolveresti nulla. Prenditene un'altra e fregatene. Non sarai né il primo né l'ultimo a cui mettono le corna.»

«Cazzo, Mariano, questa è un'offesa che non posso tollerare. L'Fbi può rintracciarla in un giorno...»

«E tu che fai?» l'interruppe Faget per impedire che il subordinato continuasse a dire assurdità. «Ci vai, le dai due ceffoni e torni con il volo successivo? Pensi che la vita di un uomo del Brac sia come quella di un qualunque marito tradito? Ti sei bevuto il cervello? Se capiti a Miami adesso, è te che riempiono di calci nel sedere. Sai quanta gente ti starà aspettando per farti a pezzi? Lascia perdere, che nessuna donna vale la candela!»

Il capitano uscì dall'ufficio peggio di come vi era entrato, ma la conversazione con Faget sarebbe stata diversa se in quel momento avesse saputo, o solo sospettato, che l'amichetta della moglie non era caduta dal cielo ma inviata di proposito. Dovevano passare mesi prima che riuscisse ad aprire una breccia che l'avrebbe condotto, zigzagando, da Villa Scarlett alla porta di casa sua.

Nel giorno dell'anniversario, Susy ed Emma camminarono sotto la neve fino alla prima stazione della metropolitana. Susy insistette per fermarsi a cenare in un ristorante italiano, economico e gradevole, ma l'altra riuscì a dissuaderla ricordandole la loro povertà. In pochi mesi il denaro che avevano messo insieme si era volatilizzato e non riuscivano a trovare un lavoro fisso a New York, dov'erano arrivate direttamente da Cuba per depistare Arturo Castañeda. Sulle prime, la novità della metropoli le spinse a dar fondo ai risparmi in un batter d'occhio. Quando si ripresero, era troppo tardi. Non avevano più mezzi per raggiungere il Messico, come avevano progettato prima di partire da Cuba, né tantomeno per continuare a spassarsela nella Grande Mela. All'improvviso si videro come due emigrate costrette a vivere della carità pubblica, cosa che riuscirono a evitare solo grazie alla volontà di Susy di fare quello che era necessario, qualunque cosa, per sostenere una vita decorosa accanto all'amata. Quella determinazione avrebbe riportato lei sui set pornografici, ed Emma nell'odiosa stanza di un ospedale psichiatrico.

14 dicembre 1958

Alle 22 il silenzio pesava come un monolite di granito sul quartiere Tarará. Le luci e l'allegria dell'Avana, nell'imminenza del Natale, non riuscivano ad attraversare il tunnel della baia e ad avanzare per vari chilometri senza perdere sfavillio ed entusiasmo, già piuttosto ridotti quell'anno a causa della tensione che si respirava nella capitale. Ma la principale responsabile di quella desolazione era una perturbazione glaciale che si era fatta strada sul golfo del Messico, dopo aver sferzato la parte settentrionale del continente, in quello che era uno degli inverni più rigidi degli ultimi decenni.

Camminando da solo in una via di quel quartiere esclusivo, Allan Wright si domandava se quella calma potesse rappresentare un inconveniente. Aveva parcheggiato l'auto noleggiata a tre isolati di distanza dal luogo in cui era diretto, dopo aver studiato quello stesso pomeriggio, nella sua stanza dell'Hotel Comodoro, la cartina dell'Avana. Aveva registrato con tanta precisione i dettagli che avrebbe potuto raggiungere quasi a occhi chiusi il posto in cui era atteso, però non si era preparato psicologicamente a sentirsi l'unico essere vivente che rompeva con i suoi passi il profondo silenzio notturno. Pensava che dietro ogni finestra potesse esserci qualcuno a spiarlo.

Le strade deserte erano illuminate da lampade al neon e l'alone azzurrognolo intorno ai lampioni sembrava rendere ancora più fitte le gocce di una pioggerella insistente. Tarará era un quartiere residenziale limitrofo alle grandi spiagge dell'est, edificato negli ultimi tempi su terreni che digradavano dolcemente verso la costa. Tutti gli spazi liberi erano coperti da un manto erboso ben curato e da macchie di fiori dai colori vivaci. Il quartiere residenziale era stato costruito da ricchi per gente ricca, su un progetto dei migliori urbanisti. Le case, pur indipendenti l'una dall'altra, parevano collegate tra loro dall'ininterrotta sequenza dei loro ampi giardini.

Tirava un vento umido e freddo e, malgrado la distanza dalla costa, Allan Wright poteva distinguere chiaramente il rumore sordo delle onde contro gli scogli. La maggior parte delle villette era disabitata, trattandosi di seconde case, e solo in pochissime s'intravedevano segni di vita. Accanto al marciapiede a destra della strada stazionava un'auto della polizia e gli occupanti puntarono lo sguardo sull'eccentrico passante notturno. Wright superò l'autopattuglia e avvertì quattro paia d'occhi che gli solleticavano la schiena. Sentì il rumore del motore che veniva acceso e capì che lo stavano seguendo a distanza. Non voltò la testa, ma rimase all'erta.

All'incrocio del marciapiede con il vialetto che conduceva a una villa vide un uomo che indossava un soprabito di pelle nero e riconobbe il generale di brigata Carlos Tabernilla, che usciva a dargli il benvenuto. L'auto della polizia passò sfiorando il bordo del marciapiede e gli occupanti, riconoscendo nell'uomo con il soprabito il giovane capo dell'aviazione, gli fecero il saluto militare.

«Vedo che lei è un uomo puntuale. Mancano due minuti alle 22» disse il generale, tendendo la mano al nuovo arrivato mentre guardava l'orologio.

«È una buona abitudine negli affari» gli rispose Wright, avviandosi verso l'ingresso in compagnia dell'alto ufficiale.

Allan Wright aveva ventinove anni e una lunga storia da raccontare. Godeva di una salute di ferro, nonostante gli imprevisti di una vita spericolata, e la natura lo aveva favorito anche per quanto riguarda il fisico: era alto e piuttosto snello ma muscoloso, e i lineamenti normanni davano alla sua figura un'aria selvaggia e prestante. Il suo carattere introverso era adatto al mestiere di spia e nessuno, osservandolo a temperatura e pressione normali, avrebbe mai immaginato che il giovane nordamericano fosse in possesso di una determinazione che confinava con l'audacia patologica.

Era stato decorato per atti di eroismo durante la guerra di Corea, e ne portava i segni: una psicosi mal curata e le idee temerarie di chi ha partecipato a missioni speciali fin dentro le retrovie nemiche. Aveva sfidato la sorte e poteva considerarsi un vincitore, ma lo martellava il doloroso ricordo della moglie, un'immigrata uruguaiana che, credendo di averlo perso durante uno dei lunghi periodi di silenzio, aveva spiccato il volo dal focolare del soldato alla casa di un industriale di Boston.

Di ritorno ad Atlanta, sua città natale, nell'autunno del 1952, Allan Wright ebbe l'impressione che tutto il suo mondo stesse precipitando in un abisso e reagì sfidando il pericolo per puro piacere: fu sciatore suicida sulle Montagne Rocciose; giocò un paio di volte alla roulette russa nelle taverne dei moli di Brooklyn e si fratturò due costole in un incidente occorsogli a Sacramento, mentre alla guida di un'Harley-Davidson scorrazzava con un gruppo di motociclisti fanatici che si facevano chiamare Angeli dell'Inferno. Il periodo di convalescenza in ospedale, però, diede una sterzata alla sua vita di bohémien senza bandiera. Là infatti conobbe Theodore Smilley, un neurochirurgo pure lui veterano della Corea, che lo aiutò a indirizzare la sua vocazione al pericolo verso la Central Intelligence Agency.

Wright e il generale di brigata Tabernilla, che amici e familiari chiamavano "Winsy", entrarono nella residenza di Tarará. Si vedeva lontano un miglio che la casa, solida e moderna, era stata aperta solo per quell'incontro e vi aleggiava un vago odore di umidità. Evidentemente non c'era personale di servizio, anche se nei giardini passeggiavano tre individui che si mantennero a distanza, nella penombra delle siepi ornamentali.

Il salone, di dimensioni gigantesche, era arredato con lusso. Seduto su una grossa poltrona aspettava un uomo alto, di oltre sessant'anni, che si alzò e avanzò verso il nuovo arrivato con un'espressione affabile.

«Le presento mio padre, il capo dello Stato maggiore riunito Francisco Tabernilla Dolz, un uomo che ha dedicato la sua vita al servizio delle forze armate e alla fedeltà al presidente della Repubblica» disse Winsy, accompagnando le parole con modi cerimoniosi.

«Ho il piacere di darle il benvenuto in questa terra che tanto si aspetta da lei» disse il vecchio generale stringendo la mano al visitatore. «Mi ha impressionato tutto ciò che mio figlio mi ha raccontato del suo zelo, e non ho fatto altro che darle ragione e ordinare che le cose vadano in maniera conforme alla sua volontà. Mi congratulo con lei, giovanotto.»

«Felice di conoscerla e di trattare con lei, generale» lo ricambiò Wright. «Sono sicuro che ci intenderemo.»

Tabernilla fece qualche passo invitando il nordamericano a seguirlo all'interno della casa. Winsy si avviò dietro di loro. Il capo dello Stato maggiore riunito indossava un abito grigio, camicia bianca con colletto e cravatta color malva sotto un gilè di taglio giovanile, un abbigliamento che conferiva una certa fantasia alla sua vecchiaia sana e forte, una sorta di pretesa di sedurre che, nonostante tutto, gli si addiceva. Abbigliato sfarzosamente, dai vestiti all'ametista, Francisco Tabernilla assomigliava a tutta prima a un gentleman, un signore di nobili natali, di belle maniere e formatosi a Harvard. Ma sotto la vernice si nascondeva la carente istruzione militare di un ometto senza importanza che era cresciuto nel brodo di coltura dei golpe militari fin dagli anni Trenta. Era, soprattutto, un sostenitore incondizionato di Batista. Malgrado gli errori e il basso livello culturale, nettamente inferiore a quello richiesto dal suo ruolo gerarchico, nessuno nelle forze armate avrebbe preteso di scavalcarlo, sapendo che "El Hombre" reputava una questione d'onore l'impegno assunto nelle passate campagne d'assalto al potere insieme al suo fedelissimo ancorché costoso servitore.

Nonostante il timore per le sue sfuriate, la propensione di Francisco Tabernilla per le bevande alcoliche era motivo di battute, ed era quindi normale che gli alti ufficiali alludessero a lui chiamandolo "Vecchio Pancho", un nomignolo che nelle caserme si trasformava in quello più offensivo di "Pancho Taberna", con una duplice allusione al cognome Tabernilla e all'inveterata abitudine ad alzare il gomito.

I tre salirono al secondo piano della villa ed entrarono in una stanza arredata da studio dove, oltre alle cose indispensabili per il lavoro, balzava agli occhi il cattivo gusto del padrone di casa. Una statuetta in bronzo di Napoleone mentre attraversa le Alpi era ridotta alla triste funzione di fermacarte. Sulle pareti, zeppe di foto del capo dello Stato maggiore riunito e della sua prole di generali – Winsy e Silito –, ne spiccava una che richiamò l'attenzione di Wright, e non per il valore artistico: in piedi sulla torretta di un carro armato Sherman, il Vecchio Pancho nel ruolo di mitragliere rivolgeva l'arma nella direzione segnalata dal presidente Batista, il quale, in posa da grande stratega, additava un nemico immaginario. Sulla scrivania, in un cilindro di cuoio simile a un bussolotto c'erano tre bandierine con le aste incrociate: quella cubana, quella nordamericana e un'altra a quattro bande verticali che sembrava più un addobbo carnevalesco che uno stemma patriottico.

«È il simbolo della rivoluzione armata del 4 settembre 1933 capeggiata dal nostro presidente» osservò Tabernilla, notando che l'ospite guardava meravigliato quello strano stendardo. «Ho avuto un ruolo attivo in quei momenti di grande pericolo per la vita e per la patria. Questa bandiera sventola in tutte le sedi delle forze armate e oggi è il nostro simbolo di vittoria.»

Tre giorni prima Allan Wright era sceso all'aeroporto dell'Avana da un aereo della Pan Am proveniente dagli Stati Uniti. Era arrivato da solo, come turista, portando un bagaglio a mano e due macchine fotografiche inequivocabilmente professionali. Oltre al passaporto aveva con sé documenti che non esibì alla dogana né a nessun altro, e che gli avrebbero sgombrato la strada per la sua missione a Cuba: un falso tesserino di fotoreporter della rivista "Life" e un salvacondotto spedito dal Club del 26 de Julio di New Jersey e firmato dal suo presidente, Alejandro Ferrás, uno dei giovani che nel 1953 si erano uniti a Castro nel tentato assalto alla caserma Moncada di Santiago de Cuba.

Wright aveva fatto credere ai dirigenti del Club che alla prestigiosa pubblicazione interessava una testimonianza fotografica esclusiva, prevedendo che l'apparato di propaganda dell'insurrezione sarebbe stato così desideroso di far conoscere al mondo i propri successi da trascurare le lunghe formalità necessarie per una verifica delle sue credenziali. Dopotutto, il tesserino stampa era talmente ben contraffatto che avrebbe potuto ingannare chiunque persino nella redazione di "Life". Aveva visto giusto. Superò così il primo dei tanti ostacoli che avrebbe dovuto scavalcare per arrivare all'obiettivo della sua missione: uccidere Fidel Castro.

Dopo aver preso alloggio all'Hotel Comodoro, in fondo a calle Ochenta y cuatro, a Miramar, Wright chiamò al telefono un certo Daniel Palmero, convinto di entrare in contatto con qualcuno che parlava il suo stesso codice cospirativo. Provò perciò un senso di grande delusione quando fu svegliato nella sua stessa stanza d'albergo dall'inatteso bussare alla porta di un generale dell'esercito, che infrangeva in modo inammissibile le più elementari norme di prudenza.

La prima reazione di Wright fu di protesta indignata, ma dopo alcuni minuti di conversazione decise di rifiutare qualsiasi accordo che avrebbe messo a repentaglio la sua sicurezza personale. Pretese di muoversi per conto suo e che nessuno lo andasse a trovare in albergo, tantomeno se si trattava di militari o di persone note per i loro legami con il governo. Qualsiasi incontro, con chiunque, si sarebbe dovuto svolgere secondo le sue regole, che esigevano una professionalità ignota al giovane generale.

«Impari a conoscere i cubani, mister Wright» si affrettò a dire il sedicente Daniel Palmero. «In questa città c'è troppo di cui preoccuparsi perché qualcuno sprechi tempo a seguirmi fino alla stanza di un hotel.»

Wright ebbe la pazienza necessaria per spiegare all'inatteso visitatore che il successo della sua missione dipendeva in buona parte dall'osservanza delle regole dello spionaggio; ma quando seppe che Daniel Palmero era nientemeno che uno dei figli del generale Francisco Tabernilla, capo dell'esercito, capì che la sua era una causa persa e si ripromise di sottrarsi quanto prima al raggio d'azione di personaggi incapaci di uccidere un gatto senza lasciarsi dietro una montagna di prove. Si accordarono sui dettagli per una riunione con Tabernilla padre, dopodiché Wright chiese al generale di dimenticarsi di lui fino ad allora.

«Non prende nota dell'indirizzo?» domandò il militare, senza capire bene perché il nordamericano respirasse come se fosse sull'orlo di un attacco apoplettico.

«Non è necessario» rispose Wright distillando acido solforico. «Se dovessi dimenticarlo, potrei sempre richiamarla. Non credo che Castro abbia fatto mettere il suo telefono sotto controllo.»

Il nome di Daniel Palmero e il suo numero di telefono figuravano in un taccuino che Allan Wright aveva avuto il buon gusto di non portare con sé a Cuba. Addestrato all'attività di spia, possedeva le risorse necessarie per organizzare le proprie facoltà intellettive. La permanenza alla Cia lo aveva arricchito di altre esperienze utili alla missione che doveva compiere sull'isola. Nel 1954, qualche settimana prima che il governo filocomunista del colonnello Jacobo Arbenz venisse rovesciato, fu assegnato all'ufficio stampa dell'ambasciata nordamericana in Guatemala e adempì magnificamente all'incarico fotografando obiettivi politici e militari. Malgrado ciò, quella che sembrava una brillante carriera nell'Agenzia finì con un fiasco totale. Due anni dopo, un'informazione casuale scatenò l'inchiesta su una truffa riguardante la vendita di armi al Costa Rica nei giorni dello scontro con il Nicaragua. Nello scandalo rimasero coinvolti due ufficiali dell'Agenzia. Uno era Wright.

La commissione d'inchiesta non trovò le prove giudiziarie per processarlo per violazione dei regolamenti, ma bastò la certezza, ed entrambi furono messi alla porta. Il congedo, comunque, non pregiudicò affatto la posizione di Wright, che aveva solidi agganci nell'area. Rimase in Guatemala come amministratore di un'azienda agricola della costa atlantica, a metà strada tra Puerto Barrio e Livingstone, dedicandosi ufficialmente al commercio delle banane. In realtà, la proprietà era un'enclave della mafia di Chicago per il narcotraffico e Wright la persona incaricata di proteggerla, attraverso la corruzione e la complicità di funzionari delle amministrazioni di Guillermo Flores Avendaño e Miguel Ydígoras Fuentes. L'instabilità politica del paese aveva eroso le fondamenta morali degli organi dello Stato, aprendo la strada ai lungimiranti che gestivano le casseforti del mercato nero.

Quella notte, nella residenza di Tarará, Wright affrontava Tabernilla e figlio sapendo di trovarsi faccia a faccia con la sua grande occasione. Non poteva lasciarsela scappare. Era stanco di essere uno stipendiato, ben retribuito ma pur sempre uno stipendiato, e pensava che i benefici economici dell'azione di cui sarebbe stato protagonista lo avrebbero lanciato negli affari. Sognava di aprire un'agenzia per la sicurezza e la protezione a Miami.

L'americano iniziò il lavoro chiedendo al capo dello Stato maggiore riunito tutte le notizie di cui l'esercito disponeva riguardo alla base di Fidel Castro, le sue forze e la sua sicurezza personale. Assistito da Winsy, il Vecchio Pancho dispiegò sul tavolo una grande mappa della provincia di Oriente. Servendosi di una matita rossa, Tabernilla tracciò un cerchio che comprendeva Guisa, Jiguaní, Baire e le zone montuose limitrofe.

«Questa è l'area in cui si muove adesso» assicurò, facendo oscillare la matita su una regione molto più estesa di alcuni paesi dei Caraibi.

Wright distolse gli occhi dalla mappa per scrutare con aria interrogativa il generale più anziano, il quale si rese conto che l'interlocutore si aspettava qualcosa in più di un'informazione che a Cuba chiunque sarebbe stato in grado di dargli, e cominciò a leggere gli ultimi rapporti provenienti dal teatro delle operazioni. Erano redatti in un ridondante linguaggio militare, infarcito di abbreviazioni e frasi convenzionali, di modo che Winsy dovette fungere da traduttore del padre. Nel giro di un'ora Wright riuscì a farsi un'idea abbastanza precisa: Castro guidava i suoi uomini verso presumibili attacchi ai centri abitati allineati sulla Carretera Central in direzione di Palma Soriano, una località importante a soli quaranta chilometri da Santiago de Cuba, il capoluogo della provincia. Malgrado ciò, quanto riuscì a sapere sulle forze ribelli era troppo impreciso e contraddittorio perché potesse prenderlo in considerazione. Sulla sicurezza personale di Castro, poi, non seppe niente d'importante; era più utile quello che sapeva già.

Il nordamericano esaminò la legenda della mappa e, notando uno zuccherificio nei pressi di Palma Soriano, dov'era segnalata l'esistenza di una pista d'atterraggio, domandò se era possibile arrivarci per via aerea. Nella sua veste di pilota e di capo dell'aviazione militare, Winsy Tabernilla gli spiegò che si trattava di un aerodromo usato esclusivamente dalla compagnia nordamericana proprietaria della fabbrica, dove in quel momento era rischioso atterrare, dato che la pista era compresa nella zona delle operazioni e non offriva la minima sicurezza.

«Ci sono aerei lì?» insisté Wright.

«Un Ryan Navion della compagnia e, probabilmente, un paio di biposto privati, se non ricordo male» gli rispose Winsy.

La diffidenza manteneva Wright in stato di costante allerta contro le menzogne. Gli avevano parlato dell'esistenza del Ryan Navion e lui applicava una regola ferrea dello spionaggio: "Fidati, ma verifica". Non era stata la Cia a commissionargli l'eliminazione di Castro, eppure era quasi sicuro che la scelta avesse a che fare con la sua storia nell'Agenzia. Era chiaro che un tipo come lui non si andava a cercarlo nelle strade di Beverly Hills, ma non riusciva a capire perché Melozzo fosse andato dritto al sodo, sicuro di aver trovato il suo uomo. Gli era comparso davanti nella sua fattoria in Guatemala una mattina di fine novembre. Il Cessna 182 aveva sorvolato la villetta per dirigersi all'inizio della pista. Il numero di matricola dell'aereo era ricoperto e a bordo c'erano solo due persone, il pilota e Melozzo, un individuo che sembrava un bisonte, capelli neri e un naso obliquo che davano al suo volto un'aria da gladiatore romano. Gli aveva detto di chiamarsi Thomas Melozzo, ma a Wright non occorreva l'esperienza accumulata in Corea per rendersi conto che quel nome privo di musicalità era solo uno pseudonimo improvvisato.

Parlarono per alcune ore. All'inizio entrambi fecero in modo che la conversazione si tenesse lontana dal terreno infido degli argomenti tabù. Melozzo era semplicemente venuto fino alla proprietà per proporre un affare a un amico dei suoi amici. Wright, dal canto suo, si limitò a valutare l'offerta del brutto ceffo sceso dal cielo insieme a una prospettiva di guadagno che non si era mai sognato. Melozzo rispose a tutte le domande su Castro e i suoi guerriglieri. Per Wright era evidente che quell'uomo ne aveva fatto parte, e che forse c'era ancora dentro...

Wright, che si era abituato alla vita senza emozioni della fattoria, al noioso lavoro di ventiquattr'ore giornaliere che consisteva nell'oliare i meccanismi del narcotraffico, al riparo della foresta, della distanza e della corruzione, sentì che la proposta di Melozzo, chiunque fosse e da chiunque dipendesse, era un'occasione che non gli si sarebbe ripresentata: adesso o mai più. La missione era chiara come una birra nel deserto a mezzogiorno, ma si trattava pur sempre di un incarico complicato, pieno d'incognite e di rischi letali.

Allan Wright doveva stabilire un contatto con il 26 de Julio nel New Jersey e raggiungere in aereo L'Avana dove avrebbe contattato Daniel Palmero, incaricato di procurargli i mezzi che lui riteneva necessari per liquidare Castro e poi garantirgli protezione fino al suo ingresso nella zona controllata dai ribelli. Una volta dentro, avrebbe predisposto il suo piano *ad libitum* e, dopo averlo portato a termine, sarebbe fuggito a Palma Soriano. All'Hotel Colonial lo avrebbe atteso Charles Lloyd, un pilota canadese che l'avrebbe aiutato tirandolo fuori di lì, con le buone o con le cattive, su un Ryan Navion che si trovava sulla pista di uno zuccherificio nelle vicinanze. Se la fuga dalla zona di guerra, per qualsiasi imprevedibile circostanza, avesse richiesto più tempo, allora Wright avrebbe dovuto contattare di nuovo Daniel Palmero per comunicargli l'esito dell'operazione.

Sarebbero atterrati a Ciudad del Cabo, a Haiti, un posto dove i tipi sospetti erano comuni e dove tutto quanto fosse strettamente legale suscitava irritazione, data l'anarchia storica che vi regnava. Entrambi sarebbero stati provvisti di documenti falsi per continuare il viaggio verso Tampa, dove avrebbero alloggiato in un hotel. Melozzo li avrebbe infine contattati separatamente per consegnare loro il compenso: cento bigliettoni di quelli grossi per Wright e venti per Lloyd.

L'idea di fuggire in aereo gli era stata suggerita da Melozzo come alternativa, poiché, a causa della guerra, era impossibile raggiungere Bayamo o Santiago de Cuba. Presentava i suoi vantaggi, giacché riduceva il territorio controllato dai ribelli che avrebbe dovuto percorrere dopo l'attentato e, naturalmente, dava un tocco di temerarietà al finale dell'avventura. Wright non dovette pensarci troppo prima di optare per questa uscita d'emergenza, soprattutto dopo che Melozzo si lasciò sfuggire il commento: «L'esercito è talmente inetto che non offre garanzie di sicurezza neppure ai suoi capi, figurarsi a un estraneo. Se le sembra bene fuggire in aereo, io posso impegnarmi a organizzare tutto quanto, ma la prego di mantenere il segreto. Se i nostri amici militari cubani venissero a saperlo, forse lei correrebbe il rischio di non trovare un posto libero sull'aereo».

Chino sulla mappa su cui i Tabernilla, padre e figlio, cercavano di indicargli le località della provincia di Oriente in mano ai ribelli e le zone che erano terra di nessuno, Allan Wright rammentò le parole di Melozzo e incassò senza alcuna sorpresa la domanda carica di diffidenza del vecchio generale.

«Pensa di servirsi di quella pista aerea per abbandonare l'area, una volta compiuta la missione?»

«Penso che si potrebbe immaginare più d'una variante, generale» rispose Wright in modo ambiguo.

«Noi riteniamo che, se lei entrasse in contatto con le nostre forze sul campo delle operazioni, potremmo evacuarla impiegando un elicottero» propose Winsy. «Ma se le risultasse impossibile raggiungerle, dovrà ricorrere all'iniziativa personale.»

«Sarà il momento a suggerirmi il da farsi» ribatté Wright, e subito chiese al capo dello Stato maggiore riunito di continuare la descrizione del teatro delle operazioni, eludendo l'argomento della fuga.

Tabernilla affrontò allora la questione del trasferimento verso Oriente. I ribelli di Che Guevara impedivano il transito su strada dal centro stesso dell'isola, cosicché per raggiungere Bayamo, il trampolino di Wright per la Sierra Maestra, occorreva l'aereo.

«Le forze armate possono contare su aerei civili che compiono voli charter in qualsiasi località di Cuba, dei Caraibi e persino degli Stati Uniti» disse Pancho Tabernilla. «Dobbiamo solo far giungere a Bayamo un volo di cui lei sarebbe un passeggero qualunque, visto che è quasi impossibile che riesca ad arrivare laggiù in altro modo.»

Concordarono che l'aereo, un DC-3, sarebbe decollato il 17 dicembre alle 10.00 dall'aeroporto militare di Columbia e che Wright sarebbe apparso nella lista di passeggeri formata da soli civili per evitare che il viaggio fosse denunciato dagli informatori del 26 de Julio come un'altra operazione logistica.

«Winsy, incaricati tu di risolvere i dettagli» disse il generale al figlio.

Allan Wright lasciò le sue richieste alla fine: un fucile Remington di piccolo calibro smontato, una scatola di pallottole Long Range e un mirino telescopico della massima potenza. Il tutto imballato nel minor spazio possibile. Chiese anche un revolver Smith & Wesson calibro 38 del 1956 con canna standard, quattro scatole di proiettili, una valigetta con il doppio fondo in cui nascondere le armi, e abiti usati della sua taglia. Pretese inoltre che nella valigia ci fosse una busta con duemila dollari in contanti, che sarebbero bastati per le sue spese e che ammontavano approssimativamente a quanto avrebbe portato con sé un fotografo di "Life".

«Avrà tutto ciò che ha chiesto, giovanotto, e anche più: la gratitudine del nostro leader, il presidente, e l'ammirazione dell'esercito per il suo coraggio» disse il vecchio Tabernilla stringendo il nordamericano in un abbraccio fuori luogo. «Propongo un brindisi al nostro successo.»

Lo champagne era già pronto in un secchiello del ghiaccio e il generale, con anticipata allegria, aprì una bottiglia facendo schizzare il tappo nella stanza come se fosse il proiettile di un mortaio. Mentre bevevano, Winsy diede a Wright il salvacondotto firmato dal padre che recava il sigillo del suo ufficio.

«Stia ben attento a dove conserva questo foglietto, amico» esclamò il generale, reso più disinvolto dallo champagne. «Potrebbe aprirle sia le porte dell'aiuto incondizionato sia quelle dell'inferno, tutto dipende dalle mani in cui dovesse cadere.»

«La ringrazio, generale, e anche se non lo ritengo prudente, porterò con me questo salvacondotto. Credo che nascondere bene un pezzo di carta non sarà più difficile del resto» disse Wright mentre stava già per ritirarsi, congedandosi da padre e figlio con una stretta di mano.

«*Happy new year, mister Wright!*» gli augurò il Vecchio Pancho mentre il giovane infilava la porta per uscire.

15 e 16 dicembre 1958

In casa di Elías Mozack regnava ancora una volta il nervosismo per il clima mutevole dell'isola. La vicinanza del mare diventava un motivo di preoccupazione con l'avanzare della stagione invernale, assieme alle sempre più frequenti mareggiate. Anche se la villa era attrezzata per resistere alla furia dell'oceano, le onde che le si abbattevano contro e le raffiche di vento che penetravano sibilando dalle finestre erano inevitabili.

Dalla sera precedente era solo in casa. Gladys, suo figlio e la domestica nera erano andati a Miami Beach per festeggiare, con il resto della famiglia, il compleanno della cognata più anziana, che se n'era andata nel 1950. Quando Mozack si separò dai suoi all'aeroporto di Rancho Boyeros, pensava che si sarebbe trattato al massimo di quattro o cinque giorni, ma se avesse potuto sbirciare nel futuro guardando in una sfera di cristallo, o se una zingara gli avesse fatto le carte, si sarebbe accorto del proprio errore: quel distacco temporaneo sarebbe stato definitivo.

Mozack, quel giorno, uscì alla solita ora e non tornò a pranzo, una vecchia abitudine caparbiamente mantenuta. Chiese alla segretaria di portargli un sandwich e una Coca-Cola e continuò senza pause la lunga giornata di lavoro alla scrivania, ricevendo di persona alcuni clienti e studiando un paio di casi difficili. Quando uscì dall'edificio all'incrocio fra calle Diecisiete e K era ancora giorno, ma le spesse nuvole ammassate in cielo e i neon accesi del supermercato all'angolo di fronte erano come un preludio della notte, una notte nera come nessun'altra dei suoi cinquantatré anni. Salendo sull'auto pensò di arrivare fino al Riviera per invitare Lansky a cena al Biltmore Yacht Club ma, ritenendo inopportuno presentarsi senza un appuntamento, non volle abusare della confidenza che c'era tra loro, sebbene Meyer gli avrebbe fatto compagnia volentieri.

D'improvviso la città gli sembrò un paesino senza un posto gradevole dove poter spezzare il cerchio della solitudine. Fermò l'auto davanti alla caffetteria Kasalta, all'uscita del tunnel di avenida Quinta, e consumò una cena veloce. Mezz'ora dopo, le infinite strade di luce dell'Avana notturna per lui erano sbarrate e, non avendo di meglio da fare, svoltò per avenida Primera, vale a dire proprio sul margine della tempesta.

Aprì la porta di casa e ci mise alcuni secondi a rendersi conto di ciò che stava vedendo. Le sorprese sgradite, tanto più quelle terribili, non vengono mai recepite immediatamente come qualcosa di reale e concreto; il cervello tarda a capire che là dove c'era l'auto adesso non c'è più niente, si rifiuta di ammettere che la morte si sia portata via una persona cara. Mozack non era un'eccezione e, pertanto, non poteva accettare che la sua casa, tutta a soqquadro, fosse stata perquisita palmo a palmo.

Perlustrò le camere, la cucina, i bagni e ogni angolo, trovando ovunque la stessa caotica violenza inflitta alle cose: lampade fatte a pezzi, specchi in frantumi e flaconi di profumo scagliati contro le pareti, che emanavano un'equivoca miscela di odori contrastanti. Il suo studio era un letamaio. I libri sparsi sul pavimento e calpestati, i documenti del suo archivio sottosopra, i cassetti della scrivania svuotati e il loro contenuto rovesciato sui mobili.

Mozack spostò il dipinto originale del pittore cubano Fidelio Ponce che nascondeva la cassaforte incassata nella parete della sua camera e constatò che non era stata toccata, nemmeno scoperta. Si sedette sul bordo del letto a riflettere.

La lucidità di Elías nell'analizzare situazioni cui era estraneo in quel momento non gli serviva a niente. Per quanto si sforzasse, la sua mente non riusciva ad accettare il fatto di una perquisizione tanto evidente e brutale, e restava sospesa in un limbo pericoloso e vuoto, molto simile alla demenza. Chi? perché? quando? erano le domande che si poneva senza trovare risposte o, quel che era peggio, senza riuscire a dipanare il filo dei pensieri per trovarle. L'unica cosa che Mozack riuscì a mettere a fuoco, dopo cinque minuti di tortura mentale, era che aveva paura. E quel timore lo spinse a reagire. Lo scatto di una qualche molla dentro di lui lo rimise in piedi e lo fece avanzare verso l'interruttore della sala. Spense la luce e riuscì a vedere da una finestra l'Oldsmobile nera seminascosta dagli arbusti che crescevano accanto al marciapiede di avenida Primera. Se voleva agire, doveva farlo subito, e la prima cosa che fece fu chiamare Gladys per dirle di non tornare a Cuba per nessun motivo.

«Ma che succede, Elías?» gli domandò lei allarmata.

«Per favore, Gladys, abbi fiducia in me. Adesso non posso spiegarti cosa sta succedendo. Devo allontanarmi da casa, altrimenti potrei correre un grave pericolo.»

«Pericolo? Non capisco. Ha qualcosa a che fare con la politica? Ci sei forse dentro?»

«Che intendi con "dentro", a che cosa ti riferisci?»

«Alla rivoluzione. Ci sei dentro, Elías?»

«Certo che no.»

«E allora perché devi allontanarti da casa?»

«Stammi a sentire, Gladys» disse Mozack con la maggiore dolcezza di cui fu capace in quel momento terribile. «Fa' quello che ti chiedo. Aspetta a casa di tua sorella che io mi metta di nuovo in contatto con te. Lo farò senz'altro, allora vedremo, ma non tornare se non te lo dico io.»

«E tu che farai? Dove andrai, se te ne vai da casa?»

«So quello che devo fare, non preoccuparti per questo.»

«E perché non vieni?»

«Ci proverò» disse Elías, con un lapsus involontario o forse tradito dall'emozione.

Gladys scoppiò a piangere ed Elías dovette ricorrere al vecchio trucco di calmare la moglie con una pietosa bugia.

«Tranquilla, Gladys, non mi succederà niente, deve trattarsi di un equivoco. Sia quel che sia, si risolverà. A Cuba tutto si risolve.»

Mozack riattaccò, sopraffatto dalla vergogna. Un dolore lancinante si era aggiunto alla tonnellata di timori che lo schiacciava: stava precipitando la sua famiglia in un pozzo senza fondo. Si rintanò in un angolo della sala buia e provò per un momento il senso di vuoto della colpa, un alito di rimorso gettatogli in faccia dall'incertezza. Elías, però, pur tremando di paura, non era affatto un vigliacco.

Il suo passato era costellato di decisioni che adesso gli pesavano in modo intollerabile, anche se non perse tempo a maledire la strada scelta liberamente e ricordò le parole di Nikolaj Lagunov in occasione dell'ultimo contatto: era troppo tardi per le crisi di coscienza.

Cominciò a pensare, dapprima con qualche difficoltà a trovare il ritmo giusto, poi più in fretta, sulla spinta del suo elevato quoziente intellettivo. In quindici minuti era pronto a combattere la prima e unica battaglia per se stesso. Pensò con dolore alla sua vita privata e al privilegio che gli era stato concesso di formare una famiglia. Gli anni da Casanova, da playboy di sinistra, gli sembravano così lontani che faticò a evocare la propria immagine, di vent'anni più giovane, che conduceva una vita dissoluta. Se c'era un colpevole, era quello, e non quest'altro Elías, felice di aver trovato la sua Terra Promessa sulle scogliere a ovest dell'Avana.

Si ricordò di suo padre, chino su un diamante ed estasiato dalla purezza e dalla trasparenza della sua struttura interna, e pensò che sarebbe stata una crudeltà inqualificabile negare al figlio la possibilità di ricordarsi di lui. Era deciso a uscire dalla trappola, nella quale lui stesso si era ficcato, non per salvare la pelle e continuare la lotta per ideali che ormai condivideva solo a metà, ma per recuperare la sua famiglia smarrita nel modo più assurdo.

Trovò in questo pensiero la forza per uscire a fronteggiare una forza repressiva selvaggia che lui stesso aveva contribuito ad alimentare. A poco a poco la testa cominciò a liberarsi, i muscoli a rilassarsi e il cuore smise di battergli al ritmo anarchico delle vittime. L'Europa era lontana e l'Olocausto per lui restava una storia triste ed estranea. Fuori potevano esserci Ventura o Carratalá, senza le divise delle SS ma con quelle della polizia, la qualcosa, rispetto al fatto di morire o di continuare a vivere, non faceva una grande differenza.

Mozack si alzò dal divano. L'Oldsmobile nera era ancora là. Si avvicinava la mezzanotte e i suoi occupanti, a quanto pareva, non avevano alcuna intenzione di abbandonare la sorveglianza. Spense tutte le luci e rimase a spiare da dietro le finestre i segnali di vita all'interno dell'auto appartata, sferzata dal vento e dalle minuscole gocce d'acqua marina che sembravano nebulizzate da un gigantesco aerosol ogni volta che un'onda si rompeva contro la barriera frangiflutti.

Vide accendersi un fiammifero nell'abitacolo e la fiamma illuminò i volti di due uomini sul sedile anteriore. Immediatamente, e nei successivi cinque minuti, scorse i puntini rossi di un paio di sigarette, che aumentavano d'intensità a ogni boccata. Erano due, forse tre, perché poteva esserci qualcun altro sul sedile posteriore. In realtà, il numero degli uomini di guardia non lo preoccupava quanto gli ordini che avevano ricevuto.

Trascorse un'altra mezz'ora senza che Elías si decidesse a mettere in pratica nessuna delle possibili varianti che gli passavano fugacemente per la testa: ciascuna presentava un inconveniente insormontabile. Alla fine capì che, se avesse continuato a scartare tutte le idee, presto sarebbe rimasto senza, vedendosi obbligato a restare nella sua prigione finché non fossero venuti a prenderlo. Scelse di uscire.

Il "ma" del suo ultimo piano poteva essere superato se avesse agito con sangue freddo, senza lasciarsi prendere dal panico di chi si sente braccato. Aveva soltanto due alternative: l'aeroporto o il rifugio nel quartiere del Cerro che si era trovato dopo l'ultima visita di Eric lo Svedese. Optò per la prima.

Se fino a quel momento il gruppo che lo teneva d'occhio non se n'era andato e non aveva fatto irruzione in casa per catturarlo, significava, o Elías pensava significasse, che avrebbero controllato i suoi movimenti senza arrestarlo. Questo forse gli avrebbe consentito di salire sulla sua auto per tentare di eludere la sorveglianza. Avrebbe preso il primo volo per Miami e fatto colazione con Gladys sulla terrazza della villa art déco della cognata. Mozack già si vedeva davanti le uova fritte con il bacon, quando fu trafitto da un dubbio: era Batista o l'Fbi a seguirlo? L'avevano smascherato come agente del Kgb, oppure quella sorveglianza dipendeva dal fatto che i servizi di sicurezza cubani avevano scoperto chi c'era dietro le bombe di Lara? L'aspetto peggiore di quel dilemma era che sarebbe stato risolto solo quando si fosse trovato ammanettato al banco degli interrogatori, e la sua curiosità non si spingeva così lontano.

Raggiungere gli Stati Uniti poteva voler dire, al cinquanta per cento di probabilità, finire nella tana del lupo, quindi la sua ultima alternativa sfumò. Se fuggiva da Cuba, la sua meta non poteva essere il nord, ma il nordest. Nonostante tutto, Mozack si rese conto che l'unico posto che gli garantiva la sicurezza era l'ambasciata sovietica di Città del Messico.

Questa certezza lo rattristò. Per Miami c'erano un sacco di voli quotidiani, e il suo passaporto aveva un visto d'ingresso permanente. Ma per il Messico le cose erano diverse, perché la frequenza dei voli era minore e non sapeva se la mattina seguente ce ne sarebbe stato uno. D'altra parte, avrebbe avuto bisogno di un visto difficile da ottenere a causa del controllo esercitato dalla polizia sulle ambasciate dell'Avana. Elías si rendeva conto che il tempo era contro di lui e che poche ore dopo, non appena avesse confessato il suo crimine sottraendosi alla sorveglianza, gli avrebbero fatto un cerchio rosso intorno e non avrebbe neppure potuto metter fuori la testa. Quella conclusione lo abbatteva, perché lo allontanava dalla sua famiglia e lo gettava senza scampo fra le braccia muscolose di Mosca.

La spirale dei suoi pensieri lo spingeva adesso verso una casetta insignificante del Cerro, vicino all'antico canale del primo acquedotto costruito all'Avana, un quartiere di neri e povera gente dove si fumava più marijuana che in qualsiasi altro posto della capitale. Fino a quel momento la possibilità di nascondersi là era stata remota. Lo Svedese gli aveva ordinato di avere a disposizione quella "risorsa operativa" quale precauzione durante i suoi rari viaggi all'Avana. Un ufficiale sotto copertura non sa mai quando dovrà rintanarsi e Aleksandr Antonov, che aveva fiutato il pericolo, soprattutto dopo aver costretto Mozack a lavorare con il gruppo di terroristi, pretese un rifugio attrezzato per sopravvivere senza dover uscire, rifornito di viveri come una goletta pronta a una lunga traversata.

Elías aveva eseguito l'incarico prendendo in affitto la casa del Cerro per un anno, con un generoso pagamento anticipato, lasciandola in custodia a una vicina. Vi aveva fatto installare un telefono e, ogni volta che ne aveva l'opportunità, andava a controllarne lo stato. L'utilizzo dei rifugi era materia di studio alle lezioni di spionaggio ormai dimenticate, ma le precauzioni di Antonov gli avevano aperto gli occhi e, poiché sapeva di giocare con il fuoco, non solo tenne in affitto e pronta la casa del Cerro, ma anche l'altra, quella del quartiere di Mantilla, che aveva funzionato a meraviglia per uscire dal precipizio apertosi sotto i suoi piedi dopo l'infortunio del gruppo di Lara. Se aveva funzionato una volta, lo avrebbe fatto anche la seconda.

Mozack prese i contanti e il passaporto dalla cassaforte. Vide, in fondo, il pacchetto dei proiettili, inutili in mancanza di un revolver in cui essere caricati. Pensò che adesso gli sarebbe servita la sua Colt 38, ma l'aveva lasciata nella mano ancora palpitante di Lara. Il regista gli era sempre sembrato docile, convinto com'era che Mozack agisse per conto del sindacato. Gli doveva, per di più, eterna gratitudine perché Mozack gli aveva fatto omaggio, all'unica condizione della sua obbedienza, del capitale necessario ad acquistare il trentatré per cento delle azioni della Easy Entertainment. Elías non poté fare a meno di ricordare il fare fiducioso con cui Lara gli era andato incontro, e la smorfia che gli aveva stravolto il viso dopo lo sparo a bruciapelo, né l'angoscia che lo perseguitava da quel giorno e che era riuscito a superare solo esigendo dal suo buon senso quel perdono che nessun altro gli avrebbe concesso. Gettò alcuni effetti personali in una valigetta e uscì in punta di piedi, chiudendo per sempre la porta d'ingresso del suo paradiso privato.

Scese in garage, mise in moto l'auto e infine aprì il portone. Procedette lentamente lungo la stradina che immetteva in avenida Primera senza staccare gli occhi dall'Oldsmobile parcheggiata a venti metri dal punto in cui doveva imboccare la via. Per una frazione di secondo credette di poter passare inosservato ma, appena le quattro gomme della sua auto cominciarono a sterzare in cerca di calle Veinte, l'Oldsmobile accese le luci e prese a tallonarlo.

Miramar era una zona troppo sgombra per riuscire a seminare gli inseguitori. Nella sua eccessiva fiducia in se stesso, Mozack non si era mai preoccupato di studiare i punti della città più adatti a eludere la sorveglianza, che rappresenta la A dell'abbiccì dell'apprendista spia. Si lasciò guidare dall'istinto. Sperava che in un luogo affollato sarebbe riuscito a far perdere le proprie tracce. La notte lo avrebbe aiutato, se incappava in un posto come quello che aveva in mente. Pensò al casinò dell'Hotel Nacional, dove avrebbe incontrato anche Jake Lansky, che lo avrebbe preso sotto la sua ampia ala di vecchio gallo come un pulcino sperduto, ma respinse l'idea perché si sarebbe infilato in una trappola.

Il posto giusto gli venne in mente mentre si sforzava d'individuare la direzione che avrebbe seguito di lì a poco imboccando la Calzada de Infanta: gli tornò alla memoria, come un cowboy salvatore al galoppo, il Mercado Único. Voltò a sinistra a Zanja e imboccò Belascoaín per fare il tragitto più veloce.

Concentrato sullo specchietto retrovisore per tener d'occhio i fari dell'Oldsmobile nera, sempre alla stessa distanza, e a elaborare in gran fretta un piano d'azione non appena fosse sceso dall'auto, Mozack si rese conto solo all'ultimo momento, quando ormai era inevitabile, che stava passando di fronte alla quinta unità di polizia. A quell'ora il colonnello Ventura era ancora lì, forse lamentandosi per aver perso una notte di gioco al Riviera, ma compiendo il proprio dovere.

Si supponeva che l'ingresso principale al Mercado Único fosse in calle Cristina, dove un colonnato delineava un vasto portico lungo l'intero edificio. Ma non si poteva parlare propriamente di ingressi e di uscite, giacché sui quattro lati si aprivano porte immense dove arrivavano i camion con i loro carichi che, trasferiti su carretti, percorrevano poi in modo caotico le viuzze interne.

Il mercato si approvvigionava all'alba e ogni mattina apriva al pubblico pieno zeppo di prodotti agricoli, frutti di mare e tutta la mercanzia a basso prezzo di cui aveva bisogno, o immaginava di averlo, la sua numerosa clientela. Il piano superiore era prevalentemente occupato da ristorantini che non chiudevano mai, molti dei quali cinesi. Il novanta per cento dei nottambuli cittadini, senza distinzioni di rango, era solito concludere lì la notte, davanti a una zuppa di pinne di squalo.

Se il giorno portava il flusso e riflusso di una marea umana carica di polli, saraghi e avocado, la notte portava il caos delle file di camion che lottavano per conquistarsi il portone dove scaricare; lo sciame di carretti che si allontanavano veloci; i frequenti incidenti di quella circolazione infernale, che in genere finivano con dimostrazioni di pugilato o di lotta libera. Quelli che, dopo quattro bicchieri di troppo, andavano in cerca dell'elisir dell'eterna giovinezza nei fondachi del Mercado Único, scivolavano in quel sabba di mezzanotte, o meglio si lasciavano andare.

Era quello il posto in cui Elías riponeva le sue speranze di fuga. In varie occasioni, dopo aver assistito all'opera al Teatro Nacional, si era tuffato con Gladys nel mare mosso del mercato per godere con lei del contrasto fra l'emozione sublime di Violetta che canta il suo "Addio del passato" nella *Traviata* e quella meno raffinata, ma pur sempre vitale, di un piatto di riso alla cantonese.

Mozack fermò l'auto a due isolati dal mercato verso la Calzada del Monte. Avvicinarsi di più era impossibile a causa dell'ingorgo provocato dai camion dei rifornimenti. Notò che anche i suoi inseguitori parcheggiavano a breve distanza da lui e, ostentando una tranquillità che era ben lontano dal provare, chiuse l'auto e s'incamminò verso l'interno del mercato.

I due uomini affrettarono il passo. Erano cani da caccia e avevano intuito la destinazione di Elías quando aveva imboccato la Calzada de Infanta. Non che fossero abbastanza intelligenti da prevedere i piani di fuga della loro lepre, ma era chiaro che in quella direzione all'Avana non c'era altro luogo degno di essere visitato a quell'ora. Mozack, senza voltarsi, avvertiva la presenza dei due alle sue spalle e si irrigidiva istintivamente per reazione ogni volta che udiva un rumore inatteso dietro di lui.

La sorveglianza dimostrativa serviva soltanto a innervosire Mozack, che avrebbe potuto farla finita se si fosse girato per mandare al diavolo i suoi persecutori e chiedergli il nome del loro superiore. Non poteva immaginare che Mariano Faget, il capo del Brac, seguiva il suo caso con cautela per il modo in cui gli era arrivata la soffiata e, soprattutto, perché sapeva della sua amicizia intima con Meyer Lansky. Faget stava molto attento a non fare mosse false. Ricevendo il poliziotto venuto a informarlo che era Mozack a manovrare il gruppo terrorista del defunto Adalberto Lara, accolse la notizia con grandi riserve. Il poliziotto non volle rivelare la sua fonte e solo dopo molti giri di parole si decise a dare una dritta a Faget: la storia veniva da un americano molto ben introdotto negli affari del gioco d'azzardo. Non una parola di più.

Con quella pista e i precedenti di Mozack che riuscì a raccogliere in un batter d'occhio, fece mente locale e confrontò le sue idee con quelle del capitano Castañeda. Coincidevano in tutto: non c'erano prove, solo un tradimento di dubbia origine, forse per vendetta; il tipo non era uno qualsiasi, e per lavorarselo bisognava muoversi con i piedi di piombo; infine, l'esperienza consigliava di applicare un "provvedimento" i cui esiti avrebbero detto loro cosa fare.

Fu Castañeda a preparare sul momento un piano di scarso valore tecnico, per quanto fosse il massimo di professionalità possibile, data la fase critica attraversata dal Brac a causa della repressione di massa. Del servizio segreto che lui aveva sempre sognato, il Brac ormai non aveva nemmeno le pulci.

I due uomini designati per la missione furono istruiti in fretta: occorreva studiare il soggetto sul campo, gettare l'esca e attenderne la reazione. Se il suo atteggiamento era coerente e non cadeva nella provocazione, che i due agenti avrebbero dovuto improvvisare a seconda delle circostanze, bisognava fargli credere che si era trattato di un errore; se si comportava da colpevole, c'erano solo due alternative, tutto sommato equivalenti: arrestarlo o ucciderlo.

Mozack avanzava con difficoltà, tra cassette di mele e caschi di banane. A tratti riusciva a procedere con relativa velocità, ma poi si presentava l'ostacolo successivo. Dopo essersi inoltrato nelle viuzze interne, rimase sorpreso dall'inconsistenza del suo piano di fuga. Forse aveva creduto che non appena si fosse mischiato alla folla sarebbe scomparso alla vista dei suoi inseguitori, oppure che là avrebbe trovato il luogo perfetto per toglierseli dai piedi. La realtà, invece, era un'altra: non riusciva a liberarsi dei due poliziotti, di cui sentiva il fiato sul collo.

Salì al piano superiore e si fermò alla Cantina di Tino, un locale notturno per artisti e uomini d'affari. Stremato, si sedette a un tavolino per pensare e cercare di scacciare il freddo che di nuovo iniziava a salirgli lungo le gambe, minacciando di fargli perdere il controllo della situazione. Anche i due agenti presero posto a un tavolo di fronte a lui, pronti all'assalto finale.

Ordinò una birra ma, prima che il cameriere gliela servisse, vide un conoscente che varcava la soglia e si aggrappò a lui come a un'ancora di salvezza. Armando Feo, guardaspalle di Lucky Luciano durante la permanenza di quest'ultimo all'Avana, era entrato nell'osteria in compagnia dello zio, proprietario di numerosi banchi di pesce e frutti di mare al mercato, e con Indalecio Fernández, lo zar della pesca a Cuba. Mozack fece un cenno ad

Armando e i tre si avvicinarono al tavolo, ma non si sedettero e, dopo trenta secondi di cortesie, continuarono per la loro strada.

L'idea di sfruttare la compagnia dei tre uomini come scudo venne a Mozack quando costoro erano già scesi al piano inferiore e si avviavano verso uno dei banchi dello zio di Feo, dove penzolavano le aguglie strappate alle acque blu della corrente del Golfo. In quelle circostanze, il trio avrebbe potuto rappresentare la giustificazione della sua presenza lì e gli avrebbe consentito di guadagnare tempo per trovare una via d'uscita. Poiché la fantasia era emersa dal fondo della disperazione, non ci pensò due volte: si alzò di scatto e si diresse in fretta verso la scala. Quando vi arrivò, il desiderio di raggiungere Feo gli fece dimenticare che i suoi inseguitori gli erano alle costole, sicché si lanciò di corsa giù per i gradini.

La prima cosa che sentì, nel trambusto generale, fu una voce che gridava senza alcun rispetto: «Fermati, frocio!», e subito dopo la detonazione di uno sparo che risuonò come un tuono sotto il tetto del Mercado Único. Mozack non si fermò, rendendosi conto che quel colpo di avvertimento poteva essere la sua salvezza. La detonazione fu impressionante e due nuovi spari accelerarono la fuga in massa verso le uscite.

Elías si trovò all'improvviso nella Calzada del Monte, espulso da una marea umana che correva terrorizzata e si disperdeva nei dintorni. Le sue gambe andavano per conto loro, indipendentemente dalla sua volontà, e si muovevano senza sosta anche se il cuore gli batteva nel petto come il batacchio contro la campana la domenica di Pasqua. Attraversò la carreggiata zigzagando tra la gente e gli autocarri. Quando era ormai convinto di crollare esausto, trovò dentro di sé forze nascoste che lo portarono in spalla fino a un bar aperto, dal quale emanava un dolce odore di rum a buon mercato e la melodia inconfondibile del *Mambo número 5* interpretato da Pérez Prado e dalla sua orchestra.

21 dicembre 1958

L'accampamento guerrigliero si trovava a meno di un chilometro da El Diamante, una fattoria il cui misero aspetto faceva a pugni con il nome. Per Allan Wright la visione della povertà estrema non costituiva niente di nuovo, poiché aveva avuto occasione di conoscerla in Centramerica; palpò, invece, la differenza con L'Avana, che fino allora gli aveva fatto vedere Cuba come una specie di Svizzera trapiantata ai Tropici, e capì meglio perché le tesi dei ribelli esercitavano quel potere di attrazione sulla gente.

La mattina era chiara e il sole si era affacciato sopra il profilo scuro della cordigliera. Faceva un po' freddo e Wright si era alzato dall'amaca da campo molto presto, dopo aver trascorso la notte peggiore della sua permanenza a Cuba. Era accompagnato da un guerrigliero che faceva il possibile per essere cordiale, sebbene avesse l'ordine di tenerlo d'occhio. Portava una pistola calibro 45 sotto la camicia e la mostrò a Wright con ingenua vanità, spiegandogli di averla sottratta insieme a un fucile M-1 a un tenente dell'esercito caduto in combattimento. Era un ragazzo loquace con una chioma di capelli castani e dei baffetti lanuginosi e ridicoli in confronto alle barbe messianiche dei veterani. Aveva diciott'anni e portava al collo un collana di perline che si era fatto da solo con semi rossi, neri e marrone chiaro. Un crocifisso d'argento pendeva dalla collana, sulla camicia verde con grandi tasche.

I ribelli di Castro non somigliavano a nessuno degli eserciti che l'americano ricordava; gli sembravano piuttosto combriccole di civili armati che si muovevano rapidamente a piccoli gruppi quasi autonomi, che non rispondevano ai comandi di un vero ufficiale superiore. Ma erano soprattutto gli indumenti a richiamare la sua attenzione: nessuno era vestito come gli altri. Fingevano una certa uniformità indossando camicie e calzoni di tonalità verde, ma persino sulla stessa persona era raro che entrambi i capi fossero almeno simili. Alcuni calzavano stivali dell'esercito regolare, trofei di guerra, e i più logore scarpe da lavoro.

L'armamento era del tutto vario, una specie di museo delle armi da guerra nel quale si potevano vedere i vecchi fucili Remington utilizzati dall'esercito nordamericano d'occupazione nel 1898; i quasi sconosciuti Crackers, che sparavano pallottole di calibro ridotto con gran precisione; gli immancabili e popolari Springfield, forse l'arma più temuta per la potenza d'impatto dei proiettili e i superbi rinculi, e i bei Winchester, che ricordavano l'epica della conquista del West. Bastava un'occhiata per avvertire l'assenza del rigore delle accademie militari e per rendersi conto che i soldati di Castro erano esperti in un tipo di guerra irregolare che aveva spinto un esercito professionale sull'orlo dell'abisso.

Allan Wright aveva percepito il clima di tensione fin dal suo arrivo a Bayamo, nel pomeriggio del 17. La città era ben lungi dal poter essere paragonata all'Avana, e non solo per la modestia delle sue dimensioni ma anche per la confusione che vi regnava. Quando mise piede nell'aeroporto e poté notare la precipitazione della guerra nel viavai di veicoli militari e nel nervosismo dei soldati, rivisse i suoi primi momenti in Corea. Vide un C-46 con il ventre pieno di materiale logistico e un gruppo di reclute che sciamavano intorno all'aereo incalzate dalle grida degli ufficiali. Nel breve tragitto fino alla città poté valutare la vicinanza del fronte dal movimento caotico dei mezzi di trasporto militari e dalla presenza di carri armati a entrambi i lati della strada. Disse al tassista di portarlo a un buon hotel e prese alloggio al Royalton che, per quanto piccolo, si rivelò un posto piacevole e abbastanza sicuro.

Due giorni dopo stava ancora cercando un contatto con i gruppi clandestini del 26 de Julio, ma la paura delle spie manteneva gli abitanti di Bayamo in un mutismo assoluto. In città vigeva il coprifuoco e le serate erano monotone e silenziose. Malgrado ciò, continuava a sentirsi a qualsiasi ora il tintinnio delle campanelle delle vetture a traino e il battito secco degli zoccoli dei cavalli che le tiravano lungo le strade di un paese fossilizzato fra le glorie del passato e le rovine del presente.

La sera del 19 dicembre, però, mentre si trovava finalmente sulle tracce dei guerriglieri grazie all'aiuto di un barbiere, Wright ricevette una notizia straordinaria: Errol Flynn era appena arrivato a Bayamo e, nelle prime ore del giorno successivo, avrebbe proseguito il suo viaggio verso i domini di Castro.

Flynn, un bell'uomo sfiorito per l'età, era desideroso di vivere in prima persona le imprese dei personaggi che aveva interpretato sullo schermo ai tempi d'oro della sua carriera. Raggiunse Cuba nelle ultime settimane del 1958 e, affascinato dall'avventura sulla Sierra Maestra, prese un volo per la provincia di Oriente pronto a addentrarsi nelle montagne. Le ambizioni della star erano un segreto di Pulcinella, condiviso da molti abitanti di Bayamo, tra cui non mancavano i sostenitori del governo. Fece un ingresso trionfale in città e ripercorse le glorie passate, circondato da ammiratori e belle ragazze che lo ricevettero come se fosse stato George Armstrong Custer in persona, giacché in quei giorni un cinema cittadino di seconda visione proiettava *La storia del generale Custer*, la versione contraffatta della vita del generale cacciatore d'indiani e dell'episodio di Little Big Horn. Certo, non era più il bell'uomo di una volta ma, benché sulla sessantina, continuava a rappresentare il principale evento di Bayamo da quando la città venne bruciata, nei primi tempi della guerra d'Indipendenza, dai vicini per renderne più amara agli spagnoli la riconquista.

L'artista fu sistemato all'Hotel Camagüey in qualità di ospite d'onore. Pochi minuti dopo l'hotel era gremito di curiosi e clienti dell'ultima ora la cui unica ragione per alloggiare lì consisteva nell'essere stati, sia pure solo una volta, sotto lo stesso tetto dell'attore. Il capo della polizia locale inviò due agenti a sorvegliare la stanza con il pretesto di evitare un sequestro, sebbene non ignorasse i piani di Flynn.

Per Allan Wright non poteva presentarsi un'occasione migliore. Alla sera si trovò al ristorante dove Errol Flynn stava cenando, guardato come un leone allo zoo, e si sedette allo stesso tavolo. Usò abilmente il suo tesserino di "Life" e, in quattro e quattr'otto, si accordarono per salire insieme sulle montagne. Wright, in qualità di fotografo professionale, poteva essere straordinariamente utile all'attore se questi avesse deciso un giorno o l'altro di produrre un film sulla guerra civile a Cuba, idea che già cominciava a ronzargli in testa.

Il problema del mezzo di trasporto fu risolto quella notte stessa da Wright, che recuperò un fuoristrada Willys, una jeep molto usata dall'esercito e dai proprietari di tenute agricole per muoversi sui sentieri impervi della zona. L'anticipo per dieci giorni di noleggio, che copriva quasi la metà del valore del mezzo, fu consegnato in contanti al proprietario, un piccolo commerciante nei guai.

Per un attimo Wright pensò di nascondere il fucile e il mirino telescopico da qualche parte sotto la carrozzeria della jeep, ma fu solo un'idea peregrina. La valigia a doppiofondo era stata preparata in modo eccellente e doveva continuare a fidarsi di lei. A maggior ragione adesso, in quanto era poco probabile che qualcuno lo perquisisse accuratamente mentre viaggiava insieme a Errol Flynn. E, una volta all'interno della zona delle operazioni, avrebbe sempre trovato un nascondiglio dove occultare i suoi strumenti di morte.

La mattina del 20 lasciarono l'Hotel Camagüey in mezzo al fragore degli applausi dei fan che si accalcavano in strada. Flynn era accompagnato, inoltre, da un vecchio amico residente all'Avana che gli faceva da anfitrione nei suoi viaggi a Cuba. Presero la Carretera Central in direzione est e vennero scortati da un'auto della polizia fino all'ultimo posto di blocco dell'esercito, dove firmarono nuovi autografi, ricevettero pacche sulle spalle e raccomandazioni di abbandonare il veicolo se fossero stati avvistati dagli aerei che sistematicamente compivano missioni mitragliando e bombardando. E, sotto gli occhi di tutti, s'inoltrarono nel territorio controllato dai ribelli.

Wright non riusciva a credere a quanto gli stava accadendo. Nessuno poteva immaginare quel felice imprevisto. Aveva l'impressione di stare recitando nell'ultimo film del suo nuovo amico. Quello che aveva concepito come un passaggio discreto, appoggiato da organizzazioni clandestine, si era trasformato all'improvviso in una festa, in una sfilata di carnevale fra le due fazioni nemiche. Sorrise pensando alla faccia del generale Tabernilla quando avesse saputo, se l'avesse saputo, che il suo uomo sulla Sierra si dirigeva in quel momento verso le posizioni degli insorti facendo da autista al capitano Blood-Flynn, acclamato da amici e nemici.

Wright, nella sua euforia, arrivò a immaginare che quella farsa fosse destinata a continuare e che ammazzare Castro gli sarebbe potuto riuscire più facile del previsto. Ma questo pensiero non maturò; venne frenato, innanzi tutto, dalla cupa impressione provocata dal transito nella terra di nessuno su una jeep che sembrava dell'esercito e, poi, dall'accoglienza fredda e sospettosa della prima pattuglia di ribelli in cui s'imbatterono, nelle vicinanze di Santa Rita.

Sconcertato, Errol Flynn chiese di parlare con il capo del distaccamento, avvalendosi dell'amico come interprete. Anche se Wright aveva abbastanza dimestichezza con lo spagnolo da farsi capire, non rivelò questa capacità con l'intenzione d'impiegarla in seguito come un'arma in più a suo favore. Furono condotti al comando del capitano Bermúdez, installato nell'impianto per la polverizzazione delle pietre di Santa Rita. I castristi avevano sloggiato l'esercito due notti prima, e gli abitanti del paese vivevano nella continua angoscia dei bombardamenti. Non vi furono, come a Bayamo, capannelli di persone intorno all'attore a caccia di autografi.

Flynn non poteva credere che in tutta l'America, eccetto forse le foreste dove gli indigeni vivevano ancora nel Neolitico, esistesse qualcuno che non avesse mai visto la faccia dell'eroe della foresta di Sherwood. A Santa Rita, invece, c'era. E, a quelli che la conoscevano, non importava un tubo di assembrarsi inutilmente intorno a eroi inutili; le loro preoccupazioni erano ben altre.

Il capitano era un contadino spilungone di ventitré anni che non aveva la minima idea di chi fosse l'attore, per il semplice motivo che non aveva mai visto un film in vita sua. La barba arricciata e le rughe di un viso esposto al sole fin dall'infanzia lo facevano sembrare più vecchio. Gli sforzi di Flynn per rendersi simpatico andarono a sbattere uno dopo l'altro contro la corazza di ferro dell'incultura del contadino, che impedì loro di continuare a inoltrarsi nella zona sotto il suo comando. Dopotutto fu fortunato, perché Bermúdez, nella sua indomabile cocciutaggine, lo mandò a Contramaestre a bordo di un camion di viveri affinché incontrasse il comandante responsabile della zona. Wright, invece, fu trattato in modo diverso: lo trattennero perché girava con una pistola. Per il capitano, la raccomandazione del Club castrista del New Jersey e il tesserino di "Life" erano documenti privi di qualsiasi valore.

«Vuol dire che sono prigioniero?» domandò Wright sorprendendo tutti con il suo spagnolo fluente.

«Nient'affatto, compare. Lei viene trattenuto finché non riceverò ordini.»

«C'è differenza qui fra essere prigionieri ed essere trattenuti?»

«Senta, signor... come si chiama.»

«Mister Wright.»

«Signor Mister, per me i suoi affari non sono molto chiari e devo aspettare istruzioni dai miei superiori. Non capisco perché viaggia armato, se è un giornalista. È possibile che mi sbagli, e questo sarebbe un bene per lei, ma per il momento è un sospettato.»

«Sospettato di cosa, capitano?»

«Di aiutare Batista. Non ha visto cosa dicono le bombe che ci tirano addosso?» affermò Bermúdez con una tale veemenza che Wright, pur nelle vesti di giornalista, si sentì in grave pericolo. «Dicono "Aiuto reciproco" e ci sono disegnate sopra tante belle manine con la bandiera americana.»

«Questo, però, non ha niente a che fare con me. Io sono un giornalista, il fotografo di una rivista, e non aiuto nessuno.»

«E a cosa le serve allora la pistola? O pensa che sulla Sierra non abbiamo mai visto un giornalista?»

«Se altri sono venuti disarmati, è affar loro, ma io non mi metterei mai in una guerra senza avere almeno una pistola per difendermi» disse Wright, credendo lui per primo alle proprie parole. «Conosce forse i rischi della mia professione?»

«Io non so come si fa il suo lavoro, ma il mio sì. E lei resta sotto custodia finché riceverò un ordine, che può essere quello di liberarla o di fucilarla! È chiaro, signor Mister?»

Questo era successo il pomeriggio del giorno prima e all'alba Wright si svegliò nella caserma improvvisata di un ospedale dei ribelli insieme al ragazzo dalla chioma castana, che gli stava spiegando come aveva tolto la pistola calibro 45 e il fucile M-1 al cadavere del tenente nemico, sotto il naso dell'esercito.

«È una bell'arma e te la sei guadagnata» gli disse Allan Wright. «Hai anche il fucile?»

«Ce l'ha un compagno. Io sono stato ferito qui» disse indicando con la mano sinistra l'addome. «Per questo mi hanno portato in ospedale... Hanno dovuto operarmi.»

Quello che chiamavano ospedale era ben lontano dall'essere un vero ospedale. Consisteva in alcuni locali recuperati dalle rovine di una vecchia casa coloniale – poco distante dalla fattoria El Diamante – le cui pareti di pietra si tenevano in piedi tra le erbacce. In altri tempi la casa aveva ospitato i raccoglitori di una piantagione di caffè, proprietà d'immigrati francesi fuggiti dalla rivoluzione degli schiavi a Haiti e rifugiatisi nella regione orientale di Cuba. A quanto pareva, il destino di quelle rovine era legato alla violenza.

In una stanza funzionava una camera operatoria da campo. Un'altra faceva le veci del carcere, dov'erano detenuti un soldato catturato in combattimento, che aspettava di essere consegnato alla Croce Rossa, e uno spione, un confidente che contava le ore che mancavano al processo sommario nel quale sarebbe stato giudicato in quanto responsabile indiretto di un eccidio di contadini compiuto nella zona di Oro de Guisa da truppe dell'esercito agli ordini del comandante Jesús Sosa Blanco. Nelle altre stanze riposavano alcuni feriti affidati alle cure di Lidia, un'infermiera di Santiago de Cuba che si era unita alla guerriglia alla fine del 1957. Lidia amava Bermúdez, di parecchi anni più giovane di lei, e il capitano sarebbe stato pronto a dare gli occhi per lei.

In un piccolo frutteto a un'ottantina di metri dall'ospedale era stata costruita una casupola di assi di legno che serviva da caserma alla guarnigione dell'ospedale. Lì aveva dormito Allan Wright, in un'amaca lasciata libera da qualcuno che era di pattuglia, e lì finì anche il suo bagaglio letale. Il nordamericano non sapeva che, secondo le leggi della guerriglia, le sue attrezzature erano intoccabili e non riuscì a reprimere un certo nervosismo, che cessò di colpo quando seppe che appropriarsi indebitamente di qualsiasi cosa veniva punito con la morte. Nessuno avrebbe rischiato per così poco. Finché non decidevano di perquisirlo, era salvo.

«Ancora non ti sei ripreso dalla ferita» disse Wright al ragazzo osservandone il viso giallognolo e gli occhi infossati. «Si vede che sei stato molto male, forse non sei in condizioni di restare al mio fianco tutto il tempo. Ti assicuro che non sono un nemico; nel peggiore dei casi, sono assolutamente imparziale. Non ho alcun motivo per evadere; se l'avessi voluto, l'avrei già fatto.»

«Ti capisco, ma devo seguirti anche se non mi piace. Il capitano non si fida nemmeno di sua madre. Non preoccuparti per me. Ho perso molto sangue durante l'intervento, ma adesso sto meglio. Il medico mi ha detto che mi daranno un permesso per andare a casa qualche giorno. Mi proibiscono solo le bevande alcoliche.»

«Non capisco che razza di divieto è questo» disse Wright come se stesse parlando da solo.

«È che mio padre vuol fare una festa per Natale. È stato lui a parlare con Celia perché io possa trascorrere qualche giorno a casa, e il medico ha paura che io mi scaldi e beva del rum. Dice che per me è un veleno.»

Celia Sánchez era amata e rispettata fra i guerriglieri. Era l'ombra di Fidel Castro. Dove non riusciva lei, non poteva riuscire nessun altro. Non esisteva, pertanto, alcuna autorità in grado di contraddire i suoi ordini, poiché le parole di quella donna, minuta e riservata, erano ritenute la volontà del leader dell'insurrezione. Allan Wright sapeva già di lei dagli incontri con Melozzo e i due generali Tabernilla. Le confidenze del ragazzo lo misero in guardia.

«Ma è pericoloso per te andare a casa» disse per ottenere altre informazioni senza costi aggiuntivi. «Potrebbero denunciarti all'esercito e farti prigioniero.»

«Questo non succederà» rispose il ragazzo. «Io vivo vicino a Baire, nella zona liberata.»

«Sei nell'Ejército Rebelde da molto tempo?»

«Da nove mesi.»

«Allora conosci bene Celia.»

«Chi non la conosce? Però ho parlato poco con lei, e con Fidel mai. L'ho visto, anche se non così da vicino» gli disse il ragazzo, facendo un gesto per indicare la distanza tra loro. «Papà sì, è amico di entrambi.»

«Anche tuo padre è un guerrigliero?»

«È castrista, ma non guerrigliero. Possiede una grande proprietà agricola e due autocarri. Celia va spesso a casa nostra. Papà le vuole molto bene e lei fa affidamento su di lui quando ha bisogno del suo aiuto.»

«Aiuto?»

«Sì, per moltissime cose. Lui le manda viveri per le truppe e ha contribuito anche con dei soldi. Ha procurato un camion a Celia e prestato una jeep al comandante Licea finché durerà la guerra. Possono sempre contare su papà. Fidel lo stima molto.»

«Tuo padre è un brav'uomo» disse Allan Wright.

Conversarono ancora un po'. Il nordamericano abbandonò intenzionalmente il discorso sui rapporti del padre del ragazzo con i vertici della rivoluzione e preferì conquistarselo raccontandogli le proprie esperienze nella guerra di Corea, ma dal punto di vista ingannevole del corrispondente di "Life". Alla fine gli disse che, quando il capitano gli avesse consentito di muoversi liberamente, sarebbe andato a trovarlo a casa per scattargli alcune foto assieme al padre e ai fratelli.

Il giovane fu entusiasta dell'idea, perché la fotografia era un'arte quasi sconosciuta da quelle parti. Wright lo immaginava e cercava un modo di avvicinare la famiglia del giovane ribelle, pensando che forse l'influenza del padre avrebbe potuto demolire il muro di diffidenza che il capitano frapponeva sulla strada della sua missione. Oltre a trattenerlo e sequestrargli la pistola, Bermúdez si era appropriato del suo fuoristrada.

Quella situazione d'immobilismo, comunque, doveva durare meno di quanto lo stesso Wright immaginasse. Verso le dieci del mattino, nello splendido cielo si materializzarono un aereo L-20 da ricognizione e, subito dopo, tre caccia F-47 e due bombardieri leggeri B-26, che trasformarono il posto in un inferno, obbligando i guerriglieri ad abbandonare precipitosamente l'accampamento.

D'istinto Wright cercò riparo fra i grossi tronchi di una segheria in disuso da molto tempo. E da lì vide che Dio gli offriva un'opportunità unica. Poco lontano scorse l'infermiera distesa a terra in una radura, che faceva scudo con il proprio corpo a un ferito e tentava di trasportarlo al rifugio antiaereo, a una sessantina di metri di distanza. L'alternativa se uscire o meno in suo aiuto non lo sfiorò nemmeno, e si lanciò a rotta di collo verso il luogo dove lei restava immobile sul corpo del ferito. Lo alzò, se lo caricò in spalla e, gridando alla ragazza di seguirlo, partì verso il rifugio.

Sentiva alle sue spalle l'interminabile rintronare delle mitragliatrici calibro 50. Una zolla schizzò in aria al suo fianco fra i tronchi e dovette distendersi a terra. Si rialzò, questa volta caricandosi il ferito sulla spalla sinistra. Prima di entrare nel rifugio, una semplice trincea coperta di travi e terriccio, si voltò rapidamente e si rese conto che Lidia non lo seguiva. In quel momento l'onda d'urto di un'altra bomba lo catapultò oltre il parapetto con il suo carico umano in spalla. Era sicuro che l'infermiera fosse rimasta, morta o ferita, lungo il tragitto.

Da dove si trovava sentiva, appena attutito, il fragore del raid e le urla disperate dei prigionieri che in quel momento bruciavano insieme all'ospedale. Qualche minuto dopo, all'improvviso, cadde un silenzio così compatto che si sarebbe potuto tagliarlo con un coltello. Gli uomini allora cominciarono a sbucare dalla terra. Wright aveva appena avuto il tempo di valutare i danni provocati dal bombardamento, quando due braccia delicate gli cinsero il collo e la testa di una donna si appoggiò al suo petto. Prese la ragazza per le spalle e con delicatezza si separò da lei per guardarla in viso.

«Sei risuscitata?» domandò sorpreso. «Pensavo che ti avessero uccisa! Dove ti sei nascosta?»

«Sono corsa alla segheria» rispose Lidia. «Era più vicina.»
«Ma era un suicidio!» esclamò Wright. «Da lì ero uscito io...»
«Tu sei uscito per salvarci» lo interruppe la giovane. «Ti dobbiamo la vita.»
Wright trascorse le ore successive scattando foto ai danni provocati dall'incursione aerea e ai guerriglieri sparsi tra le rovine dell'accampamento. Ormai nessuno dubitava di lui, poiché il suo gesto, amplificato dalle voci, aveva vinto ogni resistenza. Adesso tutti volevano apparire sulle pagine di "Life". Nessuno ricordava più la tragedia dei prigionieri, carbonizzati prima che potessero essere sottratti al fuoco. Per fortuna il bombardamento non causò altre vittime e nessuno dei feriti era grave. La casupola della guarnigione, protetta dal frutteto, non era nemmeno stata individuata dagli aviatori.
Nel pomeriggio Allan Wright fu trasferito all'impianto di Santa Rita, su richiesta del capo del commando. Molta gente del villaggio era emigrata verso altre località più sicure e il capitano Bermúdez si sentiva maggiormente libero di agire, dato che si trovava in una situazione difficile, occupando la linea difensiva più vicina al nemico. Per strada Wright non notò la presenza di civili.
«Si è comportato bene questa mattina» disse l'ufficiale dei ribelli. «Devo riconoscere che lei ha le palle... Spero che parlerà bene dei miei ragazzi sulla sua rivista.»
«Sono fotografo» rispose il nordamericano. «Scatto soltanto delle foto.»
«E allora falle belle, ragazzo» disse Bermúdez passando senza preavviso dal lei al tu. «Vedrai, quando vinceremo, come le donne ci correranno dietro.»
«Non sembreranno tanto belle se, assieme alle foto dei ragazzi, tireremo fuori quelle dei prigionieri rimasti intrappolati durante il bombardamento.»
Wright si pentì subito di aver pronunciato quella frase provocatoria. Il capitano, che era un contadino ma non uno stupido, afferrò il sottinteso e rispose sfoderando tutto il suo arsenale.
«Stammi a sentire, gringo, non rompere le palle. Uno di loro era morto qualche ora prima, e l'altro non l'abbiamo ucciso noi, lo ha ammazzato Batista! Prendi!» disse a Wright, allungandogli le chiavi del Willys. «Là fuori c'è la tua auto. Adesso allontanati dal mio territorio.»
«E la pistola?»
«Ah... la pistola!» sbottò il capitano, prendendo da un tascapane una vecchia arma che consegnò all'interlocutore.

«Questa non è la mia pistola. La mia è una Smith & Wesson nuova» protestò l'americano.

«Prendi questa finché non salterà fuori la tua. Uno dei ragazzi me l'ha chiesta e io gliel'ho data. Adesso è lontana. Non lamentarti, ti ho dato un'arma e non ho alcun motivo di farlo.»

Wright rimase in piedi fissando quell'insolente e giunse alla conclusione che se lo liberava doveva essere per l'ascendente che l'infermiera esercitava su di lui; perché non c'è un mezzo di persuasione più potente, né più pericoloso, delle suppliche di una donna.

«Qualcos'altro?» domandò il barbuto.

«Sì, ho bisogno di un salvacondotto. Non voglio più contrattempi con i capitani.»

Bermúdez scrisse una nota con calligrafia da scolaro su un pezzo di carta qualsiasi e ci mise la sua firma.

«Ti serve per spostarti in zona» gli disse «ma se vuoi percorrere tutta la provincia di Oriente senza problemi, dovrai parlare con Celia.»

Al cadere della notte Allan Wright era di ritorno all'accampamento. Raccolse le sue cose senza sapere dove andare. Intuiva il pericolo di viaggiare di notte sulle strade, ma gli importava meno che mettere della distanza fra sé e il capitano Bermúdez. Cercò il ragazzo dai capelli castani, che stava chiacchierando sotto un albero di mango, gli disse che se ne andava e gli chiese un consiglio. Il giovane lo sorprese con la sua risposta.

«Io sono in permesso. Se vuoi, mi porti a casa e questa notte dormi lì. Non ho modo di mettermi in contatto con mio padre perché mi venga a prendere. Sono sicuro che gli riuscirai molto simpatico.»

Il nordamericano accettò la proposta con piacere, pensando che poteva essere un buon modo per incominciare a muoversi per proprio conto. Non poteva immaginare che quell'invito casuale lo avrebbe messo definitivamente sulle tracce di Fidel Castro.

22 dicembre 1958

Il colonnello Mariano Faget delegava ancora una volta al suo secondo, il capitano Arturo Castañeda, la responsabilità di informare. Jim Noel, il capo della sezione locale della Cia, aveva sollecitato un altro contatto, il terzo nel mese di dicembre. Dalla visita dell'ispettore generale dell'Agenzia, Lyman G. Kirkpatrick, un paio di mesi prima, si era ripromesso di non rendere mai più conto agli americani, ma questa promessa, come del resto quella di smettere di fumare, non era riuscito a mantenerla.

In quell'occasione Kirkpatrick gli aveva ricordato che il Brac era un organismo creato per agire in coordinamento con i servizi segreti nordamericani nella lotta contro i rossi, e che la sua incapacità di distinguere le forze belligeranti dal resto dell'opposizione lo stava trasformando, se già non lo era diventato, in uno squadrone della morte. Già che c'era, l'ispettore generale dell'Agenzia ne approfittò per insinuare che la repressione di qualsiasi opposizione era un metodo tipico di Stalin e dei regimi comunisti, e che stava lasciando la politica cubana orfana di un'alternativa per fronteggiare la minaccia di Castro. Faget gli rispose adducendo le sue ragioni, imbastendo un discorso filosofico a proposito del detto "Chi pecora si fa, il lupo se la mangia", e Kirkpatrick si vide nella penosa necessità di rispondergli che, finché il Brac avesse continuato a colpire alla cieca, non avrebbe potuto contare sulla Cia come alleata.

A Faget quella parve un'esagerazione e una dimostrazione del fatto che gli americani non riuscivano a capire cosa stesse succedendo a Cuba. Il colonnello ascoltò la replica indignata dell'ispettore generale senza dargli troppa importanza; l'americano pretendeva qualcosa che era possibile ottenere nell'ordine di un ufficio ben protetto da un bilancio miliardario, ma non nelle malsicure strade cubane, dove uno sparo poteva uscire da qualsiasi finestra. Lui, semplicemente, non poteva dedicarsi a trasmettere informazioni e a intrattenere relazioni pubbliche con l'opposizione legale, quando rischiava la vita ogni volta che si spostava da casa sua all'ufficio nel campo militare di Columbia.

«Senta, mister Kirkpatrick,» aveva detto allora Faget rifiutandosi di mettere in discussione il proprio punto di vista, mentre scuoteva le mani in un gesto di sconforto, «tutti vogliono fottere Batista, e se Batista cade, io cado con lui. Lei mi sta forse consigliando di cercare la corda per il mio collo?»

Dopo l'incontro con Kirkpatrick, a Faget qualsiasi richiesta d'informazioni da parte degli americani faceva l'effetto della polvere negli occhi e, se non fosse stato per Castañeda, avrebbe sospeso anche gli appuntamenti sociali di routine. Quel giorno, di mattina presto, il numero due del Brac si presentò alla postazione della fanteria della Marina nell'ambasciata nordamericana. Era al primo posto nella lista degli appuntamenti della giornata e l'ufficiale incaricato lo fece passare.

Jim Noel si guadagnava tutto lo stipendio e aveva per le mani diversi piani importanti per ostacolare l'avanzata di Castro. Gli eccessi della repressione erano una carta contro e non a favore dei suoi piani, ma erano i metodi impiegati dai cubani, e non c'era niente da fare. Sembrava che all'interno dell'isola la Cia dovesse agire autonomamente, senza poter contare sul lavoro degli organi di polizia.

Sia pure in maniera contraddittoria, Faget e il suo secondo potevano riuscire a capire gli argomenti di Kirkpatrick e le preoccupazioni di Jim Noel, ma non rientrava nei loro poteri fare del Brac un servizio segreto raffinato e si accontentavano di trarre il maggior profitto possibile dagli interrogatori. Si trattava di un metodo, a guerra civile già avanzata, che annullava qualsiasi volontà d'impegnarsi in modo più intelligente per infiltrarsi tra le forze nemiche, e avviliva la condizione umana dei suoi membri fino a ridurli al mero compito di macellai.

Riuscire a comprendere il gioco dell'alleato non significava essere d'accordo. C'era un notevole divario tra ciò che doveva essere e ciò che era. La differenza fra gli uomini del Brac e quelli della Cia consisteva nel fatto che i primi agivano spinti da un oscuro istinto di sopravvivenza, mentre i secondi seguivano le regole d'oro dello spionaggio. Entrambe le parti, in un certo senso, avevano ragione, ma nessuna era padrona della verità assoluta.

Arturo Castañeda stava lavorando a pieno ritmo. Al contrario di quanto aveva pensato Faget, la fuga della moglie non influì negativamente sul suo rendimento professionale. Adesso si sentiva completamente libero d'impegnarsi a fondo nel lavoro e sembrava che non gli importasse per niente la circostanza scandalosa della scomparsa di una moglie lesbica. Nell'intimo, però, Castañeda era ferito a morte. La dedizione ossessiva alla professione, che era sempre stata la sua caratteristica, ora racchiudeva non solo i tratti di una personalità monocorde e disciplinata, ma anche la nostalgia, il risentimento e l'ira.

La fuga di Emma dal paese con una pornostar, che aveva ingannato Castañeda con i suoi modi da signorina perbene, aveva aperto nell'anima del militare una voragine attraverso cui sarebbe potuta passare una jeep carica di soldati. Aveva l'impressione che le sue ossa marziali fossero state schiacciate dalla solitudine e dal tradimento coniugale, come se lo avessero degradato a sergente per il capriccio di qualcuno. A questi sentimenti brucianti, che gli bloccavano la digestione e gli provocavano terribili emicranie, Castañeda sommava qualcosa di peggio: il sospetto.

Dopo la fuga di Emma, il Brac era venuto a sapere che Adalberto Lara, un regista cinematografico morto apparentemente suicida, era un terrorista. Per Castañeda non fu difficile dedurne che

Susana, l'amante di sua moglie, era collegata con lui. Non aveva prove, ma l'assoluta certezza che la donna avesse approfittato dei rapporti indiretti con lui per ottenere informazioni utili a Lara. Quest'intima convinzione gli creava un complesso di colpa supplementare e l'obbligava, istintivamente, a dimostrare che lui era sempre un soldato fedele.

Una volta all'interno dell'ambasciata, Castañeda dovette aspettare Jim Noel. Si trattava della solita routine, benché non fosse mai riuscito a capire se quei minuti di attesa fossero l'imposizione di un senso di superiorità da parte del capo della Cia o facessero parte del protocollo. Quando Noel comparve con la sua abituale simpatia e l'avana fumante, salirono subito in una saletta della sezione politica, al quinto piano, riservata ai colloqui con i visitatori. Attraverso i vetri delle finestre si vedeva il mare.

In quei giorni la Cia affrontava il difficile compito di riguadagnare il tempo perduto, anche se, secondo il dipartimento di Stato, le istituzioni nordamericane che abitualmente collaboravano con Batista avevano cessato qualsiasi aiuto al governo dopo un colloquio avvenuto il 17 dicembre fra l'ambasciatore Earl T. Smith e il presidente Fulgencio Batista. Noel, invece, si vedeva obbligato a procedere ricorrendo agli strumenti di spionaggio che aveva a disposizione, tra i quali si presumeva ci fosse in prima linea il Brac. In definitiva, gli Stati Uniti volevano soltanto impedire che l'impopolarità di Batista servisse a Castro per vincere la guerra e installarsi con il suo esercito nel palazzo presidenziale.

La ricerca di una possibile soluzione del conflitto, che tenesse conto di ciò che solo ora il governo nordamericano riusciva a valutare, fu una costante nelle raccomandazioni degli analisti della Cia a Cuba. Quell'analisi profetica, di cui Jim Noel era l'artefice, era stata sottovalutata da tutte le sezioni dell'Agenzia e dal dipartimento di Stato, e aveva unicamente procurato al capo della sezione locale dell'Avana il disturbo di essere scambiato per un simpatizzante della causa dei ribelli. Il suo principale detrattore fu proprio l'ambasciatore Smith, il quale aveva già avvertito, con un cablogramma in codice inviato a John F. Dulles, che alcuni elementi della Cia all'Avana erano troppo anti-Batista e troppo vicini alla guerriglia del 26 de Julio di Castro. Leggendo i rapporti di Smith, si poteva avere l'impressione che gli uomini della Cia a Cuba si trovassero sulle montagne per aiutare i ribelli a pulire i fucili.

Noel dovette stringere i denti perché i suoi punti di vista venissero interpretati correttamente. E quando finalmente ciò accadde, non fu perché le proposte contenute nei suoi rapporti fossero state accolte, quanto per l'evidenza dei fatti. Forse il suo passo più azzardato fino a quel momento era stato la missione compiuta sulle montagne dal giornalista Andrew St. George.

St. George era riuscito a raggiungere la Sierra Maestra, rimanendo accanto a Castro e a Che Guevara e guadagnandosi la fiducia di entrambi. Un bel giorno, nel settembre del 1958, entrò come un tornado nell'ambasciata nordamericana e prese Jim Noel in disparte per dirgli che veniva con un incarico segreto affidatogli da Castro.

«Lui vuole la presenza di un osservatore ufficiale del governo degli Stati Uniti sulle montagne» disse tutto eccitato, come se lo avesse saputo due minuti prima. «È così spaventato dalla prospettiva di un intervento militare che gli occorre un collegamento con Washington.»

«Sei sicuro che Castro voglia arrivare a un accordo?» gli domandò Noel sul punto di fare salti di gioia.

«Come potrei non esserlo? Credi che abbia fatto il viaggio più pericoloso della mia vita per dirti qualcosa di cui non sono sicuro? Castro vuole uno dei tuoi lassù, propone canali aperti e si offre di facilitare le comunicazioni radio in codice!»

La proposta di Noel non trovò un'accoglienza favorevole. Tutti ritennero che la "missione" di St. George fosse solo la personalissima interpretazione di un giornalista che viveva delle guerre e aspirava a vincere il premio Pulitzer con una storia emozionante ambientata in qualche guerriglia esotica. Chiesero a Noel di verificare attraverso altre fonti e, poiché non era in grado di farlo, finì per accettare il rifiuto dei superiori, pur convinto di commettere un errore imperdonabile. Lui, in effetti, non riuscì mai a sapere quanto in quella storia ci fosse di vero o di falso.

La principale operazione coperta dell'Agenzia, ancora in corso in quel momento, era quella del Segundo Frente Nacional del Escambray, dove i due agenti infiltrati, William Morgan e John Spiritus, tenevano sotto controllo la situazione del distaccamento guerrigliero. La mancanza di ampie prospettive, però, accentuata forse dalla reazione alle rivelazioni di St. George, aveva condotto a un completo fallimento. Arrivando con le sue truppe sulle montagne al centro dell'isola, il Che aveva lanciato un appello all'unità fra le diverse forze insorte nella zona che era stato accettato da tutti, eccetto il Segundo Frente. Quell'errore estrometteva definitivamente la "speranza bianca" della Cia dal cuore della rivoluzione, collocandola nella scomoda posizione di rivale di Castro.

Quando le truppe del Che si impadronirono della città di Santa Clara negli ultimi giorni dell'anno, quelli del Segundo Frente rimasero nei loro accampamenti sulle montagne senza partecipare ai combattimenti, tanto che passarono alla storia come i "controrivoluzionari dell'Escambray". E quella fama li perseguitò fino a dissolvere come neve al sole qualsiasi progetto futuro che l'Agenzia avesse in serbo per loro.

Jim Noel faceva affidamento su Arturo Castañeda più che sul Brac. Lo reputava una delle sue fonti d'informazione più importanti e con lui riusciva a trovare un linguaggio comune. Il capo della sezione della Cia aveva due richieste da fare a Castañeda e, dopo un breve preambolo informale nel quale si guardò bene dal menzionare qualcosa che il comandante in seconda del Brac potesse ricollegare alla fuga della moglie, lanciò la prima bordata.

«Il nostro governo attende un gesto del presidente Batista per avere la certezza che non sia stato sottovalutato il contenuto dei messaggi che gli abbiamo fatto pervenire. Mi riferisco al fatto che lui potrebbe cercare di uscire dal paese in qualsiasi momento ma, come lei capirà, non possiamo essere noi gli ultimi a venirlo a sapere.»

«Cioè» lo interruppe Castañeda «lei mi sta chiedendo di dimenticare i miei obblighi nei confronti del Brac per mettermi a spiare Batista.»

«Non è questo lo scopo della mia richiesta» rispose Noel seccamente, preso alla sprovvista dall'attacco dell'ufficiale. «Le sto chiedendo di collaborare con la politica del mio governo nei confronti di Cuba. Per lei non sarà certo un segreto che in questo drammatico frangente la successione presidenziale è improrogabile.»

«Il che significa, in altre parole, che Batista è d'intralcio.»

«Se vuole vederla in questo modo, libero di farlo. Non sarebbe lontano dalla realtà. In ogni caso, non le sto chiedendo di cospirare contro il suo paese, ma solo di tenerci al corrente di eventuali spostamenti del generale Batista.»

«Mi è chiaro» disse amareggiato Castañeda. «Ma non so se lei è consapevole del fatto che la porta aperta per Batista perché lasci Cuba è aperta anche per me e per molti altri come me. È un peccato che le cose con voi siano arrivate a questo punto.»

«Non penserà che sia responsabilità nostra! Mister Kirkpatrick è stato molto chiaro con il colonnello Faget. Voi non avete saputo...»

«Mi scusi, ma sarebbe meglio dire "non abbiamo saputo"» aggiunse il capitano Castañeda, tenendosi in equilibrio sul filo della collera. «Adesso forse saprete come agire. In questo caso, tenete presente che c'è molta gente che non può essere gettata nella fossa con i coccodrilli.»

«Lei si sbaglia, Castañeda. Le persone che si impegnano con noi non saranno mai abbandonate al loro destino. Glielo assicuro!»

«Vuole che le dica una cosa, mister Noel? Tutto ha un limite, e il mio è già arrivato.»

«Non capisco...»

«La ringrazio molto per la fiducia, ma io appartengo a un corpo armato di un paese in guerra. Preferisco andarmene subito e non continuare a compromettermi in cose che mi fanno star male. È come se appartenessimo a fazioni nemiche. Se lei ha bisogno di sapere i movimenti di Batista e io sarò in grado di conoscerli, glieli comunicherò; ma d'ora in avanti non vorrei ricevere altre richieste simili. Se il Brac è un cane vecchio e malato, meglio che muoia; io però non sarei capace di ammazzarlo.»

Dopo quelle parole risolute Castañeda si alzò e tese la mano a Jim Noel, che non riusciva a credere a quanto stava accadendo e accompagnò in silenzio il capitano all'uscita. Si era dimenticato della seconda richiesta: le misure eccezionali che sarebbe stato opportuno adottare se Cuba un giorno si fosse svegliata con la notizia dell'estremo viaggio di Fidel Castro.

Castañeda si allontanò e Jim Noel non lo rivide mai più. Malgrado ciò, alla mezzanotte del 31 dicembre uno dei suoi uomini che agiva sotto copertura della sezione consolare, il quale seguiva anche i rapporti con il Brac, ricevette una telefonata. L'ufficiale della Cia era con un collega al casinò dell'Hotel Riviera quando un cameriere si avvicinò per dirgli che il capitano Arturo Castañeda doveva parlargli con urgenza. I due uomini andarono alle cabine dei telefoni pubblici e furono loro a raccogliere la primizia: a Batista restavano ancora poche ore a Cuba.

Per uno scherzo del destino, Castañeda ebbe direttamente a che fare con l'analisi definitiva sull'orientamento del castrismo elaborata dall'Agenzia tre mesi dopo l'ingresso delle truppe ribelli all'Avana. Il comandante in seconda del Brac riuscì a nascondersi per un certo periodo, ma nel marzo del 1959 fu catturato e condannato a morte. Jim Noel, ricordando la propria promessa, si recò da Andrew St. George perché intercedesse presso Castro e gli chiedesse, come gesto di buona volontà verso gli Stati Uniti, di risparmiare la vita a Castañeda. St. George non riuscì a localizzare Castro e parlò con Che Guevara, il quale oppose un categorico rifiuto.

«Sono stato tutto il giorno con Guevara e non sono riuscito a convincerlo a intercedere per graziare Castañeda» riferì St. George a Jim Noel e a un gruppo di ufficiali riuniti nella stessa sala dove il condannato a morte era abituato a trattare con la Cia.

«Che cosa ti ha detto?» insisté Noel, che voleva fare le sue valutazioni personali.

«Non si è mostrato collaborativo...»

«No, Andrew, per favore. Cos'ha detto?»

St. George si guardò attorno, spostando lo sguardo dai volti in attesa al mare che si affacciava sullo sfondo dalle ampie vetrate. Immaginò l'effetto esplosivo delle sue parole, come una bomba da 25 chili lanciata su una polveriera.

«Be', il Che mi ha detto...» mormorò, e fece una pausa che conferì una nota misteriosa al messaggio chiaro e testuale: «Digli che se non lo fuciliamo in quanto criminale di Batista, lo fucileremo in quanto agente americano.»

«Ma questa è...» sbottò Jim Noel spezzando il silenzio spesso che si era fatto intorno «una dichiarazione di guerra.»

All'alba del giorno seguente Arturo Castañeda venne fucilato nel Fosso degli Allori della fortezza La Cabaña.

23 dicembre 1958

Le strade dell'Avana erano doppiamente illuminate per gli addobbi natalizi. Le finestre delle case riflettevano lo scintillio variopinto dei piccoli abeti cosparsi di lucine intermittenti, neve artificiale e palle di vetro soffiato che pendevano dai rami. Ai loro piedi le riproduzioni dei presepi, contraffatti dalla fantasia massificante del mercato, mostravano Gesù Bambino cullato da Maria e Giuseppe. Sugli edifici pubblici, negli innumerevoli negozi e persino sui viali principali, si ripetevano gli identici simboli di pace del Natale cristiano, già allora mescolati a un grassone vestito di rosso seduto su una slitta tirata da renne volanti, uscito da un altro racconto che non aveva nulla a che fare con la nascita del Messia.

Era la stagione migliore dell'anno a Cuba. Un freddo indulgente mitigava a tratti il sole cocente dell'isola e dava la sensazione che don Cristoforo l'avesse scoperta un po' più a nord. Molti si aspettavano una nevicata che l'avrebbe confermato. A partire dalla metà di dicembre cominciavano i preparativi per la notte della vigilia, il Natale e il Capodanno. Si perdonavano le offese, si dimenticavano le vecchie diatribe, e tutto verteva intorno al tipico pranzo creolo che avrebbe inondato le tavole di ricchi e poveri in una liturgia di amore filiale.

Questa volta, però, era diverso. La guerra civile avanzava verso occidente e la gente rispondeva all'appello alla resistenza civile lanciato dai ribelli. La parola d'ordine degli insorti – *Zero Tre C* – trasformò quel Natale in una celebrazione grigia, priva di entu in attesa degli eventi che precipitavano: zero compere, z ma e zero cabaret. Il 26 de Julio invitava la cittadinanza a stare l'opposizione al regime con un atto di rinuncia natalizia.

I simpatizzanti di Castro si rinchiusero nelle loro case per ascoltare sulle onde corte i comunicati di guerra di Radio Rebelde e i messaggi che si scambiavano il Che e Camilo Cienfuegos nella loro marcia sull'Avana. Il resto della popolazione ritenne che la strada non fosse precisamente un luogo sicuro in tempi di violenza. La cena natalizia, invece, non aveva niente a che vedere con l'insurrezione e nessuno avrebbe potuto cancellare quell'usanza radicata con una richiesta di guerra; ciononostante, fu la prima vigilia di Natale a porte chiuse.

Nella suite dell'Hotel Havana Riviera, Meyer Lansky mise giù il telefono per l'ennesima volta. Da oltre una settimana non aveva notizie di Elías. I contatti fra loro non erano affatto regolari e in più di un'occasione erano trascorsi anche un paio di mesi senza che avessero notizie uno dell'altro. La cosa singolare era che ogni volta che Lansky voleva notizie dell'amico riusciva a ottenerle.

Nessuno rispondeva al telefono. Lansky non capiva il motivo dell'assenza di Elías e della sua famiglia, giacché immaginava che avrebbero cenato assieme la sera della vigilia. Uno strappo alla regola religiosa che i due ebrei si concedevano quasi ogni anno, dato che per loro quel giorno a Cuba era entrato a far parte delle usanze nazionali, che comprendevano cose tanto diverse come sedersi davanti alla porta di casa o mangiare dolci al formaggio. In quei giorni Gladys aveva l'abitudine di andare a trovare la sorella in Florida, e Lansky pensò che forse Elías aveva deciso di accompagnarla. In quel caso, ormai dovevano essere di ritorno.

A metà pomeriggio Lansky provò di nuovo. Niente. Allora chiamò Alka Seltzer e gli chiese di procurarsi il numero di telefono dei Fuentes a Miami e di avvertirlo non appena avesse ottenuto la comunicazione. Rimase ancora un'ora senza notizie, disteso sul letto a leggere con scarsa concentrazione un articolo sulla Rivoluzione francese, con il sibilo costante della ghigliottina che gli faceva rizzare i capelli in testa. Quel pomeriggio sentiva tutto intero sulle spalle il peso dei suoi cinquantasei anni e, allo stomaco, il fastidio costante di un'ulcera che gli dava problemi proprio nel momento meno opportuno. Sapeva che, se l'uomo che avanzava di soppiatto verso Castro avesse colpito nel segno, sarebbero venuti giorni di tensione. Avrebbe avuto bisogno di tutta la sua capacità di manovra per convincere Batista che era giunta la sua ora.

Era incredibile come uno che controllava un giro d'affari multimiliardario potesse sentirsi quasi abbandonato nel suo regno. Alle tre di pomeriggio Meyer non aveva di meglio da fare, dopo un pranzo frugale, che una pennichella abbrutente. Per un attimo pensò di andare a trovare Carmen, ma era il giorno sbagliato, perché probabilmente era dalla madre, e poi non se la sentiva di fare sesso, e con lei era indispensabile.

Dopotutto, quella solitudine era il destino che aveva scelto e previsto per se stesso. Il suo stile non era quello degli italiani, gregari ed egocentrici, che vivevano ostentando il proprio potere sugli altri. Lui era diverso e non avrebbe mai ammesso da parte dei suoi uomini la devozione quasi mistica che quelli di Genovese o di Bonanno avevano per i loro capi, né il ruolo da ombelico del mondo che tutti loro si arrogavano. Lo infastidiva il culto della personalità, sempre associato al modo di comandare: loro erano dittatori e lui un democratico. Il suo potere non si basava sulle riverenze medievali a un don Meyer. Risiedeva piuttosto nella tranquilla costruzione, passo dopo passo, di una ragnatela antisismica, una rete già intessuta da Meyer tra L'Avana e la Florida nella quale ogni giorno cadevano nuovi mosconi, che sommavano il loro potere personale al Grande Potere in gestazione.

Lansky cominciò a rilassarsi a poco a poco. La sua mente piluccava pensieri fugaci e sconnessi, dal difficile compito di scegliere una cena digeribile per il suo stomaco sottosopra, a quanto Rothman aveva detto qualche ora prima a proposito dell'*overnight* al Tropicana, dove Papo Batista aveva giocato a blackjack tutta la notte perdendo anche la camicia e contraendo un debito di ottantamila dollari. Il debito di un figlio di Batista poteva diventare impossibile da riscuotere.

Una leggera sonnolenza gli saliva dai piedi, sotto forma di distensione progressiva dei muscoli, quando Alka Seltzer, dal centralino telefonico dell'hotel, gli annunciò che la moglie di Mozack era in linea. Sentendo le prime parole della donna, Lansky seppe che una tragedia inattesa incombeva sulla sua amicizia con Elías.

«Meyer, è lei?»

«Sono io, Gladys. Tutto bene?»

«Perdio, Meyer! Cosa sta succedendo? Dov'è Elías?»

«Come?» rispose Lansky sconcertato. «Non è con voi? Non ho sue notizie da diversi giorni e pensavo che fosse venuto con te a Miami.»

Lei gli raccontò l'ultima conversazione con il marito e gli confessò, trattenendo a malapena le lacrime, un presentimento: avrebbe perso Elías. Lansky tentò di calmarla, ma non aveva argomenti credibili per convincere Gladys che Mozack era al sicuro. L'unico impegno che prese con lei fu di indagare. In realtà, la scomparsa repentina dell'amico gli sembrava troppo assurda per dipendere da un motivo nascosto e problematico; forse la ragione era più semplice ma, allo stesso tempo, era sicuro che si stava ingannando da solo, e a lui non piaceva ritrovarsi nella merda.

Analizzò parola per parola quanto gli aveva detto Gladys e gli sembrò ovvio che Elías stesse scappando da qualcosa, chiunque se ne sarebbe reso conto. In una settimana avrebbe avuto il tempo necessario per raggiungere Miami o per mettersi di nuovo in contatto con Gladys, ma non l'aveva fatto. Non si era nemmeno fatto vedere da lui. Era evidente che, se Elías si trovava in difficoltà, non poteva, o non gli interessava, chiedergli aiuto. Se una cosa simile fosse successa a New York, Lansky si sarebbe sentito disorientato, ma all'Avana era impossibile non associare quella strana fuga alla violenza. Doveva cercare Mozack nelle celle della polizia, negli ospedali, all'obitorio. Ovunque fosse, gli doveva una spiegazione.

24 e 25 dicembre 1958

I rivoluzionari occupavano i dintorni di Maffo, un villaggio cucito alle falde dei monti, e l'esercito combatteva mantenendo le posizioni. Andavano avanti ad ammazzarsi da vari giorni ed entrambe le fazioni erano stremate, ma ciononostante non si risparmiavano in coraggio. Quelli del 26 de Julio erano animati dalla speranza del trionfo imminente. Le notizie dell'esito favorevole dell'avanzata su tutti i fronti, con l'estensione del teatro delle operazioni a metà dell'isola, e le visite di Fidel Castro alle posizioni chiave dell'esercito dei ribelli, in direzione di Bayamo e Santiago de Cuba, infiammavano le truppe.

Castro dimostrava una colossale capacità di lavoro, quando anche gli uomini più robusti del suo seguito si sentivano mancare le forze in quelle giornate interminabili. Non aveva orari, itinerari o impegni che non stabilisse lui stesso. Ordinava di partire alle ore più inaudite e, quando tutti pensavano di essere arrivati alla fine della giornata di perlustrazione dei distaccamenti dell'avanguardia, Castro impartiva l'ordine di dirigersi verso la retroguardia, a volte solo per fare un pugno di domande di cui conosceva già la risposta, a volte per giocare a scacchi o chiacchierare con qualche contadino della zona sull'andamento della riforma agraria, promulgata dalle forze ribelli il 10 ottobre di quell'anno. Il capo dei guerriglieri aveva il dono dell'ubiquità e compariva nei luoghi più impensati con il suo sigaro fumante, il pullover e il fucile con il mirino telescopico.

Fin dai primi giorni della guerra civile l'autorità di Castro fra i propri uomini era indiscussa, non perché qualcuno dubitasse della sua capacità di comando, ma perché nessuno si azzardava a contestare le sue decisioni. Già allora la sua parola si andava convertendo in legge, e non tardò a diventare una legge sacra. Persino i suoi collaboratori più stretti, alcuni intelligenti come lui, lo idolatravano e trovavano divertente che il capo avesse sempre ragione; dopotutto, quella era la sua guerra. Inoltre, contrapporsi al Comandante non offriva alcuna prospettiva.

Quella personalità impulsiva si rafforzò via via nutrendosi del carisma che esercitava su un gruppo di persone sempre più numeroso. I suoi metodi di direzione si raffinarono e a poco a poco s'indurirono, e nei giorni finali dell'insurrezione Castro agiva già come un presidente in armi. Era pronto a prendere il potere.

Wright aveva potuto avvertire l'influenza che Castro esercitava sullo stato d'animo delle truppe. Dal suo arrivo nella zona delle operazioni non aveva incontrato il Comandante in nessuno dei posti visitati e notò che quell'assenza preoccupava i guerriglieri, i quali speravano di risolvere tutti i loro problemi con la sola presenza del leader. Castro aveva partecipato due giorni prima all'assedio di Maffo, e negli altri distaccamenti dei ribelli lungo la Carretera Central nessuno ricordava di averlo visto, almeno nelle ultime ventiquattr'ore.

L'americano, il quale sentiva dire in continuazione che Castro si dava da fare per essere dappertutto, arrivò a pensare che quella strana assenza fosse collegata alla sua missione, ma scartò l'ipotesi perché troppo ingenua: se qualcuno avesse saputo la ragione per cui si trovava in mezzo ai ribelli, lo avrebbero già fatto fuori. Doveva trattarsi di qualcos'altro e Wright, logicamente, ipotizzò che l'improvvisa scomparsa di Fidel Castro rispondesse a un piano per tutelare la sua incolumità, ora che la vittoria su Batista era praticamente un fatto certo. Non sarebbe stata una pallottola vagante a spezzare la colonna vertebrale che sosteneva l'insurrezione: quella pallottola, se era già stata fabbricata, doveva trovarsi nel bagaglio di Allan Wright.

I soldati che difendevano Maffo avevano i loro buoni motivi per continuare a battersi. Provenivano in maggioranza da Oriente, una regione primitiva e con tradizioni di lotta, dove le capitolazioni erano sempre state sinonimo di vigliaccheria e l'omosessualità il segno distintivo dei vigliacchi. Permaneva allora il dilemma: i rivoluzionari non potevano entrare, né i soldati uscire.

C'era un posto di blocco lungo la strada che collegava Maffo a Contramaestre. Lì i ribelli sbarravano il passo verso quest'ultimo villaggio pur autorizzando a proseguire, previa identificazione, i civili che scappavano dalla guerra. In questo modo tentavano di evitare la fuga di confidenti dell'esercito e soldati travestiti da contadini. Il crepuscolo diffondeva bagliori di fuoco sulla cordigliera ed era la seconda volta, in quel giorno di Natale, che Wright si fermava a quel crocevia. Lo aveva fatto la mattina quando si era trasferito da Contramaestre alle postazioni dei ribelli a Maffo, e adesso lo faceva tornando dalla linea di fuoco, dove si era valso del permesso del comandante Verdecia, capo degli attaccanti, per scattare foto dei combattimenti.

Nei quattro giorni trascorsi nel territorio dei ribelli, Allan Wright era riuscito a muoversi con maggiore libertà di quanto sperasse. Non aveva idea di come se la passasse Errol Flynn, che non aveva più visto, e gli giungevano notizie di suoi spostamenti in zone lontane come Charco Redondo. Wright era sicuro che la deferenza e l'inconcepibile trattamento da vip che gli riservavano obbedissero a qualche ordine dell'invisibile comando supremo, grazie all'influenza delle quattro lettere della rivista americana.

Percorse strade e sentieri di campagna arrivando a conoscere nei minimi dettagli la geografia dell'arco formato da Maffo, Contramaestre e Baire. Si sarebbe potuto addentrare, come Flynn, in altri punti della Sierra Maestra, ma in tal caso si sarebbe visto costretto a ricominciare daccapo l'opera già avviata dove si trovava, che consisteva nel guadagnarsi la fiducia dei distaccamenti che vi operavano, inclusa quella del capitano Bermúdez, stranamente amabile dopo l'incontro iniziale; nel ricevere informazioni abbastanza attendibili sui movimenti di Castro; e nell'individuare uno scenario adatto per l'attentato e la via di fuga, esplorata a sazietà.

Dopo la detenzione forzata del primo giorno, finì in casa del ragazzo convalescente, che gli fece da guida in quell'incursione. Lasciando l'accampamento El Diamante, a Santa Rita, Wright credeva di dover percorrere grandi distanze in montagna e si meravigliò scoprendo che, per arrivare alla proprietà, bisognava solo abbandonare la Carretera Central cinque chilometri dopo Baire e salire per un sentiero in condizioni accettabili sulle falde della cordigliera. Passò lì la notte del 21 e buona parte del 22.

Il ragazzo e il padre avevano lo stesso nome, Andrés Molina. Il primo lo chiamavano tutti per cognome, mentre il padre era conosciuto nella regione con il soprannome di "Andresito Coronel", un'estensione del nome della tenuta. Il podere era grande, pur non essendo un latifondo, e vi si rendeva un culto centenario alla coltivazione del caffè, con un buon rendimento e buoni profitti. Andresito era uno degli uomini più abbienti della zona e La Coronela nelle ultime settimane era diventata una base indispensabile per l'approvvigionamento delle truppe ribelli. In qualche modo il luogo sembrava un'oasi, un posto che tutti desideravano visitare per ricevere i benefici sempre riservati agli ospiti.

Prima di arrivare, Allan Wright era già al corrente di tutto ciò grazie alla loquacità del giovane Molina, e gli sembrò interessante avere accesso a una delle fonti di sostentamento della guerriglia; ma solo dopo la cena, preparata apposta per lui e per il figlio convalescente di Andresito e servita alle undici di sera passate, seppe che la sua fortuna cominciava a cambiare: probabilmente Fidel Castro sarebbe arrivato lì per trascorrervi il Natale.

«Arrostirò quattro maiali e nessuno mangerà fino al suo arrivo» aveva detto Andresito a Celia alcuni giorni prima. «Credo di meritarmi questo onore, e il Comandante potrebbe trascorrere una serata tranquilla di festa con la sua gente. È ora di cominciare a festeggiare, perché a Batista non rimane nemmeno il tempo di due rasature.»

«Ti ringrazio per l'invito, ma non posso assicurarti che Fidel riuscirà a venire prima di mezzanotte. Comunque, farò il possibile perché passi anche solo a salutarti. Te lo meriti.»

«Lo aspetterò. Non fatemi un torto...»

In casa sembrava non esistessero altri temi di conversazione al di fuori degli sviluppi della guerra e, soprattutto, dell'amicizia tra i capi della guerriglia e il proprietario del podere. Per lui e la sua famiglia, tutto era impregnato di una mistica rivoluzionaria che si propagava dalle persone agli oggetti inanimati. Mentre Wright prendeva una tazzina di caffè, la moglie di Andresito gli spiegò, ancor prima di porgergliela, che in quella medesima tazzina, appena una settimana prima, aveva bevuto Fidel. Lo stesso accadde con la panca dov'era seduto, sulla quale "si siede Universo Sánchez ogni volta che viene con una commissione per Fidel". A Wright tutto questo sembrava uscito da una pagina dell'*Iliade,* ma gli servì per capire che il santuario della casa di Andresito era il luogo adatto per tendere l'imboscata a Castro.

La residenza era uno chalet in legno pregiato costruito su piloni di calcestruzzo, più alti nella parte frontale data la pendenza del terreno, che sul retro si innalzava fino a trecento metri. A destra e a sinistra, altre colline più basse ma ugualmente scoscese formavano una piccola valle da cui partiva il sentiero. A circa due chilometri ci si imbatteva in un casolare polveroso chiamato El Molino e, un po' più avanti, nel raccordo con la Carretera Central. A un'estremità della casa c'erano le ampie superfici in cemento degli essiccatoi per il caffè, e all'altra la casetta in mattoni a secco che ospitava un generatore elettrico, abbastanza potente da fornire corrente a varie case come quella, e due grandi capannoni dove si immagazzinavano i sacchi di caffè e si custodivano veicoli e attrezzi da lavoro. Soltanto la mattina del 22, comunque, Wright riuscì a rendersi conto delle caratteristiche del posto, celate di notte dall'oscurità.

Di buon mattino Andresito invitò il fotografo di "Life" a visitare la tenuta. Wright aveva già inserito la spina della sua probabile missione nella proprietà, e tutte le sue osservazioni e domande erano rivolte esclusivamente a carpire informazioni per preparare il piano d'azione. Wright ci mise poco a rendersi conto che La Coronela sembrava fatta apposta perché lui vi uccidesse Fidel Castro. Con sua grande sorpresa, venne a sapere che la collina ai piedi della quale si trovava la casa era attraversata in diversi punti da sentieri che conducevano alle piantagioni, e che era possibile transitarvi senza dover arrivare fino alla residenza. Bastava svoltare a destra poco dopo aver superato El Molino. Durante il giro fatto quella mattina aveva potuto vedere dall'alto le proprietà di Andresito a non più di duecento metri, una distanza che gli avrebbe assicurato una mira perfetta.

A mezzogiorno, di ritorno allo chalet, Wright aveva già tracciato il suo piano, complicato solo dalla circostanza che l'attentato sarebbe avvenuto di notte. Non sapeva che visibilità avrebbe avuto, né dove si sarebbe seduto Castro durante la cena. Tuttavia, gli fu facile far parlare il contadino: la cena sarebbe stata servita su tavole improvvisate sugli essiccatoi, e l'impianto elettrico avrebbe fatto il resto.

Si congedò dall'ospitale anfitrione dopo un pranzo succulento durante il quale assaggiò per la prima volta la fricassea di tacchino alla creola, assieme alla famiglia di Molina e a diversi guerriglieri che, richiamati probabilmente dai forti aromi che coprivano gli odori della guerra, si presentarono puntualmente all'ora di apparecchiare la tavola. Wright, in realtà, non partì per Contramaestre come aveva detto, ma impiegò il resto del pomeriggio a preparare l'imboscata.

Ritornò sui luoghi visitati la mattina e cominciò a organizzarsi.

Per prima cosa cercò il posto adatto dove poter arrivare con il fuoristrada. Da lì avanzò una quarantina di metri lungo un sentiero fino ad avere la visuale della casa di Andresito. Esplorò i dintorni e riuscì a trovare il punto più appropriato per appostarsi e sparare: era la base di un albero, sgombra da erbacce, che si trovava in cima al declivio. Verificò che la distanza fosse accettabile per essere sicuro di centrare il bersaglio e, dopo aver sparato, poter tornare alla jeep in poco più di un minuto, di corsa naturalmente.

Doveva solo provare il fucile prima di nasconderlo. Pensò che, pur essendo un'arma di calibro ridotto, le detonazioni sarebbero state avvertite alla tenuta, perciò si addentrò di un paio di chilometri con il fuoristrada in direzione delle montagne. Non incontrò altre case, e il silenzio era rotto soltanto dal frastuono degli uccelli nella foresta. Wright capì che era l'unico essere umano nei paraggi. Fermò il Willys e rimase ancora un bel po' a osservare i dintorni, prima di decidersi a prendere la valigetta da sotto il sedile di guida. Armò il fucile e individuò un bersaglio a circa duecento metri. Si sistemò dietro un masso sul ciglio del sentiero e sparò due volte contro il tronco di una palma reale. Le esplosioni suonarono molto deboli alle sue stesse orecchie, ma erano pallottole Long Range, micidiali e perfette, sparate da un fucile speciale e fabbricate apposta per le missioni dei cecchini.

Avvalendosi del potente mirino, si accorse che solo un proiettile si era conficcato a sinistra nel tronco della palma. Rettificò la mira e altre due pallottole centrarono l'albero. Wright reputò buono il punteggio e pensò che la sua abilità di tiratore non era diminuita, nonostante la tensione e la scarsa pratica degli ultimi tempi. In realtà, con quell'arma e quel mirino era quasi impossibile non essere un buon tiratore.

L'americano mise in moto il Willys e ripercorse lo stretto sentiero fino al punto da cui era partito. Questa volta tenne il fucile in vista sulle gambe per evitare che gli sbalzi sul terreno accidentato alterassero la regolazione dello strumento ottico. Poi l'avvolse in una fodera di nylon per proteggerlo dall'umidità e lo nascose fra le erbacce, a circa otto metri dall'albero da cui si vedevano gli essiccatoi della Coronela come sullo schermo di un cinema. Era quasi tutto pronto, e a Wright rimaneva ancora da fare una prova di notte, nelle condizioni reali in cui si sarebbe svolto l'attentato.

Prese la Carretera Central e si diresse a Contramaestre, dove si presentò al comandante Verdecia, capo del distaccamento locale, e gli allungò il salvacondotto redatto dal capitano Bermúdez. Con suo grande stupore, il guerrigliero diede appena un'occhiata al pezzo di carta e subito si prodigò in attenzioni: condusse personalmente Wright in una casa dove fu alloggiato e soffocato da un'ospitalità esagerata.

Durante tutto il giorno 23 si spostò in continuazione. Visitò le postazioni dei ribelli a Contramaestre, trasformandosi subito nel tipo popolare delle foto ricordo; tornò all'impianto di Santa Rita e all'ospedale El Diamante, dove ricevette nuovi elogi quale eroe per caso da parte di Lidia, l'infermiera, e degli uomini della guarnigione; passò il suo tempo, soprattutto, con i gruppi di guerriglieri che sorvegliavano gli accessi ai centri abitati e, all'imbrunire, raggiunse attraverso i sentieri sulle falde della collina la sua postazione di cecchino, dietro la casa di Andresito, dove rimase a lungo a calibrare il mirino telescopico sulle sagome delle persone che di tanto in tanto transitavano sugli essiccatoi.

Quando si fece buio, tornò da Maffo. Chiacchierò alcuni minuti con la sentinella all'incrocio dei sentieri, proseguì per Contramaestre senza fermarsi e avanzò lungo la Carretera Central fino allo svincolo che conduceva a El Molino, e da lì alla piccola valle tra i monti dove, qualche ora dopo, una piccola pallottola Long Range avrebbe dovuto spezzare il filo della vita di Fidel Castro.

L'essiccatoio era illuminato da una ventina di lampadine e la visibilità era accettabile, benché non perfetta. Quattro lunghi tavoli occupavano il centro e su quelli si concentrava la luce che conferiva al luogo, visto dall'alto, un'apparenza irreale. L'oscurità che regnava tutt'intorno per un raggio di chilometri contrastava con quell'immagine facendola sembrare un quadro di Rembrandt. Wright si mise comodo ai piedi dell'albero per un'attesa illimitata, caricò il fucile e lo appoggiò accanto a sé. Erano le 20.37 della vigilia di Natale e si distinguevano chiaramente i rumori della festa provenienti dalla casa di Andresito. Castro non era arrivato, e l'americano pensò che, con quell'illuminazione, le persone nell'essiccatoio non avrebbero potuto vederlo nemmeno se si fosse avvicinato a venti passi con il fucile puntato. Era come sparare a un attore sul palcoscenico dalla platea di un teatro.

Nei giorni trascorsi nel territorio dei ribelli, Allan Wright aveva appreso nuove informazioni sulla sicurezza personale del capo guerrigliero. Aveva l'impressione che la miglior virtù di Castro fosse il non dire mai dove si sarebbe diretto. Compariva come un fantasma a qualsiasi ora, là dove nessuno se lo sarebbe aspettato. Ma aveva anche il suo tallone di Achille: confidava troppo nei suoi uomini. La scorta, diretta da un comandante chiamato Paco Cabrera, non superava i quattro uomini, che permettevano alla gente di avvicinarsi a Castro per lagnarsi di qualcosa o per accendergli l'avana. La scorta viaggiava con lui, ma non si mandavano mai uomini in avanscoperta, le località che avrebbe visitato non venivano sottoposte a ispezioni, e nei dintorni non si appostavano sentinelle.

Tutto ciò giocava a suo favore, come sarebbe successo anche per le comunicazioni dei ribelli al momento della sua fuga. Loro erano all'oscuro dell'esistenza del telefono da campo e non possedevano radio portatili, anche se disponevano di qualche vecchio e pesante apparecchio fisso, le cui fonti di energia richiedevano l'immobilità. Le linee telefoniche ed elettriche di quasi tutta la zona erano sistemate a terra. Per avvertire che un cecchino aveva appena centrato Castro, i guerriglieri avrebbero dovuto raggiungere prima di lui la Carretera Central e diffondere a voce l'allarme alle postazioni dei diversi centri abitati. In caso contrario, la notizia avrebbe viaggiato alle sue spalle, e lui si sarebbe aperto la strada fino a Palma Soriano e poi fino al Ryan Navion che doveva aspettarlo sulla pista dello zuccherificio. Wright era sicuro che ce l'avrebbe fatta.

Dal suo punto d'osservazione scrutava attraverso il mirino i movimenti nell'essiccatoio, le stoviglie sulla tavola, i gruppi di contadini e soldati ribelli che chiacchieravano e sorseggiavano rum, e gli parve di distinguere tra loro anche il figlio di Andresito con un bicchiere sospetto in mano. «Si ucciderà» disse a bassa voce l'americano, continuando a far vagare il mirino. Su un lato della casa, un gruppo di musicisti eseguiva pezzi tradizionali che Wright non aveva mai udito e che la gente accompagnava in coro.

Fu colpito dal fatto che i musicisti vestissero capi verde oliva o di colori simili, e che alcuni portassero armi corte. Ricordò allora l'esistenza del Quinteto Rebelde, una sorta di orchestra filarmonica degli insorti che veniva impiegata per risollevare il morale delle truppe e come strumento di propaganda. Se il Quinteto era lì la notte di Natale e non al fronte, pensò Wright, doveva essere per Castro. L'americano si stava giocando tutto sull'invito di Andresito e aveva bisogno d'incoraggiamento. Sperava che a uno di quei tavoli si sedesse il Comandante, alla portata letale del suo fucile. Contava anche sul fatto che la visita annunciata potesse costituire un'eccezione, la mossa azzardata dettata da un eccesso di trionfalismo.

L'osservazione prolungata per più di tre ore, l'odore del maiale alla brace che il vento contrario s'incaricava di portare sino a lui per torturarlo ricordandogli che a mezzogiorno aveva mangiato solo qualche *empanadas*, lo fecero assopire un paio di volte; alla terza si addormentò.

Allan Wright si svegliò di soprassalto per il frastuono improvviso. Si guardò attorno, con il corpo e la testa intorpiditi, e fu sopraffatto momentaneamente dall'ira. D'istinto guardò le lancette fosforescenti del suo Rolex e l'ora gli fece fermare il cuore: era l'1.32 del 25 dicembre. Sbatté ripetutamente le palpebre e si sfregò il viso prima di bagnarselo con un po' d'acqua della sua borraccia. Si asciugò con le maniche della camicia e afferrò il fucile con un gesto brusco. Avvicinò l'occhio destro al mirino telescopico e con grande difficoltà, esplorando nel tumulto concentrato sulla strada, al limite dell'area illuminata, scorse la presenza di due jeep cariche di ribelli armati fino ai denti.

Vide scendere dal primo veicolo un uomo alto e barbuto, e Andresito incamminarsi verso di lui per abbracciarlo, come se fosse un familiare appena arrivato dopo una lunga assenza. Si avvicinarono anche molti contadini e insorti, forse già un po' alticci, per salutarlo con manifestazioni di gioia smodata. Il complesso musicale aveva interrotto la baldoria e la parola "comandante", detta e ripetuta, si sparse per la piccola vallata e risalì lungo il versante arrivando alle orecchie di Wright.

L'uomo alto avanzò verso l'essiccatoio seguito da un gruppo compatto e proseguì fino alla casa, per scomparire dal mirino del Remington quando varcò il portone. Wright scostò bruscamente la testa dallo strumento di precisione dell'arma e bestemmiò ad alta voce in inglese, dimenticando quel che consigliava la prudenza.

Mezz'ora dopo Wright cominciava a spazientirsi. Avevano servito in tavola e la maggior parte dei commensali erano seduti. Per un attimo ebbe il sospetto che forse il Comandante avrebbe cenato in casa, ma quell'idea svanì quando si accorse che il primo tavolo, l'ultimo dalla sua postazione, veniva tenuto libero. Si aggrappò alla probabilità che fosse un segnale del fatto che Castro si sarebbe seduto lì e puntò il fucile verso il centro del tavolo.

Non ci mise molto a rendersi conto che era la posizione peggiore da cui sparare con successo. Gli occupanti dei tre tavoli anteriori, nonostante il punto di vista elevato da cui osservava la scena, si frapponevano in continuazione. Inoltre, le donne che servivano gli invitati, nel loro andirivieni, coprivano lo spazio dove immaginava avrebbe preso posto il capo dei ribelli.

Mentre analizzava quante possibilità aveva di farcela, concentrato sulle immagini che gli arrivavano al cervello come la copia rovinata di un vecchio film visto attraverso un buco nella parete del cinema, non si accorse che il Comandante e il suo seguito stavano uscendo da dove erano entrati. D'improvviso il posto libero a tavola fu occupato da un'ombra verde che oscillò da un lato all'altro prima di fermarsi, e prima che Wright potesse riconoscere il volto del barbuto che occupava il posto d'onore a quella festa. L'americano non poté reprimere un moto di sorpresa, ma era preparato a quel momento e reagì subito con una calma che gli consentì di contemplare l'immagine del leader guerrigliero, attraverso il mirino, con assoluta indifferenza. Con la crocetta letale cercò il petto dell'uomo, ma altre ombre riempirono tutto il visore, e Wright tornò a bestemmiare, questa volta senza parole, dando un cazzotto alle radici dell'albero e sbuffando forte. Non riusciva, come aveva immaginato, a individuare il suo bersaglio, seduto nell'ultima fila dell'ultimo tavolo. Malgrado ciò, mantenne l'arma puntata là dove da un momento all'altro l'avrebbe visto, giusto il tempo per prendere la mira e sparare.

Di colpo l'allegra confusione dei cubani in festa cessò, come per il movimento della bacchetta di un direttore d'orchestra. Tutti i visi si voltarono verso lo stesso punto e nel mirino del Remington di Allan Wright iniziò a materializzarsi, salendo dal basso, l'ombra verde del barbuto. L'uomo alzò un bicchiere. Stava per brindare a una vittoria che non avrebbe mai visto. Wright trattenne il respiro e cominciò a premere lievemente il grilletto. La detonazione della piccola pallottola Long Range, fabbricata da esperti e nel caricatore del fucile imbracciato da un esperto, risuonò con discrezione nello stesso momento in cui il cecchino diceva fra sé: «*Fuck yourself!*».

Lo spettacolo offerto da Palma Soriano all'alba era bello, visto dalla collina del Táyaba mentre il fuoristrada scendeva per il declivio. Era difficile credere che quel paesino immerso nell'incanto della natura fosse un campo di battaglia. La città era stata piegata dall'assedio dei guerriglieri e adesso si combatteva dappertutto. Wright non se l'aspettava. Secondo le valutazioni fatte il giorno prima, immaginava che dopo le ultime postazioni guerrigliere a Contramaestre avrebbe incontrato il terreno incolto della terra di nessuno e poi Palma in mano all'esercito. Là dovevano trovarsi il Ryan Navion e Charles Lloyd, i suoi due assi nella manica per volare da Oriente alla volta della sua ricompensa. Non andò esattamente così.

Per raggiungere Palma Soriano dal luogo dell'attentato aveva impiegato più di quattro ore, quando ne sarebbe bastata una. Dopo il primo sparo, che aveva centrato il bersaglio al petto, aveva avuto il tempo di conficcare nel barbuto un altro proiettile, un centimetro sopra le sopracciglia. Wright rimase nella posizione in cui aveva fatto fuoco ancora qualche istante e vide nitidamente l'uomo crollare, udì le donne gridare isteriche: «L'hanno ammazzato, l'hanno ammazzato», e restò impassibile a guardare il caos che si scatenò nell'essiccatoio di Andresito. Soltanto i primi spari degli insorti lo scossero da quello stato di rilassamento in cui si trovava, iniettandogli adrenalina nel sangue.

I ribelli spararono alla cieca verso ogni direzione da cui ritenevano potessero essere partiti gli spari, che si erano uditi come due colpetti dati con un cucchiaio su un tavolo di legno. Wright era corso al fuoristrada ed era partito seguendo la sua via di fuga.

A Contramaestre fu sorpreso dalla notizia dei combattimenti a Palma Soriano e dall'ordine improvviso di non lasciar passare civili diretti in quel posto. Nessuno degli argomenti addotti dal sedicente corrispondente di "Life" servì a ottenere il permesso di proseguire lungo la Carretera Central. Tentò di eludere il controllo dei primi picchetti con delle deviazioni nei dintorni, ma cadde nelle mani dei secondi. Mancava poco all'alba e temeva che la terribile notizia potesse sbarrargli il passo.

Quando era pronto a giocarsi il tutto per tutto lanciando il Willys attraverso i campi, arrivò una pattuglia a piedi, sbucata dal nulla, agli ordini di uno sconosciuto comandante Vilo, il quale si avvicinò a Wright e gli disse che aveva bisogno del fuoristrada.

«Comandante, io sono un corrispondente della rivista nordamericana "Life" e ho l'autorizzazione del comando ribelle per muovermi in questa zona» disse Wright cercando una via d'uscita. «Ma i suoi uomini non mi lasciano proseguire verso Palma Soriano, e così otterranno solo che il mondo non sappia che cosa sta succedendo a Cuba.»

«Non sia così categorico, amico» gli rispose Vilo. «Lo sapranno in ogni modo.»

«Ma lei mi capisce, non è vero?»

«E lei capisce me?»

«Possiamo arrivare a un accordo» propose l'americano. «Io le do il mio Willys e lei mi porta a Palma Soriano.»

«Penso che sia meglio vederla in un altro modo» disse il guerrigliero serissimo, tanto che Wright non pensò nemmeno a quanto potesse risultare comico quel duello verbale. «Noi le confischiamo il Willys e la portiamo a Palma Soriano.»

Per Wright era una vittoria, nonostante l'atteggiamento autoritario del comandante, che lo guardò aspettando il minimo cenno di disaccordo per fare quel che aveva già deciso. Scendendo la collina del Táyaba a bordo di una jeep piena di ribelli e avvicinandosi in quell'alba a una città da cui l'esercito di Batista batteva in ritirata, ebbe la consapevolezza di quel che aveva fatto: sarebbe cambiato tutto, e sarebbe successo grazie a lui.

Lasciò il gruppo di guerriglieri all'ingresso della città e li salutò mentre attraversavano il ponte sul fiume Cauto, simulando un certo disappunto riconoscente, poi s'incamminò facendo deviazioni per evitare i punti più caldi della bolgia generale. Ci mise più di quel che pensava per orientarsi e arrivare dove si era prefisso: l'Hotel Colonial. Erano le 8.50 e là incontrò, come doveva essere, Charles Lloyd.

Non si erano mai visti di persona e Wright non intendeva parlare con lui se prima non gli avesse detto la parola d'ordine e, dopo che l'ebbe fatto, non era interessato a sentire altro se non lo stretto indispensabile per uscire come un razzo da quell'inferno.

«Be', mister Lloyd, io sono qui. Mi sembra che il mio ritardo sia ragionevole» disse. «Adesso tocca a lei.»

«Abbiamo dei problemi, mister Wright. Fino a ieri sera sarebbe andato tutto per il meglio, ma da questa notte sono cambiate molte cose.»

«Cosa intende dire?» domandò Wright stranito. «Non ha fatto quello che avrebbe dovuto?»

«L'ho fatto. Ho passato dieci giorni in questo maledetto paese ad aspettare lei. Non so da dove viene, né che cosa ha fatto, e ho avuto la pazienza di restare qui. Sarei potuto rimanere un anno...»

«Lei parla troppo» lo interruppe Wright. «Ovvio che doveva aspettarmi, è venuto per questo, e per questo è pagato. Se la memoria non m'inganna, però, insieme a lei qui io dovevo trovare un aereo con cui avremmo raggiunto Haiti. O sbaglio?»

«Assolutamente no, solo che quell'aereo non c'è.»

«Si spieghi!»

«Mi ero assicurato il Ryan Navion, ma ci hanno preceduti. I ribelli lo hanno sequestrato sulla pista dello zuccherificio qualche giorno fa. Restava un piccolo biposto privato J-3, lento e scomodo per un viaggio fino a Ciudad del Cabo, ma si poteva utilizzare. Avevo prenotato anche quello, spendendo un bel po' di soldi, manco dovessi noleggiare un Mig russo...»

«E allora?»

«Non lo vede? La città è in guerra. Il J-3 volerebbe, ma in mille pezzi, se volesse farlo alzare di un metro dal suolo. I soldati sono nello zuccherificio e la pista è un campo di battaglia. Adesso è impossibile. Lei non è mai stato in una guerra?»

Allan Wright provò una fugace delusione. Il veterano della Corea che viveva nella sua pellaccia capì subito di trovarsi tra l'incudine e il martello. Non aveva alcuna possibilità di raggiungere le posizioni assediate dell'esercito, e anche se ci fosse riuscito, non poteva illudersi che l'elicottero messo a disposizione da Tabernilla atterrasse in quelle circostanze soltanto per riscattarlo. Rammentò le parole di Melozzo: l'esercito non sarebbe stato in grado di proteggerlo.

Rimase in silenzio per un po' e Lloyd approfittò della parentesi per andare al bar a prendere un paio di birre; al suo ritorno, Wright aveva già preso una decisione.

«La ringrazio per la birra, ma vorrei che mi facesse anche il favore di ordinarmi qualcosa da mangiare. È da ieri a mezzogiorno che non mando giù un boccone» disse Wright in un tono più sereno. «Non la ritengo responsabile di quel che è successo, anzi, credo abbia fatto tutto quello che poteva. A ogni modo, io non posso restare qui né in nessun altro posto come questo.»

«È lei a dare gli ordini. Mi deve credere se le dico che nemmeno a me piacerebbe restare qui» ribatté Lloyd, e si scusò per l'interruzione prima di dirigersi di nuovo al bancone per tornare un momento dopo con un piatto di prosciutto e formaggio.

«Grazie tante» disse Wright, senza smettere di parlare mentre divorava il cibo. «Mi dia un giorno di vantaggio. Immagino che lei sia un impiegato dello zuccherificio e che in questo posto non abbia conti in sospeso. Potrà resistere altre ventiquattr'ore. Poi arrivi come può al posto fissato a Haiti; lì incontrerà le persone che cancelleranno le tracce della sua visita a Cuba e poi prenderà un volo per New Orleans, dove riscuoterà i suoi soldi. Se li è guadagnati. Io proverò a fare lo stesso, anche se forse avrò maggiori difficoltà... Vedremo...»

«Se vuole, possiamo provarci insieme.»

«Mi piacerebbe, ma a lei resta ancora qualcosa da fare.»

«Qualcosa da fare?»

«Sì, dovrà trovare un telefono funzionante in questo paese» rispose Wright e bevve a canna dalla sua bottiglia di birra. «Deve mettersi in comunicazione con un numero dell'Avana, il P-4536, e chiedere del signor Daniel Palmero...»

«E cosa devo dirgli?»

«Gli dica da parte mia che suo padre può già stappare la bottiglia di champagne» rispose, improvvisando un messaggio cifrato facilmente comprensibile per il generale di brigata Tabernilla. «E gli dica anche di ficcarsi l'elicottero nel culo.»

Charles Lloyd accompagnò Wright all'ingresso dell'hotel. Entrambi contemplarono la grande colonna di fumo che saliva da dietro i tetti vicini e udirono il rumore insistente delle mitragliatrici pesanti che sparavano dietro l'angolo. Si salutarono e Lloyd seguì Wright con lo sguardo finché ebbe attraversato in diagonale il parco di fronte all'hotel. Lo vide curvarsi e correre...

26 dicembre 1958

Alka Seltzer, imperturbabile, giunse fino alla biblioteca. Era l'unico degli uomini di Lansky autorizzato ad aprire senza permesso qualsiasi porta dietro cui ci fosse il suo capo, anche se la porta si trovava in casa di Trafficante. Quando passava come un'ombra, nessuno si azzardava a chiedergliene le ragioni: aveva libero accesso.

Nella biblioteca si stava festeggiando qualcosa, ma il vecchio guardaspalle non riuscì mai a sapere cosa. E nemmeno gli interessava. Sul tavolo da lavoro c'era lo champagne nel secchiello del ghiaccio, olive farcite con acciughe e un'ampia scelta di antipasti. C'era odore di avana e di fumo di sigarette, che non era esattamente un accostamento ideale. Lì c'era Lansky che si versava del succo di pera, mentre Trafficante, Dino Cellini e Joe Stasi, come uno Stato maggiore dopo la battaglia, brindavano alla vittoria.

Sui volti dei quattro uomini s'era accesa una luce nuova che nessuno di loro aveva il giorno precedente. Alka Seltzer vi riconobbe la stessa luce che brillava in coloro che urlavano "Bingo!" al Tropicana o in quelli che raccoglievano il mucchio di fiches spinto verso di loro dal croupier. Notò inoltre che i tre italiani superavano Lansky nel manifestare la loro gioia, e sembravano più raggianti e infinitamente più allegri. L'ebreo se ne stava in un cantuccio, chiuso nel suo guscio di vecchia lumaca, e osservava con le piccole antenne l'euforia esagerata dei soci.

Per Lansky, quei festeggiamenti spontanei erano prematuri: mancava la conferma, e lui non si era mai lasciato trasportare, se non da fatti contanti e sonanti come le monete nelle tasche. Ci voleva qualcosa di più del succo di pera del frigorifero di Trafficante per accettare la realtà della morte di Castro. Comunque, la notizia era arrivata e lui non poteva rovinare la festa ai suoi alleati, che vedevano già la tempesta allontanarsi. Da vecchia lumaca qual era, Lansky aveva bisogno di vedere per credere.

Il guardaspalle passò con discrezione fra i presenti e si avvicinò al suo capo per sussurrargli all'orecchio la frase che gli bloccò la digestione e trasformò quell'esultante cerimonia funebre in una tortura: «Il signor Mozack è ricercato dalla polizia come terrorista». Nella privacy dell'auto, di ritorno al Riviera, Alka Seltzer gli fornì i dettagli di un'indagine avviata poco tempo prima.

Due giorni dopo la conversazione telefonica con Gladys, Lansky si era stancato di pensare al destino dell'amico e aveva chiamato il suo aiutante per affidargli l'incarico di risolvere il mistero della scomparsa di Elías. Mentre parlava con Alka Seltzer, la sua fronte era solcata da una ruga di preoccupata contrarietà. Le sue disposizioni furono come sempre chiare e l'uomo con la faccia da orco uscì in tutta fretta alla ricerca della persona giusta. Il problema più grave che dovette affrontare, almeno per la rapidità della sua missione, non consisteva nel far sì che il colonnello Ventura lo aiutasse ancora una volta a ottenere un'informazione, ma nel rintracciare Ventura il giorno di Natale.

Entrò nella quinta stazione con la speranza che gli obblighi del colonnello nei confronti di un governo traballante fossero più forti del sapore del maiale arrosto. E per poco non rimase vittima della propria intraprendenza. Alka Seltzer stava salendo le scale quando un poliziotto, sorpreso nel vedere un civile che non conosceva tanto determinato a entrare di propria volontà in un posto dove si arrivava soltanto trascinati a forza, lo bloccò e lo condusse allo sportello denunce puntandogli contro la sua carabina M-1. L'ufficiale di guardia, interdetto quanto il poliziotto, quasi non riusciva a credere che qualcuno chiedesse di Ventura così come si chiede del vicino sulla porta di casa, e ordinò di perquisirlo.

Alka Seltzer era brutto ma astuto, e prese la precauzione di non opporsi alla perquisizione; in caso contrario, non avrebbe avuto nemmeno il tempo di dare la spiegazione che fu costretto a fornire, anche dopo aver avvertito che era americano. Sotto l'ascella aveva una pistola automatica, circostanza che equivaleva a invocare a gran voce di essere fucilato senza processo.

Il sangue freddo del guardaspalle concesse un secondo di calma fra l'ordine impartito dall'ufficiale in carica di portarlo "da basso" e il colpo con il calcio della M-1 in arrivo. Alka Seltzer guardò l'ufficiale e gli disse senza scomporsi: «Questo non piacerà al mio amico, il colonnello Ventura». Fu come se avesse tirato il freno d'emergenza. Venne il momento delle spiegazioni e tutto fu chiarito. Esibì il porto d'armi e il libretto di lavoro: era un tecnico straniero che lavorava all'Hotel Havana Riviera. A risolvere definitivamente la questione fu però la sua sfrontatezza, quando ritenne che ulteriori concessioni gli avrebbero fatto perdere l'onore di guappo del New Jersey: «Adesso non rompetemi più le palle e trovate Ventura!». Ma nessuno sapeva dove fosse.

L'ufficiale chiamò a casa del capo, ma gli dissero che era fuori. Per paura di compiere una gaffe imperdonabile, spiegò alla persona al telefono che lui non era in servizio, a causa di un'influenza. Dopodiché disse all'americano di non poter fare nient'altro.

Alka Seltzer stava già battendo in ritirata, ma prima di raggiungere le scale tornò sui suoi passi per fare una telefonata. Chiamò il Riviera e, quando all'altro capo del filo sentì la voce del direttore di scena del Copa Room, gli chiese l'indirizzo della mulatta folclorica amante di Ventura. L'uomo, con una voce flautata da finocchio, gli disse: «Scusi, mister, io posso anche procurarle l'indirizzo, ma se desidera vedere Celina, non c'è bisogno che vada a casa sua. Dal pomeriggio è rinchiusa in una cabina della piscina con il suo amico».

Il guardaspalle ritornò sui suoi passi più in fretta che poté, ma trovò solo la cabina spalancata e deserta, cosparsa delle tracce di un pomeriggio di passione. Ventura si era già volatilizzato con la sua mulatta, e fu soltanto il giorno dopo all'imbrunire che Alka Seltzer riuscì a intercettarlo, dopo aver montato un'esasperante guardia all'ingresso della quinta stazione, dove ormai era di casa.

Il colonnello lo riconobbe subito e gli si avvicinò con le braccia alzate e un'espressione di sorpresa volutamente esagerata.

«Cazzo, il mio compare Francis!» esclamò, avvolgendolo in un abbraccio che prese l'americano alla sprovvista. «Ci facciamo un goccio di Bacardi?»

«Buonasera, colonnello» rispose Alka Seltzer, al quale l'espansività del militare parve di pessimo gusto, dato che era abituato a modi misurati e la disinvoltura latina di Ventura lo metteva visibilmente a disagio. «La sto cercando da ieri, per ordine di mister Lansky.»

«Sì, lo sapevo già, mi hanno raccontato tutto il film, ma io a Natale non lavoro per nessuno.»

«È così religioso?» disse il guardaspalle con fare sprezzante.

«In realtà sono ateo, come i comunisti» rispose Ventura, sfoderando il suo buon umore e sorvolando sul tono di sottile ironia presente nelle parole dell'americano. «Che cosa l'ha spinta a darmi la caccia per due giorni? I rapporti che le ho consegnato per mister Lansky non sono stati utili? Se le serve qualcos'altro, lo sa... può contare su di me.»

Alka Seltzer non perse tempo e gli trasmise il messaggio di Lansky: "La polizia cubana sapeva del fermo di un avvocato di nome

Elías Mozack?”. Ventura, senza rispondere, afferrò il primo telefono a portata di mano ed ebbe un colloquio breve e pieno d'imprecazioni con qualcuno.

«È questione di minuti» disse il colonnello invitando Francis Randall a entrare nel suo ufficio. «In questo paese bisogna tirare fuori i coglioni perché la gente faccia le cose per bene. Ma non so perché te lo dico. Di sicuro è la prima cosa che hai imparato arrivando a Cuba. Vedi come è vero che so tutto?»

Il telefono squillò dopo un'ora di attesa. La domanda di Lansky dovette fare il giro dell'Avana prima di trovare una risposta. Ventura ricevette direttamente dal capo del Brac tutte le informazioni sul caso, compresa la strana delazione, la provocazione premeditata e la reazione di Elías Mozack. Ventura, a sua volta, trasmise fedelmente al guardaspalle quanto gli aveva detto Faget e, per concludere, appose il timbro della sua personale certezza che le cose erano andate proprio così: «Ricordo di aver sentito gli spari quella notte».

Meyer Lansky non riusciva a mandar giù quella storia. Forse il tradimento sarebbe stato meno crudele se si fosse trattato solo di un problema di fazioni politiche, di opinioni o finanche di azioni contro Batista, per il diritto indiscutibile di ognuno a pensarla come gli pareva. Ma Elías aveva giocato sporco con lui. Gli restava ancora un po' d'incredulità, che andò sgretolandosi con il passare dei minuti. Lo tormentava l'idea che quell'amico di vecchia data fosse solo la maschera di uno sconosciuto, e la sensazione di essere stato ingannato gli restituì il buon senso. Se Elías era una menzogna, l'amicizia tra loro poteva essere solo un effetto illusionistico. D'ora in avanti Elías sarebbe passato sulla sponda dei suoi nemici. Mai prima di allora il confine fra la lealtà e l'odio era sembrato a Meyer così fragile.

Ciò che cominciò a ossessionarlo, invece, non era la sporca storia di Elías a capo di un gruppo terroristico. Questo era un fatto provato. Restava un interrogativo cui Lansky cercò di dare una risposta quel giorno, il successivo, e molti altri, fino alla fine della sua vita. E sebbene fosse stato a un passo dal trovarla, non riuscì mai ad agganciare l'ingranaggio che lo avrebbe portato a girare intorno a tre lettere: Kgb.

Mentre L'Avana notturna scivolava accanto alla sua Chevrolet, Meyer provò per la prima volta a cercare un sia pur minimo barlume di logica. L'ipotesi che gli attacchi ai suoi interessi a Cuba provenissero dalle Famiglie rivali crollava clamorosamente, perché loro non avrebbero avuto bisogno di un tipo come Elías per quel genere di lavoro. Se il tradimento fosse passato per questa via, non si sarebbe concretizzato in attentati dinamitardi, ma in dossier, molto più preziosi per *loro*. Restava ancora l'ipotesi che Elías si fosse lasciato trascinare dalla febbre del castrismo, che si diffondeva come un'epidemia, ma si vide costretto a scartarla subito quando si chiese perché il suo amico fosse corso a palazzo per svelare un piano per assassinare Batista.

Tornando all'Hotel Riviera, l'ebreo era ancora disorientato. L'enigma Mozack gli si presentava come quelli delle leggende medievali, decifrabili solo da parte degli eletti, e lui forse non lo era. Un giorno, chissà, la risposta gli sarebbe arrivata in sogno. E Lansky se ne andò a letto con il cuore spezzato da un atto di slealtà che aveva distrutto per sempre la sua convinzione che nella vita ci fossero cose che non portavano appeso il cartellino del prezzo. Naturalmente, non riuscì a dormire.

27 dicembre 1958

Né il rumore delle pale metalliche, che fendevano l'aria come quelle di un enorme ventilatore da soffitto, né la costante sensazione di precipitare in una bolla di plexiglas dove erano stipati in quattro, riuscivano a distogliere il generale Eulogio Cantillo dalla sua concentrazione. Il vecchio locale delle caldaie della centrale Oriente, uno zuccherificio in totale abbandono da cui il velivolo era decollato, si trasformò a poco a poco in una scatoletta di fiammiferi smarrita nel rigoglio delle piantagioni di canna da zucchero. L'elicottero M-2 della forza aerea si alzava lentamente cercando con il muso brillante la linea azzurrognola della cordigliera, dietro la quale c'era la sua destinazione: Santiago de Cuba.

La preoccupazione dipingeva un'espressione angosciata così evidente sul viso del generale che padre Guzmán, credendo che Cantillo condividesse il suo stesso terrore di volare su quella libellula meccanica, posò la mano sul braccio del militare e, ricorrendo alle parole con cui san Francesco d'Assisi ammansì il lupo assetato di sangue, gli disse: «Dobbiamo aver fiducia che il Signore ci accompagni, figliolo. Non accadrà nulla».

Cantillo, però, era abituato alla durezza della vita militare, e volare non lo spaventava. Sapeva che il velivolo era sicuro, pur sembrando un giocattolo. E anche se non lo fosse stato, in quel momento non c'era inquietudine maggiore di quella di aver visto, con i propri occhi, che Fidel era vivo, illeso, sano e salvo. E deciso ad arrivare all'Avana.

Fin da allora il destino cominciava a offrire a Castro uno scudo contro la morte, costituito dalle più incredibili casualità. Cantillo, che nemmeno sapeva del piano dell'attentato, era ben lontano dall'immaginare come si fosse innescata la catena di circostanze culminata nella notizia della caduta del barbuto più importante. E nemmeno lo sapeva Allan Wright, convinto che l'uomo nel suo mirino non potesse essere altri che Fidel Castro, mentre in realtà si trattava del comandante Dionisio Licea.

Circa ventiquattr'ore prima che il cecchino si appostasse nelle vicinanze della proprietà La Coronela, il capo dei ribelli stava ispezionando a Santa Rita le truppe che occupavano la prima postazione verso Bayamo. Impartì ordini precisi agli ufficiali, come faceva in ciascuna delle sue cicloniche apparizioni, dopo un esame esaustivo di varianti, controvarianti, misure e contromisure. Poi, assieme a Celia Sánchez, Paco Cabrera e una scorta rinforzata, era salito sul fuoristrada assicurando che le ore di Batista erano contate.

La piccola carovana, questa volta integrata da una jeep e un furgone Ford, partì da Santa Rita intorno alle 23 e, una volta raggiunta la Carretera Central, si inoltrò lungo sentieri secondari verso nord, per raggiungere il lontano Birán, il feudo di canna da zucchero dove Fidel Castro era nato trentadue anni prima. Lì viveva sua madre, donna Lina Ruz vedova Castro, e il fratello Ramón, che amministrava i possedimenti. Per la prima volta dall'inizio della guerra, il capo dei ribelli si concedeva una pausa per festeggiare il Natale a casa.

La decisione, presa all'ultimo momento, aveva colto alla sprovvista Celia Sánchez, convinta che sarebbero andati alla cena di Andresito Coronel. Lei, che non amava impegnare invano la sua parola e ancor meno abusare della bontà delle persone, suggerì a Castro di passare qualche minuto nella tenuta di Andresito per far contento il contadino, sia pure con un giorno d'anticipo; ma il capo aveva guardato l'orologio e, dopo un rapido calcolo, le aveva risposto con un rifiuto inappellabile: prima di Birán non avrebbe effettuato soste. Allora Celia, che nel suo ruolo di ombra di Castro curava per così dire le relazioni pubbliche per conto del comando ribelle, aveva parlato con il comandante Dionisio Licea perché occupasse la sedia di Fidel alla tavola natalizia di Andresito.

Il generale Cantillo aveva appena avuto un colloquio con Fidel Castro nel vecchio locale delle caldaie dello zuccherificio abbandonato, e fin dal primo momento aveva scartato la possibilità di una sostituzione di persona. Castro non era un uomo facile da imitare, se non nell'aspetto fisico. Ma quello stratagemma, cui ricorrevano sovente in guerra i capi supremi, aveva lo scopo di ingannare a distanza e non resisteva alla prova di un incontro. Nessuno avrebbe scambiato Emiliano Zapata per un altro, anche se tutti i messicani portavano baffi, sombreri e cartucciere incrociate sul petto. Il barbuto con gli occhiali dalla montatura quadrata che si era seduto accanto a Cantillo su una lastra d'acciaio arrugginita era proprio Fidel. Quell'ostinazione nel volersi imporre e nel non cedere mai, quei discorsi infarciti di ragionamenti capaci di convincere un venditore di auto a comprarsene una nuova, e l'arroganza dello stratega militare che sembrava avere dietro di sé la 7ª Flotta degli Stati Uniti, e non un pugno di guerriglieri armati di qualsiasi cosa, erano come una carta d'identità.

L'incontro fra Cantillo e il leader della rivolta, con la mediazione di un sacerdote cattolico, si era tenuto in seguito a una richiesta inoltrata fin dal 20 dicembre dal comando delle operazioni militari a Oriente. Obbediva a un piano disperato del capo dello Stato maggiore riunito, Francisco Tabernilla Dolz, che non voleva rinunciare alla formula utopistica del dialogo in previsione di un eventuale fallimento della missione di Allan Wright.

All'inizio il generale Tabernilla non informò della sua decisione né il presidente della Repubblica né altri dirigenti governativi e delle forze armate, temendo che una reazione sfavorevole al suo piano arrivasse fino a Batista, e agì secondo la massima "si salvi chi può"; ma l'allarme provocato dalla presunta morte di Castro aveva scoperchiato la pentola dell'intrigo, offrendogli un pretesto per coprirsi le spalle. Il Sim ricevette ordini molto precisi riguardo alla ricerca d'informazioni. I servizi segreti dei reggimenti erano pressati di continuo dallo Stato maggiore di Columbia, che esigeva rapporti dettagliati e puntuali.

A Santiago de Cuba, Bayamo e Holguín, dove si concentravano le forze principali e le sezioni del Servicio de Inteligencia Regimental (Sir) e si lavorava con accettabile efficienza, la priorità numero uno era determinare l'attendibilità della notizia subdola ed eccezionale secondo cui, poco dopo la mezzanotte del giorno 24, una pallottola aveva tolto la vita al capo dei ribelli. Era troppo delicata per essere accolta senza una prova inconfutabile. Con il passare delle ore, i rapporti sembravano indicare una conferma: Castro era scomparso dal teatro delle operazioni verso la Carretera Central e correvano voci insistenti circa la morte di un importante capo guerrigliero. I comandi di alcune zone insorte erano preoccupati per aver perso di vista Castro in mezzo ai combattimenti.

Malgrado ciò, i dubbi cominciarono ad affiorare a mano a mano che i servizi d'informazione delle forze armate estendevano le loro indagini. In un comunicato pervenuto al comando di Columbia il pomeriggio del 26 compariva un nome poco conosciuto, ma collegato con la storia della morte di Castro in un attentato. L'informativa, inviata da Bayamo al generale Cantillo, e da questi trasmessa subito a Columbia, riferiva della morte di un comandante di cognome Licea, colpito da un cecchino.

Il generale Tabernilla istruì rapidamente il capo del Sim, Irenaldo García, perché avesse subito un colloquio con il tenente colonnello Sánchez Mosquera, l'ufficiale che più aveva combattuto i ribelli di Castro sulla Sierra Maestra, il quale si stava riprendendo nella capitale dalle ferite della sua ultima spettacolare campagna. Quel che si venne a sapere attraverso Mosquera era sconfortante: il comandante Dionisio Licea era ben noto in tutta la Sierra Maestra, e i contadini delle regioni più lontane, avendo scarsi contatti con la guerriglia, lo confondevano con Fidel Castro. I due avevano una certa somiglianza, che Licea accentuava imitando in tutto e per tutto il suo capo.

Tabernilla, che aveva bisogno di una buona notizia, non solo non si lasciò convincere dalle analisi degli esperti del Sir, ma escogitò una brillante idea, degna di un comandante in capo: quelle coincidenze romanzesche erano uno specchietto per le allodole. Il 26 de Julio tentava di occultare la morte di Castro per evitare la demoralizzazione nelle proprie file in quelle ore cruciali. Ebbro di soddisfazione, si fece ricevere dal presidente per garantirgli che Castro era morto.

Batista, dando libero sfogo ai suoi desideri, formò con le dita un crocifisso e l'alzò al cielo mormorando in lingua yorubá un ringraziamento al suo padrino nella santería : «Viva Shangó». Invitò Tabernilla a stappare una bottiglia di sidro El Gaitero e si comportò come se avesse appena vinto alla lotteria. Convenne con il generale che la strategia nemica della controfigura era molto attendibile, ma lo avvertì che avrebbe dato per buona l'informazione solo quando gli avessero portato la testa di Castro su un vassoio d'argento. Il presidente riconosceva che, trovandosi in circostanze analoghe a quelle che secondo i suoi ragionamenti stava vivendo il comando della guerriglia, anche lui avrebbe preso la stessa decisione: guadagnare tempo e occultare la verità.

«Comunque, non rilasciare dichiarazioni ufficiali alla stampa. Se ci fosse un errore, il governo non potrebbe farsi carico di una cosa del genere» disse Batista a Tabernilla, ricordando quando Castro era stato dato per morto, nei primi mesi dell'insurrezione, e il modo con cui il reportage del giornalista nordamericano Herbert Matthews, del "The New York Times", gli era piombato in testa come un trattore caduto dal cielo.

«Che errore può esserci, capo?» rilanciò Tabernilla. «I guerriglieri non riveleranno la notizia. Verificare che quel barbuto è morto può richiedere qualche giorno, perché sembra che la terra si sia ingoiata l'americano. L'ultima volta l'hanno visto a Palma Soriano e penso che forse sia caduto nelle mani del nemico.»

«A ogni modo blocca la notizia» gli ordinò Batista. «Verifica, e poi riverifica.»

«È questo il problema» osservò testardo il capo di Stato maggiore. «Gli insorti fucilano tutti i sospetti che arrivano fra loro.»

«Sei tu il generale delle forze armate! Trova una soluzione, fa' precipitare gli eventi!» lo rimproverò il presidente, aggiungendo in tono più conciliante: «Cazzo, Pancho, tu a volte ce la metti tutta per farmi uscire dai gangheri».

L'indicazione di far precipitare gli eventi diede a Tabernilla la chiave per uscire dal pasticcio in cui si stava mettendo nell'ordinare, alle spalle di Batista, un colloquio tra il suo capo delle operazioni nella provincia di Oriente e Castro. Adesso aveva una scusa, un suggerimento del presidente con cui cautelarsi. Da un lato, Cantillo avrebbe potuto sapere se Fidel era morto; dall'altro, l'iniziativa del responsabile delle operazioni sarebbe stata, di fatto, un passo per trattare la salvezza dell'ultima ora per le forze armate costituzionali. Facendo credere a Batista di aver appena avuto un'idea stupenda, Tabernilla sostenne l'opportunità di una breve tregua, affinché Cantillo potesse contattare i leader dell'insurrezione. La verità, a suo giudizio, si sarebbe saputa al massimo nel giro di settantadue ore.

«C'è un prete disposto a fare da intermediario» disse. «Aveva già parlato della cosa al generale Cantillo, ma avevamo rifiutato la sua mediazione per non concedere alcun riconoscimento al nemico.»

«Non sono troppo convinto che questo incontro darà risultati» disse Batista alla fine, dopo aver meditato alcuni istanti nei quali avvertì vagamente il puzzo acre del tradimento. «Mi sembra che possa essere interpretato come un segno di debolezza, e questo non ci conviene. Sarei d'accordo se gli si fa credere che si tratta di un'iniziativa di Cantillo, e se non gli si concede una tregua. Spero che non ci sia qualcosa di cui io non sono al corrente in questa faccenda, Pancho. Mi spiacerebbe molto se, dopo tanto tempo, tu mi diventassi un giuda qualunque, mettendomi contro l'esercito.»

Batista trafisse Tabernilla con un'occhiata, ma non scoprì altro che l'incertezza abituale del generale, mascherata dietro la disponibilità a cambiare idea ogni volta che il presidente mostrava il minimo disappunto. Non aveva mai dubitato del capo dell'esercito e non avrebbe mai tenuto al suo posto un altro con più cervello. A forza di manovrare Tabernilla a suo piacimento, Batista aveva perso la capacità d'intuire gli intrighi dei comandi superiori. Quel giorno, però, se gli avesse rivolto un paio di domande difficili, Pancho Taverna sarebbe saltato come un bullone allentato.

Da quel momento Eulogio Cantillo dovette affrontare un compito difficile come uscire da un'imboscata tesa in una gola. Padre Guzmán, che era titolare della cattedra di Teologia presso il seminario di San Basilio el Magno di Santiago de Cuba e aveva fama di essere un sincero sostenitore dei poveri e della concordia tra gli uomini, da vari giorni correva avanti e indietro fra il teatro delle operazioni militari e il comando generale ribelle, ed era esausto. Non riusciva a ottenere notizie di prima mano su dove fosse Fidel Castro, o perlomeno sui motivi della sua assenza, che provocava inquietudine fra le truppe al suo diretto comando.

Cantillo era convinto che stesse succedendo qualcosa di strano e ne informò il comando di Columbia. All'Avana cresceva l'entusiasmo dell'élite militare e le voci incontrollate minacciavano d'invadere la capitale scavalcando i richiami alla discrezione. Dal canto suo, il generale Cantillo non riusciva a spiegarsi l'origine di quella novità e non vi prestò maggior attenzione di quella imposta dagli ordini dello Stato maggiore; in definitiva, non era la prima volta che ammazzavano Fidel Castro. A mano a mano che passavano le ore, però, fu contagiato dalla febbre dell'entusiasmo. Finché una stoccata non fece scoppiare il palloncino delle sue speranze. Il latore del messaggio era un sacerdote pacificatore di nobile aspetto che entrò nel suo ufficio per comunicargli la cattiva notizia: Fidel Castro era disposto a riceverlo alle 8 del 27 dicembre, nel vecchio zuccherificio Oriente.

Il resoconto mentale del generale Cantillo fu interrotto all'improvviso dall'espressione di giubilo del prete mediatore quando il velivolo, leggermente inclinato, poggiò il pattino destro sul suolo della piattaforma dell'aeroporto di Santiago.

«Finalmente a casa, figliolo!» esclamò padre Guzmán, pensando che Cantillo si sentisse sollevato scendendo dall'elicottero. «Il Signore è stato al nostro fianco.»

«Ci credo, padre» gli rispose ironicamente il generale. «S'immagini come sarebbe se non ci fosse stato...»

Cantillo inoltrò quel pomeriggio stesso il rapporto del suo colloquio con Castro, senza tralasciare l'enfasi su certe parole né le pause dopo altre. Visto che Castro era vivo, fu il capo delle operazioni a fare il morto per vedere il funerale che gli avrebbe riservato il guerrigliero. Ne era uscito quasi con la fascia del 26 de Julio al braccio, promettendo che gli avrebbe spalancato lui stesso le porte della capitale. In realtà, si era soltanto lasciato trascinare dalla corrente, nuotando verso L'Avana per arrivare prima dei barbuti.

Né il generale né il sacerdote ebbero notizie, né durante l'incontro né dopo, del comandante Licea, sepolto due giorni prima insieme all'ultima speranza di Batista.

Quella notte Fulgencio Batista non accompagnò la first lady a cena nei saloni presidenziali del palazzo. Non gli piaceva arrivare alle sedute spirituali con Arcadio a stomaco pieno e non aveva nemmeno fame. La notizia del colloquio del generale Cantillo con Fidel Castro gli aveva tolto l'appetito e il presidente permaneva in uno stato semi-ipnotico, con lo sguardo smarrito oltre la finestra di una delle stanze che davano su calle Colón, da cui si vedevano le chiome dei lauri del parco vicino. Martha gli portò una bibita al limone, che il presidente sorseggiò senza distogliere gli occhi dagli alberi, ringraziandola con una frase che lei non riuscì a capire.

Martha non aveva mai visto il marito così depresso e ricordava come fosse sempre riuscito a trovare il modo di conservare non solo l'equilibrio emotivo, ma anche il timone del comando di fronte a ognuno dei tanti ostacoli che il destino aveva messo sulla sua strada. Adesso le sembrava uno spettro, uno zombie uscito da una leggenda haitiana e, per la prima volta, lo vide più nero di quel che era.

I due ufficiali, che erano andati fino a Guanabacoa a prelevare Arcadio in tutta fretta, stavano già guidando il santero per i corridoi del palazzo presidenziale. Il "registro", per la religione afrocubana, era un appuntamento fisso che cadeva nel mese di dicembre fin dagli anni Quaranta, quando Batista fu iniziato nella cosiddetta "Regola di Ocha", che concilia credenze delle tradizioni nigeriana e cristiana con gli attributi di Shangó, la sua divinità paterna, e di Oyá, la dea dei cimiteri, sua divinità materna. E Arcadio era il padrino. Si poteva dire quindi che Batista appartenesse alla più potente famiglia del pantheon yorubá e dei loro rappresentanti terreni.

Arcadio non era un semplice santero, bensì un *babalawo,* o dignitario di Orula, il possessore dei segreti della divinazione, una specie di papa della santería noto e rispettato in tutta Cuba. Era talmente popolare che, se qualcuno aveva un problema spinoso, gli amici gli consigliavano: «Vai a consultare Arcadio a Guanabacoa». E, anno dopo anno, Batista ascoltava il parere di Orula dalla bocca di quell'intermediario. Il 29 dicembre 1957 il "registro" si era svolto nella tenuta di Kuquine. In quell'occasione Arcadio non riuscì a reprimere un'espressione di contrarietà, poiché Orula annunciava disgrazie per il suo figlioccio. Interpretando i numeri delle posizioni assunte dall'*ékuele*, una catena dai cui anelli pendono piccoli frammenti di guscio di noci di cocco, si otteneva la sequenza di lettere *Eyioko Ossa*, che significa rivoluzione, ostacolo e fuoco. La cosa peggiore che un essere umano dovesse affrontare. In quel momento, però, il presidente non aveva ancora perso il suo aplomb, e qualche giorno dopo fece l'*ebbó*, la "pulizia" rituale, con cui tutti quei mali potevano essere evitati: vennero sacrificati due montoni, un caprone, quattro galline nere, due galli e sette colombe.

Batista si alzò dalla poltrona per tendere la mano al padrino e salutarlo con due abbracci, secondo l'usanza religiosa. Ad Arcadio, che non veniva dalla stratosfera ma dalla vicina Guanabacoa, non servivano facoltà divinatorie per capire che aveva davanti un uomo vinto. Lo guardò negli occhi e vi scorse un interrogativo che gli spezzò il cuore. Per qualcuno che avesse osservato la scena dal di fuori sarebbe stato molto difficile comprendere, a meno che non fosse nato in una casa piena di feticci e pentole di ferro dietro la porta, che in quel momento il destino di "El Hombre", e la fine di una guerra civile che durava da più di due anni, erano nelle mani di un mulatto che a stento aveva superato la quarta elementare in una piccola scuola di poveri.

Arcadio distese sul pavimento la stuoia di fibra vegetale che teneva arrotolata sotto il braccio e vi sistemò accanto una tazza fatta con il frutto legnoso di una *güira*, nella quale versò un po' d'acqua benedetta contenuta in una bottiglia di gassosa. Accese un sigaro che aveva spezzato con le sue mani e si preparò a "registrare" il presidente. Seduti uno di fronte all'altro con la stuoia in mezzo, sulle fredde lastre di marmo del palazzo presidenziale, sembravano due personaggi usciti da un racconto delle *Mille e una notte*. Arcadio rese onore ai suoi "morti" e a quelli di Batista, antenati o esseri sconosciuti e perduti nell'immensità del Nulla le cui volontà gravitano sui destini delle persone che accompagnano. Mentre li evocava, spargeva tutt'intorno l'acqua benedetta dal parroco della chiesa di Regla. Uno schizzo freddo colse di sorpresa Batista facendolo istintivamente sussultare, e Arcadio interpretò il fatto come un cattivo presagio, poiché poteva significare che il suo figlioccio era maledetto.

«Prenda» disse il santero, tendendo a Batista due semi lustri che doveva tenere ciascuno nel palmo di una mano. «Si raccomandi a Olofi, l'Altissimo; a Shangó, suo padre e angelo custode; a Oyá, sua madre; a Eleggua, che apre e sbarra le vie; ai santi guerrieri che hanno lottato al suo fianco nella vita, e alle anime dei defunti che la proteggono su questa terra.»

Dopo aver agitato in aria per un po' l'*ékuele*, lo gettò sulla stuoia. Alcuni frammenti di noce di cocco rimasero con la cavità rivolta verso l'alto, gli altri al contrario. Arcadio contò gli uni e gli altri, fece mentalmente somme e sottrazioni e pronunciò la "parola", il verbo di Orula.

«*Eyila chebora*» recitò Arcadio con la cadenza della lingua africana e poi pronunciò la frase che riassumeva l'oracolo: «Quando c'è la guerra, il soldato non dorme».

«Si tratta di un "segno" cattivo, padrino?» domandò Batista, ma solo per dire qualcosa, dato che lo sguardo fisso di Arcadio era la disperazione in persona.

«Figliolo, se fosse cattiva, ci sarebbe rimedio, ma quel che ci sta dicendo Orula è peggio di una tirata d'orecchi. Lei ha contro persino il suo angelo custode. Shangó ha alzato l'ascia su di lei, che è suo figlio, e chiede sangue.»

«Cazzo, padrino, ma io sono un bravo figlio. Com'è possibile che Shangó mi volti le spalle? Che altro dice Orula?» domandò di nuovo Batista con la voce spezzata.

«Qualcosa avrà fatto. Questo, solo lei può saperlo. Comunque assicura che lei morirà nel suo letto, quindi non deve temere per la sua vita.»

«Questo, dice?»

«Proprio così. E poi dice che i figli di Shangó non sono mai presi alla sprovvista, perché sanno che il loro padre è sempre riuscito a sfuggire alle fiamme» affermò il santero molto sicuro di sé, senza considerare che stava parlando con Fulgencio Batista y Zaldívar in persona, al quale era preferibile indorare la pillola nelle contrarietà e assecondarlo nelle prepotenze. Ma lui era Arcadio e si sentiva in diritto di ricordare al suo figlioccio presidente della Repubblica di Cuba che, quando le cose si mettevano molto male, Shangó si mascherava da donna e se ne andava con la coda tra le gambe.

"El Hombre" volse lo sguardo verso la finestra, ma essendo seduto sul pavimento non poté vedere le cime dei lauri vicini, anche se riuscì a distinguere nel cielo lo zaffiro splendente di Venere. Si alzò senza parlare e si avviò lentamente verso la porta che comunicava con la stanza attigua, il salotto dove Martha si dondolava su una poltrona cantando vecchie ninnenanne alla figlia minore. Aprì la porta e la donna seppe subito che il cielo era contro suo marito.

«Martha, adesso sì che ce ne andiamo!» disse Batista, rimanendo aggrappato alla maniglia.

28 dicembre 1958

Nella casetta del Cerro c'era un patio dove cresceva una ceiba che poteva avere anche più di cent'anni, poiché le ceibe, che sono sacre come le palme, non possono essere abbattute senza il permesso degli dei africani. Alla sua ombra, tra aromi di basilico e gelsomino, Elías Mozack sognava il mare. Il mare era la sua ossessione e sommergeva ogni suo pensiero con un'onda immensa e continua. Aveva sempre pensato che il suo destino fosse legato all'oceano, mai però che quel legame avrebbe finito per assumere la sinistra fisionomia della morte.

Sotto i rami, che come gigantesche braccia indicavano i punti cardinali, Mozack non riusciva a gustare le delizie di un patio ombroso e profumato. Era in gabbia, e nelle gabbie non c'è spazio per godersi i capricci di Dio.

Al di là di uno stretto braccio di mare c'erano Gladys e suo figlio a trasmettergli la dose di forza che in altre circostanze gli sarebbe mancata. Quella ridicola distanza stava diventando un ostacolo insormontabile, un castigo dantesco per il vecchio e arrugginito peccato d'idealismo politico che gli aveva imposto la violenza come via obbligata verso l'agognato futuro di una società basata sulla giustizia.

Mozack aveva avuto il tempo per pensare e per ripercorrere la propria vita fino al giorno funesto in cui si era autorecluso nel luogo dove si trovava adesso, e aveva scoperto le trame scucite degli errori commessi, che non erano pochi. Anche se il martirio non scaturiva dal pentimento per essersi unito a un esercito clandestino, quanto piuttosto dalla maledizione che si era tirato addosso accettando la morte di esseri umani come un male inevitabile. Tentò di assolvere se stesso giustificandosi con gli obblighi crudeli della guerra, e riandò con il pensiero fino ai primi scontri di alcuni uomini con i loro fratelli. Ma non ne trasse conforto, poiché le ragioni che poteva addurre non avevano la forza necessaria per legittimare la violenza di fronte alla sua coscienza. Il movente più convincente che riuscì a trovare si riduceva al ruolo meschino di chi si getta nella mischia in cerca di vantaggi, senza nemmeno un pizzico della gloria di chi difende ciò che è suo.

Cercò di riempire le sue ore solitarie con storie a lieto fine, ma piantata dentro di lui c'era la triste sensazione di trascinarsi in una cloaca. Immaginava le parole con cui avrebbe tentato di riconquistare i suoi, le spiegazioni che avrebbe dato a Gladys, e di come un giorno o l'altro avrebbe affrontato Meyer per assicurargli che fra loro tutto sarebbe potuto rimanere come prima. Si lasciava illudere da fantasticherie che non tardavano a scontrarsi con la realtà.

Anche se voleva ingannare se stesso per continuare a vivere, Elías non ci riusciva, e questo era il suo peggior castigo. Non ce l'avrebbe mai fatta a persuadere Gladys, Meyer né l'anima nera di Lara che non era sua quella faccia nascosta capace di distruggere una famiglia, di calpestare un'amicizia, di ordinare di uccidere e di uccidere a sangue freddo.

Aveva il telefono a portata di mano e poté usarlo senza temere controlli di polizia, che in pratica erano inesistenti. Più di una volta ebbe la tentazione di chiamare la moglie, almeno per darle un segno di vita, e ogni volta desistette dopo una lunga lotta interiore. Le doveva quella chiamata, e rimase ore a pensarci sotto la ceiba prima di decidersi: non voleva darle false speranze. Preferiva svanire nel nulla piuttosto che diventare il torturatore della propria famiglia, gettandole addosso altra amarezza per la distanza che li separava.

Con Meyer sarebbe stato diverso, avrebbe avuto all'altro capo del filo un interlocutore che poteva strapparsi il cuore per poter ascoltare meglio; uno che sarebbe stato zitto, soppesando ogni frase. Decise di farlo non appena fosse giunto il momento, e quel momento sarebbe venuto solo nel caso di una sua fuga da Cuba o di prossimità alla morte, o delle due cose insieme.

Il giorno prima aveva inviato il segnale convenzionale di pericolo destinato alla centrale del Kgb a Città del Messico, dettando per telefono un cablogramma della Western Union con un indirizzo della capitale messicana, il cui testo diceva: "Attendo la spedizione dei vostri campionari". Durante l'ultimo contatto con Lagunov avevano concordato che quella frase sarebbe stata inviata solo in caso estremo. Voleva dire che la copertura di Mozack era saltata e che lui doveva uscire d'urgenza dal paese con mezzi clandestini. Il piano di sganciamento fu stabilito a Cuernavaca ed era molto semplice: tre giorni dopo l'invio del cablogramma, Mozack si sarebbe recato di notte a Puerto Escondido, un luogo completamente disabitato una settantina di chilometri a est dell'Avana, e là avrebbe atteso l'arrivo di uno yacht che sarebbe partito da Campeche, nella penisola messicana dello Yucatán. L'imbarcazione avrebbe emesso dei segnali luminosi di fronte alla costa prima di avvicinarsi a riva, e Mozack avrebbe risposto nello stesso modo.

Dopo la sua partenza da Cuba, Mozack sarebbe stato alla mercé del Kgb. Lagunov gli aveva assicurato che il suo ipotetico viaggio di ritorno si sarebbe svolto interamente per mare. Prima sarebbe tornato a Campeche, dove avrebbe ricevuto un passaporto falso fino alla partenza del primo mercantile sovietico. Il resto era nelle mani dei comandi superiori.

La prospettiva di tornare dietro la cortina di ferro dalla porta di servizio, senza la sua famiglia e con un futuro incerto, fece sì che Elías ritardasse l'emissione del segnale di evacuazione, in attesa di un miracolo che non avvenne. La casa del Cerro gli garantiva una relativa sicurezza, poiché il vicinato non era come quello di Miramar, dove la gente si ignorava e ciascuno viveva la propria vita. Sul Cerro le cose erano diverse e presto comparvero i venditori e i piatti di riso al latte della vicina che aveva in custodia la casa prima che lui l'occupasse. Era poco probabile che lì qualcuno lo riconoscesse. Ma era gente di un altro mondo, il che lo poneva irrimediabilmente nella spiacevole condizione di una mosca bianca, di misterioso oggetto di pettegolezzi. Gli mancavano il dialetto, i gesti, la maniera di vestire e di relazionarsi con gli altri. E, non appena il pettegolezzo avesse spiccato il volo, si sarebbe ritrovato un poliziotto sull'uscio, deciso a chiarire che cosa ci facesse in un quartiere povero un uomo che rivelava le proprie origini sociali anche solo nel dire "grazie".

Quando sollevò la cornetta per chiamare l'ufficio della Western Union di calle Obispo, stava mettendo in atto la sua ultima variante di sopravvivenza, anche se lo fece nutrendo quello che classificò un ragionevole dubbio. Ma non era un dubbio, bensì una conclusione alla quale tentò di non dare importanza dicendo a se stesso che era avvelenata dalla paranoia del perseguitato e da un sospetto di cui non aveva prove: Mozack diffidava del Kgb. Analizzò a sazietà quella sgradevole sensazione e gli apparvero, come la trasfigurazione di Gesù davanti agli apostoli, le scene del film che il Kgb poteva essere interessato a produrre a sue spese.

Lui era un uomo ricco, un capitalista che non proveniva, come Lagunov o Antonov, dalle file del Komsomol leninista e del Partito comunista dell'Unione Sovietica. Il suo impegno come agente era quasi casuale, e si era dimostrato indisciplinato, con principi propri che sovvertivano il potere inamovibile della linea di comando. I suoi rapporti con la mafia nordamericana e gli affari che aveva intrapreso con quest'ultima per consolidare l'accesso al vertice che governava Cuba, e soprattutto la sua stretta amicizia con Meyer Lansky, dovevano essere per il Centro motivo di perplessità e preoccupazioni. Di fatto, per molti anni aveva quasi dimenticato la sua vera identità e aveva vissuto il proprio ruolo di agente segreto alla stregua di un hobby senza grandi conseguenze. Poi, era arrivata la guerra civile ed erano iniziate le mosse del Kgb sullo scacchiere politico, e lui era stato la pedina quasi solitaria che portava sulla coscienza il peso delle mene ordite nell'ombra dall'Urss per contribuire alla vittoria di Castro.

Se Castro entrava all'Avana, la decisione del Kgb di intervenire per cooperare al "consolidamento della situazione rivoluzionaria", mediante azioni terroristiche mirate a inasprire la repressione, sarebbe diventata una traccia da cancellare da qualsiasi memoria. Quando fosse giunto il momento, l'Urss sarebbe accorsa per fornire a Cuba il supporto poderoso della propria spalla di orso bruno, dopo lo scontro con gli Stati Uniti che gli analisti ritenevano inevitabile. In quel momento un Testimone sarebbe stato indesiderabile.

Elías Mozack passò giorni e giorni a rimuginare sulla stessa questione. Arrivò a convincersi che il comando del Kgb avrebbe preso precauzioni per assicurarsi che lui non avrebbe mai aperto bocca per raccontare quel che sapeva. Se inviò il cablogramma di soccorso, fu perché comprese che in un modo o nell'altro tutto ciò doveva finire. Stava leggendo il palmo della sua stessa mano.

Entrare nel palazzo presidenziale non era facile per nessuno, nemmeno per il generale Eulogio Cantillo. Non si poteva passare armati ed era obbligatorio fermarsi a qualche metro dalla cancellata, finché non arrivava l'ordine di accesso dal telefono dell'ufficiale di guardia della folta e ben armata guarnigione. Le misure di protezione del palazzo davano a Cantillo la sgradevole sensazione di dipendere da ufficiali di grado inferiore.

Dopo un'attesa di pochi secondi che gli sembrarono ore, il generale ebbe infine il via libera. Una volta all'interno del palazzo, salì a due a due i gradini di marmo per raggiungere lo studio del presidente, senza fare troppo caso alle proteste di Morales del Castillo, che lo seguiva senza fiato per condurlo da Batista.

Il segretario introdusse il generale nell'ufficio presidenziale con una mossa da torero nella quale Cantillo colse una velata beffa, e se ne andò. Oltre il presidente, c'era il capo dello Stato maggiore riunito, ma il nuovo arrivato non si prese il disturbo di salutarlo né militarmente né in altro modo. Il generale si trovò davanti un uomo diverso, moralmente distrutto.

«Allora è vivo?» domandò Batista.
«È così, signor presidente.»
"El Hombre" rimase in silenzio, immobile, seduto dietro la sua enorme scrivania. Improvvisamente gli si infiammò lo sguardo e sferrò un pugno su quella reliquia di ebanisteria.
«E il tuo gringo, Pancho? Dove si è ficcato il tuo americano? Anche lui ha cambiato partito come il comandante Quevedo?» gridò a Tabernilla, approfittando dell'occasione per sottolineare la diserzione di alcuni ufficiali e soldati.
Francisco Tabernilla, in piedi, allargava le braccia in modo ridicolo, facendo spallucce e soffocando in una serie di gemiti gutturali le risposte che non aveva. Cantillo guardava prima l'uno poi l'altro, all'oscuro del segreto dell'"americano", del quale sentiva parlare per la prima volta.
«Perché non hai avvertito Cantillo? L'americano avrebbe potuto farla finita con quel cornuto nel luogo del colloquio. Ti rendi conto della possibilità che hai sprecato? Tu hai perso questa guerra! Proprio tu, Tabernilla!»
L'indice del presidente era puntato contro il petto del capo dell'esercito. E Cantillo cominciava a capire che la notizia della morte di Castro per mano di un cecchino aveva molto a che vedere con quel gesto accusatore.
«Signore,» balbettò Tabernilla «io ho soltanto eseguito i suoi ordini. Eravamo d'accordo che solo lei, Winsy e io avremmo gestito la faccenda. Forse l'americano...»
«Forse l'americano a quest'ora è nell'ambasciata del suo paese! Non l'hai visto lì per caso tre giorni fa quando sei stato a colloquio con l'ambasciatore Smith? Stai per caso cercando di fare un colpo di Stato? Pensavi che non l'avrei saputo? Dovrei fucilarti per alto tradimento!»
«Impossibile! Tradire lei? Impossibile, capo» disse in tono di supplica il vecchio militare, al quale sembrava cedessero le gambe. Sbiancò in viso e dovette appoggiarsi allo schienale della poltrona. «Ci sono andato solo perché l'ambasciatore intercedesse presso il suo governo per farci ottenere le armi. È vero che non mi sono consultato prima con lei, signore, ma deve credermi, non l'ho mai tradita. Mai!»
Era normale che il presidente facesse ricadere su altri i propri errori, anche se forse in quest'occasione la brutta abitudine era dettata dal sospetto del tradimento e non dalla superbia. Nella politica cubana gli orrori perpetrati da chi teneva il coltello dalla parte del manico erano sempre ricaduti su qualche capro espiatorio.

«Esca di qui finché non l'avrò richiamata» gli ordinò il capo del governo prima di voltarsi verso Cantillo. «Ora, generale, mi metta al corrente delle richieste di Castro.»

Cantillo lo informò con dovizia di particolari del colloquio che aveva avuto con il leader dei ribelli e delle posizioni di quest'ultimo rispetto alle prospettive di un'intesa. Si era sforzato di far credere a Castro che condivideva i suoi punti di vista, il che non significava che fosse vero, ma aveva contribuito a creare un'atmosfera favorevole al dialogo.

Le richieste più importanti di Castro erano che venisse impedita la fuga all'estero di Batista e dei principali esponenti del governo, delle forze armate e della polizia; che l'ambasciata degli Stati Uniti non interferisse in faccende la cui soluzione spettava soltanto ai cubani, e che ogni movimento antigovernativo in seno alle forze armate si mettesse incondizionatamente agli ordini del 26 de Julio. In realtà, Cantillo non aveva mai preso sul serio tali richieste, pur continuando a recitare il proprio ruolo fino alla fine e impegnandosi addirittura a capeggiare la rivolta contro Batista prevista a Santiago de Cuba tre giorni dopo.

Batista rimase perplesso, ma le frasi finali, che il generale riferì impersonando Castro per rendere più veritiero e drammatico il suo rapporto, piovvero sul presidente come macigni: "Il 26 de Julio non ha bisogno di nessun accordo con l'esercito per abbattere il governo. È solo questione di giorni. Se ho accettato di parlare con lei, è per attenermi al principio di evitare ulteriori spargimenti di sangue".

«Si crede padrone assoluto della situazione» disse Batista. «A Santa Clara possiamo sconfiggerlo e passare alla controffensiva. Lì si sta già combattendo, vedremo come la metteranno quando il treno blindato li avrà a tiro.»

«Bisogna ammettere che il nemico ha fatto grandi progressi, presidente» intervenne Cantillo. «L'esercito non è in grado di opporgli una resistenza tenace...»

«Traditori!» biascicò Batista. «Nell'esercito regna il tradimento. Ho migliorato le loro condizioni di vita, e mi ripagano vendendomi al nemico. A Santa Clara dobbiamo resistere!»

Il presidente chiamò attraverso l'interfono e in un batter d'occhio il segretario si affacciò sulla porta; malgrado ciò, dovette restare in piedi tutto il tempo che il capo di governo si prese prima di rivolgergli la parola. Batista guardava il soffitto accigliato, con le braccia conserte. Per un attimo Andrés Domingo pensò che avrebbe schiumato bava dalla bocca.

«Chiama Pancho! Possibile che l'esercito di gente con i coglioni che fece fuori Machado e Prío non esista più?»

Il generale Eulogio Cantillo aveva detrattori ed estimatori. All'interno della casta militare era visto come un animale raro, che si era attenuto con fermezza al principio di neutralità delle forze armate, comportamento insensato per chiunque avesse la testa ben piantata sulle spalle: Batista era un generale investito della grazia del potere civile e governava con il sostegno delle baionette. La neutralità non esisteva di fatto, e nemmeno a parole.

Cantillo godeva di una fama di militare di professione senza macchia, estraneo agli eccessi di molti suoi colleghi nella conduzione della guerra; e ciò gli dava in quel momento una caratteristica che pochissimi altri potevano vantare all'interno delle forze armate. Tra le eccezioni c'era il colonnello Ramón Barquín.

Alcuni anni prima Barquín era stato rappresentante di Cuba presso la Giunta interamericana di difesa. Era stato addestrato a esercitare il comando nelle accademie militari degli Stati Uniti e sembrava destinato a una brillante carriera, ma il colpo di Stato del 10 marzo 1952, al quale non partecipò, lo mise fuori gioco. Tornato all'Avana da una missione diplomatica, si mise alla testa di una cospirazione militare, detta "dei puri". Il Sim di Batista scoprì il complotto e i promotori furono mandati davanti alla corte marziale. Da allora il colonnello era detenuto nel carcere di Isla de Pinos.

Il presidente, la cui abilità politica era a prova di mitragliatrice, aveva davanti a sé le fiches che avrebbe dovuto puntare nelle ore successive. Aveva già preso la sua decisione, posticipata poi di vari mesi, di lasciare il potere, ma non lo avrebbe mai consegnato a Castro.

Dopo aver impartito ulteriori istruzioni al capo dello Stato maggiore riunito, generale Tabernilla, per impedire che Che Guevara prendesse Santa Clara e frenare così l'avanzata dei guerriglieri verso la capitale, Batista rimase di nuovo solo con Cantillo. Nella sua mente già si profilava l'alternativa della Repubblica, che avrebbe assunto quel giorno stesso il nome in codice di Piano 497.

«Lei mi scuserà, signor presidente» disse Cantillo, dopo aver ascoltato gli ordini dati a Tabernilla e da lui ricevuti con continui cenni d'assenso, riprendendo un discorso rimasto in sospeso. «Questa guerra, come lei diceva al generale Tabernilla, l'abbiamo persa. Ma i guerriglieri di Castro non hanno forze sufficienti per sconfiggere l'esercito; è l'esercito che si sta lasciando sconfiggere da loro, perché la faccenda non è puramente militare, ma politica. È ora di riconoscere che a Cuba è in atto una rivolta generalizzata contro il suo governo, e una cosa del genere non si risolve con le pallottole.»

«Per di più si va dicendo che lei si stia preparando all'insubordinazione il giorno 30 a Santiago de Cuba» rispose Batista sfogando il malumore. «Adesso risulta che sarei io l'unico colpevole.»

«In un certo senso, sì...»

«Lasciamo perdere» lo interruppe Batista. «Lei non è rimasto nel mio studio per processarmi. La cosa più importante in questo momento è evitare che Fidel Castro prenda il potere. Perciò si accomodi, generale, ci aspettano lunghe ore di lavoro.»

Batista stava per arrendersi a Cantillo... e al colonnello Barquín, che in definitiva era l'uomo proposto dall'ambasciatore Smith per quella mossa in extremis. Avrebbe rassegnato le dimissioni a una giunta militare, che doveva nominare presidente provvisorio il magistrato più anziano del Tribunale supremo. I membri del gabinetto e i capi supremi delle forze armate si sarebbero avvalsi del diritto di asilo nel momento in cui fosse stata resa nota la decisione, tenuta segreta fino alla mezzanotte del 31 dicembre sotto il nome ambiguo di Piano 497.

«Potrebbe dirmi da dove è saltato fuori questo quattrocentonovantasette?» domandò a Batista il generale Cantillo mentre stava per ritirarsi.

«È un numero portafortuna» rispose il presidente, ma non gli disse che si riferiva alla somma delle singole cifre, venti, che nei tarocchi è un arcano maggiore e annuncia la resurrezione.

31 dicembre 1958

8.50

Il Vicker Viscount della Cubana de Aviación scaricò il contenuto della sua cabina passeggeri sull'asfalto della pista dell'aeroporto di Rancho Boyeros. L'aereo, proveniente da Miami, aprì i portelli lasciando uscire quella che al controllore di volo, dall'alto della torre, parve una mascherata di carnevale.

I turisti, appena giunti al tropico per salutare il 1958 fra i piaceri che dispensava L'Avana, esibendo camicie con le palme stampate e occhiali da sole, fluivano verso l'edificio del terminal, dove agenti delle Casas de Marina offrivano servizi di accompagnamento per uomini e donne.

Tre puntini scuri, nel lungo serpente variopinto, stonavano come i rintocchi di una campana in un quartetto d'archi. Gli abiti scuri ed eleganti di Meyer Lansky, Alka Seltzer e di un secondo guardaspalle contrastavano con la predominante accozzaglia di colori e persino con l'abbigliamento semplice di mistress Thelma Lansky, che aveva accompagnato il marito a Cuba per tenerlo d'occhio mentre assolveva l'inderogabile impegno di presenziare ai festeggiamenti dell'anno nuovo all'Hotel Havana Riviera.

Teddy si era rifiutata di lasciarlo partire da solo, dopo una breve visita di cinque giorni. L'ulcera rendeva un inferno la vita di Lansky, forse non tanto per la sensazione di avere un buco nello stomaco, quanto piuttosto per la drastica limitazione che gli imponeva nel godere dei piaceri del mondo. Per di più, un dolore al ginocchio destro lo faceva zoppicare e lo obbligava a ingerire pastiglie antinfiammatorie. Erano le buche sulla strada dopo la curva del mezzo secolo.

Andò dritto al Riviera, dove fervevano i preparativi. Nel cabaret Copa Room, il centro dei festeggiamenti, sciamavano camerieri e addetti impegnati a adornare il locale. Sistemavano fiori freschi sui tavoli e stoviglie pregiate, disponevano addobbi, lucidavano i bicchieri. Sul sipario del palcoscenico un cartello a grandi caratteri dorati rendeva visibile da ogni angolo il messaggio: "*Happy New Year 1959*". Se Lansky avesse potuto sapere cosa sarebbe accaduto poche ore dopo, lo avrebbe interpretato come la beffa di qualche castrista infiltrato tra il personale.

Una volta nella suite 2001, Meyer si fece la doccia, si asciugò con un accappatoio su cui erano ricamate le iniziali dell'hotel preparandosi ad assolvere ai propri doveri. Teddy, che in fin dei conti era una donna, preferì uscire a far compere nei negozi del centro. Santos Trafficante arrivò nel momento in cui lei usciva.

«Che diavolo è successo, Santos? Com'è che quell'uomo è ancora vivo? È uno scherzo o cosa?» domandò Lansky a raffica, irritato, senza un pizzico dell'abituale cortesia.

«Non si tratta di uno scherzo, Meyer» rispose Trafficante dopo qualche istante di imbarazzato silenzio. «Il tipo ha fatto del suo meglio...»

«Del suo meglio! L'inaffidabilità di questo paese ti sta contagiando, Santos. Che cosa significa per te quel fottuto "ha fatto del suo meglio"? Non ha fatto niente, non l'ha nemmeno sfiorato con il petalo di un fiore. Continuo a credere che tutta questa storia sia una truffa.»

«Non lo è stata, solo che non ha dato risultati. A quanto pare, il tipo si è sbagliato e ha sparato a un altro credendo che fosse Castro.»

«Ma questa è roba da principianti.»

«Il nostro non lo era...»

«O non lo è» rettificò Lansky, dirigendosi verso un tavolo distante in cerca del suo inseparabile pacchetto rosso e bianco. «Si è saputo qualcosa di lui?»

«Niente. Forse i ribelli lo hanno scoperto, e in quel caso non avremo altri dettagli su quanto è successo.»

«Che vada a farsi fottere!» sbottò Lansky, e le parole gli uscirono avvolte in una nuvola di fumo. «Siamo al punto di partenza e Batista sta affondando con la sua nave.»

«Ma non credo che ci metterà molto a saltare su una lancia di salvataggio» affermò Trafficante. «La situazione è tesissima e ritengo sia necessario insistere sul piano originale. Altrimenti, una mattina ci ritroveremo Fidel Castro che beve un cuba libre al bar Elegante.»

«In questi giorni ho avuto tempo per riflettere e devo ammettere che avevi ragione.»

«Avevo oppure ho?»

«Ce l'avevi qualche mese fa, quando mi dicesti che Batista poteva diventare una pietra al collo per noi. Allora non feci caso alle tue parole. C'erano altre opinioni che pesavano di più.»

«Inclusa quella di Mozack.»

«Sì, inclusa la sua. Adesso, però, non vorrei parlare di niente che abbia a che fare con quel figlio di cagna...»

Trafficante si portò la mano alla fronte e vomitò una risata lunga e fragorosa. Lansky non ricordava di averlo mai visto così allegro e rimase interdetto davanti a quella sghignazzata, che gli sembrò insolente e fuori luogo. Né in quel momento né dopo avrebbe potuto immaginare che quella risata fosse la reazione istintiva di Trafficante nel verificare le proprie capacità di manovra, la maturità del proprio talento a trovare l'uscita dal labirinto stretto e pericoloso del potere.

«Non mi sembra divertente, Santos. Preferisco non fare commenti.»

«Niente commenti, Meyer» disse Trafficante, asciugandosi una lacrima che gli rigava la guancia. «Scusa... Torniamo a noi. Risulta dunque che avevo ragione, ma per me non è una novità. Sapevo di averla.»

«Riconosco che, se ti fossi stato a sentire, adesso probabilmente ci troveremmo in una situazione più comoda. La corda sta per spezzarsi, ma non ci arrenderemo tanto facilmente, anche se certo non potremo fare ciò che né Batista né Eisenhower hanno potuto fare. Noi non siamo i fottuti marines, Santos.»

«E cos'hai pensato?»

«Incontrerò nuovamente Batista. È ora che qualcuno gli parli chiaro.»

«Lo hanno già fatto.»

«È diverso. Batista è rimasto ad aspettare che il tuo uomo ficcasse una pallottola in mezzo agli occhi a Castro. Avevamo un patto e non l'abbiamo rispettato, siamo noi ad aver sbagliato. Lui ha fatto quello che ci aspettavamo: tenersi a galla. Andrò di nuovo da lui e non lo farò a mani vuote, almeno questo glielo dobbiamo.»

«Cosa intendi dire?» domandò Trafficante, incuriosito dai ragionamenti di Lansky, per lui incomprensibili.

«Non andrò a dirgli: "Signor presidente, Santos Trafficante e io non siamo stati capaci di prendere Castro a calci in culo, quindi lei deve lasciare subito la sua carica"» recitò immedesimandosi in una situazione grottesca e fece una pausa prima di proseguire. «Assolutamente! Andrò a fare quel che so: proporgli un affare. Il linguaggio degli affari è molto più convincente di quello della politica. Il dottor Suárez Rivas mi ha tenuto al corrente delle pressioni del dipartimento di Stato per togliere il potere a Batista, ma penso che lui non sappia in quale situazione si trovi realmente il governo. L'unica soluzione praticabile continua a essere un intervento militare, però uno sbarco dei marines con Batista alla presidenza è impossibile. Non lo faranno mai, sanno che quasi tutto il paese è insorto contro di lui. Prima devono metterlo da parte. Ed è quello che stanno tentando di fare.»

«In questo siamo d'accordo con il dipartimento di Stato» intervenne Trafficante. «Il fallimento dell'attentato a Castro ci ha fatto tardare, ma siamo pronti a offrirgli quel pretesto.»

«Naturalmente, ma senza Batista. Altrimenti perderemmo il nostro tempo e già ne abbiamo perso troppo. Adesso la cosa più importante è parlare con lui e offrirgli parte di quello che possediamo a Cuba, a patto che consegni il potere a un ministro o a una giunta di professori universitari, per me fa lo stesso. L'altra è di mettere i mercenari di Costa Rica in cammino verso la zona di Oriente, in modo che possano fare il loro lavoro al momento opportuno. Domani parlerò con il dottor Morales del Castillo perché organizzi l'incontro.»

«Sono d'accordo. Ma cosa diavolo succederà con Castro? Sarà sempre una pietra troppo ingombrante sulla nostra strada.»

«Con quell'uomo non ci sono alternative, Santos: è di troppo» disse Meyer Lansky facendo un gesto come per indicare qualcosa spazzata via dal vento. Trafficante non lo dimenticò mai più.

9.47

La grande casa nel Vedado era ben lontana dall'essere ciò che era stata. Solo uno splendido albero di Natale, in un angolo del vestibolo, dava una nota di colore all'atmosfera da veglia funebre, percepibile persino nel modo con cui la servitù si muoveva all'interno della villa. Il campanello dell'ingresso suonava con insistenza. Un capitano dell'esercito con l'uniforme sporca e l'elmetto sotto il braccio aspettava che qualcuno accorresse alla sua chiamata, una chiamata disperata.

Julia Elisa Consuegra, che abitava in quella fortezza la cui architettura faceva pensare a un inoffensivo focolare domestico, non era dell'umore di festeggiare o ricevere visite. Viveva in un assillo costante, circondata da custodi e oppressa dalle minacce anonime sussurrate al telefono o fattele pervenire in lettere senza mittente. Negli ultimi cinque mesi si era vista costretta a cambiare tre volte il numero di telefono, e la corrispondenza le arrivava tramite una casella postale; tuttavia continuava a ricevere terribili messaggi che le rammentavano i poliziotti lapidati e trascinati per le strade dopo la caduta del presidente Gerardo Machado.

Era lei, dopo Martha, la donna di cui il presidente si fidava di più. In seguito al golpe militare del 10 marzo, Batista aveva creato un Consiglio consultivo formato da ottantadue membri, tramite il quale pretese di legiferare in via provvisoria nel periodo di crisi per evitare che la Repubblica restasse acefala, priva degli organi del potere giudiziario. Julia Elisa ne entrò a far parte e finì per diventare gli occhi e le orecchie del generale golpista. Tuttavia, durante le elezioni del 1954, quando Batista ottenne la maggioranza battendo i candidati di altri partiti, fu qualcosa di più di una semplice spia. Assunse personalmente la direzione della campagna presidenziale e aggiustò, con sortilegi da maga, i risultati delle urne di una competizione elettorale che parve pulita. Fu un favore che il generale seppe apprezzare. Poco dopo Julia Elisa era la persona più temuta fra gli uomini del presidente. Entrava nello studio presidenziale senza farsi annunciare, parlava all'orecchio di Batista in presenza di chiunque e gli si rivolgeva con il lei soltanto nelle riunioni ufficiali.

La vita, però, ha i suoi alti e bassi. Il 18 dicembre 1958 la Consuegra sparò in faccia al presidente che la causa del governo era perduta di fronte alla guerriglia e gli consigliò di lasciare il potere. Di fatto, non era stata lei a prendere l'iniziativa, poiché commentava semplicemente il colloquio del giorno prima tra il presidente e l'ambasciatore nordamericano Earl T. Smith, che le aveva trasmesso, seguendo tutte le regole della diplomazia, l'ultimatum del dipartimento di Stato: non un giorno di più al governo.

Quest'ultimo messaggio, esplicito e categorico, aveva già avuto un precedente otto giorni prima. William D. Pawley, un americano che aveva fatto investimenti all'Avana fin dagli anni Trenta e intratteneva eccellenti rapporti personali con il presidente, era stato scelto per la missione ufficiosa di avvertire Batista che non poteva più contare sull'appoggio degli Stati Uniti e doveva lasciare la presidenza per facilitare un'azione diretta a evitare che Castro la prendesse d'assalto.

Batista, ostinato a rimanere incollato alla poltrona suprema, sottovalutò quei messaggi, anche quando gli venne detto a chiare lettere che, se non avesse accettato la formula, da quel momento in poi avrebbe trovato sbarrate le porte degli Stati Uniti. Lui sapeva che cosa aveva per le mani e confidò nella propria buona stella, che durava già da venticinque anni. Naturalmente, non poteva confessare che Meyer Lansky si stava occupando del lavoro sporco che non aveva fatto la Cia.

Batista scaricò su Julia tutte le proprie tensioni e, quando le ingiunse di lasciare la sede dell'esecutivo, si stava vendicando per non aver fatto lo stesso con Pawley e Smith.

«Vai!» le urlò indicando la porta dello studio. «Corri anche tu a unirti a loro!»

«Volevo solo avvertirti del pericolo che incombe sulla tua vita» si azzardò a ribattere lei. «Sei un arrogante! Un bruto!»

«Chi ti ha dato il permesso di rivolgerti in questo modo al presidente della Repubblica? Fuori!» le ordinò Batista, schiumante di rabbia.

«Me ne vado! Ma sappia, signor presidente,» disse lei scandendo le parole «che questa è l'ultima volta che metto piede nel suo ufficio.»

«Meglio!» rispose Batista. «Spero che manterrai la parola. Sono stufo di avere a che fare con dei traditori.»

L'ultima frase suonò alle orecchie di Julia Elisa come una cannonata. Dal palazzo presidenziale andò dritta a casa senza aspettare nemmeno che l'autista facesse il giro per aprirle la portiera posteriore dell'auto. Corse nella sua stanza con la vista annebbiata dalle lacrime e sprofondò nella solitudine del piano superiore.

Trascorse il resto del pomeriggio e la serata chiusa lì dentro, del tutto indifferente alle telefonate degli alti funzionari governativi, poiché nel suo offuscamento immaginava che l'avrebbero commiserata, e impartì ordini categorici che nessuno la disturbasse. Il giorno seguente erano spariti dalla parete del suo salone l'enorme olio del presidente vestito da guerriero e la pergamena storica con il suo volto contornato dallo slogan a caratteri d'oro della campagna presidenziale: "Batista, l'uomo di cui Cuba ha bisogno".

Dopo alcuni giorni d'isolamento, il pomeriggio del 29 dicembre Julia Elisa Consuegra si vide costretta a ricevere Gonzalo Güell, ministro degli Esteri, che recava un saluto personale del presidente e una busta contenente un biglietto d'auguri e un invito per la cena del 31 dicembre presso l'alloggio militare del campo di Columbia.

«Ringrazi il presidente e gli porti i miei migliori auguri per l'anno nuovo» disse la donna «ma quella sera ho altri impegni. Non verrò alla cena.»

Perplesso per la risposta, Gonzalo Güell tentò di dissuaderla ricorrendo alla vecchia risorsa dell'adulazione. La donna, nonostante tutto, rimaneva un personaggio pericoloso.

«Julita, non puoi mancare» disse Güell con dolcezza. «Tutti ti rispettiamo e riconosciamo i tuoi grandi meriti. Quale altro impegno può essere per te più importante che sedere alla tavola del presidente l'ultima notte dell'anno?»

«C'è!» rispose lei con enfasi. «L'impegno è con me stessa, dopo l'ingrata ricompensa che ho ricevuto per tutti gli anni trascorsi a servirlo.»

«Non puoi fare questo al presidente! È sotto pressione per la piega che hanno preso gli eventi. Eppure mi ha mandato da te... Ti sta chiedendo scusa, devi capirlo...»

«E chi capisce che io ho il mio orgoglio, la mia dignità ferita?»

«L'orgoglio è subordinato al dovere.»

«Il tuo, non il mio» disse la donna, considerando chiusa la conversazione.

Gonzalo Güell uscì afflitto per la scortesia di Julia Elisa e, soprattutto, perché avrebbe dovuto riferire a Batista i dettagli del colloquio. Lei si ostinò nella sua clausura monastica e nella convinzione che Batista in persona le dovesse delle scuse. Soltanto due giorni dopo autorizzò la governante a ricevere un altro visitatore: qualcuno che aveva già esaurito il ricorso al campanello e stava prendendo a pugni la porta.

Quando le dissero che un militare insisteva per vederla immediatamente, Julia Elisa Consuegra pensò che fosse qualcuno incaricato della missione di supplica ufficiale, ma, non appena lo vide, capì che veniva direttamente dal fronte. Solo pochi minuti prima il capitano, su una vecchia Plymouth del '48, era entrato come un ciclone dal lato est del tunnel della baia per concludere un viaggio quasi suicida dal paesino di Santo Domingo, nella provincia di Las Villas. Appariva smagrito, stanco, e i suoi occhi arrossati e inquieti gli davano un'aria da cane abbandonato.

«Sono l'ufficiale del 3° Tattico di Las Villas, signora» si presentò il militare. «Sono venuto direttamente a casa sua per chiederle di aiutarmi a portare a termine un dovere amaro, visto che attraverso i canali ufficiali mi risulterebbe impossibile farlo.»

«E cosa le fa supporre che io possa aiutarla?» domandò con alterigia la donna. «Per me, il suo dovere è accanto ai soldati che ha lasciato dietro di sé.»

«Sappia che non sono un disertore e nemmeno un codardo. Sono venuto qui spinto dalla fedeltà che ho giurato alla patria. Lei deve condurmi dal generale Batista per metterlo al corrente di alcune verità che gli alti comandi dell'esercito gli nascondono. Poi potrò tornare accanto ai miei compagni e morire, se così vorranno Dio e la Santísima Virgen de la Caridad del Cobre.»

Sul volto di Julia Elisa si dipinse un'espressione trionfale. Quell'uomo, con il suo comportamento marziale e quel modo di parlare come se stesse declamando una lezione di morale e di civismo, doveva essere stato mandato dal Fato, ed era segno di una volontà di rivincita più chiara dell'aquila ferita che grida sul tetto di un tempio di Minerva. Batista avrebbe dovuto ascoltarla ancora. Julia Elisa lo fece passare e lo invitò a raccontarle tutto quel che aveva da dire al presidente.

«Devo ritenere che lei comunicherà a Batista tutto ciò che le dirò? Mi perdoni, ma non mi fido. Preferisco farlo di persona. Lui avrà domande da fare a cui posso rispondere solo io» aggiunse l'ufficiale tentando di attenuare la portata delle sue parole.

«Non mi ha capito, capitano» ribatté Julia Elisa. «Voglio solo avere la certezza che lei non mi stia facendo perdere tempo. Se ha cose così importanti come dice, sarà lei stesso a riferirle al presidente.»

Dalla notte precedente Santa Clara era in mano ai ribelli. Era il primo capoluogo di provincia che conquistavano. Situato trecento chilometri a est dell'Avana, era l'ultimo punto strategico alle porte occidentali dell'isola. Il Che ne percorreva in trionfo le strade con un braccio al collo, dopo aver assediato e posto sotto un'amministrazione civile del 26 de Julio altri centri importanti come Sancti Spíritus, Placetas, Remedios y Fomento. Dal canto suo, il comandante Camilo Cienfuegos aveva accerchiato la città di Yaguayay.

Le forze insorte sulla Sierra dell'Escambray erano scese a patti con il Che unendosi alle sue truppe, eccetto il Segundo Frente Nacional del Escambray, capeggiato da Eloy Gutiérrez Menoyo e dal nordamericano William Morgan. Il cuneo ribelle al centro del paese lo divideva in due, mentre a Oriente il territorio controllato dagli insorti aumentava ogni giorno, come una diga che tracima. Una valanga avanzava verso L'Avana.

Julia Elisa Consuegra condusse il nuovo arrivato all'ampia terrazza zeppa di vasi di fiori sospesi e aiuole artificiali dove crescevano piante coltivate con cura. Dal patio più vicino giungeva con chiarezza il gorgheggio degli uccelli prigionieri in un'immensa voliera, che conferiva al luogo l'aspetto di un giardino zoologico. La donna esortò il militare a prendere la parola.

Il capitano aveva ottenuto i suoi gradi in accademia ed era sostenitore di una linea contraria alla repressione contro i civili. Si opponeva al discredito causato alle forze armate dall'arricchimento con mezzi illeciti dei loro massimi esponenti. Ne indicò alcuni con nome e cognome e li accusò di essere dei criminali di guerra. Puntò il dito, in particolare, contro il colonnello Rojas, capo della sezione provinciale della polizia a Las Villas, ritenendolo uno dei principali responsabili della ribellione dei civili a Santa Clara. Era sicuro che Batista fosse un buon presidente circondato da un cattivo esecutivo e, soprattutto, un bravo generale ingannato dal suo Stato maggiore, che gli nascondeva la verità con dispacci che sottovalutavano la capacità di combattimento del nemico e mentivano circa l'efficacia delle operazioni intraprese dall'esercito.

«Lei intende dire che tutto è perduto?» domandò Julia Elisa interrompendo il monologo del capitano, dopo averlo ascoltato vari minuti soppesandone tanto l'onestà quanto l'ingenuità.

«Non tutto, signora. Malgrado gli insuccessi, c'è ancora qualche possibilità di vincere la guerra.»

«E lei possiede questa formula magica? Con il quadro che mi ha dipinto, non riesco a pensare ad altro che alla magia e dubito che lei sia Mandrake.»

«Il presidente può elaborare quella formula, signora, senza bisogno di Mandrake. Non deve far altro che arrestare i più importanti capi delle forze armate e mandarli davanti alla corte marziale per gravi negligenze durante il servizio. Il posto del generale Tabernilla deve essere occupato dal colonnello Barquín.»

«Ma Barquín è detenuto. Non lo sapeva?»

«Certo che lo so. È il motivo più valido per proporlo come capo di Stato maggiore. Lui conserva il prestigio di militare senza macchia. Il suo tentativo di ribellione non era rivolto contro il presidente, ma verso coloro che controllano le forze armate, vale a dire i responsabili dei fatti deplorevoli di cui stiamo parlando.»

«E nel frattempo, capitano, lei invierà un messaggio a Che Guevara perché fermi la sua avanzata su Matanzas e L'Avana?» chiese Julia Elisa.

«Che follia!» esclamò in un sussurro il militare, contrariato dalle sferzate che gli infliggeva la Consuegra.

«Di che si lamenta, amico? Mi sembra di averla ascoltata pazientemente finora. Vuole che le ripeta la domanda?»

«Non è necessario, signora... Io potrei avanzare su Las Villas con una colonna di blindati e alcuni battaglioni speciali che invecchiano inutilmente nelle caserme di La Cabaña, Columbia e Managua. A questa forza si unirebbe il 3° Tattico di Matanzas. Calcolo che non meno di cinquemila uomini potrebbero essere posti agli ordini di ufficiali giovani, non compromessi con gli attuali comandi. Con queste truppe, infinitamente superiori a quelle di Castro, invaderei Las Villas...»

«Dimentica la provincia di Oriente?»

«Quella è lontana. Castro è lì da due anni e ci sarebbe potuto restare altri due senza che accadesse nulla di realmente importante dal punto di vista militare. La priorità adesso è salvare la capitale» affermò il capitano con veemenza. «Se cacciamo il nemico da Las Villas, le truppe riacquisteranno fiducia e il resto sarà più facile, incluso un aiuto concreto da parte dell'esercito americano. Non dico che sia cosa di una settimana né di un mese o due, ma da quel momento in poi i ribelli batterebbero in ritirata, e se lei capisce qualcosa di tattica, saprà che la ritirata è quasi sempre il preludio della sconfitta. E anche se non ne capisce niente, saprà almeno che siamo in molti a preferire la morte alla vergogna della sconfitta.»

Rimasero entrambi in silenzio qualche istante. La donna non osava rompere l'incantesimo con cui l'ufficiale era riuscito a conquistare la sua simpatia. Al suo confronto, Pancho Tabernilla era un vecchio inutile, privo di ciò che invece questo capitanino sudicio possedeva in abbondanza per vincere una guerra perduta. Lo guardò con affetto e forse anche con un po' di lussuria, poiché i discorsi del giovane, virili e risoluti, l'eccitavano quanto la sua barba di due giorni.

«Molto bene, capitano» disse infine alzandosi. «Mi congratulo con lei per il suo coraggio. Adesso si faccia un bagno, si rifocilli e riposi, che ne ha davvero bisogno. Questa sera l'aspetta la difficile missione di riferire tutto ciò che mi ha detto al presidente della Repubblica.»

14.05

La giornata era serena e soleggiata. Il blu profondo della corrente del Golfo si stagliava a breve distanza dalla costa e sulla superficie scivolava uno yacht solitario, che si ostinava a voler catturare l'ultima gigantesca aguglia del 1958. Meyer Lansky vide Alka Seltzer che si avvicinava dall'altro lato della suite. Si era fatto servire il pranzo in terrazza e stava condividendo con la moglie uno dei rari momenti d'intimità. Alka Seltzer reggeva il telefono con una mano e la presa con l'altra, e lui lo conosceva abbastanza per sapere che il fedele guardaspalle multiuso non avrebbe mai interrotto il suo pranzo con Teddy se non per cause di forza maggiore. E questa causa eccezionale era in linea.

Alka Seltzer gli fece un cenno e collegò il telefono il più vicino possibile alla porta a vetri. Lansky non si mosse e valutò l'opportunità di non rispondere in quel momento, ma non ebbe tempo per decidere. Il guardaspalle raggiunse la terrazza e si chinò nella posa da confidente che assumeva sempre quando si vedeva costretto a dire qualcosa in pubblico al suo padrone, anche se il pubblico era la legittima sposa.

«È una chiamata del signor Elías Mozack» gli disse a bassa voce e si fece da parte, forse presagendo una catastrofe.

Lansky, invece, non rovesciò il tavolo e non lanciò dal ventesimo piano del Riviera la sua bottiglia di Porto contro il muretto del Malecón, non sputò nemmeno una frase carica di rancore come sicuramente avrebbe fatto Al Capone. Qualunque fosse stata la sensazione provata davanti all'annuncio di Alka Seltzer, si guardò bene dal rivelarla davanti a Teddy, che continuò imperterrita ad assaporare i leggendari gamberoni al curry con cubetti di ananas e prosciutto.

Lansky si scusò, bevve un sorso d'acqua ed entrò nella sala della suite. Aspettò che Alka Seltzer si fosse allontanato prima di prendere il ricevitore.

«Elías?»

«Sì, Meyer, sono io.»

«Questa sì che è una vera sorpresa. Pensavo che almeno avresti avuto il pudore di sparire per sempre. Credimi, Elías, per molto meno di quello che hai fatto tu, altri hanno trovato un posto più scomodo dove sistemare le ossa. Eri così sicuro che non avrei mai saputo nulla? Sono tanto stupido? Hai scherzato con il fuoco ed è una cosa molto pericolosa. Comunque, devo ammettere che hai avuto coraggio.»

«Ascolta, Meyer, ti prego di ascoltarmi. Posso immaginare che tu sia furioso con me e non voglio giustificarmi, perché so che al mio posto avresti fatto lo stesso.»

«Oh Dio! Questo è troppo, Elías. Pretendi di pareggiare la partita? Tu non hai idea, neanche una fottuta idea di cosa sarei capace io per un amico. Ti sei venduto a qualcuno e basta. Ognuno ha il suo prezzo. Negli affari è così.»

«Non mi sono venduto a nessuno. Adesso, però, non voglio spiegarti le mie ragioni.»

«Certo, mi chiami per farmi gli auguri per l'anno nuovo.»

«Da giorni penso a cosa dirti e riesco solo a cospargermi ancora più sale sulla ferita. Avrei preferito incontrarti di persona, ma adesso sono un ricercato e i ricercati non sono liberi di fare quel che gli detta la coscienza.»

«Dove sei? All'Avana?»

«Davvero vorresti saperlo?» rispose Elías, che a quella domanda era stato assalito da un'idea suicida. «Forse posso darti ancora l'ultima prova di fiducia. In effetti mi piacerebbe pareggiare la partita, come dici tu. Non ho più granché da perdere e sarebbe preferibile finirla con questa storia.»

«Oltretutto, dovrei credere al tuo pentimento.»

«Prendila come vuoi, è un tuo diritto. Qualunque sia la mia colpa, però, non ha niente a che vedere con la nostra amicizia. Non ti ho chiamato per chiederti perdono. Disgraziatamente, quel che hai saputo e quello che ancora non sai è un mio problema, e non devo discuterlo con te. Se ti ho danneggiato in qualche modo, è stato indirettamente e contro la mia volontà. Non credo che tu possa inviarmi un conto superiore ai mille dollari di danni.»

«Non si tratta di soldi, Elías. Tu mi hai ingannato.»

«D'accordo, ma non solo te. Ho ingannato tutti, inclusa la mia famiglia. E potrai pensare quel che vuoi, meno che non amo i miei.»

«Non capisco dove diavolo ti sei andato a ficcare. Qual è il tuo problema, l'Fbi?»

«Sul serio lo pensi? Se fosse l'Fbi, allora sarei davvero il traditore che non sono.»

«Che non pensi di essere.»

«Come vuoi, questo non cambia le cose. Continuo a considerarmi tuo amico. Anche se rifiuti la mia amicizia, non hai prove per farlo. La slealtà è qualcosa di ben diverso.»

«Non sono prove d'inimicizia le bombe che hai fatto mettere davanti alla mia porta?»

«Se vuoi saperlo, te lo dirò: quegli attacchi, nei quali mi sono trovato invischiato a causa di pressioni che coinvolgevano la mia famiglia, erano assolutamente casuali, inoltre non erano diretti contro di te...»

«Non essere cinico, Elías. Se facevi qualcosa per Castro, è ovvio che era contro di me. Non sei nato ieri e m'infastidisce tanta ingenuità. Lavori per Castro, non è vero?»

«Dipende da come la vedi. Se è a modo tuo, dev'essere così.»

«C'è forse un altro modo?»

«Sicuro, il mio. La nostra amicizia sembra essersi guastata per sempre e io non sono nelle condizioni di aggiustare niente. Magari verrà il giorno in cui arriverai ad altre conclusioni, anche se non lo ritengo molto probabile. Per adesso, dovrai accontentarti di pensare che forse Elías, dopotutto, non era così cattivo. Con questa telefonata sto uscendo dalla tua vita e probabilmente anche dalla mia, ma mi vedo ancora obbligato a chiederti qualcosa...»

«Scuse? Sarebbe troppo civile.»

«No, non ti chiederò di scusarmi, ma qualcosa di più importante. Vorrei, e prendila come se fosse l'ultima volontà di chi è appena salito su un vagone ferroviario diretto a Dachau, che tu vegliassi sulla mia famiglia. Non è responsabile di quanto è successo fra noi. Gladys e mio figlio sono piuttosto le vittime di tutto questo. Io non penso che tornerò a stare con loro, Meyer. Te li affido...»

Lansky stava per dire qualcosa, quando sentì interrompere la comunicazione e rimase a fissare nel vuoto. Nelle ultime parole di Elías riuscì a cogliere una nota di disperazione, ma vi scoprì anche una fiducia nei suoi confronti più forte di qualsiasi carognata della vita. Quando tornò sulla terrazza, lo yacht solitario che tentava di pescare l'ultima aguglia del 1958 era scomparso, come ingoiato dalle acque blu indaco della corrente del Golfo.

21.00

Meyer Lansky e Teddy entrarono a braccetto al Copa Room preceduti da Alka Seltzer. Il direttore di sala li condusse lungo un sentiero di tappeti rossi al tavolo, illuminato da una piccola lampada e traboccante di fiori, dove li aspettavano Eduardo Suárez Rivas, avvocato dell'hotel, Dino Cellini e Jake Lansky, che si era preso la serata libera dai suoi impegni al casinò dell'Hotel Nacional per attendere l'arrivo dell'anno nuovo in compagnia del fratello e della cognata. A un tavolo accanto, di soli uomini, Alka Seltzer occupò il suo posto di guardaspalle più importante in mezzo agli altri. Era tutto sotto controllo.

Meyer e la moglie salutarono, uno per uno, i presenti e si mostrarono cordiali e perfetti anfitrioni come sempre. Mentre veniva servito lo champagne, Lansky ebbe il tempo di considerare che a quel tavolo mancava Elías e in più di un'occasione si sorprese a girare la testa verso l'ingresso, come se dovesse arrivare da un momento all'altro.

Il Copa Room non era gremito come il 31 dicembre 1957, non era nemmeno pieno. Fra i tavoli che circondavano a semicerchio il palcoscenico del cabaret c'erano dei vuoti inspiegabili, dato che l'intero salone era stato prenotato con vari giorni d'anticipo. Lansky pensò che forse era ancora presto: molti probabilmente stavano seguendo la pallina nel suo ruotare ballerino sulla roulette del casinò; ma quando Suárez Rivas riferì delle decine di disdette dell'ultimo minuto, si convinse che forse era già troppo tardi.

Poco lontano Santiaguito Rey, fino a poco tempo prima ministro degli Interni, salutava con la mano come se il tavolo di Lansky fosse un autobus pieno di familiari in partenza. Accanto a lui, tutti sorridevano mettendo in mostra i denti e facendosi notare. Lansky ebbe l'impressione di essere il fotografo cui quella banda di adulatori stava dicendo "*cheese*". Santiaguito non era mai stato un santo dei suoi preferiti. Era un voltagabbana che si pavoneggiava nei casinò e aveva avuto la sfacciataggine di assecondare le richieste di arresto per Trafficante emesse dall'Interpol e dall'Fbi. Santiaguito non seppe mai che quel favore gli era costato la poltrona di ministro.

Dal suo posto, Lansky e il gruppo di persone che lo accompagnavano ricevevano frequentemente le visite di amici, conoscenti e soci in affari, che venivano a fare loro gli auguri e, già che c'erano, ad attestare la loro presenza, anche se non erano molti quelli in grado di riconoscere nel piccoletto in smoking il gangster che aveva impiantato a Cuba il crimine organizzato. Tra questi c'era Hugh M. Hefner, l'imprenditore di successo creatore della mitica rivista "Playboy". Hefner si faceva accompagnare da una brunetta con i capelli corti di nome Joyce Nizzari, playmate di quel mese, con la quale aveva una love story che durava già da sei mesi.

Alle 22 servirono la cena e Lansky piluccò le fettine di tacchino con salsa di caviale e fragole alla panna, un piatto non inserito nel menu del Riviera, frutto di un'altra ispirazione dello chef in seguito a una delle frequenti incursioni di Meyer in cucina. Dopo mezz'ora cominciò lo spettacolo.

A quella stessa ora arrivò all'hotel il colonnello Esteban Ventura. Andò dritto al casinò, ma dopo aver perso due mani a blackjack si diresse al bar Elegante, diede un lungo bacio alla sua supermulatta e uscì accompagnato dalla scorta. Questa volta i suoi uomini, contro le tassative disposizioni comunicate da Alka Seltzer, avevano i calci delle pistole che spuntavano dalle giacche slacciate e la valigetta piena di bombe a mano.

Qualcuno andò a cercare il guardaspalle per comunicargli che Ventura era nell'hotel pronto per un combattimento. Lansky vide Alka Seltzer alzarsi e uscire in tutta fretta. Si domandò quali motivi avesse quell'uomo per accompagnarlo in silenzio da tanti anni e si rispose da solo: "Nessuno". Quando il guardaspalle arrivò nella hall, l'auto di Ventura viaggiava già a cento chilometri orari in direzione di Marianao. Più precisamente, verso Columbia.

22.05

La lussuosa auto nera su cui viaggiavano Julia Elisa Consuegra e il capitano di Las Villas si diresse al campo di Columbia lungo avenida Treinta y uno, dove s'innalza un obelisco a forma di siringa, omaggio dei cubani al compatriota Carlos J. Finlay, scopritore dell'agente patogeno della febbre gialla, e svoltò a destra raggiungendo il posto di guardia numero 3. Sollecitata a esibire le credenziali, la donna allungò la mano e consegnò all'autista l'invito del presidente per la cena di Capodanno, una specie di salvacondotto che fu sottoposto all'attenzione del sergente e dei numerosi addetti alla sorveglianza. Il cancello tornò a richiudersi dopo il passaggio del veicolo e il conducente puntò in direzione di calle Veintinueve-E, dove si trovava l'alloggio militare di Batista.

La base militare di Columbia, proprio nel cuore di Marianao, che era allora tutta la parte dell'Avana situata a est del fiume Almendares, era il luogo in cui si tramavano gli avvenimenti politici che riguardavano i cubani, i quali non avevano mai un'idea precisa di cosa bollisse in pentola nelle caserme. Se nel palazzo presidenziale si firmavano i decreti, a Columbia palpitavano i veri destini della nazione.

Lì fu varata, il 4 settembre 1933, la formula governativa legittimata dalle baionette, ribadita all'alba del 10 marzo 1952, quasi alla vigilia di elezioni che il Partido Ortodoxo avrebbe stravinto conquistando la maggioranza dei voti; il suo slogan era: "Vergogna contro denaro", una parola d'ordine che faceva venire l'orticaria. In entrambi i colpi di Stato, prima come sergente e poi come generale, il ruolo di primadonna fu interpretato dal contadino Rubén Zaldívar, oriundo di una sperduta circoscrizione ai confini dell'estremità orientale dell'isola, il quale finì per chiamarsi Fulgencio Batista y Zaldívar.

Nella sua enorme estensione, in parte recintata da mura e in parte circondata da filo spinato sorvegliato da sentinelle, Columbia confinava da ogni lato con un mosaico di gradazioni sociali, che andavano dal miserabile dei sobborghi di Jesús María, Romerillo e del quartiere Zamora, all'opulento della zona collinare del Country Club. All'interno il campo era un punto interrogativo, un dubbio sulla fedeltà al potere civile dei carri armati Sherman e dei bombardieri leggeri B-26, che facevano base nell'aeroporto militare di Columbia. "Con l'esercito o senza l'esercito" dicevano i cubani, abituati all'idea che qualsiasi aspirazione al cambiamento dovesse ottenere l'appoggio delle forze armate.

La residenza presidenziale si trovava di fronte al poligono della cittadella militare. Nelle vicinanze c'erano soldati con i fucili spianati e individui in abiti civili che appartenevano al corpo di sicurezza del capo del governo. Nel gergo militare i graduati la chiamavano "El Castillito", anche se non lo sembrava affatto, poiché soltanto sulla facciata del piano superiore l'architetto si era preoccupato di dotare l'edificio di alcuni decori che ricordavano le merlature di un castello. Fra innumerevoli caserme dalle forme architettoniche innovative, case di ufficiali, magazzini e arsenali stipati di macchine da guerra, El Castillito sembrava un pezzo anacronistico sullo scacchiere del campo di Columbia, ma si trattava di un anacronismo di lusso.

La festa di Capodanno non era allegra come quelle che l'avevano preceduta. Ancora in quella del 1957, più affollata e meno protocollare, l'ottimismo si sprecava assieme alle coppe di champagne francese. Allora erano in pochi a farsela sotto dalla paura, e molti di più quelli convinti che l'insurrezione sulla Sierra Maestra fosse tutta pubblicità per Batista. «Cuba oggi fa notizia in tutto il mondo grazie alla personalità eroica del generalissimo signor presidente, Fulgencio Batista y Zaldívar» aveva dichiarato davanti alle telecamere il portavoce del governo Otto Meruelos dopo la baldoria presidenziale dell'ultimo giorno del '57.

Julia Elisa e il suo accompagnatore entrarono nel palazzo e si avviarono verso i saloni dove la donna credeva d'incontrare Batista. Altera e decisa, rispondeva amabilmente a chi le andava incontro o la fermava per farle gli auguri per l'anno nuovo. Ma erano in pochi. La maggioranza degli invitati, pensando che fosse caduta in disgrazia dopo lo scontro con Batista, le davano le spalle fingendo di non averla vista, mentre Julia Elisa passava loro accanto ignorandoli a sua volta.

Ad assaggiare lo spillone del suo sarcasmo fu la moglie del presidente del Senato, la quale, scappando da Julia Elisa come un topo dal gatto, abbandonò sullo schienale della sedia un raffinato scialle per andare a rifugiarsi accanto al marito, che commentava con Gastón Godoy, presidente della Camera, l'aggravarsi della crisi politica. La Consuegra si accorse del gesto premeditato e, raccogliendo lo scialle, si diresse nel punto in cui si trovava la padrona per consegnarglielo senza nemmeno dirle buonasera.

«Oh... Julia Elisa! Non ti avevo riconosciuta. Sei dimagrita» le disse la donna mentre si univa al gruppo, e poi, rivolgendosi al marito: «Anselmo, è ora di contattare il nostro oculista per una visita. Penso che dovrò cambiare gli occhiali...».

«Affrettati a farlo, mia cara» ribatté Julia Elisa, rapida come un serpente. «Di questo passo puoi confondere la sede del governo con il cesso, o peggio ancora con la merda che c'è nel Senato.»

Tutti quelli che udirono le sue parole si voltarono verso di lei, perplessi per il fatto che sotto lo stesso tetto del presidente della Repubblica ci fosse chi osava pronunciare un simile insulto, ma nessuno le rispose. In un certo senso, in maniera contraddittoria, la frase ebbe l'effetto di una rivendicazione, sbriciolando le dicerie sul ripudio della consigliera da parte del presidente e mettendo in chiaro che, tra quanti erano lì riuniti, l'unica persona capace di azzardarsi a tanto senza temere le conseguenze era lei.

Julia Elisa si appartò dai coretti tristi dei convenuti alla festa, avviliti dal fantasma della sconfitta. Ai piedi della scalinata incontrò Rivero Agüero, il presidente eletto in novembre, quasi fosse un piantone all'entrata di una caserma. Capì al volo che Batista si trovava al piano superiore e che quel povero diavolo stava aspettando che scendesse, magari solo per fargli gli auguri o per chiedergli l'autorizzazione, in occasione della ricorrenza, a rivolgere un messaggio di pace alla nazione.

«Julita,» disse vedendo la donna «non sai quanto sono stato in pena per te. Sono davvero contento di vederti di nuovo insieme a noi. Sono sicuro che il presidente la pensa allo stesso modo e sarà felice di trovarti qui.»

«Grazie, Andrés,» rispose lei «ma non sono venuta con l'intenzione di aspettare l'anno nuovo. Sai con chi è il presidente?»

«È in riunione con i militari. Andresito mi ha detto che scenderà subito» disse alludendo al segretario alla presidenza. «Puoi aspettarlo mentre beviamo qualcosa insieme e chiacchieriamo.»

«Ti ringrazio per l'invito. Voglio che tu sappia che ti considero un buon amico, ma non posso aspettare. Ci vediamo dopo» disse la donna e, facendo cenno al capitano di seguirla, cominciò a salire al piano di sopra.

Andrés Domingo y Morales del Castillo sorvegliava come un mastino l'accesso al salone dove il presidente Batista era in riunione con i generali Silito Tabernilla ed Eulogio Cantillo, per definire gli ultimi dettagli di un progetto disperato. Julia Elisa si precipitò verso di lui mentre il capitano le copriva le spalle.

«Sei salita in un momento inopportuno» disse Andrés Domingo sbarrandole il passo con un gesto da giocatore di pallacanestro a riposo. «Il presidente è impegnato in un consiglio decisivo e non può essere disturbato. Aspetta giù, non tarderà.»

«Al contrario» rispose la consigliera del presidente. «È con i militari e non c'è momento più opportuno perché l'ufficiale che mi accompagna lo informi di quanto ha da dirgli.»

Julia Elisa provò a raggiungere la porta ma il segretario alla presidenza, parandosi davanti a lei, glielo impedì.

«Non sei a casa tua!» gridò alla donna. «Se continui a disobbedirmi, chiamo la guardia presidenziale. La consigli lei, capitano!»

La nuova arrivata si fermò con il viso congestionato dall'ira. Trasformandosi sotto gli occhi allibiti del fedele segretario in una cubana di strada, Julia Elisa si mise le mani sui fianchi e il suo corpo fu scosso da saltelli ritmici di sfida, come se stesse accumulando energia prima dell'attacco.

«Stupido! Pensi che io sia la tua puttana per darmi degli ordini? Chiama le guardie! Chiamale, perché passerò!»

Andrés Domingo rimase paralizzato come se lo avessero steso ad asciugare al sole dopo averlo immerso in una cisterna di gesso. L'assalto rabbioso della donna non lo feriva quanto l'allusione alla "tua puttana". In pubblico, temeva il nome di Marina quasi come l'eventualità di non ricevere più gli assegni con cui venivano premiati i servizi esemplari che rendeva alla patria. Per di più, sua moglie si trovava in giardino con la first lady.

Marina era la rivale storica della consorte del segretario alla presidenza. Bastava fare il suo nome perché quest'ultima cambiasse colore come i camaleonti e le salisse la pressione. Se avesse potuto ascoltare le parole volgari della consigliera, sarebbe esplosa come una bomba in mezzo alla festa. Nemmeno Julia Elisa si era soffermata a valutare l'efficacia della frase quando aveva detto: "la tua puttana...", ma non avrebbe mai trovato un'arma migliore per neutralizzare l'uomo che con il tempo era diventato il braccio destro del presidente.

Anni addietro, quando era una giovane destinata a morire di sifilide o per un'overdose di eroina in un postribolo di Santiago de Cuba, la bella e sensuale Marina aveva conosciuto un neolaureato in diritto all'Università dell'Avana. L'avvocato aveva trascorso con lei alcune ore, e la notte successiva era di nuovo lì. Accadde la stessa cosa un giorno dopo l'altro, finché si trattenne nella capitale di Oriente. Quando il giovane laureato ritornò all'Avana, era già vinto da un sentimento che lo avrebbe accompagnato tutta la vita: l'amore per Marina.

Quel delirio, tuttavia, non riuscì a superare l'ostacolo dei pregiudizi. Inseguendo il suo amante, la ragazza andò all'Avana e s'insediò in una casa di piacere, da cui lui non osò tirarla fuori temendo di rovinare la propria carriera politica, sebbene vi ritornasse regolarmente, ogni giorno, nella speranza di accaparrarsi i suoi favori.

Andrés Domingo raggiunse una posizione di preminenza inaspettata sotto l'ala protettrice di Batista, e benché la sua eterna amata continuasse a esercitare il mestiere più antico del mondo, è anche vero che Marina non era una puttana qualunque, poiché finì per incarnare l'élite nel business della prostituzione.

Dal momento in cui le Casas de Marina si diffusero con il loro servizio di lusso, lei si riservò per Andrés Domingo e, quando andava a letto con un altro, era con l'idea di fargli pagare l'infedeltà del suo matrimonio, dato che si considerava signora quanto l'altra, ricca quanto l'altra, se non di più, e, senza alcun dubbio, più femmina dell'altra.

Sebbene non l'invitassero ai ricevimenti ufficiali e non l'ammettessero ai club esclusivi, Marina non provava invidia: girava sulle auto più care e lussuose, era proprietaria di edifici e appartamenti, negozi di lingerie e case in affitto; era la prediletta dei miliardari Alfredo Hornedo, Julio Lobo e del magnate Dupont; dava del tu a quasi tutti i ministri; in società con Santos Trafficante gestiva il giro della prostituzione, fornendo servizi a richiesta agli hotel dell'Avana; era rispettata dalla polizia e le bastava chiamare al telefono il palazzo presidenziale per avere dinanzi a lei, come un cagnolino, l'influente Andrés Domingo. La casa con la targa di Marina era chiamata El Castillito, come quella del presidente a Columbia. «Lui comanda e io pure» diceva Marina «ma alla gente piace di più il modo in cui lo faccio io. Tra Batista e me c'è una sola differenza: lui è il volto della nazione, io le natiche.»

La scenata di Julia Elisa zittì gli echi del ricevimento che giungevano dai saloni del piano di sotto. Avanzando verso la porta dello studio sempre preceduta dal capitano, che si sentiva in guerra, la donna non dovette spingerla. La porta si aprì. E fece capolino la faccia preoccupata del generale Silito Tabernilla per indagare sul motivo di quel putiferio. Batista era in piedi, appoggiato allo schienale di una poltrona, e forse pensò che stava succedendo qualcosa che non rientrava nei suoi piani. Vedendo la donna con l'espressione alterata gli si dipinse sul volto un sorriso di condiscendenza e di sollievo. Il presidente le andò incontro con tutte e due le mani tese.

«Julita... Julita» le disse, come se stesse parlando a una bimba discola, «sapevo che in una sera come questa la tua presenza qui non poteva mancare. Ho chiesto varie volte di te e alla fine ho ordinato che venissero a prenderti. Solo così ti sei decisa a venire?»

«Sono venuta per conto mio, presidente. Devo aver incrociato per strada il suo emissario. Questi riguardi mi onorano e mi confortano delle pene degli ultimi giorni» rispose lei più serena, ma dandogli del lei, che nel suo caso significava una premeditata presa di distanza.

La donna cercò di terminare la frase, ma le venne meno la voce e gli occhi le si arrossarono in un evidente presagio di pianto. Il presidente l'abbracciò emozionato e si avvicinò la testa di Julia Elisa al petto.

«È tutto dimenticato. Anche tu devi dimenticare. Cerca Martha e dille di metterti al corrente degli eventi. Adesso devo sbrigare delle faccende urgenti, ma in pochi minuti sarò da voi. Desidero che a cena tu sieda accanto a me.»

Julia Elisa estrasse il fazzoletto dalla borsetta di pelle di coccodrillo, se lo passò delicatamente sotto gli occhi per evitare che le si sciogliesse il maquillage e rispose al presidente in tono soave, nei modi familiari cui era abituata.

«Ho insistito per vederti spinta da un problema della massima urgenza. Qualche giorno fa a palazzo non hai voluto ascoltarmi, adesso ti prego di ascoltare lui» disse girandosi verso il capitano e sfiorandogli il petto con una mano. «Quel che ha da dirti è questione di vita o di morte per il governo.»

Batista squadrò il capitano, a cui non aveva fatto caso fino a quel momento. Il militare batté i tacchi e si mise sull'attenti davanti al presidente, presentandosi con il suo grado, incarico e cognome. Terminò esclamando: «Ai suoi ordini, mio generale!».

«Il suo rapporto è così importante che non può aspettare qualche ora, capitano?» domandò Batista.

«Sono arrivato oggi all'Avana dal fronte di Las Villas con l'unico proposito di vederla ed evitare il peggio. Un'ora persa da parte nostra è un'ora a favore del nemico, mio generale.»

Cantillo e Silito Tabernilla si guardarono con evidente imbarazzo. Nella riunione che avevano in corso con Batista stavano limando le sbavature di un piano la cui modifica avrebbe potuto prolungare inutilmente la guerra. L'esercito era demoralizzato e in poche settimane i barbuti del 26 de Julio si sarebbero potuti trovare alle porte dell'Avana. Allora non ci sarebbe stato niente e nessuno capace di strappare a Castro la vittoria. Il presidente, però, era un uomo ostinato che si era rifiutato di abbandonare il potere, e il più insignificante motivo poteva indurlo a resistere.

«Abbiamo tutti i dispacci dell'ultima ora, presidente» disse il generale Cantillo decidendo d'intervenire. «Non credo che le informazioni del capitano apportino elementi nuovi che possano modificare la strategia concordata.»

«Ha sentito il generale» disse Batista con voce grave, anche se sembrò esitare un istante. «Il nostro tempo è limitato e sarebbe un errore soffermarci su congetture che non offrono prospettive di soluzione della crisi. Crede davvero di avere proposte concrete?»

Julia Elisa rispose alla domanda per conto dell'ufficiale, temendo che le pressioni di Cantillo facessero fallire l'unica opportunità che il presidente aveva di ascoltare il capitano. Credeva fermamente nel coraggio di quell'uomo che vedeva per la prima volta e nella sua capacità di ribaltare le sconfitte subite dall'esercito.

«Le ha» disse. «Il suo piano è azzardato e probabilmente incontrerà l'opposizione dei generali dello Stato maggiore, ma ti chiedo di ascoltarlo in nome della nostra vecchia amicizia.»

Batista guardò l'orologio e moderò il tono, ma la sua voce era sempre rude e autoritaria.

«Sia breve e conciso, capitano. Questa notte ci riserva ancora minuti di vitale importanza.»

Batista tornò sui suoi passi, si sedette sulla poltrona e davanti a lui si accomodarono la donna e i generali che lo accompagnavano. Il capitano preferì restare in piedi, una vecchia abitudine militare, mentre esponeva i suoi piani tattici al capo dello Stato. Sulla faccia tonda e dai tratti negroidi del presidente si profilava l'ombra di un dubbio remoto e insondabile.

Fra i due generali coperti di galloni, il capitano di Las Villas dava un'impressione di modestia. Fino al momento in cui si mise sull'attenti davanti al presidente per spiegargli la propria strategia bellica, credeva ancora nella sua buona volontà. Tuttavia, non appena il breve colloquio ebbe termine, l'idea che aveva di "El Hombre" si sgretolò.

Quella sera il capitano parlò a Batista nello stesso modo in cui l'aveva fatto a casa di Julia Elisa e senza alcun timore per le occhiate furiose di Cantillo e Silito Tabernilla. La sua unica omissione consistette nel modificare la proposta di sottomettere i capi delle forze armate al giudizio della corte marziale con quello di espellerli dall'esercito.

«E lei chi propone per la guida dell'esercito?» domandò il presidente.

«Il colonnello Ramón Barquín.»

Batista e Cantillo si scambiarono uno sguardo d'intesa. Il capitano non era solo audace, era anche un uomo intelligente, che meritava considerazione e sarebbe potuto tornare utile in futuro.

«Capitano,» disse Batista alzandosi per indicare che il colloquio era terminato «si tenga in contatto con me.»

Nonostante la delusione, il militare rifece il saluto marziale con una precisione che sembrava venisse da West Point. Stava per aggiungere qualcosa, ma il tentativo fu interrotto bruscamente dallo stesso presidente, che ne aveva già cancellato la presenza.

«Generale, rimane poco tempo. Attivi il Piano 497» ordinò Batista a Cantillo, anche se, sentendo "generale", Silito Tabernilla pensò che si rivolgesse a lui.

Il conciliabolo era terminato. Cantillo uscì dal salone con passo svelto e nervoso, come se gli stesse scappando il tram di mezzanotte per l'eternità. Silito, senza ordini precisi da eseguire, abbandonò a sua volta il luogo guardando con insistenza l'orologio. Julia Elisa e il capitano rimasero ancora alcuni istanti di fronte a Batista, poi si congedarono. Era stato detto tutto.

Qualche minuto più tardi il presidente scendeva la scalinata seguito dal segretario. Il suo arrivo fu salutato dagli applausi degli invitati, che gli si avvicinarono per stringergli la mano, come se il fatto di toccarlo concedesse loro una grazia divina. Il generale Tabernilla padre, fermo sui primi gradini, gridò: «Viva il presidente!», e Batista lo fulminò con un'occhiata. Il Vecchio Pancho, con la divisa di gala sbottonata sul petto e un bicchiere di whisky in mano, rispose al gesto con un sorriso idiota e un lieve inchino, in precario equilibrio sulle gambe che non gli ubbidivano più.

La Consuegra, rintanata in un angolo con il suo capitano, fece una smorfia vedendo lo stato in cui l'alcol aveva ridotto quella sera il capo dell'esercito. Ma notando come Rivero Agüero, il neopresidente eletto, rincorreva Batista dappertutto, forse aspettando un riconoscimento pubblico, mutò la smorfia in un sospiro.

«Capitano,» disse al suo accompagnatore «ho l'impressione che adesso capirà meglio quel che avviene in questo paese.»

24.00

Gli ottoni dell'orchestra del Copa Room ripeterono con note acute il conto alla rovescia dell'animatore del cabaret: «... Quattro, tre, due, uno! Felice 1959! L'Hotel Havana Riviera augura a tutti un anno di felicità e successi nella vita!».

Per alcuni istanti ognuno manifestò la propria allegria a seconda del temperamento. Suonarono le trombette di cartone e le raganelle di legno, vennero liberati i palloncini e lanciate in aria le stelle filanti. I riflettori, dalla cabina luci, si muovevano girando vorticosamente e dopo un minuto di fracasso l'orchestra, che poco prima eseguiva il cha-cha-cha *La Engañadora*, intonò l'inno nazionale cubano con una solennità da parata militare. Si accese l'illuminazione generale del salone. Le grida di giubilo dei presenti si zittirono; le stelle filanti e i palloncini parvero fermarsi a mezz'aria, e coloro che non lo erano già si alzarono in piedi. E mentre ascoltavano la marcia che aveva accompagnato i cubani fin dalle guerre per l'indipendenza dalla Spagna, cominciarono ad accorgersi che, insieme alla pioggia di coriandoli, sul Copa Room del Riviera si era abbattuto un acquazzone di volantini rossi e neri con la sigla del Movimiento 26 de Julio.

Meyer, che si era alzato di malavoglia, vide sul suo tavolo la propaganda dei ribelli e guardò Alka Seltzer, il quale spalancò gli occhi e alzò le spalle per far capire al capo che quella notizia per lui era nuova come l'anno appena cominciato con un presagio funesto. Un mormorio di sorpresa serpeggiò fra la folla elegante, e Teddy, che non conosceva il significato di quei foglietti che la gente guardava come se fossero scorpioni, ne raccolse uno per pura curiosità, ma prima che potesse dire qualcosa suo marito glielo strappò di mano e lo ridusse in coriandoli. Nessuno vide dove andò a finire, poiché in quel momento l'illuminazione si abbassò e il Copa Room rimase avvolto nello strano fluido della penombra e dello sconcerto.

Per Meyer il veglione era terminato. Si scusò con i suoi ospiti e non permise a Teddy di accompagnarlo. Non voleva rovinarle la notte appena cominciata; sebbene, per qualche motivo incomprensibile, i vuoti fra i tavoli andassero aumentando di pari passo con un'inquietudine che lei non poté fare a meno di avvertire.

«Cosa succede?» domandò Lansky a Eduardo Suárez Rivas, che animava la notte di Teddy con la promessa d'insegnarle i passi dei balli popolari cubani.

«A cosa allude, mister Lansky? All'incidente dei volantini? Sono sicuro che domani, cioè oggi stesso, scopriremo il disgraziato che ha avuto questa bella idea. Dev'essere qualcuno degli impiegati e uscirà di qui come una palla di cannone.»

«Lo spero, ma non pensavo tanto a quello, quanto all'atmosfera, così strana per essere la notte di Capodanno.»

«Cos'ha notato?»

«Ho già visto due o tre volte qualcuno avvicinarsi a un tavolo e i suoi occupanti andare via subito. È come se li avvisassero che la nonna ha scambiato il flacone di vitamine con uno di barbiturici. È successo al tavolo del signor Rey, e lui e i suoi amici sono usciti in fretta e furia.»

«Veramente, non ci ho fatto caso, ma succede quasi sempre che le persone con una vita sociale molto intensa debbano dividersi fra più feste di Capodanno. Anch'io più tardi devo passare da casa di mio fratello per fare un brindisi in famiglia.»

«Può essere» ribatté Lansky con un certo disappunto, insoddisfatto della risposta, e lasciò il Copa Room seguito dalla scorta.

Mentre camminava davanti all'ingresso del casinò diretto agli ascensori, riconobbe due funzionari dell'ambasciata degli Stati Uniti che gli passarono accanto senza guardarlo ed entrarono insieme in una cabina telefonica. Lansky si fermò a qualche passo di distanza e poté osservare i gesti allarmati di quello che stava parlando e lo sguardo interrogativo dell'altro, che cercava d'indovinare sul volto del compagno il contenuto di una conversazione decisiva. Qualcosa in loro gli ricordò scene della Grande Depressione che si erano stampate nella sua memoria; forse era l'immagine assurda dei due uomini compressi nello spazio ridotto della cabina telefonica, o il modo di scuotere la testa di quello che parlava, come se stentasse a credere a una notizia terribile, o ancora il pugno assestato alla parete, che rafforzò quel che a Meyer parve il movimento preciso delle labbra per pronunciare un «*son of a bitch*» che dovette giungere all'orecchio dell'interlocutore come un gancio di Rocky Marciano.

Fu in quel momento che Lansky sentì come un artiglio di leone conficcarglisi nello stomaco e si girò verso Alka Seltzer per chiedergli di verificare che cosa stesse succedendo. Salì nel suo spazio privato al ventesimo piano e si sedette in attesa, come chi aspetta un uragano. Teddy intanto, con Eduardo Suárez, provava a decifrare i segreti del ritmo sotto il torrente melodico dell'orchestra del Copa Room.

A mezzanotte in punto, Columbia salutò l'anno nuovo con colpi d'arma da fuoco, nonostante i severi ordini che li proibivano.

Le detonazioni suscitarono negli invitati una lieve apprensione, che tolse ancora un po' di smalto a quell'opaco festeggiamento. Il presidente chiese una coppa di champagne, l'alzò e disse: «Un felice 1959, signori! Salute, salute, salute!».

Un paio di centinaia di coppe si alzarono nel brindisi, tintinnando come campanelli. L'espressione del capo del governo sembrava allegra, sebbene dietro il sorriso ostentato si avvertisse il disastro provocato da pensieri amari e ossessivi. Non pronunciò alcun discorso, né fu sostituito da altri nell'incombenza. In sala da pranzo fu affabile e mostrò di avere grande appetito, facendosi servire più volte da Martha gli squisiti fagioli neri con puntine di maiale arrosto, cui veniva prima tolto il grasso dal coltello esperto della first lady.

Al momento del dolce, il generale Silito Tabernilla si presentò con un fotografo militare e pretese che questi scattasse un'istantanea a Batista e ai suoi commensali. Mentre tutti prendevano posto per ricevere negli occhi il lampo del flash, Batista chiamò il generale, che si chinò dietro di lui per ascoltarlo.

«Sei impazzito, Silito? Chi ha detto di scattare foto qui?» gli disse Batista all'orecchio torcendo la testa per farlo.

«Non capisco, signor presidente. Cosa la preoccupa? Questo è un momento storico.»

«Momento storico un cazzo! Sai come la chiameranno questa foto?»

«No, signore. Non ne ho idea.»

«L'ultima cena, Silito, l'ultima cena. Cristo, ragazzo!... Ma dove hai la testa?»

A banchetto concluso, la sfilata per congedarsi fu spontanea e di massa, a eccezione di coloro ai quali il presidente chiese di trattenersi. Gran parte degli invitati se ne andò attanagliata dalla paura di uscire da Columbia e transitare per L'Avana, stranamente silenziosa alle prime luci dell'alba. Rimasero i militari di rango superiore e i civili più compromessi con il regime di Batista. Silito Tabernilla li avvicinò, uno per uno, per comunicare loro che il presidente aveva in serbo notizie dell'ultima ora.

«È troppo presto per cominciare» bofonchiò irritato il colonnello Ventura.

Soltanto l'invito ufficiale per la cena a Columbia aveva schiodato Ventura da El Rosario, la superba proprietà nei dintorni dell'Avana che aveva acquistato di recente. L'inaugurazione era stata un cancan indescrivibile, i cui eccessi servirono a seppellire il ricordo sgradevole delle ristrettezze del passato. Quel primo giorno dell'anno nuovo, il ritorno di Ventura alla tenuta era atteso con impazienza da familiari e amici. Ventura, naturalmente, non vi tornò.

Giunto il momento più atteso, Cantillo si alzò per annunciare che avrebbe detto qualche parola. Alcuni pensarono che si sarebbe trattato di un altro discorso retorico, uno in più fra i tanti che settimanalmente dedicavano a Batista durante i pranzi ufficiali offerti in suo onore: al Rotary Club, al Lyon's, all'Associazione degli allevatori di Cuba, all'Unione civica dell'Avana e ovunque la piaggeria declamasse, come usa ai tropici, le gesta del dittatore creolo.

Nella sala da pranzo cessarono di colpo il brusio delle voci e il tintinnio dei bicchieri alzati negli innumerevoli brindisi. Il generale Cantillo, fra lo stupore di quanti assistevano a quell'atto preordinato, si rivolse al presidente della Repubblica chiedendogli le dimissioni con un'arringa altisonante, piena del miele del patriottismo e di speranze di pace per i cubani.

Davanti all'auditorio ammutolito, senza il benché minimo cenno o parola di rimprovero, Fulgencio Batista y Zaldívar appose la sua firma in calce a un atto di rinuncia redatto di suo pugno in un batter d'occhio. Quando nella sala da pranzo di El Castillito cessò il fruscio della penna sul foglio, simile al rumore delle zampe di un leone che raschiano il suolo negli spasmi dell'agonia, e Batista alzò lo sguardo per contemplare, sconfitto ma in segno di sfida, le facce pallide dei suoi seguaci più fedeli, la sua sorte era già segnata: non lo cacciavano... Se ne andava lui.

1° gennaio 1959

Il campo di aviazione di Columbia era coperto da una nebbiolina tenue, quasi impercettibile. Solo i piloti vi percepivano un segno infausto, e temevano che quella delicata dama dell'alba, più fitta sulle pianure del sud, potesse estendersi alle zone basse della città e scendere sulla pista, dove già si avvertivano le prime avvisaglie della sua inopportuna presenza.

Su un piazzale dell'aerodromo, quattro apparecchi appartenenti alla forza aerea dell'esercito di Cuba e ad Aerovías Q, che in pratica si distinguevano solo per i simboli sulla fusoliera, aspettavano con le scalette abbassate. C'era fra loro il *Guáimaro*, l'aereo presidenziale, come un immenso uccello metallico con i quattro motori pronti ad azionare le sedici pale argentate.

Sulla missione già da alcune ore pesava un'incognita. Nemmeno l'equipaggio conosceva l'aeroporto di destinazione, ma nessuno si azzardò a protestare. Lo Stato maggiore aveva impartito direttive molto vaghe. Non c'era piano di volo, ma loro erano aviatori militari ed eseguivano gli ordini, non li discutevano.

Il colonnello Soto, pilota ufficiale del DC-4 presidenziale, si muoveva frenetico intorno all'apparecchio, dando calci ai pneumatici per verificare che fossero in ottimo stato, entrando di tanto in tanto nella cabina per controllare a freddo il funzionamento di qualche sistema, mentre si consultava con il primo ufficiale e gli faceva raccomandazioni, approvate con un lieve movimento del capo. Poi scendeva dalla scaletta e tormentava i tecnici con domande che qualsiasi sprovveduto avrebbe considerato scontate. Nemmeno il colonnello Soto, l'ufficiale di grado superiore tra i piloti incaricati di volare quella mattina, era al corrente del motivo per cui gli era stato ordinato di tenersi in "posizione uno" dal giorno prima.

Malgrado ciò, l'atmosfera era surriscaldata dalle voci. Si facevano congetture sul fatto che un battaglione di paracadutisti sarebbe sceso sull'aeroporto di Santa Clara, lanciato da DC-3 partiti prima dell'alba dalla base aerea di San Antonio de los Baños. Il battaglione avrebbe avuto il compito di proteggere l'atterraggio degli aerei di Columbia, che si sarebbero alzati in volo trasportando i soldati incaricati di sloggiare le truppe di Che Guevara da quella città. Tra L'Avana e Santa Clara, dunque, si sarebbe stabilito un ponte aereo per il trasferimento di uomini e materiale logistico.

Non era un segreto per nessuno che un'operazione come quella sarebbe stata eccezionalmente rischiosa. Nelle caserme di Santa Clara, attualmente sotto il comando degli insorti, c'erano batterie antiaeree che potevano essere utilizzate con sufficiente efficacia contro i velivoli da trasporto. E, ai piloti, la prospettiva di morire carbonizzati durante l'indifesa manovra di atterraggio faceva venire la pelle d'oca.

Il dubbio durò l'intera notte del 31 dicembre fino alle prime luci dell'alba di giovedì 1° gennaio. Ma intorno alle 3 cominciarono ad arrivare all'aeroporto i primi veicoli militari che trasportavano il carico. Non si trattava di materiale logistico, come ci si aspettava, ma di bagagli personali.

Quegli indizi inequivocabili di una fuga in massa fecero sì che il personale passasse dal timore all'incredulità, che era però destinata a durare appena qualche minuto. Poco prima delle 4, una carovana di auto arrivò all'aeroporto di Columbia e si fermò in prossimità dei velivoli. Da una delle vetture, quasi sotto la fusoliera del *Guáimaro*, scese Batista seguito da Martha e da due dei figli: Jorge e la piccola Martha María, addormentata in braccio alla madre.

Il seguito comprendeva vari ministri e senatori, oltre agli uomini chiave delle forze armate e della polizia: Gonzalo Güell e Rafael Guás Inclán; Justo Luis del Pozo, Andrés Domingo e Rivero Agüero; i generali Tabernilla, Díaz Tamayo e il colonnello Esteban Ventura... tutti coinvolti nel Piano 497, il cui nome faceva pensare a una manovra tattica in prima linea e non a una fuga precipitosa.

3.51

All'orizzonte l'Orsa Maggiore puntava verso la stella polare ed Elías Mozack avvertì di nuovo il lampo opaco della nostalgia. Immaginò di contemplare il firmamento al sicuro sul balcone di prua della sua nave di cemento armato in avenida Primera e cancellò per una frazione di secondo il paesaggio che lo circondava, impastato di silenzio e oscurità, ma non volle continuare a pensare.

Erano già quasi le 4 e l'imbarcazione che doveva venire a prenderlo non arrivava. Elías aveva lasciato il Cerro cinque ore prima su un'auto comprata quella mattina stessa. Era stata l'unica azione rischiosa che aveva compiuto da quando aveva raggiunto il rifugio. Mozack non aveva un appoggio che gli rimediasse il veicolo necessario per trasferirsi quella notte nei paraggi desolati di Puerto Escondido, a più di settanta chilometri dall'Avana, e dovette uscire per procurarselo.

Ripercorse nella sua mente, passo dopo passo, i ricordi della giornata precedente. Rivisse la passeggiata fatta nel quartiere cercando di non dare nell'occhio. Niente giacca e cravatta; aveva indossato la camicia più sporca e spiegazzata, aveva camminato nel patio sterrato perché le sue scarpe di marca si infangassero, e si era messo in testa un vecchio cappello di feltro trovato in un angolo della casa. Si era guardato allo specchio senza essere sicuro se l'immagine riflessa fosse quella di Charlot o dell'attore messicano Cantinflas, ma era certo che quel mendicante non poteva essere lui.

Mozack si era avventurato fin sulla strada principale, dove i bar, sotto le colonne che coprivano come un pantheon immenso le facciate, non riflettevano le tensioni che viveva il paese: erano affollati di clienti che bevevano e giocavano a dadi sui vecchi banconi di mogano. Aveva proseguito fra le vetrine che esponevano dagli avana agli spilli e dov'erano segnati i numeri vincenti della *bolita*, il gioco proibito; era passato accanto ai sedili dei lustrascarpe e dei venditori ambulanti dei biglietti della lotteria nazionale, e aveva guardato nelle botteghe dei barbieri con la curiosità di un ragazzino. Nel suo ultimo giorno a Cuba, forse a causa del travestimento, Elías Mozack si sentì per la prima e unica volta vicino a un'Avana di cui intuiva l'esistenza, e che fino ad allora aveva visto solo da lontano.

Fermò il taxi, una Pontiac verde del '55, all'altezza della clinica La Covadonga. L'autista ebbe qualche dubbio quando il personaggio con il cappello di feltro gli fece cenno dal marciapiede, con l'eleganza di un lord inglese. Pensò che fosse un matto, le strade ne erano piene, ma pigiò il pedale del freno quando si accorse che nella mano dell'uomo sventolava un bigliettone dello stesso colore della sua macchina.

Mozack si accomodò sul sedile posteriore e diede un indirizzo distante: avenida Primera, a Miramar. Nonostante lo spagnolo perfetto, nella sua voce vibravano le "erre" del francese che era quasi la sua lingua madre. Durante il tragitto constatò che l'auto era in perfette condizioni e, quando attraversarono il ponte sul fiume Almendares, iniziò la trattativa. Nel giro di qualche minuto il tassista accettò di vendergli l'auto.

«Quanto le è costata?» gli aveva chiesto Elías. «Mi fido di lei.»

«L'ho comprata a rate ed è già pagata. Sa... così viene un po' più cara... Duemilaottocentoquaranta pesos.»

«Gliene do subito cinquemila. In contanti, naturalmente.»

«E i documenti?»

«Possiamo risolvere la cosa più avanti.»

Il tassista ebbe conferma della sua impressione iniziale: quel tipo ridicolo doveva essere un matto, un matto con molti soldi, e non ci pensò due volte.

«Se mi dà quella somma, accosto e me ne vado in autobus.»

«Qui c'è il suo denaro. Si fermi e lo conti.»

Erano pesos e dollari, uno sull'altro, per un valore complessivo di cinquemila pesos. Il tassista non aveva mai visto tanti soldi tutti insieme e si affrettò ad abbandonare su due piedi il suo mezzo di sussistenza, prima che quello svitato potesse tornare alla ragione e ripensarci. Mozack, invece, gli chiese di restare al volante.

Giunsero all'indirizzo indicato e il cuore di Mozack cominciò a battere in fretta. Era di fronte a casa sua, e gli sembrava inaccessibile come un sogno. Senza scendere dall'auto, si fermò a contemplare la costruzione fatta secondo i suoi voleri, dove aveva trovato un argine ai suoi deliri da vecchio don Chisciotte nel semplice desiderio umano di avere un focolare. La trovò diversa ed estranea e si domandò se avrebbe mai più sentito l'arrivo chiassoso del figlio di ritorno da scuola, che gli dava la buona notizia della propria presenza, se avrebbe provato di nuovo il piacere della mano tiepida di Gladys in estasi sotto la brezza di nordest, e se era un fatto definitivo e irrimediabile il non poter mai più scendere al portone, con il mazzo di chiavi tintinnante in mano, per ricevere personalmente il suo migliore amico.

Esaminando le rovine di tutte quelle che erano state le sue soddisfazioni, Elías considerò che l'unica cosa per cui valeva la pena persino di morire si allontanava, spinta dal vento impetuoso che soffiava da Mosca; ma subito rettificò il corso dei suoi pensieri: era lui ad allontanarsi, gettato nel vuoto da quella bufera che l'aveva trasformato in un agnello tra gli agnelli diretti all'altare dei sacrifici.

4.05

Il colonnello Soto accese i motori del *Guáimaro* e avanzò fino all'inizio della pista. Senza un piano di volo si sentiva nudo nella cabina dell'aereo presidenziale e incrociò le dita quando udì alla radio l'autorizzazione della torre di controllo a decollare. Girò la manetta del gas e l'apparecchio vibrò alcuni secondi prima di rullare prendendo velocità; con i flap abbassati, il DC-4 si alzò senza sforzo. Subito il copilota ritirò il carrello e il comandante non seppe più che fare, a parte, naturalmente, guadagnare quota. D'istinto virò a nordest, verso Miami.

Nella cabina passeggeri il silenzio si sarebbe potuto tagliare con il coltello. Batista, Martha e i due figli che li accompagnavano occupavano il "salotto" del primo scompartimento, che una tenda separava dalle file di sedili. Questo privilegio gli spettava, anche se era ormai un ex presidente in fuga. Il resto dell'aereo era occupato da coloro che avevano avuto la fortuna di conoscere preventivamente il Piano 497 e dai loro familiari più stretti. Nei tre aerei rimanenti, che decollarono uno dietro l'altro con un intervallo minimo e si posizionarono a V sulla scia dell'aereo presidenziale, come per timore che scappasse, viaggiavano coloro che si erano resi conto, all'ultimo momento, di quanto stava accadendo ed erano partiti in tutta fretta con quello che avevano addosso, maledicendo Batista e piangendo il paradiso perduto.

Quando le luci dell'Avana passarono sotto le ali del *Guáimaro* come una galassia irraggiungibile, Fulgencio Batista sentì il peso reale del potere assoluto. Guardò nell'oblò e non vide nulla, né la vasta estensione dell'enorme fiume della corrente del Golfo, né lo scintillio intermittente dei fanali dei pescatori d'altura di Cojímar, né l'imbarcazione a luci spente che beccheggiava sulle onde.

«Mi scusi, signor presidente...» La voce del colonnello Soto fece voltare Batista. «Voliamo sullo stretto della Florida, ma nessuno mi ha informato circa la nostra meta.»

«La nostra meta?»

«L'aeroporto di destinazione» chiarì il colonnello, che era un uomo intelligente e si era accorto dell'ambiguità della sua domanda.

«Pancho Tabernilla non te l'ha spiegato?»

«No, mai.»

«Allora, dove ci stiamo dirigendo?» domandò Batista allarmato.

«Be', io ho fatto rotta su Miami, in attesa di ordini.»

«Soto, là non possiamo andare! Ero convinto che tu sapessi che andavamo a Santo Domingo. Pancho, questa me la paga!»

A terra era rimasto il generale Eulogio Cantillo, investito dell'alta responsabilità di mettere in pratica l'unica parte impraticabile del Piano 497. Colui al quale era toccato ballare con la più brutta non aveva motivo di sentirsi demoralizzato; al contrario, era convinto che fosse davvero possibile restare all'Avana per guidare una giunta di governo, sperava di contare sull'appoggio degli Stati Uniti e, forse, persino di ottenere l'approvazione di Castro. Batista non c'era più e lui onorava l'impegno assunto sulla Sierra Maestra di porre fine allo spargimento di sangue. Il generale credeva che le forze armate avessero ancora un peso determinante nell'equilibrio politico del paese, chiunque fosse l'interlocutore, senza sospettare che all'alba non sarebbero state nient'altro che il fantasma di un esercito, una bolla di sapone bucata dallo sperone lungo e affilato di un gallo che ormai non cantava più soltanto sulle montagne.

«Conosci le istruzioni. Esegui gli ordini e presta ancora un servizio al paese» gli aveva detto Batista congedandosi, con un piede sulla scaletta del *Guáimaro* e una mano sulla spalla del generale.

«Andrà tutto bene, presidente.»

Batista aveva guardato Cantillo con pena. Gli si era avvicinato, l'aveva abbracciato ed era salito sull'aereo senza voltarsi indietro.

4.25

L'alba era fredda ed Elías si accovacciò, con una torcia elettrica in mano, in una nicchia scavata dalla marea. Se ne andava senza bagagli, senza i documenti che attestavano la sua ricchezza, solo con i contanti che gli restavano, pur sapendo che non gli sarebbero serviti a nulla. Quel frangente non si affrontava con i soldi.

La conversazione con Meyer aveva accentuato la sua cronica depressione, ma faceva affidamento sull'aiuto che la sua famiglia avrebbe ricevuto dall'amico di un tempo per mettere ordine nel disordine. Si sentiva in colpa e questa sensazione frustrante lo rodeva come acido solforico. Si concentrò per tentare di avvistare in mare i bagliori di una luce. E quando li vide, non riuscì a credere alla sua vigliaccheria, che gli faceva rimpiangere ancora una volta la piccola Colt 38. Avrebbe desiderato sentirla bruciare in mano mentre la portava alla tempia per premere il grilletto, come aveva fatto con Lara; un gesto per porre fine istantaneamente al lungo capitolo della sua vita iniziato nella Spagna repubblicana.

Quella luce che cercava una risposta sul litorale lo spaventava di più che rifare a ritroso il cammino fino all'Avana per affrontare di nuovo l'isolamento e il rischio di essere scoperto; avrebbe avuto almeno un'altra scelta, un po' più di tempo. Mozack portava in sé il virus della disciplina che s'inocula in dosi quotidiane agli agenti dei servizi segreti e, in contraddizione con tutto ciò che era stato, che sarebbe potuto essere e ormai non sarebbe più stato, puntò la torcia verso il mare e fece, senza errori, due segnali lunghi alternati a due corti, l'imitazione dell'Sos che Nikolaj Lagunov gli aveva mostrato a Cuernavaca.

All'interno dello yacht buio percepì soltanto le ombre mute di un equipaggio fantasma. In cabina qualcuno gli offrì una tazza di tè bollente e gli parlò in russo. Lo capì a metà. L'uomo gli disse, come riferendo un bollettino di guerra, che avrebbero navigato un'ora con rotta a nord prima di virare a est, in direzione della penisola dello Yucatán, e che da Campeche era già salpata una nave sovietica che avrebbero incrociato in alto mare. Il marinaio gli lasciò la teiera a portata di mano e si eclissò.

In lontananza si scorgeva il bagliore dell'Avana, grande e luminoso, somigliante a un'aurora boreale. Mozack salì a poppa con la tazza di tè fumante e si sedette su una panca. La costa si allontanava e non distolse lo sguardo da quella frangia oscura e ondulata, unico testimone di come fuggiva, procedendo a sbalzi sulle onde del golfo, colui che arrivò senza essere riconosciuto.

Elías cominciò a rilassarsi, non perché credeva che i suoi timori fossero semplici apprensioni, ma perché la sua mente e il suo cuore si placavano nell'indifferenza a mano a mano che il suo mondo naufragava dietro l'orizzonte del Mai Più. Guardò in cielo, dove galleggiava ancora la luminosità di una città allo zenit del suo splendore, e vide gli aerei.

Al principio confuse l'intermittenza delle luci di posizione con i segnali delle antenne di Guanabo utilizzate per le trasmissioni televisive dagli Stati Uniti; ma si accorse che si muovevano e, poco dopo, udì il rumore dei motori. Volavano a bassa quota, e così vicini gli uni agli altri che arrivò a pensare si trattasse di una squadriglia di bombardieri, e che le bombe gli sarebbero cadute sulla testa.

I quattro aerei passarono ruggendo ed Elías Mozack vide la loro sagoma stagliarsi contro il cielo, senza sospettare che sarebbe stato proprio quel volo in formazione da parata a mettere la parola fine alla sua storia – e a quella della sua casa sprangata e moribonda –, che già si dissolveva nella risacca di una guerra che non era nemmeno la sua.

Palmeras de sangre è stato scritto a quattro mani. La paziente e puntuale ricerca storica da lui condotta, la stesura di intere pagine e le sue preziose opinioni accreditano a tutti gli effetti Julio A. Martí come coautore di questo romanzo.

QUESTO VOLUME È STATO IMPRESSO
NEL MESE DI MAGGIO DELL'ANNO 2001
PRESSO MONDADORI PRINTING S.P.A.
STABILIMENTO NSM - CLES (TN)

STAMPATO IN ITALIA - PRINTED IN ITALY